CLARA MALRAUX

« Nous avons été deux »

Née à Perpignan en 1953, Dominique Bona est romancière et biographe. Elle est l'auteur de *Berthe Morisot* et de *Romain Gary*, qui reçoit le grand prix de la biographie de l'Académie française en 1987. Ses romans, parmi lesquels *Malika* – prix Interallié en 1992 –, *Le Manuscrit de Port-Ébène* – prix Renaudot en 1998 – ou encore *Camille et Paul*, rencontrent également le succès auprès de la critique et des lecteurs.

Paru dans Le Livre de Poche :

BERTHE MORISOT

CAMILLE ET PAUL. LA PASSION CLAUDEL

IL N'Y A QU'UN AMOUR

DOMINIQUE BONA

Clara Malraux

« Nous avons été deux »

GRASSET

© Éditions Grasset & Fasquelle, 2010.
ISBN : 978-2-253-15696-3 – 1ʳᵉ publication LGF

« Quant au nom, eh bien, à travers vents et marées, je l'ai gardé. »

Clara Malraux *(Nos vingt ans).*

Rencontre du soir

Rue de l'Université, juste en face de ce qui est aujourd'hui le musée des Arts Premiers, à deux pas de la tour Eiffel, un quartier tranquille et bourgeois. Au printemps 1978, Clara Malraux me reçoit une fin d'après-midi, dans un petit appartement sur cour qui déborde de livres, de tableaux, d'objets d'art hétéroclites. Je remarque une tête de pierre asiatique qui a les traits d'une déesse grecque et un meuble étrange, qu'on pourrait croire venu des Mille et Une Nuits.

C'est une vieille dame, au visage plissé et expressif, qui a passé quatre-vingts ans. Toute frêle, le cheveu plus blond que gris, vêtue simplement d'une jupe et d'un pull-over, elle est venue m'ouvrir la porte avant de regagner, d'un pas vif, un gros fauteuil capitonné où elle s'est posée avec la souplesse d'un chat. Son sourire m'a aussitôt frappée : un sourire de jeune fille, joyeux et communicatif.

Elle a accepté de bonne grâce un entretien et répond à toutes mes questions avec un sérieux qui me surprend de la part d'une personne réputée pour sa fantaisie et sa causticité. Durant la conversation, elle se montre plus rugueuse que charmeuse, plus âpre que je ne croyais. C'est une championne de l'ironie, surtout quand on aborde le point sensible – Malraux, mort deux ans auparavant. Elle semble ne jamais se départir de la rancœur qu'elle lui porte. Ses critiques fusent, habilement distillées, surtout lorsqu'il s'agit de Josette Clotis, sa grande rivale. L'âge ne l'a pas adoucie. Au passage, elle envoie quelques piques à des contemporains. Gide par exemple en prend pour son grade. Elle n'est pas du genre à admirer les gens célèbres. Elle aime penser, juger par elle-même. On la sent libre de s'exprimer, quitte à choquer l'interlocutrice venue l'interroger sur sa vie, ses expériences de femme et son aventure d'écrivain.

La liberté, c'est ce qu'elle offre de plus évident. Avec cette qualité assez rare chez les vieilles personnes et d'ailleurs chez la plupart des gens : l'insolence. Par tournure d'esprit, elle campe du côté du cocasse, du paradoxe, de l'inattendu. Il y a même chez elle – je pus vite m'en apercevoir – un goût pour la provocation : sa manière de montrer qu'elle n'était pas un mouton de Panurge. Elle m'a semblé très attachée à paraître – et à être – anticonventionnelle. Elle m'a, par exemple, très librement avoué qu'elle fumait l'opium depuis ses séjours en Indochine et n'y avait jamais renoncé. Ce qui l'ennuyait – elle me le confessait en riant –, c'était la Révolution iranienne... Elle allait perdre le fournisseur qui l'approvisionnait depuis des années et devoir renoncer à l'opium.

Ses éclats de rire restent intacts pour moi. Je me disais, je me dis toujours que c'est bien de vieillir comme ça, avec encore le goût de vivre et je me rappelle très bien la lumière qui pétillait dans ses yeux gris.

Elle avait été dans une précédente existence la femme d'André Malraux, sa première épouse. Mais elle était aussi, sous ce nom qu'elle était fière d'avoir gardé « contre vents et marées », l'auteur de Mémoires que j'admirais. Leur style primesautier et la passion qui les animait page après page, malgré la rupture, les drames et le passage du temps, m'avaient captivée.

Je la revis quelques jours plus tard, dans un décor tout différent, où une équipe de télévision avait eu l'idée de la filmer, à propos d'André Malraux, bien sûr, qui était le héros de l'émission : un compartiment somptueux de l'Orient-Express. Installée dans son pullman de première classe, comme une héroïne de cinéma, elle paraissait aussi à l'aise sur le velours rouge, parmi les vieux ors du passé que sous les projecteurs. Une vraie star. Le train devait évoquer ses nombreux voyages vers l'Orient, en compagnie de son ex-mari : leurs pérégrinations en Indochine dans ces années folles qui, pour eux deux, l'avaient été vraiment.

Rajeunie, pimpante, elle avait cette fois, par intermittence avec sa naturelle gaieté, un ton mélancolique. A plusieurs reprises devant la caméra, dans ce décor à la Garbo, elle allait avouer que la vie l'avait blessée et, tout particulièrement, l'amour. Elle avait partagé beaucoup de choses avec Malraux : la passion des livres, de l'art et des voyages, le goût insensé de l'aventure et la liberté de vivre à grandes guides, quelles que soient les difficultés ou les circonstances. Avec lui, disait-elle avec du vague à l'âme, elle ne s'était jamais ennuyée. Elle avait assisté à la naissance de ses premiers livres et les avait tous lus en manuscrits. Il tenait alors à son jugement autant qu'à sa présence à ses côtés — une présence dont je pouvais constater qu'elle était toujours tonique et chaleureuse.

Elle parlait sans gêne ni fausse pudeur, non seulement de l'écrivain ou de l'aventurier, mais de l'homme Malraux. Elle ne celait rien de leur vie privée, partagée pendant plus de quinze ans, de leurs adultères respectifs ni du « plaisir » qu'il lui donnait. Cela m'autorisait à lui poser des questions indiscrètes et j'osai même lui demander :

« Est-ce que Malraux faisait bien l'amour ? », sans qu'elle se montre choquée le moins du monde.

Loin de se dérober, elle me répond du tac au tac : « Bien... Très bien... », avant d'ajouter après un silence, comme si elle revivait tout ça : « Un peu trop appliqué parfois. »

Il l'avait trahie pour une autre femme.

« Si ça n'avait pas été elle, ça aurait été une autre », et elle semblait en être persuadée.

Puis il l'avait abandonnée, ce qu'elle ne lui pardonnait pas. A quatre-vingts ans passés, elle continuait de parler de l'auteur de *La Condition humaine* comme de l'homme de sa vie. Malgré sa rancœur, Clara n'avait jamais renoncé à lui. D'où ce nom auquel elle tenait par-dessus tout et que beaucoup lui ont reproché de garder après le divorce : il était sa fidélité et sa raison d'exister. Je me souvenais que Lesley Blanch, la première épouse de Romain Gary, écrivain elle aussi, conserva jusqu'à sa mort, accolé au sien, le nom de l'époux dont elle était séparée mais qu'elle aimait toujours. Centenaire, alors que Romain Gary était mort depuis un quart de siècle, elle affichait encore sur la boîte aux lettres de sa villa de Menton : Lesley Blanch-Gary... Clara Malraux faisait encore mieux : son nom de femme mariée, c'était le seul qu'elle revendiquait.

Pendant notre entretien puis dans l'Orient-Express, elle a toujours admis la supériorité intellectuelle de Malraux et son écrasant génie créateur. Elle reconnaissait avec un petit rire qu'il lui en imposait et même qu'il la dominait. Si elle tentait de se hisser jusqu'à ses hauteurs himalayennes — car c'était là qu'il habitait la plupart du temps –, elle se sentait impuissante à le rejoindre. Elle aurait bien voulu pourtant, elle s'était donné beaucoup de peine. Elle avait dû lutter contre l'éducation et la morale bourgeoises de sa famille – rien n'avait été facile. Mais tout lui avait été naturel : elle aimait cet homme qu'elle jugeait exceptionnel par l'intelligence, les dons artistiques et la puissance à rêver.

Elle avait passionnément aimé la vie à ses côtés.

En même temps, elle voulait s'exprimer. Elle avait une envie folle d'écrire : tant qu'elle a vécu avec Malraux, elle n'a jamais osé. Il l'avait prévenue : l'écrivain c'était lui, pas elle. La femme, il ne s'en cachait pas, il la préférait soumise et douce, dans l'ombre du grand homme. Il avait bien tenté d'inventer quelques walkyries dans ses fictions – ces belles et fugitives silhouettes, au dangereux parfum d'aventurières, ne font pour ainsi dire que passer et ne volent pas la vedette aux Kyo, aux Gisors, aux Vincent Berger : ses héros.

En essayant d'exister par elle-même, Clara agaçait Malraux.

Il lui disait : « Mieux vaut être ma femme qu'un écrivain de second ordre. »

Cette phrase exaspérait Clara et elle la répétait drôlement, de sa voix gouailleuse.

Rue de l'Université, elle m'a raconté beaucoup de choses que j'ai notées. A un détour de la conversation, elle a aussi lancé cette phrase que je pouvais interpréter comme un conseil amical : « Il ne faut pas rester assise au balcon à regarder la vie passer. Il faut vivre. Il faut participer. »

C'est toute sa vie.

I
« J'ai existé avant de vous connaître »

Avenue des « Chats laids »

La vie de Clara commence dans un hôtel particulier du XVIe arrondissement parisien. Reliant la rue du Ranelagh à la rue de l'Assomption, la voie pompeusement déclarée avenue des Chalets est un domaine privé qu'ouvrent et que ferment de hautes grilles en fer forgé. Pour Clara, c'est l'avenue des « Chats laids ». Elle abrite dix jolies villas aux toits pointus, chacune construite sur deux étages, au milieu de jardins embaumant selon les saisons le lilas, la rose ou le tilleul. Née rue des Gobelins, où ses parents avaient emménagé après quelques brèves années rue Gay-Lussac, Clara n'avait pas trois ans quand ils se sont installés à Auteuil, dans ce havre de paix aux parfums de campagne, au cœur d'un des beaux quartiers de la capitale. Il y fait bon vivre, loin de l'agitation du travail et du commerce, dans un voisinage agréable, aéré, harmonieux. Le peintre Chapelain-Midy, dont les paysages seront très prisés dans l'entre-deux-guerres, y aura un jour son chalet. Sept pièces, une cage d'escalier avec une épaisse moquette rouge à motifs bleus, des rideaux lourds frangés de soie, des canapés capitonnés, des meubles louis-philippards, des pièces d'argenterie : l'intérieur de la maison respire une opulence où se signale l'appartenance de la famille à la bourgeoisie cossue.

Clara va vivre heureuse avenue des Chalets, jusqu'à son mariage et même au-delà. Elle grandit dans un foyer uni, à l'atmosphère paisible, auprès de parents qui s'aiment et de deux frères turbulents qui semblent l'encadrer comme deux sentinelles – André, de trois ans son aîné, et Georges, de trois ans son cadet. Bientôt viendra vivre avec eux le plus jeune frère de sa mère, Richard. Dans la maison voisine, vivent un autre oncle – Franz, frère de son père –, son épouse et leurs deux enfants. La famille n'est pas restreinte au premier cercle : on s'entend très bien dans cette parentèle – les pères travaillent ensemble, les mères brodent et les cousins jouent dans une joyeuse communauté. N'oublions pas les domestiques, ainsi qu'on les appelle encore à cette époque : la cuisinière, le maître d'hôtel et la femme de chambre. Quand Clara a du chagrin, elle va se réfugier dans les jupons de la cuisinière, qui tolère sa présence au sous-sol, à condition qu'elle reste sagement assise et la regarde rouler la pâte ou éplucher les légumes, sans toucher à rien. Mais elle est servie à table, en même temps que ses frères.

La voici en petite fille modèle : petite en effet, très petite et pas du tout jolie, les cheveux épais, noués par un ruban, marron en semaine et blanc le dimanche. Ses yeux gris sont sa seule beauté : dans les romans du début du siècle, on les aurait qualifiés de « pers ». C'est que ni verts ni bleus, mais tirant plutôt sur le vert, ils contiennent des reflets clairs et brillants ; dans la mythologie, Athéna, déesse de la sagesse, avait des yeux pers. Clara pose avec ses parents. Le père, un bel homme à la moustache conquérante, les cheveux coupés en brosse, a des yeux d'un gris vrai, plus dur que celui de Clara, et l'élégance révélatrice du grand bourgeois – chemise au col amidonné, costume solennel, souliers vernis. La mère est une femme menue, au teint clair, qui regarde avec adoration son mari, son aîné de quinze ans. Jamais Clara n'a entendu ses parents se disputer. Une parfaite harmonie règne entre eux. Elle voit souvent son père enlacer sa mère et l'embrasser. De ses deux frères, l'aîné est le plus taquin et le plus batailleur ; Clara pleure souvent à cause de lui. Le plus jeune, d'une petite taille comme Clara et leur mère, aime au contraire se blottir contre elle. Il lui arrive même de l'appeler « maman ». Portrait idyllique en somme, du cercle de famille.

Seule ombre au tableau : la nurse. *Fräulein* – le mot allemand pour « Mademoiselle ». Les « nannies » anglaises ne sont pas plus sévères ni plus autoritaires. Cette Tchèque, de religion calviniste, embauchée parce qu'elle parle allemand, ne s'adresse aux enfants que dans cette langue. Chargée de veiller à leur éducation, leur santé, leur hygiène physique et mentale, elle gère l'emploi du temps avec une rigueur maniaque. Lever à sept heures, douche froide, petit déjeuner rapide, la vie commence à l'aube à la militaire, enchaîne sur études, jeux et promenades sous sa surveillance et s'achève après le repas du soir par une séance de prières. C'est elle qui éteint la lumière et souhaite la bonne nuit – *Gute Nacht* –, sans pour autant relâcher sa vigilance puisqu'elle dort dans la même chambre que les deux plus jeunes. De sorte qu'elle veille aussi sur leur sommeil. Aucun relâchement dans la discipline qu'elle impose. Jamais aucune douceur. Seule la mère de Clara, d'une nature indulgente, vient de temps à autre exiger qu'ils puissent dormir un peu plus tard quand ils sont fatigués ou manquer l'école. Fräulein

Amalie Estérak aura bel et bien, selon le mot de Clara, « empoisonné son enfance ». La petite fille déteste sa tutelle qu'elle vit comme une tyrannie. C'est sa première confrontation avec une autorité indiscutable et sa première velléité d'insubordination. La nurse l'a à ce point marquée que, plus de cinquante ans plus tard, elle ouvrira ses Mémoires sur son personnage et intitulera son premier chapitre « Fräulein ». Titre révélateur de son importance dans sa vie de petite fille. Une vie balisée et formatée, soumise à une discipline rigide, contre laquelle Clara éprouve très tôt un vain désir de désobéissance. Sa révolte s'exprime dans les crises de larmes, qui explosent à la moindre contrariété et sont si fréquentes, si habituelles que sa famille, ne s'en inquiétant même plus, l'a surnommée « la petite cruche à larmes » – *Tränen Krügche*.

Clara extériorise ses émotions, ses états d'âme. Son entourage ne peut rien ignorer de ce qu'elle ressent.

Cela ne l'empêche pas de cultiver aussi son jardin secret. La petite fille s'est construit une maison dans la maison : un coin rien qu'à elle, blotti contre la grosse armoire où l'on range les draps, dans la pièce qui sert à la fois de lingerie et de nursery. Cet espace interdit d'accès à ses frères, elle en garde jalousement l'entrée : son landau à poupées sert de poste-frontière. Elle entasse là ses poupées, qu'elle appelle ses enfants, sa dînette et les trésors qu'elle accumule : des cailloux. Pendant ses promenades, malgré les consignes de la nurse qui tient à ce qu'on marche d'un bon pas, Clara repère ceux qui ont une jolie forme ou une jolie couleur, se baisse, ramasse et cache son trophée dans sa poche. Sa collection l'enchante. Elle lui attribue des pouvoirs magiques, sans doute parce que les cailloux ont sauvé la vie du Petit Poucet. Lorsqu'un beau matin, sa mère, d'accord avec Fräulein, ordonnera de les jeter, Clara sera désespérée. Elle hurlera, se roulera par terre, menacera de se tuer. Au point d'inquiéter les voisins, alertés par ses cris. Il y a chez la petite fille modèle, si sage en apparence, beaucoup de passion, des fureurs contenues qui tiennent à cet excès de discipline qu'on exerce sur elle, au sentiment de frustration de n'avoir à vivre que pour obéir.

Née Goldschmidt

Née à Paris, le 22 octobre 1897, Clara vient au monde sous la nationalité allemande et la gardera jusqu'à l'âge de huit ans, en 1905, date à laquelle son père sera naturalisé. L'allemand est sa langue maternelle, celle qu'on parle à la maison, le français sa seconde langue – une langue d'adoption. Ses parents sont tous deux originaires d'Allemagne du Nord, de territoires récemment annexés par la Prusse.

Son père, Otto Jakob Goldschmidt, venu du Brunswick (*Braunschweig*), en Basse-Saxe – ancien royaume de Westphalie –, a émigré à Paris à l'âge de vingt ans, en 1881, pour s'établir à la Halle aux cuirs où il exerce la profession de négociant en peaux. Intermédiaire entre l'équarrisseur et le tanneur, il achète et revend ce qu'on appelle « le cuir vert », c'est-à-dire le cuir brut, sans poils. Son affaire, prospère et solide, compte des clients en France mais aussi en Allemagne et dans d'autres pays de l'Est, en Russie notamment, ainsi qu'en Amérique du Sud et quelques-uns en Asie. Associé à son frère Franz, Otto Goldschmidt peut être fier de sa réussite qui permet à sa famille de mener grand train. La Halle, aujourd'hui détruite, au premier étage de laquelle le père et l'oncle de Clara avaient leurs bureaux, s'élevait depuis le Moyen Age à l'emplacement de l'actuelle faculté de Censier, entre les rues de Santeuil et Censier, dans le Ve arrondissement. Tout le quartier en était en quelque sorte imprégné. Après l'abattage des veaux, les peaux arrivaient aux entrepôts où, encore sanguinolentes, elles étaient stockées puis couvertes de saumure et séchées. Les restes de sang, recueillis et évacués par un système de rigoles dans la Bièvre, s'écoulaient dans la rivière souterraine au-dessus de laquelle toute la Halle était construite. Aux dires des témoins, une odeur âcre et violente s'en dégageait. Pour Clara, le métier de son père n'a cependant rien de concret : elle ne s'est peut-être même jamais rendue à cette Halle aux cuirs, qu'elle évoquera à peine dans ses Mémoires et où son père passait pourtant l'essentiel de ses journées. L'ambiance familiale de l'avenue des Chalets qui lui doit son parfum cossu et sa douceur de vivre ne rappelle en rien son dur métier.

Le choix d'Otto Goldschmidt de venir vivre en France garde une part de mystère. L'Allemagne du Nord n'offrait-elle pas assez de possibilités d'expansion et d'enrichissement à un jeune homme ambitieux et entreprenant ? Ou Paris offrait-il des débouchés intéressants ? Clara elle-même, en rassemblant ses souvenirs, ne se préoccupera pas de chercher les raisons de l'établissement de son père en France, comme si le choix allait de soi. Il n'en demeure pas moins qu'en 1881, date à laquelle Otto Goldschmidt, vingt ans, s'installe à Paris, la défaite de Sedan est encore une plaie ouverte, une plaie nationale, qui nourrit la germanophobie. Le siège de Paris, les lourdes dettes de guerre réclamées par Bismarck, la perte de l'Alsace et de la Lorraine : les Français, vaincus et humiliés, en veulent toujours aux Prussiens en qui ils détestent en bloc l'ensemble du peuple allemand. Ce sont pour eux des « Alboches » – le premier mot d'argot pour désigner les Allemands. Depuis 1889 (selon le dictionnaire étymologique[1]), ils les surnomment de la manière la plus revancharde des « Boches » et, accessoirement, des « Fridolins ». Mais cette rancune nationale ne semble nullement avoir gêné Otto Goldschmidt, ni entamé sa confiance dans le pays qu'il a délibérément choisi pour y fonder non seulement un négoce mais son foyer.

La mère de Clara, Grete Heynemann, est née à Magdebourg-sur-l'Elbe – une vieille cité hanséatique, au sud-ouest de Berlin, rattachée à la Prusse lors du congrès de Vienne, en 1815. Son propre père, Gustav Heynemann, a fait fortune dans le négoce de la pomme de terre. Otto et Grete se sont connus à Magdebourg – leurs familles se fréquentaient. Ils s'y sont mariés en 1893 mais pour retourner aussitôt à Paris. Bien décidés tous deux à s'enraciner en France, au mépris de la germanophobie.

Comme les Goldschmidt, les Heynemann sont à l'origine des Juifs portugais qui ont fui l'Inquisition au XVIIe siècle et ont fait souche en Hollande, à Amsterdam, avant de remonter la vallée du Rhin, pour se fixer en Prusse-Orientale au début du XIXe siècle. C'est en Prusse qu'ils ont pris leurs noms allemands, des noms d'emprunt destinés à effacer leur passé juif. Goldschmidt (de *gold*, l'or, et de *schmiedt*, le forgeron) veut être « celui qui forge de l'or ». Et Heynemann serait « l'homme de la forêt votive ». Contrairement à ce qui

---

1. Albert Dauzat, *Dictionnaire étymologique*, Larousse, 1938.

se passait dans d'autres pays limitrophes, comme la Pologne et la Russie, les Juifs n'étaient plus persécutés en Prusse depuis Frédéric II : le monarque avait banni les pogroms. Les Juifs pouvaient se déplacer librement et, du moins en théorie, exercer à leur guise leurs activités. Les deux familles Heynemann et Goldschmidt avaient pu prospérer et vivre en paix, en cultivant des valeurs laïques. D'après l'un de leurs descendants, Laurent Heynemann, petit-fils de Richard Heynemann et petit-neveu de Grete, leur départ serait lié au souci de développer leurs affaires en France, et pas du tout au contexte religieux ou racial. Celui-ci n'en était pas pour autant idyllique en Prusse, au quotidien. Dans les années quatre-vingt et quatre-vingt-dix, à Berlin, sont en effet attestés de nombreux actes de violence, souvent le fait de bandes organisées, qui prennent pour cible les Juifs ; on brûle les synagogues, on brise les vitres de leurs commerces, de leurs échoppes, on les chasse des cafés. Les mouvements et les partis antisémites se multiplient en Allemagne où plusieurs congrès internationaux sont réunis, notamment à Dresde, la grande et belle capitale de la Saxe, en 1882. Selon Léon Poliakov, dans son *Histoire de l'antisémitisme* (*L'Europe suicidaire 1870-1933*), « sur le plan général, à la veille de la Première Guerre mondiale, tous les partis et mouvements nationalistes ou conservateurs s'étaient imprégnés d'antisémitisme à un degré plus ou moins accusé, en sorte que deux grandes formations politiques seulement, la social-démocratie et le *Zentrum* catholique, ne manifestaient pas d'hostilité à l'égard des Juifs ». En 1893, l'*Antisemitische Volkspartei* (le parti populaire antisémite) remporte seize sièges au Reichstag – « A ce stade, écrit Léon Poliakov, les antisémites "purs" commencèrent à inquiéter par la démesure de leurs mensonges et leur mépris de la légalité. » On peut donc légitimement se demander si ce n'est pas un climat hostile devenu moins propice aux affaires, qu'Otto Goldschmidt a voulu fuir, en choisissant d'émigrer en France.

Un choix tranquille et sûr à ses yeux, inspiré par les Lumières d'un pays qui peut revendiquer la proclamation des Droits de l'homme. La France apparaît comme une terre d'accueil et de liberté où l'on peut commencer une autre histoire, se donner la chance d'une nouvelle vie. S'intégrer, s'assimiler jusqu'à faire table rase du passé et devenir français avec tous les siens : voilà le rêve, voilà la volonté clairement exprimée du père de Clara, qu'il partage avec son épouse. Les Goldschmidt seront français. Aucune hésitation ne semble avoir pesé sur leur décision. Aucune ombre au tableau.

Quand Clara vient au monde, en 1897, c'est cependant en pleine affaire Dreyfus. A peine trois ans auparavant, en décembre 1894, Alfred Dreyfus, accusé d'avoir livré des renseignements à l'Allemagne, a été condamné en conseil de guerre pour haute trahison, dégradé et déporté à l'île du Diable. Depuis lors, la France, et chaque famille presque sans exception en France, se déchire entre partisans et adversaires du capitaine. Clara n'a que quelques mois quand Zola publie son « J'accuse... ! » dans *L'Aurore*, magnifique plaidoyer d'un écrivain en faveur de l'innocence, « pour la justice et pour la vérité ». Comment ses parents ont-ils vécu la tempête qui ébranle le pays tout entier et les implique doublement, comme ressortissants allemands et comme Juifs, à une époque où une certaine presse fustige la ligue des Juifs, le complot de l'étranger, les liens entre l'Allemagne et les familles juives établies en France ? Clara n'en dit rien. La virulence de certains journaux n'a pu que leur rappeler en écho une précédente existence, soumise à la menace de l'antisémitisme. Mais cet antisémitisme, qu'ils ont pu croire circonscrit aux frontières de l'Est, leur révélait des ramifications en France. Bien avant l'Affaire, avaient paru des périodiques spécialisés, heureusement éphémères et à tirage confidentiel, tel *L'Antijuif* ou *L'Antisémitique* (en 1881 et 1883). Plus inquiétant, révélateur des mentalités, le champion toutes catégories de l'édition française, le best-seller de la deuxième moitié du XIXe siècle (114 éditions en un an !) était tout de même *La France juive* d'Edouard Drumont (1886). Un long pamphlet d'une redoutable violence et un fulgurant succès qui, pour Léon Poliakov, « créa en France un climat nouveau et pava le chemin de l'antisémitisme à grande échelle ». D'autant que ce climat d'antisémitisme, conséquence du nationalisme exacerbé par la défaite de 1870, contrastait avec l'époque du Second Empire où quelques Juifs célèbres venus d'Allemagne ou d'Autriche, comme Offenbach, ou d'origine plus lointaine comme Sarah Bernhardt ou Ludovic Halévy, librettiste adulé, avaient été l'objet d'un enthousiasme et d'une vogue passionnée.

L'affaire Dreyfus, sur laquelle ni Clara ni sa famille ne se sont jamais exprimés, provoqua dans divers pays d'Europe centrale, parmi des familles juives, des réactions à l'opposé de celles qu'on aurait pu attendre. C'est ainsi qu'en Lituanie, le père du philosophe Emmanuel Levinas décida d'émigrer avec toute sa famille en France et s'en expliqua plus tard : selon lui, un pays capable d'atteindre un pareil paroxysme fût-ce dans la polémique pour défendre un Juif ne pouvait être que le pays de la Justice.

Il est possible que les Goldschmidt aient développé la même argumentation. Mais ils n'ont jamais eu avec leur fille la moindre discussion, la moindre conversation à ce sujet. Elle était trop jeune pour s'en préoccuper ; et eux-mêmes ont soigneusement évité, semble-t-il, d'entrer dans le débat. A l'égard de leurs origines, ils tenaient avant tout à la discrétion. Leur principal souci était de s'implanter en France, non de revendiquer leurs différences. Ils ont préféré attendre que la tempête passe, sûrs qu'elle passerait. Les parents de Clara aimaient la France. Ils admiraient ses valeurs, ils lui faisaient confiance. C'est cette confiance qu'ils ont enseignée à Clara tout au long de l'enfance. De sorte que l'amour de la France lui vient en héritage d'émigrés d'Allemagne du Nord, anciens sujets du royaume de Prusse, des Juifs allemands, des « étrangers » comme on disait alors avec une nuance de méfiance.

Pour Clara, l'allemand, c'est avant tout la langue des contes et de la poésie. On lui a raconté très tôt les légendes germaniques ; elle connaît par cœur leurs dieux, leurs sorcières du Walpurgis, leurs princesses aux cheveux d'or. Ses mythes font partie de son imaginaire au même titre que les contes de Perrault. A la maison, contrairement à ce que l'on prétendra, elle n'a jamais parlé ni entendu parler le yiddish. On ne parle que l'allemand et, avec un rude accent chez son père et ses oncles, le français. Elle n'est pas non plus élevée dans les légendes juives ou la Bible, encore que la nurse protestante l'initie quelque peu à l'Ancien Testament. La famille est de conviction laïque. Chaque soir, quand les enfants sont couchés, c'est en allemand que Fräulein leur fait réciter des prières chrétiennes – les parents Goldschmidt ne s'en formalisent pas. L'une d'elles, quelque chose de très enfantin, dans le genre de « Que tes yeux, mon Père, veillent sur mon petit lit », se concluait par cette ritournelle : « *Müde bin ich, geh zur Ruh* ». Clara la répète inlassablement sans bien comprendre – elle croit que *Ruh* (« le repos ») est une « roue » de bon vieux moulin et elle entend le bruit de l'eau qu'elle brasse... C'est sur ce clapotis, sur ce *Ruh* si lent qu'elle s'endort, apaisée, un sourire aux lèvres.

Mots allemands, mots aimés. Pour Clara, ce sont les mots de la famille et de la tendresse. Mais aussi les mots du rêve. Des mots pour s'évader et pour s'endormir. *Geh zur Ruh... Ich liebe dich.*

Son bilinguisme natal lui donnera des facilités pour apprendre d'autres langues étrangères – l'anglais et des bribes d'italien. La culture des Goldschmidt se veut cosmopolite : Racine et Goethe, Dante et Shakespeare se lisent de préférence dans le texte original et avec un amour égal.

Malraux, lui, ne parlera jamais d'autre langue que le français.

Magdebourg-sur-l'Elbe

Chez les Goldschmidt, les racines allemandes, loin d'être coupées, sont fidèlement entretenues. Ils ont changé de nationalité sans pour autant se renier. Les enfants passent la plupart de leurs vacances chez leurs grands-parents maternels, à Magdebourg. Ils s'y rendent en train accompagnés de leur mère, qui s'ennuie tant loin de leur père, retenu par son travail à Paris, qu'elle en tombe malade et doit rester cloîtrée dans sa chambre, les confiant au reste de la famille. Clara adore ces séjours où, enfin libérée de la stricte routine, la vie lui apparaît plus ludique et plus joyeuse qu'à Paris. D'autant que dans la maison familiale, située Koenigsstrasse, en plein cœur de la ville, vivent encore trois jeunes oncles de Clara, Harry, Max et Hans – le benjamin, Richard, habite avec eux à Paris. Autant la villa de l'avenue des Chalets est calme et silencieuse, autant la maison Heynemann est trépidante. Il y règne « un bon bruit chaud ». D'une santé robuste, d'un tempérament expansif et généreux, qui contraste avec la fragile constitution de sa fille Grete, Louise Heynemann – *gross-mama* – a un faible pour sa petite Parisienne, ainsi qu'elle nomme Clara. Laquelle savoure cette préférence, qui lui donne un curieux sentiment de supériorité sur ses frères.

Le matriarcat n'est pas le propre des familles allemandes. Mais chez cette grand-mère autoritaire et volcanique, l'amour des filles est une profession de foi : une sorte d'émulation qui se transmettait de génération en génération, par les femmes évidemment. Comme la plupart des hommes, le grand-père de Clara, Gustav – *gross-papa* –, laisse d'autant plus régner son épouse qu'il en est toujours très amoureux. La grand-mère, divorcée d'un premier mari qu'elle a conduit au suicide, ce que ses enfants et petits-enfants n'apprendront qu'au lendemain de sa mort, a eu une jeunesse pour le moins tourmentée : quelques années après ce drame, *gross-papa* l'a enlevée à un second fiancé, le jour même de son repas de fiançailles ! Ce couple romantique, dont la tendresse réchauffe le cœur de Clara, exerce sur elle une grande attraction. C'est à ses yeux le couple idéal : plus encore que ses parents dont l'amour lui paraît aller de soi mais dont la douceur a quelque chose de triste, ses grands-parents donnent l'image de la joie de vivre, de l'exaltation, de la générosité.

La grand-mère, qui mérite bien son nom de « grosse mutter » à cause de son embonpoint, entraîne la petite fille au marché sur la place de l'Hôtel de Ville, où elle la présente avec fierté aux marchandes. On y palabre tranquillement, en admirant les vêtements de Clara, devant les étals de légumes et de fromages. On achète des gâteaux à la crème dans la meilleure pâtisserie de la ville. On va sur les bords de l'Elbe voir décharger les marchandises des bateaux : Clara se souviendra toute sa vie de l'odeur de saumure des cageots de harengs empilés en vrac sur les docks. Magdebourg, pourtant sale et laide – elle l'écrira –, la séduit par son pittoresque et sa vitalité. La ville gardera bizarrement pour elle la couleur blonde de la grande plaine qui l'entoure, couverte et frémissante de champs de blé. Une beauté d'enfance éternelle que ne lui permettront jamais d'oublier ni les guerres qui détruiront Magdebourg, ni les morts dans le cimetière juif pareil à un jardin, qu'elle ne manquait jamais d'aller visiter à chacun de ses passages, sa petite main dans celle de *gross-mama*.

Un chauffeur les conduisait partout : la vieille dame aimait la vitesse, et qu'on sorte de la cité rien que pour l'ivresse de rouler à quatre-vingts à l'heure au milieu des blés. Pourtant un jour, il les déposa devant un hospice où Mme Heynemann tenait à présenter sa petite-fille à une amie d'autrefois. Dans une salle commune, pleine de vieillards dignes des tableaux de Jérôme Bosch, elles s'arrêtent près d'un lit où se trouve cette amie inconnue et pendant plus d'une heure, sans pouvoir y participer, Clara assiste à la conversation. Elle ne pouvait pas tout comprendre – ce que les deux dames évoquaient, c'étaient des gens qu'elle ne connaissait pas, une autre vie qu'elle ignorait, un monde englouti comme l'Atlantide. Un monde de pauvreté sinon de misère, rude et cruel, qu'on se gardait bien d'évoquer dans la belle maison familiale, mais dont sa grand-mère paraissait pourtant familière. Clara devait en retenir le caractère tabou : car sa grand-mère, pourtant si bavarde et partageuse, lui fit jurer le secret. Clara ne devrait jamais parler de la visite à la vieille dame, ni à son grand-père, ni à sa mère, ni à ses oncles, ni à ses frères. Le secret leur appartiendrait à elles deux.

Lorsque la fillette revient à Paris, elle apporte avec elle les parfums, les saveurs de Magdebourg, et le son de la voix de la grand-mère, suave et emportée tour à tour, quand assis tous ensemble en famille, le soir après dîner, elle se mettait à raconter des histoires. Tirées de lointaines légendes, peuplées de princes et de monstres, de navires et d'oiseaux enchantés, Clara tâchait de se les réciter pour elle-même ou de les raconter à voix basse à son petit frère, qui l'écoutait avec ferveur dans son lit mitoyen. Alors l'amour de *gross-mama* traversait la frontière, l'enveloppait dans sa chaleur et venait bercer son âme de petite fille déracinée.

Ce qu'on ne lui a jamais révélé, ce qu'on lui cache soigneusement à Paris comme à Magdebourg, ce sont les racines juives de la famille tant paternelle que maternelle. On lui parle allemand, on lui raconte des histoires allemandes, mais elle ne connaît encore que cette vitrine du passé des siens. La promenade au cimetière juif est le seul rituel qui la rattache à des ancêtres inconnus près desquels, croit-elle, elle dormira un jour. Mais c'est une promenade, sans aucune implication religieuse, et sans qu'à cette occasion lui soit transmis le culte des morts. Non du tout un pèlerinage. Les Heynemann, pas plus que ses propres parents, ne transmettent à Clara la mémoire des racines. Ainsi ignore-t-elle que le premier ancêtre répertorié à l'arbre généalogique maternel, dont le nom s'est perdu au fil des générations, Mordechaï Nauen (anciennement Nahum), repose depuis 1695 au cimetière juif d'Amsterdam. Personne ne lui a raconté l'histoire ancienne des Heynemann et des Goldschmidt. Quant à sa grand-mère, Louise, tendrement aimée, sait-elle seulement qu'elle est née Itzigsohn, littéralement « fils d'Itzig », un nom lourd à porter à cette époque, à Magdebourg. C'est en effet celui du héros juif et méchant de *Soll und Haben* (1855), le roman de Gustav Freytag, l'un des romans les plus populaires dans toute l'Allemagne impériale. Itzig, prénommé Veitel, y incarne une sorte de Shylock : un personnage vicieux et repoussant, qui servait de faire-valoir dans le livre à Anton Wohlfart, le bon héros, l'Allemand.

Il y a beaucoup de silences et beaucoup de tabous sur le passé de Clara. Un passé qu'elle a découvert sur le tard – trop tard pour poser les questions à ceux qui auraient pu lui répondre.

Sainte-Clotilde

A Paris, quoi qu'il arrive, on ne lit pas Gustav Freytag... Clara, inscrite dès le primaire au cours Sainte-Clotilde, à Auteuil, va suivre sa scolarité dans cette institution religieuse, encadrée par des bonnes sœurs. C'est pour des raisons de commodité, parce qu'elle est l'école la plus proche de l'avenue des Chalets, que ses parents l'ont choisie. Elle va y apprendre à lire et à écrire, un peu de calcul, l'histoire de France mais aussi le catéchisme – comme toute jeune fille de souche française et catholique. Elle y sera une élève docile et appliquée, souvent première de sa classe.

À Sainte-Clotilde, Clara est la seule petite fille juive, mais elle a peu conscience de sa différence puisqu'elle suit les cours de catéchisme et assiste même aux offices, quoique sans communier. Ses parents, de leur côté, ne fréquentent pas la synagogue, ne pratiquent aucun rituel juif et fêtent Noël selon la tradition allemande, autour du sapin. Ils évitent à ce point de mentionner qu'ils sont juifs que le mot lui-même, trop peu familier, étonnera Clara quand elle l'entendra prononcer pour la première fois. La société française républicaine, qui se fonde sur les valeurs laïques de la Révolution – ces valeurs chères aux Goldschmidt –, n'en est pas moins chrétienne par ses racines et sa culture. Malgré la séparation de l'Eglise et de l'Etat, en 1905, date à laquelle Otto Goldschmidt obtient sa naturalisation, la France demeure en grande majorité catholique, même parmi les familles de conviction laïque. Les Goldschmidt ont bien conscience de leur marginalité. D'où cet enseignement catholique donné aux trois enfants : au prétexte de la proximité de l'école répond surtout leur désir de préparer la jeune génération au moule français et par là à une religion majoritaire, dont il leur importe peu que ce ne soit pas la leur.

C'est Fräulein qui, la première, a ouvert les yeux de Clara sur son identité juive. La maman d'une petite fille de Sainte-Clotilde ayant refusé son invitation à un goûter, « Pourquoi ne peut-elle pas venir à la maison ? » avait-elle demandé à sa nurse. « Parce que tu es juive », répondit Fräulein. En bonne protestante, un peu rude, éprise de vérité et satisfaite de l'avoir dite, elle ne jugea pas nécessaire de s'attarder sur la définition. De sorte que Clara ne reçut ni explication ni commentaire. Comme personne ne lui avait encore dit qu'elle était juive, elle en fut tellement frappée qu'elle n'osa pas interroger plus avant sa nurse ni ses parents. Elle se ferma sur cette révélation, pour elle un véritable choc, et en conçut pour longtemps un silence lourd, vaguement honteux comme un secret.

C'est alors que le frère aîné de Clara – André –, qui aimait bien se battre avec son petit voisin, son habituel compagnon de jeux, s'entendit un jour traiter devant sa sœur de... « Sale Juif ! » Le mot lui revenait, tout aussi mystérieux, accompagné cette fois d'un qualificatif injurieux, qui de son propre aveu la stupéfia. Ce petit voisin n'était autre que le fils de Jean Jaurès, dont le chalet jouxtait celui des Goldschmidt, en vis-à-vis. Des voisins d'ordinaire discrets, si l'on exceptait l'écho des discours que Jaurès déclamait d'une voix tonitruante et qui traversait le jardin. Mme Jaurès en personne vint s'excuser solennellement dès le lendemain auprès de Mme Goldschmidt, à l'heure du thé. Elle semblait ennuyée, gênée et, cherchant une excuse valable, prétexta tout à trac que son fils n'avait rien dit d'autre que... « Sale jésuite ! »

Clara : « Je ne savais pas du tout ce que pouvait bien être un jésuite, mais quand on racontait cette histoire, tout le monde à ce mot, éclatait de rire. » C'est dire le climat familial : on préférait prendre à la légère une affaire qui, autrement, eût pu paraître grave – l'indice sinon la preuve de cet antisémitisme français, devenu banal au point d'atteindre des familles socialistes, moins sectaires a priori, ouvertes à l'Internationale. L'insulte du petit Jaurès devait rester dans la légende familiale comme un mot d'enfant, et la réplique de la mère comme une bien maladroite plaidoirie, qui prêtait à en rire collectivement. Les Goldschmidt ne voulurent pas se sentir offensés.

A Sainte-Clotilde, là encore de son propre aveu, Clara n'eut pas à souffrir d'être juive. Les religieuses qui devaient espérer la convertir la traitaient comme les autres enfants. Le fait d'aller à la messe, de chanter les hymnes lui plaisait plutôt : c'étaient des moments de grâce, de poésie. Peu à peu, dans sa conscience enfantine, se forma une image de Dieu à plusieurs visages. Le premier, indulgent et doux, fut ce dieu humain du Nouveau Testament qu'enseignaient les religieuses d'Auteuil. Le second, plus sévère, plus exigeant, fut celui de la nurse, Christ revu et corrigé à la fois par Calvin et par Fräulein : celui qu'on priait le soir avant d'éteindre la lumière. Ce n'est que plus tard, et presque à son insu, que Clara découvrit le Dieu d'Israël, ce dieu que ne priaient à peu près jamais ses parents ni ses grands-parents, mais que venaient rappeler, deux à trois fois par an, quelques fêtes traditionnelles. Aucun antagonisme ne gênait la fillette, qui avait appris à amalgamer les trois visages de Dieu dans une foi naïve. Drôle de méli-mélo : trois religions, la catholique, la réformée et la juive, ont veillé sur l'enfance de Clara, dans une famille qui pourtant n'en pratiquait aucune, où le père professait volontiers son agnosticisme. « Les enfants s'y retrouveront quand ils seront grands », disait Otto Goldschmidt à son épouse, quand elle s'inquiétait devant eux d'un tel embrouillamini.

« La vérité c'est que je ne m'y suis jamais retrouvée », dira drôlement Clara près de soixante ans plus tard, à un journaliste qui l'interviewera[1].

---

1. Pierre Démeron, *Mémorables*, France Culture, 1973 : série de cinq émissions.

Le sentiment d'être juive à part entière, de tout son être et par ses plus profondes racines, elle va pourtant le découvrir assez tôt à Magdebourg-sur-l'Elbe. Elle a une dizaine d'années. Alors que sa grand-mère l'a emmenée goûter dans un restaurant de plein air, Clara va jouer avec les autres enfants dans l'espace qui leur est réservé, de l'autre côté de la haie – le *Spiel-platz*. Ses vêtements élégants, son chapeau cloche la signalent aussitôt à l'attention générale. Elle doit expliquer qui elle est, d'où elle vient, et cite fièrement le nom de son grand-père magdebourgeois, Gustav Heynemann. Un garçon en conclut prestement qu'elle est juive. Ce qui, dans le cercle qui entoure Clara, déclenche un changement immédiat d'attitude : hostilité, mépris, elle ne sait pas trop mais les ondes sont devenues si négatives autour d'elle qu'elle prend peur. Elle voudrait s'enfuir tout en se rendant compte qu'elle est prisonnière. Par chance, une autre fillette – une inconnue – vient à son secours, en affirmant que non, cette petite Française n'est sûrement pas juive, peut-être serait-elle protestante... ? Et Clara de dire non de la tête. Alors, catholique ?... Non, dit encore Clara, d'un même signe de tête effrayé. Ni protestante, ni catholique ? Alors, évangéliste ? suggère la fillette. Devinant que c'est là son dernier espoir, Clara cette fois opine de la tête. Oui, évangéliste, oui... et tant pis si elle ne sait pas ce que cela signifie. Le cercle se desserre et Clara, prenant ses jambes à son cou, court se réfugier près de sa grand-mère. Sans toutefois lui raconter ce qui vient de lui arriver. Toujours ce même silence...

Cette mésaventure devait lui inspirer une double réflexion : elle levait le voile sur sa marginalité, dont jusqu'alors elle n'avait pas eu conscience. Mais elle lui montrait aussi qu'on pouvait se trahir – devant les autres enfants, elle avait eu peur de dire qui elle était, peur de se définir par une différence capable de provoquer des réactions hostiles et elle avait menti. « Il ne faut pas que je pense qu'on m'a humiliée et que je me suis humiliée », écrira-t-elle dans ses Mémoires en se souvenant de cette confrontation. Elle aura à cœur dans sa vie de femme de ne plus dissimuler sa judaïté. Elle voudra même un jour la revendiquer, apprendre à en être fière ou à s'en montrer digne, ce à quoi son éducation laïque mêlée aux prières chrétiennes de Fräulein et aux leçons de catéchisme à Sainte-Clotilde, ne l'avaient nullement préparée.

Portrait de la petite fille en pied

Clara, à treize ans, a un tempérament passionné. L'enthousiasme et la colère, le rire et les larmes : familière des sentiments extrêmes, elle ne contrôle pas les émotions qui souvent la submergent. Alors on la gronde ou bien on se moque d'elle. Elle se sent incomprise. La discipline la rebute. Le manque d'autonomie la révolte. Elle a des crises de nerfs, manifeste sa rébellion inavouée par de l'anorexie. Maigrichonne et pâlichonne, elle fait souvent la tête, a des airs de bouder la vie. Mais elle a des fous rires – son humour qui sera un des traits constants de sa personnalité détecte le ridicule et s'en régale. Il sera son plus sûr allié dans la vie. Souvent malade, quand elle ne rit pas assez, toujours mal fichue, avec des migraines et des maux de ventre qui lui vaudront d'être opérée d'une appendicite à demi imaginaire, tout son corps, toute son âme réclament elle ne sait pas quoi, en tout cas autre chose que ce qu'elle a.

« Une sale môme de riche », voilà comment elle se définira plus tard. Elle ne manque de rien dans son enfance. Ni surtout d'affection. Même si sa mère, de son propre aveu, se montre plus épouse que mère et la laisse un peu trop grandir loin d'elle – du moins de l'avis de Clara – en compagnie de la nurse (demeurée au chalet jusqu'à ce que Clara ait huit ans) puis des gouvernantes, selon les principes couramment répandus de toute éducation bourgeoise au début du XXe siècle.

La petite fille doit vivre beaucoup de contradictions. Allemande à Paris, Française et même Parisienne à Magdebourg, où qu'elle soit elle est une étrangère, balancée entre deux pays, deux nations. Si elle parle allemand à la maison, on ne cesse de lui répéter que c'est bien la France sa patrie. Or, Clara aime Paris autant que Magdebourg et les contes de Perrault autant que les Nibelungen. Les deux langues, les deux cultures sont intimement liées dans son cœur : l'une n'existe pas sans l'autre. Comme deux histoires d'amour nées ensemble, développées ensemble et nourries l'une de l'autre, elle n'a pas envie de choisir entre les deux, en est d'autant moins capable qu'elle n'a pas encore conscience de posséder par là un vrai trésor. La découverte de sa judaïté complique d'autant plus son paysage intérieur que ses parents n'accompagnent nullement cette découverte, survenue malgré eux et dont Clara ne leur a pas parlé.

Rêveuse, imaginative, elle trouve refuge dans les livres qu'elle lit, les histoires qu'elle invente. Son plus jeune frère, en adoration, lui donne un peu confiance en elle. De même que l'amitié : des fillettes du cours Sainte-Clotilde ou des Magdebourgeoises, Lisbeth ou Amalie, l'aident tout doucement à sortir du cocon. Elle ose s'exprimer devant elles, dire enfin ce qu'elle pense, partager ses secrets. Ce seront des amitiés passagères qui ne la suivront pas dans sa vie d'adulte mais qui lui permettront de grandir. Le vrai problème de Clara, c'est qu'elle se sent longtemps petite. Toute petite. A cause de sa taille, qui finira par atteindre mais ne dépassera pas un mètre cinquante-quatre, elle est naturellement dominée par de plus grands qu'elle. Mais sa maigreur, ses petites mains, ses traits enfantins la font paraître plus jeune encore que son âge. La fillette qui rêve d'accéder à plus de liberté, à un autre statut que celui de l'enfance, souffre d'un complexe : sa petitesse et le sentiment de frustration, voire de non-existence, qui l'accompagne, auront rendu douloureuses les jeunes années pourtant vouées à être heureuses d'Auteuil et de Magdebourg-sur-l'Elbe. Sans la grand-mère allemande, qui a exprimé très tôt sa préférence et lui a communiqué la chaleur de son amour, Clara n'aurait peut-être jamais dépassé ce complexe. Peut-être n'aurait-elle jamais pu relever le défi d'être soi – ce que Malraux, un jour, lui reprochera. Car il l'aimait petite justement. Petite et frêle, à ses côtés.

« Je vous ai donné toutes les petites filles que j'ai été », lui dira-t-elle en l'épousant, consciente d'être complexe, éparse, multiple. C'est un des traits les plus attachants de Clara, cette diversité au départ. Alors que Malraux, même s'il n'a pas de projets précis, est tout lui-même, tout un et rien que lui, dans une espèce de certitude absolue de son moi, elle ne sait pas tout de suite qui elle est : le miroir lui renvoie plusieurs reflets.

Il y a Clara première de la classe, dévoreuse de livres « au-dessus de son âge » qui devraient lui être interdits (selon les amies de sa mère). Clara dans la lune, qui préfère les rêves au sport et la solitude de la lecture aux promenades au bois. Clara raconteuse d'histoires. Clara nulle en calcul. Clara capricieuse, qui refuse de se nourrir, boude dans son coin et qu'il est si facile de faire pleurer. Il y a la Clara sensible et vibrante, qui devine ou imagine ce qu'on lui cache ; la Clara rebelle, voire insolente ; la Clara du jour, nerveuse, maladroite – « il faut toujours que tu touches tout », dit sa mère qui lui reproche de tout casser. Mais aussi la Clara de la nuit qui s'endort comme une masse et se réveille avec des cauchemars.

A treize ans, elle a enfin une chambre pour elle toute seule avenue des Chalets. Une chambre bleue, la couleur qu'elle préfère. Bleu doux, bleu pâle : très en deçà de la passion qui brûle dans ce cœur agité et qui est pour longtemps un bleu d'incertitude. Comme Patrick Modiano l'a écrit pour lui-même dans *Un Pedigree*, récit de sa jeunesse jusqu'à sa vingt et unième année, « tout défilait en transparence et je ne pouvais pas encore vivre ma vie ».

La mort du père

Dans l'enfance de Clara, le père est une idole. La fillette, en conflit avec sa mère sur laquelle elle est encline à porter des jugements assez durs, lui voue une admiration sans bornes. Très grand et très beau dans son souvenir, il lui en impose par l'allure et la distinction. C'est un homme silencieux et calme, qui garde son mystère aux yeux de la petite fille. Elle voudrait l'éblouir, ne se sent plus de joie quand il lui offre un compliment – ce qui est rare, car il pratique plutôt l'ironie, cette même ironie dont a hérité, en plus amère, son frère André. Ainsi quand elle lui lit ses premiers essais littéraires se moque-t-il des situations peu vraisemblables qu'elle a imaginées : le jugement paternel la plonge dans le désarroi. Mais quand, lors d'une réunion avec des amis, Otto Goldschmidt présente sa fille avec fierté comme « une future poétesse », nul doute que sa vocation encore balbutiante se confirme. Le crédit du père lui apparaît essentiel : elle ne peut croire en elle qu'à travers sa foi à lui. Aussi se raccrochera-t-elle au-delà même de l'adolescence à cette définition improvisée, destinée à la mettre en valeur, elle qui est si timide : poétesse en herbe... Peu de personnes – et sûrement jamais Malraux – se porteraient plus tard garantes de son talent, de son statut. Le père croyait-il vraiment que sa fille serait écrivain ? Ou la phrase ne fut-elle qu'une tendre boutade ? Si insignifiante puisse-t-elle paraître, elle devait donner des ailes à Clara, ses premières ailes.

Tout est dit par le père et c'est si peu de chose. Clara n'aura pas le temps d'en recevoir beaucoup plus.

Car Otto Goldschmidt tombe malade quand Clara a neuf ans. Pour l'enfant, il souffre d'étouffements dont elle est le témoin plus étonné qu'inquiet. Rien de plus. Il s'agit pourtant d'une tuberculose, maladie mortelle en cette époque qui ignore les miracles de la pénicilline, mais maladie discrète en effet, qui ne demande pas de soins douloureux, n'exige que du repos et un régime approprié. Otto Goldschmidt doit cesser de travailler. Ayant remis son affaire aux mains de son frère et de son beau-frère, il entame une nouvelle vie qui va durer cinq ans : pour Clara, son père est simplement en vacances. Il passe neuf mois de l'année dans des villes d'eaux, dont les noms la font rêver et d'où lui parviennent régulièrement des lettres ou des cartes postales. Côte d'Azur, lacs italiens ou Forêt-Noire : tandis que les parents voyagent et semblent vivre au loin une éternelle lune de miel, les enfants sont confiés sous la tutelle de l'oncle paternel à la garde de Jeanne – leur nouvelle gouvernante. Une sorte de seconde mère, affectueuse et indulgente, qui leur permet d'oublier la main de fer de Fräulein.

Clara observe les ravages de la maladie sur son père, qui lui apparaît amaigri, affaibli à chacun de ses retours à Paris. Sa santé continue de se détériorer malgré les cures. Confiné à une chaise longue, de moins en moins apte à participer à la vie familiale, il impose à la maisonnée le silence des grands malades, qu'on craint d'importuner en s'agitant ou en parlant trop. L'avenue des Chalets devient un endroit où l'on chuchote, où l'on s'applique à ne pas faire de bruit. Un endroit parfait pour rêver, pour lire, mais empreint d'une lourde tristesse. Jamais personne n'a prononcé devant Clara le mot de tuberculose, ni tenté de lui en expliquer la gravité, même à mots mesurés.

La longue maladie paternelle provoque chez Clara un sentiment de jalousie à l'égard de sa mère. Ses parents ont toujours formé devant elle un couple uni et amoureux. Le soir, au salon, selon un rite immuable, ils s'enfermaient dans un tête-à-tête qui excluait les enfants : la mère brodait, le père lisait au coin du feu, près des lampes aux abat-jour rouges. Mais depuis qu'Otto Goldschmidt est tombé malade, Grete Goldschmidt se consacre plus que jamais à son mari, donnant à ses enfants l'impression que lui seul existe. Le travail n'étant plus un prétexte pour les séparer, elle semble vouloir vivre et respirer à ses côtés chaque seconde qui leur reste – et les secondes sont comptées. Clara, tenue à l'écart de ce grand amour, éprouve la solitude des êtres qui ont subi une séparation : elle envie sa mère. Elle voudrait prendre sa place, tenir la main de son père tout au long de ces mystérieux et attrayants voyages dans les villes d'eaux. Banale rivalité mère-fille, à peu près inconsciente, mais très forte dès l'enfance. La fillette insatisfaite éprouve le violent désir d'être aimée à son tour, comme ses parents se sont aimés, c'est-à-dire idéalement à ses yeux. Et c'est ainsi qu'elle concevra désormais l'amour : l'harmonie, la communion.

Insigne privilège, elle a le droit d'accompagner ses parents à Nice et au Cap-Martin, pendant tout le mois de février 1910 – elle y découvre, éblouie, la Méditerranée.

Mais en juillet 1911, c'est à Baden-Baden qu'elle se trouve avec son plus jeune frère, dans la villa que ses parents ont louée, lorsque survient le drame. Otto Goldschmidt vient tout juste de fêter, la veille, ses cinquante ans. A cette occasion, il a quitté son lit, s'est exceptionnellement habillé pour descendre au salon goûter avec les enfants. La nuit suivante a été mauvaise. Alertée par un pressentiment ou plus probablement par une agitation inhabituelle dans la maisonnée, des allées et venues incessantes, Clara est réveillée le 13 juillet à l'aube lorsque Mme Goldschmidt pousse la porte de sa chambre. Dans son peignoir de ratine rouge, le visage blême et les traits durcis, c'est une apparition effrayante. La gorge serrée, Clara articule : « Papa ? » et se met à pleurer.

A cette interrogation angoissée, la mère ne répond que par un seul mot, allemand bien sûr, un mot nu et brutal, un mot cinglant : « *Todt.* » Puis elle tourne le dos et referme la porte.

Aucune explication. Aucune consolation. La mère n'a pas pris Clara dans ses bras. Elle a dit : « *Todt.* »

Et Clara n'a pas besoin de traduire. *Todt*. Son père est mort.

Elle aura à transmettre ce message funèbre à son petit frère, qui dort près d'elle dans un lit jumeau.

Elle ne verra son père que le lendemain, en chemise de nuit, dans son cercueil : sans ses lunettes, il lui paraît plus jeune. Elle ne le reconnaît pas. L'arrivée des oncles paternels et maternels, accompagnés de leurs épouses, élargit le cercle. Jeanne a revêtu un uniforme noir. Elle-même et Georges devront porter un brassard. Clara verra pour la première fois pleurer son grand frère, arrivé d'Angleterre. Puis il y aura l'enterrement à Paris auquel elle n'assiste pas, au cimetière Montparnasse où la famille Goldschmidt a acheté une concession à perpétuité et où repose déjà la grand-mère dont elle porte le prénom. Avec Georges et leur mère, elle passera un séjour de convalescence à Magdebourg, où elle devra subir le défilé des condoléances et le silence inhabituel de l'appartement de la Koenigsstrasse en deuil. Pendant tout ce séjour, Mme Goldschmidt, murée dans le chagrin, gardera la chambre, refusant d'échanger avec quiconque le moindre mot de consolation.

A leur retour à Paris, la fillette surprendra cette confidence de sa mère à l'une de ses amies : « J'aurais bien donné mes trois enfants pour garder mon mari. » Elle en éprouvera sur-le-champ la cruauté, trop consciente du lien qui unissait ses parents et par là l'excluait, aggravant son sentiment de solitude.

Todt.

Alors qu'elle a treize ans, le deuil entre dans la vie de Clara.

« Laissant maman dépareillée » ainsi qu'elle l'écrira, la mort du père laisse Clara orpheline d'un amour essentiel – « Entre lui et moi il y a toute la distance d'un premier amour que je n'ai pu vivre jusqu'au bout. » Ce père absent, qu'elle a certainement idéalisé – Malraux le lui fera plus d'une fois remarquer –, sera pour elle toujours présent, toujours vivant. « Au centre, mon père », ainsi le voit-elle. Parce qu'elle a la certitude qu'il a cru en elle, parce qu'elle se fonde sur son amour, qu'il l'aide encore à vivre. Même mort.

Tics

A l'adolescence, peu après la mort de son père, Clara se met à cligner les yeux. Toutes les trois, quatre secondes, elle bat des paupières : « le monde ne m'apparut plus qu'à travers les lamelles d'un store à l'italienne. » L'oculiste de la famille déclara qu'il s'agissait d'une « habitude » que les bains oculaires aideraient à guérir. Aujourd'hui un psychologue – mais la mode n'était pas encore venue de consulter à tout propos un psy – décèlerait sans peine un signal révélateur d'angoisse. Clara l'avoue : elle a peur de rester petite fille pour la vie. Formée très tard, après ses quinze ans, au point d'inquiéter sa mère qui l'emmène chez un gynécologue, elle s'imagine qu'elle ne deviendra jamais une femme, qu'aucun homme ne voudra d'elle comme épouse et qu'elle n'aura donc pas d'enfant.

C'est le même complexe d'infériorité, récurrent chez elle dès l'enfance, qui se manifeste une fois encore dans ces tics disgracieux : elle a peur de ne pas se montrer à la hauteur. Depuis la disparition d'Otto Goldschmidt, elle se croit investie d'un nouveau devoir de responsabilité envers sa mère et son plus jeune frère. Envers ce dernier, son « bébé », son attitude est assez naturelle puisqu'elle se considère depuis sa naissance comme sa vraie maman. Est-ce pour cette raison que Georges, encore plus petit qu'elle, semble lui aussi ne pas pouvoir grandir ? Clara a surpris son oncle alors qu'il déclarait à sa mère que son plus jeune fils ne dépasserait jamais la taille d'un nain ! Quant à Grete Goldschmidt, qui se remet mal en effet de la mort de son époux, elle lui paraît désormais fragile, incapable d'assumer son rôle de chef de famille. Au-delà de ces préoccupations, elle inquiète Clara. La fillette redoute même de sa part le pire : qu'elle en vienne à se suicider. Au moindre retard, quand Grete s'est attardée en ville, Clara se tient nerveusement près du téléphone très tôt installé dans la maison, ou colle son nez à la fenêtre pour surveiller la grille d'entrée. Le soir, si sa mère sort dîner, elle guette son retour et ne s'endort qu'une fois certaine de l'avoir entendue monter l'escalier. Cette inquiétude, sentiment vague et douloureux qui la submerge, n'est peut-être qu'une prémonition : Grete Goldschmidt, que la mort de son mari va précipiter dans une incurable neurasthénie, se suicidera en effet, en 1938.

Pendant plusieurs mois, abandonnant sa chambre bleue, Clara dort près de sa mère, dans le petit lit qu'occupait son père malade. Veilleur inquiet, guetteur en alarme, elle monte bravement la garde contre les démons du désespoir. Elle vit sous la menace d'une prochaine catastrophe. Prenant sur elle, en appelant à tout son courage, il est probable qu'elle présume de ses forces. Pour pallier l'absence de son père et éviter que les siens ne sombrent, elle s'est voulue adulte et rassurante mais son attitude lui demande trop d'efforts.

Ses tics de l'œil sont passagers. Contrairement à ceux qui affecteront Malraux, de manière spectaculaire, dès son plus jeune âge, ils vont bientôt disparaître, à l'heure biologique, quand elle deviendra enfin une femme, et ne se manifesteront plus que de loin en loin, de retour en cas de grande fatigue.

La Première Guerre

En 1914, à la déclaration de guerre, Clara a seize ans et demi, Malraux n'en a pas encore treize : leur adolescence prend tout à coup la couleur du drapeau tricolore et reçoit en musique de fond les couplets vengeurs de *La Marseillaise*. « Ce qui nous distinguait de nos maîtres, à vingt ans, dira Malraux à Jean Lacouture, c'était la présence de l'Histoire. Pour eux, il ne s'était rien passé. Nous, nous naissions au cœur de l'Histoire qui a traversé notre champ comme un char... »

Clara assiste avec son frère aîné au départ des troupes qui défilent sur les boulevards ; elle entonne au milieu de la foule, recueillie et grave dans son souvenir, ce qui devait être un chant de victoire – les Français demain seraient à Berlin. Dans la chanson, Berlin rimait avec certain... Au moment d'acclamer les régiments, prise dans un élan de ferveur populaire, elle se sent transportée de joie. « La guerre m'enlevait mon enfance, ma double sécurité, dira-t-elle, mais en compensation elle me donnait le même passé qu'à ceux qui vivaient autour de moi. » C'est dans cette communion avec le peuple français qu'elle prend conscience de son appartenance, à cet instant qu'elle peut clairement nommer sa patrie. A admirer les soldats en pantalon garance, une fleur rouge à la baïonnette, elle n'a même pas pensé à ses compatriotes d'origine, devenus soudain pour elle des ennemis, là-bas de l'autre côté du Rhin. Ils doivent défiler en sens inverse en claironnant eux aussi des chants de victoire. Paradoxe ou illusion des frontières : pour Clara, la guerre commence comme une fête vécue main dans la main avec ses frères, avec ses oncles, les Goldschmidt et les Heynemann de Paris, avec sa propre mère qui a juré que « si jamais l'Allemagne gagnait la guerre, elle ne retournerait plus jamais à Magdebourg ». La famille Goldschmidt unanime applaudit à tout rompre le beau projet de reprendre l'Alsace et la Lorraine ; elle n'hésite pas à se déclarer patriote, alors même que l'ennemi qui marche vers eux avec son casque à pointe et ses hautes bottes parle allemand comme eux, la belle langue de Goethe et de Novalis.

Dans cette famille, qui aime son pays d'exil et d'adoption plus fort que le pays de ses ancêtres, la guerre suscite un drame particulier : Richard, le plus jeune frère de Mme Goldschmidt, marié à une Française et « plus patriote français à lui seul que toute une maisonnée parisienne », dira Clara, se trouvait par hasard à Magdebourg au moment de la déclaration de guerre. Pas encore naturalisé, il dut se soumettre à son ordre de mobilisation et se trouva enrôlé pour le restant des hostilités. Il allait devoir combattre cette France qu'il aimait, qu'il avait choisie pour y fonder son foyer et dans laquelle il reviendrait après-guerre, en vaincu. Sa femme, née Dreyfus en Amérique du Sud et qui n'avait encore jamais mis les pieds en Allemagne, se trouva aussitôt inquiétée par les autorités françaises : du fait de la loi, une épouse adoptant la nationalité de son époux, elle était allemande de même que ses enfants. Et par là suspecte de connivence avec l'ennemi. Elle dut trouver refuge en Suisse, où elle allait passer les quatre ans de guerre avec ses deux enfants, Denise et Didier (ce dernier est le père de Laurent Heynemann, producteur et réalisateur de cinéma). Maigre consolation : envoyé sur le front de l'Est, en Roumanie, Richard Heynemann n'aurait pas à combattre les armées françaises dont toute sa famille de Paris souhaitait la victoire.

L'inévitable déchirement, pour Clara, viendra plus tard. Quand seront passées la première période d'exaltation, la vague d'enthousiasme bleu blanc rouge. Alors, elle reviendra par le rêve et le souvenir à Magdebourg… et elle prendra conscience à quel point cette guerre, déjà si absurde comme toutes les guerres, le devient tout particulièrement pour elle, allemande et française à la fois. Même si, comme l'ensemble de sa famille, elle a choisi son camp sans hésiter et s'affirme française sans ambiguïté, elle ne peut que souffrir de voir s'affronter la rage des nationalismes et la haine de ses deux patries. Prise dans la nasse de l'Histoire, alors qu'elle est presque encore une enfant, elle va voir le monde qu'elle aimait perdre ses repères et devenir fou. Tous les ponts sont aussitôt coupés avec l'Allemagne : plus de liaisons autorisées, ni par courrier ni par téléphone, toute communication devient impossible avec Magdebourg. Les grands-parents maternels de Clara, ses oncles allemands sont désormais injoignables. Plus de nouvelles pendant quatre ans. La grand-mère, la belle et tonitruante Louise Heynemann, en tombe malade. Elle ne supporte pas la séparation que la guerre lui impose avec sa fille Grete et sa petite-fille préférée : elle va littéralement mourir de chagrin, loin d'elles et sans avoir pu les revoir.

André Goldschmidt, le frère aîné de Clara, vingt ans en 14, n'est pas immédiatement appelé, mais il va l'être dès le début de l'année suivante. Ce sont Clara et sa mère qui ouvrent pour lui son ordre de mobilisation, arrivé par la poste. Envoyé en première ligne, il va connaître le feu dans l'infanterie d'abord, à Sens et au Bois-le-Prêtre, puis dans l'aviation. Il pourra décrire à Clara la boue et l'horreur des tranchées. Ce n'est qu'à sa première permission, survenue après un an entier passé sans répit sur les lignes, en écoutant les récits peu prolixes et même réticents qu'il accepte de livrer sur sa vie au front et ses combats, que sa jeune sœur va comprendre ce qu'est vraiment la guerre, sa dure réalité. La violence et l'amertume altèrent le caractère d'André ; la rancune qu'il ne dissimule pas à l'égard des chefs politiques, la colère qu'il exprime contre le sort odieux d'être un soldat la stupéfient d'autant plus qu'elle connaît son courage, sa combativité. La guerre ne serait donc pas la belle et noble aventure qu'elle croyait, cette épopée littéraire – Honneur et Patrie – dont son éducation a bâti la légende, mais une expérience injuste, cruelle, odieuse pour tous les jeunes hommes de sa génération. Son frère le lui fait remarquer, elle a la chance d'être née fille, pour échapper aux baïonnettes, aux tirs d'artillerie, au froid, aux poux, aux rats et aux ordres des généraux qui vous envoient au poteau à la moindre indiscipline. En permission à Paris en 1916, André prend un jour l'autobus avec Clara. Il porte son uniforme. Un monsieur d'un certain âge, arborant rosette à la boutonnière, l'interpelle :

« Alors, jeune homme, vous avez tué beaucoup de Boches ? »

Il s'en fallut de peu pour que le jeune homme ne saisisse le vieux monsieur au col :

« Je ne suis pas un boucher », lui hurla-t-il en pleine figure, tandis que Clara horrifiée le tirait par la manche.

A voix haute et même très haute, en marchant dans les rues à ses côtés, il disait ce qu'il pensait de tous ces civils, ces « planqués de l'arrière » qui continuaient à mener la belle vie pendant que d'autres se faisaient tuer au front.

Pour André Goldschmidt et désormais pour Clara qui verra ces quatre années à travers les yeux de son frère, l'héroïsme n'est pas un vain mot. « André râlait ferme mais se battait bien », écrira Clara : il obtiendra deux belles citations, l'une dans l'infanterie, l'autre dans l'aviation. Néanmoins, la guerre, elle, ne peut plus être chantée ni acclamée comme dans les rues de Paris en 1914. Laide, sale, injuste..., qu'ils soient français ou allemands, les mots sont les mêmes pour la désigner. *Schrecken*. Atrocités. Les fleurs sont tombées des fusils. Clara n'en garde pas moins au cœur un vrai patriotisme : l'amour de la France, que ses parents lui ont enseigné, dépasse pour elle le dégoût et l'horreur. Elle l'écrira : si elle l'avait pu, elle serait allée se battre aux côtés de son frère André pour défendre son pays – leur pays –, fût-ce contre la Prusse, la patrie de sa grand-mère Heynemann.

De jeunes morts viennent renforcer ce sentiment. Ce sont deux amis de son frère aîné, avec lesquels elle fréquentait avant la guerre les cours de danse de Baraduc, rue de Ponthieu : une escale bon chic bon genre pour les jeunes gens de la bourgeoisie traditionnelle qui y trouvaient parfois l'élu(e) de leur cœur. Les deux garçons habitaient l'avenue des Chalets. Le premier fut tué dès les premiers jours des combats. Le second, blessé d'un éclat d'obus aux reins, Clara lui rendit visite quotidiennement à l'hôpital du boulevard Montmorency où elle le vit mourir après un long martyre. Elle avait un petit béguin pour ce garçon, qui savait si bien danser et serait peut-être devenu son fiancé. Il restera pour elle ce jeune homme de vingt ans sacrifié sur l'autel de la patrie – une patrie française, qu'elle veut aimer malgré tout.

Pour Clara, inscrite en 1913 au lycée Molière (XVIᵉ arrondissement), la scolarité s'achève avec la guerre : n'ayant étudié que quatre mois à Molière, elle a reçu les leçons à domicile d'un professeur particulier – une femme, ancien professeur d'histoire au lycée – qui lui a surtout enseigné ses convictions socialistes et antimilitaristes en lui faisant lire inlassablement *Au-dessus de la mêlée* : le livre de Romain Rolland lui a ouvert des horizons et permis de tempérer un tant soit peu, son frère l'y aidant de son côté, ses premiers élans nationalistes. Comme tous ses contemporains, Clara a subi la durée de la guerre : avec les semaines, les mois, les années, sa conception d'une conquête fervente et joyeuse, entreprise en chantant, a beaucoup évolué. Les retours d'André Goldschmidt, rageur, amer, du front des batailles, les jeunes morts ressenties comme des injustices, les sacrifices des familles autour d'elle l'ont amenée à réfléchir à son propre dilemme. Elle mesure mieux ses contradictions de Franco-Allemande et la souffrance qu'il y a pour elle, comme pour tous les siens, dans cette guerre fratricide. C'est en août 1917 que sa grand-mère meurt à Magdebourg : symbole même de leur déchirement familial, elle est enterrée dans le petit cimetière juif que Clara connaît bien pour s'y être promenée de nombreuses fois avec elle, et qui recevra bientôt beaucoup d'autres morts. Magdebourg, province ennemie : comment la jeune fille, pourtant française et fière de l'être, pourrait-elle accepter cette définition ?

A vingt ans, cette année-là, elle est à la fois séduite et captivée par la Révolution russe – celle de Kerensky. Elle suit avec attention les événements à l'Est, tâchant de comprendre en quoi son cœur bat plus vite au compte rendu des grands bouleversements politiques et sociaux qui vont transformer la Russie. Elle n'a pas encore de conscience politique, mais s'éveille au spectacle de cette révolution libérale et réformatrice qui lui paraît vouloir instaurer un modèle idéal. Elle n'a pas seulement lu Jules Vallès, après Romain Rolland : *L'Etudiant*, *L'Insurgé*, ces romans de combat qu'elle a passionnément aimés. Elle a l'impression en admirant Kerensky de s'accorder aux convictions paternelles. Otto Goldschmidt avait une sensibilité de gauche : selon Clara, « il votait socialiste ». D'accord avec les idées, les discours de Jean Jaurès, il aurait sûrement déploré, si la vie le lui avait permis, son assassinat en août 1914. De même que la mort de son fils, Louis Jaurès, au front, ce même Louis Jaurès qui avait insulté André Goldschmidt enfant dans le jardin de l'avenue des Chalets.

Lorsque Clara était une petite fille, le tsar Nicolas II vint à Paris. Ce fut l'occasion pour Otto Goldschmidt de désapprouver pour une fois Jaurès : le tribun socialiste avait accepté de se rendre à la réception officielle, à Versailles. Clara en avait alors été frappée : pourquoi refuser une invitation qui devait être si amusante ? Elle a cependant hérité de la sensibilité de son père. Et, l'âge venant, elle a compris pourquoi la position de Jaurès l'avait à l'époque indignée. Kerensky va incarner pour elle une sorte de leader politique idéal. Elle sera très déçue de son échec au profit de Lénine – le bolchevisme violent et totalitaire ne saura jamais la convaincre. Elle restera sa vie durant – comme Malraux –, une révolutionnaire romantique et réformiste.

Mais l'année 1917 lui apporte son lot de soucis personnels. Sa mère a reçu une convocation au tribunal, s'inspirant d'une loi récente dite loi Dalbiez, « en vue d'une action de dénaturalisation ». On veut lui retirer sa nationalité française. Clara est encore mineure, mais depuis la mort de son père et le départ de son frère aîné pour le front, elle assume une grande part des responsabilités du chef de famille. C'est donc elle qui décide de consulter un avocat, recommandé par des voisins de l'avenue des Chalets, et se charge de rassembler les documents d'état civil ou les divers témoignages nécessaires pour constituer le dossier. A l'idée de perdre la nationalité française, sa mère est désespérée. Clara, si émotive, va faire preuve d'un sang-froid étonnant dans cette épreuve, qui va conduire les deux femmes au tribunal. Car le procès, qui affecte profondément Mme Goldschmidt, aura bien lieu. Ce sera pour Clara le moment crucial, peut-être le plus difficile de toute la guerre : celui du choix définitif de la France. Le jugement qui entérine la nationalité française de Mme Goldschmidt prend une valeur d'autant plus précieuse à ses propres yeux qu'elle a le sentiment, très justifié, de l'avoir défendue et peut-être même conquise. C'est sa guerre à elle, ce combat par juge et avocat interposés. Son frère aîné, pourtant assez peu porté aux compliments, la félicitera de l'avoir gagnée.

En 1918, rescapée de la grippe espagnole qui a fait autant de morts que les batailles et a failli mettre un terme à sa jeune vie, comme si son corps avait voulu se venger a posteriori de tant de soucis et de tant d'épreuves morales, Clara émerge de l'adolescence ; un papillon sort de sa chrysalide. La guerre a fait d'elle une femme, étonnamment responsable et mûre pour ses vingt et un ans. Elle ne s'est pas seulement armée d'un passeport et d'une conscience nationale. Elle qui a raté son brevet – à cause de ses fautes d'orthographe –, réussit à passer son bac, il lui importe peu que ce soit à une session de rattrapage. En novembre 1918, son diplôme en poche, elle met fin à ses études. Elle ne s'inscrit pas à l'université. Trop de tristesses, trop de deuils déjà dans sa courte existence : elle a envie de s'amuser. Majeure désormais, disposant avec ses frères d'une belle part de la fortune qu'Otto Goldschmidt leur a léguée, elle a l'intention de profiter de la paix revenue et de sa toute neuve liberté pour prendre du bon temps. Elle rêve de voyager, d'aller en Italie.

Années folles, premières amours

En 1919, c'est une jeune femme d'allure délurée qui marche d'un bon pas dans un Paris en fête. Une Clara aux cheveux courts, coupés au carré, selon la mode du jour, « à la garçonne ». Plus de corset, plus de chignon, elle peut désormais circuler seule en ville, sur ses talons bobines.

La guerre, croit-on, a affranchi la femme : cette demi-vérité demeure à nuancer. S'il est vrai que pendant quatre ans l'absence des hommes a permis à la femme de développer de nouvelles responsabilités au cœur de la famille et de la société civile, si elle lui a par là donné le goût de son émancipation, la loi n'est pas venue récompenser son rôle ni ses efforts. Non seulement le droit de vote continue de lui être refusé

– en 1920, le projet pourtant voté par l'Assemblée nationale échoue devant le Sénat –, mais selon l'article 213 du code civil, elle continue de devoir obéissance à son père ou à son mari, qui décident pour elle de sa résidence, de la vie de ses enfants ou de son droit à travailler. Il faudra attendre les lendemains d'une autre guerre – 1946 – pour qu'une nouvelle Constitution garantisse à la femme « dans tous les domaines, des droits égaux à ceux de l'homme ». En 1920 et jusqu'en 1946, « dans tous les domaines », elle reste une personne sous tutelle.

Or Clara, pendant toute la guerre, s'est habituée à prendre des initiatives : c'est elle qui décidait de l'augmentation d'un bail, du choix d'une destination de vacances ou de celui d'une section moderne, sans l'enseignement du latin, pour son petit frère Georges. Elle n'entend pas du tout renoncer à cette liberté de décision. D'autant qu'elle est majeure et désormais, du moins à ses propres yeux, responsable de sa vie. Le retour de son frère aîné à la maison change la donne. Car il veut reprendre en main la famille et tout particulièrement sa sœur, qui l'exaspère avec ses airs de fantaisie. Sûr de sa supériorité légale, il lui a fermement déclaré qu'il serait son mentor et lui a donné ce conseil : « Marie-toi d'abord et fais tes bêtises après. » Autrement dit : sous un autre nom que le nôtre ! Il essaie de contrôler les lectures et les sorties de Clara, ses fréquentations et même l'ourlet de ses jupes. Evidemment en vain : Clara lui résiste. Dans le rôle du père de substitution, André Goldschmidt est en concurrence avec l'oncle Franz, frère de leur père, qui vit dans le chalet mitoyen, et entend, lui, contrôler avant tout le train de vie de Clara. Une femme, depuis 1881, peut ouvrir un compte en banque mais non pas en disposer en toute liberté. Or, Clara – l'oncle Franz n'a pas tout à fait tort – veut dépenser sans compter. En tout cas, économiser l'ennuie. La fourmi n'est pas son modèle, c'est la cigale qui l'inspire. Elle a envie de chanter, de danser et, loin des soucis d'argent, virevolte déjà dans sa tête.

En quelques mois, elle a consommé deux fiancés. Le premier, Edmond, est un médecin, officier engagé volontaire dans la marine. Elle lui a accordé sa main après un long flirt qui a pourtant duré moins longtemps que la guerre – Edmond s'est battu en Grèce. Mais sitôt les fiançailles officiellement annoncées, elle a pris conscience de son erreur : ce n'était pas lui l'homme de sa vie. « Fiancée, je me sentis prisonnière, très exactement comme dans un harem. » Après quinze jours d'hésitations et de tourments, quitte à provoquer une révolution dans sa famille, elle a choisi de rompre ses fiançailles. L'officier de marine, blessé et humilié, a disparu sur un bouquet de violettes et une scène de larmes, ces larmes qui chez Clara sont inséparables de toute émotion. Pour la très jeune femme qu'elle était, la rupture fut une décision difficile qui a en effet choqué les siens – même si sa propre grand-mère, mais elle l'ignorait alors, l'avait prise avant elle, rompant par deux fois ses engagements avec un mari d'abord dont elle divorça de son propre chef – et le mari se suicida – puis, quelques années plus tard, avec un fiancé auquel le grand-père Heynemann avait su lui faire renoncer. Un double record, qu'elle a soigneusement caché sa vie durant à toute sa famille et que son mari – le grand-père de Clara – n'a révélé à ses enfants et à ses petits-enfants qu'après sa mort.

Le second fiancé, fils de pasteur, n'était pas aussi sûr de vouloir épouser Clara. Mais il aimait flirter, devenait exigeant et ainsi qu'elle le résume élégamment, attendait d'elle plus que ce qu'une jeune fille pouvait donner. Jean – c'était son nom – lui enseigna, dit-elle, des gestes et des caresses, des baisers moins chastes qu'elle n'en avait le goût. Pour protéger sa virginité, elle lui dit trop souvent non. Il partit vers d'autres femmes, semble-t-il à regret, puisque Clara raconte qu'après une longue absence il lui écrivit son désir de la revoir. Il était trop tard pour recommencer une histoire : elle aurait alors, déjà, rencontré André Malraux.

« A certains moments, je ne suis qu'attente, un corps à qui l'on a promis quelque chose qu'on lui refuse. »

Elle se consola de ce deuxième échec amoureux en partant pour l'Italie où elle devait passer quatre mois toute seule : son premier voyage, sa première aventure, et son premier rendez-vous avec Florence – la ville au monde qu'elle va préférer et dont elle donnera un jour le nom à sa fille.

Sur ce premier voyage, on ne sait rien ou presque, sinon qu'elle a d'abord été accueillie par la famille d'un professeur aux environs de la ville, puis qu'elle a pris une chambre dans une pension qu'elle qualifie de « charmante » sur la Piazza Indispendenzia. Elle a visité tous les musées avec une assiduité passionnée, découvert Giotto, Masaccio, Uccello, Fra Angelico et étendu sa curiosité jusqu'à la Toscane environnante. Elle a peut-être aussi déniché là-bas un troisième fiancé, sur lequel elle demeure discrète dans ses Mémoires, révélant seulement qu'il était ingénieur de marine et ressemblait à un prince de Benozzo Gozzoli. Cette dernière référence, qui ne lui serait pas venue à l'idée quatre mois auparavant, prouve au moins qu'elle a mis à profit son séjour : elle a appris l'italien et acquis pour la vie l'amour de la peinture et du dessin de la Renaissance.

Mais elle est toujours une jeune fille en attente d'une histoire d'amour. A sa mère qui s'inquiète de son célibat prolongé – Grete Heynemann s'était mariée à dix-neuf ans –, elle répond avec une feinte légèreté : « Ne te fais pas de soucis, mes amoureux deviennent de mieux en mieux, je finirai par trouver le bon. » Mais au fond d'elle-même, malgré ses airs libérés et turbulents, elle reste préoccupée : à la recherche de l'homme encore inconnu qui voudra bien la prendre pour épouse. Evidemment pour la vie. Un homme auquel enfin elle n'aura plus envie de dire non.

A Malraux, quand elle sera devenue sa femme, Clara dira avec beaucoup de drôlerie : « Vous avez eu toutes les chances, même celle de n'être pas le premier homme qui comptait pour moi. »

André : retour sur une autre enfance

Cette jeunesse dorée de Clara, quel contraste avec celle de Malraux !

Il a vécu son enfance à Bondy, dans la banlieue est de Paris. Rue de la Gare, un appartement étriqué, situé juste au-dessus de l'épicerie familiale fondée par sa grand-mère. Décor grisâtre, banal, qui trouve son reflet dans les eaux sombres du canal de l'Ourcq. Décor qu'il voudra fuir et qu'il n'aura de cesse de dissimuler au cours de son existence, allant jusqu'à modifier ses biographies officielles, dans le Who's Who par exemple, pour s'attribuer de moins médiocres origines et s'inventer une famille huppée qui sera l'une de ses nombreuses mystifications. Naissance à Montmartre, le 3 novembre 1901, enfance petite-bourgeoise et banlieusarde : il a voulu d'abord en effacer les traces.

Elevé exclusivement par un trio de femmes — sa mère, sa grand-mère et sa tante qui travaillent toutes les trois à l'épicerie et se relaient pour le garder —, il vit dans un foyer désuni. Son père a quitté le domicile conjugal au moment du divorce survenu tout juste quatre ans après sa naissance — Malraux, pour l'état civil, porte curieusement les prénoms associés des deux frères de Clara : Georges-André. Même si, conduit par sa mère ou sa tante, il peut rencontrer son père toutes les semaines, à Paris, souvent sur les grands boulevards, il ne connaîtra que tard ses deux demi-frères, Roland et Claude, nés du deuxième mariage de Fernand Malraux. Bien qu'il ait été éduqué avec le plus grand soin, choyé en enfant unique, il gardera un mauvais souvenir de son enfance à Bondy. Elle a dû manquer de gaieté, de légèreté — les trois femmes gagnaient durement leur vie. Sans doute fut-elle marquée par le divorce des parents, la tristesse contagieuse de la mère, confite en dévotion. Il a pu éprouver de la souffrance, voire de la jalousie de savoir que le père avait fondé un deuxième foyer où il préférait vivre — un foyer pour être heureux. Malraux a voulu entrer de plain-pied dans l'âge adulte, sans les habituels prolégomènes. C'est peu dire qu'il n'a pas entretenu de nostalgie. Il a volontairement aboli le passé. Il l'a rayé de sa mémoire. Pour seule explication, ce constat auquel il n'apportera aucune nuance, livré au début des *Antimémoires* : « Tous les écrivains que je connais aiment leur enfance, je déteste la mienne. » Il ne s'est pas attardé à la commenter.

Malraux est un enfant renfermé, préfigurant l'adulte ombrageux qu'il sera. A l'âge tendre, il jouit d'infiniment plus de liberté que Clara. Les trois femmes sont trop occupées pour surveiller ses moindres jeux, ses moindres gestes. Il n'a pas l'autorisation de « traîner » dans le quartier animé et commerçant où il habite, avec son glacier, sa mercerie, sa quincaillerie, son coiffeur et ses nombreux troquets. Mais dès qu'il en a l'âge, il peut cependant se promener à sa guise jusqu'au canal de l'Ourcq que remontent les péniches ou jusqu'à la gare d'où partent les trains pour Paris. Aucune Fräulein ne l'a jamais terrorisé.

Il compte dans son ascendance paternelle des Dunkerquois, qui parlent en mélangeant le français et le dialecte flamand, mais ses ancêtres ont fait la guerre de 1870 du bon côté de la frontière. Jusqu'à l'âge de huit ans, il passe ses vacances à Dunkerque chez son grand-père – bon papa Alphonse –, maître tonnelier et armateur, personnage haut en couleur et qui lui en impose, mais il n'a jamais prononcé le moindre mot dans une autre langue que son français natal. A la mort du grand-père, en 1909, survenue dans son grenier, d'une probable hémorragie cérébrale, l'enfant a imaginé qu'il s'est fendu le crâne en deux avec une hache en sculptant une figure de proue ! Il a besoin de rêver. Cet aïeul, bien vivant dans sa mythologie personnelle, il l'admire comme un Viking. C'est avec lui que le petit Malraux découvre à la fois la campagne et la mer – une mer du Nord, infiniment grise.

Du côté maternel, il pourrait revendiquer un tout autre exotisme, du Sud celui-là, puisque la grand-mère chez laquelle il habite à Bondy – Adrienne Lamy, née Romania – est d'origine italienne. Veuve très jeune, elle porte le nom d'un mari jurassien, boulanger de son métier et père de ses deux filles, Berthe, la mère d'André, et Marie, sa tante célibataire.

Chez les Malraux, l'atmosphère s'affirme franco-française, pour ne pas dire franchouillarde : on vit replié sur soi. Alors que les frères Goldschmidt ont l'ambition de développer leurs affaires jusqu'en Amérique, en Russie, en Indochine, peut-être même en Chine, l'épicerie de la grand-mère, dans la banlieue de Paris, est un tout petit monde. Quant au père d'André, Fernand Malraux, dont personne, ni même son fils, n'a jamais pu définir la profession avec exactitude – on pense qu'il avait un emploi modeste dans une banque –, il était loin de pouvoir offrir à son fils ces horizons du grand négoce international, où prospérait la famille de Clara. Boursicoteur, inventeur de brevets, dont le pneu antidérapant, lauréat de concours Lépine, c'était un homme ingénieux, de grand charme et de belle apparence, avec une jolie moustache (d'après Clara, quand elle le connut). Ayant, on ne sait pour quelles raisons, passé une pleine année en Espagne, il en avait rapporté une franche horreur de l'étranger : rien ne valait à ses yeux « la douce France », mot qu'il prononçait (toujours selon Clara) avec des trémolos dans la voix. Comme un nom de maîtresse, ce qui était éloquent, venant d'un homme qui avait la réputation de plaire aux femmes et de les aimer beaucoup.

Le mot « étranger » a pour lui, comme pour beaucoup de Français en ce début de siècle, une valeur péjorative. Mais il s'aggrave lourdement lorsqu'il désigne les Allemands – ces Prussiens, ces Alboches et autres Fridolins – que guide un empereur au casque à pointe. Le père de Malraux était un fervent patriote et un ardent nationaliste – il aura bientôt l'occasion de le prouver. Antiallemand, il fut probablement aussi antidreyfusard, mais Clara, toujours encline à le défendre avec un sourire, ne verra dans son antisémitisme qu'une méfiance simpliste : un réflexe mesquin contre tout ce qu'on ne connaît pas et qui fait peur – en un mot « l'étranger ». Ou « les étrangers ». Il aura quelque peine à apprivoiser sa future belle-fille. Mais il finira par bien l'aimer.

Enfant, André Malraux fréquente l'école privée mais laïque de Bondy, rue Saint-Denis. Il y est un excellent élève, se signale par ses lectures précoces et par sa fréquentation de la bibliothèque municipale, où il va jusqu'à se préoccuper du classement et de la mise en fiches. Chez lui, sa grand-mère dévore également les livres, quand l'épicerie où se relaient ses deux filles lui laisse quelque répit. La culture du « petit-fils de l'épicière », ainsi qu'on le surnomme à Bondy, est éclectique, désordonnée et très tôt boulimique. De religion catholique, baptisé et ayant fait sa communion, il a beau avoir été élevé par des femmes, il a grandi assez librement, sans que la religion pèse jamais sur son éducation. Plus tard, il sera indifférent, banalement agnostique. Sa mère prie beaucoup mais ne lui a pas transmis sa piété. Les héros du jeune Malraux ne sont pas des saints mais des personnages de romans d'aventures, des mousquetaires, des navigateurs, des chercheurs d'or.

Son meilleur ami, auquel il restera lié toute la vie, Louis Chevasson, est lui aussi fils d'épicier. C'est à l'école qu'il l'a connu. Les deux garçons deviennent inséparables. Louis Chevasson, que j'ai rencontré à Bondy sur les lieux mêmes de son enfance, évoquait Malraux avec une admiration inconditionnelle. C'était un vieux monsieur, sans caractéristique particulière, d'une grande douceur et qui semblait complètement déplacé dans la mythologie wagnérienne de Malraux. Il est pour Malraux le frère dont le divorce de ses parents l'a privé, le camarade fidèle auquel on peut tout dire et qui peut partager vos rêves. Chevasson suit Malraux comme une ombre. Clara aura un jour à s'en plaindre, jugeant ironiquement Chevasson « incolore » et « pot de colle ». Pour un enfant sans père, ou élevé loin de lui, la présence quotidienne de ce camarade de classe est évidemment très importante, en contrepoint d'un foyer où domine l'élément féminin.

Un père absent : Malraux ne connaît que trop bien le cas. Le sien, Fernand Malraux a quitté sa mère quand il n'avait alors que quatre ans. Il a vécu son enfance dans une sorte de demi-deuil, comme s'il était lui-même à demi orphelin de père. Les visites régulières mais espacées de celui-ci, en dehors du cercle de famille puisque Fernand Malraux n'est pas reçu à Bondy et qu'il n'ouvrira que tardivement son second foyer à son fils André, ne permettent pas à l'enfant de développer son sentiment filial. Loin de la reconnaissance qu'éprouve Clara envers le sien, le sentiment qu'il nourrit est plutôt de rancune : un silencieux reproche. Bien que Malraux n'ait jamais confié à personne ni même à ses livres ce que lui a inspiré l'éloignement de son père, les biographes n'en ont pas moins souligné les zones d'ombre dues à la séparation précoce des parents, à la particularité d'un foyer sans homme. Ce que Clara n'a jamais connu, entourée qu'elle est par ses frères et ses oncles : trop d'hommes même lui semblent se relayer pour veiller sur elle.

Ce père d'André Malraux, que Clara trouvera séduisant et charmeur quand elle aura enfin l'occasion de le rencontrer et dont sa propre tante lui dira, le jour de son mariage, « Tu aurais dû choisir le père. Il est mieux que le fils ! », se suicidera en 1930, en ouvrant les robinets du gaz.

Comme Clara mais de manière définitive qui deviendra, vécue par lui, quasi mythologique, Malraux cligne lui aussi les yeux... et en même temps, il sursaute, grimace, renifle et grogne, tout en bougeant bizarrement la tête. Ces manifestations nerveuses qui surviennent en salves selon de mystérieuses cadences depuis l'enfance et tolèrent – heureusement – de longues rémissions, se poursuivront comme on le sait sa vie durant. Pour immobiliser sa tête et refréner ses tics, il appuie alors son menton sur ses mains. Et il parle beaucoup, la parole qui n'élimine pas les grimaces lui évite au moins les grognements. Il souffre en fait depuis son plus jeune âge du syndrome de Gilles de la Tourette (SGT), affection mal connue qui, selon le dictionnaire médical, « touche un nombre réduit de personnes, le plus souvent de type masculin ». Les « enfants Tourette », ainsi que les médecins les nomment, se trouvent souvent handicapés pour le reste de leurs jours ; certains peinent à mener une vie normale. Malraux intégrera son SGT dans son génie : les tics qui alarmèrent son entourage deviendront une part de sa légende. Une image de sa personnalité torturée, voire inquiétante.

En 1914, Malraux n'a pas à choisir entre les deux pays qui s'affrontent. Pour lui, la guerre est simple. Elle s'incarne dans son père mobilisé dès les premiers jours. Passé adjudant en novembre 1914, sous-lieutenant au treizième régiment d'artillerie, Fernand Malraux se dit volontiers capitaine et pavoise devant son fils avec ses galons, à chaque permission. Lieutenant en 1917, affecté en mai 1918 à l'état-major du douzième bataillon de chars légers, ce père aux belles moustaches, hâbleur et sympathique, joue fièrement les héros. Même si ses états de service ne permettent pas de signaler ses hauts faits – il aura traversé tous les combats sans recevoir de citations ni de blessures, il est même indemne de décorations –, Fernand Malraux a eu la chance de passer beaucoup de temps dans les bureaux de l'armée, à l'abri des lignes ennemies. Mais enfin il y était. Il a bien mérité de la patrie, comme on disait alors.

Cette image du père en uniforme bleu horizon, et le portant beau, aura sans doute influencé l'adolescent, amateur d'épopées historiques – la *Jeanne d'Arc* de Michelet ou les héros révolutionnaires du Hugo de *Quatre-vingt-treize* le font rêver. En quête d'héroïsme, comme la plupart des garçons de son âge, il se raccroche à la légende de son grand-père, vrai armateur et faux Viking, qu'il admire autant ou davantage que le vétéran de 14, père lointain, décalé ou absent.

La guerre, à Bondy, lui apparaît toute proche. Avec Louis Chevasson, il a vu défiler les taxis de Gallieni en direction de la Marne. La nuit, il peut entendre les échos du canon. Mais ses rêves adolescents de gloire et de fraternité guerrières vont vite perdre de la hauteur, le jour où s'en allant promener avec son camarade le long des rives du canal de l'Ourcq, une bizarre poussière grise se dépose sur les tartines de leur goûter. Malraux, qui racontera cet épisode de sa jeunesse dans les *Antimémoires*, l'identifia aussitôt comme « la cendre légère des morts » parvenue des charniers. Tous ces morts si proches et si lointains à la fois étaient des jeunes gens de vingt ans. Allant de pair avec l'horreur de la guerre, son admiration pour les héros – courage et sacrifice – s'en trouva modifiée, sans doute même accrue et ancrée en lui pour la vie.

Malgré tout, la guerre pour André ce sont plutôt les grandes vacances... Un climat nouveau d'aventure et de liberté. Entré en 1915, à la veille de son quatorzième anniversaire, à l'école primaire de la rue de Turbigo, qui deviendra bientôt le lycée Turgot, près des Halles, il profite surtout des plaisirs parisiens : le théâtre, le cinéma, les musées et, le dimanche après-midi, les concerts Colonne. Pour ces sorties qui, de régulières, deviennent de plus en plus fréquentes, il met à contribution sa mère, sa grand-mère et sa tante. Malgré les restrictions alimentaires et la chute du chiffre d'affaires de l'épicerie, elles ne refusent rien à cet enfant unique, affligé d'affreux tics dont les médecins leur disent pour les rassurer qu'ils passeront avec l'adolescence. Pour ne manquer aucune pièce, aucun film ni aucune exposition, Malraux a l'idée d'acheter des livres anciens chez les bouquinistes, sur les quais de la Seine, puis de les revendre à un meilleur prix chez des libraires spécialisés. Cette activité d'amateur improvisée qu'il sait vite rendre lucrative, Malraux en aura fait sa priorité quand il rencontrera Clara. Il est doué d'un véritable flair pour dénicher les belles occasions : éditions originales, reliures d'époque, envois d'exception, et il devient tout naturellement un expert, développant dès l'adolescence le savoir et les qualités nécessaires au bibliophile averti. Louis Chevasson l'escorte dans ses expéditions et l'aide dans ses recherches ; c'est avec lui qu'il assiste à une représentation du *Cid* ou d'*Andro-*

maque, aux premiers films de Charlot sur la place de Bondy en 1916, découvre l'égyptologie au Louvre ou s'en va explorer, le jeudi et le dimanche, les boîtes des bouquinistes à la recherche de l'édition rare qui les enrichira. La guerre permet au jeune Malraux de fixer ses repères : dans le bruit des canons, sous la poussière des morts qui couvrent ses tartines d'adolescent, les livres et le théâtre, la musique et les trésors des musées le captivent bien davantage. C'est vers eux qu'il tourne ses pensées, son énergie bouillonnante et désordonnée.

Juste avant la fin des batailles, en 1918, trouvant que l'école de la rue Turbigo ne répond pas à ses ambitions, il tente de s'inscrire au lycée Condorcet, dans le IXe arrondissement, un des grands lycées parisiens. Sans doute parce que son niveau a été jugé insuffisant, il y est refusé. Par dépit, orgueil blessé ou désir de s'affranchir au plus vite de toute autorité – il a évité de s'attarder dans ses Mémoires sur cet épisode peu flatteur de sa biographie –, il décide alors d'arrêter définitivement ses études. Il impose sa volonté au cercle de famille – le père pour une fois aura été consulté – avec d'autant plus de facilité que d'après les médecins, le syndrome et les tics dont il souffre s'accompagnent mal d'une scolarité régulière, comme d'ailleurs d'une discipline trop stricte. Il vivra donc désormais selon son gré, c'est-à-dire au plus près des livres, mais hors des circuits habituels de l'université. Il ne passe pas son bac et s'inscrit en dilettante à l'Ecole des langues orientales. Le voici libre, à l'armistice – il n'a pas dix-sept ans.

II
« J'ai été éblouie par vous »

Le chemin de la bohème

Le destin qui devait permettre à Clara de rencontrer André Malraux passe par la Comédie-Française : l'un de ses sociétaires, Pierre Bertin, que connaissait une amie de sa mère, lui donne des cours de diction. Car Clara a honte de sa voix précipitée, syncopée, toujours trop haut dans les aigus. C'est de son propre chef qu'elle a tenu à la corriger et qu'une fois par semaine elle vient réciter des poèmes sous la houlette de ce professeur réputé dans l'art de déclamer les classiques mais qui n'aime que les poètes contemporains : André Salmon, Blaise Cendrars ou Max Jacob, tous des amis, des émules d'Apollinaire. Clara, enthousiaste, s'applique à détacher les syllabes, à respecter les règles de la prononciation et à poser sa voix qui gardera toujours ses sonorités de crécelle mais aura au moins acquis au passage la clarté de la diction. Elle récite par cœur des vers du *Calumet*, du *Panama*, du *Cornet à dés*, d'*Alcools* et s'émerveille de leurs audaces. Sans le savoir, elle s'initie à la poésie cubiste et révolutionnaire. Quand d'autres en sont encore à Lamartine ou à Leconte de Lisle, elle découvre avec passion l'avant-garde. Elle s'y tiendra.

Par l'entremise et sur la recommandation de Pierre

Bertin auquel elle a confié ses désirs encore confus d'écrire, elle rencontre l'un de ses amis qui vient de fonder une revue littéraire, artistique et intellectuelle : *Action*. Florent Fels, l'ami en question, y a investi sa prime de démobilisation, ce que Clara juge « épatant » – un mot tout neuf. Aussi neuf que la revue dont le premier numéro a paru en février 1920 et à laquelle Clara espère pouvoir collaborer. Publiée par Stock à un rythme mensuel, *Action* se définit en sous-titre comme des « Cahiers individualistes de philosophie et d'art ». Pour sa première couverture : un dessin très coloré d'Albert Gleizes, jeune artiste cubiste, ami de Fels et, parmi une pléthore de peintres et de poètes, l'un de ses adhérents.

1920, c'est la grande époque de Dada, dont la première manifestation parisienne s'est tenue pendant la guerre, et celle des tout débuts des poètes surréalistes, qui ont eu vingt ans en 1914, ont vécu les tranchées, l'horreur et le sang des batailles et en ont gardé au cœur la révolte : Breton, Aragon, Eluard viennent applaudir et soutenir les frasques de Dada. Fels, lui, n'est pas dadaïste – il a même agressé Tristan Tzara, le fondateur du mouvement, lors de la grande fête dada, l'année précédente – et il ne sera pas davantage surréaliste. Il partage pourtant des convictions politiques et artistiques assez proches de l'anarchie dada. Il milite lui aussi pour la remise en cause des valeurs bourgeoises : l'ordre, la tradition, le respect. Très drapeau rouge, du côté de Gorki, de Blok ou d'Ehrenbourg dont il publie des textes, cette revue indéniablement de gauche séduit aussitôt Clara, qui a autant soif de nouveauté que de causes à défendre. Ni une ni deux : puisqu'elle est riche, elle investit une somme d'argent dans *Action* – sa manière de se prouver qu'elle est libre d'agir à sa guise et de choisir ses amis. Il est probable que sa famille a dû s'inquiéter de la voir fréquenter non pas des gens de gauche – son père, rappelons-le, votait socialiste –, mais des anarchistes et des communistes, ennemis de l'ordre bourgeois.

Dès le premier numéro, Fels, provocateur dans l'âme même s'il ne se veut pas dada, a publié un *Eloge de Landru* du poète Georges Gabory, qui allait devenir un grand ami du jeune Malraux. Gabory n'y va pas avec le dos de la cuiller. Il proclame le droit au meurtre pour les individus supérieurs, « dont la tête dépasse le niveau de la mer humaine ». L'*Eloge* a pu paraître d'autant plus violent que le procès de Landru était en cours, que les débats passionnaient le public et que Gabory exigeait l'acquittement pur et simple pour le criminel le plus haï de France.

Parmi les collaborateurs d'*Action*, Clara va trouver une pléiade d'écrivains talentueux : outre Gabory, qui défrayait la chronique en proclamant que « l'art est une révolution », participent notamment à la revue André Suarès, Pierre Reverdy, Louis Aragon, Antonin Artaud et les poètes qu'elle a découverts grâce à Pierre Bertin, Blaise Cendrars, André Salmon, Max Jacob. De quoi l'intimider. A-t-elle seulement remarqué au troisième numéro, celui du mois d'avril, la signature d'un dénommé André Malraux, auteur d'un petit texte iconoclaste intitulé : *La Genèse des Chants de Maldoror*. Cet inconnu ose s'en prendre à Lautréamont, idole des futurs surréalistes, auquel il reproche son « baudelairisme d'employé des chemins de fer » et l'artifice de création de l'œuvre : « Quelle est la valeur d'un procédé ? » interroge-t-il en conclusion, après avoir démonté le livre comme une vieille voiture.

Clara a fait part de son bilinguisme à Florent Fels et l'a par ailleurs charmé en lui parlant des poètes allemands comme Novalis ou Hölderlin, encore très peu connus en France. Pour sa première collaboration, début 1921, dans un numéro consacré à la nouvelle poésie allemande, Fels lui a donné à traduire trois poèmes de Johannes Becher. Ce poète né à Munich, communiste de la première heure, dès l'annonce de la Révolution bolchevique, est l'auteur de *Gedichte für ein Volk* (*Poèmes pour un peuple*) et de *Ewig im Aufruhr* (*A jamais en révolte*), totalement inédits en France. Pour la petite histoire, Becher, réfugié à Moscou pendant la Deuxième Guerre, de retour en Allemagne avec les Russes en 1945, rédigera l'hymne national de la RDA et finira sa vie comme ministre de la Culture. Ses premiers poèmes ont déjà de quoi effrayer les Goldschmidt, mère et frères, oncles et cousins, qui ne voient pas d'un bon œil Clara frayer avec un chantre de la lutte des classes et de la fraternisation internationale ouvrière.

Elle ne s'arrête pas là. A la demande de Fels, elle va traduire quelques chapitres du fameux *Berlin Alexanderplatz*, roman en neuf livres de l'écrivain Alfred Döblin, que Gallimard ne publiera en français qu'en 1933. Ce premier prototype littéraire de l'expressionnisme allemand, qui use de la langue « brute », populaire et moderne, en réaction à la littérature, se veut une illustration de la vie contemporaine avec ses bruits et ses fureurs. C'est une œuvre poétique où se mêlent l'épopée et le drame populaires ; mais une œuvre de profonde ironie, d'humour noir et d'absurde. Son héros, Franz Biberkopf, qui enchaîne malheurs et catastrophes et finit par se maudire lui-même autant que le monde entier, est une des plus sombres figures de l'aliénation, avant le théâtre de Brecht. Ces auteurs, Becher et Döblin, qu'elle va révéler au public français, du moins au tout petit club des lecteurs d'*Action*, sont d'une extrême difficulté à traduire. Leur monde est tragique, leur vision décapante et sulfureuse, leur art en rupture avec les règles. D'un modernisme ravageur, leurs revendications avaient surtout de quoi jeter le trouble sur les certitudes d'une jeune fille élevée à Sainte-Clotilde. Elle s'y adonne en toute innocence quoique passionnément, avec cette ardeur des catéchumènes qui ont découvert l'Esprit Saint.

Ce qui plaît à Clara dans *Action*, c'est la nouveauté. Et c'est le talent : tous ces cerveaux bouillonnent et s'exaspèrent à la recherche d'elle ne sait trop quel idéal qui ne ressemble pas du tout à l'univers balisé, prudent et plutôt conformiste qu'elle a fréquenté jusqu'ici. Elle n'adopte pas forcément les idées d'*Action* mais elle en goûte l'audace et plus encore le changement. *Action* la grise, l'incite à plus de libertés. Quand elle lit ses initiales, C.G., sous l'une de ses traductions – car, modestie de l'emploi oblige, elle n'a pas l'honneur de signer de son nom entier –, elle comprend qu'elle a accompli le premier pas vers son rêve de toujours. Ecrire : le but se rapproche, paraît soudain moins inaccessible.

Elle habite toujours chez sa mère, la chambre bleue sous celle de son frère aîné. Mais elle fréquente désormais la bohème. A la revue, elle s'est liée à un couple franco-allemand de poètes traducteurs : Ivan et Claire Goll. Ivan qui est d'origine lorraine a d'abord écrit en allemand avant de revenir au français dans ses poèmes. Sa femme aux grands yeux verts, Claire, munichoise et juive, signe des mêmes initiales que Clara ses traductions de poètes allemands – sans les témoignages de Claire et de Clara, on ne saurait d'ailleurs qui a traduit quoi. Les origines et la passion littéraire, le bilinguisme et la double nationalité : l'amitié s'est vite soudée de part et d'autre, même si dans ses souvenirs[1] Claire Goll se montrera un jour caustique avec Clara et même amère. Dans les années vingt, Clara voit beaucoup les Goll, qui l'initient à la vie artistique et bohème. Ils l'invitent chez eux, dans un appartement du Ranelagh tout proche de l'avenue des Chalets ; un deux pièces meublé de ces meubles Biedermeyer familiers à Clara depuis son enfance, mais tapissé de dessins, de tableaux de leurs amis fauves, expressionnistes ou cubistes. Sur la cheminée, une statue d'Archipenko. Sur un des murs, un Javelinsky, un Delaunay. Chez les Goll, elle rencontre Albert Gleizes, mais aussi Marc Chagall et sa femme Bella, « au tendre visage, au sourire virginal et maternel », ainsi que les poètes dont elle connaît quelques poèmes par cœur mais qui deviennent tout à coup pour elle des êtres de chair et de sang : André Salmon, sa haute taille, sa tête pathétique, dira-t-elle, « chaque os saillant durement dans un visage sans la moindre graisse », auquel elle récitera ce vers de *Prikaz* (« Les hommes auront un jour vécu selon leur cœur »), ou Max Jacob, bonhomme volubile, railleur, avec ses coq-à-l'âne et ses contrepèteries, qui la fait rire avec son « O dahlia, lilas que Dalila lia ».

Ce milieu d'intellectuels et d'artistes, qu'elle préfère aux commerçants de sa famille, l'a non seulement séduite mais adoptée. Elle y est à l'aise, dans son élément. C'est le monde où elle se sent bien et libre, où elle peut rêver d'exister enfin. « Ma présence ici semble naturelle aux autres, me semble naturelle, je tutoie

---

1. Claire Goll, *La Poursuite du vent*, Olivier Orban, 1976.

Claire, je suis dans mon royaume. » Ces peintres, ces poètes, ces hommes et ces femmes qui ont voué leur vie à l'art, à la philosophie, à la révolte, éclairent sa route d'une lumière violente et captivante. Elle n'a plus qu'une envie : la suivre.

La rencontre : juin 1921

« Un jeune homme est assis parmi une trentaine de personnes, autour d'une table de banquet et c'est lui qui pendant des années comptera plus pour moi que tous les autres êtres. A cause de lui, j'abandonnerai tout, comme les Evangiles l'exigent de ceux qui aiment : tu quitteras ton père et ta mère. » Pour le moment, elle ne sait rien de lui, ni même son nom, alors qu'ils assistent ensemble au banquet organisé par la revue à laquelle ils collaborent tous les deux, dans un restaurant du Palais-Royal.

Le jeune homme, placé à côté de Claire Goll, à une distance telle que Clara ne puisse échanger même quelques mots avec lui, ce jeune homme inconnu et plutôt terne, ni beau ni laid, « camaïeu » dira-t-elle, d'une seule couleur en somme, attire bizarrement son regard. Elle remarque son front immense et bombé, ses belles mains qui viennent s'appuyer sur son visage quand il parle, mais ce sont surtout ses yeux qui l'intéressent. Elle les trouve démesurés, avec un iris d'un vert délavé, souligné d'un trait blanc, trop grand dans la prunelle – ce qui prouve qu'elle les a bien observés. Ces yeux, qui ne la regardent pas, qui ne regardent étrangement personne, pendant que l'inconnu parle d'abondance à sa voisine, sont des yeux absorbés. Des yeux à la fois intenses et distraits. De loin, les plus intéressants à ce banquet.

Placée entre un traducteur luxembourgeois, pas très amusant, et l'épouse d'André Salmon dont la voix vibre un peu trop fort, Clara s'ennuie ferme, tout en jouant avec le bracelet d'or qu'elle a rapporté de Florence l'été précédent. Ce banquet n'en finit pas... Aussi est-elle enchantée de suivre ses amis Goll, venus avant le dessert lui proposer de filer à l'anglaise pour aller danser. Le Luxembourgeois les accompagne, de même, par chance, que l'inconnu, lequel se révèle être un long et mince adolescent. Elle lui arrive à peine à l'épaule.

Clara adore danser. Si elle l'avait pu, elle aurait choisi le métier de danseuse – elle en a toujours eu la vocation. Mais cela aurait été impensable dans son milieu – « autant dire à mes parents que je voulais être prostituée », dira-t-elle en se souvenant plus tard de son enfance. Le petit groupe déserteur provisoire d'*Action* quitte les jardins du Palais-Royal et se dirige à quelques pas de là vers une boîte de nuit, en sous-sol, appelée – présence du symbole – « Le Caveau révolutionnaire ». C'est sur un air de tango que l'inconnu invite Clara à danser. Première découverte : bien qu'il fréquente les boîtes de nuit, le jeune homme qui la tient dans ses bras danse mal. Il lui marche sur les pieds. « C'était plutôt un mauvais point entre nous », dira-t-elle, convaincue au contraire de tout ce qui les rapprochait.

Elle le reverra chez les Goll, le dimanche suivant et ils auront là, dans la villa d'Auteuil, leur première conversation. Portant essentiellement sur les livres – leur commune passion. Elle lui parle de la poésie allemande et des romanciers russes, qu'il connaît mal. Il évoque les poètes du Moyen Age qu'elle ne connaît pas du tout et lui confie qu'il vient de traduire de l'ancien français la *Cantilène de sainte Eulalie*. Ils sont aussitôt ensemble, de plain-pied, dans les hautes sphères : Clara n'est pas du tout intimidée, mais elle ressent une profonde admiration pour ce puits de science au physique agréable qui lui énumère tout naturellement, d'une voix qu'elle trouve « parigote », des poètes, des artistes rares, façon grimoires, qu'il a dénichés aux rayons les moins parcourus et les plus poussiéreux des bibliothèques. Elle est subjuguée. Et presque honteuse des quatre ans qui les séparent – une différence importante à leur âge. A dix-neuf ans à peine, ce jeune homme étonnant lui paraît avoir parcouru un chemin plus long qu'elle.

Car il n'est pas seulement le collaborateur d'*Action*. Il a signé un an auparavant son tout premier article dans le premier numéro de *La Connaissance* (janvier 1920), une revue que publie René-Louis Doyon, un libraire dont il fréquente beaucoup la boutique, dans la galerie de la Madeleine, et pour le compte duquel il chine des éditions originales. Cet article, sur « Les origines de la poésie cubiste », sujet pointu et résolument moderniste, lui a valu une petite polémique dans la presse. Le critique de *Comœdia*, Jean Valmy-Baysse, s'est indigné qu'un blanc-bec s'en prenne au symbolisme, mouvement encore révéré par certaines vieilles barbes de l'époque, pour vanter les qualités d'une trop jeune poésie. Malraux, dès ses premières lignes, avait défini le symbolisme comme « un mouvement littéraire sénile, (...) qui barbote dans le clapotement précurseur de sa définitive dissolution » ; il l'avait taxé de « flasque » et de « fanfreluche ».

Le hardi jeune homme n'est pas seulement critique. Il se pare également du prestige de l'éditeur et dans ce domaine n'en est plus depuis longtemps aux premières initiatives. C'est lui qui a suggéré à Doyon de publier la mystérieuse *Passion de Jésus-Christ* de la religieuse Anne-Catherine Emmerich et, sous le titre *Dragées*, des inédits de Jules Laforgue, l'un de ses poètes préférés. Clara dira vers la fin de sa vie au journaliste Pierre Démeron qu'elle partageait l'engouement de Malraux pour ce poète, dont ils aimaient ensemble « la dérision légère ». Il est également éditeur chez le libraire Kra, qui lui a confié la direction littéraire des Editions du Sagittaire. En moins d'un an, il y a publié des textes de Laurent Tailhade et de Baudelaire, de Gourmont, de Reverdy, de Jean de Tinan. Il travaille en plus pour un grand spécialiste du cubisme qu'il vient tout juste de rencontrer et qui a trouvé en lui l'interlocuteur passionné, idéal pour soutenir ses projets : Daniel-Henry Kahnweiler, le collectionneur et marchand bien connu de la rue d'Astorg. Lequel se lance dans l'édition de grands écrivains, illustrés par les grands peintres qu'il protège et entend promouvoir – Braque, Léger, Derain, Picasso.

Critique et éditeur, ce qui n'est vraiment pas mal à un âge où d'autres en sont plutôt à passer des examens à l'université, il est beaucoup plus introduit que Clara dans les milieux d'édition et de librairie. Malraux fréquente depuis 1919 le cercle des amis de Max Jacob, l'un des poètes dont l'aura est sans doute la plus influente sur la génération qui se met à écrire après guerre. Il se rend régulièrement à Montmartre, rue Gabrielle, dans la misérable villa que Max Jacob occupe et dont les portes sont ouvertes à tout amateur de poésie et d'art. On est sûr d'y trouver Picasso, l'un de ses plus fidèles – les deux hommes ne se sont plus quittés depuis la première exposition de Picasso en

1901. Culte du poème-objet, de l'exercice funambulesque, de l'art de laboratoire et du cubisme avant tout. Autour de l'Enchanteur, le climat est à la douce anarchie, aux amitiés à la marge. Eclats sarcastiques du maître, attaques virulentes contre le symbolisme et l'Académie française (ses deux bêtes noires – Malraux retiendra la leçon). Le cénacle de la rue Gabrielle est un chaudron de jeunes talents que le poète du *Cornet à dés*, tel un nouveau Mallarmé, attire et attise avec un flair magistral. On descend souvent déjeuner avec lui, d'un navarin aux pommes et de frites grasses, chez la mère Anceau – la pauvre cantine des poètes sans le sou. Max croque les visages ou les silhouettes de ses compagnons sur les nappes en papier – sans doute Malraux a-t-il figuré parmi ces traces disparues, oubliées à la fin d'un repas ou brûlées plus tard par la Gestapo. En 1921, date capitale, Max Jacob va se retirer à Saint-Benoît-sur-Loire, près d'un monastère en ruine, mais il porte déjà ses robes de bure – ce qui ne l'empêche pas d'accueillir avec plaisir, parmi d'autres disciples fervents, ce brillant adolescent au verbe envahissant, qui s'habille comme un riche héritier et semble ne pas franchement apprécier la cuisine de la mère Anceau.

Quand Clara rencontre André Malraux, c'est alors un dandy, qui porte gants de peau, canne à pommeau et perle à la cravate. Elle va bientôt découvrir sa somptueuse cape de velours noir, doublée de satin blanc – « très Fantômas ! » à ses yeux. Bien qu'il ne soit ni riche, ni héritier, il vit absolument comme s'il l'était. Coquet, raffiné, d'allure distinguée, aimant le luxe et ne s'en cachant pas, il habite une chambre à l'hôtel Lutetia (pas encore un palace à cette époque, mais un bon hôtel quand même...) ; il déjeune chez Larue ou chez Prunier, dîne chez Noël Peters — un restaurant coté, passage de l'Opéra. Il y est souvent accompagné d'un ami — en l'occurrence Georges Gabory (l'auteur de l'« Eloge de Landru »), qui fréquente plutôt les brasseries populaires. Malraux règle généreusement les additions, incluant « sole normande et chateaubriand aux pommes, Pouilly, Pommard ou Corton, fine, havane, euphorie[1]... » Avec ses travaux d'édition, les petites mensualités que lui verse son père et un peu d'argent de poche maternel, il se débrouille pour mener une vie agréable et même assez dispendieuse de rentier, amateur de curiosités et patachon. On le voit souvent au Frolic's, au Forum derrière la Madeleine, et à l'Austin's Bar, près de la gare Saint-Lazare, qu'Apollinaire appelait l'O'Steen, les points chauds du Paris noctambule d'alors. Le jour, de temps en temps, il suit un cours à l'Ecole des langues orientales, rue de Lille, mais comme en flânant, fidèle à sa vocation d'amateur libre : du chinois par-ci, du persan par-là. Ou bien il va glaner quelques théories sur la peinture ancienne à l'Ecole du Louvre qu'il ne fréquente pas plus assidûment et dont il se lasse aussi vite. Ce dilettantisme charme Clara. Elle aime le côté marginal du jeune homme : personne, aucun maître, ni de pensée ni d'école, n'a réussi à l'embrigader.

C'est un dandy lunaire, amoureux d'art et de poésie, sous influence de Laforgue et de Max Jacob, un rêveur intense, formidable érudit de dix-neuf ans, un vrai « rat de bibliothèque » — il le lui dira lui-même —, dont Clara s'éprend.

---

1. Georges Gabory, *Souvenirs inédits* dans *Mélanges Malraux, Miscellany II*, Université du Kentucky, 1970.

Mieux encore à ses yeux, Malraux, cette même année, en ce même printemps, s'apprête à voir publier son premier livre, luxueusement édité par Kahnweiler, sous le label de la Galerie Simon : *Lunes en papier*. Prestige du débutant : dans la même collection, ont paru sous sa direction un Radiguet (*Les Pélicans*) illustré par Henri Laurens et un Reverdy (*Cœur de chêne*) illustré par Manolo – il se réserve pour lui-même le pinceau de Fernand Léger. Dédié à Max Jacob, *Lunes en papier* est un texte fantasque et triste, avec du sang, de la volupté, de la mort, mais surtout des bizarreries dans les images et l'écriture. Rien de classique en tout cas ni de très original non plus – Malraux préférera plus tard le faire oublier. Mais ces *Lunes en papier* marquent la naissance de l'écrivain : pour Clara, le plus grand défi qu'on puisse se donner à soi-même. Illustré en couverture d'un magnifique bois noir de Fernand Léger, ce bel objet la confirme dans son admiration. Le jeune homme ne lui a-t-il pas dit qu'il ne serait jamais romancier, puisqu'il préférait envisager d'écrire une histoire de l'art universelle. Ce qui n'est pas une maigre ambition.

« Vous n'allez tout de même pas tomber amoureuse de ce garçon qui n'est qu'érudition ? » lance Florent Fels, jaloux. Il éprouve un béguin pour Clara.

D'autant que cet érudit, qui possède incontestablement une culture vaste et éclectique, peut apparaître d'un genre assez fumeux. « Flottant », voire « disloqué », encore « inabouti » à cette époque – tel que le décrit Jean Lacouture[1] –, il peut exaspérer ses interlo-

---

1. Jean Lacouture, *André Malraux, une vie dans le siècle*, Editions du Seuil, 1973.

cuteurs. Ainsi Max Jacob, d'après Georges Gabory, trouvait que les interventions du jeune homme, de plus en plus longues et didactiques, donnaient à la conversation un style de cours magistral, et finit par s'en agacer. Malraux, qui en était encore à butiner, eut-il envie de passer à autre chose ou Max Jacob laissa-t-il voir son irritation, les deux hommes coupent les ponts. Mais le jeune et brillant érudit exerce sans peine un ascendant immédiat sur Clara. Elle le trouve « éblouissant » lorsque, à quelques jours de là, réunis à nouveau par les organisateurs d'*Action* (Florent Fels et le secrétaire de la revue, Marcel Sauvage), Malraux monte sur l'estrade pour réciter devant un auditoire médusé par sa voix profonde, une voix qui contient en elle son propre écho, les vers du *Voyageur* d'André Salmon :

« Ne valent pas l'amour qu'on fait à la servante

Parce que c'est au cœur qu'on a froid quand il vente. »

Sous le charme, elle aime l'élégance avec laquelle il lui dit, alors qu'elle lui fait part de son intention de retourner à Florence au mois d'août : « Personne ne vous accompagne ?... Alors, je pars avec vous. »

Commentaire de Clara : « Cela m'a paru parfaitement naturel. »

Le bal musette

Le flirt est rapide. Malraux téléphone tous les jours à Clara pendant des heures. Or, le téléphone de l'avenue des Chalets se trouve dans la chambre à coucher de sa mère. Celle-ci aimant bien faire usage de l'appareil pour bavarder avec ses amies, elle va mettre le holà à ces coups de fil incessants : « Tu es libre de faire ce que tu veux, dit-elle à Clara, mais je voudrais aussi pouvoir téléphoner. » Du coup, Clara voit André tous les jours. Ils se promènent, n'ayant rien d'autre à faire que de se croire en vacances. André emmène sa jeune compagne au musée Gustave Moreau, dans le IXe arrondissement ; elle lui fait découvrir le bric-à-brac folklorique du musée du Trocadéro. Ils traînent sur les quais, à la recherche d'une édition rare, visitent un monument ici ou là. Ils vont ramer sur le lac du bois de Boulogne, parcourent ses allées, remontent en marchant vers le cœur de Paris. Malraux invite Clara au restaurant : chez Noël Peters, pour la première fois de sa vie, elle choisit son menu sur la carte. Grisant !

Dès qu'ils sont ensemble, ils parlent et ils parlent, sans s'arrêter. Pas vraiment de frivolités, mais de ce qui les intéresse tous les deux : la littérature et l'art, mais aussi les voyages qu'ils pourraient entreprendre, les pays, les continents qu'ils pourraient parcourir. Clara se révèle une interlocutrice agréable : elle a de la culture, de la repartie. Elle est vive et drôle. Parfois un peu caustique : elle ne se laisse pas du tout écraser par la science flambante et flambeuse du jeune homme, même si elle en est éblouie. Ils se découvrent une commune passion pour Claudel, l'auteur de *Tête d'Or*, peuvent réciter ensemble de longs extraits de la dernière scène – pour tous les deux, la plus belle. Mais tandis qu'ils se citent mutuellement leurs artistes préférés, c'est elle qui lui révèle Paolo Uccello ; elle lui montre les cartes postales qu'elle a rapportées de Florence l'année précédente et lui désigne un à un les précieux trophées dont elle ne se sépare jamais – les cartes représentant des tableaux, des fresques, ne quittent pas son sac à main. C'est ainsi qu'ils admirent ensemble les chefs-d'œuvre de la Renaissance italienne encore à cette époque ignorés de lui. Et d'ailleurs pas de lui seul : Florent Fels, également émerveillé par les cartes postales de Clara, décide de consacrer un numéro à la peinture italienne et c'est une de ses cartes fétiches – Uccello – qui sera reproduite en couverture. Pour que le peintre du cloître de Santa Maria Novella soit vraiment connu et adulé du public de connaisseurs français, il faudra attendre la biographie de Philippe Soupault, qui ne sera publiée par Rieder qu'en 1929 : dans le domaine italien, Clara peut donc se targuer, à juste titre, d'être une novatrice et de posséder sur son compagnon une petite supériorité.

Le jeune couple occupe ses loisirs comme deux étudiants qui n'ont pas de soucis d'argent. Emploi du temps buissonnier. Ensemble au théâtre, au cinéma, aux ballets russes, ils flânent, ils folâtrent, ils musardent.

Malraux, qui sort volontiers dans les bars et les boîtes de nuit, propose un soir à Clara de lui faire découvrir un bal musette – un de ces bals populaires, nombreux autour de la Bastille, à Montmartre et sur les anciennes fortifications, où l'accordéon a remplacé la musette. Fréquentés par les « mauvais garçons » chers à Francis Carco et aux romanciers qui aiment les histoires fortes, on y danse la java et le french cancan. Des danses osées, sensuelles, mains du partenaire plus bas que les hanches ou jambes en l'air, façon Nini pattes de chien. Des danses qu'on qualifierait de vulgaires aux cours du célèbre professeur Baraduc, que Clara fréquentait autrefois rue de Ponthieu !

Au lieu de l'amener rue de Lappe, à un bal musette que fréquentent leurs amis amateurs de sensations canailles, il choisit de la conduire rue Broca, où le bal est plus authentique et où ils ne rencontreront aucun bourgeois. Exotisme assuré. C'est un bal où même leur petit groupe de la bohème ne se risque pas. En fait de bourgeois, ils sont deux : le couple qu'ils forment, trop huppé, trop chic, fait tache dans l'ambiance populaire, au milieu des casquettes, des débardeurs échancrés et des pantalons à carreaux des marlous du quartier. André, fidèle à son élégance de dandy, arbore un frac et un œillet à la boutonnière. Quant à Clara qui sait que son compagnon aime le luxe, elle s'est vêtue avec recherche : sous sa cape de veloutine grise, doublée de satin bleu dur, elle porte une ravissante robe brodée. Coiffée d'une immense capeline noire, ornée d'une mousseline du même ton, alors qu'autour d'elle les femmes n'ont qu'un petit bibi sur la tête, elle brille de tous ses feux : collier de perles, bracelet de diamants, bague assortie. On l'invite à danser, Malraux l'incite à ne pas refuser.

Dans les bras du marlou qui sent le Pernod (c'est elle qui le remarque), elle embaume un parfum de prix, *Après l'ondée* de Guerlain. Tout en se moquant pas mal du ridicule, car elle adore danser, elle tangue, elle chaloupe, elle se laisse emporter. Puis elle retrouve Malraux, danse avec lui le reste de la soirée sur des rythmes chauds. Les serpentins, les boules de couleur, les jambes gainées de noir des danseuses lui font penser au décor des *Lunes en papier* : scintillements, miroitements, confettis. Un musicien avec des grelots aux chevilles marque la cadence en frappant des cymbales ; l'orchestre et l'accordéon l'entraînent dans une valse musette, elle n'a jamais rien connu d'aussi excitant. Pourtant, à la sortie du bal, alors que la nuit coule déjà vers le matin, un petit groupe les attend. Ils font quelques pas dehors, s'engagent en direction du boulevard des Gobelins. Bousculade. Des coups de feu sont tirés. L'un d'eux touche Malraux à la main gauche — la main dont il protégeait Clara. Le sang coule. Cris, bruits de fuite. Scène de film policier à l'aube.

Clara lave la main de Malraux à l'eau d'une fontaine du boulevard. Ils prennent un taxi qui les dépose devant sa villa. Elle ouvre la grille du jardin, fait monter son compagnon à l'étage, l'introduit dans sa chambre de jeune fille. Elle soigne sa plaie à l'eau oxygénée. C'est alors que sa mère, réveillée par le bruit, vient voir ce qu'il se passe ; elle s'étonne évidemment de trouver sa fille en compagnie d'un garçon au beau milieu de la nuit (« elle ne savait pas que dehors il faisait presque jour », note Clara). Pour rassurer sa mère, elle lui dit que le jeune homme l'a déposée et qu'il est monté prendre un livre. Le dialogue s'arrête là. Mme Goldschmidt retourne se coucher en conseillant à sa fille d'en faire autant et laisse les deux jeunes gens, comme l'écrira Clara à la dernière ligne du premier tome de ses mémoires, « maladroits, bouleversés, heureux ».

Quelques jours plus tard, le 14 juillet précisément, c'est dans la chambre du jeune homme, à l'hôtel Lutetia, qu'elle fait l'amour pour la première fois. « Dehors des fusées découpent l'espace. » Nuit de feux d'artifice. Clara pense que « tout est bien ainsi ».

Le voyage en Italie

L'été venu, deux mois après leur rencontre, les voilà dans l'Orient-Express, en partance pour Florence — Malraux y est monté discrètement, pour éviter de croiser Mme Goldschmidt, persuadée que sa fille part seule, comme l'année précédente. Etant encore mineur, il a dû demander à son père de lui signer une autorisation de sortie du territoire : c'est son premier voyage, à dix-neuf ans. Il lui a également fait part de son intention, encore vague, de se marier – son père a haussé les épaules.

Dans le wagon-lit, il lit *Anthinéa* de Charles Maurras, ce qui étonne Clara très au fait de l'antisémitisme de son auteur ; mais elle veut bien rendre hommage au talent de l'écrivain à cause de cette phrase qu'elle a lue par-dessus l'épaule de son compagnon et qui lui paraît de bon augure pour redécouvrir Florence : « Salut, belle guerrière ! »

Ils dormiront sur la couchette du haut, celle du bas sert de vestiaire. Et ils dînent au wagon-restaurant où ils sont évidemment les convives les plus jeunes – presque des enfants. Au passage du contrôleur, petit scandale : Clara se rend compte qu'un ami de son frère aîné, qu'elle vient de reconnaître, voyage dans un compartiment voisin. Le contrôleur lui avoue que cet homme l'a interrogé, a mené son enquête sur les deux tourtereaux – il lui a livré leurs noms. Il est évident qu'à son retour le voyageur va raconter à sa famille que Clara était accompagnée d'un jeune homme, qu'il va la dénoncer. Elle y perdra sa réputation, son honneur. Sa mère va pleurer, son frère l'insulter, son oncle non seulement la sermonner mais, ce qui l'inquiète beaucoup plus, menacer de lui couper les vivres. Car c'est lui qui lui remet chaque mois l'argent qui lui permet de mener sa vie comme elle l'entend. Clara se voit déjà chercher un travail. Mais quel travail ? « Je n'ai jamais rien appris qui puisse me rapporter un sou », s'avoue-t-elle tristement. Elle dépend tout entière de cet héritage paternel que gère et contrôle son oncle

Goldschmidt. Vent de panique. A l'arrivée à Florence, il ne lui restera plus qu'à se jeter dans l'Arno.

Avec beaucoup de calme, Malraux qui a compris son désarroi, lui demande alors si un mariage arrangerait les choses. Comme elle acquiesce, un peu honteuse, il lui promet de l'épouser. « Mon père maintenant ne peut plus s'y opposer. » Il lui assure donc qu'ils sont fiancés et s'en va, d'un pas ferme, s'en expliquer avec le contrôleur ainsi qu'avec l'ami du frère, auquel il propose au passage un duel ! Romantisme quelque peu boulevardier de la situation. C'est Feydeau, c'est Guitry. Clara, gênée de se trouver fiancée au prétexte qu'elle a eu peur pour sa réputation – réflexe des plus conventionnels et qu'elle se reproche –, accepte la proposition à une condition : qu'ils puissent divorcer dans six mois. Cette parade, c'est tout ce qu'elle a trouvé pour essayer de démontrer au jeune homme qu'elle n'est peut-être pas aussi conformiste qu'elle a pu le lui laisser croire. Malraux est d'accord sur le principe : divorçons dans six mois !

A peine arrivée à Florence, à l'Hôtel Moderne, Clara envoie un télégramme à sa mère pour lui annoncer ses fiançailles. Après quoi, les deux jeunes gens vont déguster une glace fruitée chez Deneux, rue Tornabuoni. Débute alors le marathon des visites de musées, qui se déroule toujours au pas de course avec Malraux, sous l'aiguillon d'une étrange fièvre. Il court d'un tableau à un autre, comme s'il était en danger, jette un coup d'œil rapide, revient en arrière, poursuit à la hussarde sa conquête de l'espace et du temps révélateurs. « Je vais acheter des patins à roulettes pour vous suivre », lui dit Clara épuisée. Bref recueillement devant *La Bataille* d'Uccello aux Offices – « Regardez ce tableau comme s'il ne contenait pas d'anecdote. »

Cimetière de San Miniato al Monte, Sainte-Marie des Fleurs, jardins Boboli... Les deux amoureux se promènent en touristes, éblouis, complices, heureux. De trattoria en café, on les voit beaucoup place de la Seigneurie, près de la sculpture de David. C'est l'été dans la Ville et Malraux, un matin, dit : « Comme nous sommes heureux ! »

Avec un excès de passion adolescente, il ajoute : « Si vous deviez mourir, je me tuerais. »

Elle, pourtant si prompte aux reparties, ne peut rien lui répondre. Saisie de stupeur, elle lui embrasse la main.

Tout cela, c'est Clara qui le raconte. Il faut bien se fier à sa franchise habituelle, à sa volonté d'aller tout de go à la vérité, sans broder et sans romancer. En l'absence de tout autre témoin, le biographe est bien obligé de la suivre. Contrairement à son compagnon, pudique, secret mais porté au roman, Clara peut être très impudique dans ses Mémoires, mais elle s'en tient généralement au réel. Malraux, lui, ne s'est jamais confié à quiconque ni à aucun de ses livres. Il n'a jamais rien raconté : ni leur rencontre, ni leur histoire, ni leurs instants d'intimité. Il n'a jamais expliqué pourquoi, en quoi, jusqu'où il a aimé Clara. Silence des plus opaques et des plus définitifs. « Je m'intéresse peu », écrira-t-il dans ses *Antimémoires*. Il n'a jamais cru à la force des aveux. Sur sa vie amoureuse, hormis une ou deux bribes, ce grand discoureur, ce grand démonstrateur n'a jamais parlé ni écrit. Il n'y a donc que Clara pour témoigner. Et sans doute aussi les faits : rien n'obligeait en effet Malraux à demander en mariage cette jeune fille qu'il avait, selon les termes de l'époque, « déshonorée ». Plus âgée que lui, majeure et responsable de sa vie, elle devait savoir en partant ce qu'elle risquait. S'il l'avait voulu, il aurait pu aisément s'esquiver.

On a beaucoup dit que Malraux n'avait épousé Clara que pour son argent. Et c'est vrai qu'elle est riche, bien plus que lui en tout cas. L'argent, pour Malraux qui en a manqué dans son enfance, c'est le gage d'une vie agréable, conforme à son goût pour le luxe, mais c'est surtout l'assurance de sa liberté. Le travail à ses yeux – du moins un travail d'employé ou de cadre, voire de chef de bureau – est synonyme d'aliénation. Les livres et les voyages, l'art et l'aventure : pour se consacrer à ce sacerdoce auquel il a d'ores et déjà dédié sa vie, il se doit d'assurer ses arrières. Solidement amarré à la fortune de son épouse, il sera d'autant plus fort, d'autant plus disponible pour les travaux qu'il envisage – et qui ne sont pas le travail tel que l'entend n'importe quel quidam.

Immoralité ? Amoralité ? On est bien au-delà. Malraux, comme Wagner, en est convaincu : « Le monde me doit ce dont mon art a besoin. »

Mais le mariage d'André et de Clara n'est pas celui de Boni de Castellane avec la riche héritière américaine Anna Gould, si belle « vue de dot », ni l'ébauche du rêve d'Aragon d'épouser cette autre riche héritière américaine, Nancy Cunard, qui le fera souffrir. C'est aussi l'accord intellectuel et sentimental de deux personnalités. Clara n'est pas seulement riche : originale, drôle, toujours prête à s'amuser, à rire, à vagabonder, elle fréquente les mêmes cercles et partage ses goûts. Pour Malraux, c'est la compagne idéale, capable de vibrer pour la même passion : celle, complice, qu'ils éprouvent l'un et l'autre pour les livres, les beaux objets, l'art qui – ils en sont autant persuadés l'un que l'autre – peut vraiment changer la vie. Or, changer la vie est bien ce qu'ils espèrent, pour eux-mêmes en tout cas : ils ne veulent pas se contenter des balises qu'elle leur a données jusque-là. Clara et André, mais pour des raisons différentes, voulaient échapper à leurs milieux respectifs, étriqués, limités d'un côté par la norme bourgeoise, de l'autre par la sonnette de l'épicerie. L'argent n'est pour eux qu'un moyen ; le vrai but était de s'affranchir d'une réalité trop pesante, par la lanterne magique du rêve.

C'est une amitié à la fois intellectuelle et voluptueuse qui les lie, dès ce voyage en Italie, où ils ont compris qu'ils aimaient être ensemble, le jour et la nuit. Se promener, parler, regarder, sentir, lire, lire encore et s'aimer : voilà le programme. On sait par Clara que Malraux la rendait heureuse –, elle parlera de la « soumission au plaisir[1] » qu'il lui donnait. Elle n'est pas sa première maîtresse : Georges Gabory raconte dans ses *Souvenirs* qu'André avait eu plusieurs expériences « avec une petite poule levée à Tabarin, qui montrait la grâce enfantine du singe ». Mais elle est la première femme.

Mme Goldschmidt envoie à sa fille un télégramme énergique à l'Hôtel Moderne : « Rentre immédiatement, sans ton camarade. » Et Malraux devra avoir au retour une explication avec son père.

Malgré ces remontrances, les deux tourtereaux prolongent leur voyage : Sienne, avec sa place comme une immense coquille Saint-Jacques, San Giminiano avec ses tours carrées que Malraux compare à New York comme s'il connaissait déjà l'Amérique, enfin Venise, que Clara aimera toujours beaucoup moins que Flo-

---

1. Entretiens avec Pierre Démeron sur France Culture, *op. cit.*

rence. L'hôtel Danieli, où George Sand et Musset ont laissé leur parfum de légende amoureuse et où ils ont modestement choisi de résider, va finir d'épuiser leurs communes ressources — car ils financent à deux ce voyage de noces improvisé. Ils n'ont même plus d'argent pour se nourrir et reprennent le train, affamés, avec cinq petits sandwichs en poche — Clara, ravie de se sacrifier, se contentera tout juste de la moitié d'un. « C'était prémonitoire », dira-t-elle quand son humour sera devenu amer.

Les fiançailles et le mariage

A la gare, les attendent en comité d'accueil la mère et la tante de Clara.

Mme Goldschmidt : « Est-ce que tu es heureuse ? »

Et la tante Jeanne, épouse de l'oncle Franz qui signe les chèques : « Est-ce que ça valait la peine ? »

Le dialogue se poursuit avenue des Chalets, où sa mère d'un air désolé invite Clara à monter voir son frère. Assis sur son lit, en chaussettes, il lui déclare, furieux, comme au théâtre : « Tu nous as déshonorés. Je pars pour l'Amérique. »

Clara, peu impressionnée : « Mets d'abord tes chaussures ! »

Le lendemain, entrevue du frère et du fiancé, au Fouquet's. Le frère, conquis, s'excuse auprès du fiancé, un peu décontenancé, du caractère de sa sœur : « Elle est assez intelligente, mais complètement folle. »

Puis, les deux jeunes gens ne s'étant pas laissé intimider, a lieu la visite protocolaire du futur beau-père à la famille Goldschmidt : « Je n'aurais pas voulu que mon fils se marie si jeune, mais puisque nos enfants nous mettent devant le fait accompli, nous n'avons pas le choix. »

Le soir, Mme Goldschmidt dit à sa fille : « Il aurait quand même pu se dispenser de cette phrase. »

Autre aparté comique, cette fois de père à fils. Fernand Malraux, qui s'y connaît en femmes : « Elle est charmante, ta fiancée, et très simplement habillée pour une Juive. »

Clara en rit beaucoup.

Elle n'est d'ailleurs que joie à cette époque – « Mon corps n'était qu'une immense possibilité de joie » : elle célèbre ses fiançailles, chaque après-midi, dans les bras de son jeune homme à l'hôtel Lutetia.

Enfin le grand jour arrive : à la mairie du XVIe arrondissement, le 21 octobre 1921, les deux fiancés se disent oui pour la vie – le consentement de Fernand Malraux a été nécessaire pour André, toujours mineur.

Ni sa mère, ni sa grand-mère, ni sa tante n'assistent à la cérémonie. Catholiques ferventes, Malraux prétend qu'elles désapprouvent son union avec une jeune fille juive. En réalité, André a trouvé là un prétexte pour qu'elles ne se déplacent pas et pour garder dans l'ombre ses origines modestes.

Clara porte un tailleur de velours noir, garni de fourrure de petit-gris, de chez Poiret. Et un chapeau dessiné et cousu par Isa, la maîtresse de son frère aîné. Pas de bénédiction d'aucune sorte : Clara aurait bien voulu ce qu'elle appelle « un petit truc en plus », dans le genre « dix minutes seul à seule au fond d'une église », comme Laforgue avec sa femme le jour de leur mariage. Malraux, déjà œcuménique et au-delà, n'aurait accepté qu'à condition de passer tour à tour « au temple, à la synagogue, à l'église, dans une mosquée, dans une pagode si nous en trouvons une, chez les *christian scientists* et chez les antoinistes... ».

Clara : « Je n'aime pas que vous vous payiez ma tête. »

La réceptionniste de l'hôtel Lutetia, où la jeune mariée est allée, le matin même de ses noces, aider Malraux à faire ses valises, lui a lancé sur le pas de la porte un : « Alors, on régularise ? », qui l'a tout de même un peu vexée.

Parmi ce répertoire digne d'une anthologie du mariage vu par Sacha Guitry, c'est à sa tante Jeanne que revient le mot le plus savoureux, à la sortie de la mairie :

« Tu aurais dû choisir le père, il est beaucoup mieux que le fils ! »

Portrait de couple

A regarder les photographies de cette époque, on est frappé par la différence d'âge. Clara paraît plus mûre que ses vingt-quatre ans. Petite, maigre, avec une belle poitrine (pas à la mode, selon elle), elle arbore des robes imprimées, à fleurs liberty ou à motifs égyptiens, qui flottent autour d'elle, donnent l'impression qu'elle va s'envoler. Plus jolie, elle ressemblerait à une gravure de mode. On devine qu'elle accorde de l'importance à sa tenue – elle qui deviendra si peu coquette avec les années passe beaucoup de temps à choisir ses toilettes de jeune épousée. Elle compense ainsi un physique ingrat, qui a surpris Max Jacob auquel Malraux a eu le temps de la présenter : « Gentille ta fiancée, dommage qu'elle soit si laide[1] ! » Il est

---

1. Cité par Georges Gabory, *op. cit.*

vrai que Malraux s'est acquis une réputation d'esthète, amateur de beauté, de luxe et d'élégance. Lui-même est beau et il le deviendra plus encore avec les années. Aussi Clara, tentée intellectuellement par la bohème, s'attache-t-elle plus qu'elle ne le ferait sans le regard de son mari, à se montrer sous son meilleur jour : coiffée, maquillée, parée pour lui plaire. Alors qu'elle serait plutôt encline aux fantaisies vestimentaires, aux couleurs vives, aux fards de paupières bleus, il la préfère en bourgeoise, peut-être même en princesse : ultraparisienne, façon haute couture, en Poiret ou en Madeleine Vionnet – tout ce qu'il y a de plus cher, bien sûr. A cette époque, la garde-robe de Clara, conforme à l'esthétique de son jeune mari, compte quelques merveilles.

Sur les photos, Malraux paraît tellement jeune ! Un adolescent, au visage encore enfantin, aux cheveux partagés par une raie sur le côté, la mèche pas encore rebelle sur le front, il pose en costume et, quoi qu'il arrive, en cravate sur un col haut boutonné (il gardera cette cravate jusque sur son costume de brousse, dans la chaleur moite du Cambodge). Le dandy à l'élégance recherchée affiche l'air sérieux qui sera le sien jusqu'à la fin de ses jours. Pas de sourire. Mais de l'intensité, de la gravité et, très tôt, bien avant ses trente ans, la griffe de ces rides bizarres qui viennent marquer son front comme des hiéroglyphes, entre ses yeux fiévreux. Il a beaucoup d'allure, le Malraux de vingt ans. Jointe à une distinction naturelle, sa prestance a frappé tous ses contemporains. Non seulement Max Jacob qui se souvient de lui comme de « ce jeune homme distingué... », mais André Gide, étonné de la perspicacité et de la profondeur d'un essayiste qui n'a pas vingt ans, ou encore François Mauriac, qui, un quart de siècle après sa rencontre avec le visiteur alors totalement inconnu, comme sorti de nulle part, le verra encore tel qu'il lui apparut ce jour-là, « un petit rapace hérissé à l'œil magnifique, venu se poser au bord de ma table, sous ma lampe... A dix-huit ans, quand il parlait du Christ, ce réfractaire savait de quoi il parlait[1] ». Son physique juvénile, encore terriblement gamin, ne coïncidait pas avec la maturité de l'adolescent, aussi exceptionnelle que son immense culture. Il en impose à tous ses compagnons d'alors, les écrivains, les peintres, les directeurs de revues ou de maisons d'édition, il en impose même à Gide ou à Mauriac qui ont l'âge d'être un père pour lui et ne l'ont pas attendu pour analyser le monde. Le personnage subjugue par sa présence, par son verbe convaincant et déjà envoûtant, par sa manière coruscante d'aborder le moindre sujet. Disons que son intelligence irradie. Dans un monde qui attache encore beaucoup de prix à l'âge, à l'expérience, à la sagesse, son charisme personnel surclasse sa jeunesse.

Il n'en reste pas moins un jeune homme lunaire, affligé de tics inquiétants, sans métier ni profession, dont les débuts plutôt dispersés n'augurent d'aucune situation stable ni prodigue. Aux yeux de sa belle-famille, il paraît incapable de subvenir aux besoins du ménage. C'est un mari qui ne gagne pas sa vie et ne se montre pas pressé de la gagner. Le couple vit presque entièrement sur les rentes de Clara.

Pour Jean Lacouture, son premier biographe, le mariage confère de l'autorité et de l'aisance au jeune homme. A l'extérieur, il le mûrit. Mais à l'intérieur du

---

çois Mauriac, *Mémoires politiques*, Grasset, 1967.

couple, Malraux demeure « un adolescent dominé par sa femme[1] ». Cette domination a d'abord un fondement social : très impressionné par le train de vie cossu des Goldschmidt, leur villa à Auteuil, leurs meubles et leurs domestiques, il est flatté de cette alliance mais en même temps en souffre dans la mesure où elle lui fait ressentir sa propre différence – son passé mesquin (c'est Clara qui emploie le mot) et son éducation de petit-bourgeois. Il cache ses origines, ou les arrange à sa façon. Il a raconté à Clara que sa mère avait habité le Claridge et que son père était directeur de banque. Il différera longtemps l'aveu de l'épicerie, comme si c'était une tare, et Clara sera la seule à connaître, pendant des années, la vérité sur son état civil. Ces racines modestes et populaires, dont il aurait pu après tout se vanter pour mieux souligner sa réussite, ont nourri chez lui un complexe d'infériorité. Devant Clara, il essaie de les faire oublier. Pour lui-même, de ne jamais y penser.

La domination sociale est peut-être plus importante que la domination financière, celle qui aurait pu s'exercer par l'argent si Clara s'était conduite en grand argentier dans le couple et n'avait pas laissé à André le soin de gérer leur fortune à sa guise. Elle trouve au contraire « amusant » d'échapper grâce à lui aux principes sacro-saints d'économie et de rigueur de sa famille et a beaucoup ri à Florence quand Malraux lui a déclaré qu'il vaut mieux « dépenser l'argent qu'on n'a pas plus vite que celui qu'on possède ». De sa part, on le sait, la boutade n'en est pas une : la phrase vaut comme une profession de foi. L'argent ne doit pas être un frein ni une limite. Et n'a pas droit au respect.

---

1. Jean Lacouture, *op. cit.*, p. 46.

En revanche, la domination de Clara, si domination il y a, peut s'entendre aussi sur le plan intellectuel : intelligente, cultivée, Clara a acquis une relative assurance dans ce domaine et ne s'en laisse pas conter. Elle a voyagé plus que lui, qui jusqu'à leur rencontre n'avait pas voyagé du tout. Elle parle l'allemand, l'anglais, un peu d'italien : elle lui ouvre des horizons. Son éducation jointe à une culture éclectique, originale lui permettent de se mêler de tout, de donner son avis sur tout. Les livres, le théâtre, les expositions ou même la politique : elle défend âprement ses opinions. Et peut encore rivaliser avec lui dans le domaine des comparaisons. Une seule chose gêne Malraux : qu'elle prenne ce qu'il appelle « ses airs de petit juge », pour asséner une vérité qui le dérange ou qui n'est pas la sienne. Sa franchise, sa clarté, qui sont une part de sa séduction, l'indisposent dès que ces qualités viennent le remettre en question, contredire l'une de ses assertions ou surprendre l'une de ses contradictions. Elle veut savoir pourquoi il sait ça, comment il le sait, et s'il n'a pas mal compris ou mal interprété des connaissances rapidement acquises... L'irréductible Clara met mal à l'aise un Malraux qui évolue sur son propre théâtre et dans ses féeries parallèles. D'où une méfiance, ou un certain complexe de sa part. C'est par le désir d'éblouir une épouse brillante, exigeante, que Jean Lacouture explique les rodomontades du jeune Malraux : « Peut-être sa tendance à la phosphorescence verbale et au geste éclatant trouve-t-elle un aiguillon dans cette situation qui dut parfois lui sembler humiliante. Surcompenser par le panache[1]... » Il en aurait pris l'habitude,

---

1. *Ibid.*, p. 46.

selon Jean Lacouture, pour se grandir aux yeux d'une épouse plus âgée, plus fortunée et très intelligente, dont l'admiration ne paralyse pas l'ironie.

Clara défend un point de vue contraire : dans le couple, même si elle est en effet plus riche, plus mûre et pour l'heure tout aussi cultivée, c'est André qui domine. Dès les premiers jours de leur histoire, elle a ressenti la supériorité intellectuelle de son compagnon et elle en a souffert. Il y a une grande part d'admiration dans son amour. Mais ce sentiment éperdu qu'elle éprouve a fait naître chez elle, qui doute déjà de ses dons personnels, une profonde inquiétude : Malraux lui en impose. Il la reprend ; il corrige ses erreurs ; il ne lui manifeste aucune indulgence sur le plan intellectuel. Seuls tous les deux, tout se passe bien ; mais dès qu'un tiers entre dans la conversation, Malraux n'aime pas que Clara intervienne, surtout si c'est pour le contredire.

Dès le départ, existe dans le couple, de part et d'autre, un malaise dû à ce rapport de force, vécu comme un courant contraire par les deux jeunes mariés. Chacun en impute la faute à l'autre. Pour André, une épouse trop exigeante le contraint sans cesse à se contrôler. Pour Clara, un mari trop brillant la maintient en deçà d'elle-même, dans des limites qui frustrent son désir d'épanouissement et sa personnalité. Ce n'est encore qu'un malaise : quelque chose d'indéfini, de vague, mais qui trouble dès le départ une relation qui se voulait parfaite et chargée d'idéal. A peine un nuage en somme sur le ciel de deux jeunes gens, décidés ensemble à vivre pleinement la vie.

La belle vie

Mme Goldschmidt leur a permis d'aménager au deuxième étage de la villa familiale un petit appartement comportant chambre, salon, salle à manger, qu'ils ont décoré dans le style de leur luxueuse bohème. Meubles noirs de Sue et Mare, fauteuils gris et bas de ces décorateurs en vogue, lampes futuristes. Aux murs, ils ont accroché leur premier Derain, leur premier dessin de Picasso (un papier découpé), un tableau de Kisling (un buste de femme nue), acquis par Malraux auprès de Kahnweiler ; missionné par ce dernier pour racheter aux enchères les pièces de sa collection, séquestrées puis dispersées pendant la guerre, c'est à peu près tout ce qu'il possédait avec ses vêtements de dandy et ses livres, avant de rencontrer Clara. Depuis qu'ils vivent ensemble, ils accumulent les objets qu'ils vont chiner aux puces le dimanche : une statue baroque en bois doré, une peinture naïve représentant Moïse et sa famille, un vase grec. Ils mettent pour la première fois en place ce monde élégant, artiste et déjà éclectique, où les civilisations, les cultures s'entrechoquent et qui sera toujours le leur.

Ils n'ont pas pour autant rompu les amarres avec le milieu bourgeois de Clara qu'André Malraux semble avoir aisément adopté et qui leur assure un agréable train de vie. Ils prennent au rez-de-chaussée des repas en famille, à la table de Mme Goldschmidt, de sorte qu'ils n'ont aucune contrainte d'ordre domestique. Cuisine, ménage, entretien du linge : ils sont délestés des soucis quotidiens. Le jeune couple mène une vie d'étudiants en vacances. Pas d'horaires – quand on manque un repas, on va au restaurant. Pas d'obligations. Aucune échéance d'examen en fin d'année. L'existence, légère et enjouée, est une suite de divertissements : balades, expositions, cinéma, théâtre, soupers fins. Comme il faut quand même gagner un peu sa vie, ou se donner au moins une activité, Malraux se lance dans une entreprise d'édition de textes érotiques illustrés. Il cherche des textes inédits et des illustrateurs de talent pour le compte du libraire-éditeur Simon Kra qui lui rétrocède de bonnes commissions. Ces érotiques sont des éditions semi-clandestines qui circulent sous le manteau comme jadis *Les Fleurs du Mal* (lesquelles ont donné à Kra l'idée d'éditer une collection pour cabinet de curiosités sous le titre parodique des *Flirts du Mâle*). Clara qui sert d'assistante à son mari et l'aide dans sa prospective trouve la recherche très amusante et plus amusante encore la lecture de textes, pour elle absolument nouveaux. Elle savoure avec gourmandise les pages les plus osées du *Bordel de Venise* – qu'on écrit encore *Le B. de Venise* –, en se répétant l'adage né sous la plume de Rémy de Gourmont, selon lequel une femme honnête, après lecture du divin marquis, ne serait plus qu'une femme perdue. Sade, illustré par Drains, aura été sa première rencontre avec le péché : un vice initié par Malraux.

L'essentiel de leur vie de jeunes mariés consiste cependant dans les voyages. Ils les enchaînent au gré des occasions, souvent sur un simple désir de bouger, d'être ailleurs ou de voir autre chose, et de reculer les limites de frontières trop étroites. Ainsi quand Malraux contemple un tableau de Memling sur un livre d'histoire de l'art, il lève les yeux de ces belles pages pour dire à Clara, qui lit à ses côtés : « Et si nous allions voir sur place ? »... le Jugement dernier ou la Châsse de sainte Ursule ? Le lendemain, ils sont à Bruges, pour regarder de près le tracé délicat et les couleurs radieuses du maître flamand. De canaux en béguinages, ils prolongent les sensations dans la lumière si particulière de cette ville, toute en reflets et en réminiscences. Les voici, dans la foulée, à Bruxelles et à Ostende – où Malraux a tenu à rendre visite (sans Clara) au peintre James Ensor. Il lui raconte au retour qu'il a vu l'artiste au milieu de sirènes nues. Ensor lui a montré le petit commerce que tenait sa mère près de la plage – il y a été élevé : un magasin de coquillages. Les voici à Anvers où les attend l'atelier de Rubens, mais dont ils parcourent aussi les quartiers riches ou populaires ; ils vont y découvrir la cathédrale et les diamantaires aux costumes juifs traditionnels, le port, les bouges, les nuits blanches.

Une autre fois à Strasbourg, où Clara oublie *Le B. de Venise* à l'hôtel du Chapeau Rouge, une autre fois à Nancy. Les voici en avion, dès 1922 : un baptême de l'air, enthousiaste et ébloui, pour une lune de miel au milieu des nuages gris et blancs. « Plus tard nous visiterons des terres ensoleillées », dit Clara. Direction : Prague où, du pont Charles au Château Saint-Georges en passant par le cimetière juif et le quartier de la gare, les immeubles Art nouveau et les bibliothèques légendaires, ils ne s'épargnent aucun site ni aucun musée. Ils sont ensemble, autant l'un que l'autre, des touristes impatients et fiévreux, sans cesse sur le qui-vive. Disponibles à tout moment, toujours prêts à partir, leurs bagages refaits à peine défaits, ils sont habités du même démon du voyage. Au moindre prétexte, ils se précipitent dans un train, un avion, un taxi... Leur démon les rend non seulement pressés, nerveux, mais boulimiques dans leur appétit de découverte : ils veulent tout voir, tout absorber. Aucun détour ne leur paraît superflu. Comme si leur vie était en jeu, ils mettent non seulement beaucoup de sérieux et d'application dans leurs visites mais une grande frénésie. A une époque où le tourisme ne concerne encore qu'une minorité d'individus, ils pratiquent déjà un tourisme intensif – mais un tourisme d'art. Ce sont les émotions culturelles qu'ils recherchent ensemble, d'un même cœur passionné.

Voici Vienne, en pleine inflation de l'après-guerre, appauvrie, pâle et défaite sous leurs yeux déçus de ne pas rencontrer l'éblouissement. Voici Berlin, où ils sont venus chercher Rembrandt et où ils découvrent le cinéma allemand : notamment *Le Cabinet du docteur Caligari*. Le film de Robert Wiene les frappe par sa puissance hallucinatoire, avec ses visages d'acteurs maquillés à outrance, ses décors de toiles peintes qui se dérobent, son climat proche du fantastique des rêves ou des cauchemars. Il leur révèle une esthétique nouvelle : l'expressionnisme naît sous leurs yeux sur cet écran berlinois où circulent sous une lumière violente des fantômes à l'allure de fous furieux. Malraux, époustouflé, voudra en racheter les droits pour commercialiser le film, dès son retour en France – il est déjà à l'affût de projets culturels à exporter.

Dans une librairie de Berlin, Clara déniche d'autres trésors allemands inédits en France, tel *Le Déclin de l'Occident* d'Oswald Spengler, théoricien de la décadence, l'un des premiers à démontrer que les civilisations, comme les êtres vivants, sont mortelles. Elle achète le *Journal de voyage* d'Hermann von Keyserling, comte balte et philosophe errant, qui a parcouru l'Europe à la recherche de son unité. Mais encore des poèmes de l'Autrichien Franz Werfel, un texte inconnu du déjà célèbre Freud – *Le Journal psychanalytique d'une petite fille* –, enfin le *Ars Orbis* de Carl Einstein, et un album sur l'art nègre, *Die Nigerplastik*. Elle les présente à Malraux qui ne parle pas allemand et, non sans fierté, traduit pour lui des pages qui le marqueront. Spengler sera à la source de la philosophie de l'art qu'il va bientôt élaborer. Comme Keyserling, il cultivera la solitude et les voyages, mais aussi les bases d'une esthétique œcuménique. Et Carl Einstein lui ouvrira grand les portes sur les ailleurs, que les Grecs auraient qualifiés de barbares mais qui possèdent leur beauté, leur culture, leur mystère à décrypter. Werfel et Freud resteront sur la table de chevet de Clara : Malraux ne s'intéresse guère à la poésie allemande ; quant à la psychanalyse avec son inconscient, ses racines dans l'enfance et dans l'œdipe, ses eaux troubles et ses actes manqués, il préférera toujours ne pas s'y attarder – « Je m'intéresse peu. »

Leur premier Noël de jeunes mariés, ils vont le passer à Magdebourg, près du grand-père et des jeunes oncles de Clara. Celle-ci y est revenue en 1919 avec sa mère, dès que les pays ont rouvert leurs frontières : ce furent des retrouvailles difficiles, assombries par le deuil de la grand-mère qui fut toujours l'âme du foyer Heynemann. Mais Clara tient à présenter son mari, que le grand-père accueille à bras ouverts. La jeune épousée joue les interprètes, puisque son grand-père ne parle qu'allemand et son mari exclusivement français. Pendant les repas, la conversation languit, Malraux marque quelques signes d'impatience. Toutefois impressionné par ce vieil homme, qui lui rappelle son propre aïeul dunkerquois, pareil à un chêne, solide, indéracinable, il accepte de se laisser conduire au musée des Beaux-Arts, et prend le temps de s'étonner de la marche rapide et énergique du grand-père. M. Heynemann a fait don de sa collection de gravures à la ville et tient à montrer à sa petite-fille et à son nouvel époux ce legs dont il est si fier. Premier signe de connivence entre le grand-père Heynemann et le jeune Malraux : la passion du beau et de l'Histoire. Devant les gravures anciennes se scelle une véritable affection.

Mais c'est un soir, au dîner, que la communion est totale. La fusion dont rêvait Clara, et qui n'était jusque-là qu'un mirage, est enfin accomplie. Comme la conversation s'essouffle, le grand-père demande à Clara d'aller lui chercher « son » Heine dans la bibliothèque. Il veut le lire à haute voix à l'intention d'André et Clara traduira. Elle improvise donc un chant parallèle, brode comme elle peut sur les mots, sur les rythmes, en simultané, inspirée et heureuse de lire l'admiration attendue dans les yeux de son mari qui se montre absorbé par la poésie et par le duo que forment ensemble le grand-père et la petite-fille.

Quand ils repartent, Clara se félicite d'avoir effectué la jonction entre ses deux amours – Magdebourg et Paris – qui il y a peu s'étaient déclarées ennemies. A leur départ, la famille allemande a adopté Malraux. Deux des oncles qui ont assisté à cette présentation ont toutefois exprimé avec franchise, et même avec ironie, leur étonnement à leur nièce. L'un : « Mais tu as épousé ton petit frère ! » Et l'autre : « Tu as dégotté un véritable Aryen blond ! » La jeunesse a surpris.

Ils ne reviendront pas ensemble à Magdebourg... Six mois ont passé – le délai fixé par Clara pour divorcer. Malraux suggère de faire un meilleur usage de l'argent que coûterait un divorce et, pourquoi pas ?, d'aller en Tunisie... sur les pas d'Hamilcar et de Salammbô. Loin des paysages du Nord et de l'Est familiers de leurs deux enfances, il y aura aussi dans ces mêmes années d'après-guerre où la vie apparaît comme une urgence, la Sicile et la Grèce, Syracuse et Athènes, les rivages baignés de soleil de la Méditerranée. « Tout déferlait sur nous, dira Clara, le passé et le présent, les millénaires et les régions jusque-là inaccessibles. » Les Malraux ne sont jamais si heureux qu'en voyage et en mouvement.

Pour préserver ce style de vie des plus confortables, Malraux a réussi à se faire réformer. Convoqué à la caserne de Strasbourg, un abus de café intensifié par des granulés de caféine juste avant l'examen médical lui a permis d'accélérer son rythme cardiaque et d'en éprouver le malaise espéré – sueur, grelottements et une crise spectaculaire de ses tics nerveux. Il a surtout bénéficié d'un piston auprès du médecin militaire – un ami du frère cadet de Clara du temps où, amené à travailler en Alsace pour le compte des Tanneries de France où la famille Goldschmidt avait quelques intérêts, il avait pu y nouer des amitiés précieuses. A la grande joie de Clara, Malraux échappe ainsi au service militaire, dans le régiment de hussards auquel il aurait dû être affecté.

Quarante ans plus tard, Philippe Sollers, tout jeune romancier que Malraux a aidé à se faire réformer au moment de la guerre d'Algérie, reçoit « ces mots incroyables » en réponse à sa lettre de remerciements : « C'est moi qui vous remercie, Monsieur, d'avoir eu l'occasion, une fois au moins, de rendre l'univers moins bête[1]. » Le ministre n'avait pas oublié sa propre insoumission.

---

1. Philippe Sollers, *Un vrai roman, mémoires*, Plon, 2007.

A Paris, Clara et André dînent dehors presque tous les soirs. Sorties au cinéma et au théâtre, visites de musées et promenades. Ils forment un couple assorti, et partagent la même frénésie à s'amuser. Ils ont l'air de se suffire à eux-mêmes, de se trouver très bien ensemble. « Nous ne voyions que nous », écrit Clara. Le couple Malraux de cette époque, c'est l'hydre à deux têtes – une hydre jeune et joyeuse, décontractée et faussement oisive – très occupée en fait à découvrir le monde. « Oui, tout déferlait sur nous... Regarder, rapprocher, sentir, nous tentait plus que classer et organiser. Devant l'abondance de ce qui nous était échu en partage nous n'étions que questions. »

Ils ne voient plus beaucoup les Goll, que Malraux n'apprécie pas, mais ils fréquentent un trio d'intellectuels auxquels ils se lient d'amitié : le graveur d'origine grecque Demetrius Galanis, qui vient d'exposer ses œuvres à la galerie de La Licorne – Malraux a préfacé le catalogue –, ainsi que les écrivains Edmond Jaloux, avec sa belle moustache, auteur de *L'Incertaine* et de *Fumées dans la campagne*, romans bien oubliés aujourd'hui – il va devenir le feuilletoniste célèbre des *Nouvelles littéraires* –, et Marcel Arland, avec son visage rond et ses lunettes, qui n'a encore rien publié sinon dans des revues littéraires et commence à travailler à *La Nouvelle Revue française* dont il sera un jour un des principaux dirigeants. Beau parrainage. Tantôt chez les Malraux, au deuxième étage de l'avenue des Chalets, tantôt chez Galanis, à son atelier de la rue Cortot, leurs soirées se passent en discussions passionnées.

Le dimanche après-midi, ils se rendent chez les Kahnweiler, à Boulogne : atmosphère chaleureuse de la petite villa, qu'entoure un jardin clos de murs où il fait bon se tenir aux beaux jours. Kahnweiler – Daniel – reçoit en compagnie de ses femmes – son épouse et ses deux belles-sœurs qui épouseront l'une un peintre (Elie Lascau) et l'autre un écrivain (Michel Leiris). Elle peut rencontrer Chagall et Juan Gris, Derain et Picasso... Ils passent aussi beaucoup de temps chez Jeanne Bucher, à sa galerie de la rue du Vieux-Colombier, où cette Suissesse éprise d'avant-garde expose des toiles de Chirico, de Dufy, de Matisse. Les Malraux vivent dans un chaudron culturel qu'ils ont choisi et goûtent du même appétit.

C'est une vie passionnante pour Clara : la vie telle qu'elle l'a voulue, dans un milieu intellectuel et artiste, près d'un homme qu'elle peut à la fois aimer et admirer. Pourtant elle ne la savoure pas comme elle devrait. Elle souffre d'un malaise inavoué : celui de ne pouvoir dire à haute voix, en plein jour, ce qu'elle ressent, ce qu'elle éprouve, mais aussi ce qu'elle pense. Elle aurait aimé éblouir son mari, le subjuguer. C'est le contraire qui se produit : alors qu'elle est en permanence sous le charme d'André et éprouve pour lui une admiration qu'elle ne connaîtra plus jamais pour aucun autre compagnon, lui se montre facilement irrité. La propension de sa femme à se mêler de tout, dans le domaine des idées, l'agace. En tête à tête, il accepte et recherche même le dialogue avec elle, mais dès qu'une tierce personne entre dans le champ de la conversation, il veut être dans le couple le seul à s'exprimer. Pour Malraux, qui le fait bien comprendre à Clara dès les premières années de leur vie commune, la culture est tout de même une affaire d'hommes.

Aussi Clara, contre son gré, apprend-elle le silence. Se développe alors en elle, à un âge où elle a encore tant de choses à se prouver, un handicap d'infériorité qu'elle aura du mal à surmonter. « Je l'écoute, je l'admire, je me tais (...) Vous ne savez à quel point, moi qui suis faite pour parler, je me tais en votre présence[1] ! » Ce silence, Malraux saura l'obtenir plus tard des autres femmes de sa vie. Il y tient comme à une qualité féminine, la plus séduisante de toutes : la discrétion, l'effacement. Clara s'y résigne en ces premiers mois, en ces premières années de leur mariage, mais elle ne pourra pas le prolonger toujours. Elle le brisera, et ce sera une des raisons de leur rupture.

« Je ne suis pas assez jolie pour le silence, écrira-t-elle bientôt[2], il demande un visage grave, régulier, mystérieux. Moi, je n'ai rien de mystérieux et mes traits ne sont pas réguliers. J'ai su très jeune les limites que m'assignait mon corps : il me faut jouer sur l'expression, la vivacité, une certaine drôlerie de gestes et de mots. » Pour ne pas encourir les foudres d'André, elle évite de le contredire et surtout de briller par elle-même. Elle ravale ses mots, ses jugements. Réduite à écouter les hommes débattre, alors que les conversations la passionnent, elle ronge son frein en se demandant, angoissée, si elle aura jamais un jour l'occasion – ou la liberté – de s'exprimer. L'hégémonie intellectuelle de Malraux s'affirme, tandis qu'elle régresse dans l'ombre. « Tandis que vous vous affirmiez de plus en plus, je m'effaçais de plus en plus. »

Balance par trop inégale, dès le début, pour ce couple d'intellectuels. Clara se sent si mal dans ce rapport de force qu'elle note dans un cahier les sentiments amers et inquiets qu'il lui inspire : il y en aura bientôt

---

1. Clara Malraux, *Nos vingt ans*, p. 59.
2. Clara Malraux, *Le Livre de comptes*.

soixante pages ! Ses silences forcés commencent à l'étouffer. Comment supporter d'être doucement mais fermement repoussée dans l'ombre ? Troublée de ne pas valoir ces grands esprits qui discutent et se confrontent autour d'elle, elle doit se contenter de débattre avec eux secrètement, en son for intérieur, dans une sorte d'échange clandestin – car elle n'est pas toujours d'accord avec ce qu'ils disent ! Sans même le savoir, n'en prenant conscience que peu à peu, elle développe ainsi son insoumission. Frustrée de devoir exister en creux et en silence, elle est pourtant encore heureuse – grisée d'être amoureuse et de ne fréquenter que des gens intéressants. « Lui, mon compagnon, est tellement plus brillant que moi. Non, le mot est injuste, ce n'est point de brillant qu'il s'agit, c'est d'une supériorité évidente, celle même que j'attendais de l'homme que j'aimerais. Mais est-il nécessaire que cette supériorité m'écrase à ce point ou que je me sente à ce point écrasée par elle ? Je l'écoute, je l'admire, je me tais... »

Malraux a fini par lui présenter sa famille. Elle a été reçue à Bondy – la grand-mère l'a infiniment séduite. Mais elle a surtout découvert, et Malraux avec elle, la seconde famille de son beau-père, installée dans une maison de campagne où Fernand Malraux a pris sa retraite, à Bois-Dormant : la belle-mère, Lilette, et les deux demi-frères d'André, Roland et Claude. C'est la première fois que Malraux rencontre ses frères : Claude vient de naître, mais Roland, né en 1912, a largement passé ses dix ans. Une photographie immortalise cette rencontre : Malraux, comme d'habitude mais peut-être plus que d'habitude, a l'air soucieux. Clara, coiffée d'un chapeau qu'elle a fabriqué elle-même et d'une robe en tissu d'ameublement à fleurs, prend la pose pour la légende – « Tout ce que je découvrais de ma belle-famille m'était sympathique », écrit-elle dans ses Mémoires, éprouvant une tendresse sincère pour la famille recomposée de Malraux.

En attendant, Malraux dessine des fantômes, sur les feuilles blanches qui ne donnent pas encore des livres. Il ne semble pas pressé de s'affirmer comme écrivain. Il a d'ailleurs déclaré à Clara, avec beaucoup d'aplomb, que dans le domaine artistique l'amateur était supérieur à celui qui crée. Ce sera l'une de ses grandes théories sur l'art. Les Chinois savaient déjà cela, eux qui tenaient l'amateur de jardin en plus haute estime que le jardinier. « L'homme qui sait comment il convient de jouir de la vie et des créations des autres hommes est l'artiste suprême. » Il s'applique à ce que sa vie et celle de son épouse soient bien conformes à cette sagesse. Aussi profitent-ils ensemble des bons moments : voyages, loisirs, conversations et plaisirs d'esthète, sagesse au jour le jour. Sans doute les vacances et la belle vie auraient-elles pu durer toujours.

Un soir, au cinéma, fier de ses placements financiers en Bourse, il lui murmure à l'oreille le montant de leur fortune, qui a magnifiquement fructifié. Il a pris des actions dans des mines d'or mexicaines. C'est l'argent de Clara, est-il besoin de le préciser, mais c'est lui qui le gère. L'exemple de son père qui boursicote depuis toujours, avec des hauts et des bas – surtout des bas, dira Clara – a pu l'influencer. Fernand Malraux a-t-il transmis à son fils la fièvre de la Bourse et du jeu (Malraux joue aussi aux courses) ? Est-ce l'attrait de la spéculation – un travail que là encore il ne consent qu'en amateur, ne prenant pas trop la peine de se renseigner sur la santé des sociétés sur lesquelles il mise ? Ou simplement le goût du rêve : tout ce qu'évoquent l'or et le Mexique, Machu Picchu et les Incas ? Au retour d'un voyage, ils découvrent par hasard, en lisant le journal, qu'ils sont ruinés. Il ne reste plus rien, vraiment plus un sou – ni même un bout de papier, dira Clara – des mines mexicaines.

Pas découragés ni affolés le moins du monde, à peine un peu préoccupés, ils consacrent un bref dialogue à la situation.

Clara : « Qu'allons-nous faire ? »

Réponse définitive d'André : « Vous ne croyez tout de même pas que je vais travailler ? »

Et Clara de reconnaître qu'en effet elle n'imagine pas de le voir se rendre au bureau chaque matin. Et d'ailleurs, quel bureau ?

Le musée Guimet

Fils du chimiste Jean-Baptiste Guimet qui créa en pleine époque romantique, pour le bonheur futur des peintres, l'outremer artificiel, cette couleur de bleu évocatrice des fonds d'océan, Emile Guimet fonda, lui, un musée consacré aux arts asiatiques pour abriter la collection qu'il avait rassemblée au cours de ses innombrables voyages en Inde et en Extrême-Orient. A Lyon d'abord, puis à Paris à partir de 1885, ce musée qui porte son nom ne drainait pas les foules. C'était, quand Clara le connut, un lieu sombre et poussiéreux, où régnait une odeur tropicale de chaleur et d'humidité. L'avenue des Chalets n'en étant pas éloignée, elle venait s'y promener et rêver au milieu des étranges figurines qui la fascinaient. Elle se sentait chez elle dans cette espèce de mausolée peuplé de fantômes figés dans le bois et la pierre, provenant des plus lointaines contrées qu'on puisse imaginer. Le Japon, la Chine, l'Indochine ou Ceylan ; en déambulant de salle en salle, relevant au passage devant les vitrines sales un sourire, un geste, une attitude, elle ne savait pas toujours ce qu'elle regardait et aurait été incapable de dater, de situer la plupart de ces vestiges. Mais leur mystère la captivait. Elle était depuis des années une visiteuse fidèle et amoureuse du musée Guimet.

C'est Clara qui en découvrit l'existence à Malraux lors de leurs fiançailles – il fréquentait plutôt jusque-là le musée du Trocadéro. Il avait aussitôt partagé son plaisir d'y venir souvent. C'était un rendez-vous hors de l'agitation du monde, secret, connu des seuls initiés, où pourtant on sentait battre un cœur – celui d'un monde à demi légendaire, aux dieux et aux mythes si différents des Occidentaux que leurs repères s'y perdaient. Malraux qui aimait savoir et comprendre et ne se contentait pas de humer les sensations, se met à étudier ces civilisations qui n'étaient pas du tout vulgarisées à l'époque et restaient l'apanage de voyageurs, de collectionneurs, d'érudits. Il va fouiller la Bibliothèque orientale à la recherche d'études et de travaux des plus éminents spécialistes du Cambodge ancien, publiés à Hanoï et à Paris depuis 1901 dans les *Bulletins de l'Ecole française d'Extrême-Orient*. Pendant qu'il se documente auprès des Parmentier, des Marchal et autres Finot qui sont les grands noms de l'histoire de l'art khmer, pendant qu'il consulte attentivement cartes et estampes, Clara lit *Un pèlerin d'Angkor* de Pierre Loti et se laisse enchanter par sa prose solaire. Les villes sacrées, les temples du vieux royaume khmer leur deviennent familiers.

Ils ont alors la chance de rencontrer deux personnalités dans le monde de la culture, deux hommes qui seront pour eux autant des initiateurs que des guides, pour les éclairer dans leurs recherches. D'abord, Joseph Hackin, qui va bientôt devenir conservateur de leur musée préféré. Ce jeune érudit, d'origine alsacienne, se prend d'amitié pour Malraux et entretient avec lui de nombreux et fructueux échanges sur les civilisations d'Asie. On ne sait si c'est lui ou Kahnweiler qui lui présente André Salmony – une rencontre essentielle pour sa vision future de la philosophie de l'art. Dans les années vingt, Salmony est un des conservateurs du musée de Cologne, dont il deviendra directeur. Venu à Paris pour y rencontrer divers collectionneurs, il passe une soirée entière avec les Malraux, avenue des Chalets, où il déploie sur une table de laque noire un étonnant ensemble de photos d'archives : des sculptures, des bas-reliefs de toutes provenances. Se trouvent assemblés et associés, sous leurs yeux étonnés, une tête han, une tête romane, une tête thaïe. L'intention de Salmony était en effet d'organiser une exposition d'art comparé, à l'échelle universelle, de télescoper les cultures, d'établir des parallèles entre les civilisations. C'est une démarche très originale pour l'époque, où l'on cloisonne les spécialités, et une véritable révélation pour Malraux qui en fera un de ses credo : la comparaison, dont il mesurait déjà l'importance et dont il pressentait qu'elle était un instrument de mesure exceptionnel, lui apparaît ce soir-là comme la base même de la connaissance. Elle sera sa principale méthode dans sa tentative de compréhension du monde. Clara : « Salmony s'en fut, laissant chez nous quelques-unes de ses précieuses photos, laissant aussi, mais en nous, l'intuition d'une prise nouvelle sur l'univers. »

A l'Opéra de Paris, par une étrange coïncidence, a lieu au même moment (1923) le premier spectacle du

Ballet royal du Cambodge. Les Malraux, initiés à l'art khmer, y assistent avec la ferveur qu'on devine. Sur la scène, des danseuses à la frêle silhouette remuent des doigts effilés aux ongles d'or. Elles prennent souvent la pose des statues des bas-reliefs qu'ils ont admirées au musée et dans les pages des articles savants de l'EFEO... Le ballet ne leur paraît même pas exotique : il répond à leur attente, les bouleverse esthétiquement. Les danseuses apportent soudain la vie et la musique à leurs connaissances encore livresques, ils sont littéralement transportés au cœur de cette civilisation qu'ils essaient d'approcher à la manière de deux néophytes. Dans la salle en revanche, les spectateurs s'agitent, ricanent, protestent. En bref, ne comprennent rien ni à l'orchestre jugé strident, ni aux gestes des danseuses qui paraissent ridicules, ni au sens. Nombre d'entre eux se lèvent et sortent. D'autres rient carrément. La soirée est un four. Qu'importe aux Malraux l'opinion générale ? Ils n'en sont que plus attentifs et plus enthousiastes : parmi les happy few, très few, à applaudir le Ballet royal khmer.

Enfin, un soir, alors qu'ils lisent comme d'habitude en tête à tête dans leur salon gris et noir, Malraux lance à Clara : « Connaissez-vous le chemin qui, de Flandre en Espagne, mène à Saint-Jacques-de-Compostelle ? »

Devant son air éberlué, il lui explique que ce chemin était jalonné de cathédrales qui, pour la plupart, sont encore debout aujourd'hui, mais sans doute aussi de petites chapelles dont beaucoup ne le sont plus.

Clara n'a jamais réfléchi à la question et ne voit pas du tout où il veut en venir. Il lui raconte alors que du Siam au Cambodge, le long de la Voie royale qui va des Dangrek à Angkor, il y a de grands temples, ceux qui ont été repérés et décrits dans l'Inventaire des monuments khmers dont il a lu et presque appris par cœur le relevé à la Bibliothèque orientale ; mais bien d'autres encore, pareils aux chapelles romanes pour la plupart aujourd'hui disparues ou en ruines sur la route de Compostelle.

Clara paraissant perplexe, il poursuit son exposé en lui résumant un article, particulièrement intéressant, paru en 1919 dans un des bulletins de l'EFEO qu'il a pu consulter : le savant Henri Parmentier y évoque un de ces vestiges, « sorte de petit bijou de la jungle », complètement enfoui dans la végétation tropicale et délaissé par les archéologues, le temple de Banteay Srei. Celui-ci aurait été découvert et décrit par deux aventuriers, le lieutenant Marek en 1914 et un certain Demazure. Parmentier lui-même l'avait longuement étudié sur place, en 1916. Il en rapportait la grâce et le donnait comme archétype de « l'art d'Indravarman », entre le VIIIe et le Xe siècles de notre ère, l'une des époques les plus raffinées de l'art khmer. Le projet de Malraux s'est élaboré au cours de cette lecture hautement scientifique : il prit une forme nette et précise quand il en fit part à Clara. Elle cite Malraux dans ses Mémoires comme si son mari lui parlait encore ce soir-là à voix haute : « Eh bien, nous allons dans ce petit temple, nous enlevons quelques statues, nous les vendons en Amérique, ce qui nous permettra de vivre ensuite tranquilles pendant deux ou trois ans. »

Un voyage culturel exotique, à fin lucrative : Clara avoue que le projet la surprit, mais beaucoup moins que si Malraux lui avait annoncé son entrée dans une affaire d'import-export !

Son mari vient en fait de trouver la solution à leurs problèmes d'argent. Par Kahnweiler qui connaît bien le milieu des antiquaires et des collectionneurs, il leur sera facile de trouver des acheteurs, qu'ils soient américains, allemands ou français, pour écouler leur marchandise. L'aventure au lieu du travail routinier. Le butin fabuleux à la place du salaire moyen.

Malraux a si brillamment soutenu son projet, avec une si grande force de conviction que Clara, un peu troublée quand même – elle l'avoue –, n'élève aucune objection et ne se permet même aucune restriction. Ce projet fou, aussitôt adopté, sera « leur » projet. Le choix en commun d'un couple solidaire.

Les Malraux vont partir – ils seront les nouveaux pèlerins d'Angkor, ou plutôt les pèlerins de Banteay Srei.

Ce mot magique leur ouvre la porte des rêves. Clara remarque, émue, la similitude de sens entre Banteay Srei et Magdebourg. Les deux noms désignent étymologiquement « la forteresse de la pucelle ».

Dans leur entourage, on est moins convaincu. Les amis auxquels ils font part de leurs intentions s'étonnent ou se moquent. Ainsi Max Jacob dans une lettre à Kahnweiler : « Malraux... Enfin, il va trouver sa voie en Orient. Il sera orientaliste et finira au Collège de France, comme Claudel. Il est fait pour les chaires[1]. » Personne ne les encourage. Mais ils sont décidés et presque déjà en route, ensemble. C'est leur idée. Leur aventure.

---

1. Max Jacob, *Correspondance*, publiée par F. Garnier, p. 215.

III

« Nous avons été deux »

Réminiscences

Pour Clara, Angkor n'évoque pas seulement une cité en ruine et de hautes tours en forme de tiares surgissant d'une jungle ; elle ne la fait pas seulement rêver à une civilisation disparue, dont les vestiges racontent une splendeur engloutie. Angkor – ce mot, tel un sésame, la ramène étrangement à la mort de son père. Douze ans en arrière.

Ce jour-là, dans le silence lourd de la villa de Baden-Baden, alors que sa mère s'était enfermée dans la chambre où le père reposait dans son cercueil, elle était restée seule au salon. Les parents, les amis allaient bientôt arriver. Comme si le chagrin faisait une trêve, elle ne pleurait plus, se sentait vide et désœuvrée. Par réflexe, pour se désennuyer, elle prit au hasard un des numéros de *L'Illustration*, qu'on gardait sur un guéridon, et se mit à le feuilleter. Elle y découvrit un reportage sur Angkor Vat, illustré de magnifiques photographies et accompagné d'un texte de Pierre Loti, qui en revenait. Profitant d'une escale de son navire au Siam, il avait passé plusieurs jours sur le site. Sa lecture avait tant passionné Clara qu'elle en avait oublié l'heure et les circonstances, oublié même pendant quelques instants la mort de son père. De la reconnaissance lui était née pour ces belles ruines ensorcelantes, qui avaient réussi à la distraire dans son malheur. Elle se souvenait d'avoir éprouvé alors un sentiment de soulagement fugace, comme si le temple lui avait dispensé des pouvoirs consolateurs.

Le projet d'André lui ramenait à la mémoire cette curieuse expérience, à laquelle elle n'avait plus jamais repensé dans sa frénésie de vivre, mais qui avait bel et bien gardé avec les années sa force un peu magique. L'évocation d'Angkor lui ayant été bénéfique autrefois, Clara espérait qu'il en irait de même cette fois-ci : sans être superstitieuse ni croire aux messes vaudoues, il lui fallait quand même un talisman pour se rassurer dans cette entreprise pour le moins périlleuse où André l'entraînait.

Aussi s'était-elle replongée avec délectation dans le livre de Loti, tiré de son voyage au Siam, dont *L'Illustration* avait publié des extraits avant la guerre, et qui avait paru depuis en librairie sous le titre d'*Un pèlerin d'Angkor*. Incomparablement plus séduisant que les témoignages savants des historiens, c'était sur le sujet le seul récit d'un véritable écrivain. « Au fond des forêts du Siam, j'ai vu l'étoile du soir se lever sur les grandes ruines d'Angkor. » Clara avait dévoré comme un roman ces pages fiévreuses et poétiques, écrites sous le charme du plus caressant des romanciers. A les relire aujourd'hui, même si elles portent la trace d'une éloquence perdue, très fin de siècle, on peut comprendre son enchantement. On peut partager sa transe. Et se dire qu'on partirait bien soi-même, si l'occasion se présentait de manière aussi romanesque... Loti y raconte son expédition – son pèlerinage – avec une telle puissance d'illusionniste qu'on se croirait à ses côtés, marchant péniblement à travers les lianes, ramant sur les eaux d'une forêt immergée ou transporté à dos d'éléphant, en pleine communion avec le pays, la nature et ses rares visiteurs blancs. Pour Loti, déjà âgé de cinquante et un ans en 1901, quand il découvrit Angkor, son voyage était un curieux retour sur le passé : il réalisait en fait un vœu d'enfant.

Dernier-né de vieux parents, le petit Julien Viaud (Loti est un pseudonyme tiré du surnom que lui a donné une Tahitienne) n'aimait pas l'école et se réfugiait dans le grenier de la maison familiale, à Rochefort, pour échapper à ses devoirs. Il y lisait des numéros de *L'Illustration*, déjà – la revue savait décidément déclencher des vocations. Dans l'un d'eux, un reportage sur Angkor Vat l'avait retenu – Clara ne ferait en somme que revivre la même expérience. Il le relisait sans cesse, en rêvait même la nuit, guidé par les photographies merveilleuses qui l'illustraient et par le désir de s'en aller très loin de chez lui. Désir de départ, d'exil et d'aventure. Toute la vie de Loti et même toute sa littérature se dessinent et s'affirment en cet instant. Mais sa lecture se mêlait à un autre fantasme : celui de remettre un jour ses pas dans ceux de son frère aîné, mort tragiquement à Saigon, dans cette Indochine dont ses parents disaient qu'elle était si dangereuse, si maléfique. Le grenier contenait des malles, revenues de « là-bas », cet autre monde où son frère était mort, avec des effets personnels du jeune homme, des livres et des carnets de notes – des reliques auxquelles en principe on ne devait pas toucher. Loti les feuilletait, nourrissant ainsi son goût pour le secret, les cachettes et les interdits. Il y avait trouvé un sens à sa vie et s'était fait la promesse de se rendre un jour sur ces terres lointaines.

Devenu officier de marine et romancier à succès, ce n'est qu'à la fin de sa carrière et presque de son existence (il devait mourir en 1923), après d'innombrables traversées de mers et d'océans, qu'il put réaliser son rêve. Une escale de son navire, le cuirassé *Le Redoutable*, à Saigon, lui en fournit l'occasion. Le navire devant subir des réparations qui nécessitaient plusieurs semaines à quai, il en profita pour remonter le Mékong et rallier Phnom Penh. Un périple épuisant, à la fin de la mousson – que Clara s'apprêtait à vivre vingt ans après, dans les mêmes conditions. Devant les ruines abandonnées d'Angkor, livrées aux singes, aux chauves-souris et aux figuiers destructeurs qui rongeaient les pierres par leurs racines, Loti racontait qu'il avait eu le sentiment d'accomplir un double pèlerinage : sur son passé d'enfant, à la rencontre des mânes de son frère aîné. Clara fut émue de découvrir qu'Angkor avait déjà permis à un écrivain de remonter le temps et de ressusciter les morts.

Un pèlerin d'Angkor l'exaltait. En vantant les beautés du site, le livre aurait dû cependant la mettre en garde. Loti décrivait en effet, avec poésie mais non sans réalisme, tous les périls qu'elle allait rencontrer : l'étouffante moiteur du climat tropical, les pluies diluviennes qui ne rafraîchissent pas mais rendent le sol pire qu'un marécage, les moustiques qui attaquent par légions entières, les chauves-souris qui hantent les ruines par centuries, les araignées dont Malraux a une horreur phobique (elles peuplent ses cauchemars) et qui ont tissé dans les temples, selon la plume lyrique de Loti, « de longs pans de mousseline noire ». Et puis, les chars à bœufs d'une lenteur endormante, les éléphants dont l'amble vous balance jusqu'à la nausée sur votre palanquin, enfin, surtout, la couleur crépusculaire de la jungle – forêt inextricable et menaçante où le jour s'efface et se confond avec la nuit. Une nuit verte, angoissante. Une nuit à demi nuit, dont la clarté miroitante tient plus de la lumière des cauchemars que de celle, si voluptueuse, des rêves.

Clara n'avait jusque-là voyagé que dans des conditions confortables et dans des pays européens, dépourvus de véritable exotisme – l'Italie, la Belgique, l'Allemagne. Le grand dépaysement s'annonçait. Elle en était excitée, quoique un peu inquiète. C'est qu'elle ne partageait qu'à demi l'intime et tranquille conviction de Malraux. Cette expédition indochinoise, des plus imprécises sinon des plus fumeuses, conjuguait le goût de l'aventure et du romanesque à des intentions moins nobles, comme le désir de s'enrichir rapidement tout en s'amusant. Etait-ce bien raisonnable ? Mais Clara ne voulait rien refuser à André. La folie même du projet la tentait. Elle ne se voyait pas comme une donneuse de leçons, encore moins comme un obstacle. Elle tenait à se montrer une compagne à la hauteur. Au diable, la morale bourgeoise et la prudence qui va avec ! Clara partirait, elle accompagnerait Malraux. Cela seul comptait pour elle : tout vivre ensemble, tout partager.

Vogue la galère

Préparatifs matériels succincts. Le couple liquide les derniers biens de Clara – il ne reste désormais plus rien de sa dot – et obtient un peu d'argent de Fernand Malraux pour acheter le matériel jugé indispensable : tenues de brousse (culottes de cheval, leggings, casque colonial pour lui, capeline grise bordée de tulle pour elle) ; moustiquaires et photophores ; gourdes et gobelets ; de la quinine contre le palu et des vaccins contre les piqûres de serpents (mais ils ne savent évidemment pas se servir de la seringue qui sera indispensable à leur injection). Enfin, preuve de leur esprit d'entreprise, une douzaine de scies égoïnes, achetées sur catalogue à la Manufacture d'armes et cycles de Saint-Etienne. Ce sont des scies qui permettent de découper la pierre.

« On dit qu'on va partir et puis, un jour, on part. Maman. Son visage inquiet. Le jardin où je ne suis plus retournée. Les chambres où je n'ai plus dormi. Sans que mon compagnon comprenne pourquoi, j'ai pleuré dans le taxi. »

Au départ, les sentiments de Clara et d'André diffèrent. Son mari regarde devant lui : tout entier tendu vers ce royaume khmer, ces ruines fabuleuses et la fortune qu'il en attend, il a gommé de son projet les risques et la souffrance. Quant à la séparation d'avec les siens, il y a longtemps qu'elle s'est accomplie. Pour Malraux, il ne fait aucun doute que « l'avenir sera plus beau que le passé » – tel est le message que Clara a bien du mal à partager. C'est qu'au contraire de lui, elle regarde derrière elle et a conscience de ce qu'elle laisse. Son départ est une déchirure. Il s'accompagne de regrets. Clara pressent qu'à son retour « plus rien ne sera comme avant » et elle en souffre. Elle aime encore tendrement les siens. Elle laisse sur place – ou du moins le croit-elle – son passé, sa jeunesse, la sécurité du cocon d'Auteuil où elle a vécu jusque-là. Il n'est donc pas étonnant qu'elle pleure dans le taxi, jusqu'à la gare de Lyon, et même encore dans le train, jusqu'à Marseille.

Le 13 octobre 1923, ils embarquent sur *L'Angkor* – le bien nommé –, amarré au quai de la Joliette. Ils n'ont pas lésiné sur les moyens de transport : ils voyagent en cabine de première classe. Mais sans billet de retour : n'ayant plus un sou en poche, ils comptent pour se l'offrir sur la vente de leur butin futur. Cet aller simple, qui traduit l'optimisme de Malraux, n'a pas dû vraiment rassurer Clara. Elle s'est posé la question, sans l'avouer : et si le voyage était sans retour ?

Quatre semaines de traversée. Le Proche-Orient, l'Asie Mineure, l'Afrique, enfin l'Asie. C'est à l'escale de Djibouti que Clara a pensé : « Cette fois-ci, c'est ailleurs. » Ils assistent, la nuit, à une danse de filles nues. Au petit matin, derrière les salines, se découpent les hautes silhouettes de bergers nomades, armés de lances.

Les Malraux dînent à la table du commandant, où ils sont évidemment les plus jeunes. Les autres voyageurs de première classe – pour la plupart de hauts fonctionnaires de l'Administration coloniale ou des officiers supérieurs dans l'armée, accompagnés de leurs épouses – apprécient ce couple élégant, qui a fait sensation dès le premier soir. Lui, en smoking (noir, puis blanc quand on sera arrivé aux tropiques), elle en robe Poiret et avec ses perles ! On aime la conversation du jeune homme, très sûr de lui, qui ne se prive pas de faire savoir qu'ils voyagent « chargés de mission » par le ministère des Colonies – ce qui est parfaitement vrai. Tenant à assurer ses arrières, Malraux a obtenu des autorités compétentes un « ordre de mission », censé garantir leur expédition et qui n'exige rien d'autre en retour que d'informer lesdites autorités des résultats de leurs travaux. Accordé à l'unanimité par un conclave comprenant plusieurs gouverneurs des colonies, en activité ou honoraires, et un inspecteur général du service de Santé, il s'accompagne d'une contrepartie – une somme de cent à deux cent mille francs sera versée au retour à l'Ecole française d'Extrême-Orient.

Ce dont Malraux ne se vante pas, c'est qu'il est son propre mécène. Avec sa femme et d'ailleurs grâce à elle, il finance entièrement une expédition qui a fini de les ruiner, mais dont ils espèrent qu'elle va leur permettre de se renflouer, comme on dit au casino.

Pendant quatre semaines, ce ne seront que fêtes, jeux, siestes ou promenades, spectacles de nuits étoilées, de poissons volants, de mer aux couleurs changeantes et, par temps de brouillard, grave et répercutant ses échos, le son de la corne de brume.

Le gain ou l'aventure ?

« Qu'est-ce qui comptait le plus pour Malraux à cette époque, le gain ou l'aventure ? » interroge Jean-Marie Rouart, lors d'une interview de Clara Malraux au *Quotidien de Paris*, en 1982.

Réponse immédiate de Clara : « Les deux, le gain atteint à travers l'aventure. »

L'expédition indochinoise n'a pas du tout des fins archéologiques, quoi que Malraux en ait dit au ministère des Colonies en tâchant de le persuader qu'il voulait « poursuivre des études d'archéologie khmère en collaboration avec l'EFEO[1] ». Elle a bel et bien un but lucratif : les Malraux sont partis avec l'intention de découper des bas-reliefs khmers, pour se les approprier et les revendre. S'étant renseignés, ils en connaissent le prix, établi par les spécialistes, environ trente mille francs pour une statuette de vingt-cinq centimètres, et

---

1. Cité par Olivier Todd, *André Malraux, une vie*, Gallimard, 2001.

deux cent mille francs pour une sculpture de danseuse aux seins nus (dite *apsara*). André Malraux a pris contact depuis Paris, vraisemblablement par l'entremise de Kahnweiler, avec des acheteurs potentiels aux Etats-Unis et en Allemagne. Il a emporté des lettres faisant état de futures et éventuelles tractations, que l'accusation aura beau jeu d'utiliser comme pièces à charge lors de son futur procès. Il a acheté les fameuses scies égoïnes. Et il a prévu de se procurer des caisses en bois, dès son arrivée, pour y stocker et transporter son butin : non pas de simples statuettes isolées, mais des bas-reliefs entiers. Il voit toujours tout en grand.

Les mots sont crus. Faut-il penser : vol ? rapine ? hold-up ? pillage ? trafic ou contrebande ? Et voir dans les précieuses pièces de collection, précisément, un butin ?

Le temple de Banteay Srei n'est pas encore classé monument historique : aucun archéologue n'y travaille et c'est à peine s'il est répertorié sur les cartes. Mais il est cependant protégé par un récent décret émanant du gouverneur général de l'Indochine, selon lequel « aucun monument historique ne pourra être exporté, en tout ou en partie, du territoire de l'Indochine, sans l'autorisation du gouverneur général ». Précaution bafouée tous les jours – tout le monde le sait et le constate – par les petits trafiquants, les collectionneurs, les amateurs d'antiquités et même par les musées, mais que les Malraux s'apprêtent, en toute connaissance de cause, à enfreindre à leur tour.

L'appât du gain ne suffit pourtant pas à résumer une expédition qui s'apparente par bien des aspects à une chasse au trésor.

Un pays exotique à l'autre bout du monde, un temple abandonné, des visages au sourire de pierre qui se monnayent au prix de l'or et, pour les atteindre, une longue marche dans la jungle sur les traces des héros des romans d'aventures, à la Stevenson. Au moins autant que le négoce, le rêve est au cœur du projet de ces nouveaux Argonautes, prêts à risquer leur vie et leur réputation, pour aller s'emparer de la Toison d'Or. Et Clara le sait.

Ils ne partent pas, en résumé, pour faire le casse d'une banque, tels Bonnie & Clyde. Il y a bien autre chose : l'esthétique, le mystère des objets abandonnés depuis des siècles et qui vont échapper grâce à eux à la ruine définitive ; l'admiration sincère qu'ils leur vouent, tous les deux ; le désir d'être des découvreurs, des défricheurs – Malraux a promis à ses interlocuteurs du ministère des Colonies de rapporter des moulages de tous ces bas-reliefs méconnus, qui seraient magnifiques au musée Guimet ! Enfin, et ce n'est pas la moindre de leurs motivations, ils souhaitent accomplir quelque chose d'extraordinaire, passer les limites, jouer avec les interdits.

Leur projet ressemble à celui de deux adolescents rebelles, habillés en explorateurs et armés d'un matériel de scout qui, pour s'étonner eux-mêmes, vont accomplir un « coup », sinon un « mauvais coup ». Ils ne connaissent pas mieux les civilisations d'Asie que le climat, la faune ou la flore des tropiques, mais ils ont de l'audace, de l'imagination et, aux dires des passagers de première classe dont Clara rapportera l'étonnement, plutôt belle allure.

« Malraux voulait sûrement écrire un roman avec cette aventure ? » demande Jean-Marie Rouart dans la suite de son interview.

Clara : « Non, sûrement pas, sûrement pas. Il voulait d'abord la vivre. »

Elle ajoute même, pour ce qui la concerne : « Notre comportement ne fut pas sans grandeur... Jusqu'à ma mort, je le revendiquerai avec orgueil. »

Superstitions

Les deux dernières escales auraient découragé un Romain de poursuivre le voyage : elles contiennent assez de signes funestes pour quiconque croit aux augures. A Djibouti, d'abord, le feu prend dans les soutes de *L'Angkor*. Rapidement maîtrisé, il provoque cependant un retard de plusieurs jours dans la navigation, de sorte que les Malraux manquent leur correspondance pour le Siam à Singapour. Or, ils avaient pensé dénicher là-bas des objets d'art, à la fois khmers et thaïs, ce qui en cas de succès leur aurait évité un plus long voyage vers le Cambodge. Ils doivent renoncer.

A l'escale suivante, à Penang, ils débarquent un soir pour se rendre à un spectacle de marionnettes chinoises, sur la grand-place de la ville. Il pleut, d'une de ces pluies diluviennes fréquentes à l'époque de la mousson. Des dalles servent de pont pour traverser les rues inondées. Sur l'une de ces dalles, Clara, chaussée de talons hauts, glisse et chute dans un arroyo – un égout qui charrie des eaux si tourmentées et puissantes qu'elle est emportée tel un fétu de paille, par le courant. Malraux la rattrape in extremis, juste avant que l'arroyo ne s'engouffre dans un tunnel. Elle manque se noyer.

Le feu. La noyade. Et, entre les deux, l'échec d'une première perspective qu'ils espéraient fructueuse et surtout plus aisée et moins onéreuse que celle qui les attend. D'autres auraient renoncé. Malraux lui n'entend pas se laisser décourager. Il a rendez-vous avec son rêve. Et, comme nous le savons déjà, avec la gloire qui va avec. Quant à Clara, elle veut toujours suivre : « Rechigneuse, mais en dedans », ainsi qu'elle l'écrira. Elle fait taire ses peurs, ses doutes.

Elle est encore l'accompagnatrice, la principale escorte, l'épouse dévouée : celle qui suit sans rien dire, celle qui dit oui à tout, sans prendre d'initiative. Elle se ferait l'effet d'être un balluchon, la énième valise de leur convoi, de loin la plus légère, s'il n'y avait les nuits d'amour. Elle le raconte, elle le répète : elle y aura puisé son énergie, sa force aveugle et son contentement. Dans ses Mémoires, elle les évoque avec nostalgie et même avec gratitude. Elle ne les oubliera jamais : c'étaient ses nuits avec Malraux qui scellaient leur couple et qui la rendaient femme.

Parfois, pourtant, une idée simple la traverse : « Après tout, j'aurais pu rester une bourgeoise riche, alignant mes enfants dans les allées du bois de Boulogne... », mais elle la chasse vite, la jugeant indigne d'une aventurière, indigne même de cet amour qui lui demande tant d'efforts et de sacrifices tout au long des jours, mais dont les nuits effacent la fatigue.

La fièvre des aventuriers

Les Malraux seront des explorateurs rapides, si pressés de revenir qu'ils ne profitent guère de ce premier séjour lointain pour découvrir d'autres sites. Ils vont traverser l'Indochine, comme ils visitent tous les musées du monde : au pas de course.

Saigon, le 4 novembre 1923 : ses avenues bordées de tamariniers, ses jardins qui regorgent de flamboyants en fleur, son air de province et, comme l'écrit Loti, « sa grâce morbide et perverse ». Les Malraux y jettent à peine un coup d'œil, le temps d'y débarquer et de reprendre un autre bateau.

Près de deux mille kilomètres au-delà, les voici à Hanoï : après la traversée de la baie d'Along et une brève escale à Haiphong, ils se rendent directement au siège de l'Ecole française d'Extrême-Orient, où ils ont un entretien avec Leonard Aurousseau, professeur de chinois et directeur intérimaire de l'EFEO... Il leur rappelle les grands principes d'intégrité qui doivent régir leur expédition : le respect des sites et, stipulée par le décret du gouverneur de l'Indochine, l'interdiction absolue de déplacer les objets d'art qui s'y trouvent.

Hanoï leur donne un bref aperçu de la traditionnelle ville d'Asie : marchands de soupe au coin des rues, coolies zigzaguant avec leurs pousse-pousse, petit lac aux miroitements romantiques et temple de la Littérature... Ne nous attardons pas. Il est temps de descendre le Mékong et de découvrir sur ses rives les charognards perchés sur les bananiers que leur a contés Loti. Henri Parmentier, l'archéologue, auteur du premier article savant sur Banteay Srei, les accompagne. C'est un vieux monsieur guilleret, à la longue chevelure blanche et à l'humour sarcastique, qui va les guider jusqu'à Angkor. Si sa science est immense, ses conseils pratiques seront précieux. En attendant, il distrait Clara par le récit d'anecdotes troublantes, sur le Mékong par exemple, qui coule tour à tour vers sa source ou vers son embouchure. Et Clara de se demander : Est-ce que je coule dans le bon sens ? Est-ce que mon avenir passe vraiment par les eaux jaunes et boueuses de ce fleuve d'Asie ?

Visite bâclée de Phnom Penh – ils y reviendront bien malgré eux. Loti prétend que l'air y est « moins accablant qu'à Saigon, moins chargé d'électricité et de vapeur d'eau. On se sent mieux vivre ». Au musée, ils passent en revue des figurines innombrables, aux proportions parfaites, qui semblent leur annoncer les merveilles qu'ils vont bientôt découvrir et colporter. Un autre savant les a rejoints, Victor Goloubev – il impressionne Clara.

Conseillés par les deux hommes, Parmentier et Goloubev, forts d'une longue expérience, ils effectuent leurs derniers achats : des toiles pour entourer les lits Picot ; des seaux de caoutchouc pour la douche ; des marmites, des réchauds, des cuvettes. Mais aussi des pelles et des pioches – l'information circule et étonne la petite colonie française. Enfin ils engagent un boy pour cuisiner et servir d'interprète. Lorsque Nguyen Van Xa – le boy, un Annamite – se révèle être un ancien repris de justice, Malraux refuse de se séparer de lui. Il lui verse même par avance une partie de ses gages. Et il a raison : Xa – il gardera son nom dans *La Voie royale* – va se révéler le plus dévoué des compagnons.

Derniers détails pour affronter le raid : Malraux emporte des revolvers et Clara à son annulaire une bague dont le chaton renferme de la poudre blanche – du cyanure, croit-elle, à moins que ce ne soit du bicarbonate de soude ou du sucre... On n'en a pas fini avec le roman d'aventures. Les voilà prêts pour leur expédition. Ils doivent prendre le bateau d'abord, pour remonter encore un peu le Mékong, « devenu aussi familier que la Seine », dit Clara, jusqu'à Siem-

Reap, la bourgade la plus proche des temples. Puis une auto, envoyée par le conservateur du groupe français d'Angkor, qui a été prévenu de leur arrivée, les conduit jusqu'au site archéologique, le long des rizières.

Visite enchantée d'Angkor qu'éclairent les commentaires d'Henri Parmentier. On admire le Bayon, son sanctuaire le plus ancien, célèbre pour ses tours aux quatre visages. Mais derrière le dos de ces explorateurs qui semblent si pressés de se rendre sur la piste d'un temple oublié et qui transportent avec eux un chargement incroyablement encombrant, les commentaires vont bon train. Ils sont tenus à l'œil. D'autant – ils l'apprendront plus tard – que le gouverneur général de l'Indochine a alerté les autorités coloniales au Cambodge, en leur faisant part de ses « doutes » sur « les véritables intentions de monsieur Malraux ». Ils ignorent naïvement qu'ils ont éveillé les soupçons des plus hautes instances et qu'ils sont désormais sous surveillance.

Angkor est leur dernière halte avant Banteay Srei. Cap au nord-est, en longeant la rivière du Sturm Thom qui a pour Clara des sonorités bizarrement allemandes.

Ai-je dit qu'ils ne sont plus deux, mais trois ? Ils ont récupéré Louis Chevasson, débarqué deux semaines après eux à Saigon. Celui que Clara appelle l'Incolore et auquel elle n'adresse presque pas la parole. Elle est contrariée que Malraux, dont elle sait pourtant l'amitié qu'il porte à cet homme, ait accepté sa présence. Chevasson va partager « leur » aventure, cette aventure que Clara ne veut vivre qu'à deux. Comme si ce compagnon discret et dévoué, prêt même à se sacrifier – il le prouvera –, mais dont la seule vue l'irrite, n'existait pas.

Le petit « Trianon de la forêt »

Cette fois, ils poursuivent la route à cheval. Clara qui a pris des leçons d'équitation est une bonne cavalière, bien qu'elle doive s'habituer à la cadence de sa monture – les petits chevaux d'Asie ne savent que trotter. Malraux et Chevasson montent eux pour la première fois. Clara doit leur expliquer comment tenir les rênes et utiliser les étriers. La taille d'André est si disproportionnée à sa monture que ses pieds touchent le sol et qu'à chaque passage à gué, il a les jambes trempées jusqu'aux cuisses. Ils avancent à la queue leu leu sur un sentier perdu dans l'immensité de la brousse. Quatre chars à bœufs, qui transportent leurs bagages mais surtout les énormes caisses en bois de camphrier destinées au futur transport des bas-reliefs, et une douzaine de coolies les suivent. Ils vont parcourir quarante-cinq kilomètres en deux jours. « Moiteur, touffeur, emmêlement verdâtre des branchages, des racines et des troncs spongieux... » Clara n'est pas prolixe mais avec les années, la sensation d'étouffement et de vertige reste vivace. Ils traversent des villages enserrés de cocotiers et de bambous. Clara prend un dernier bain dans une mare, avec les femmes et les enfants.

La forêt s'épaissit. Le soleil n'y pénètre plus. La terre lui paraît plus rouge, plus grasse. Ils avancent dans une odeur de pourriture tandis que des nuées de moustiques s'attaquent aux mains, aux visages. La sueur trempe les vêtements élégants du départ, les belles chemises en coton indien, les leggings, et plaque les cheveux sous le casque colonial. Bientôt, il n'y a même plus de piste. Il faut la tailler au coupe-coupe et tenir les chevaux derrière soi, « comme des chiens en laisse », s'étonne Clara. Les arbres se rapprochent. L'univers se fait menaçant. Loti les avait prévenus : « La forêt, toujours la forêt, et toujours son ombre, son oppression souveraine. On la sent hostile, meurtrière, couvant de la fièvre et de la mort ; à la fin, on voudrait s'évader, elle emprisonne, elle épouvante. »

Malraux en donnera une description non moins évocatrice dans *La Voie royale*, quand son tour sera venu d'écrire ses souvenirs de la forêt cambodgienne. « Une puissance inconnue liait aux arbres les fongosités, faisait grouiller toutes ces choses provisoires sur un sol semblable à l'écume des marais, dans ces bois fumants de commencement du monde. Quel acte humain ici avait un sens ? Quelle volonté conservait sa force ? » On reconnaîtra bientôt son style.

C'est un vieillard qui marche aux côtés de Xa, devant eux, en éclaireur : ce guide providentiel, trouvé au dernier village, est le seul homme capable de repérer au milieu de la végétation inextricable le chemin qui mène au temple. Ou du moins est-il le seul qui ose s'en approcher. Les villageois craignent les ruines abandonnées et les évitent. Ni le boy ni les coolies ne voudront y pénétrer. Car la légende les dit peuplées d'esprits malins et destructeurs. Le temple porte malheur.

Lorsqu'il leur apparaît soudain, à un détour du sentier, à une porte qui s'ouvre dans la broussaille, il est pourtant d'une beauté sereine et lumineuse. Clara dira : « Un temple rose, orné, paré, Trianon de la forêt sur lequel les taches de mousse semblaient une décoration (...), plus beau que tous les temples que nous avions vus jusque-là, plus émouvant dans son abandon que tous les Angkor polis et ratissés. » Malraux en a retenu la vision d'éboulis. « Des pierres, des pierres, quelques-unes à plat, presque tout un angle en l'air : un chantier envahi par la brousse. Des pans de mur violets, les uns sculptés, les autres nus, d'où pendaient des fougères ; certains portaient la patine rouge du feu... d'anciennes ouvertures à demi cachées sous un rempart de pierres éboulées... un écroulement si total que la végétation naine seule s'y développait. » Le narrateur de *La Voie royale* n'est autre que lui-même, frappé de stupeur devant tant de beauté intacte, qui irradie encore le temple malgré les ravages de la destruction. Ils s'avancent. Le premier geste de Clara est de caresser la pierre rose, comme autrefois enfant, dans le jardin d'Auteuil, les pétales des fleurs.

Puis vient la violence de leurs autres gestes. Malraux et Chevasson tiennent à se mettre aussitôt au travail. Le boy, les coolies, le vieux guide sont restés à la lisière de la forêt. S'ils n'avaient si peur de pénétrer ici, Malraux leur en aurait de toute façon interdit l'accès. Quant à Clara, elle est chargée de faire le guet — ce qui n'est pas facile, la forêt bruissant de mille bruits, de mille chuchotements. Elle craint de voir apparaître un tigre ! Les deux hommes ont retroussé leurs manches et pris leurs outils. Ils entament le premier bas-relief avec leur scie égoïne, mais quelle n'est pas leur déception de voir qu'elle se brise aussitôt. Ils en cassent une seconde, une troisième, avant de comprendre qu'ils ont sous-estimé la qualité de la pierre : du grès.

Ce grès rose, si délicat, si fragile à l'œil, résiste au bon acier de la manufacture de Saint-Etienne. C'est au poinçon et au marteau qu'ils vont détacher les jolies figurines, les danseuses aux corps souples, aux mains comme des lyres, et les *apsaras* aux seins légers. En quatre jours, ils réussissent à extirper quatre grands blocs sculptés, qui pèsent plus d'une tonne. Quatre échantillons de ce chef-d'œuvre exquis, qu'ils sont parmi les premiers à admirer après Marek, Demazure et Parmentier.

Cela veut dire aussi trois nuits, dans des hamacs, assaillis de moustiques, avec les glissements suspects de toute cette vie mystérieuse autour d'eux, où chacun croit distinguer son plus sûr ennemi – le tigre, le serpent et, pour Malraux, les araignées. Mais il y a aussi le regard sombre des coolies sur eux. Clara s'en souvient en frissonnant : un regard de désapprobation sinon d'accusation. Certains coolies témoigneront plus tard au procès.

Une fois les bas-reliefs chargés dans les caisses, le convoi se remet en route, en sens inverse. Neuf heures à cheval pour la première journée. Quand, à Siem-Reap, on les voit revenir, après six jours de prétendues études du site archéologique, tout le monde est si étonné que les Malraux doivent fournir une explication : la santé fragile de Clara est le meilleur argument qui leur vient à l'esprit. Elle prétexte fièvre et dysenterie, ce qui lui vaudra une piqûre et les conseils d'un médecin annamite, qu'il lui a fallu leurrer. Le lourd chargement qui les accompagne attire inévitablement l'attention. Ils ont beau embarquer aussitôt à bord d'une vedette de messageries fluviales – cabine n° 13 –, leur empressement à partir et le poids de leurs bagages les rendent pour le moins suspects. Eux, candides, croient avoir réussi, d'autant qu'ils ont choisi pour ramener leur butin le moment des fêtes de Noël, en comptant sur un relâchement des forces de police. Qu'espèrent-ils ? Qu'on prendra pour des cadeaux du Père Noël le contenu de leurs malles ?

Ils ignorent que le chargement a été vérifié en secret, sous l'œil de la police justement, par l'un des archéologues d'Angkor, Georges Groslier, et que les autorités du protectorat ont déjà préparé un mandat d'arrêt.

Le 24 décembre 1923, alors que le bateau vient à peine d'accoster à Phnom Penh, trois inspecteurs de la Sûreté frappent en pleine nuit à la porte de leur cabine – ils dormaient tranquillement, selon Clara – et somment les jeunes gens de venir ouvrir leurs bagages dans la cale.

L'hôtel et l'hôpital

Inculpés, Malraux, Clara et Chevasson ne sont pas pour autant incarcérés. Ils sont placés en résidence surveillée et priés de ne pas quitter Phnom Penh. Comme hébergement, ils choisissent évidemment, selon leur coutume, le meilleur hôtel de la ville, le Grand Hôtel, que tout le monde appelle du nom de son propriétaire, d'origine grecque, l'hôtel Manolis. Ils vont passer quatre mois, de janvier à avril, dans cet établissement, qui n'est pas du tout un palace, mais tout de même l'une des adresses élégantes de la ville, au bord du fleuve.

Ils y font une entrée remarquée, le soir du nouvel an, lui dans son smoking blanc et elle dans sa robe Poiret, qu'on imagine quand même un peu froissée. Mais l'accueil des autres dîneurs n'est pas aussi chaleureux que sur *L'Angkor*, à la table du commandant, quand ils étaient encore un couple plein de promesses, auréolé du prestige d'un ordre de mission officiel. Cette fois, la colonie les boude. Personne ne leur adresse la parole. Ils prennent leurs repas, tels des pestiférés, à une table isolée.

Ils passent beaucoup de temps dans leur chambre, empruntent des livres à la bibliothèque municipale et marchent aussi beaucoup, lors de longues promenades sans but à l'intérieur de la ville, d'où ils n'ont pas le droit de sortir. Toits or et écarlate du Palais royal, merveilles du musée Albert-Sarraut, style cossu des belles villas en pierre et en brique des fonctionnaires et des notables. Mais lorsqu'ils s'aventurent au-delà, dans les quartiers où ils sont alors les seuls Blancs, les seuls touristes, ils découvrent la misère et la puanteur des rues : l'autre réalité coloniale s'impose à eux dans ces jours de désœuvrement sans fin. Ils en ressentent l'injustice, la cruauté.

Une gangue de moiteur et d'ennui les enveloppe.

André et Clara ont tous les deux des accès de fièvre dus au paludisme : leur santé se détériore au même rythme que leurs finances.

Un mandat de Fernand Malraux leur a permis de payer les premiers mois de la pension, mais leurs dettes ne cessent de s'alourdir. M. Manolis se fait de plus en plus pressant, ils craignent de ne plus pouvoir rester longtemps au Grand Hôtel. L'instruction suit son cours, avec des interrogatoires et l'examen des pièces à conviction. Malraux et Chevasson ont monté un drôle de scénario, selon lequel c'est Chevasson qui aurait eu l'idée de l'expédition archéologique et l'aurait conduite ; Malraux n'aurait été que le suiveur, l'ami fidèle et complaisant. Ils ont inversé leurs rôles en espérant que Malraux, ainsi libéré plus rapidement, pourrait alors rentrer en France et mieux organiser leur défense. Les enquêteurs ont du mal à y croire d'autant que Malraux, inculpé, conserve son assurance, voire son arrogance qui en agace plus d'un. Le procès s'annonce compliqué. Mais, pour Clara, il y a pire que les tourments de l'instruction, pire que les ennuis financiers : elle vient de recevoir une lettre de sa mère – lettre froide et brutale qui ne lui ressemble pas. Clara soupçonne ses frères de la lui avoir dictée. Mme Goldschmidt, mise au courant du motif d'inculpation, informe sa fille que la police a perquisitionné avenue des Chalets et elle la somme de divorcer.

Aussitôt Clara s'effondre. Elle a tout supporté – la chaleur, les moustiques, la fatigue, le danger, Chevasson, et même les dettes –, mais là c'en est trop : on vient de toucher à ce qui lui est encore si cher, à ce qui a tant compté et compte toujours pour elle : l'amour des siens. Elle fait une scène à Malraux et se met à pleurer, sans fin, redevenant la petite cruche à larmes de ses années d'enfant.

Cette scène de colère et de désespoir mêlés va forcer Clara à réagir. Alors que Malraux est dans l'attente, une attente passive et qu'il affiche sereine quant au résultat de l'instruction et du procès, elle récuse son optimisme et esquisse un plan d'action, à sa façon. Elle annonce à Malraux qu'il faut sortir de là et qu'elle a une idée. Elle va se suicider.

Ou plutôt, bien sûr, faire semblant. Et Malraux est d'accord. Elle charge donc Xa d'aller acheter du Gardénal, en vente libre à cette époque dans les pharmacies, et absorbe ce qu'il faut de cachets avec un verre d'eau – juste ce qu'il faut, pas plus, tout est sous contrôle. Comme prévu, à la manière d'un acteur qui joue sa partie, Malraux monte la retrouver dans leur chambre à l'heure entendue. Il appelle au secours. On transporte sa femme à l'hôpital. Xa pleure. Clara n'a même pas droit à un lavage d'estomac.

Sa « bonne idée » n'a pas arrangé leurs affaires. Ils sont toujours sous mandat d'arrêt. La seule conséquence de son acte, c'est que leur résidence a changé, ils logeront désormais à l'hôpital de Phnom Penh. Lequel présente un grand avantage pour eux : le logement y est gratuit. Malraux, qui doit prendre ses repas à l'extérieur, a cependant obtenu de dormir dans la chambre de Clara.

Ils vont y rester jusqu'au mois de juin, soit deux mois pleins, ce qui est une longue réclusion pour qui n'est pas malade et ne se sent pas non plus coupable. Clara, condamnée à rester au lit, dévore les livres que Malraux lui rapporte. Elle entreprend de traduire *Le Journal psychanalytique d'une petite fille*, qu'elle a jadis rapporté d'Allemagne et qui lui paraît rescapé d'une autre vie. Freud va l'aider à s'évader de cette chambre prison où elle se morfond, envahie de pensées tristes et de regrets pour sa liberté perdue. Le jeune mari qui lui rend visite et dort près d'elle a perdu sa belle allure. Maigre, le teint jaune, il a beau continuer d'exhiber une tranquille assurance, elle le connaît trop pour ne pas voir son inquiétude et sa fatigue. Tourner en rond dans Phnom Penh ne peut rien apporter de bon. Clara, confinée entre ses quatre murs blancs, brasse des idées ; dans le ronronnement obsédant du ventilateur, qui ne remue que de l'air chaud, elle cherche des pistes d'évasion – André ne pourrait-il pas se déguiser en bonze, cacher son regard sous des lunettes noires et fuir au Siam ? Elle prend finalement une décision à peine plus raisonnable mais que Malraux approuve : puisque son suicide n'a pas obtenu l'effet recherché, elle entame une grève de la faim. Elle se contentera de boire le jus de quatre oranges par jour.

En deux semaines, elle ne pèse plus que trente-six kilos. Ses bras, ses cuisses, tout son corps a fondu et son visage ressemble à celui d'un petit oiseau. Elle est si faible qu'elle ne tient plus debout, n'a même plus la force de lire. Elle plonge dans un demi-coma, où elle entend un soir son mari tenter de la rassurer par cette phrase poétique et absurde : « Il ne faut pas vous désespérer, je finirai bien par être Gabriele D'Annunzio. » Le médecin de l'hôpital vient l'ausculter, s'inquiète. Mais elle finit par obtenir gain de cause.

Le juge lui accorde un non-lieu. Le motif n'en est peut-être pas ce qu'elle souhaitait : une femme mariée étant « tenue de suivre son mari en tous lieux », elle est considérée comme non responsable de ses actes. Sa soumission, exigée par la loi, l'innocente. Elle est libre et peut donc rentrer. Sa famille envoie de l'argent pour son billet et ses frais de voyage. Début juillet, on la transporte en brancard dans une voiture ambulance qui va la conduire jusqu'à Saigon, où elle embarquera pour la France. Départ de Phnom Penh à l'aube, « dans une rumeur de marché », se souvient-elle. Dans l'émotion de cette première séparation, ni Malraux ni Clara, ces deux grands bavards, ne parlent. « Il ne dit rien, je ne dis rien... » A travers la vitre de l'ambulance, elle voit s'effacer la haute et mince silhouette coiffée du casque colonial, « debout au milieu de la route dans son costume de toile blanche, les bras ballants, séparé des autres, orphelin ».

La croisade solitaire

Depuis son mariage, Clara a vécu en couple vingt-quatre heures sur vingt-quatre. Soudain privée de sa moitié, abandonnée à elle-même, même si son sort est plus enviable que celui d'André resté à Phnom Penh pour y attendre son procès, elle ressemble selon ses propres termes à « une petite épave ». D'une maigreur maladive, le cheveu terne et le teint jaune, n'ayant plus que des vêtements usés et une seule paire de chaussures à porter en toutes occasions, elle doit s'agripper aux rambardes quand elle marche. Elle tangue plus que le paquebot, où elle voyage quand même en première classe, partageant sa cabine avec une jeune veuve qui rentre au pays avec son mari, ou du moins avec le cadavre de celui-ci, placé dans son cercueil en fond de cale. André, lui, est encore vivant : voilà à peu près tout ce que Clara peut se dire pour garder l'espoir.

Elle sait que le procès va se dérouler sans elle, mi-juillet, qu'elle n'en connaîtra le verdict qu'à son arrivée à Marseille. Pour l'heure, elle doit affronter les autres passagers qui fuient sa présence ou lui prouvent leur hostilité. Les nouvelles se répandant très vite dans le petit monde colonial, sa mauvaise réputation l'a précédée à bord : chacun murmure à l'autre qu'avec son mari elle a pillé des temples, volé des statues et échappé de justesse à la punition sévère qu'ils méritent tous les deux. Aux dîners, les gens refusent de l'accueillir à leur table de sorte que le commandant la fait placer seule, à l'écart.

Un passager la trouve pourtant intéressante. Il vient vers elle, lui parle, l'escorte lors de ses promenades sur le pont. C'est un homme encore jeune, qui a vécu en Chine où il s'occupait de l'enseignement du français ; il parle le mandarin et d'autres dialectes, connaît bien non seulement Pékin mais d'autres cités et d'autres régions de cet immense territoire ; sans être un érudit, c'est un fin connaisseur de l'Asie et Clara aussitôt le trouve « passionnant ». Dans ses Mémoires, elle l'appelle pudiquement Charles G. Elle ne veut pas compromettre cet homme marié, qui vient retrouver son épouse en France. Mais elle se lie d'amitié avec lui. Il lui apporte l'attention, les égards dont elle manque. Elle aime sa présence calme et solide autant que sa conversation. L'amitié se change en un vague flirt et, un soir, au large d'Aden, précise-t-elle, elle couche avec lui. C'est son expression. Assez simplement et sans remords – pourquoi se priver de la tendresse, de la joie dont on a besoin ? « De peu d'hommes, je garde un souvenir aussi net : il sut être un amant sans cesser d'être un camarade. »

Cet ami, cet amant lui présente une relation qui voyage avec eux : l'avocat Paul Monin. Lui non plus ne plaît pas à tout le monde à bord. Sa réputation est aussi sulfureuse que celle de Clara. C'est que Monin est un progressiste, comme on dit alors, un anticolonialiste qui défend les intérêts des Annamites et des Chinois contre le pouvoir en place. Avec ses yeux bleus, ses longs porte-cigarettes en ivoire et sa solitude, qui le rendent romanesque, il transporte déjà avec lui, malgré sa jeunesse, une légende. Il a défilé avec des grévistes derrière le drapeau rouge et s'est battu en duel avec Henri de Lachevrotière, le directeur de *L'Impartial*, le principal journal de Saigon, évidemment très partial, en faveur des colons et du pouvoir en place. Clara n'a pas besoin de lui résumer l'affaire Malraux – il la connaît déjà – et, après lui avoir donné sa carte, il l'invite à prendre contact avec lui dès son arrivée à Paris.

La croisière n'est plus qu'un lent balancement jusqu'à Marseille, où le paquebot accoste le 7 août. La douceur de la parenthèse passée comme dans un songe entre mer et ciel, avec le réconfort inattendu des bras d'un homme, disparaît dès qu'elle met le pied à terre, dans l'anxiété du retour. Fernand Malraux, averti trop tard, n'a pas eu le temps de venir la chercher dans la cité phocéenne, elle est complètement seule et complètement fauchée. C'est en fin de compte Charles G. – « Je vais pleurer, je vais l'embrasser... » – qui lui donne l'argent nécessaire pour qu'elle puisse prendre le train et regagner Paris. Les vacances à bord sont finies, le flirt va rejoindre sa femme et Clara devoir affronter ce qui lui fait si peur : le jugement de sa famille.

Sa première journée parisienne et sa première nuit, elle préfère les passer incognito à Clichy : son ancienne nounou et femme de chambre, Jeanne, y dirige un petit hôtel avec son mari. C'est Jeanne qui lui passe le journal où elle peut lire avec terreur le verdict du procès en correctionnelle, qui s'est tenu sans elle, les 16 et 17 juillet, sous la présidence du magistrat Jodin. Malraux a écopé de trois ans fermes et de cinq ans d'interdiction de séjour, Chevasson de dix-huit mois fermes. Les deux jeunes gens ont aussitôt fait appel et se trouvent maintenant à Saigon, où le second procès doit avoir lieu dans deux mois. Maîtres Béziat et Gallois-Montbrun seront leurs avocats.

Les objets qu'ils ont dérobés, précise le journal, seront rendus au temple – lequel sera examiné par les archéologues, démonté et reconstruit. Clara ne peut s'empêcher au passage de remarquer avec humour que leur expédition aura au moins eu un effet positif : en attirant l'attention sur ces ruines, les Malraux ont obtenu la restauration de Banteay Srei ! Sans eux, personne ne s'y serait intéressé avant longtemps.

C'est sur l'angoissante nouvelle de la condamnation de Malraux et de Chevasson – mais surtout de Malraux

– que Clara se présente avenue des Chalets. Un conseil de famille l'y attend : sa mère, vieillie de dix ans, éplorée ; ses deux frères, furieux et refusant d'essayer de comprendre, le frère aîné surtout, érigé en statue du Commandeur ; enfin son oncle, pour le bilan financier dont elle ne peut guère contester qu'il est désastreux. On lui reproche d'avoir, avec les perquisitions de la police qui n'ont pas échappé aux voisins et avec les reportages dans la presse, qui a publié des photos de Malraux, déshonoré la famille. D'avoir mêlé à ces outrages et à ces malversations le nom des Goldschmidt.

Clara pleure mais ne cède pas. Sa mère, ses frères, son oncle ont beau exiger unanimement le divorce, elle refuse d'obtempérer. Elle reste solidaire de son mari. La tension monte à tel point qu'elle a une crise de nerfs. A la demande de la famille, le médecin consulté délivre un certificat pour que Clara soit internée quelque temps dans une maison de santé – elle ne se laissera pas faire. Elle entre en résistance – c'est, après sa bataille pour la nationalité française pendant la guerre, son combat le plus difficile puisque c'est un combat contre sa famille, qu'elle continue d'aimer, un combat contre tous les siens. Sa mère surtout, si pitoyable dans son chagrin et qu'elle voudrait tant consoler.

Clara quitte donc l'avenue des Chalets – sa maison depuis toujours – pour ne plus jamais y revenir. Hébergée provisoirement par ses amis Ivan et Claire Goll, elle habite quelque temps rue Fontaine, chez André Breton et sa femme Simone, auxquels elle s'est présentée spontanément : Breton a été un des premiers à déclarer son soutien à la cause d'André Malraux. Il a écrit un superbe plaidoyer dans *Les Nouvelles litté-*

raires, le 16 août – « Nous serons avec André Malraux et nous ne l'abandonnerons pas à celui qu'il a appelé "le frère du hasard, le vent". » Elle renoue aussi des liens d'amitié avec Marcel Arland, qui est resté fidèle à André et va l'aider à organiser sa défense. Conseillée par Breton et par Arland, elle va alors initier et conduire une véritable bataille.

Elle commence par rendre visite à René-Louis Doyon, le libraire-éditeur, premier employeur de Malraux, Galerie de la Madeleine où *Connaissance* tient pignon. Il a eu le courage de publier dans *L'Eclair*, sous forme de tribune libre (car la direction de *L'Eclair* ne tient pas à se compromettre avec un individu d'aussi mauvais aloi), une défense de son ancien « chineur », pour vanter ses qualités d'intelligence et d'érudition, et se dire scandalisé par le procès de Phnom Penh. Ils tombent dans les bras l'un de l'autre. Doyon va bien sûr participer à la campagne des intellectuels en faveur de Malraux.

Clara consulte également Paul Monin, l'avocat des Annamites, rencontré sur le bateau, et lui demande d'aller voir André dès qu'il sera de retour à Saigon.

Lors du colloque de Pontigny, Arland gagne les signatures de Gide, de Maurois, de Charles Du Bos, de Maurice Martin du Gard. Mauriac, qui garde un vif souvenir de sa rencontre avec Malraux et de leur conversation autour du Christ, apporte sa prestigieuse signature. Edmond Jaloux, le critique le plus renommé de l'époque, feuilletoniste aux *Nouvelles littéraires*, rejoint les rangs. De même que Louis Aragon, qui n'a aucune peine à se convaincre du caractère anar, résolument antibourgeois, de ce pilleur de temples. Qui d'autre ? Max Jacob, Pierre Mac Orlan, Pascal Pia, Guy de Pourtalès, Florent Fels, Philippe Soupault et quelques grands noms de la *NRF*, Gaston Gallimard en tête, ainsi que Raymond Gallimard, Jean Paulhan et Jacques Rivière. Le nec plus ultra de la littérature contemporaine. Manquent à l'appel : Paul Claudel que Malraux aime tant, mais qui est à l'autre bout du monde, et Anatole France, qui est en train de mourir.

C'est Clara qui, avec l'aide de ses amis Arland et Breton, a rédigé le texte de la pétition. Cet usage n'était pas encore aussi courant qu'aujourd'hui... D'où sans doute sa force d'impact. Le 6 septembre, dans *Les Nouvelles littéraires*, qui prend la tête du parti de Malraux, paraît ce qui peut être considéré comme la première œuvre anonyme de Clara – « sa » pétition pour venir au secours de son mari. « Les soussignés, émus de la condamnation qui frappe André Malraux, ont confiance dans les égards que la justice a coutume de témoigner à tous ceux qui contribuent à augmenter le patrimoine culturel de notre pays. Ils tiennent à se porter garants de l'intelligence et de la réelle valeur littéraire de cette personnalité dont la jeunesse et l'œuvre déjà réalisée permettent de très grands espoirs. Ils déploreraient vivement la perte résultant de l'application d'une sanction qui empêcherait André Malraux d'accomplir ce que tous étaient en droit d'attendre de lui. »

Moins poétique que le texte d'André Breton, efficace et sobre comme se doit de l'être une pétition, c'est une déclaration d'admiration et de confiance. Au nom de tous ceux qui ont signé, et bien que Clara n'ait pas pu joindre son nom à la liste impressionnante des écrivains qu'elle a pu collecter, elle demande l'indulgence pour celui qu'elle aime, dont le talent n'en finit pas de la subjuguer. C'est une déclaration de femme amoureuse qui, sous couvert de signatures illustres, parvient par télégramme à Saigon. La pétition sera fort utile aux avocats de Malraux pour conclure leur plaidoirie : elle garantit l'honorabilité de leur client, en qui tous les grands écrivains de l'époque ou les plus prestigieux d'entre eux voient un futur confrère, digne d'« augmenter le patrimoine culturel de notre pays ». Malraux, qui ne doute de rien, ajoutera tranquillement à la liste le nom d'Anatole France – l'incontournable référence intellectuelle de l'époque – et, pourquoi lésiner, celui de Claude Farrère, écrivain et officier de marine comme Loti, auteur de romans exotiques tels *Fumée d'opium* ou *Les Civilisés*, qui décrivent la vie des Français en Indochine.

Il a bien besoin de ce témoignage de respect venu de la métropole et de cette reconnaissance de son talent car, à Saigon, pendant que Clara s'échine à lui trouver des soutiens, une terrible campagne de presse bat son plein. Menée par *L'Impartial*, et par son directeur Henri de Lachevrotière, mais relayée par d'autres journaux comme *Le Réveil saïgonais*, elle déverse sur lui son lot d'injures et de malveillance, le traitant de mondain vaniteux, d'écrivain manqué, d'aventurier sans scrupules, de vandale et d'extorqueur de fonds, entraînant à sa suite une bonne partie de l'opinion. Il était à craindre que les juges ne lisent *L'Impartial* et n'en soient influencés, juste au moment de l'appel. Aussi la pétition parisienne est-elle capitale : elle contrebalance la campagne de presse locale, elle peut garantir l'honorabilité de l'accusé, au moment même où il risque de se noyer dans un océan de vilenies.

Paul Monin, de retour à Saigon, rencontre Malraux et lui apporte des conseils précieux. Une amitié va lier les deux hommes, complices dans leur vision généreuse et rebelle. Ils se retrouveront quelques mois plus tard, pour un projet commun.

A Paris, Clara qui n'a pas un sou devant elle porte les robes que lui prêtent à tour de rôle Simone Breton et Marcelle Doyon. Elle habite maintenant chez la mère de Malraux, qui lui a généreusement offert de partager le modeste deux pièces qu'elle occupe avec sa propre mère et sa sœur, près de la gare Montparnasse. « Sans confort, se souvient Clara qui n'a encore pour toute référence que l'avenue des Chalets, sans installation de bains ni douche, sans tapis, sans fauteuils, sans bonne. » Les trois femmes ont pris leur retraite et accueillent Clara chez elles avec tant de chaleur et de simplicité qu'elle en est bouleversée. D'autant plus bouleversée qu'elle les a très peu fréquentées depuis son mariage – Malraux, qui n'aimait pas ses racines populaires, tenait Clara le plus loin possible de ses vérités familiales, préférant les lui présenter à sa manière, romancée, embellie ou secrète. Elle peut également compter sur Fernand Malraux, qui a pris fait et cause pour son fils, soutient Clara moralement, l'aide financièrement. Si elle a rompu toute communication avec sa propre famille, elle trouve un réconfort et une aide précieuse chez cette belle-famille hier inconnue, dont elle découvre avec émotion la solidité, la solidarité dans l'épreuve.

Une fois la pétition envoyée à Saigon, Clara se préoccupe de vendre ce qui lui reste d'objets d'art, de tableaux ou dessins, de livres et de bijoux, y compris ses perles. Ce sont Doyon et Breton qui vont récupérer avenue des Chalets tout ce qui lui appartient, ainsi qu'à André, du moins tout ce qui a de la valeur parmi leurs biens. L'argent qu'elle va en tirer, elle en envoie une partie à André, garde le reste pour son retour.

Toute son énergie – une énergie nerveuse, exacerbée par le stress et la peur d'une seconde et définitive condamnation –, elle la consacre à ce mari dont elle est séparée. Lors des soirées passées avec ses amis, elle ne se lasse pas d'évoquer avec les uns et les autres, écrivains, artistes, journalistes, sa personnalité si peu banale et l'injustice du sort qui l'attendrait si, d'aventure, on l'abandonnait aux esprits mesquins et revanchards de la colonie.

L'amour la rend monomaniaque, obsessionnelle, passionnée. Elle ne se soucie que d'André.

Le jugement tombe enfin, le 28 octobre, à Saigon. Il annule le précédent, stipule que les objets séquestrés seront rendus au temple de Banteay Srei et condamne Malraux à un an de prison avec sursis, sans interdiction de séjour, Chevasson à huit mois avec sursis. Les deux hommes sont libres. Sans perdre de temps et bien que Malraux ait hésité à se pourvoir en cassation, ils embarquent le 1er novembre 1924 sur le cargo *Le Chantilly* et, quatre semaines plus tard, débarquent à Marseille.

Prévenue par un télégramme, Clara est sur le quai. Sous la pluie. Elle attend l'homme de sa vie. Sans doute aussi sa reconnaissance : elle sait qu'elle a bien travaillé pour lui. Les mèches collées au visage, les larmes mêlées aux gouttes de pluie, elle est transportée d'émotion. « Alors, je l'aperçus, qui sans doute me regardait depuis un instant. Je lui souris. Là-haut il souriait aussi et c'était comme une caresse, comme des bras qui enlacent, comme un abandon sur une épaule. Avec une joie dure, en une seconde, j'ai pensé à tout ce que je sacrifiais, à mes parents, à ma sécurité, à ma maison, au passé, et j'ai été heureuse, presque comme dans l'étreinte physique. Et c'était vraiment si proche d'une perte de conscience que j'ai fermé les yeux. »

Blessures

C'est la première fois que Clara, servie par des événements exceptionnels, a fait preuve d'initiative dans son couple. Jusque-là, consentante ou « rechigneuse » selon sa propre formule, elle a suivi, accompagné dans l'ombre, en tâchant de se conformer aux plans plus ou moins raisonnables de son mari. Elle a tenu à partager les rêves, à assumer sa part de l'aventure, mais elle est restée passive, soumise, entièrement sous la coupe de celui qui prend les décisions pour deux. C'est sa volonté à lui qui a toujours prévalu. L'absence de Malraux pendant ces derniers mois (plus de quatre mois) a permis à Clara d'affirmer son autonomie : livrée à elle-même, elle a réfléchi, choisi ses options et ses partenaires, agi, enfin, sans le consulter. La pétition, qui a prouvé à terme son efficacité, c'est son idée, sa bataille. Elle y a acquis une plus grande confiance en elle. Et une sorte de fierté.

Même Breton, avec son autorité royale, même Arland, à titre de vieil et fidèle commensal, n'ont pas relayé la tutelle sous laquelle elle vit de fait depuis son mariage. Ils l'ont conseillée, épaulée, certes, mais sur le long chemin qu'ils ont parcouru ensemble elle a toujours gardé son libre arbitre. Même si son amour la porte à se dévouer et à se surpasser pour lui, même s'il est la vraie raison de son engagement et la source de son énergie, elle se sent aujourd'hui plus libre, plus forte. Grisée par le succès de la pétition que les avocats ont lue au procès, d'avoir su réunir autour d'elle tant de personnalités éminentes, elle attend que Malraux reconnaisse sa performance, qu'il lui manifeste un peu de gratitude, qu'il lui dise au moins qu'elle a été formidable. Or, il n'en est rien.

C'est une déception très vive pour Clara : à peine débarqué à Marseille et l'ayant quand même enlacée, embrassée, Malraux, au lieu du merci qu'elle espère, lui exprime aussitôt avec sévérité deux reproches.

Un, de s'être liée à Breton – il déteste le surréalisme et les surréalistes qu'il nomme ses « ennemis » ! Deux, de s'être rapprochée de sa mère – « Qu'est-ce que vous avez été fiche avec ma mère ? » Il est évidemment gêné qu'elle ait découvert la vérité sur ses origines familiales – la modestie, l'étroitesse petite-bourgeoise –, lui qui lui avait dit que sa mère avait habité un palace. Il doit se sentir démasqué.

Cela ne l'empêchera pas, car Clara l'en supplie, un, de rendre à Breton une visite de politesse, pour le remercier de son article dans *Les Nouvelles littéraires* et de son rôle dans le rassemblement des signatures. Deux, de louer avec Clara un petit meublé à Montparnasse, dans le même immeuble que Berthe Lamy : les liens familiaux éclaircis resteront chaleureux. Clara éprouvera toujours une grande affection pour la mère, la grand-mère et la tante de son mari.

Les reproches exprimés vont pourtant nourrir chez elle un sentiment amer. C'est que Malraux n'a tout simplement pas envie de sembler lui devoir quoi que ce soit. Il ne lui dira jamais ce merci qu'elle estime avoir mérité. Il veut tracer seul sa propre vie. L'esprit d'initiative de Clara, le déploiement de son énergie combative l'ont contrarié. Clara surprendra cette repartie à un ami venu interroger Malraux sur sa malheureuse expérience de Phnom Penh : « C'est l'action des Annamites en ma faveur qui a obtenu ce résultat. » Ce soir-là, elle avouera qu'elle s'est sentie « niée ».

Leur conception du couple, ainsi révélée à la faveur des circonstances, se révèle radicalement différente : pour elle communautaire – les risques, les profits, les pertes, les bonheurs, les chagrins, tout est mis en commun, équitablement en partage –, pour lui individualiste – l'homme marche devant, seul, et la femme suit, dévouée, fidèle.

Dans ses bagages, Malraux rapporte un cadeau pour Clara : un cadeau tout aussi illicite que les statuettes khmères qu'il a réussi à soustraire à l'attention de la police et des douanes et dont il vendra une partie, en conservera une autre – du chanvre indien ! Autrement dit, du haschich. Il va lui apprendre à le fumer. Ou plutôt à le mâcher « jusqu'à ce qu'il ne reste que la partie ligneuse que l'on crache ». Elle apprécie, bien qu'il ait plutôt mal dosé la quantité pour la première prise. Elle a des vertiges, des hallucinations, l'envie de sauter par la fenêtre. Est-ce sous l'effet de cette drogue douce ? Sous celui de sa franchise spontanée et naturelle ? Est-ce pour se délivrer d'un sentiment coupable ou au contraire pour provoquer sexuellement le mari qu'elle retrouve ? Elle lui avoue tout à trac et crûment que, sur le bateau qui la ramenait à Paris, elle a couché avec... et elle lui dit son nom.

Malraux, choqué, se met à pleurer. Puis : « Pourquoi avez-vous fait cela ? Si vous ne m'aviez pas sauvé, je partirais. »

Il ne rompt pas. Du moins, pas cette fois. Mais il perd, ce soir-là, bien des illusions et une partie de sa confiance. Clara a donné l'exemple de l'infidélité. Il s'en souviendra. Et lui rendra un jour la pareille.

La scène l'a tellement marqué qu'il la transposera presque mot pour mot dans un roman futur – l'aveu de May à Kyo dans *La Condition humaine* est exactement repris de ce qu'il a vécu.

Kyo, le révolutionnaire, bouleversé, meurtri par la trahison de la femme qu'il aime : « Penser que ce type imagine qu'à présent, il a le droit de te mépriser. »

Ce sont les paroles qu'André a dites à Clara.

May (l'une des très rares femmes de l'œuvre de Malraux) lui répond ce que Clara a répondu à André : « Je sais qu'il ne me méprise pas. »

Kyo, avec hargne : « Je sais ce qu'un homme pense d'une femme qu'il a eue. »

May, ou Clara, avec la même indignation : « Je ne suis pas un objet auquel la personnalité seule de son acheteur donne du prix. »

Prises de conscience

L'échec n'entre pas dans les perspectives de ce couple entreprenant. Leur première aventure cambodgienne a été un fiasco ? Ils ont frôlé la prison, l'interdiction de séjour, le déshonneur ? Ils sont perdus de réputation ? Dès son arrivée à Marseille, Malraux fait part à Clara de son intention de retourner le plus tôt possible à Saigon, le lieu même de son procès, là où s'est déchaînée contre lui une campagne de presse, et où il est pourtant pressé de revenir. « D'ici cinq à six semaines », lui dit-il, le temps nécessaire pour organiser une seconde croisade. Sans doute veut-il se prouver à lui-même qu'il est capable de réussir là même où il vient de perdre un pari difficile. Très différente de leur première expédition, centrée sur les fouilles et l'archéologie, il explique à Clara que leur prochaine mission sera politique et sociale : elle s'inspire des observations qu'il a pu faire dans la colonie et du sentiment qu'elle est un monde d'injustices et d'inégalités. Il ne s'agit plus de s'enrichir, de faire fortune, répète-t-il à Clara. Mais de mener un combat. D'entamer une action militante. D'apporter ses forces et ses lumières à cette partie de l'Empire français qui les a pourtant méprisés, déboutés de leur premier projet et renvoyés ruinés à la métropole.

Clara, dans ses Mémoires : « Ici, je dois noter que je n'ai jamais vu mon compagnon abandonner un projet parce qu'il a abouti à un échec. D'autres motifs doivent entrer en jeu pour qu'il renonce à ce qu'il a tenté ; peut-être une autre tentation. »

Cette attitude lui inspire la plus vive admiration. Elle y voit du courage, de la persévérance et le goût du défi. Il lui plaît que son mari ne soit pas homme à se laisser abattre et fasse preuve d'autant d'esprit d'initiative. Elle dira, dans son vocabulaire des années soixante, qu'elle en est « épatée ». Ce qui lui paraît surtout admirable, dans ce caractère peu enclin à se soumettre, c'est autant son refus de rendre les armes que les ressources inépuisables de son imagination. L'élan soudain, si peu prévisible, d'André pour une action altruiste, l'émeut. Elle ne s'y attendait pas. Même si de sa part, elle l'a écrit, rien ne l'étonne vraiment. Ce nouveau projet qu'André a conçu est la création d'un journal. Non pas une revue littéraire, comme celles où il a collaboré jusque-là, non pas un de ces petits mensuels destinés à un public choisi d'intellectuels préoccupés de littérature, d'art ou de philosophie, mais un journal qui s'adresse à un grand public. Un journal à vocation populaire. De surcroît un quotidien, qui prendra position sur toutes les questions du temps : la politique, la société, l'économie, sans négliger les faits divers ni les procès en cours. Un quotidien à vaste spectre, qui donnera des nouvelles du monde entier, y compris des pays dont la presse saïgonnaise évite soigneusement de parler, ou dont elle ne donne que des brèves, édulcorées et partisanes. On y lèvera donc le voile sur le grand voisin – la Chine –, qui effraie les colons avec ses drapeaux rouges et son Guomindang et où se déroulent des événements, prémices de la Révolution.

Le journal, édité à Saigon, s'appellera *L'Indochine* : ce titre sobre révèle l'ampleur de son ambition. Car il couvrira non seulement la Cochinchine – capitale Saigon – mais les autres territoires de l'Empire colonial français dans cette partie du monde : le Laos, le Cambodge, le Tonkin et l'Annam. Sept cent quarante mille kilomètres carrés et près de vingt millions d'habitants, incluant les populations les plus diverses, Annamites et Cambodgiens, Chams, Thaïs, Moïs, Chinois et une minorité d'Européens – principalement des Français (environ trente mille dans toute l'Indochine). En Cochinchine seule, pour sept millions d'habitants, ils sont environ six mille Français, ou « pieds-jaunes ». Simple rappel de la situation historique : à l'époque, un gouverneur général, envoyé par la France et dépositaire des pouvoirs de la République, étend son autorité sur l'ensemble des territoires comprenant la colonie proprement dite (la Cochinchine), placée sous la tutelle d'un gouverneur, et les quatre protectorats, placés chacun sous celle d'un résident général.

En 1925, le gouverneur général de l'Indochine par intérim, depuis le départ de son prédécesseur, Martial Henri Merlin, se nomme Maurice Montguillot. Quant au gouverneur de la Cochinchine, Maurice Cognacq – le docteur Cognacq –, déjà en poste au moment du procès de Malraux, c'est un ancien médecin qui a fondé l'Ecole de santé de Hanoï.

Malraux explique à Clara qu'il va créer ce nouveau journal avec Paul Monin, que Clara lui a fait rencontrer. Monin n'a pas été l'avocat de Malraux à Saigon, mais il lui a donné des conseils tout au long du procès en appel ; de leurs conversations est née une amitié. C'est très vraisemblablement Monin qui a lancé l'idée de la création d'un journal qu'ils pourraient codiriger. Car l'avocat n'en est pas à sa première expérience : il a déjà créé et dirigé un bulletin pour y défendre ses idées, *La Vérité*. Mais *La Vérité* a cessé de paraître, accablé par les pressions et les dettes, et en fin de compte fut interdit dès la défaite de Monin aux élections législatives de mai 1924 contre le candidat de l'administration, Ernest Outrey. Car Monin ne se contente pas de plaider dans les tribunaux, où il est connu pour ses reparties cinglantes. « Monsieur le Président, a-t-il un jour lancé à un magistrat, de mon temps l'hermine se portait blanche ! » Cet avocat plein de talent et de courage veut jouer un rôle politique dans la colonie ; entré au Conseil colonial, où il est la seule personnalité d'opposition, il cherche à étendre sa zone d'influence. Et il a besoin d'un organe de presse pour le défendre − la plupart étant acquis aux idées adverses.

Clara aime bien Monin : sa conduite héroïque pendant la Première Guerre où il fut gravement blessé, sa rupture avec sa famille issue de la grande bourgeoisie lyonnaise, son exil volontaire en Indochine dès 1917 pour y défendre les opprimés, les faibles, trouvent en elle une admiratrice émue et sensible. Marié, père d'une petite fille, peu enclin à parler de lui et à se confier, probablement franc-maçon, il est pris tout entier en Indochine par ses deux passions : la défense des peuples colonisés et... la chasse (en particulier, la chasse à l'éléphant). Avec son visage ocré – c'est Clara qui le décrit ainsi – d'Occidental qui ne craint pas le soleil, avec sa prestance et son éloquence, ses idées généreuses et son enthousiasme inconditionnel pour pallier toutes les souffrances, toutes les injustices du monde, il l'a vite séduite comme il a séduit André. Les deux hommes ont en commun la foi dans le verbe et dans l'action, un même penchant pour les causes impossibles et une même indifférence à l'opinion des autres, quand ceux-ci ne sont pas de leur avis. Ce sont deux êtres de défi, qui méprisent le conformisme et la bureaucratie. Des bretteurs, des flambeurs, prêts à prendre des risques. Clara résume ainsi, joliment, leur parenté : « Leurs goûts du réel et de l'irréel étaient faits pour s'épouser. »

Le seul souci de ces deux grands rêveurs est pour lors de trouver l'argent nécessaire à leur ambition commune. A Saigon, Monin s'active déjà pour dégager des fonds. Il démarche la communauté chinoise parmi laquelle il compte de nombreux et riches clients. Il n'a guère de mal à les convaincre de leur intérêt à soutenir un journal qui ne leur veut que du bien. Quant à Malraux, qui n'a pas un sou devant lui, il obtient cinquante mille francs de son père. Fernand Malraux, ayant fait quelques profits avantageux à la Bourse, s'est dit prêt à aider son fils dans cette seconde entreprise, mais il l'a mis en garde : « On peut rater une fois, pas deux ! » Qu'on ne compte pas sur lui pour financer une troisième aventure.

L'idée de celle-ci, après la déconfiture de la première, très individualiste et même très commerciale, n'en paraît que plus belle et plus généreuse. Le journal que Monin et Malraux veulent créer sera un journal libre. Il affrontera la censure et les préjugés. Il dénoncera les abus, les fraudes, les corruptions de l'Administration coloniale et les basses œuvres de ceux qui s'enrichissent aux dépens de la population locale – qu'on appelle alors « indigène » ou encore, d'un terme qui regroupe les diversités « indigènes » en une seule, « annamite ». Le rêve de Malraux et de Monin serait que leur journal puisse paraître en *quoc ngu*, une écriture créée par les premiers missionnaires venus en Indochine, pour tenter de représenter phonétiquement la langue vietnamienne au moyen des caractères latins (et d'un certain nombre de signes pour différencier des sons ou des intonations). Aucun grand journal saïgonnais ne paraissait alors en *quoc ngu*, disons en langue indigène. Les grands journaux, dont *L'Impartial*, qui a soutenu une virulente campagne contre Malraux, *Le Courrier saïgonnais*, *Le Saigon républicain* ou *L'Opinion*, journaux en phase avec les autorités coloniales, mais aussi *La Tribune indigène* et *L'Echo annamite*, tous deux rédigés par des équipes d'« indigènes », sont en français.

L'Indochine sera un journal d'opposition et de contestation. C'est ainsi que l'envisagent ses deux fondateurs. La personnalité de Monin, baptisé « citoyen d'honneur annamite » par les amis qu'il défend, est en soi une garantie de ses positions politiques : dès le début, avant même le premier imprimatur, elles s'affichent clairement proannamites, d'esprit réformiste contre l'establishment. Les Malraux, une nouvelle fois associés et unis dans l'aventure, partent donc en croisade. Ils vont défendre une cause, combattre l'injustice et les inégalités dans une lointaine colonie.

Malraux nourrit aussi un désir de revanche. Humilié lors de son précédent passage, il va maintenant pouvoir se confronter avec son pire ennemi à Saigon : Henri de Lachevrotière, le directeur de *L'Impartial*, qui ne l'a pas ménagé durant son procès. Dans *L'Indochine*, les mots de Malraux seront ses armes.

Au-delà du règlement de comptes personnel, qui entre sans doute dans sa décision de revenir à Saigon, il y a le cheminement intellectuel et émotionnel qui lui a permis de prendre la mesure de l'injustice et de l'humiliation, à une plus grande échelle. Du cas particulier – le sien – au cas général – celui de la colonie –, il s'est enfin éveillé au monde qui l'entoure et lui renvoie comme un miroir le reflet de ce qu'il a enduré : l'humiliation, l'injustice auxquelles il vient d'être confronté, frappent l'existence du plus grand nombre autour de lui. De Phnom Penh à Saigon, il a pu observer la misère de la population autochtone, dans les villes surtout, quand il s'éloignait des quartiers européens pour vagabonder dans le lacis des ruelles ou aux confins des rizières. La différence de traitement entre colons et colonisés jusque devant l'administration et les cours de justice, les interdits qui frappent les indigènes, exclus du droit de vote réservé aux seuls citoyens blancs, ou de l'université, l'ont choqué et tiré de son indifférence d'aventurier trop littéraire ou trop personnel.

Quant à Clara, ce retour en Indochine lui plaît infiniment plus que le premier voyage. Elle a en fait beaucoup douté du bien-fondé de l'expédition à Banteay Srei et du vol des statues. Même si elle est toujours restée solidaire d'André jusque dans sa grève de la faim à l'hôpital de Phnom Penh, elle n'était pas aussi enthousiaste ni convaincue que lui. Cette fois, c'est différent. Bien sûr, elle va suivre, comme à son habitude. Elle va mettre ses pas dans ceux de ce mari, qui reste l'initiateur dans leur vie commune. Mais cette fois elle aime le projet. Ou plutôt le double projet qu'André lui a présenté : la création d'un journal – ce qui est en soi à ses yeux très excitant – au service d'une cause politique et philosophique – rien de moins –, d'un idéal social. Ce combat pour la justice et la vérité, rien alors n'aurait pu la faire rêver davantage.

La rupture avec sa famille, dont elle rejette le conformisme, l'a conduite à une prise de conscience.

Vivre en franchissant les limites, en se donnant des défis à soi-même et en s'intéressant aux autres (autres classes sociales, autres pays, autres cultures ou civilisations, autres mentalités, autres religions) sera la ligne de son existence future.

« J'ai été une bourgeoise. Je ne suis plus au mieux qu'une lumpen-bourgeoise. Les miens, ce ne sont plus ceux à qui je dois mon origine. Les miens, dès lors, furent ceux qui voulaient que "ça change", ceux qui passaient par les escaliers de service, qui voyageaient en troisième classe, à qui on ne parlait pas à la troisième personne, qui n'étaient pas sûrs de trouver l'argent pour payer leur terme, qui n'avaient jamais de flics à leur côté. Certes, je n'ai pas absolument choisi d'être des leurs. Je me suis seulement laissé prendre à un jeu où, seuls, ils se trouvèrent sur la même berge que moi... »

Il ne s'agit pas d'une profession de foi communiste, loin de là – le marxisme à l'époque où Clara s'éveille aux valeurs politiques n'a encore conquis qu'une minorité intellectuelle. Ni André ni Monin ne sont communistes. C'est de sa part un socialisme sentimental, plutôt imprécis, sans vrai programme ni contestation organisée, mais qu'elle revendique. Clara sera toute sa vie dans le camp des faibles, des opprimés, des exploités. Elle se sentira toujours solidaire, par vocation, des victimes de la société établie et bien-pensante dont elle est issue. Antibourgeoise convaincue et militante, elle affirme ainsi sa différence. Elle se pose dès ces années 1925 avec des idées de gauche et, contrairement à Malraux, plus subtil ou plus labyrinthique dans ses positions, elle n'en démordra jamais.

Il se trouve qu'à cette même époque en France, le Cartel des gauches qui rassemble les socialistes SFIO, les radicaux-socialistes, les républicains-socialistes et les radicaux, a pris la majorité à la Chambre. Et c'est Albert Sarraut qui est devenu président du Conseil. Or, Albert Sarraut est un ancien gouverneur général d'Indochine, qui a laissé derrière lui d'importantes réformes pour améliorer quelques injustices flagrantes, notamment dans le domaine de l'éducation — il a, par exemple, imposé la création du lycée de Saigon. Son chef de cabinet d'alors, Pierre Pasquier, est l'actuel résident supérieur en Annam. Dès sa nouvelle prise de fonction, Albert Sarraut a promis des mesures pour tenter de modérer les excès de la colonie et a notamment ordonné une enquête sur l'emploi de la main-d'œuvre indigène dans les plantations de la Cochinchine. Monin et Malraux fondent de grands espoirs sur un changement politique, qu'ils peuvent croire favorable à un progrès social.

A l'heure de quitter la France pour une nouvelle aventure, Clara, bien plus mûre et plus consciente qu'à son premier départ, mais encore étrangère à tout projet d'engagement politique, dans un parti ou sous une étiquette, éclaire elle-même, d'une simple phrase, le choix de son couple : « Car enfin, qu'allions-nous faire en Extrême-Orient, sinon tenter de réussir nos vies ? »

Indochine : le retour

Les Malraux quittent Marseille le 14 janvier 1925, moins de six mois après le retour de Clara à Paris et dix semaines après celui d'André. La France n'aura été pour eux qu'une escale entre deux séjours en Asie. Ils voyagent cette fois en troisième classe — plus besoin de smoking ni de robe de grand couturier, quant aux perles, Clara les a vendues. Le bruit, la promiscuité des autres passagers entassés dans des cabines de six ne semblent pas trop les déranger. Mais Clara relève le peu d'égards que leur porte le personnel du bord, qui s'était montré si attentif lors de ses précédentes et luxueuses traversées. Nostalgiques de leur splendeur passée et comme ils ont un peu d'argent sur eux, ils décident d'offrir une fête. Clara : « Nous n'allions tout de même pas le garder cet argent... Il nous pesait, il fallait nous en débarrasser[1]. » Le champagne va couler à flots. Ils écartent les tables du réfectoire, ainsi transformé en « dancing » comme on dit alors, et branchent un phonographe. On chante en chœur *Ramona* ou *Si tu veux faire mon bonheur*, les refrains populaires du moment. On swingue sur des rythmes joyeux et excitants qui rappellent à Clara le bal musette de la rue Broca. Il fait chaud, on rit. On forme la farandole ; bientôt tout le monde se déchaîne en cadence. Mal-

---

1. Voir Clara Malraux, *Nos vingt ans, op. cit.* Cette fête est décrite dans la dernière scène du livre.

raux, qui n'est pas le dernier à s'amuser, cède pourtant à son dada : du haut d'une table qui lui tient lieu de tribune, il demande le silence pour pouvoir lire un recueil de poèmes de Maurice Magre qu'il est allé dénicher à la bibliothèque – le seul recueil de poèmes de tout le paquebot. Sa voix grave et bizarre se met à psalmodier le chant du poète et, ce qui peut surprendre au milieu d'une fête aussi enjouée et aussi arrosée, le chahut cesse immédiatement. Nul ne bouge ni ne parle plus. Chacun, comme hypnotisé, écoute ce discours inhabituel d'un type pas comme les autres. Clara est aux anges. Le bruit des vagues sur la coque du bateau les isole du monde. Au large, elle aperçoit déjà les lumières de la côte des Somalis.

A Singapour, après quatre semaines de traversée, les Malraux retrouvent avec émotion la foule et les pousse-pousse, les maisons aux couleurs pastel et le mélange des cultures : « La hâte chinoise mêlée au glissement malais, au lent allongement du pas hindou[1]. » Ils récupèrent à la banque l'argent que leur a fait parvenir Fernand Malraux et prennent le temps d'envoyer une carte postale à André et Simone Breton : une pastèque tranchée, sur un plat. Les surréalistes la reproduiront dans un des numéros de leur revue.

Ils ne s'attardent pas, car ils ont prévu de remonter jusqu'à Bangkok, à plus de mille cinq cents kilomètres au nord. Toujours en troisième classe mais cette fois en train. Chinois et Tamouls s'entassent dans le compartiment où Malraux est le seul homme blanc et Clara la seule femme. Ils vont traverser toute la Malaisie, du

---

1. Clara Malraux, *Le Bruit de nos pas*, tome III, *Les Combats et les Jeux*.

Johore, la province du Sud, à Penang, dans celle du Selangor, bringuebalés dans une chaleur accablante, au rythme du vieux train poussif. La poussière entre à flots, de même que des myriades d'insectes, par les vitres ouvertes. Les autres voyageurs, mieux organisés qu'eux, transportent des paniers de victuailles. On leur offre des dourions, des mangoustans, des brochettes de légumes marinés, du thé. Les Chinois jouent au mah-jong, les Tamouls se tiennent à part pour d'interminables conciliabules. Le soir, on tire les banquettes pour les transformer en couchettes. Le train roule le long de hautes montagnes violettes qui dominent la plaine d'un vert vif et monotone, puis la terre devient étrangement rouge entre les forêts d'hévéas. Vers le milieu du trajet, ils s'arrêtent à la gare de Kuala Lumpur, capitale de la Malaisie et du caoutchouc, mais ne la visitent pas, avant de retrouver cette fascinante couleur d'émeraude claire, qui absorbe les paysages et leur donne, selon Clara, une atmosphère d'aquarium. Humidité constante, pesante, débilitante – il n'y a pas de saison sèche en Malaisie. On roule bientôt entre la mer de Chine et l'océan Indien, sur le ruban de terre qui traverse l'isthme de Kra. Malraux, plongé dans un livre, ne semble souffrir ni du bruit ni de l'agitation ambiante ni du terrible climat équatorial. Comme s'il pratiquait depuis des années le yoga et la méditation, il a un don inné de sage oriental, pour se retrancher du monde et mieux voyager en lui-même. Clara a plus de mal.

Enfin, Bangkok : « D'or et d'argent dans mon souvenir », dira-t-elle. Un marché flottant sur l'eau de la Ménam ; une pagode où sourient des bonzes adolescents ; des marchands de seiches et de noix de coco, de poulets jaune vif, de litchis, de beignets. La soie orange des robes des moines. Partout le chatoiement des couleurs, des épices. Et puis, les innombrables sculptures du Bouddha, avec son air de ne rien voir, de ne rien entendre, sa paix intérieure, son indifférence face à l'agitation des humains.

Le Siam, qu'on n'appelle pas encore la Thaïlande – « Terre des hommes libres » –, c'est l'Asie sans l'empreinte de la colonisation. Une Asie véritable et respectée. Une Asie qui leur apparaît avec ses beautés et sa culture intactes, à l'image du corps des enfants nus qui parcourent ses rues. Ils prennent le temps de s'en étonner au passage, d'en saisir l'authenticité et le pittoresque. Mais il leur faut une nouvelle fois repartir : ils doivent embarquer sur un des navires qui traversent le golfe de Siam. Pour sauver l'honneur, ils prennent une cabine de première classe : ils tiennent à revenir la tête haute à Saigon, cette ville qui les a honnis et qu'ils ont quittée l'un et l'autre, quoique séparément, sous des regards hostiles et méprisants.

On est à la fin de février. Paul Monin les attend sur le quai. C'est une mince et élégante silhouette, dans le costume blanc des coloniaux. Sa figure cuivrée sous le casque leur est déjà bien connue. Il y a sur tous ses traits un air de jeunesse – il a à peine quelques années de plus qu'André – mais aussi de gravité : ce jeune homme est un combattant fiévreux, un avocat des causes désespérées. Il les conduit aussitôt au Continental, le meilleur hôtel de Saigon, où il a réservé pour eux une chambre, sans regarder à la dépense. Malraux, qui n'aime pas la vie mesquine, y a déjà des habitudes : il y a vécu tout le temps de son procès en appel ! Entre l'église et le théâtre, à deux pas du marché Charner et de la fameuse rue Catinat qui peut être considérée comme les Champs-Elysées ou le Faubourg-Saint-

Honoré de Saigon, le Continental est un superbe Negresco qu'on aurait transplanté en Extrême-Orient. Sa façade crémeuse, son bel escalier et ses hautes colonnades, son patio rafraîchi par des fontaines et son bar en terrasse : en plein cœur du quartier européen, cette adresse huppée attire le Tout-Saigon en fin d'après-midi, à l'heure du rhum-soda.

Le jeune couple s'installe luxueusement dans une chambre immense conçue pour des princes ou des milliardaires, au moins pour de grands notables qu'ils ne sont pas. Mais il ne tarde pas à marquer sa différence. Ayant appris que les Annamites et les métis n'ont pas le droit de se présenter au bar, à moins d'y être invités et accompagnés par un Européen, Clara va y convier sans tarder Maurice de Sainte-Rose, un métis franco-annamite dont elle a fait connaissance à bord du paquebot, entre Marseille et Singapour. Cet homme raffiné, d'une politesse exquise, pour expliquer sa présence en troisième classe, avec eux, lui a raconté d'une voix douce, comme avec délices, qu'il avait dépensé toute sa fortune à Paris, sur les champs de courses. Malraux l'aime bien. Mais Clara s'attache. Il sera l'un de ses rares amis en Indochine. Elle lui offrira l'étoffe d'un personnage dans un tout premier roman futur où, sous un nom presque inchangé – Maurice Sainte-Lise –, Sainte-Rose interprète son propre rôle.

Grâce à lui, elle découvre qu'il est difficile dans la vie d'être métis : « Plus encore que d'être juif », souligne-t-elle.

Avant d'ajouter : « Mais peut-être fut-ce parce que je suis juive que nous nous entendîmes facilement. »

Il est certain que pour Clara, dans l'aventure indochinoise, les stigmates de l'injustice qu'elle va bientôt relever au jour le jour lui évoquent son propre passé ancestral : l'ombre portée des ghettos, l'exclusion et le mépris, ces manifestations du racisme.

Monin a loué un local au 12 de la rue Taberd, à proximité de la rue Pellerin où se trouve son étude. Mais le journal n'est pas encore prêt à voir le jour. Si les capitaux peuvent paraître suffisants, au moins pour les débuts, l'organisation reste à mettre en route. Il faut recruter des journalistes, créer une équipe, trouver un imprimeur. Mais aussi obtenir quelques revenus complémentaires avec ce qu'on appelle alors de la réclame – la publicité. Enfin, tisser des liens avec d'autres journaux, français de la métropole ou étrangers, afin d'étoffer la partie rédactionnelle : un quotidien exige une importante réserve d'articles, qu'une équipe trop réduite, même disposée à se surmener, ne saurait produire. Avant de quitter Paris, Malraux a négocié les droits de reproduction d'articles publiés par *Candide*, *Le Miroir des sports* et *Le Canard enchaîné*. A Saigon, Malraux et Monin se chargeant de constituer l'équipe, c'est Clara qui va s'occuper d'alimenter leur canard en articles venus de l'extérieur et en « réclames », qui fournissent quelques ressources. Côté pub, elle gagne à sa cause – à leur cause – le parfumeur Guerlain, la ligne de sous-vêtements hygiéniques du Dr Rasurel, les champignons de Paris de l'établissement Bonnefond, les grands vins de Bordeaux Latrille et Ginest, les savons Bette « qui font les délices de la toilette », des fabricants de rubans, de jumelles, de bijoux fantaisie (qu'on peut joindre par téléphone en appelant Bergère 46-93), ainsi que *L'Exportateur français*, journal des producteurs et acheteurs intéressés par l'export.

Comme Clara parle couramment anglais, les deux associés fondateurs l'envoient à Singapour, seule, négocier avec leurs collègues de la presse britannique, notamment avec le *Straight Times*, l'éventuel rachat d'articles contenant des nouvelles sur le monde. Ils espèrent ainsi gagner des informations sur la situation politique en Chine, à propos de laquelle la presse saïgonnaise maintient un silence prudent et d'ailleurs éloquent. La colonie française craint la contagion de la révolte – on ne parle pas encore de Révolution –, tandis que la colonie britannique l'observe d'un œil flegmatique. Ses journaux – l'ensemble du *Singapore free press* –, sont relativement libres. Beaucoup plus libres en tout cas que les journaux saïgonnais. Clara remporte un beau succès en annonçant à son retour qu'elle a obtenu l'aval du directeur du *Straight Times* pour utiliser les « news of the world » – toutes les nouvelles qui concernent l'étranger. Et c'est elle évidemment qui les traduira : elle poursuivra dans *L'Indochine* le travail commencé à Paris dans *Action*, ce travail modeste et obscur, ce travail anonyme de traducteur.

Malraux, lui, échoue au terme d'une démarche importante qui le conduit jusqu'à Hanoï. Il voulait obtenir du gouverneur général par intérim, qui y réside, l'autorisation de publier leur futur journal en *quoc ngu*, la langue indigène. Le gouverneur général ne daigne même pas le recevoir. Un attaché de cabinet informe Malraux que l'autorisation lui est refusée. *L'Indochine* devra paraître en français.

De février à mai 1925, afin de se préparer au mieux à leur future mission, Clara et André parcourent la Cochinchine. Ils veulent s'imprégner de sa culture, de ses paysages, apprivoiser ses gens et son climat, observer ses multiplicités, ses différences. Bougainvillées, frangipaniers, arbres à ananas. Villages et hameaux, forêts et rizières, fleuves à crues dangereuses. Avec Monin, dont les contacts sont maintenant anciens, ils rencontrent des paysans et des commerçants annamites, dont les origines recouvrent toutes sortes de peuples très différents. Les Français les confondent et les mélangent sous la même étiquette réductrice d'« indigènes ». Les Malraux veulent comprendre. Mais ils veulent aussi agir. Tout en essayant d'améliorer leur connaissance des rouages et des mœurs de la colonie française indochinoise, ils attendent qu'elle bouge, qu'elle change. Grâce à eux ? Ils sont prêts à l'aider.

Au cours de leurs balades buissonnières, qui ont un air de vacances, les premiers mois, un amour leur est né à tous deux pour cette partie du monde. Il leur restera. Malraux fera de l'Indochine des années vingt et trente plus que le décor, mais le véritable sujet de ses quatre premiers livres[1]. Clara ne lui en consacrera qu'un seul, très autobiographique, son premier roman. L'Indochine demeurera sa référence idéologique et culturelle. Clara n'oubliera jamais, en bien ni en mal, son expérience de la colonie. Elle y reviendra au cours de sa vie, dans la réalité et plus souvent en rêve. Elle gardera son affection aux peuples d'Indochine jusque dans les soubresauts, les drames de la décolonisation.

« On nous avait, dans ce pays que nous avions quitté vaincus, contraints à la soumission... A quel moment avons-nous souffert de cette soumission au point de souhaiter agir sur le monde, le marquer, renverser les rôles ? A partir, sans doute, de l'instant où rêver de retourner la situation n'était plus absurdité pure. Les dés lancés, nous prîmes un goût forcené pour notre

---

1. *La Tentation de l'Occident*, *Les Conquérants*, *La Voie royale*, *La Condition humaine*.

propre jeu. D'instant en instant, je voyais mon compagnon devenir chaque jour davantage ce qu'il faisait[1]. »

On remarque bien sûr, le « nous ». Il est fondamental. Dans l'aventure indochinoise II, le couple Malraux est ensemble à l'œuvre, soudé dans une mission où les deux partenaires ne font véritablement qu'un.

Rédacteur en chef, rédactrice

Le premier numéro de *L'Indochine* paraît le 17 juin 1925. Il sera suivi de quarante-huit autres numéros. Une performance, étant donné non seulement la limite des moyens financiers de ses fondateurs et quasi mécènes, mais la pression d'une administration hostile à ses idées.

Ce 17 juin, jour d'euphorie, le ciel est au rendez-vous : la pluie a cessé. Clara distribue elle-même son journal – leur journal – dans les rues de Saigon. Elle l'offre, presque en chantant, aux passants. Promotion oblige : le premier numéro, tiré à cinq mille exemplaires, est gratuit. Rue Catinat, debout dans un pousse-pousse tiré par un coolie rigolard, escortée par une horde d'enfants chahuteurs, qu'on appelle *nhos* en annamite, Clara se sent devenir « la dame du Larousse, qui sème à tout vent : quelques graines germeraient ». Il est cinq heures du soir. L'air a fraîchi. Les bougainvillées embaument. Il lui vient des souvenirs de la fête des Fleurs, dans son enfance, avenue des Acacias, quand elle lançait aux gens de son quartier de grosses pivoines printanières.

---

[1]. Clara Malraux, *Le Bruit de nos pas*, op. cit., tome III.

L'équipe de *L'Indochine* est enfin constituée. Clara en est la seule femme mais, comme elle le dit souvent, elle en a alors pris l'habitude. Monin et Malraux ont réuni autour d'eux des jeunes gens de leur âge, qui ont déjà une expérience du journalisme. « Vinh, Trinh, Pho, Hin, Minh... » : Clara ne se lasse pas de décliner leurs noms. « A mon appel, les voici qui s'avancent comme dans la parade nocturne... »

D'abord, Eugène Dejean de la Batie. On l'appelle Dejean. Il a accepté les fonctions de gérant du journal : un poste qui l'expose. Malraux l'a débauché de *L'Echo annamite*, mais c'est pour Monin que Dejean a accepté : le seul nom de l'avocat est, selon lui, « une garantie des tendances proannamites de *L'Indochine* ». Cet excellent professionnel, fils d'une Annamite et d'un ambassadeur de France, qui l'a reconnu mais a aussi veillé à son éducation, revendique une réputation de militant. S'étant voué très tôt, je le cite, à « la défense de la race à laquelle je dois ma mère », il répond à un appel – cet appel de deux hommes qui vont « au-devant des Annamites, les bras tendus, le cœur ouvert ». *No comment*, comme on dirait à Singapour. Dejean de la Batie aurait pu jouer les Européens de classe, son père l'y autorisait ; il a préféré le clan des opprimés à celui des oppresseurs.

A ses côtés, choisis par Monin et Malraux, d'un bel accord, s'activent deux jeunes intellectuels annamites, Hin et Vinh.

Hin : un montagnard du centre de l'Annam. C'est un fils de mandarin, en rupture de ban. Son oncle, qui l'a élevé, est l'un des piliers du trône de Hué, l'un des quatre principaux ministres de l'empereur. « Râblé, bas sur pattes, brun, dur, violent », tel que le décrit Clara, c'est aussi un étudiant sans le sou et un homme en pleine révolte. Rageur, fiévreux, il sera le modèle du Hong des *Conquérants*, du Tchen de *La Condition humaine*.

Vinh, son ami, est d'un tout autre caractère : doux, dominé par sa mère, révolté lui aussi mais sans la violence de Hin, maté par les femmes et par le destin. Marié contre son gré, malheureux au jour le jour – Clara l'adore –, il n'aspire qu'à la liberté. La sienne, mais aussi celle de tout son peuple.

Un peu plus tard, Malraux recrute Nguyen Pho, dit Pho : un journaliste talentueux, aux goûts de luxe, qui roule dans de belles voitures et s'habille de costumes sur mesure, que son seul salaire ne lui permet évidemment pas de s'offrir. C'est un personnage mystérieux, que l'équipe va vite juger « louche » au point de le soupçonner quand les choses iront mal d'être une balance, à la solde de la police.

Il y a enfin l'imprimeur : un Eurasien, Louis Minh, dont l'imprimerie réputée pour son travail de qualité se situe au 76 boulevard Bonnard. C'est un homme courageux, assez impliqué lui aussi dans la cause annamite pour prendre des risques.

On travaille dur chaque jour, rue Taberd, pour sortir *L'Indochine* à l'heure. En première page, sous l'effigie d'un papillon noir aux ailes déployées, un éditorial de Monin ou de Malraux. Ainsi que des photographies grand format, illustrant la vie ou l'actualité en Indochine : la politique, les mœurs, l'agriculture, l'industrie ou les visites de personnalités. En première page encore, chaque jour, un jeu à élucider : des mots croisés ou un labyrinthe. Suivent à l'intérieur des articles de Dejean, de Hin, de Vinh, principalement sur les problèmes de société.

Il y a le feuilleton : dans les premiers numéros, se déroule par tranches un roman de Pierre Mac Orlan – *Les Pirates de l'avenue du Rhum*.

Il y a la chronique littéraire : *L'Indochine* reproduit les articles parisiens de Gérard d'Houville sur Claude Farrère, Pierre Benoit ou Paul Chack. C'est la seule et unique signature de femme de tout le journal ! Bien que Gérard d'Houville – chacun le sait à l'époque – soit le pseudonyme de Marie de Régnier, la plus charmante et la plus douée des trois filles du poète José Maria de Heredia.

Clara, elle, ne signe pas. Ni même de ses initiales ou de ces trois étoiles anonymes (***) qui avaient signalé autrefois le travail de Marie de Régnier à ses débuts et que Pierre Louÿs, son amant, trouvait admirables.

A cette époque qui voit Clara condamnée à l'anonymat, Colette signe des articles dans *Le Matin*, le journal de son mari Henry de Jouvenel. C'est une collaboratrice régulière. Et Gérard d'Houville existe bel et bien aux yeux des lecteurs de *La Revue des Deux Mondes* comme du *Figaro*.

Si Clara assume l'une des principales rubriques du journal – « Du monde entier. Dépêches de notre service particulier », nul ne s'en aperçoit puisque son nom n'apparaît pas.

Plusieurs colonnes de brèves apportent sur une pleine page un regard sur le monde. Clara les traduit de la presse anglaise, plus riche en informations internationales que la presse française ; c'est elle qui les trie et qui les organise, s'efforçant de leur donner un petit air pimpant. Des hommes-sandwichs protestataires qui défilent dans les rues de Londres aux aviateurs perdus dans le désert de Mésopotamie, en passant par un congrès du coton en Autriche ou par la nouvelle loi sur le divorce au Canada, son champ d'investigation s'étend à l'infini, incluant la proche et fiévreuse Chine, qui inquiète tant les colons d'Indochine.

Suit la « Chronique de Saigon », indiquant le cours de la piastre, les accidents de la rue, les vols, les plaintes, les arrêtés municipaux et même les « crêpages de chignons » entre mégères... Sur plusieurs colonnes, plus modestes, viennent les « Chroniques de province », puis la « Chronique de Cholon », comprenant les dernières nouvelles sur les commerces, le casino dont tout le monde rêve ou les affaires intérieures de ce quartier chinois. Clara a fort à faire.

Rue Taberd, le ventilateur tourne en permanence ; les pales brassent un air fétide, chargé de la fumée des cigarettes anglaises que Malraux et Monin allument en cadence. Hin, lui, fume la pipe. Sur un piano, que personne n'a eu le courage de déménager, se trouve le plateau avec la glace et le Pernod. Des papiers innombrables, de multiples dossiers s'entassent sur les tables à écrire. Clara, penchée sur ses feuillets comme une écolière sur ses devoirs, remplit des pages dont elle ne pourra tirer aucune gloire, à seule fin d'être utile et de collaborer. Les heures passent, dans le grincement des plumes, les échanges à voix haute et le ronronnement obsédant des pales. Le soir, pour se détendre, Monin et Malraux, inséparables, montent sur le toit en terrasse. Ils s'entraînent au fleuret, comme des mousquetaires, en prévision des duels qui s'annoncent – leurs éditoriaux rivalisent dans la provocation –, mais aussi parce qu'ils aiment ça : les jeux virils, les joutes à celui qui sera le meilleur. Clara, assise dans un coin, avec Vinh le plus souvent, quand sa mère ne le réclame pas, contemple les deux hommes ; elle compte les points et les trouve beaux. Un verre d'alcool, ou deux ou trois, pour se détendre, le plus souvent au bar du Continental. Un bref dîner. Et les voilà de retour pour la soirée rue Taberd, où viennent les rejoindre des amis, journalistes ou sympathisants.

Voici Nguyen Phan Long. Autant laisser à Clara, toujours très précise, le soin de le présenter : « La trentaine passée, fondateur du parti constitutionnaliste, premier parti indigène reconnu par les Français, autodidacte, ancien commis de douane, puis instituteur, puis directeur du meilleur journal annamite, *La Tribune indigène* ; il s'exprimait en un français très pur bien qu'un peu conventionnel. » Il a même écrit un roman, *Le Roman de mademoiselle Lys*. Il jouera un rôle vingt ans plus tard dans un des gouvernements fantômes du Vietnam baodaïste semi-indépendant.

Voici, quoique moins assidu aux réunions, Bui Quang Chieu, le collaborateur de Long à *La Tribune indigène*, cofondateur avec lui du parti constitutionnaliste. Souriant, un peu lourd, c'est un ancien ingénieur agronome.

Nguyen An Minh, « jeune et tout chargé de promesses » tel que le voit Clara, est le directeur de feu *La Cloche fêlée*, un journal annamite satirique que l'administration vient d'interdire, à quelques jours de la sortie du premier numéro de *L'Indochine*. « Allez à Moscou ! » lui a lancé le gouverneur dans une phrase devenue célèbre et que l'équipe se répète comme une antienne. « Allez à Moscou ! La graine que vous voulez semer dans ce pays ne germera pas. »

La critique, sinon la contestation du régime, est un des maîtres mots des visiteurs du soir. Elle résume l'esprit du journal. Aussi la présence de Phan Chu Trinh est-elle unanimement appréciée. Rentré à l'automne, après un long exil en France, il leur apparaît « auréolé de la gloire de celui qui paya cher ses convictions ». Condamné à mort puis gracié, ce mandarin lettré a ouvert une école pour éduquer les siens ; il a aussi tenté de libérer les paysans du servage, et entrepris pour cela, à l'intérieur du pays, une sorte de marche libératrice qui n'est pas sans annoncer, dans un avenir proche, la Longue Marche de Mao. Exilé à Paris, où il a exercé pour survivre la profession de photographe, Trinh s'y est lié à un homme originaire de la même province que lui, un certain Nguyen Ai Quoc, peintre sur porcelaine et occasionnel retoucheur de photos. Nguyen Ai Quoc, dont Trinh leur parle souvent, ni Clara ni Malraux ne le rencontreront alors : ce sera, quand il changera de nom, le futur Ho Chi Minh.

La fumée des cigarettes engloutit le bureau de la rue Taberd dans une vapeur odorante et même suffocante. Les moustiques, malgré les fumerolles verdâtres posées sur le sol, dévorent les poignets, les chevilles de Clara. Elle verse le Pernod puis l'eau dans de grands verres qu'elle finit de remplir avec des glaçons aux formes brisées. Les hommes ont gardé leurs vestes blanches et même leurs cravates – la chaleur ni le travail ne sont pour eux des raisons suffisantes pour renoncer à une tenue élégante. Clara se tait. C'est l'une des très rares époques silencieuses de sa vie. Peut-être même la seule. Tous ces hommes courageux, ces prophètes de la liberté et de la justice lui en imposent jusqu'à la rendre muette. Elle est réduite à les servir. Servir le Pernod, traduire les articles en anglais – basse besogne, autrement moins noble que d'écrire –, et, pour récompense, accompagner leurs promenades en ville, quand Monin et Malraux, las d'écrire, parcourent en dandys les quartiers de Saigon, munis de leur canne à pommeau.

Elle n'éprouve pourtant aucun sentiment d'infériorité ni d'humiliation – elle l'explique elle-même –, car elle croit défendre une juste cause et être, dans le combat, à côté des chefs, un petit soldat efficace et courageux.

Sous l'œil de Clara, Malraux apprend à écrire vite, à chaud, sur des sujets de dernière minute. Dès le premier numéro, la polémique s'engage avec les forces gouvernementales. Elle ne s'arrêtera plus. Ce premier numéro offrait telle une mise en bouche au menu de fêtes qui se préparait une interview de Paul Painlevé, le nouveau président du Conseil ; elle avait été faite à Paris, quelques jours avant l'accession du grand savant à son poste, par le journaliste Jean Bouchor – *L'Indochine* la reproduisait. Painlevé y tenait des propos qui paraissent aujourd'hui anodins, mais qui provoquèrent aussitôt à Saigon une levée de boucliers. Interrogé sur les colonies, il y déclarait à propos des colonies que « les Annamites devaient avoir accès à notre enseignement, à tous les degrés », que l'éducation était « le meilleur moyen d'assimilation entre les races » – or, il n'y avait que six lycées dans toute l'Indochine et un misérable quota de mille étudiants annamites était accepté chaque année à l'université de Hanoï. Painlevé affirmait aussi, dans une colonie où la censure était la règle, que « la presse française et indigène devait être libre » – de quoi faire s'étrangler dans leurs barbes de notables de la Troisième République le gouverneur et les grands féodaux de la colonisation.

Dès le lendemain, *L'Impartial* dément ces propos. Il ne critique pas le président du Conseil, mais il prétend qu'il a été manipulé et qu'on a déformé ce qu'il a dit. Le journal, organe du pouvoir en place, obtient même de sa part un démenti « d'avoir été mêlé de près ou de loin à semblable affaire ». Une belle occasion pour Malraux, qui répond par le mépris à la mise en cause de l'authenticité de l'article, d'ouvrir le feu sur Henri de Lachevrotière, son vieil ennemi, qui se voit désormais baptisé dans *L'Indochine* du sobriquet de « M. Henri d'en avant pour l'arrière » et de quelques autres noms d'oiseaux. Il le traitera notamment de « lâche » et de « servile », soulignera sa corruption et pointera du doigt son passé de délateur au service de la police... allant jusqu'à s'étonner de ne pas être provoqué en duel par un bretteur réputé, qui sans doute préféra le silence à des explications qui auraient pu dévoiler ses turpitudes. « M. de Lachevrotière s'étant spécialisé dans les duels au pistolet avec les myopes et à l'épée avec les manchots, je cherche un chirurgien qui veuille bien me réduire à l'état d'homme-tronc. » Le jeune homme de lettres, érudit, raffiné, amateur de beaux livres, trempe maintenant sa plume dans le vitriol. A Saigon, Clara voit se métamorphoser celui qui se vantait d'être un rat de bibliothèque en tigre de la provocation. Et le littérateur d'*Action* manie les armes lourdes. Elle est éblouie par le courage, grisée par l'audace de ce jeune journaliste, soudain transformé en militant idéaliste : pourfendeur des méchants, des corrompus, des exploiteurs du système, défenseur des faibles. C'est le rôle qu'elle préfère pour lui : elle ne l'aime jamais autant que lorsqu'il prend des risques et l'entraîne à le suivre, en dépassant ses propres limites, en allant même au-delà de ses rêves et de ses propres défis.

Malraux ne se contente pas de s'en prendre à ses collègues de la presse officielle. Il tire au bazooka sur le gouverneur de la Cochinchine – Maurice Cognacq – auquel il reproche, outre son nez en trompette qui ne lui revient pas (!), sa concussion et sa brutalité. Sous forme d'un pastiche d'Anatole France – le grand écrivain de l'époque –, dans une *Lettre de Jacques Tournebroche à Jérôme Coignard*, il l'apostrophe : « Si vous croyez que les Annamites que nous avons formés n'ont que le droit de se taire, quelle mouche vous prit d'aller le leur crier ? » Cognacq ayant pris des mesures pour tenter de museler l'insolent Malraux – il a cherché à effrayer les abonnés de *L'Indochine*, à décourager ses acheteurs –, le voici surnommé « M. Je-menottes ». Le sobriquet lui restera. Cognacq la Censure. Cognacq Jemenottes. Quand il menacera directement *L'Indochine*, Malraux écrira dans son éditorial : « C'est là un geste de valet de chambre, absolument indigne d'un gouverneur. » Clara, à cette phrase torpille, applaudit.

L'Indochine en vient aux menaces – rien ne semble lui faire peur. « Il se pourrait que l'on prît garde en France à ces manifestations silencieuses » d'élus, devenus des opposants à un gouverneur autocrate qui, selon la formule de Malraux, entend « tout diriger seul ». Seul, pas tout à fait. Parmi les hommes d'influence du gouverneur, qui jouent un rôle capital dans l'ombre, figure un certain Darles, bête noire de Monin et de Malraux, qui ne le lâchent plus dans leurs pages. Clara en a eu si peur qu'elle n'ose même pas écrire son nom, trente ans après, dans ses Mémoires. Elle le désigne par son initiale, D. A Saigon, ce fonctionnaire cruel, en abus de pouvoir, c'est « le bourreau de Thai-Nguyen ».

Le mérite des deux M. consiste à s'en prendre aux personnages les plus éminents de la colonie. Les seconds couteaux ne les intéressent pas. Ils visent haut, tout en haut. C'est ainsi qu'ils attaquent les présidents des chambres de commerce et d'agriculture – deux institutions toutes-puissantes –, La Pommeraye et Labaste qui se verront accusés, traînés l'un et l'autre dans la boue pour leurs pratiques. Malraux : « La Haute Administration est faite pour servir le pays et non le pays pour servir la Haute Administration[1]. » Le ton a la violence d'un réquisitoire.

Malraux ne tient aucun compte de son passé de pilleur de temple et de sa récente condamnation ; il pourrait craindre que ce passé ne dévalorise ses propos – ses adversaires ne se privent pas de rappeler ses errements. Il est à fond dans son rôle de chevalier blanc, sans peur sinon tout à fait sans reproche. Avec sa canne en ébène, ses séances d'entraînement au fleuret et ses phrases destinées à blesser à mort l'adversaire, c'est le d'Artagnan de la révolte cochinchinoise. Le Fanfan la Tulipe de ces années saïgonnaises. Le directeur du *Saigon républicain*, acquis au gouverneur Cognacq, s'en aperçoit puisque, prenant la défense de Cognacq, il finit par reprocher à Malraux son intrépidité et sa jeunesse, et par le traiter dans ses colonnes de « jeune oison échappé au giron d'André Gide, hésitant entre la littérature, les affaires, la cambriole et la prostitution. »

Riposte de Malraux, pour résumer l'atmosphère : « M. Delong (le directeur du *Saigon républicain*) m'oppose ma jeunesse. Eh ! M. Delong, quarante ans de bêtise n'ont jamais fait de l'intelligence. »

Le ton monte encore. Un journaliste insinue que seul « un Isaac » peut vouloir plonger son nez dans les

---

1. Editorial du n° 24.

prétendues corruptions ou malversations des uns et des autres, espionner et dénoncer.

Malraux : « Tout le monde ne peut pas s'appeler Judas. »

Il doit défendre Clara, mise en cause par cette allusion antisémite : « Je ne suis pas juif, mais comme ce nom d'Isaac peut viser injurieusement une femme qui m'est proche, j'aurai le regret de vous répéter que l'homme qui cherche à blesser une femme parce qu'il est incapable d'atteindre un homme s'appelle un goujat. »

Que de remous, que de remugles à Saigon, dans ces années-là. Clara se tient dans l'ombre, solidaire, aimante, fidèle à son poste et à sa mission de bon petit soldat. La comparaison de Malraux avec « un Isaac » ne peut que la toucher, mais de manière positive : elle la rapproche de son peuple et de sa propre histoire. Sans le vouloir, ou plutôt en voulant exactement le contraire, l'absurde M. Delong lui a fait ce cadeau inattendu, inespéré, d'une alliance de son mari avec ce peuple juif, qui lui est pourtant familialement, historiquement, tellement étranger.

Pour Clara, les Juifs à Saigon se confondent avec les Annamites, dont elle se sent si proche au contraire, par son appartenance à une minorité, souvent humiliée, marginalisée ou exclue.

Les Malraux : un couple de bolcheviques ?

L'Indochine ne s'en prend pas seulement à des personnes. Elle remet en cause tout un système. Plusieurs reportages, si documentés qu'ils paraissent en feuilleton, soulignent de graves injustices. Une première campagne vise ainsi la société immobilière de Khan-Hoï, qui a le quasi-monopole du trafic portuaire ; son directeur est un ami du gouverneur. Monin déchaîne sa verve dans cette enquête qui dénonce la corruption des fonctionnaires et du pouvoir – le projet de financement devra être abandonné. La seconde porte sur la paysannerie annamite : les paysans de la région de Camau, au sud de la Cochinchine, sont injustement expropriés de leurs terres à un prix ridiculement bas, fixé par les autorités, au profit d'un « consortium » qui veut accaparer des rizières réputées pour leur fertilité. Le Dr Cognacq y a des intérêts. Malraux ira jusqu'à faire appel au gouverneur général Montguillot pour qu'il mette le holà à cette opération. *L'Indochine* obtiendra gain de cause. Dans les deux cas, on peut imaginer la fureur de la partie adverse, privée de juteux profits.

Des pressions, des menaces – et même des menaces de mort – leur parviennent de la part des gens et des sociétés qu'ils malmènent et dont ils dérangent les intérêts. Aux yeux du gouvernement colonial et de l'administration, comme à ceux de la plupart des grands notables et des hommes d'affaires, ils passent pour de dangereux contestataires. Des semeurs de désordres et des fauteurs de troubles. Clara bénéficie évidemment elle aussi de la même réputation odieuse. On hésite à classer les Malraux et Monin sous le drapeau rouge ou sous le drapeau noir – de toute évidence, aussi terrifiants l'un que l'autre.

C'est qu'on les voit beaucoup – beaucoup trop, selon les rapports officiels – à Cholon, le quartier chinois de Saigon, une véritable Chinatown implantée à la périphérie de la ville. Les Malraux viennent s'y promener en compagnie de Paul, les soirs sans réunions de travail. Ils observent les rues, les gens, entrent parfois dans une maison dont Monin connaît les habitants. On leur offre du thé, des gâteaux au sésame. Pour les autorités coloniales, qui tiennent Cholon pour un repaire de révolutionnaires et de comploteurs en exil, le quartier entretient des relations étroites, forcément suspectes, avec la Chine, dont ses ressortissants sont originaires. Ils correspondent avec leurs familles, envoient de l'argent, contrôlent certaines affaires, accueillent les réfugiés clandestins. Il y a de riches Chinois à Cholon ; beaucoup sont liés au Guomindang, le « parti national du peuple », qui a contribué à la révolution de 1911 et que Sun Yat-sen vient tout juste de réorganiser sur le modèle du Komintern russe. A son programme, une redistribution des terres qui inquiète les Occidentaux.

La Chine est alors en plein bouillonnement. La république, divisée entre le Nord et le Sud, subit toutes sortes de conflits intérieurs entre potentats locaux, seigneurs de la guerre, communistes et modérés, parmi lesquels l'Occident essaie de placer ses pions pour sauvegarder ses intérêts. Monin, qui par ses amis chinois a des liens avec le Guomindang, mesure les enjeux : c'est par lui que les Malraux entrent en contact avec la Chine et peuvent appréhender, à partir d'un poste d'observation en première ligne, la force des mouvements qui la secouent. Mouvements annonciateurs d'un grand séisme.

Conscient qu'un parti politique compléterait la lutte qu'il mène en faveur de la population dite indigène au sein de la colonie, Monin a l'idée de créer le parti « Jeune Annam », pour favoriser et soutenir le réveil annamite.

Ce parti existe déjà, depuis 1921, mais il a perdu ses adhérents : avec l'aide de Malraux et de leurs amis indochinois, Monin espère en fait le ressusciter. Il y aura des réunions, des projets, mais, selon Jean Lacouture, « cette organisation ne paraît pas avoir dépassé jamais le cadre des collaborateurs de *L'Indochine* et de quelques amis[1] ». Malraux s'y référera longtemps, prenant Jeune Annam à témoin de son engagement politique en Indochine. En vérité, le parti ressemble plutôt à une nébuleuse et n'entrera jamais dans l'action. Même s'il frôle un coup d'éclat, quand Hin, le montagnard, toujours ténébreux et rageur, déclare au groupe de ses amis journalistes qu'il a décidé d'assassiner le gouverneur général Montguillon, attendu à Saigon quelques jours plus tard. Il l'abattrait d'un coup de pistolet. Ce qui rattraperait la maladroite tentative d'assassinat d'un de ses compatriotes visant le précédent gouverneur général, Martial Merlin, quelques mois plus tôt. La bombe a éclaté mais raté sa cible. Le gouverneur a même eu le temps de se cacher sous une table.

Il faut une nuit entière de débats pour décourager Hin. Malraux, cité par Clara : « Un attentat que ne suit aucune action populaire ne devient pas seulement un assassinat mais un échec. Ce qui est pire. »

L'attentat n'aura pas lieu. Le gouverneur général annulera sa visite à Saigon. Et ce sont Hong (*Les Conquérants*) et Tchen (*La Condition humaine*) qui seront dans les romans de Malraux ces héros de l'action dont il a rêvé, à l'image de Hin, prêts à sacrifier leur vie pour une cause politique supérieure.

Nullement communistes, même s'ils sympathisent avec le Guomindang par l'intermédiaire de ses repré-

---

1. Jean Lacouture, *op. cit.*, p. 99.

sentants à Cholon, les Malraux n'ont jamais appartenu qu'à un parti sans réseau ni structure, un parti dont le beau nom, Jeune Annam, est le seul programme. Pourtant, leurs amitiés annamites et chinoises, leur combat quotidien contre les autorités coloniales, leur marginalité dans la petite société blanche de Saigon leur valent de solides inimitiés et cette réputation sulfureuse, qui les suivra en France : bolcheviques. Alors qu'ils sont en rupture de ban, préoccupés surtout de justice, soucieux de voir respecter les Droits de l'homme, mais pas du tout au fond des révolutionnaires, ils n'envisagent pas de changer radicalement les rapports sociaux et ne remettent pas en question le principe même de la colonie. Ce sont plutôt – Malraux plus encore que Monin – des contestataires, des réformistes, des donneurs de leçons, des empêcheurs de tourner en rond.

Deux événements politiques importants surviennent en 1925 : en Chine, la mort de Sun Yat-sen, au mois de mars. Et la désignation d'un nouveau gouverneur général de l'Indochine – un socialiste, vice-président de la Chambre de gauche et député du Puy-de-Dôme, un grand ami de Léon Blum –, Alexandre Varenne. Le 31 juillet, dans son éditorial, Monin le salue comme « l'ami de la liberté ». On attend des réformes, des progrès sociaux ou, comme l'écrit encore Monin, « la fin de l'arbitraire ».

Pendant ce temps, les autorités de Saigon s'attachent à museler le journal « bolchevique ». Victime de graves menaces, comme de se voir retirer la clientèle de journaux à importants tirages, tel *L'Impartial*, Louis Minh doit renoncer à imprimer *L'Indochine*. Aucun autre imprimeur n'acceptera de prendre la relève : ils ont tous été mis en garde. L'avenir se dérobe. L'Indochine est réduite au silence. Dans son dernier numéro, le n° 49, daté du 14 août 1925, Malraux écrit un long éditorial : « Sélection d'énergies », qui est selon Jean Lacouture son « manifeste en matière coloniale dans les années vingt. Un beau texte où s'affirme déjà un écrivain politique qui est aussi un moraliste ».

« A Quang Ngai, à Thanh Hoa, à Vinh, des réserves d'énergie dont nous avons un si grand besoin en Extrême-Orient attendent de voir se réaliser l'entente que nous avons promise. » Loin d'être un texte révolutionnaire, c'est un appel à la fraternité – une fraternité idéale ou idéalisée. « Montrer que nous savons faire autre chose que de dresser contre nous, grâce à un système ingénieux, un des plus beaux, un des plus purs, un des plus parfaits faisceaux d'énergies que puisse diriger contre elle une grande puissance coloniale. »

L'entrée en fonction de Varenne finira d'éteindre les espoirs du groupe : aucune mesure notoire sur le plan social, du moins dans les premiers mois, ne viendra conforter leur position. Comme si, socialistes ou pas, les gouverneurs généraux étaient tous les uns après les autres pris dans l'engrenage d'un système, alourdis par leur tâche ou paralysés par leur fonction. Tout ce que Monin et Malraux ont écrit dans *L'Indochine* n'aurait donc servi à peu près à rien ? Il leur paraît urgent de continuer le combat. Avant tout, de résister.

Ils décident alors d'imprimer eux-mêmes le journal de leur résistance. Ils ont une presse, qu'ils peuvent faire fonctionner dans la véranda de Monin. Mais il leur manque les caractères d'imprimerie. Matériel introuvable en Indochine, mais qu'ils espèrent pouvoir se procurer chez le voisin britannique. Avec Clara, lors d'un voyage express à Hong-Kong, Malraux rachète le vieil équipement d'un journal de Jésuites – les bons pères ont entrepris de moderniser leur presse. Négociations. Accord autour d'un bon prix. Expédition. Plusieurs caisses leur sont confisquées à leur retour à Saigon. Mais ils peuvent quand même travailler, dans des conditions précaires, en remplaçant les caractères qui leur manquent par des caractères de bois, comme au XVIe siècle. Les lettres accentuées manquant à leur trésor de guerre, les premiers numéros vont cependant sortir de presse sans aucun accent, ni aigu ni grave ni circonflexe, ce qui est quand même gênant. Ce sont des ouvriers typographes annamites qui leur feront cadeau des è, è, ê, à, û que la langue anglaise ignore et qu'ils ont dérobés pour eux à leur imprimerie. Clara les reçoit seule, dans la véranda de Monin – les hommes sont partis se promener. Pour les remercier, émue, elle s'incline devant eux les mains jointes, comme les *qua ninh* chinoises.

L'Indochine peut donc ressusciter sous un nouveau titre, *L'Indochine enchaînée*. Bi-hebdomadaire désormais, paraissant le mercredi et le samedi, « en attendant le jour certainement lointain où l'Administration consentira à nous rendre les caractères d'imprimerie qui nous appartiennent, mais qu'elle a cru nécessaire de confier à sa propre garde », elle n'a pas perdu son insolence. La « Réouverture » d'André Malraux, à la une du premier numéro, ne laisse aucun doute : le combat continue !

« Depuis un an, les lois françaises promulguées à la Colonie sont constamment violées. Nul ne l'ignore. (...). Certains groupes financiers et commerçants d'Indochine sont devenus plus puissants que le gouvernement local. Celui-ci, au lieu d'être un médiateur entre ces groupes et la population, fait cause commune avec les premiers. Leur politique est fort simple : gagner le plus d'argent possible dans le temps le plus court. »

En bas de la même page, telle une « réclame », six lignes en caractères gras et d'un humour macabre : « Toute personne surprise à lire *L'Indochine* sera condamnée à mort et exécutée séance tenante. Les abonnés seront trucidés autant de fois que la durée de leur abonnement comprend de jours. »

Vingt-trois numéros vont voir le jour de novembre 1925 à février 1926, dont cinq après le départ des Malraux, ce qui tient du miracle étant donné non seulement les difficultés techniques d'un travail effectué dans les pires conditions, mais les difficultés économiques. A part les articles de Malraux et de Monin, toujours incendiaires, les rubriques ont évolué. En plus du domaine étranger, rebaptisé « Nos télégrammes », qui resserrent l'objectif sur l'Asie et en particulier sur la Chine, Clara s'occupe aussi de la Rubrique « Mode » et des « Conseils pratiques » pour les ménagères – comment, par exemple, nettoyer les chaussures en daim... Il y a toujours le feuilleton (*Le Secret du Tubelgeria* de Claude Farrère). La critique théâtrale, reprise des journaux de la métropole, est souvent signée de Sacha Guitry. Mais ce sont les « Questions annamites », signées par Nguyen Pho, qui deviennent la rubrique phare et l'orgueil d'une équipe fidèle à ses convictions du début.

Même passé à dix cents au lieu de vingt, le journal se vend peu ; l'argent ne rentre pas. Les Malraux, endettés, vivent à crédit à l'hôtel, ne peuvent plus payer aucun achat, ni même leurs repas. Ils ne voient plus comment se sortir de cette situation préoccupante. Clara : « Vivre à Saigon devenait presque aussi pénible pour moi qu'avait été vivre à Phnom Penh. » Dans ce contexte hostile, les dissensions surviennent entre les partenaires. Dejean de la Batie rejoint *La Cloche fêlée* de Nguyen An Minh, qui reparaît. Monin prend ses distances. Les réunions du soir sont interrompues. L'échec a aigri l'amitié. Le beau combat prend fin.

Une nuit, Monin est victime d'une tentative d'assassinat : un Annamite armé d'un rasoir le surprend dans son lit. L'épisode a heureusement bien tourné. Monin, bondissant de sous la moustiquaire, a pris en chasse son agresseur. Malraux s'en inspirera pour écrire la scène qui ouvre son roman, *La Condition humaine*. Avec le dénouement que l'on sait : Tchen, dont c'est le premier acte terroriste, réussit son crime.

Cette expérience indochinoise, malheureuse, se conclut par un lourd échec, aussi bien professionnel que financier. Elle va nourrir les rêves du couple, sa réflexion, son imaginaire. Ils auront tous les deux une dette envers ce peuple indochinois, auquel ils rendront hommage, chacun à sa manière. Une même fidélité va les lier à ce passé houleux et difficile, qui est au cœur de leur jeunesse.

Avec le retour à Paris, c'est non seulement la fin d'une belle aventure. Mais la fin d'un amour, que Clara avait cru passionné et éternel.

L'adieu

Les Malraux quittent l'Indochine le 30 décembre 1925 – date symbolique d'une année de galères. Leurs amis chinois leur ont prêté l'argent pour acheter leurs deux billets de retour. Monin, qui les avait accueillis au port à leur arrivée, n'assiste pas à leur départ. La débâcle financière a brouillé les deux hommes. Ils ne se reverront plus. Peu après le départ des Malraux, Monin quitte à son tour Saigon pour Canton, avant de revenir dans la capitale indochinoise, où il mourra en 1927, d'une fièvre contractée en pays moï.

Dans le dernier numéro de *L'Indochine enchaînée* auquel il a collaboré, le n° 16, celui de décembre, Malraux promet d'intercéder en faveur des Annamites : « Obtiendrons-nous la liberté ? Nous ne pouvons le savoir encore. Du moins obtiendrons-nous quelques libertés. C'est pourquoi je pars en France. »

Ce sont ses derniers mots. Ce seront aussi les derniers mots du journal, quand il cessera définitivement de paraître, deux mois après le retour des Malraux en France. Son directeur, Le-The-Vinh, écrira son dernier édito – « Le peuple français et la liberté » –, tel un écho à cet adieu.

Les Malraux ont tout perdu sur le plan matériel ; leurs projets se sont effondrés ; leurs amis se sont éloignés. Déçus, ruinés, ils sont même atteints dans leur santé : fiévreux et amaigris, ils souffrent l'un et l'autre de crises de paludisme. Le bilan est désastreux.

Retour en deuxième classe, grâce aux amis chinois qui ne seront jamais remboursés, mais retour sans perspective. Clara, qui voit s'approcher ses trente ans, n'ose pas poser la question de l'avenir.

Cependant, ils ont connu l'Indochine, approché de près la question coloniale, mesuré l'ampleur des mouvements politiques de la Chine. Ils reviennent enrichis de paysages et de culture d'Extrême-Orient, mais aussi d'une expérience vécue dans les dangers et les difficultés, d'amitiés sincères, du sentiment enfin d'être victimes d'une immense injustice – une injustice qui les dépasse et englobe tout un peuple. S'ils ont tous deux beaucoup travaillé, beaucoup appris, André, lui, s'est forgé un style. Sa plume a pris le rythme, la cadence, les couleurs qui permettront un jour à ses lecteurs d'identifier l'écrivain Malraux.

Derrière eux, l'Asie s'efface dans le sillage du paquebot. Malraux, résolument optimiste, déclare à Clara ces mots qu'il mettra un jour dans la bouche d'un des révolutionnaires de son œuvre, Garine : « Il n'y a qu'une seule chose qui compte, c'est de ne pas être vaincu. »

Vaincus, ils le sont peut-être aux yeux du monde et de leur famille, aux yeux des amis qui les attendent en France. Mais pas à leurs propres yeux. André a déjà un projet en tête : la vie continue.

« Maintenant, il ne me reste plus qu'une solution : écrire », dit-il à Clara. Avant leur départ pour Saigon, Bernard Grasset a eu l'intuition géniale de faire signer un contrat à ce jeune homme qui n'est encore connu que par le scandale de Banteay Srei et dans lequel il voit avec on ne sait quelle prescience un écrivain prometteur.

A bord, André Malraux va rédiger les premiers chapitres de ce qui sera son premier livre, *La Tentation de l'Occident*.

« L'homme auquel je m'étais remise tentait enfin avec ses armes propres de dominer le monde qui jusque-là lui avait résisté et auquel il allait, par l'écriture, imposer sa vision. »

Spectatrice, en retrait pour quelques années encore, Clara observe avec envie et un sentiment personnel d'impuissance ce bizarre processus qui jette son compagnon sur un bloc de feuilles blanches.

IV

« Mon amour ne sera jamais
un repos, une certitude »

Entre deux rêves

Dès son retour à Paris, le couple Malraux, marginalisé par ce long séjour à l'autre bout du monde, connaît une sorte de provisoire repli sur soi. Les amis demeurés fidèles sont peu nombreux – les Arland, les Doyon –, les autres ayant pris leurs distances durant cette absence. La solitude qui offre à Malraux un climat propice pour finir son livre et prendre un nouvel élan paraît bien lourde à Clara, après tant de projets vécus dans la fièvre. Leur situation financière est des plus médiocres : ils vivent chichement sur l'avance de Bernard Grasset et les deniers alloués par les amis chinois. Malraux obtient un emploi de secrétaire à mi-temps chez le poète Maurice Magre, un grand amateur d'Orient – celui-là même dont il avait lu des poèmes du haut d'une table de réfectoire, durant leur second voyage vers l'Indochine, aux passagers éberlués de la troisième classe. Magre les héberge un temps chez lui, boulevard Berthier, avant qu'ils ne posent leurs valises dans un petit appartement qu'ils trouvent à louer porte de Saint-Cloud, boulevard Murat. Un immeuble moderne, d'un genre militaire, où habite Marcel Pagnol en rez-de-chaussée. Aucun meuble dans ce nouveau foyer : des caisses tiennent lieu de tables et de chaises.

Malraux y termine *La Tentation de l'Occident* – un dialogue par lettres entre un jeune Chinois, Ling, et un jeune Français nommé, d'après ses initiales, A.D. Ils échangent leurs points de vue sur les mérites et les défauts comparés des civilisations occidentale et orientale. Est-ce que l'Occident, en colonisant une partie de l'Orient, y a apporté des valeurs capitales, ou n'est-ce pas plutôt l'Orient qui a à son insu influencé l'esprit occidental, par sa philosophie, sa conception radicalement différente du monde ? « La réalité absolue a été pour vous Dieu, écrit Ling, puis l'homme ; mais l'homme est mort après Dieu, et vous cherchez avec angoisse celui à qui vous pourriez confier votre étrange héritage. Vos petits essais de structure pour des nihilismes modérés ne me semblent plus destinés à une longue existence. » La tentation, pour A.D., c'est d'oublier l'individu – pivot et valeur suprême de l'Occident – et de se perdre dans la sérénité du Cosmos, que vénère l'Orient. « La conquête de l'Europe par l'Orient commence », prophétise l'auteur.

Le livre est dédié à Clara, qui en a suivi la gestation et l'écriture au jour le jour. Pendant que son mari écrit, elle tourne en rond, n'ayant pas grand-chose à faire de ses journées. La cuisine, le ménage ? Très peu pour elle, qui s'est juré de ne jamais être une femme au foyer. Malraux n'aime pas l'idée qu'elle puisse « aller travailler » : il considère qu'avec ses droits d'auteur, ils vont pouvoir faire face aux dépenses quotidiennes. Qu'elle reste donc tranquille à la maison...

Un jour, exaspérée par son oisiveté, Clara, en cachette de Malraux que sa démarche aurait contrarié, trouve à s'employer à l'Ecole européenne, qui forme des élèves par correspondance. Elle doit répondre au courrier, mais le directeur lui a confié la section musicale et Clara, de son propre aveu, « ne connaît rien à la musique ». Piano, violon, cornet à piston et clarinette lui sont une terre étrangère. Bilan désastreux : Clara démissionne au bout de trois jours. Elle ne renouvellera pas sa tentative de recherche d'une activité, si modeste soit-elle. Cahin-caha, elle reprend sagement les traductions, qui ne rapportent que de maigres revenus mais qui ont le mérite de lui laisser beaucoup de liberté. Pourtant l'oisiveté lui pèse et, plus encore, l'absence d'un projet pour exciter ses rêves.

En semaine, les Malraux déjeunent chez la mère de Malraux avec la grand-mère et la tante, qui continuent de vivre sous le même toit : le cercle de famille s'est resserré depuis que les trois femmes sont venues s'installer dans un immeuble qui jouxte celui des Malraux. André semble heureux d'avoir repris ses habitudes d'enfant choyé et bien nourri –, seul homme au milieu du gynécée. Mais Clara en supporte mal la routine. Elle a de l'affection pour les trois femmes qui partagent un si grand amour pour son mari, mais elle trouve lourde l'atmosphère, dans les odeurs de cuisine et le peu de conversation. Surtout, ce foyer lui rappelle celui qu'elle a perdu, par la faute d'André : sa mère, ses frères, ses oncles, elle ne les a toujours pas revus. Elle aperçoit de loin en loin sa mère et l'une de ses belles-sœurs dans le quartier, sans oser s'approcher ; chaque fois son cœur se serre d'un désespoir secret. Elle ne peut pas en parler à André, qui en veut beaucoup aux Goldschmidt de l'avoir considéré comme un mauvais gendre et d'avoir tenté de le séparer de Clara.

Le jeudi, tous les jeudis, comme si Malraux renonçant à l'aventure en pays lointains pour cette autre aventure qu'est l'écriture se complaisait soudain dans le train-train familial, Clara et lui déjeunent chez Fernand Malraux. Séparé de sa seconde épouse, le père d'André habite maintenant rue de Lübeck où il les reçoit chaleureusement. Clara lui garde de la reconnaissance pour son aide inconditionnelle dans les mois si difficiles qu'ils ont vécus à Saigon. Elle aime sa compagnie, toujours aimable, et ses récits où il développe un talent d'imagination qui n'est pas sans lui évoquer celui de son fils, évidemment.

Malraux a retrouvé Louis Chevasson. Confiant dans son expérience d'avant l'Indochine chez Doyon et chez Kra, il a décidé de monter avec lui une maison d'édition qu'il baptise *A la Sphère* : il y publie *Rien que la Terre* de Paul Morand, mais la maison fait vite faillite. Il la relance sous le nom très vénitien (Clara dira « prétentieux »...) des *Aldes* pour y publier *Allen* de Valery Larbaud. Mais l'entreprise va à vau-l'eau : il la revend alors, judicieusement, à Gaston Gallimard. Le fondateur et président des éditions du même nom a bien envie de prendre sous sa coupe ce jeune homme brillant, aux idées vastes, dont la jeunesse et les goûts cosmopolites peuvent renouveler les idées de son brillant aréopage, d'autant plus qu'il appartient à l'écurie de son rival, Bernard Grasset : près de Gide, de Schlumberger ou de Martin du Gard, près d'Arland, il va pouvoir donner la mesure de son talent. *La Tentation de l'Occident*, publié par Grasset en juillet 1926 (mais dont des fragments ont paru en avril dans la *NRF*), a beaucoup impressionné ses pairs. La critique est unanimement flatteuse, jusqu'à Albert Thibaudet – la référence des références à cette époque – qui, dans *L'Europe nouvelle*, lui a trouvé « de la poésie, de la synthèse, de l'idéogramme chinois » et l'a même comparé à Claudel pour le lyrisme. Une comparaison qui ne pouvait qu'enchanter Malraux, claudélien dans l'âme depuis l'adolescence.

Avec l'aura de la *NRF*, le couple reprend une vie sociale, un temps interrompue. Peu importe l'exiguïté du logement et la pauvreté du buffet : Clara peut recevoir « leurs » amis. Ces écrivains, ces critiques auxquels son mari s'est lié et qu'elle fréquente à ses côtés, elle en aime la société. Elle en recherche la stimulation. Leurs conversations l'éblouissent. Elle aime y participer, dans une chaude et enveloppante atmosphère d'amitié intellectuelle.

Il y a tous ceux qu'elle connaît déjà, tel Marcel Arland, mais il y en a beaucoup de nouveaux : presque tout le clan de la *NRF*. Deux figures, particulièrement chaleureuses, instaurent avec les Malraux – avec André comme avec Clara – des liens très forts, que la vie ne défera pas.

D'abord, Bernard Groethuysen : ventru, barbu, avec son immense front et ses innombrables cigarettes. Un des interlocuteurs privilégiés de Malraux, qui passe des soirées entières à débattre avec lui de Marx, de Freud ou de Kafka. Ce philosophe que ses origines germaniques, russes et hollandaises rendent fraternel à Clara, devient vite un de leurs proches. Les Malraux voient « Groeth » – ainsi le surnomment ses amis – au moins une fois par semaine, plus souvent deux ou trois fois, tantôt chez eux tantôt chez lui, un atelier au confort des plus frustes de la rue Campagne-Première. Sa haute et belle compagne, Alix Guillain, dont Seurat fit un portrait, y entretient un semblant de foyer, bien qu'elle passe les trois quarts de ses journées à traduire Karl Marx : comme Groeth, plus encore que lui, c'est une communiste militante et même fanatique. « Elle croyait à la perfection de l'URSS comme les premiers chrétiens au dieu incarné », dira Clara avec un mélange d'admiration et de stupéfaction.

Puis, Léo Lagrange – ou mieux vaudrait dire, car c'est là encore un couple indissociable, Léo et Madeleine Lagrange. Tous deux avocats, lui très grand, large d'épaules avec l'accent du Sud-Ouest, elle douce et blonde, d'origine lorraine. Ils se sont rencontrés à la faculté de droit, jeunes étudiants, et ne se sont plus quittés. Inscrits ensemble à la SFIO, ils sont toujours membres actifs du Parti, leur grande fidélité. « Le socialisme de Léo était solidement structuré, ce que n'était pas le nôtre », selon Clara. Cet intellectuel, ce militant socialiste, aimait aussi beaucoup la poésie : le dimanche, tous les dimanches pendant des années, verra réunis les Malraux et les Lagrange pour des après-midi entiers de discussions, mêlant littérature et politique. Tantôt chez les uns, tantôt rue de la Mission-Marchand chez les autres, le temps file si vite dans le brio des échanges qu'on finit par rester dîner. Madeleine ou Clara cuisinent une salade, un œuf à la coque – les deux couples sont fauchés et le resteront longtemps. Ils sont là pour parler. « Pour la nourriture, il y a le restaurant », dit Malraux qui reste cependant un gourmet.

Opium

Clara a rapporté d'Indochine une habitude voluptueuse, à laquelle Paris ne lui fera pas renoncer, et qu'elle va même pratiquer sa vie durant : l'opium. Malraux, lui, contrairement à ce qu'on a si souvent écrit, n'y a pas pris goût et préfère continuer de fumer sans compter ses cigarettes anglaises. Il ne s'est jamais drogué – mais il n'en a jamais découragé Clara.

L'opium est alors très à la mode en France, en particulier dans les milieux artistes[1], et il est assez facile de se le procurer. Pierre Loti et Claude Farrère, ces grands voyageurs des mers, ne sont pas les seuls opiomanes célèbres. Colette et Jean Cocteau, Willy et Apollinaire, Paul-Jean Toulet, Marcel Schwob, Joë Bousquet, Antonin Artaud ont fumé ou fumeront l'opium.

L'opium, à condition de savoir en user, efface en effet la tristesse et procure l'oubli. Il aiguise les sens et, selon ses adeptes, détache de soi la conscience, « éloigne l'œil de Caïn qui veille en tout être humain[2] ».

Il est aussi une source de volupté : un allié redoutable dans la quête du plaisir et le désir de jouissance.

Le silence, le calme sont son royaume.

Il fait cesser l'agitation intérieure, il apporte la paix, qui n'est pas endormissement mais envol.

« Pour tous ceux qui fument, une porte est ouverte sur les mondes supérieurs. Mais il n'est pas donné à tous de croire à son existence et de la franchir. Fumer l'opium est une sorte d'état d'épreuve, de préparation à l'atteinte d'un degré plus haut sur le chemin de l'homme vers sa propre perfection. (...). L'odeur pénétrante de cimetière après la pluie que dégage l'opium embaume le crépuscule[3] », écrit Maurice Magre, un connaisseur et premier pourvoyeur d'opium de Clara,

---

1. Arnould de Liedekerke, *La Belle Epoque de l'opium*, La Différence, 1984.
2. Jean-Jacques Bedu, *Maurice Magre. Le Lotus perdu*, Dire Editions, 1999.
3. Maurice Magre, *Confessions sur les Femmes, l'Amour et l'Idéal*, Dire Editions, 1999.

qui se débrouillera par la suite pour trouver d'autres filières.

Ce poète occitan qui a beaucoup voyagé en Asie est, depuis sa jeunesse, un opiomane confirmé : il consomme ses huit pipes par jour. Clara aime fumer en sa compagnie, allongée sur un divan de son atelier de l'avenue des Ternes, où il se rend chaque jour pour goûter la paix, rêver, écrire et aussi aimer – nombre de maîtresses sont passées dans ce décor orientaliste, étrangement décalé, qui donne à Clara l'illusion d'une autre vie. Chez Magre, pour son plus grand bonheur, elle est de retour à Saigon. C'est ce maître incontesté qui lui a enseigné, avec un sens de la perfection et du raffinement qu'elle admire, l'art de fumer. Elle n'était jusque-là qu'initiée. Magre l'emmène beaucoup plus loin.

Seuls les amateurs éclairés peuvent, semble-t-il, accéder à ses arcanes. Les néophytes ne peuvent en tirer que nausées ou vertiges. Alors que le noir opium, à en croire l'auteur de *La Nuit de haschich et d'opium*, développe l'imagination, agrandit le champ de la conscience et donne une vision plus bienveillante, plus tolérante du monde. En somme, et c'est pourquoi Clara l'aime tant, l'opium recule les limites. Quoique Magre l'ait mise en garde contre ses pièges et ses faux-semblants, parmi lesquels le culte d'une illusion plus puissante que toutes les réalités de la terre, il restera pour elle un allié, un recours.

André Malraux, lui, n'aime rien tant que l'extrême lucidité, même si au grand dam de Clara, il l'enchante de ses mensonges romanesques. Et il privilégie le face-à-face avec sa conscience, ce qui le rend définitivement étranger à la fumée bleu et noir, à son parfum de « cimetière après la pluie ».

« Mon amour ne sera jamais un repos... »

Il apprécie beaucoup Magre : sa personnalité originale, son intelligence, son goût pour le mystère et, bien sûr, ses poèmes – il les aimait avant de le connaître. Il fréquente lui aussi l'atelier – non plus comme secrétaire, ce qu'il ne fut qu'un temps – mais attiré là par l'amitié autant que par l'attrait d'un dialogue passionnant avec le maître des lieux. Il se contente d'y fumer ses cigarettes, qu'il allume les unes après les autres, comme pour entretenir le feu de ses phrases sans fin. Il y a là aussi la maîtresse de Magre, du moins la dernière en date, la comédienne Suzanne Paris.

Clara et Suzanne assistent à des soirées au cours desquelles Magre, qui possède sans doute l'une des plus belles bibliothèques sur l'Orient et l'une des plus riches collections de livres autour de Gengis Khan, se lance dans le récit épique de ses batailles. Description des lieux et des parades militaires, mises en scène de chevauchées et de pillages, mouvements de troupes, énumérations de hauts faits, portraits des traîtres et des fidèles.

Malraux, non moins étonnant et même époustouflant, réplique avec les aventures du grand Mogol ! Ce sont deux orateurs qui joutent ensemble, deux poètes lyriques, deux fous de mots et de héros. Batailles sur les rives du fleuve Jaune, hordes de cavaliers toungouses. Scènes grandioses, actes virils, franchissement des limites autorisées, dépassement de soi : l'opium n'est pas seul responsable de ces envolées jusqu'aux sommets. Il y a l'imagination, il y a le talent.

Clara, dégrisée, note que l'héroïsme est devenu le grand sujet de réflexion d'André Malraux, à son retour d'Indochine. Il n'est plus seulement question d'aventure. « L'Histoire, écrit-il, ce grand cimetière où ne dorment que des conquérants morts. »

Le succès, écueil du couple

A peine a-t-il publié *La Tentation de L'Occident* qu'il se met à écrire, dans la fièvre, *Les Conquérants* : non plus un essai, mais un roman qui se déroule pendant la grande grève de Canton et de Hong-Kong de 1925, terreau de la révolution chinoise. Les nombreux personnages incarnent chacun un type d'homme et défendent une idée, sinon une vision du monde : ainsi le Russe Renski, Rebecci le condottiere italien, Hong le terroriste chinois, Borodine, Tcheng-Daï. Le héros, tel que le conçoit Malraux, est incarné par Garine, le Conquérant, le révolutionnaire pur et dur, qui prétend n'exister que dans l'action. Convaincu que « le révolutionnaire n'a pas à définir la révolution, mais à la faire », il oppose « aux valeurs de permanence les valeurs de métamorphose ». C'est un mystique plus qu'un politique, qui a trouvé dans l'action révolutionnaire une réponse à un monde sans Dieu et un exutoire de l'absurde.

Magnifique livre, publié par Grasset en 1928. Une épopée des temps modernes. Clara qui en admire l'écriture puissante et l'imagination ensorcelante se déclare fière, d'abord, d'être l'épouse d'un tel écrivain. Un écrivain pour lequel la critique se montre unanime : de Paul Souday à André Thérive, en passant par André Billy, les lecteurs les plus sévères vantent les qualités exceptionnelles du livre, son « éclat », son « mouvement », sa « vision ». Marc Chadourne va même jusqu'à dire que « *Les Conquérants* marqueraient l'année ». Elle se réjouit pour lui : elle est heureuse de son succès.

Mais elle est en même temps troublée. C'est peut-être elle, le critique le plus féroce. Ou le critique qui garde la tête froide, au cœur même de l'admiration. Car elle ne peut s'empêcher de relever les subterfuges du romancier – sa manière tout à lui d'enjoliver la réalité ou du moins de la présenter selon une vision très personnelle, qui en change la face objective, à ses yeux indubitable, celle dont elle a été en Asie le témoin privilégié. Malraux laisse croire qu'il a vécu à Canton, qu'il a fréquenté le Guomindang, qu'il en a peut-être même fait partie, encourageant ses militants et les formant aux principes de la révolution. Il laisse la fiction, en quelque sorte, enrichir la réalité. Raconte-t-on dans la presse qu'il a séjourné deux ans en Chine et que son livre, trop subversif, est interdit en Russie et en Italie, il se garde de démentir. Clara, elle, ne croit qu'à la sincérité. Au parler vrai. Au laser chirurgical des mots et des aveux. Cette future mémorialiste, ennemie des masques et du mensonge, n'aime que l'authenticité. Elle aurait préféré que Malraux s'en tienne à ce qu'ils ont connu tous les deux : la Cochinchine, éventuellement le Tonkin. Or, Malraux ne situera aucun de ses quatre romans « asiatiques » dans cette partie du monde où il a pourtant vécu avec elle. Par l'imagination, le délire fictif, il déplace la toile de fond, modifie les données, invente personnages et péripéties. Tout cela trouble Clara, en profondeur. Elle y voit une trahison. Un désaveu. Il lui semble qu'André l'abandonne sur la rive où ils ont été heureux et malheureux ensemble, pour s'en aller loin d'elle, seul, vers d'autres horizons. Cela lui est douloureux, quasi insupportable, et lui gâche la joie qu'elle aurait voulu partager sans réserve.

La légende de Malraux, cette légende d'aventurier, héros révolutionnaire, va s'élaborer à l'insu de Clara. Jusque-là solidaire de sa vie, de ses risques et de ses folies, elle ne peut s'empêcher de regarder, avec ironie – une ironie toute nouvelle chez elle dans son rapport avec son mari –, se construire le roman de sa vie. Tout en lui gardant son admiration, et même sa dévotion, elle devient à côté de lui une spectatrice critique, de plus en plus souvent désapprobatrice.

Dans ses Mémoires, trente ans plus tard, elle écrit : « Quand sa légende me niait, j'en crevais. Je ne comprenais pas alors qu'elle était une des nécessités de son génie. Je l'entrevoyais parfois mais ne voulais pas, ne pouvais pas l'admettre. »

Malraux devient un personnage du monde des lettres. Un personnage considéré, qu'auréole une légende. Le jeune homme marginal, aux échecs répétés, ex-voleur de statues, ex-éditeur de curiosa, s'efface pour laisser la place à l'écrivain, qui a participé à la Révolution chinoise : un rôle à sa mesure, pour lequel il peut donner enfin le meilleur. Il fréquente les salons littéraires, notamment le plus intellectuel d'entre eux : celui des samedis du quai de l'Horloge, chez le critique Daniel Halévy, l'éditeur des *Cahiers verts* qui publient le nec plus ultra de la littérature contemporaine. Il est invité aux fameuses décades de Pontigny, en Bourgogne, qui réunissent chaque été, sous la férule de Paul Desjardins, une kyrielle d'écrivains prestigieux, tels Gide, Valéry, Paulhan, mais aussi Berl, Guéhenno, Chamson ou Raymond Aron. Le premier colloque auquel Malraux assiste s'intitule « Jeunesses d'après-guerre à cinquante ans de distance : 1878-1928 ».

Et il est invité à Cerisy, pour d'autres débats qui regroupent les mêmes valeureux cerveaux, les mêmes talents de plume.

Dans ces cénacles, la présence des femmes est à peine tolérée. Ce qui agace Clara, plus encore que cela l'humilie.

Comme le mont Athos, c'est un univers viril, qui convient à Malraux : autant que ses romans, une réserve d'hommes. Les femmes, ces êtres inférieurs, n'y ont pas la moindre place. Elles n'existent pour ainsi dire pas.

Clara parvient à s'imposer à Pontigny où Malraux ne voulait pas l'emmener et même à Cerisy où elle n'était pas plus désirée. Elle s'y fait remarquer par ses chapeaux de paille et ses robes à fleurs, plus que par sa conversation. Celle-ci est le monopole du sexe fort. Autour d'elle, il y a bien à Pontigny quelques jeunes filles timides et silencieuses, qui sont pendant l'année les élèves de Desjardins à l'Ecole de Sèvres. Mais elles ne sont invitées, Clara le subodore, que pour égayer le décor : comme des papillons dans un jardin. Elles n'ont pas plus d'importance qu'elle parmi les hommes, seuls jugés aptes à débattre et à discourir – et évidemment à penser.

En 1928, l'année des *Conquérants*, Malraux accède au saint des saints : il entre au comité de lecture de Gallimard. On va bientôt lui confier, de surcroît, la direction artistique de la maison : à charge pour lui de publier des livres sur l'art et d'organiser des expositions. Il s'occupe avec André Gide d'élaborer un *Tableau de la littérature française*, qui paraîtra en 1939, mais il mène de front, avec une vraie passion pour les littératures « du monde entier », la publication de quelques grands écrivains étrangers, en traduction française : William Faulkner, D. H. Lawrence et Dashiell Hammett doivent à Malraux d'être connus en France. Ses préfaces à *Sanctuaire* – « l'intrusion du roman policier dans la tragédie grecque » – et à *L'Amant de lady Chatterley* restent des chefs-d'œuvre de la critique.

Clara, elle, de plus en plus portée à l'ironie, s'en amuse : comment, c'est son André, qui parle si mal anglais, qui le comprend moins encore, qui renouvelle le domaine anglo-saxon de Gallimard et en perçoit les valeurs sûres, les véritables « stars » !

De son côté, la même année 1928 voit la consécration de son travail dans l'ombre. Gallimard publie le *Journal psychanalytique d'une petite fille* préfacé par Freud, qu'elle a traduit. Cette parution confirme son statut de « passeuse » d'une langue à l'autre – l'allemand, l'anglais ni l'italien ne lui posent de problème. Elle éprouve du plaisir à mettre en français de beaux textes d'auteurs inédits : elle a le sentiment de faire œuvre de « découvreuse » elle aussi, mais surtout de rentrer dans la chair des livres, de participer de l'intérieur au mystérieux travail de la création. Dans quelques années, à son acquis, viendront s'ajouter à Freud et aux poètes allemands Virginia Woolf, avec sa *Chambre à soi* – une performance, car Woolf, la plus musicale des romancières anglaises, maîtrise une prose tout en fluidités, en vagues, qui en fait un auteur aussi subtil à traduire qu'un poète – un poète de la vie qui s'enfuit comme l'eau.

Mais tandis que Malraux s'épanouit avant tout comme écrivain, Clara ne signe toujours des ouvrages que par procuration : à travers cette alchimie bizarre de la traduction.

Les années trente, ce sont vraiment les années André Malraux : celles où se forge sa jeune gloire. Années d'hyperactivité littéraire et intellectuelle. Production abondante et de qualité. Inspiré, possédé par la fièvre d'écrire, Malraux enchaîne roman sur roman. Après *Les Conquérants*, paraît chez Gallimard *Le Royaume farfelu*, où se confirme et s'achève sa veine fantaisiste. Puis vient *La Voie royale*, publiée en 1930 à nouveau chez Grasset : l'aventure transposée – Clara dirait « élucubrée » – de son expérience indochinoise dans la fiction. Une histoire de temples pillés et de révolution. Le roman se déroule au pays des Moïs, situé au nord de l'Indochine, où Malraux n'est, bien sûr, jamais allé mais qu'il décrit en territoire familier. Récit tragique d'incompréhension, d'incommunicabilité. Claude et Perken, sur la même piste de la forêt cambodgienne, poursuivent des buts opposés. Seul le sens de l'absurde les rapproche, plus sûrement que leur marginalité ou leur révolte intérieure. La mort de Perken atteint au sublime – Clara le reconnaîtra. Elle aurait aimé que le narrateur, c'est-à-dire André, colle davantage à la réalité des faits : celle qu'ils ont vécue ensemble, sans la transposer ni la mythifier. Ce roman, qui la touche au plus près, met en scène leur pérégrination en pleine brousse et leur découverte éblouie des temples cachés, mais en change radicalement l'esprit. L'absence de femme dans le récit la remet tout particulièrement en question. A la lecture de *La Voie royale*, ainsi qu'elle l'a dit, elle s'est sentie une nouvelle fois « niée ». Malraux l'a fait disparaître de leur histoire. Il l'a gommée du roman.

Le livre, d'une écriture tendue et fervente, obtient le prix Interallié. Le premier prix Interallié, créé exprès pour lui par un groupe de journalistes furieux de voir attribuer ce jour-là le prix Femina à *Cécile de la folie* de Marc Chadourne.

« Je bois aux mystifications fécondes », leur dit Malraux, au cours du déjeuner au Cercle Interallié.

Une immense publicité lui est faite, à laquelle il répond avec son visage de sphinx torturé de tics, dans la fumée des cigarettes qu'il n'éteint même pas pour signer les exemplaires dédiés à ses lecteurs ou répondre aux innombrables interviews.

Clara n'est visible sur aucune photo. L'aventure littéraire, c'est lui seul qu'elle concerne désormais.

Le succès divise le couple. Les Malraux jusque-là ont fonctionné en duo : lui en éclaireur, en tête pensante, et elle en exécutante et conseillère. Maintenant Malraux semble vouloir piloter sans équipage : navire monospace pour une traversée en solitaire. Clara se sent inutile. Malraux continue de la consulter au sujet de ses livres ; il s'inquiète de son avis ; il lui parle de ses projets, au cours de leurs soirées conjugales. Mais aux yeux du monde, elle n'existe plus que comme Mme André Malraux. Son mari prend toute la place.

Clara a beau l'accompagner à Pontigny comme à Cerisy, la belle union n'est plus. Quelque chose s'est cassé dans le couple. Une de ces mystérieuses fêlures dont la vie ménage la surprise aux amants les plus soudés.

Les Malraux ont déménagé : les nouveaux à-valoir de l'écrivain, son salaire d'éditeur chez Gallimard leur ont permis de trouver un appartement au 44 rue du Bac, à deux pas de la maison d'édition. Elle reçoit pour lui le mieux qu'elle peut, avec assiduité. Comme beaucoup d'épouses, parmi ses amies, elle doit se contenter d'un second rôle, très effacé.

Elle en souffre. Certains amis d'André sont aussi les siens et le resteront – les Arland, les Groethuysen, les

Lagrange. Ils apprécient son esprit acéré, ses reparties acides : cette petite musique personnelle qu'elle veut continuer à faire entendre, dans un espace qui se rétrécit. Mais elle en agace d'autres, qui la trouvent trop présente, trop bavarde, trop extravertie. Ainsi Nino Frank, qui la décrit « la phrase pétulante et volontiers précieuse, petite, à la fois floue et ramassée, le nez épais et de beaux yeux songeurs, je ne sais quoi de chiffonné dans ses attitudes, tout autour d'elle un air quelque peu bas bleuté[1] ». Il se dit exaspéré par « la parleuse infatigable » qui veut donner l'impression que c'est elle « qui mène la barque ». Autrement dit, elle s'impose par le verbe – comme pour essayer de ne pas disparaître. Elle a l'air de vouloir à tout prix occuper le terrain. Autrefois, au début de son mariage, elle se contentait d'écouter. Maintenant elle parle haut et fort sans pouvoir s'arrêter et c'est Malraux qui, dans leur entourage, se montre le plus agacé. Elle sent bien qu'elle l'indispose mais son attitude tient beaucoup, c'est évident, à de la provocation.

Qui est-elle à cette époque pour tenir tête ainsi, dans un cercle littéraire, aux plus éminents interlocuteurs ? A trente-trois ans (en 1930), il lui manque un passeport littéraire et rien encore ne la distingue dans le petit monde des lettres, sinon qu'elle est la femme de...

Malaise conjugal

Plus Malraux écrit, moins Clara ose écrire. Dans ce couple d'écrivains, l'un a définitivement acquis un sta-

---

1. Nino Franck, *Mémoire brisée*, Calmann-Lévy, 1967.

tut mais l'autre en est réduit à le rêver. L'angoisse de Clara devant la page blanche devient oppressante. Tout juste parvient-elle à noter sur un cahier qu'elle appelle son *Livre de comptes* sa colère et ses frustrations, mais aussi l'ampleur de cet amour qui désormais la déséquilibre, la renvoie à une image dévalorisée d'elle-même : l'écrivain qu'elle voudrait être mais qu'elle ne sera peut-être jamais.

Livre de comptes : c'est dire son amertume et, depuis dix ans – car elle tient le relevé de ses heurs et malheurs depuis dix ans ! –, le montant du contentieux.

Elle cache le cahier. Malraux, qu'elle appelle Marc dans son texte, doit ignorer son existence. Elle n'a confié son secret à personne. Elle se cache même pour en écrire quelques lignes, comme si c'était une faute grave ou un péché.

Elle ne peut rien imaginer d'autre – rien d'objectif s'entend, rien qui prenne ses distances avec sa vie amoureuse.

Obnubilée par son couple et le sentiment qu'il se défait, il lui manque la distance nécessaire à l'écrivain.

Familialement, elle devrait se sentir plus épanouie : sa mère, avec laquelle elle est réconciliée, habite le rez-de-chaussée de la rue du Bac. Malraux accepte la situation, bien qu'il lui en ait voulu de cette décision. Il garde sa rancune à la famille Goldschmidt. « Maintenant je ne suis plus responsable de vous », lui a-t-il dit gravement, le jour où elle lui a avoué qu'elle avait retrouvé sa mère.

Du côté d'André, un premier deuil vient obscurcir le succès. Son père disparaît brutalement, en décembre 1930, peu de temps après le prix Interallié. Fernand Malraux s'est suicidé en ouvrant le gaz, rue de Lübeck. A côté de lui, un livre ouvert : des réflexions d'un philosophe bouddhiste sur la vie après la mort. Clara et André assistent à une cérémonie religieuse à Paris, puis à Dunkerque où Fernand Malraux est enterré. Sur la mort du père, alors que Clara aime évoquer le sien jusqu'en ses derniers instants, André Malraux ne s'est jamais exprimé. Il ne laisse filtrer aucune émotion, ne se livre à aucune confidence. Monde intérieur fermé.

Le cercle familial se resserre, alors que la tension s'accroît dans le couple.

Rue du Bac, le climat est vraiment lourd. Deux tempéraments qui ont pu vivre jusque-là en parfait accord et même en symbiose, s'affrontent. Elle, agitée, nerveuse, cherche ses marques dans l'agressivité. Lui n'aspire plus qu'au calme, à la méditation, à la régularité, conditions indispensables à son métier d'écrivain.

Elle est installée dans le salon. L'oisiveté la ronge. Elle cherche à se rendre utile mais les journées sont quand même très vides. Lui a son bureau dans l'entrée, face à la porte. Mais il a un autre bureau, chez Gallimard où il s'exile souvent, pour trouver la paix. Son agenda est surchargé de rendez-vous. Il produit livres, articles à un rythme soutenu, tout en assurant un travail d'éditeur.

Clara vit dans un désordre de plus en plus flagrant : sa bohème lui colle à la peau. Malraux peut le regretter car il n'aime en fait que le raffinement, l'esthétique et le confort des maisons bien rangées. Elle a pourtant du style quand elle reçoit : quoique devenue bavarde, trop bavarde, elle accueille avec chaleur les amis écrivains, les journalistes, les intellectuels de la rive gauche.

Leur vie de couple serait en somme harmonieuse, ou du moins confortable, si Clara n'était devenue au fil des années si râleuse et récriminatrice avec son mari. C'est plus fort qu'elle : il faut qu'elle donne son avis sur le moindre de ses faits et gestes. Et elle ne se prive pas de le critiquer, souvent avec acrimonie, quand ses décisions ou ses choix ne sont pas ceux qu'elle attend de lui. Elle est maintenant une épouse exigeante : non sur le plan matériel où elle s'est toujours montrée sans prétentions − elle n'a jamais rêvé d'une vie luxueuse −, mais sur le plan intellectuel − là elle ne lui passe rien. Pire, c'est une épouse railleuse qui vit maintenant à ses côtés. « Un petit juge », dira-t-il.

Avec sa lucidité, son exigeant besoin de vérité, Clara gêne les envolées de Malraux. Il a besoin de pailleter la vie, d'en exalter les forces et les possibilités. C'est un romancier dans l'âme qui puise sa vérité dans la fiction. Or, Clara voudrait le ramener à la vérité des choses vues. Lui trouve le réel irréel et le rêve bien plus révélateur. Elle appelle « mythomanie » des libertés qui ne sont qu'une autre approche de la vérité − vérité supérieure, débarrassée des contingences et des apparences, et confrontée à sa propre lumière. Elle est viscéralement étrangère à son besoin de vivre dans la légende.

Et elle le lui dit. Elle le lui dit même devant des témoins étonnés par sa virulence.

Quand Malraux s'éloigne un tant soit peu du constat de la réalité − ou de ce qui est pour elle réalité −, quand sa verve de romancier l'entraîne sur des pentes inconnues d'elle et qu'elle trouve trop romancées, elle intervient pour corriger son discours. Elle veut le ramener sur terre. Par là, elle le limite. Elle jette devant lui des balises, à seule fin d'interrompre ou de briser son délire. C'est d'autant plus curieux qu'elle comprend parfaitement son besoin compulsif de créer un monde, de même que le processus qui conduit à la création littéraire. Mais l'élaboration de la fiction romanesque la dérange chez Malraux, en vient même à l'exaspérer, surtout quand elle remet sa propre existence en question. Ou le souvenir de leurs expériences en commun. « J'en crevais », dit-elle.

Elle ne le reconnaîtra que beaucoup plus tard – trop tard. « Le réel fut longtemps pour lui inemployable artistiquement, semblait lui ôter toute possibilité d'adhésion ; il ne pouvait l'accepter que transformé – ressemblant à un gigantesque jouet, un de ces jouets dont, peut-être, fut privée son enfance[1]. »

De la réalité à la fiction, et vice versa : pour Malraux la frontière est perméable. Il y a de l'une à l'autre de forts courants d'interpénétration. Pas pour Clara, qui le harcèle tant qu'elle peut pour qu'il cesse de dépasser les bornes de la crédibilité. Elle combat au quotidien sa tendance aux mensonges romanesques.

L'agacement entre eux devient réciproque, tandis que se développe chez l'un comme chez l'autre le sentiment que l'un est un frein pour l'autre. Une exaspérante limite.

Leur vieille complicité les soude encore. Mais leur entente bat de l'aile.

Tours du monde

Seuls les voyages leur permettent de reformer le beau duo d'autrefois. Ils se retrouvent spontanément,

---

1. Clara Malraux, *Le Bruit de nos pas*, *op. cit.*, tome IV, *Voici que vient l'été*, p. 54.

dans les trains et les paquebots qui les emmènent loin de chez eux, ensemble. Ces années-là, Gaston Gallimard finance les déplacements de son directeur artistique vers tous les points du monde dont il peut rapporter une expérience, un enrichissement personnel, mais surtout des idées : pour les diverses collections qu'il anime et pour les livres d'art de la maison. C'est le mécène indispensable d'un couple qui n'a jamais tenu en place. Les Malraux n'aiment rien tant que franchir les frontières et partir à l'aventure. Aujourd'hui comme hier.

Clara est une voyageuse intrépide. Toujours prête à partir, la valise lestement bouclée, elle s'adapte à toutes les conditions : aux climats rudes, aux hôtels miteux, aux nourritures exotiques et même à l'absence de nourriture. Elle affronte les transports, qui peuvent aller de la cabine de luxe au wagon de troisième classe, et les aléas de tout voyageur en pays étranger – obtention de visas, difficultés du dialogue dans des langues qu'on ne connaît pas ou change des monnaies – avec ravissement. Le moindre voyage lui rend aussitôt l'optimisme et la bonne humeur. Elle aime le départ, le dépaysement, l'aventure.

A l'étranger, elle n'a peur de rien : la police, les brigands, les chauffeurs de cars qui tiennent le frein à main avec une ficelle ou les pilotes d'avions libellules qui planent parce qu'ils n'ont plus d'essence, elle traverse les pays les plus dangereux avec l'enthousiasme d'une Alexandra David-Neel qui n'aurait pas perdu son mari. La présence d'André à ses côtés lui donne confiance.

Loin de Pontigny et de la rue Sébastien Bottin, ils redeviennent des vagabonds heureux : peu d'argent en poche mais des rêves plein la tête. André voyage avec un pistolet dans sa vareuse, Clara se retrouve toujours la seule femme européenne dans les rues, dans les gares. Ils n'organisent rien à l'avance, quand ils partent ils n'ont ni réservation d'hôtel ni billets de retour. Ils comptent sur le hasard des rencontres et peuvent changer de route, au gré des vents. Les monuments, mais aussi les bazars, les tavernes, ils veulent tout voir, sans s'attarder pour autant. Voyages au pas de charge, semblables à une course contre la montre. A peine arrivés dans une ville, ils repartent déjà : une autre destination les appelle. Le mouvement est peut-être ce qu'ils préfèrent dans ces itinéraires improvisés, où Clara est parfaitement à l'aise et sert le plus souvent d'interprète, tantôt en anglais et tantôt en allemand, dans les pays aux langues les plus hermétiques. Au passage, les Malraux achètent des souvenirs : objets d'art, choisis avec gourmandise même s'ils ne sont pas toujours de grande valeur. Au bout de quelques semaines, quoiqu'ils ne manquent pas de s'arrêter dans les consulats de France pour y recevoir hospitalité et recommandations, ils ont tous deux l'air maigre et hâve des mendiants qu'ils croisent en chemin. Ils ne portent pas les vêtements qui siéent à des voyageurs prévoyants : sur les contreforts de l'Himalaya, Clara va grelotter en robe d'été sous un imperméable trop léger. Et ses bras nus, dans les pays musulmans, ne sont pas plus adaptés à la culture qu'au climat.

Trois longs voyages en trois ans – le dernier durera une année entière – vont leur permettre de retrouver l'atmosphère de leurs vingt ans. En 1929, ils embarquent sur un cargo, à Marseille – ils n'ont pas les moyens d'une croisière en paquebot. Pas d'autres passagers qu'eux, « la lenteur d'une promenade à cheval », dira Clara, surtout l'oisiveté propice à la rêverie, coupée d'escales enchanteresses : Naples, Trébizonde, Constantinople. Enfin, Batoumi, sur la mer Noire, la capitale de l'Adjarie. La vieille Russie leur ouvre les bras, comme s'ils débarquaient tout à coup non dans la patrie de Staline, mais dans un roman de Dostoïevski ou de Gogol. Ils passent une nuit entière dans les relents de tabac noir d'une taverne et se réchauffent à la vodka. Ils gagnent ensuite Bakou. La mer Caspienne est verte, la capitale de l'Azerbaïdjan, agitée et besogneuse. Voyage par train, en « wagon dur », c'est-à-dire en troisième classe, où ils peuvent s'étendre sur les banquettes de bois et récupérer le sommeil perdu – du coup, ils ratent la vision du Caucase, pourtant sur les cartes, mais dont Clara affirme avec beaucoup d'autorité, mais en riant quand même, que « puisqu'ils ne l'avaient pas vu, c'est qu'il n'existait pas ». Escale à Tiflis (Tbilissi), autour d'un copieux *chachlik*. Le consul, très surpris qu'ils aient traversé seuls, sans guide, le sud de la Russie, essaie de leur recommander la prudence. Ils sont vite repartis.

Dès le lendemain, un petit bateau les emporte vers l'Iran. Clara dira toujours « la Perse ». A bord, ils rencontrent l'ambassadeur d'Allemagne à Téhéran, Friedrich Werner von der Schulenburg, qui dans quelques années devenu ambassadeur en URSS assistera Joachim von Ribbentrop, alors ministre des Affaires étrangères, lors de la signature du pacte germano-soviétique. Il sera pendu à Berlin, en 1944, pour haute trahison après l'échec du complot contre Hitler. Clara, qui s'entretient avec lui en allemand, reconnaît son accent prussien et lui révèle qu'elle est elle-même originaire de Magdebourg mais, se souvenant de sa confrontation d'enfant avec l'antisémitisme allemand, elle se garde bien de lui faire part de ses racines juives.

A Bender Pahlevi, ils louent une voiture et un chauffeur – Malraux ne conduit pas. Chaleur torride. Femmes voilées. Thé servi sucré, presque laiteux : le *tchaï*. Pistaches et melons. Colliers de perles bleues au cou des chevaux. Sur les routes poussiéreuses, la Perse découvre ses merveilles aux voyageurs éblouis. Clara le restera toute sa vie.

« Que je t'ai aimée, Perse de la réalité et du souvenir ! Autant qu'un être humain. Je t'ai aimée dès le premier regard posé sur tes hauteurs, je t'ai aimée pour le ruban vert de tes vallées, pour ta pureté toscane, pour ta rigueur et pour ta grâce, pour ton ciel de pierre bleue[1]. » Ils traversent des villages, découvrent des jardins luxuriants, visitent des bazars qui leur semblent regorger des trésors des Mille et Une Nuits. A Ispahan, il y a des platanes et des grenadiers et, au milieu des ruines, près du tombeau de Darius, où qu'ils soient, toujours quelqu'un qui parle français.

En 1930, ils reviennent en Perse, qui les a tous deux tellement marqués, par la Turquie cette fois.

En 1931, ils se rendent de Russie en Afghanistan. Très long et hasardeux périple en train, d'abord, de Tachkent à Samarcande dont Timour fit sa capitale et où ils admirent au passage les magnifiques sépulcres du XIVe siècle, avec une escale à Douchanbé. Survol en avionnette du fleuve Amou Daria, « semblable à un yatagan qui séparerait deux mondes ». Une nuit à Termès, ville de garnison soviétique sur la frontière, en zone interdite. On les y accueille pourtant. Ils passent une nuit au mess des officiers. Nouvelle avionnette pour un survol de « stalagmites sablonneux » : la

---

1. Clara Malraux, *Le Bruit de nos pas*, *op. cit.*, tome IV, p. 112.

chaîne de l'Hindu Kush. Dans le coucou qui les transporte, un jeune Afghan vomit tripes et boyaux, tandis que Clara, à ses côtés, attend passivement le crash. Les trous d'air sont énormes. Malraux, impassible, n'a pas le mal des transports. Clara, fataliste : « Nous aurons les montagnes, historiques et terribles, comme cimetière. » Alexandre le Grand est passé par là.

A Kaboul, les femmes qui ne voient le monde qu'à travers leur voile restent pour elle l'image la plus frappante et désespérante. Au bazar, des Afridis, géants des montagnes, réputés pour leurs mœurs cruelles, qui descendent au marché une fois par semaine, regardent avec hostilité ce couple d'Européens, dont la femme, visage nu, bras nus, est un scandale d'impudeur. Malraux les fait échapper à temps à la violence promise, en entraînant Clara au pas de charge vers la sortie.

A Ghazni, avec le consul de France : repas officiel chez un notable, selon la tradition d'hospitalité afghane. Dix-sept plats de riz, préparés de dix-sept façons différentes.

A Djellalabad, la nuit entière retentit des chants des Afridis.

Ils franchissent la passe de Khyber vers l'Inde. Puis c'est Peshawar, le Cachemire. Cette fois, ils voient le Caucase. En deux jours de voiture, sur des routes qui n'en sont pas, bringuebalés dans une vieille Ford conduite par leur chauffeur Mahmoud, ils atteignent Srinagar, au bord d'un lac de montagne qui leur évoque la Suisse. Ils y louent un *house-boat*, une sorte d'hôtel flottant où il fait bon ne rien faire en regardant les eaux transparentes. C'est là que deux hommes enturbannés, attirés par le chaland, viennent leur proposer des têtes gréco-bouddhiques – antiquités très prisées du pays. Les Anglais qui gouvernent l'Afghanistan en ont interdit tout commerce.

Les voilà replongés dans l'aventure de Banteay Srei : leur expédition exotique prend des allures de chasse au trésor. Les deux Afghans, qui ont déterré des têtes mais se sont gardés de les remettre aux autorités, comme la loi les y oblige, possèdent un butin chez eux, à une centaine de kilomètres de là, à Rawalpindi. Ils proposent de leur vendre quelques pièces.

Pas d'hésitation : comme si le procès de Phnom Penh ne leur avait pas suffi, les Malraux partent aussitôt. A cause de l'état des routes, c'est une expédition presque aussi rude que leur marche à cheval dans la jungle indochinoise. Mais le climat est sec, le ciel toujours visible au-dessus des montagnes. La Ford, hélas, rend l'âme avant l'arrivée au but : ils atteindront Rawalpindi tractés par deux buffles attelés à leur voiture ! Exactement comme les statues khmères, jadis, hissées sur les chars à bœufs. L'affaire se conclut cette fois dans une cave pareille à une grotte d'Ali Baba, où dorment des têtes blanches, admirables par leur air rêveur, leurs chevelures bouclées et leur sourire énigmatique. Ils choisissent ce qu'ils pensent être le meilleur, trouvant à chaque figure une ressemblance avec des visages de leur propre culture – l'Ange de Reims ou Saint Louis. Par chance, grâce à un coup de téléphone qui tient à l'époque du miracle, ils ont de l'argent : un mandat de Gaston Gallimard leur est parvenu à temps pour leur permettre d'acheter ce butin interdit. Dès leur retour à Paris, ils comptent organiser une exposition.

Prudents cette fois, pour éviter les ennuis avec la police, ils ne passeront pas la frontière avec le précieux butin. Sont-ils trop naïfs ? La question les a tout de même effleurés. Sans trop hésiter, ils décident de faire confiance à leurs marchands : les deux hommes ont promis de leur expédier les sculptures en France, via Bombay, où l'un d'entre eux a un cousin ou un vague parent douanier.

Ils reprennent donc leur route, par Chandigarh – province du Pendjab. Ils sont tous les deux également confiants dans leur seconde aventure archéologique, qui peut leur apparaître comme une revanche sur le mauvais sort.

Voici l'Inde, où cette fois Malraux se montre le plus conquis des deux. Il éprouve pour cet immense pays, à la culture encore mal connue en Occident, le même coup de foudre que celui de Clara pour la Perse éternelle. Il en aime aussitôt l'art et les couleurs, les vaches sacrées et les déesses nues, les fleuves vastes comme la mer et la tache safran des robes des moines sur des paysages immobiles. Il élabore au cours de ces voyages sa philosophie de l'art : les cultures les plus diverses, les plus étrangères en apparence, s'entremêlent et s'influencent par de mystérieux réseaux.

Ils traversent la Birmanie, où la pagode de Shwedagon les émerveille, retrouvent Hong-Kong où ils ont naguère – dans une autre vie ! – négocié des caractères d'imprimerie, et entrent enfin en Chine : pour la première fois. A Shanghai, puis à Canton où se déroulent *Les Conquérants* – ils y passeront cinq jours –, Clara, rigoleuse, provoque André Malraux, qui a si bien décrit la ville avant d'y avoir jamais mis les pieds, si bien raconté la révolution qu'il n'a pas vécue et laissé croire qu'il était un membre actif du Guomindang, sur lequel à l'époque Monin et les Chinois de Cholon lui avaient simplement apporté des informations. « Est-ce ainsi que vous avez fait ceci, est-ce ici que vous avez fait cela ? » Elle le titille en vain. Lui a déjà le projet d'écrire *La Condition humaine* – le quatrième de ses grands textes asiatiques.

Clara gardera la nostalgie des gens et des paysages. « J'ai connu une Chine de porteurs d'eau et de porteurs de théières enrobées dans des paniers ouatinés, personnages qui semblaient les répliques de ceux que je voyais en Perse, équipés, pour passer une journée au bord d'un ruisseau, d'un pot de géranium et d'une pipe d'opium. »

Ils passent de l'autre côté de la Grande Muraille, découvrent les plaines de Mongolie au moment où éclate la guerre sino-japonaise.

Les voici en Corée. Puis, au Japon : Tokyo, Kyoto, Nara et le Fuji Yama. Toute une année se sera écoulée jusqu'au retour par Vancouver, Chicago puis New York, qui est alors frappée de plein fouet par la crise de 1929, la ville de la récession. Ils y sont aussi pauvres qu'une grande partie de la population. Un nouveau mandat de Gaston Gallimard, providentiel, et les habituelles recommandations du consul de France leur ouvrent pour un temps les portes de la jet-set. « Mieux valait rentrer », dira Clara. Trop de gens riches, de snobs pour elle à l'horizon. Bizarrement, elle ne note dans ses Mémoires aucune rencontre avec des écrivains américains.

C'est à bord du *La Fayette* qu'ils vont regagner Le Havre. Ils y font la connaissance de René Guetta, dit Toto, un Juif séfarade, qui appelle aussitôt Clara « mon amour » et qui inspirera bientôt à Malraux le personnage de Clappique, dans *La Condition humaine*. Aucune rencontre, aucun paysage ne sont jamais perdus.

Le retour à Paris, rue du Bac, ramène son lot de déceptions. La vie quotidienne reprend avec son insupportable routine et la vacuité de ses jours. Clara retrouve sa mauvaise humeur, comme si celle-ci était désormais inséparable de l'air parisien. A Rawalpindi, André lui a promis qu'elle serait chargée d'organiser personnellement l'exposition des têtes gréco-bouddhiques, qui doit avoir lieu rue Sébastien Bottin, dans une salle réservée par Gaston Gallimard à leur intention. Les têtes sont parvenues sans encombre, via Bombay, à destination. Elles ont été déclarées « objets archéologiques antérieurs au XIIIe siècle », ce qui leur a permis d'échapper aux droits de douane. Mais à peine sont-elles déballées que Clara s'en voit dépossédée. Malraux va s'occuper lui-même de l'exposition avec une secrétaire, dévolue à la publicité et à l'envoi des invitations, et confiera la préface du catalogue à un grand spécialiste, Strygowski. Inutile de chercher à rivaliser. Exit donc Clara – sauf pour traduire en français les paroles et les analyses de ce grand savant qui ne parle qu'allemand.

C'est pour elle une déception. D'autant que Malraux, devant leurs amis, n'évoque jamais son rôle auprès de lui, ne la remercie de rien, agit en fait comme si elle n'avait tout simplement pas été là. Le même scénario qu'au retour d'Indochine se reproduit : Malraux nie son action et même sa présence. Durant le voyage, il partage les risques et les bonheurs. Mais à peine rentré, il se produit dans le monde (et dans ses écrits) comme s'il avait été seul, sans compagnie ni escorte. Sans Clara. Elle le racontera dans ses Mémoires. Elle le racontera même dans un roman futur – *Par de si longs chemins* – qui sera une transposition de cette nouvelle expérience malheureuse. Mais, pour elle, l'heure d'écrire n'étant pas encore venue, elle se contente de souffrir de ce qu'elle appelle « une trahison ».

Elle boude, elle râle, elle fait la tête. Ce qui est pour lui exaspérant. Même les amis s'aperçoivent de la tension qui règne entre eux. Alors Clara reprend la parole, essaie de se mettre en valeur, raconte des péripéties du voyage, avec un petit air d'ironie pour tout ce qui concerne son mari. La rancune l'habite désormais, elle ne peut plus s'en défaire. Lui, visiblement agacé, la laisse parler, parler, sans l'interrompre, mais il finit par se détourner et par s'en aller. Ou, s'il reste, il est chez lui de plus en plus sombre.

Louise, l'ensorceleuse

Une haute et mince silhouette. Une allure incomparable de goélette : aérienne, légère, bien qu'elle boite franchement. Ce qui serait chez d'autres femmes un défaut – coxalgie de la hanche – ajoute à son caractère, comme si rien ne pouvait altérer chez elle une élégance aussi naturelle que la respiration. Yeux violets, teint camélia : cette belle personne au nez fin, au sourire délicat et framboisé, n'a jamais laissé aucun homme indifférent. Malraux lui-même, lorsqu'il la rencontre à l'automne 1932, chez sa cousine Yvonne de Lestrange[1], tombe aussitôt sous son charme.

Louise a trente ans depuis le mois d'avril – quatre ans de moins que Clara et à peu près l'âge de Malraux. Elle n'a encore rien fait dans la vie, sinon trois filles

---

1. Françoise Wagener, *Louise de Vilmorin. « Je suis née inconsolable »*, Albin Michel, 2008.

en trois ans avec un mari américain dont elle porte le nom. Mrs Leigh-Hunt, c'est ainsi que sa cousine la présente, est l'épouse du secrétaire général de la Ligue internationale des Croix-Rouge, actuellement en poste à Paris. Henry Leigh-Hunt – attention, respectez le trait d'union – descend du fameux Leigh Hunt, ami de Lord Byron et il est lui-même un héros militaire, décoré de la croix de guerre. Tout est très chic autour de Louise. Et très romanesque – nul n'ignore que son mari a été amoureux de sa mère avant de demander sa main, à Saint-Jean-de-Luz, où elle passe souvent ses vacances. La vie a d'ailleurs près d'elle un air de vacances. C'est pourtant sans son mari qu'elle est venue à ce dîner, accompagnée de son frère, André de Vilmorin, qui est un des quatre garçons de la tribu et sans nul doute son préféré, bien qu'elle aime tous ses frères à la folie.

D'une famille ancienne, qui a pignon sur rue – les Vilmorin, qui se succèdent depuis des lustres à la présidence de l'Académie d'agriculture, sont grainiers et grainetiers de père en fils –, Louise tire son aisance, ses belles manières et son art de la conversation. Malraux va vite prendre conscience de la qualité et de la vivacité de sa compagnie : la belle est une spirituelle. Chacun de ses mots est un mot d'esprit. Pas pédante pour autant, rien d'un bas-bleu. Amusante, pétillante, elle est champagne, comme on dit dans sa famille, pour désigner la séduction suprême – toujours effervescente.

Autant Clara se montre moderne, résolument contemporaine, autant Louise garde une aura du XVIIIe siècle : un parfum d'Ancien Régime. Non qu'elle paraisse démodée : comment le serait-elle habillée par Lanvin ? Elle paraît très libre au contraire, très affranchie de mœurs pour une jeune mère de famille. Elle a

« *Mon amour ne sera jamais un repos...* »

des accents gouailleurs, quelquefois même parigots, qui font sourire son voisin de table. Mais toute sa personne se souvient qu'elle est une aristocrate, de bel et haut lignage. Malraux ne va pas tarder à apprendre que les Vilmorin comptent Jeanne d'Arc parmi leurs ancêtres ! Ni Clara ni lui, qui ont plutôt l'habitude de fréquenter des intellectuels, des artistes ou des journalistes, n'ont encore baigné dans ce genre de société. Autour de Louise, chez sa cousine Lestrange, l'atmosphère est proustienne : très faubourg Saint-Germain. L'hôtel des Lestrange, au 9 quai Malaquais, à l'angle de la rue Bonaparte, n'aurait pas déparé dans *La Recherche du temps perdu*. On pourrait sans s'étonner y voir apparaître le prince de Guermantes ou Mme de Sainte-Euverte.

La vicomtesse de Lestrange, duchesse de Trévise par un de ses autres titres, tient salon et même salon littéraire : très liée à André Gide et à son jeune protégé, Marc Allégret, dont elle aura plus tard un enfant, elle se pique de littérature. On est sûr de rencontrer chez elle des écrivains de la *NRF* et c'est à ce titre que Malraux, l'une des nouvelles têtes de la maison, a été invité. Antoine de Saint-Exupéry, cousin des Lestrange et d'ailleurs aussi de Louise à laquelle il a été fiancé, est un des hôtes les plus fidèles de ce salon réputé. On ne sait s'il fut présent ce soir-là, mais Louise, comme tous ses amis, l'appelle « Tonio » – signe de leur intimité. Saint-Ex vient de publier *Vol de nuit*, son deuxième roman, que Gide a préfacé.

Pour Malraux, immergé soudain dans un bouillonnement mondain, qui peut lui sembler à des années-lumière de l'atmosphère bohème et intello de la rue du Bac, Louise se révèle avant tout divertissante. Son babil, léger sans être frivole, montre une étonnante maîtrise du langage, un goût prononcé pour les mots, toujours bien choisis, pour les formules, jamais banales. Elle sait aussi écouter, quand elle le veut bien, et montre à son égard une déférence qui ne peut que le flatter. C'est qu'elle est impressionnée par sa prestance autant que par sa réputation et son intelligence : décidément Gaston Gallimard, qui a été un des soupirants de Louise, l'est peut-être encore, a du flair pour s'entourer des meilleurs collaborateurs. Le nouveau directeur artistique de Gallimard, de l'avis général, est à la fois très beau avec sa haute stature et son regard de braise, très élégant, presque un dandy, et surtout, paré de sa légende indochinoise, très mystérieux aux yeux de Louise : mi-brigand, mi-héros révolutionnaire. De quoi la faire rêver à cette table dont tous les autres hôtes, à l'exception de Saint-Ex auquel la lient toujours de tendres sentiments, ne peuvent lui paraître que banals.

Malraux, à ce dîner, semble être descendu des hauteurs où il se tient habituellement pour s'intéresser sincèrement à Louise – Loulou pour ses intimes. La preuve : au lieu de parler, c'est lui, l'orateur intarissable, qui écoute la jeune femme lui raconter son existence entre Paris et l'Ouest américain où est établie la famille de son mari. Du côté de la Californie et du Nevada. Elle peut lui décrire Las Vegas, San Francisco, Santa Fe, non pas du tout comme un guide touristique, de manière convenue, mais à travers des anecdotes personnelles, des détails impromptus et savoureux. Il déguste son récit. Et tout à coup, ce qui montre qu'il est capable non seulement de tomber sous le charme d'une belle personne, mais de s'intéresser à autrui, Malraux, inspiré par tant de brio et de fantaisie, dit : « Et si vous écriviez un roman ? »

Est-ce un réflexe d'éditeur qui vient de prendre ses fonctions, impatient de trouver de nouveaux auteurs pour sa maison ? Une réaction somme toute assez banale d'homme qui cherche à plaire et se dit qu'avec une telle proposition il va forcément intéresser sa belle voisine ? Ou l'intuition d'un écrivain qui a flairé un autre écrivain ?

Cette phrase, quelles qu'en soient les raisons, est dictée par une formidable inspiration. Louise en est saisie de stupeur. L'idée d'écrire ne l'a encore jamais effleurée ! Bien sûr, elle a le don des mots, des images et des reparties. Mais c'est un don familial qu'elle partage avec ses frères et sa sœur Mapie. Tous les Vilmorin ont de l'esprit ; et tous ont le goût des formules joyeuses qui donnent à la vie la saveur d'un vin de champagne. De là à écrire un roman… L'idée va pourtant germer très vite en elle, comme un quatrième enfant – ce fils qu'elle n'a pas eu, dont elle est même allée avorter récemment dans une clinique en Suisse, avec l'accord et le soutien affectueux de son mari, il va se réincarner en livre. Après une grossesse prolongée et douloureuse – Louise aura toujours du mal à écrire, elle souffrira sang et eau devant ses pages blanches –, encouragée par les meilleurs professeurs en la matière – Malraux en tête, mais aussi Paulhan et Drieu La Rochelle –, elle accouchera deux ans plus tard d'un premier roman, baptisé *Sainte-Unefois*. Il sera suivi, comme on sait, d'une ribambelle.

Après ce dîner qui fut une rencontre et une intronisation, Malraux et Louise se revoient. Ils se retrouvent à des déjeuners littéraires, à des cocktails, ici ou là, dans les lieux parisiens où se mêlent mondanités, politique et littérature. Notamment chez les Malraux eux-mêmes, rue du Bac, où Clara est une hôtesse si peu conventionnelle. Rien des manières d'une Louise ou d'une Yvonne de Lestrange. Beaucoup de chaleur cependant autour d'elle, mais un esprit antibourgeois, antisnob et même antibonnes manières. Rien à manger, presque rien à boire, pas de fauteuils pour s'asseoir, un décor de bric et de broc dont les livres et les statues gréco-bouddhiques sont le seul ornement. La maîtresse de maison, petite et mal fagotée, accueille des amis – pas des relations. Son intelligence, c'est un fait, irradie. L'esprit n'est pas un monopole Vilmorin. Celui de Clara, Louise peut vite s'en rendre compte, est loin d'être en reste, mais d'un autre genre que le sien : caustique, railleur, plus charpenté aussi sur le plan intellectuel. C'est en tout cas un esprit cosmopolite, qui prend élan sur une culture vaste et généreuse. Quel dommage de ne pas avoir enregistré un dialogue ou l'esquisse d'un dialogue entre ces deux femmes, que tout oppose mais qui étaient l'une et l'autre, à leur façon, si brillantes et si affûtées.

Curieusement, Clara ne prend pas ombrage de cette nouvelle conquête – car elle n'ignore pas qu'il s'agit bien d'une conquête, que Malraux est tombé sous le charme de cette Mrs Leigh-Hunt, aussi mondaine qu'elle l'est peu, avec ses robes de Lanvin et ses fourrures blanches. Elle reconnaît sans aucune jalousie, semble-t-il, dans ses Mémoires, « n'avoir jamais imaginé grâce plus totale ». Elle dira même, le temps ayant passé, qu'elle fut « amoureuse de tant de légèreté élégante ». C'est un vibrant hommage. Mais Louise est pour elle une créature d'un autre monde : légère en effet, policée, ultra-sophistiquée, très enfant gâtée par le style, et elle n'est pas loin de la juger superficielle. Comment Clara devinerait-elle que cette mondaine, cette enfant gâtée cachent un authentique écrivain ?

Un écrivain que son mari a su détecter à son insu. Comment pourrait-elle se douter, alors qu'André est si difficile dans ce domaine, qu'il vient d'ouvrir tout grand à Louise la porte dont il lui conteste l'accès : celle qui conduit à ce territoire réservé, dont elle rêve depuis qu'elle est petite, le territoire de la littérature. Louise y aurait droit ? Et pas elle, alors qu'elle écrit depuis longtemps, qu'elle a fait ses gammes dans la traduction et le journalisme, et qu'elle tient – il est vrai sans qu'il le sache – sous la forme de ce *Livre de comptes*, son *diary* au quotidien ?

André aurait-il entendu en Louise une musique qu'il n'entend pas en elle ? Injustice du sort. Alors qu'il la détourne d'écrire, il vient de donner à une oiselle la force et le courage de se lancer. Alors qu'il casse chez elle l'élan et la confiance, il les offre à une autre, qui n'a pourtant encore rien écrit, ni la moindre ligne, ni le moindre vers. Il se veut le Pygmalion de Louise, quand il ne sait que détruire en elle, sa propre épouse, l'étincelle du désir d'écrire. L'amour serait-il seul responsable de ce scandale ? Ou Malraux a-t-il vraiment eu le sentiment d'avoir en face de lui, à cause de sa manière si particulière de raconter ses petites histoires, une romancière en herbe, dont il a su percevoir le talent avant quiconque ? Il vient en tout cas de reconnaître à Louise un statut qu'il refuse à Clara – ce statut d'écrivain auquel elle aspire de toute son âme et qui se dérobe dès qu'elle tente une approche.

Clara, c'est une chance, n'a pas entendu la confidence de Louise, plus tard, à propos de Malraux : « Je lui dois tout, c'est le premier homme qui m'ait fait confiance. »

Il en aurait même rajouté, lui déclarant dans un taxi G7 qui les transportait ensemble, en descendant les

Champs-Elysées : « Beaucoup de gens écrivent, mais il y a peu d'écrivains. Si vous travaillez, un jour vous serez un écrivain. »

Compliment suprême. Reconnaissance d'un écrivain par un de ses pairs : jamais Clara n'a entendu ni n'entendra Malraux la traiter ainsi.

Entre l'automne 1932 et l'été 1933, revenue vivre en famille aux Etats-Unis, Louise tient sa promesse et écrit son roman. C'est l'histoire de Grâce de Sainte-Unefois qui a abandonné le comte Silvio, qui l'aime, pour vivre une passion malheureuse avec son cousin Milrid, qui ne l'aime pas. Ou du moins la fuit – il a peur d'elle et la qualifie de « dangereuse ». « Elle vous donne tort quand on l'aime, dit aussi le comte Silvio. Elle vaut moins que son apparence. »

On entend Loulou à travers les mots enchantés de Grâce : « Les gens ont des ficelles et une mission sur terre ; moi, je suis sans emploi. » Ou encore, ce qui prouve sa lucidité : « Je ne suis pas cruelle, j'aime plaire à tort et à travers. »

Délicieux roman, de ce ton désabusé des gens que la vie a trop gâtés et qui pleurent parce qu'un dernier caprice leur est refusé. Il lui aura demandé beaucoup d'efforts, beaucoup de sacrifices. Louise s'est enfermée trois mois chez ses beaux-parents, à Las Vegas, dans leur ranch de Desert Lodge, le bien nommé – personne à voir, personne à fréquenter. Et elle a écrit chaque jour, péniblement, des pages qu'elle lit à ce couple d'Américains vieillissants, tout étonnés d'avoir une pareille belle-fille.

Sa narration progresse. Elle en tient informés ses frères, tout particulièrement André de Vilmorin, qui nourrit pour elle la plus grande admiration et sait lui rendre son courage quand elle le perd. A peine a-t-elle fini de taper quelques paragraphes à la machine qu'elle les envoie aussitôt à l'un de ses amis – et soupirants –, à New York. Celui-ci, Raoul Roussy de Sales, qu'elle a connu à l'adolescence, parmi le groupe d'amis de ses frères, les fait mettre au propre par sa secrétaire – laquelle corrige au passage les fautes d'orthographe de Louise, aussi innombrables qu'extravagantes. Elle n'est presque pas allée à l'école ! Son talent jaillit : spontané, absolument naturel.

Evidemment, elle écrit aussi à Malraux pour qu'il n'ignore rien de ses efforts. Elle lui envoie même des chapitres ou des morceaux de chapitres, afin qu'il exprime lui aussi son avis ou qu'il corrige son récit. Avec une patience d'éditeur devant un manuscrit de poids, celui-ci prend le temps de suivre la narration, pour ainsi dire pas à pas. Feuillet après feuillet. Il les donne même à lire autour de lui : Gide et Drieu participent à l'accouchement littéraire de Louise. A la *NRF*, elle a les meilleurs chirurgiens. Chacun y va de son conseil, de son encouragement. Enfin, *Sainte-Unefois* prend forme, dans les spasmes et la douleur.

Louise : « Il y a des jours où je flotte comme une malheureuse. »

Elle tâche de se remonter le moral avec cette phrase de Malraux : « Il ne faut pas croire que ça puisse être bien du premier coup. »

Mais avec *Sainte-Unefois*, elle aura beaucoup tâtonné. D'autant qu'au mois de mai 1933, avec une lettre de Malraux lui parvient un cadeau inattendu qui a de quoi la faire rougir de confusion : un exemplaire de *La Condition humaine*, le dernier roman de l'écrivain. Louise a trop avancé dans son travail pour se laisser décourager par la comparaison avec un livre aussi fort et démesurément différent de son entreprise littéraire. Flattée que Malraux ait songé à lui envoyer son roman, « Je n'en crois pas mes yeux », écrit-elle à son frère André.

Un mois plus tard, elle est de retour à Paris, son manuscrit sous le bras, encore inachevé. Elle retrouve son mari, dans un nouvel appartement qu'il a loué pour mieux l'y accueillir avec leurs filles, au 15 avenue de la Bourdonnais, près du Champ-de-Mars. Mais la vie domestique l'ennuie désormais. Elle ne songe qu'à son livre et aux échos qui lui parviennent de sa future maison d'édition, où de Malraux à Drieu en passant par Gide et Paulhan – excusez du peu ! –, chacun s'accorde à le trouver le mieux possible. Malraux se dit « très content ».

A la mi-août 1933, Louise et André deviennent des amants. On le sait par les lettres de Louise : ils se retrouvent à l'hôtel du Pont Royal et au Montalembert, qui ont l'avantage d'être situés tout près de chez Gallimard et où Malraux, semble-t-il, a déjà ses habitudes. Louise évoque la pénombre de la chambre, le veston sur le dossier de la chaise, la cravate dénouée, sa blouse en satin blanc qui se fermait dans le dos, les draps frais et le champagne qu'on fait monter. D'après ses biographes qui se réfèrent aux témoignages de ses maris et de ses amants, Louise qui n'en est pas à sa première aventure – loin s'en faut – n'est pas une femme sensuelle. Les plaisirs du lit, elle les affronte sans hésiter, comme un passage obligé et parce que cela plaît aux hommes mais, de sa propre bouche, « ça (la) barbait plutôt[1] ». Sentimentale, de corps froid mais de cœur chaud, elle aime avant tout conquérir. Et dans ce

---

1. Françoise Wagener, *op. cit.*

domaine, c'est une championne insurpassable : peu d'hommes qu'elle ait décidé de séduire lui ont résisté. Le sexe, dont Clara tout au contraire, sans se cacher, reconnaît les attraits, n'est pour elle qu'un moyen, peu agréable, pour arriver à ses fins. « Ce qui compte, c'est le sentiment, dira-t-elle à un de ses neveux. Le reste n'est pas grand-chose. Et puis, tu sais, ajoute-t-elle crûment, l'homme armé c'est vraiment très laid ! »

Liaison éphémère. Liaison cependant fervente. Elle va durer trois mois, jusqu'à l'automne 1933. Elle aurait pu durer plus longtemps si Consuelo de Saint-Exupéry, l'épouse de l'aviateur, une Sud-Américaine passionnée et jalouse, n'avait voulu se venger de son ancienne rivale – une rivale pour laquelle son mari éprouve toujours de la tendresse, peut-être même encore de l'amour. Elle vient trouver Malraux et lui révèle que Louise le trompe avec un journaliste allemand, correspondant du *Frankfurter Zeitung* à Paris où il vient de faire sensation avec un ouvrage publié en 1930 chez Grasset, accompagné d'une lettre élogieuse de Bernard Grasset : *Dieu est-il français*[1] *?* Le personnage central en est Jeanne d'Arc autour de laquelle Sieburg construit sa vision d'un nationalisme mystique. Louise ne peut pas s'empêcher de séduire. Pour l'écrivain Jean Chalon, qui fut l'un de ses grands admirateurs et l'un de ses intimes, « Louise, c'était une machine à plaire[2] ». Friedrich Sieburg n'est pour elle qu'une passade : une conquête de plus. Malraux, furieux, décide de rompre.

---

1. Friedrich Sieburg, *Dieu est-il français ?*, traduit par Maurice Betz, Cahiers rouges, 1999.
2. Jean Chalon, *Florence et Louise les Magnifiques*, Editions du Rocher, 1987.

Clara le trompe ici ou là. Il ne l'a jamais bien supporté. Tout juste toléré. Mais il n'entend pas revivre le même scénario avec une autre femme : exclusif en amour, plutôt jaloux, il est exaspéré par l'infidélité. Que Sieburg soit déjà pro-hitlérien – 1933, année de tous les dangers –, qu'il s'apprête à devenir nazi n'a peut-être pas tant compté dans sa décision de quitter Louise que son dégoût pour la trahison de sa maîtresse.

Leur rupture est consommée au jour du prix Goncourt, qui consacre à l'automne l'auteur de *La Condition humaine*. L'ensorceleuse, déboutée, n'assiste pas à ce jour de gloire – pas plus que l'épouse légitime, occupée ailleurs.

Clara peut se sentir soulagée. La brève liaison de son mari, croit-elle, n'aura pas de lendemain. D'autant que les liaisons d'André jusque-là n'ont pas duré. Dans leur couple, c'est plutôt elle, l'infidèle. Elle qui tient à jouer de sa liberté et à en profiter. Son absence, le jour du prix Goncourt, s'explique par une aventure vécue en parallèle à l'autre bout du monde – nous l'y rejoindrons bientôt. André Malraux, lui, est franchement monogame. Monogame avoué. Il n'aime pas perdre du temps en flirts ni en complications sentimentales. Il ne partage pas non plus la vision permissive de Clara, en amour, qui a tenu à fixer dès leur mariage les règles du fonctionnement amoureux de leur couple : tout se permettre à condition de se dire tout. Sans peut-être envisager, par manque d'expérience ou excès de confiance, ce que cela pouvait impliquer.

Clara, jusque-là irremplacée, a cependant tort de se sentir irremplaçable. Si Louise de Vilmorin s'efface pour longtemps – elle reviendra –, la route n'est pas pour autant débarrassée des jolis fantômes que Paris offre aux jeunes gens qui rencontrent le succès.

Maternité

En mars 1933, à l'âge de trente-six ans, Clara met au monde son premier et unique enfant. Une fille, Florence, que Malraux a eu l'idée d'appeler ainsi « en souvenir de la ville où ils furent heureux ».

A une époque où la femme est souvent enceinte sans l'avoir voulu, Clara défend sa liberté et a pratiqué très tôt, pour elle-même, le contrôle des naissances. Dans *L'Indochine enchaînée*, elle donnait déjà des conseils aux futures mères. A Paris, de son propre aveu, alors que l'avortement est réprimé comme un crime, elle n'a pas laissé la jeune fille qu'elle avait employée pour le ménage se rendre seule chez un médecin marron. Elle l'y a accompagnée, elle lui a tenu la main. Elle sera parmi les premières militantes à écrire des articles, dans les années cinquante, pour demander l'autorisation de la vente des produits anticonceptionnels. Elle y rappellera qu'en Allemagne, dès avant la guerre de 1914, ces produits étaient libres.

Son enfant, Clara l'a voulu et désiré.

« La plus riche de mes aventures humaines », dira-t-elle de la maternité.

Accouchement facile, presque sans douleur, quelques instants après son arrivée à la clinique. Bonheur absolu de l'enfantement. Quand la sage-femme lui présente le bébé déjà langé, elle le nomme « ma petite étrangère ». La petite fille n'a pas encore de nom.

Blonde, le teint clair, elle aura les yeux bleus – plus bleus que ceux de sa mère.

Malraux, conscient de ce bonheur si nouveau pour Clara, lui dit : « Tout ce que vous vouliez de moi, c'est cette enfant. » Elle a patienté douze ans avant de l'avoir, mais sa naissance marque un des plus grands événements de sa vie.

André, lui, ne voulait pas d'enfant. Pendant quelques jours, avant de lui trouver un nom, il appellera Florence « l'objet ».

Selon Eddy du Perron, Malraux était « profondément étranger à la procréation ». Cet ami du couple, écrivain aux origines hollando-indonésiennes – Clara qui voit en lui « un fou de littérature » apprécie son amitié et ses récits de voyage –, entendit même Malraux lui confier « ne pas vouloir donner de gage à la société ». Dans un livre de souvenirs qu'il écrira plus tard[1], où il nomme Malraux « Héverlé » et Clara « Bella », il raconte qu'ayant accompagné Malraux à la clinique, ils ont parlé comme à leur habitude de politique et de culture, avant que Malraux ne mentionne, l'air sombre, l'apparition de l'« objet ».

Aucun attendrissement devant le nouveau-né. Il en veut à sa femme de lui avoir imposé des responsabilités qu'il récuse.

Il se montre pourtant soulagé d'avoir une fille : « Je n'aurais pas supporté d'avoir une caricature de moi-même[2] », dit-il à Clara.

Nombre d'écrivains de la NRF défilent devant le berceau. Louise de Vilmorin, occupée à écrire *Sainte-Unefois*, envoie une layette, histoire de se rappeler au souvenir de Malraux. C'est une mère infiniment moins maternelle que Clara : ses trois filles n'ont pas succombé à un excès de tendresse.

---

1. Eddy du Perron, *Le Pays d'origine*, traduit du néerlandais par Philippe Noble, Gallimard, 1980.
2. Clara Malraux, *Le Bruit de nos pas, op. cit.*, tome IV, p. 180.

« *Mon amour ne sera jamais un repos...* »

« J'ai été une mère juive, une *judische mamma* », déclarera Clara, fermement, à la fin de sa vie[1].

Une nurse autrichienne – Fräulein ! – est aussitôt engagée, dans la tradition de la famille Goldschmidt. Quant à la grand-mère, installée au rez-de-chaussée de la rue du Bac, elle peut surveiller l'enfant, si Clara s'absente.

Moins jeune que la plupart des mères à son époque, Clara nourrit pour sa fille un très grand amour. Mais aussi un sentiment de culpabilité à son égard. Elle a conscience d'avoir mis au monde sa fille à un moment difficile : rien ne va dans son couple ni dans le monde.

Un voyage à Honfleur, au printemps – la petite fille, âgée de moins d'un mois, a été confiée à la grand-mère –, et une croisière jusqu'au Cap Nord en été ne sont qu'une trêve, avant que ne reprennent les querelles. Certes, André vit désormais près d'une femme que la maternité épanouit. « Mon bonheur venait de ce que nous étions deux, tout en étant trois », dira Clara. Mais le couple ne parvient pas à retrouver à la maison, dans le trois pièces de la rue du Bac, une harmonie conjugale apaisante et durable. Il y a de bons moments et encore de la complicité, mais de plus en plus de désaccords.

L'époque qu'ils traversent y est évidemment propice, toute chargée de nuages annonciateurs d'orages.

Conçue l'été 1932 en Suisse, dans un paysage de paix et de sérénité, au milieu de vignobles soignés depuis des millénaires et de collines verdoyantes, Florence va ouvrir les yeux, comme l'a très bien compris sa mère, sur « une Europe hostile et dévastée ». En

---

1. Christian de Bartillat, *Clara Malraux : biographie-témoignage*, Perrin, 1985, p. 43.

mars 1933, Hitler accède au pouvoir en Allemagne. En France, les ligues fascistes se développent, défilent sur le boulevard Saint-Germain. Clara, de retour chez elle douze jours après l'accouchement, entend leurs cris.

« Mon enfant, je l'ai voulue. Je me suis toujours sentie responsable envers elle. Comme elle est née quarante-huit heures avant la prise de pouvoir de Hitler, je n'ai pas cessé de lui demander pardon de l'avoir mise volontairement sur cette terre où je pressentais qu'il allait se passer des choses atroces[1]. »

La politique va prendre de plus en plus de place dans la vie de tous les Français. Clara, mère dans l'âme, *judische mamma*, ne laisse pas son enfant entraver sa liberté. La maternité, sentiment de plénitude et d'inquiétude qu'elle éprouvera, vrillé à elle, jusqu'à son dernier souffle, ne va pas la retenir dans le cadre étroit d'un foyer. Vision généreuse et volonté d'autonomie l'éloignent du berceau, du parc, des gazouillis. Clara garde toutes ses priorités d'avant l'enfant et ne renonce à aucune : voyages, amitiés, lecture, écriture, aventures ne vont pas pâtir de l'arrivée du nouveau-né. Ils n'en pâtiront pas davantage avec les années. Clara veut être partout où son destin la guide. Devenir mère ne signifie aucunement pour elle qu'elle doive fermer les portes et les fenêtres et se cloîtrer dans l'univers féminin traditionnel – comme sa mère avant elle.

Le modèle traditionnel, elle le rejette. Elle s'intéresse trop à son époque, pour ne pas songer à y participer. Elle ne se veut pas seulement témoin des événements, mais acteur – ou actrice, comme on voudra. La participation, c'est son plan de vie. Pas question de « rester

---

1. *Ibid.*, p. 44.

au balcon », comme dans le tableau de Manet. Elle tient à s'engager. Et elle va s'engager, successivement, dans des causes qui l'emportent souvent au-delà de ses limites, avec une fougue insoupçonnée chez une personne si menue et d'apparence si fragile. Aucun engagement exclusif donc, mais une ouverture constante sur le monde, une attention aux gens, aux autres, et une mobilité permanente.

La maternité décuple ses forces. Peut-être aussi le fait d'avoir mis au monde une fille, au lieu d'un garçon, lui donne-t-il la rage de la défendre. Ou l'envie de lui offrir au plus tôt l'exemple de la liberté, de l'émancipation.

Epouse de prix Goncourt

Le 1er décembre 1933, André Malraux reçoit le prix Goncourt, à l'unanimité, pour *La Condition humaine* ou, plus exactement ainsi que l'a précisé le jury, pour ses trois « romans asiatiques » – *Les Conquérants* et *La Voie royale*, au même titre que le dernier.

Malraux, qui selon son biographe « tenait furieusement à ce prix[1] », voit ses vœux exaucés. Le succès tant attendu se manifeste enfin. Une marée d'interviews, d'articles et de conférences s'ensuit. Le livre va connaître vingt-cinq éditions dans l'année et sera traduit dans le monde entier. A trente-deux ans, Malraux se voit propulsé au titre de gloire nationale.

La critique, aussi unanime que le jury, encense l'écrivain. Ainsi Ramon Fernandez dans *Marianne* :

---

1. Jean Lacouture, *op. cit.*, p. 148.

« M. André Malraux marque une date importante dans la littérature française. Cette littérature balançait entre l'analyse et l'action comme entre deux pôles opposés. M. André Malraux corrige cette erreur en montrant qu'une action bien choisie, et conduite jusqu'au bout d'elle-même, est le meilleur révélateur de la vérité morale. »

André Gide lui-même, peu porté à l'indulgence, juge le roman « d'une intelligence admirable » et « pantelant d'une angoisse parfois insoutenable[1] ».

La vie ne se montrant jamais prodigue sur tous les plans, Malraux a la douleur de perdre sa mère au milieu de cet indescriptible brouhaha des lettres. Comme au moment de la mort de son père, il ne donne aucun commentaire. Ramon Fernandez l'avait observé dans ses personnages : « Le mur tragique, le mur de marbre, chez M. Malraux. » Malraux vit le deuil et la gloire dans une intensité intérieure à l'âme. Rien ne sourd de ce qu'il ressent.

François Mauriac, au lendemain du Goncourt : « Verrons-nous un jour sur ce tragique visage le sourire d'un homme satisfait[2] ? »

Toujours sur fond de Révolution chinoise, comme dans *Les Conquérants* – il s'agit cette fois du soulèvement de Shanghai fomenté par les communistes et la lutte impitoyable entre ces derniers et le Guomindang conduit par Chiang Kai-shek –, Malraux met en scène des destins d'hommes aux prises avec l'Histoire, le sentiment de la révolte et de l'échec. C'est un roman vio-

---

1. André Gide, *Journal*, Gallimard, « Bibliothèque de la Pléiade », p. 1165.
2. *L'Echo de Paris*, 16 décembre 1933. Repris dans François Mauriac, *op. cit.*, Robert Laffont, « Bouquins ».

lent et tragique, d'une très grande tension dramatique. L'amitié d'Eddy du Perron, écrivain originaire de Java, féru de cultures asiatiques, avec lequel Malraux a échangé de fructueux dialogues et chez lequel il a rédigé nombre de chapitres de *La Condition humaine*, dans sa maison de la vallée de Chevreuse, aura beaucoup compté pour enrichir le roman d'apports vivants et concrets. Le livre lui est dédié. Malraux, Clara le lui rappelle assez souvent, ne connaît en effet que très peu la Chine, même s'il s'est considérablement documenté depuis quelques mois, consultant articles de journaux et livres historiques.

Le métis Kyo, mi-chinois mi-japonais, avec sa rage et sa douceur, en est le « héros ». Il ne peut jamais dépasser sa condition d'homme et, au bout de sa quête désespérée de liberté, ne trouve finalement que l'échec et la mort. Des personnages l'entourent, plus nombreux, plus charnels que dans les précédents livres de Malraux : le Russe Katow qui a toujours l'air de sourire mais qui « connaît la mort », Tchen le terroriste qu'un chat épouvante comme un démon, le Belge Hemmelrich, faux marchand de disques, « avec sa tête de boxeur crevé », ou l'homme d'affaires, Ferral le capitaliste, qui viendra négocier à Paris, avec les banques, le terme de la révolution communiste.

Clara devrait être heureuse : cette fois, André ne l'a pas « gommée », comme il en a pris l'habitude, du moindre récit des événements qu'ils ont vécus ensemble. *La Condition humaine* contient enfin une « héroïne », juste pendant du héros tel que le conçoit Malraux. C'est May, l'Allemande du Nord, avec ses hautes pommettes et ses yeux clairs, « presque transparents » : révolutionnaire communiste, militante féministe et compagne de Kyo, qu'elle trompe, cette femme médecin diplômée de l'université de Heidelberg, est non seulement passionnée et sensuelle, mais elle possède une aussi puissante personnalité que les hommes. Dans son manteau de cuir bleu – détail inoubliable –, May apparaît comme une femme d'action, de pouvoir, de courage. Le contraire d'une muse, car c'est une véritable guerrière. Elle voudrait se battre, ne craint ni la maladie, qu'elle combat à longueur de journée à l'hôpital, ni la mort.

May présente plus d'un trait commun avec Clara.

Non seulement parce qu'elle est allemande et la compagne du héros, parce qu'elle est « à peine jolie » et qu'elle a les yeux clairs, mais parce qu'elle est courageuse et passionnée comme elle et qu'elle tient plus que tout à son indépendance. Quand elle lance à Kyo, avec orgueil, « Ai-je vécu comme une femme qu'on protège ? », c'est une phrase que Clara a dite à Malraux, un jour d'indignation.

Le portrait est assez développé pour qu'on la reconnaisse. May la guerrière est « intelligente et brave mais souvent maladroite ». Le père de Kyo, Gisors, la trouve « à demi virile » et observe que le lien amoureux avec son fils est « intellectuel et ravagé ». Surtout, May parle trop ! Kyo, qui doit goûter lui aussi une certaine douceur dans un visage de femme, cette « poignante douceur, incarnation de la plus sereine musique » qui vient de la « contemplation d'un visage aimé », estime qu'elle se féminise quand elle cesse de parler. Il y a chez lui un peu de lassitude. Chez elle, une volonté farouche.

Il souffre quand elle le trompe. Elle ne sait pas bien le consoler.

Clara pourrait se féliciter d'avoir influencé l'auteur et de lui avoir inspiré ce personnage, digne de la mythologie. D'autant que le héros semble croire sincèrement en la puissance d'un sentiment qu'elle est fière de partager avec lui : « une complicité consentie, conquise, choisie ». « Avec elle seule, dit Kyo, j'ai en commun cet amour déchiré ou non, comme d'autres ont ensemble des enfants malades et qui peuvent mourir... »

May n'est pas l'unique femme de ce roman viril qui compte des danseuses et des prostituées chinoises, il y a aussi Valérie : « une grande couturière riche », moins idéaliste et héroïque que May, mais libre et forte elle aussi. L'ironie de Clara, son tempérament indomptable, Malraux les a donnés à cette élégante aventurière, maîtresse de Ferral et de tous les hommes qui lui plaisent. « Vous savez beaucoup de choses, mon cher, mais peut-être mourrez-vous sans vous être aperçu qu'une femme est aussi un être humain », dit-elle à Ferral comme Clara le serine ironiquement à Malraux.

La sensualité vient donner une lumière chaude et troublante à un roman qui sans elle n'aurait été qu'action : des scènes d'amour, des réflexions sur le plaisir rythment les attentats, les complots, les meurtres. Tous ces révolutionnaires occupés à leurs bombes, à leurs armes et à leurs théories, paraissent faibles à côté de May ou de Valérie, et les prostituées chinoises, avec leur part immense de malheur, ne font qu'ajouter au mystère tragique de la relation entre l'homme et la femme, relation tout aussi compliquée et douloureuse que celle du peuple avec ceux qui l'oppriment. Créature étrangère, d'une autre chair et d'une autre essence, la femme joue un rôle capital dans *La Condition humaine* : c'est la première fois dans l'œuvre, ce sera aussi la dernière.

Le 1er décembre 1933, Clara n'assiste pas à l'annonce du prix Goncourt ; elle n'accompagne ni ne partage à aucun moment son succès.

Elle n'est tout simplement pas là.

Elle a choisi cette date, pourtant connue à l'avance et espérée, pour partir en voyage sans son mari. Elle est en Palestine.

Pas seule. Elle a rejoint à Haïfa un jeune peintre de vingt ans, Soussia Reich, inscrit à l'Ecole des beaux-arts, qui essaie de se faire un nom à Paris. Doutant de son talent, il étudie l'arabe et l'hébreu aux Langues orientales, dans l'intention de se spécialiser dans l'art du Proche-Orient et de devenir un jour archéologue. On ignore qui a présenté Soussia à Clara et où elle l'a rencontré. Mais André sait que c'est avec lui qu'elle voyage. Il a accepté ce qu'elle appelle « un arrangement » : d'accord il flirte avec Louise de Vilmorin, mais dès lors Clara est libre de s'offrir de brèves vacances. Une escapade au bras ou dans les bras d'un jeune homme, qui tient à lui faire découvrir « la terre de ses ancêtres ». Soussia a promis de lui montrer les sables de Samarie. Malraux a-t-il trouvé le projet intéressant – il est permis d'en douter et même de se demander s'il n'a pas été exaspéré par cette trop franche déclaration d'émancipation.

Clara se trouve à Jérusalem quand la nouvelle du Goncourt lui parvient. Vue de Paris, elle a quand même l'air de bouder le succès de Malraux et, sinon de s'en « ficher » – c'est un mot qu'elle emploie souvent, « je m'en fiche » ou « on s'en fiche » –, de snober carrément ses lauriers.

C'est surprenant de sa part : elle, qui a tant à cœur la gloire littéraire de son mari et qui a toujours voulu jusque-là y participer au plus près, marque soudain ses distances. Comme si elle tenait à montrer que leurs destins sont séparés.

On ne peut la croire indifférente.

Serait-elle lassée ? Blessée d'être maintenue dans l'ombre, de plus en plus, à mesure que le succès grandit ? A-t-elle voulu se faire regretter ? A-t-elle compté sur la distance pour que Malraux désire son retour ? A-t-elle espéré mettre un peu de piment dans une relation qui bat de l'aile en faisant croire à André qu'elle peut exister par elle-même, ailleurs, avec un autre compagnon ?

Elle ne s'est pas expliquée. Ses Mémoires veulent ignorer le fait.

Le personnage de May apparaît peut-être trop tard dans l'œuvre.

Quand Clara revient, Malraux vient la chercher sur le quai, à Marseille. Elle en est heureuse et comme rassurée. Il lui dit que Louise, c'est fini. Quant à Soussia, il est resté en Palestine. Le jeune homme va bientôt rentrer en France mais pour Clara leur aventure sentimentale est achevée. Elle le reverra de loin en loin, jusqu'à sa folie, sa maladie, bien des années plus tard.

Elle est maintenant la femme du Grand Ecrivain. L'épouse du prix Goncourt.

Un soir, dans une loge, à l'Opéra, l'année suivante, elle assiste à une représentation de *Numance* avec leurs amis Lagrange[1]. Léo, devenu secrétaire d'Etat aux Sports et aux Loisirs, jouit du prestige ministériel. C'est lui qui les a invités et c'est son chauffeur officiel qui les a conduits. Léo Lagrange et André Malraux, dans

---

1. Clara Malraux, *Le Bruit de nos pas*, *op. cit.*, tome V, *La Fin et le Commencement*, p. 8.

leurs nouvelles fonctions de vedettes, se tiennent derrière leurs épouses, assises au premier rang. A l'entracte, à la lumière scintillante des lustres, beaucoup de regards sont braqués sur eux. Les deux femmes sont toutes les deux en robes du soir. Clara éclate de rire quand Madeleine Lagrange, imitant Madame Sans-Gêne, lui lance à mi-voix : « Maintenant, c'est nous qu'on est les princesses ! »

Clara le raconte avec beaucoup d'humour. Princesse ? Le mot ne la fait pas du tout rêver. L'argent, les belles robes, le clinquant du pouvoir, le statut social, la vaisselle en vermeil, les lustres et les paillettes, rien de tout cela n'est le but de sa vie. Elle préfère l'aventure, la bohème et la liberté.

Josette, la rivale fatale

C'est une belle fille blonde, aux yeux verts et à la bouche pulpeuse, que presque tout oppose à Clara : sa haute taille, son teint rose, l'ovale arrondi de son visage, ses formes généreuses. Elle a tout de suite plu à Malraux quand il l'a aperçue chez Gallimard, alors qu'il venait y rendre visite à l'un des collaborateurs de la maison, jeune essayiste et romancier, auteur d'une thèse sur le quiétisme de Fénelon et de *Recherches sur la nature de l'amour*, Emmanuel Berl. Celui-ci, apparenté à Bergson et à Husserl, a fondé avec Drieu La Rochelle, en 1926, un petit journal intitulé *Les Derniers Jours*. En 1929, *La Mort de la pensée bourgeoise* suivie de *La Mort de la morale bourgeoise* en 1930 l'a hissé au rang des jeunes loups de la pensée.

« Comment est-elle votre nouvelle secrétaire ? demande à Berl un Malraux qui, malgré sa réputation, ne s'intéresse pas qu'aux idées philosophiques.

— Peuh ! dit Berl. Elle a l'air d'une institutrice. »

En passant, Malraux jette un coup d'œil dans le bureau :

« Elle est bien belle, votre institutrice[1] ! »

Les deux hommes traitent de « secrétaire » et d'« institutrice » une jeune journaliste, promue assistante de Berl à la toute neuve revue hebdomadaire, politique et artistique, financée par Gaston Gallimard et dont Berl est le rédacteur en chef, *Marianne.* Ouverte aux idées de la gauche, dans un esprit libéral qui se veut opposé à celui plus nationaliste et plus traditionnel de *Candide* ou de *Gringoire*, revues qui campent à droite, elle fait appel à d'excellentes plumes, parmi lesquelles bon nombre d'écrivains que publie la *NRF* : Giraudoux, Saint-Exupéry, Morand, Giono, Fernandez... qui ne sont pas tous forcément « de gauche », et Malraux. *Marianne* développe en fait une liberté de pensée qui ne l'embrigade ni à gauche ni à droite.

A vingt-deux ans[2] – treize ans de moins que Clara –, Josette Clotis, plus précoce qu'elle en littérature, vient de publier à la *NRF* son premier roman, *Le Temps vert* : l'histoire d'une jeune institutrice auvergnate au début du siècle. Eclectisme de la maison Gallimard. Au comité de lecture, on aimait bien le pseudonyme de Marie Verdier, sous lequel la romancière a envoyé

---

1. Suzanne Chantal, *Le Cœur battant, Josette Clotis et André Malraux*, Grasset, 1976, p. 36.
2. Josette Clotis est née le 8 avril 1910.

son manuscrit, mais elle a préféré signer de son nom d'état civil. Un nom que le comité n'aime pas mais qu'Henri Pourrat, lecteur avisé et romancier lui-même, a ardemment défendu. L'auteur de la saga auvergnate de *Gaspard des montagnes* et des *Bourgeois d'Ambert* a soumis Josette à un séjour d'étude, chez lui, à Ambert précisément, dans le Puy-de-Dôme, où il a été un impitoyable professeur. Il l'a houspillée pour qu'elle revoie son texte et retravaille son style, suivant ses conseils. Il apprécie le tempérament de cette jeune romancière, à la fois passionnée et soumise, qui essaie de lui faire plaisir en corrigeant ses fautes ou ses maladresses, mais qui reste une belle plante, solide, enracinée dans son terroir. Paris n'est pas encore parvenu à la décolorer.

Il l'appelle sans ironie, avec une affection teintée d'humour : « le géranium rose ».

Josette vient du Midi. Née à Montpellier, d'un père catalan et d'une mère rouergate, elle a grandi à Beaune-la-Rolande, où vivent toujours ses parents – Joseph et Adrienne Clotis. Le père est fonctionnaire aux Contributions directes. Fille unique, gâtée et adulée, elle a concouru pour le titre de Reine de la Plage à Palavas-les-Flots, où elle a passé jusque-là toutes ses vacances et où elle retrouve encore, l'été, la joyeuse bande de ses amis d'enfance. Josette a l'accent du soleil, et tant pis si l'on se moque d'elle – on se moquait déjà en Touraine. L'accent fait partie de sa personnalité chaleureuse, un brin exotique. Alors que Clara est si parisienne et même si rive gauche, Josette est une provinciale. Elle aime la campagne et la mer, les nourritures robustes, les traditions paysannes, les racines et les sentiments fidèles. Mais c'est une provinciale ambitieuse qui n'a eu de cesse de quitter son petit monde

NÉE GOLDSCHMIDT

Clara et ses frères : rêveuse bourgeoisie.

A l'école Sainte-Clotilde,
une petite fille qui, alors,
veut ressembler aux autres.

Avec sa mère et son plus jeune frère :
insoumise malgré les apparences.

ANNÉES FOLLES : PASSION ET EXOTISME

Deux jeunes fiancés si convenables et pourtant...

Dandysme et contestation coloniale.

Clara : sous ses toilettes de Paul Poiret, un cœur révolutionnaire.

L'ACTION, LES COMBATS

Congrès des écrivains en URSS : la tentation communiste.

Malraux : la guerre, la volonté d'être un chef.

URSS : des pacifistes à l'ombre des canons.

LA MATERNITÉ POUR ELLE, LA GLOIRE POUR LUI

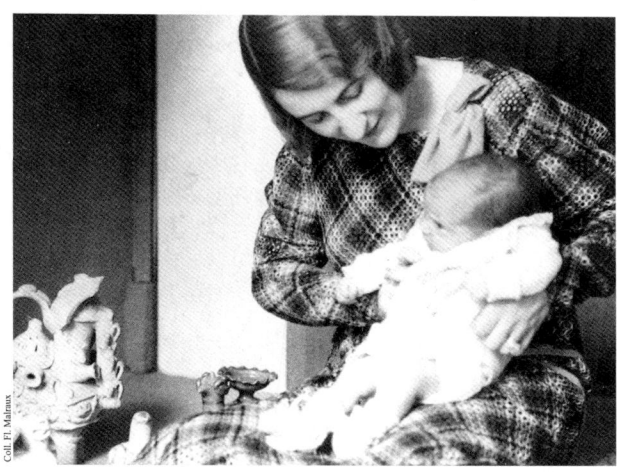

Naissance de Florence, mars 1933 : « je suis une maman juive ».

Florence : le même
goût des livres.

Prix Goncourt, décembre 1933 :
La gloire à trente-deux ans.

LA RÉSISTANCE

Page d'un cahier de Clara. L'écriture, cette revanche contre l'oubli.

La fausse carte d'identité de Clara : elle a pris le nom de famille de la mère de Malraux.

Clara à Toulouse, pendant la guerre : elle conquiert sa place dans l'armée des ombres.

L'AUTRE COMPAGNON

Jean Duvignaud :
comment oublier
le grand absent ?

L'esquisse d'un autre
couple, à défaut.

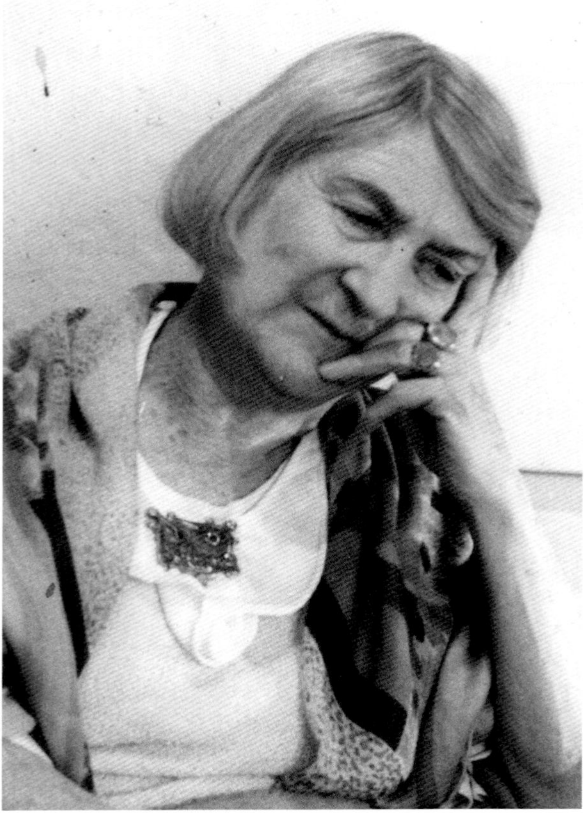

Coll. Fl. Malraux. Photo M. Hansing

« Aimer la vie » : jusqu'au bout.

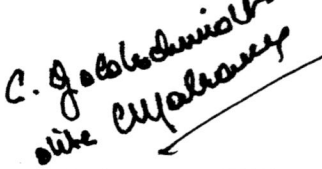

Signature de Clara sur son dernier passeport (1982).

familial pour monter à Paris, la ville de tous ses rêves. *Le Temps vert* lui en a fourni l'occasion car l'éditeur lui a demandé de venir assurer la promotion de son livre. Elle s'est installée à l'hôtel Montalembert – celui-là même où André Malraux et Louise de Vilmorin se sont aimés –, avec une rente de mille francs par mois que lui assure son père. Elle la complète en travaillant à *Marianne*, l'hebdo de Berl. Les mauvaises langues ne manquent évidemment pas de dire qu'elle est sa maîtresse, ce qui n'est pas impossible car Berl a une réputation méritée d'homme à femmes.

C'est à la plus provinciale de ses collaboratrices que Berl, sans doute par goût du paradoxe ou des missions impossibles, a confié la « rubrique parisienne » : elle doit écrire de courts billets, d'esprit potinier, sur les premières de théâtre, les collections de couturiers, les bals et tous les événements qui font sensation. Une tâche ardue pour qui ne connaît personne, en dehors de Pourrat – un Auvergnat en exil dans la capitale – et de Berl. Heureusement il y a Jeanne Lanvin : séduite par la silhouette de Josette, venue admirer sa dernière collection, elle lui prête des robes. Josette aurait pu être actrice. Ou mannequin.

Mais elle préfère écrire. Dans des cahiers et sur des carnets, à tout propos, c'est chez elle une manie, elle ne peut rien vivre sans le consigner au jour le jour. Elle tient elle aussi un « livre de comptes ». Ses querelles avec sa mère, qui ne tolère pas qu'elle s'éloigne du nid, sa tendresse pour son père, le premier de ses admirateurs, ses histoires d'amour, ses désirs inassouvis, ses fièvres, ses colères et ses repentirs, ses joies et ses tristesses, elle enregistre tout. Quand elle sera morte, sa meilleure amie, Suzanne Chantal, n'aura qu'à la lire pour retrouver intactes ses pensées, sa fraîcheur et sa part de malheur. Les carnets contiennent ce que fut sa vie. « Mon cœur en mille mots », lui a-t-elle confié. Les mots tiennent compagnie à Josette et lui permettent de défouler ses sentiments. Cette chroniqueuse maniaque, dans la tradition d'une Anaïs Nin ou d'une Marie Bashkirtscheff – il faut le reconnaître, avec moins de talent –, est une romancière spontanée et enflammée. Le roman, c'est son élément. Josette Clotis s'y projette avec gourmandise, faisant naître une héroïne de sa vie et de ses fantasmes avec un naturel déconcertant. Mélange de fougue et de naïveté, il n'est pas étonnant qu'elle ait séduit Pourrat – ce grand naturaliste régional –, beaucoup plus que Berl qui reste plus parisien et aux yeux duquel, si séduisante soit-elle, elle ne sera jamais qu'une « secrétaire ».

Lorsqu'elle croise Malraux chez Gallimard, courant 1932, elle a déjà en tête son deuxième roman, *Une mesure pour rien*, qui paraîtra en 1934 : un récit tragique où l'un des protagonistes, Pierre, inspiré d'un ami d'enfance, meurt à vingt ans. Elle a déjà l'expérience des histoires d'amour malheureuses.

Habillée par Lanvin, avec son port de reine et son beau corps plein, Josette ne passe pas inaperçue dans la société parisienne. Elle y a beaucoup progressé depuis son arrivée rue Sébastien Bottin. Gaston Gallimard, dont on dit qu'il éprouve un béguin pour elle, et sa femme Jeanne, l'ont prise sous leur aile : ils l'invitent dans leur maison de Normandie, et lui ont présenté leurs amis. Elle connaît maintenant Drieu La Rochelle et Paulhan, Arland, Martin du Gard ; elle ose même appeler Saint-Ex, comme tous ses proches, par son petit nom de Tonio. Mais à tous ces écrivains qui l'intimident, elle préfère la compagnie plus légère de Mico : adolescent silencieux et renfermé, neveu de face à face à plusieurs reprises, à ces soirées d'écrivains qu'elles fréquentent toutes les deux, la rencontre n'a pas eu lieu. Elles incarnent deux types de femmes : la Parisienne et la provinciale, mais aussi l'intellectuelle et la sensuelle ou, autre version du diptyque, la cosmopolite qui, si elle le pouvait, passerait sa vie à voyager, et la Franco-Française qui rêve d'une maison entourée d'un jardin de roses pour y cuisiner de bons petits plats à l'homme de sa vie – lequel sera forcément son mari : la liste est longue de leurs oppositions, jusqu'à la caricature. Chez Clara, domine l'esprit de curiosité et d'aventure. Chez Josette, le goût du bien-être, de l'harmonie. La première exprime depuis l'enfance une volonté d'indépendance, qu'elle ne cesse de clamer et de revendiquer haut et fort, y compris sur le plan affectif. Josette, elle, réclame attention et assistance. Clara, comme May dans *La Condition humaine*, se veut une femme libre, capable de s'assumer – « Ai-je été une femme qu'on protège ? » –, même si par une contradiction qui d'ailleurs la torture, elle est profondément attachée à son mari et amoureuse de lui. L'autre femme voudrait un amour fidèle et sûr, qui la rassure. Un amour protecteur. Surtout sans risques ni problèmes.

Parfois avec ses mœurs d'une autre planète, Paris l'étouffe. Elle prend le train pour Beaune-la-Rolande, retrouve ses parents, sa chambre de jeune fille, la cuisine roborative de sa maman. Ce que Josette préfère, c'est la chaleur, le confort, l'enfermement douillet du nid. La vie va lui offrir exactement le contraire.

Entre 1932 et 1933, elle voit et revoit Malraux, chez Gallimard ou chez des amis communs, à des cocktails, à des dîners. Il l'invite à déjeuner en tête à tête, au Ritz et au Crillon – elle note avec plaisir son goût des belles adresses. Il s'émeut de son coup de fourchette, se plaît à régaler cette belle fille qui sait apprécier une table raffinée, des mets généreux, des vins exquis. Il n'a pas du tout avec elle les discussions qu'il a avec Clara. Josette l'écoute parler, pupilles dilatées, silencieuse. Ou l'amuse par des reparties qu'il doit trouver très féminines, c'est-à-dire légères, enfantines ou coquines. Par exemple, la bouche en cœur : « C'est si facile d'être heureux. » (Elle le note dans un cahier.) Et Malraux de répondre, pour la titiller : « Si vous vivez au petit bonheur, ça peut n'être que pour de petits bonheurs. » Elle n'a pas osé lui dire ce qu'elle a pensé et écrit dans son journal le soir même : « Et si toi, toi, je t'aimais pour la vie, sans aucune pensée d'infidélité. »

Leurs deux programmes de vie vont difficilement trouver à s'accorder. En revanche, le charme a aussitôt opéré. Charme d'André Malraux sur Josette, aussitôt envoûtée. Et charme de Josette sur André Malraux, aussitôt séduit. C'est simple comme un coup de foudre. De même que Clara, de même que Louise, Josette vouvoie André et André la vouvoie. Le tutoiement, si facile dans les écrits intimes, ne sera jamais de mise entre eux.

Premiers baisers dans un taxi, d'après Josette.

Première étreinte à l'hôtel d'Orsay — pour laisser à Louise l'exclusivité du Montalembert ? Josette écrit le 18 décembre 1933 (dix-huit jours après le prix Goncourt) : « La chambre est toute en longueur, grise et bleue, avec une tapisserie défraîchie. » Il lui dit avant l'amour, en défaisant sa cravate : « Surtout ne faites rien que vous ne vouliez faire. »

A partir de là, Josette s'installe dans l'attente. Elle va passer des semaines, des mois, des années à attendre : un coup de téléphone, un télégramme ou une lettre pour un rendez-vous furtif. La liaison de Malraux et de Josette Clotis sera intermittente, avec de longues séparations, des absences que Josette trouve insupportables, mais elle sera également durable et solide. A partir de cette année 1933, André revient toujours vers son nouvel amour, dans les chambres d'hôtels meublés qu'il loue pour elle, au plus près de ses itinéraires, pour ne pas perdre de temps entre Gallimard et la rue du Bac.

Cette liaison, d'abord tenue secrète, Clara l'ignore longtemps. Elle s'est bien doutée qu'André était attiré par cette jolie blonde, si superficielle à ses yeux, mais elle croit à une passade. S'accordant des libertés, dont la dernière en date est son aventure avec Soussia Reich, il faut bien qu'elle en laisse aussi à André. Elle ne s'inquiète pas. On ne peut pas dire qu'elle ferme les yeux sur cette histoire ; elle ne croit tout simplement pas à une histoire, qui va s'approfondir et se construire à son insu, en marge du chaos de la sienne – ces disputes, ces mésententes, ces virulences entrecoupées de réconciliations qui sont désormais son lot quotidien avec André. Elle ne se méfie pas. Et c'est pourtant Josette, qu'elle sous-estime, qui va lui prendre son mari.

Dans ses Mémoires, Clara qui cite en toutes lettres Louise de Vilmorin évite de nommer Josette. Pas une seule fois son nom n'apparaît sous sa plume, sauf en exergue à l'un des six tomes, le cinquième, *La Fin et le commencement*, où – curieusement – elle la cite après Marie Stuart (« C'est dans ma fin qu'est mon commencement ») et T.S. Eliot, quand même, pour une phrase sur la guerre. Josette Clotis : « Tout le monde brame après la fin de la guerre. » Sinon, elle ne l'évoque que par ce surnom plutôt méprisant dans sa bouche, « la provinciale » ou « la jeune provinciale » ou, pire, « la jeune provinciale porteuse d'une liste de grands hommes atteignables », définition qui souligne l'arrivisme et les calculs de sa rivale. Pour Clara, c'est Josette qui, selon sa propre expression, « s'est jetée à la tête d'André » : « Un jour précisément où, à la suite d'un malentendu horaire, il venait de manquer un rendez-vous avec Louise qu'il retrouva avec joie peu après[1]. » Interprétation toute personnelle, où Clara se montre indulgente à l'égard de Louise de Vilmorin qui va se révéler pour longtemps inoffensive dans la vie d'André Malraux, et méchante à l'égard de Josette, la grande rivale, la seule qui pourra lui faire éprouver la souffrance et le dépit d'une femme trompée.

Politique et chagrin mêlés

L'avènement du nazisme en Allemagne coïncide par quelque sinistre augure avec la naissance de Florence, comme si la vie – leur vie – et même les bonheurs étaient désormais inséparables de la violence d'une époque instable et tourmentée. 1933 plonge Clara dans l'ère politique. En Indochine, auprès de leurs amis annamites, elle a pu mesurer l'injustice et les méfaits d'un système politique. Son second séjour à Saigon l'a initiée à la révolte, sinon à la révolution. De retour en France, bien que les soucis personnels aient d'abord pris le dessus et malgré l'atmosphère des cocktails littéraires, peu propices à la réflexion politique, elle a approfondi ce qui n'était jusque-là chez elle qu'intui-

---

1. Clara Malraux, *Le Bruit de nos pas*, *op. cit.*, tome IV, p. 210.

tion ou rapide expérience. Le sentiment d'injustice sociale et le combat pour l'égalité vont se rejoindre pour constituer son idéal politique, à la faveur de quelques expériences choisies où le couple Groethuysen-Guillain tient un rôle capital.

Les Malraux et les Groeth (prononcez Grout, à la hollandaise) dînent régulièrement ensemble pour permettre aux deux hommes de débattre, dans la fumée des cigarettes, non seulement de sujets littéraires ou philosophiques (Groeth est un des principaux dirigeants de la *NRF* et un fin connaisseur de cultures russe et allemande), mais d'idéologies politiques. Bernard, membre militant du parti communiste, de même que sa compagne Alix, journaliste à *L'Humanité* et traductrice de Karl Marx, tâchent de convertir les Malraux. Dans la chambre des Groeth, à la place du crucifix, se trouve un immense diptyque : un double portrait de Lénine... et de Trotski, que Groethuysen tolère d'un œil narquois mais pour lequel Alix avoue une fascination proche de la vénération.

En 1932, Malraux a adhéré à l'AEAR (Association des écrivains et artistes révolutionnaires), créée un an plus tôt par Paul Vaillant-Couturier et Maurice Thorez, à laquelle sont notamment inscrits Gide et Guéhenno, Romain Rolland et Barbusse, Breton, Nizan ou Giono. Cette adhésion marque un tournant dans son attitude d'intellectuel, comme un adieu à la solitude et au dandysme, et une volonté d'engagement. A l'association, on s'appelle « Camarades » ! Dans la salle du Grand Orient de France de la rue Cadet, qui accueillait alors leurs réunions, Malraux a appelé pour la première fois à l'action « sang contre sang » et prononcé un discours exalté qui a frappé l'auditoire et mérite bien d'ouvrir les pages d'une anthologie des magnifiques discours à venir : « Le fascisme étend sur l'Europe ses grandes ailes noires (...) »

Malraux n'est pas plus pacifiste que communiste, ne le sera d'ailleurs jamais, même s'il déclare vouloir « répondre à la menace par la menace » et propose comme une panacée de « se tourner vers Moscou, vers l'armée Rouge ! » Clara, assise dans la salle, assume les mêmes choix : elle ne sera pas plus que lui membre de ce parti, dont ils sont cependant très proches l'un et l'autre et pour lequel militent bon nombre de leurs amis. Clara comme André s'affirment dès cette époque des « compagnons de route » : des camarades sans la carte, des militants de l'extérieur.

Malraux a rencontré Trotski, dans son exil de Saint-Palais, près de Royan, après avoir échangé avec lui en avril 1931, dans la *NRF*, un dialogue littéraro-politique à propos des *Conquérants* où il n'hésite pas à discuter d'égal à égal avec le théoricien de la révolution permanente, le plus grand rival de Staline. Etonnante confrontation d'un ténor de la Révolution russe, au profil hautement romanesque, et d'un romancier obsédé par l'Histoire. A Paris, il fréquente Ilya Ehrenbourg : romancier des *Treize Pipes* et du *Profiteur*, correspondant de nombreux journaux russes, il vit près de sa femme Liouba, artiste peintre, dans un esprit de grande convivialité avec ce que Paris compte d'intellectuels, d'écrivains ou de figures politiques. Ehrenbourg vient de publier dans *Izvestia* un long article sur *La Condition humaine* – « ce n'est pas un livre sur la révolution ni une épopée, c'est un journal intime (...), une radioscopie de lui-même fragmentée en plusieurs héros ». Il rapporte dans ses Mémoires que Malraux, tout comme Gide, lui font alors penser « à la fois à des adolescents qui n'ont pas encore fait l'expérience du malheur et à des vieillards drogués, non par l'alcool ou par la nicotine, mais par les livres[1] ». Tout en offrant son admiration, Ehrenbourg marque ainsi une réserve, sinon une distance, vis-à-vis des positions révolutionnaires revendiquées par le récent lauréat du prix Goncourt. Clara, qui partage les idées de son mari, n'apparaît évidemment pas dans ces échanges de haut vol, réservés aux hommes. Elle doit se contenter d'être trotskiste de cœur, dans l'ombre. Et toujours spectatrice des adhésions ou des discours spectaculaires d'André.

Elle n'est pas non plus invitée à partager une autre aventure qui demeure un mystérieux intermède dans la biographie de Malraux, en marge de la politique, au moment même où il entretient un dialogue assidu avec les communistes : son voyage au Yémen, à la recherche de la cité perdue de la reine de Saba. Cette reine biblique qu'aima Salomon et dont les empereurs d'Éthiopie ont fait leur ancêtre légendaire. Elle lui apparaît sur le moment aussi ensorcelante que Louise de Vilmorin et, à tort, beaucoup plus dangereuse que Josette Clotis.

Drôles de vacances pour Malraux, improvisées dans le climat tourmenté de la montée du fascisme. Lorsqu'il annonce son départ à Clara, c'est pour lui dire qu'il part sans elle dans une expédition entre hommes, avec son ami Edouard Corniglion-Molinier, l'aviateur héros de la Grande Guerre puis de l'autre, et qui sera ministre sous la IVe République. Il veut retrouver les ruines où vécut Balkis qu'aucun savant à ce jour n'a

---

[1] Ilya Ehrenbourg, *Vus par un écrivain d'URSS : Gide, Malraux, Mauriac*, Gallimard, 1934.

réussi à situer avec exactitude, parmi les dunes et les rares oasis. Clara se voit abandonnée. Il laisse également Josette à ses rêves d'un avenir commun, mais celle-ci a déjà pris l'habitude de jouer les Pénélope, un rôle qui exaspère et révolte aussitôt Clara. Elle n'est pas femme à se contenter d'un univers protégé et clos, tandis que Malraux poursuit loin d'elle le séduisant fantôme d'une reine mythique, aussi fascinante pour le romancier qu'une créature de chair. C'est comme s'il fuyait à la fois ses amours, la scène politique et la gloire littéraire tout ensemble, par seul goût du risque. A-t-il besoin de la fièvre que procure l'aventure, au milieu de ces discussions sans fin avec des intellectuels révolutionnaires qui sont alors le tissu de ses jours ? « Quand je reviens d'une entreprise un tant soit peu périlleuse, je me sens parfaitement homme », dira-t-il[1]. Le mouvement, l'action ont toujours sur Malraux un puissant attrait. A moins qu'il n'ait envie d'échapper à une atmosphère qui lui pèse : non seulement des débats qui peuvent lui apparaître souvent stériles, dans les innombrables réunions auxquelles il participe, mais au cœur même de son foyer, les disputes avec Clara, sa présence désormais trop critique et sa volonté de se mêler de tous les sujets qui le passionnent, depuis la construction d'un livre à l'adhésion ou à la non-adhésion au communisme. La reine de Saba, c'est une échappée vers le rêve, peut-être aussi vers une liberté perdue.

L'industriel Paul-Louis Weiler, ami de Corniglion, a prêté aux deux hommes son Farman 190 à bord duquel ils embarquent un étonnant bagage, digne

---

1. Nino Franck, *op. cit.*

d'un bal costumé : des costumes arabes, djellabas, babouches et autres keffiehs. Inspirés sans doute par les aventures de T.E. Lawrence dont Malraux on le sait est un grand lecteur, ils pensent les revêtir au cas où ils seraient obligés de se poser en plein désert, pour mieux se camoufler dans une zone risquée. Corniglion va piloter admirablement, sans boussole, au milieu des vents de sable ligués pour leur brouiller la vue et les empêcher de repérer les ruines qu'ils convoitent. Il va se révéler mieux assisté par son mécanicien, nommé Maillard, que par un Malraux « navigateur », armé de cartes périmées ou imprécises. Après un orage calamiteux, ils croient découvrir la cité de Balkis. Ils en notent l'emplacement et ne sont pas peu fiers de pouvoir publier à leur retour leur « découverte » – qui sera aussitôt contestée, voire moquée, par les archéologues attitrés. Cette mission bizarre, décidée sur un coup de tête après une discussion (encore une !) avec un éminent spécialiste de la Société de géographie n'est pas sans rappeler par son improvisation, son caractère romanesque, l'expédition de Banteay Srei : sauf que Clara manque cette fois, et que l'expédition, organisée sans elle, sinon contre elle, est aussi pour André une manière de lui signifier qu'il peut agir et voyager loin d'elle. Peut-être aussi une réponse cinglante à son escapade en Sanarie, avec Soussia Reich, dans les mêmes sables et un même climat de chimères, elle permet à Malraux d'affirmer là une nouvelle frontière qu'il tient à établir entre Clara et lui : l'aventure du Yémen exclut son épouse et la marginalise. Elle la réduit à l'attente et la condamne à la patience, une vertu qui n'est pas sienne. Surtout, elle la prive de ce qu'elle aime tant partager avec lui : les risques et l'aventure. Tout ce pour quoi elle a engagé sa vie à ses côtés.

Premier dépit véritable. La Palestine et le Yémen resteront pour le couple leurs premiers voyages scindés, leurs premières expériences séparées. Des enclaves aussi dans une époque de combats et d'engagements politiques, qu'ils livrent encore en commun.

C'est peu de dire que depuis 1933 et l'avènement du nazisme en Allemagne, Clara, même devenue mère, vit à l'heure politique. Elle éprouve dans sa chair les violences et les souffrances de l'Histoire, tandis que de l'autre côté de la frontière les nazis persécutent les Juifs et les antinazis, détruisent les magasins, les ateliers, les synagogues, et brûlent sur les places publiques des milliers de livres interdits par le nouveau régime – beaucoup de chefs-d'œuvre qu'elle a lus dans son adolescence et qu'elle lit encore, dans sa langue maternelle. Le nazisme, c'est pour Clara une histoire de famille ou, comme elle l'écrira plus tard en une formule saisissante, « c'est mon enfance détruite[1] ». Elle va dès lors s'engager personnellement, à sa manière moins théorique ou moins guerrière que celle de son mari, dans le combat antifasciste. Un combat qui sera le leur, ensemble ou séparés, pour des années.

« Moi, dira-t-elle, les événements d'Allemagne m'atteignaient comme la lèpre un homme du Moyen Age : je n'en mourais pas, je voyais seulement ma peau s'effilocher par lambeaux[2]. »

A soixante ans, l'oncle Harry Heynemann débarque à la gare du Nord en pleurant, une maigre valise à la main. Suivent l'oncle Hans, qui va mourir peu après dans la misère, exilé en Amérique du Sud, puis le cou-

---

1. Clara Malraux, *Le Bruit de nos pas*, *op. cit.*, tome IV, p. 189.
2. *Ibid.*, p. 193.

sin Erwin (dix-neuf ans). Mais d'autres familles s'expatrient. Un flux de réfugiés, le plus souvent sans recours, sans argent, déferle sur Paris. Or, en France, la situation économique depuis la crise de 1929 ne se prête guère à la solidarité. Le chômage, la récession qui frappent le pays rendent au contraire les Français méfiants à l'égard de ces étrangers – encore hier des ennemis – qui menacent de les concurrencer sur le marché déjà si disputé et si réduit du travail. La xénophobie gagne du terrain à la faveur des circonstances, sans parler de l'antisémitisme qui se développe lui aussi, encouragé par les discours de quelques tribuns nationalistes.

Clara essaie d'aider ses compatriotes allemands. Comme elle n'a pas le moindre sou à leur donner, que sa propre famille en France connaît des difficultés – les deux frères de Grete Heynemann ont dû fermer boutique et l'un de ses fils connaît de graves déboires financiers –, elle propose ses services, les plus matériels, les plus concrets. Par exemple, elle s'occupe activement de rechercher des logements gratuits, ou le moins cher possible, chez des particuliers ou dans des hôtels meublés. A peine remise de ses couches, le bébé Florence confié à sa mère et à la nurse, elle sillonne la capitale pour tenter de convaincre les propriétaires des divers lieux d'hébergement qu'elle déniche d'accepter les nouveaux émigrés. Elle accompagne à la préfecture, pour les seconder dans leurs démarches administratives, des hommes, des femmes qui n'ont plus d'état civil et auxquels elle sert d'interprète et souvent d'avocat. « Je courais, j'allais, je venais », dira-t-elle[1]. Elle s'efforce aussi de trouver des aides financières. Un allié

---

1. *Ibid.*, p. 190.

inattendu va se révéler en la personne d'André Gide — avec l'écrivain cofondateur de la *NRF*, elle aura jusqu'à son divorce, car il prendra alors parti pour Malraux, des liens privilégiés. Gide aime bien bavarder avec Clara, évoquer devant elle sa vie privée ou des souvenirs conjugaux qui parfois la mettent mal à l'aise mais la rendent fière de mériter les confidences d'un écrivain aussi prestigieux — lui aussi un compagnon de route, un camarade sans la carte du Parti. Réputé pour son avarice, Gide se montre le plus prodigue des donateurs : « Les sommes qu'il me confiait étaient considérables, il ne me demanda jamais de comptes », explique Clara qui ne peut s'empêcher de noter, à côté de la pingrerie quotidienne de Gide, qui choisissait toujours les menus les moins chers des restaurants les moins huppés de Paris, cette générosité hors concours. Il l'accomplissait avec élégance, ne s'enquérant jamais non plus des finalités de ses dons. Sujet à controverse, son antisémitisme, selon Clara « avéré » et attesté par maints témoignages, comme ceux de Maria Van Rysselberghe dans ses Mémoires[1], ne fut jamais un obstacle entre eux. Ni l'origine d'un refus à porter main-forte à un Juif, quelle que soit sa nationalité. Car les Polonais, les Tchèques arrivent eux aussi, dans la même fuite éperdue du régime nazi.

Transformée en dame d'œuvre, Clara s'inscrit à divers comités de quartiers, communistes ou paracommunistes, où elle tient un rôle modeste avec ferveur. Dotée de l'inappréciable atout de parler allemand, elle se dévoue à l'aide humanitaire en faveur de ces exilés

---

1. Maria Van Rysselberghe, *Les Cahiers de la petite dame*, Gallimard, 1973-1977.

de l'Est, déracinés et marginalisés. Des artisans, des boulangers, des pâtissiers, des ferblantiers, des tailleurs, des fourreurs, des journalistes, des acteurs et des écrivains : elle assiste, désolée, à un long défilé de personnes, réduites à mendier un toit et un travail, en se répétant cette phrase qu'André ne cesse de lancer comme un refrain dans ses discours à l'AEAR : « La politique, c'est le destin. »

D'instinct du côté des victimes, des enfants, des faibles, des opprimés, en union avec ceux que le destin accable, Clara trouve dans cette cause à défendre – après les femmes annamites, les réfugiés allemands – un terrain à sa mesure : concrète et efficace, elle n'en demeure pas moins sensible aux sentiments. Elle vibre elle aussi en entendant Groeth ou Alix Guillain vanter les mérites de la patrie communiste, seule capable selon eux d'apporter justice et égalité à des peuples brisés, écrasés par des régimes corrompus et iniques, dont ces vagues d'émigrés sont sous ses yeux un malheureux exemple.

Elle prend en horreur les « ligues » comme l'Action française, d'inspiration monarchiste, sous l'égide de Charles Maurras, l'auteur de *L'Avenir de l'intelligence*. Le 6 février 1934, à la suite du scandale Stavisky et de la mutation du préfet de police Chiappe, une journée d'émeute oppose les ligues de droite, antiparlementaires et nationalistes, à la police et à la garde républicaine. Trois jours plus tard, Clara est présente, aux côtés d'André Malraux, au défilé des partisans de gauche qui se réunit place de la République. Elle défile bras dessus bras dessous avec les Lagrange et les Martin-Chauffier, mais aussi avec des ouvriers, des gens du peuple, dont elle se sent tout à coup très proche. Elle éprouve un sentiment de fraternité populaire, qui lui rappelle les premiers jours de la Première Guerre, quand chacun croyait à la victoire et espérait en des lendemains glorieux.

L'heure est venue des meetings, des discours, des motions, des manifestations. Mais aussi des actions d'éclat. Malraux se rend à Berlin en juin 1934, en compagnie de Gide, avec lequel il forme un drôle de couple, pour plaider auprès d'Hitler en personne – qui ne les recevra pas – la cause de Georges Dimitrov : le secrétaire de la IIIe Internationale, virulent adversaire du nazisme, accusé d'avoir commandité l'incendie du Reichstag, croupit depuis plusieurs mois dans la prison de Moabit. Gide et Malraux sont délégués du Comité pour sa libération. Ils le seront aussi pour la libération d'Ernst Thaelmann, secrétaire général du parti communiste allemand, arrêté en même temps que Dimitrov pour la même (fausse) raison et pour lequel ils vont organiser plusieurs meetings importants en France, dont un « rassemblement national antifasciste » au Cirque d'Hiver en 1935. De son côté, Clara accompagne à Cologne puis à Berlin un avocat et un pasteur français, dont elle est l'interprète, délégués pour défendre la cause, en apparence désespérée, d'ouvriers syndiqués allemands qui se sont révoltés contre le régime.

C'est dire l'engagement des Malraux : Clara dans un style sobre, œuvrant à la base telle une fourmi besogneuse et armée de courage, ne ménage pas plus ses efforts qu'André, dont les discours flamboyants révèlent ces années-là non seulement un orateur mais un combattant de premier plan. Les affinités communistes du couple apparaissent en clair, dans cette époque manichéenne où qui n'est pas fasciste est presque forcément communiste. Et inversement.

L'été 1934, Clara accompagne son mari à Moscou, où il est l'invité du Congrès des écrivains, avec Louis Aragon, Paul Nizan (candidat au Goncourt avec *Antoine Bloyé*, la même année que Malraux, il ne lui a pas gardé rancune de son échec), Vladimir Pozner – tous trois communistes – et Jean-Richard Bloch, l'auteur de *Lévy* et de *La Nuit kurde* – qui va bientôt le devenir. Entreprise diabolique de Staline, qui a parfaitement compris le profit qu'on peut tirer d'un congrès d'intellectuels, dévots et soumis. A l'heure de la répression des idées et des libertés en URSS, ce voyage souligne, avec le recul bien sûr, le machiavélisme de l'homme d'Etat et la crédulité de bien des hommes de plume français, parmi les plus talentueux de leur génération. Le seul non-communiste du Congrès, avec Bloch provisoirement, Malraux y prononce un discours coruscant sur l'art et la politique, où surgit (enfin !) une dissonance, sinon une véritable controverse : « L'art n'est pas une soumission, c'est une conquête... conquête sur l'inconscient presque toujours, sur la logique très souvent. Le marxisme est la conscience du social, la culture, la conscience du psychologique. » Il y répond à Staline, pour lequel l'écrivain serait « un ingénieur de l'âme », que « la plus haute invention d'un ingénieur, c'est d'inventer » et prône à son encontre les œuvres à caractère psychologique et poétique sans lesquelles l'art ne serait qu'une démarche individualiste et fermée.

« Que tous ceux qui mettent les passions politiques au-dessus de l'amour de la vérité s'abstiennent de lire mon livre (*La Condition humaine*), clame-t-il du haut de la tribune. Il n'est pas écrit pour eux. »

Clara, assise dans les premiers rangs du public, est non seulement solidaire, mais pour une fois sans réserves dans son admiration. Elle aime Malraux dans son jeu de rebelle.

A Moscou, telle une ombre portée au point que certains la remarquent à peine, elle assiste aux rencontres de Malraux avec Gorki, dans sa datcha, quand Malraux ose porter un toast à... Trotski ! Avec Eisenstein, qui songe à faire un film de *La Condition humaine*, dont le phrasé est déjà tout entier cinématographique – Malraux a défendu Eisenstein en France quand *Le Cuirassé Potemkine* a été frappé par la censure, en 1927. Les deux hommes ont plusieurs entretiens en sa présence, dans la chambre qu'ils occupent sur la place Rouge, à l'hôtel National ; Meyerhold, le metteur en scène de théâtre, participe de concert à leurs travaux. Clara a parfois droit à la parole pour traduire en français non pas le russe, qu'elle ne connaît pas, mais l'allemand que pratiquent la plupart des interlocuteurs de Malraux, tel le journaliste et révolutionnaire hongrois Béla Kun, un des dirigeants du Komintern, ancien chef des légions étrangères de l'armée Rouge pendant la Première Guerre, et qui sera bientôt fusillé sur ordre de Staline.

Pour Gorki, c'est Isaac Babel qui sert d'interprète : un des champions de la révolution d'Octobre, l'auteur des *Récits d'Odessa* et de *La Cavalerie rouge* incarne pour Clara l'« écrivain juif d'Odessa ». Elle a sans doute avec lui, qui va bientôt disparaître, comme Kun mais dans des conditions mystérieuses, son seul échange vraiment personnel.

Avec son mari, elle visite des usines et des crèches, assiste à des conférences devant des ouvriers modèles. Les Nizan – Paul et sa femme Henriette – les accompagnent le plus souvent. Ardents communistes l'un et l'autre, ils sont en poste à Moscou depuis janvier et vont y passer une année entière : lui, au titre de directeur de *La Littérature internationale*, revue publiée par l'Union nationale des écrivains révolutionnaires – il est notamment chargé de l'accueil des écrivains français, pendant toute la durée du Congrès –, elle, qu'on surnomme Rirette, travaille pour l'édition française du *Journal de Moscou*. Les deux couples vont se lier d'amitié au cours de ce séjour, d'une longue et durable amitié. *Aden Arabie*, le premier roman de Nizan, en grande partie autobiographique, a sans doute contribué à le rapprocher de Malraux, dont il partage le goût pour les aventures lointaines, exotiques et hasardeuses, mais aussi le talent du style, plus sobre chez Nizan, mais tout autant porté à un lyrisme étincelant.

Henriette Nizan observe que Malraux, durant tout le séjour russe, n'a d'yeux que pour leur ravissante guide aux yeux verts, Boleslava Boleslovkaia, chargée de les cornaquer dans Moscou et ses environs[1]. C'est Boleslava qui sera le guide et l'interprète de Gide, l'année suivante, sans tout à fait exercer sur l'auteur de *La Porte étroite* le charme qui agit si bien, à en croire Rirette, sur celui de *La Condition humaine*.

Le voyage soviétique s'achève sur de courtes vacances à Novossibirsk, en Sibérie, où Clara est tout étonnée de ne pas trouver une vaste steppe, mais un paysage vallonné. Au retour, lors d'un parcours en train de plusieurs jours, pittoresque mais houleux, le couple Malraux se dispute plus violemment que d'habitude dans le huis clos du wagon. Clara nargue André

---

[1]. Henriette Nizan et Marie-José Jaubert, *Libres Mémoires*, Robert Laffont, 1989.

en déclarant que le communisme, ce bel idéal auquel elle veut toujours croire, ne l'a pas convaincue. « Je cherchai un équilibre entre le blâme et l'éloge, le doute et l'admiration », dira-t-elle à Christian de Bartillat à la fin de sa vie, pour résumer son point de vue à cette époque : elle a vécu avant Gide son « retour d'URSS ». Elle émet des réserves sur les vertus de la politique soviétique, qui n'est peut-être pas dans les faits celle dont ils avaient rêvé en France, avec leurs amis militants. Malraux reproche à son épouse d'être toujours critique, de ne voir que le mauvais côté des choses et de perdre de vue le but final de toute politique : selon lui, l'efficacité. La présence de Clara l'agace. Quand elle lui fait remarquer, à l'issue d'une rencontre où elle a joué les interprètes, qu'elle est épuisée, littéralement à bout de souffle à force d'essayer de suivre les méandres, le cours précipité et flamboyant de ses phrases, « A quoi serviriez-vous ici, si vous n'êtes même pas capable de traduire ? » lui réplique-t-il. Cette réponse cinglante, dépourvue de toute indulgence et somme toute méprisante, blesse profondément Clara, qui se sent décidément de trop.

Elle quitte Moscou sur une dernière confidence d'Isaac Babel, un soir, aux bords de la Moskowa : « Je suis un écrivain qui a le droit de ne pas écrire. » Babel garde chez lui, dans un tiroir de son bureau, deux romans qu'il ne peut pas publier. « Si on les trouve, dit-il à Clara, je suis un homme mort. » Et c'est ce qui va advenir, quelques années plus tard : Babel va disparaître, sans laisser de traces, assassiné lui aussi sur ordre de Staline. Clara, émue, en aura bien sûr tiré des conclusions sur le régime en place.

De retour à Paris, rentrés séparément à une semaine d'intervalle, les Malraux se réinstallent rue du Bac. Malraux écrit *Le Temps du mépris*, qui sera publié en 1935 : c'est, inspirée par son voyage en URSS, l'histoire d'un dirigeant communiste incarcéré, dénommé Kassner, que fait libérer un camarade. La préface, en six courtes pages, livre le manifeste d'un écrivain, déjà associé à de nombreuses organisations d'inspiration communiste, qui s'engage cette fois dans un combat fraternel. « Il est difficile d'être un homme, écrit Malraux. Mais pas plus de le devenir en approfondissant sa communion qu'en cultivant sa différence – et la première nourrit avec autant de force au moins que la seconde ce par quoi l'homme est homme, ce par quoi il se dépasse, crée, invente ou se conçoit. »

Détail intéressant : c'est dans *Le Temps du mépris* – un livre que Malraux n'aime pas et dont il parlera à Roger Stéphane, au cours d'une émission de télévision, comme d'un « navet » – qu'apparaît un personnage d'enfant. Le seul enfant de toute l'œuvre.

En 1935, Clara qui, contrairement à Malraux, a passé non seulement son bac mais son permis, achète une auto : une Rosengart, à cinq chevaux. Elle promène Malraux qui ne sait pas conduire, sur les routes de France, en particulier dans la Nièvre où ils ont loué pour l'été une petite maison. Les disputes, dans ce paysage idyllique, n'ont pas seulement repris ; elles sont quotidiennes, pénibles et ne viennent même plus pimenter la vie du couple, qu'elles usent et qu'elles lassent.

Clara s'enfuit un soir de la rue du Bac, prend un train au hasard pour Rennes, dont elle revient aussitôt, à cause de sa fille. Elle voudrait fuir définitivement, mais n'en a ni la force ni la volonté. Le chagrin s'installe. André et Clara ne sont plus heureux ensemble. Malraux déserte de plus en plus souvent le foyer conjugal pour trouver auprès de Josette Clotis la paix et la douceur qu'il réclame, inséparables pour lui de l'image qu'il se fait de la femme, de ses charmes et de ses bienfaits. Clara peuple la rue du Bac comme elle peut, en rameutant les amis, en improvisant des cocktails et pleure le reste du temps.

L'appartement des Malraux devient le quartier général des écrivains allemands, juifs et communistes en exil. Clara y reçoit Manès Sperber, qui n'est pas encore le grand écrivain de la trilogie du Komintern (*Et le buisson devient cendre*, *Plus profond que l'abîme*, *La Baie perdue* paraîtront dans les années cinquante, accompagnés d'une préface de Malraux), mais un brillant professeur de psychologie, disciple d'Adler, dépêché par la IIIe Internationale pour devenir le chef idéologique de l'Institut pour l'étude du fascisme (INFA), fondé par Willi Münzenberg et animé par Arthur Koestler – un autre familier de la rue du Bac. D'origine hongroise – Manès Sperber est galicien –, Koestler, qui a étudié à Vienne, parle l'allemand – la langue commune à toute l'Europe centrale – avant de choisir l'anglais pour devenir l'écrivain qu'il n'est pas encore – il le deviendra après la guerre d'Espagne. Clara accueille à bras ouverts, dès son arrivée en France, le poète Johannes Becher, un ancien spartakiste devenu communiste, auteur de *La Légion sacrée* (*Die heilige Schar*) et de *A jamais en révolte* (*Ewig im Aufruhr*), dont les livres ont brûlé dans les autodafés nazis. De même que ceux d'Edmund Schlesinger, d'Erik Nott, ou du poète sarrois Gustav Regler, qui milite contre le rattachement de la Sarre à l'Allemagne. Tous ces écrivains trouvent en Clara une amie.

Dans cette pépinière de talents majeurs où elle évolue très à l'aise, Malraux découvre des interlocuteurs à sa mesure, entretient avec eux des dialogues passionnés, dont Clara assume la traduction simultanée. Elle est la voix qui relie André à cette petite communauté d'intellectuels allemands ou d'Europe centrale, qu'il retrouve chez Daniel Halévy, quai de l'Horloge, ou encore chez Ilya Ehrenbourg, rue du Cotentin. « En 1934, nos amis, nos ennemis étaient encore communs », dira Clara[1]. En vérité, c'est tout ce qu'ils ont maintenant en commun.

La présence complice et fraternelle des écrivains allemands compense mal l'éloignement d'André et ne meuble pas la solitude qui s'installe au foyer d'une épouse en passe d'être abandonnée. Elle cherche une consolation dans une brève liaison avec Gustav Regler.

Tandis que le couple se déchire, une image poursuit Clara dans ses cauchemars, celle de cette femme russe, réduite à la mendicité, pieds nus et affamée, croisée sur les routes de Sibérie. Comme elle s'enquérait de son étrange existence, on lui répondit que la femme tentait de rejoindre son mari dans la ville où, disait-on, il avait été « déplacé ». Ce fut le mot utilisé, « déplacé ». Un euphémisme pour éviter de dire « déporté ». La femme transportait avec elle un unique bagage : son matelas, le seul bien qu'on lui avait permis de garder – un matelas pour dormir seule après avoir dormi à deux et, un jour, pour mourir.

---

1. Clara Malraux, *Le Bruit de nos pas, op. cit.*, tome V, p. 212.

Une moitié de...

Depuis qu'elle est mariée, bientôt quinze ans, Clara se perçoit comme la moitié d'une entité indissociable, à laquelle elle a juré fidélité (quoique...) pour la vie : le couple. Autour d'elle la société des intellectuels qu'elle fréquente lui renvoie comme un miroir l'image de cette hydre à deux têtes. Il y a *les* Arland – Jeannine et Marcel –, *les* Groethuysen – Alix et Bernard –, *les* Chamson – Lucie et André –, *les* Nizan – Rirette et Paul –, *les* Lagrange – Madeleine et Léo –, *les* Cassou – Ida et Jean –, ou *les* Ehrenbourg – Liouba et Ilya. Sans oublier Colette et Pierre – *les* Drieu La Rochelle – ou Elsa Triolet et Louis Aragon, le couple sans nul doute le plus admiré par Clara.

Il arrive que la femme, si elle n'est pas mariée, ne porte pas le nom de son compagnon pour l'état civil, mais elle n'en est pas moins accolée à lui, au point de paraître inséparable : telles Alix Guillain, Liouba Mikhaïlovna ou Elsa Triolet.

Mariées ou pas, ce sont des compagnes qui ne se contentent pas de faire de la figuration. Elles participent aux réunions, aux palabres, aux débats, qu'ils soient d'ordre politique, littéraire ou philosophique. Elles donnent volontiers leur avis, pas seulement sur l'oreiller. Elles suivent de près la vie publique de leur mari ou compagnon. Ce sont toutes des femmes de tête et d'action. Même celles qui n'exercent pas de métier. Qu'elles soient professeurs, journalistes, peintres ou poètes, ou médecins comme Colette Jeramek, elles expriment des idées, des convictions personnelles.

Mettons à part le couple Drieu – Malraux est très lié à Pierre Drieu La Rochelle et il le restera jusqu'à la fin tragique de Drieu. Clara en revanche n'est guère une intime et les fréquente peu, même si elle observe dans ses souvenirs que Colette Jeramek était juive et que cela au moins aurait pu les rapprocher. Les autres couples amis de Clara campent sans exception à gauche. Homme et femme, d'accord sur la couleur du drapeau, communient dans une même vision du monde : généreuse, solidaire, égalitaire. « Ils », « elles » sont socialistes ou communistes.

Les femmes ont leurs combats, en marge des querelles politiques de leurs compagnons : ce sont presque toutes des militantes qui défendent les droits des femmes à plus de liberté et plus d'égalité. La Révolution française les avait plutôt oubliées dans sa charte des Droits de l'homme ! Les amies de Clara ne sont pas pour autant des suffragettes, des Walkyries ni des Amazones. Elles restent très amoureuses de leur homme, qu'elles considèrent avec admiration, voire avec déférence. Ces accompagnatrices, plus ou moins discrètes, actives ou dominantes, ne se laissent pas confiner au nid douillet d'un foyer. Elles exercent souvent un métier ou ont une activité artistique. Certaines peignent (Liouba) ou écrivent (Rirette, Alix, Lucie, bien sûr Elsa), sans pour autant entamer la gloire de leur prestigieux alter ego.

Loyales, dévouées, elles poussent la carrière et les ambitions de l'homme de leur vie ; elles restent cependant en retrait. Plus tard, certaines seront des témoins pour le siècle, en livrant leurs souvenirs comme une histoire d'amour – telles Henriette Nizan (*Libres Mémoires*), Lucie Mazauric (*Ah Dieu ! Que la paix est jolie*), ou encore Claire Goll (*La Poursuite du vent*), que j'oubliais de citer aux côtés de son mari Ivan, au début de cette longue liste de « ils » et de « elles ».

Belles, très belles ou moins belles, elles ne se contentent pas de rêver d'être des « Madame Toi » – l'ambition de Cosette amoureuse, dans *Les Misérables* ; elles gardent leurs personnalités, pour certaines non dépourvues de panache. Même si, comme Clara, elles se révèlent pourtant liées corps et âme à leur moitié.

Clara est fascinée par l'une d'elles, à cause de son influence sur son illustre compagnon et de l'admiration qu'il semble lui porter : Elsa Triolet. La belle Russe qui se croit moins belle que sa sœur – la poétesse Lili Brik, compagne de Maïakovski –, écrit depuis longtemps. Elle s'est fait connaître dans le milieu littéraire, en Russie, où elle a bénéficié du soutien de Maxime Gorki. Mais depuis qu'elle est en France, elle se contente de créer des colliers de perles, qu'Aragon va vendre chez les grands couturiers. Elsa s'est confiée à Clara, qui en a été émue : elle écrit en cachette d'Aragon et n'ose pas lui montrer le manuscrit qu'elle tape en catimini sur sa machine à écrire, dès qu'il a refermé la porte de l'appartement de la rue de la Sourdière. C'est le premier livre qu'Elsa écrit en français. Jusque-là, elle s'est contentée de traduire *Vers et Prose* de son beau-frère, Maïakovski. Encouragée par cet aveu, Clara lui a elle aussi confié qu'elle rédigeait chaque jour depuis une douzaine d'années, en cachette d'André, le journal de leur vie commune – un certain *Livre de comptes*.

Comme Clara, Elsa est juive, et comme Clara en exil, loin de sa terre maternelle ; comme Clara, petite et menue, elle vit dans l'ombre d'un écrivain célèbre et voudrait bien exister par elle-même. Mais elle a beau porter le nom de son premier mari, André Triolet, dont elle a divorcé, le couple qu'elle forme avec Louis Aragon impressionne Clara qui voudrait que le sien lui ressemble. Elle envie l'art consommé avec lequel Elsa semble amadouer son compagnon et exercer sur lui un mystérieux ascendant. Charmeuse autant qu'autoritaire, avec ses yeux de sorcière et sa voix chantante de Russe, Elsa lui paraît, l'air innocent, mener son couple à la baguette. Alors qu'André la domine et la fait souffrir désormais. Et que son propre couple, même si tous leurs amis les voient encore comme *les* Malraux, connaît tout au contraire violents orages et menaces de tempête.

Clara : « *ma* » guerre d'Espagne

Quelques images fortes, extraites de ces années d'avant-guerre, tandis que la bourrasque politique semble stimuler les passions sentimentales et conjugales. Comme si un lien souterrain existait entre l'amour et l'Histoire...

Le 14 juillet 1935, anniversaire de leur première nuit d'amour (1921), les Malraux défilent ensemble de la Bastille à la place de la Nation avec d'autres écrivains de la Mutualité, parmi les délégations d'ouvriers, au premier rang desquelles les leaders de la gauche – Cachin, Blum, Daladier et Vaillant-Couturier. André saisit Clara par la taille et la soulève pour qu'elle puisse voir la mer de drapeaux rouges qui flotte derrière eux.

Le 3 mai 1936, à la terrasse du café des Deux Magots, ils attendent le résultat des élections qui vont porter au pouvoir la coalition des partis de gauche. En compagnie de leurs amis Paul et Henriette Nizan, ils s'apprêtent à partager la liesse qui va rassembler la foule dans les rues de Paris. Ils vont chanter et danser pour fêter la victoire du Front populaire.

Le 17 juillet, cette même année 1936, ils sont au théâtre, en habit et en robe du soir, dans la loge de Léo et Madeleine Lagrange – Léo Lagrange est devenu sous-secrétaire d'Etat aux Sports et aux Loisirs dans le gouvernement de Léon Blum. Ils y apprennent que, de l'autre côté des Pyrénées, une junte militaire menée par quatre généraux rebelles – Mola, Sanjurjo, Goded et Franco – a organisé un putsch pour mettre à bas la République espagnole, ce *Frente Popular* qui a précédé de quelques mois à peine le Front populaire et que les partis de droite appellent en France le *Frente crapular*. Dès le lendemain, les républicains espagnols, dépourvus d'armes et de matériel, sollicitent une aide internationale. Léon Blum hésite puis, sous l'influence de la Grande-Bretagne, qui craint une propagation du conflit, et d'hommes de gauche très anglophiles comme Daladier, ministre dans son gouvernement, il finit par opter, contre ses propres sympathies, pour une non-intervention officielle de la France. Officieusement cependant, par un pernicieux compromis, il va encourager tous ceux qui se porteront volontaires pour soutenir, de quelque façon qu'ils pourront, la République espagnole. André Malraux fait partie de ces tout premiers. Très ami de Léo Lagrange, mais lié aussi à Pierre Cot, le ministre de l'Air de Blum, qui sont peut-être les seuls ministres du Front populaire favorables à une aide déclarée au gouvernement de Madrid, il sait qu'il peut compter sur leur appui. Quatre jours à peine après le *pronunciamento* du 17 juillet, il part pour l'Espagne. Il veut examiner la situation sur place et en tirer ses propres conclusions sur l'aide éventuelle à proposer.

Ce n'est pas son premier voyage : au mois de mai, invité en tant que représentant de l'Association des écrivains antifascistes par le poète José Bergamin, il a rencontré sur place un bon nombre d'intellectuels libéraux ou progressistes et des leaders de la gauche, tel celui qu'on appelle « le Lénine espagnol », Francisco Largo Caballero. Mais le climat, alors tout à l'euphorie de la victoire du *Frente popular*, est désormais celui d'un pays en pleine insurrection, où s'affrontent nationalistes et républicains, forces de l'ordre et peuple de gauche. Le départ de Malraux pour Madrid ne répond plus à une invitation : c'est une initiative volontaire, décidée à titre individuel et isolée, comme toutes les initiatives volontaires de ces premiers temps de la guerre d'Espagne.

Clara a dû beaucoup insister pour que Malraux l'emmène. D'abord il ne voulait pas : trop risqué, trop dangereux, disait-il. L'Espagne est en guerre et la guerre n'est pas une affaire de femmes... Mais Clara s'est entêtée. « Qu'André se rendît en Espagne me semblait naturel, mais aussi que ce fût avec moi[1] ». Pas question pour elle de rester en arrière, à ronger son frein et à pester contre le sort des femmes au foyer. Elle insiste tellement pour faire partie de la mission, elle se montre si obstinée, si déterminée, qu'il finit par se résoudre à l'emmener avec lui. « L'occasion était belle de communier une fois encore dans l'espoir et l'action[2]. » Elle espère évidemment que ce voyage, comme tous les précédents, va resserrer leurs liens et leur rendre l'entente et l'amour perdus, comme chaque fois qu'ils partent ensemble, ou plutôt comme chaque fois qu'ils partaient ensemble, autrefois. Ce voyage avec

---

1. Clara Malraux, *Le Bruit de nos pas*, *op. cit.*, tome V, p. 10.
2. *Ibid.*

lui en Espagne, c'est peut-être la dernière chance de Clara.

Il y avait beaucoup de risques à prendre part à une expédition aussi hasardeuse dans un conflit armé. Mais pour Clara, la prudence n'est pas de mise quand il s'agit de défendre une cause supérieure – ici les valeurs d'un régime de gauche dont elle se sent solidaire – ou d'accompagner Malraux. Ce double motif suffit à la propulser en avant. Elle préfère ne pas se poser la question de la vie, de la mort. Non qu'André et elle soient inconscients du danger, mais ils passent outre, lui par goût de l'aventure et pour des raisons idéologiques, elle, en sus, pour le bonheur de le suivre. Avant de partir, pensant tout de même qu'ils pourraient ne pas revenir, Malraux, d'accord avec Clara, a confié la tutelle de leur fille à l'un de leurs amis les plus sûrs, Emmanuel Berl – « un de mes plus vrais amis », dira Clara. L'amitié de Berl lui restera acquise, même après son divorce avec Malraux.

Cette mère qui va fêter ses quarante ans en octobre reste intrépide. Un petit bout de femme indomptable, qui a le goût du risque, toujours très amoureuse de son mari qu'elle est prête à suivre jusque sous les obus et la mitraille. Son attitude est d'autant plus remarquable que Clara ne croit pas au succès de leur mission en Espagne. Elle est même persuadée, d'accord avec la plupart des amis de Malraux et en particulier avec Berl, que la cause pour laquelle ils sont engagés est perdue d'avance, « comme on sait que la nuit tombera[1] ». Elle n'a pas cherché à le dissuader. Ce qui importe pour elle, c'est de saisir l'occasion de redonner

---

1. *Ibid.*, p. 65.

un sens et un peu de fièvre à sa vie conjugale défaillante. Cela seul valait le défi insensé de ce voyage que Mme Goldschmidt aura une nouvelle fois désapprouvé, mais que Clara revendique au nom de l'amour.

Malraux est furieux qu'elle s'impose. Le temps presse et il ne veut pas le perdre à parlementer avec elle, il ne tolère sa présence qu'à contrecœur.

La voici donc, avec lui, dans un avion de la compagnie Gnôme et Rhône, prêté par le généreux Paul-Louis Weiller, et que pilote avec son habituelle décontraction et toujours sans boussole, l'ami Corniglion-Molinier. Après la reine de Saba, voici venir la terre ibérique : pour Corniglion, c'est sa deuxième expédition avec Malraux, mais c'est la première fois qu'il embarque une femme, à d'autres fins qu'une promenade sentimentale en plein ciel. Clara ne se montre pas du tout effrayée, loin de là. Son enthousiasme est visible, comme chaque fois qu'elle part. Et lorsqu'ils vont survoler par erreur – la boussole ! – la ville d'Avila, qui est aux mains des nationalistes, quand ils subissent les tirs de la DCA – pour Clara, comme pour André, c'est leur baptême du feu –, elle ne montre aucun signe de peur. Elle reste impassible, ce qui lui vaut l'admiration de Corniglion, soulagé qu'elle ne se mette pas à pleurer ou à hurler comme beaucoup de femmes, paraît-il, face au danger. Le danger – elle l'a déjà prouvé – l'exalterait plutôt, à condition qu'elle le partage avec André Malraux. Dans ces conditions exceptionnelles, elle montre beaucoup de sang-froid.

Pour son premier vol vers l'Espagne, elle a imaginé d'étonner ses hommes – André et Corniglion – en déployant sous l'avion, juste avant d'atterrir, un immense drap rouge qu'elle a acheté en cachette et dissimulé dans son sac de voyage. Elle veut leur en faire la surprise, s'étonne même qu'ils n'aient pas eu eux-mêmes cette idée de signaler leur fraternité idéologique. Mais quand elle le déplie dans la carlingue, à l'approche de l'aéroport de Madrid, Corniglion l'arrête avant qu'elle ne commette le geste irréparable : en se prenant dans les hélices, le drap rouge provoquerait un accident autrement plus risqué qu'un bombardement ennemi. Elle s'est sentie naïve, dans son zèle à faire acte de présence à côté de ces aventuriers aguerris. Et un peu sotte de n'avoir pas pensé aux hélices.

Sur place, pour tous les observateurs, la situation paraît encore favorable aux républicains, qui tiennent Madrid, Barcelone, Valence et Malaga, de même que le Pays basque. Le *pronunciamento* semble même avoir échoué – le quarteron de généraux qui pensait prendre le pouvoir en quelques heures mettra trente mois pour y parvenir. Quand les Malraux débarquent à Barajas, l'aéroport de Madrid, la guerre civile enflamme le pays entier comme un incendie de maquis. A leur grand étonnement, le ministre Alvarez del Vayo les accueille en personne au pied de la passerelle, comme d'éminentes personnalités. Il va longuement s'entretenir avec Malraux des besoins urgents de la République espagnole devant le péril fasciste. La grande faiblesse des républicains, qui manquent déjà d'armes et de chars sur le terrain, est plus encore aérienne que terrienne : la quasi-totalité de la flotte de l'air espagnole est tombée aux mains des putschistes qui ont saisi les appareils et fait fusiller les pilotes. Aiguillé par Alvarez del Vayo, Malraux tient là son idée. Une idée bien concrète. Il faut trouver des avions pour les républicains. Et il se fait fort de les leur procurer. De retour à Paris, avec Clara, il est prêt à accomplir des prodiges.

Clara va lui être précieuse à ce moment de préparation stratégique et lui apporter une solide contribution. Malraux a déjà des contacts dans l'industrie aéronautique, grâce à Paul-Louis Weiller, mais ils sont insuffisants, il a besoin de négocier avec d'autres fournisseurs. Or, le frère cadet de Clara, Georges Goldschmidt, avec lequel elle s'est provisoirement réconciliée, connaît des dirigeants de chez Potez et s'offre pour jouer les intermédiaires : il va permettre à Malraux d'obtenir très rapidement ses premiers avions. Quant au choix des futurs pilotes et des mécaniciens, Malraux, qui a mieux à faire, charge Clara de s'en occuper. Improvisée directrice du personnel, DRH d'occasion, bien qu'elle soit dépourvue de la moindre compétence dans le domaine militaire, elle va faire passer des entretiens, examiner des livrets de l'armée ou des états civils – le genre de corvée qui n'intéresse pas son mari. Sans rien connaître au pilotage ni à la mécanique – mais Malraux pas davantage ! –, c'est elle qui va recruter les équipages, au flair ou à l'instinct. Pour la plupart allemands antinazis ou russes et presque tous d'anciens aviateurs de 14-18, ce sont des mercenaires, au passé souvent rocambolesque. Malraux décide de payer chacun 50 000 pesetas par mois. Clara contribue à lever des fonds pour aider à constituer cette escadre de volontaires, qui va piloter les Potez 540, les Bloch 200 ou les Dewatine 37, la douzaine d'avions que Malraux réussit à envoyer en Espagne et dont le nombre va grossir encore jusqu'à la trentaine, au plus.

Parmi ces mercenaires, se présente Léon Sedov, le fils de Trotski. Ni pilote, ni mécanicien, collaborateur actif de son père qui l'a chargé de la rédaction et de l'acheminement vers l'URSS du *Bulletin de l'opposition*, auteur d'un *Livre rouge sur les procès de Moscou* où il fustige la justice de Staline – *Livre rouge* qui vient tout juste de paraître en France aux Editions populaires –, il aimerait être de l'escadrille et s'engager en Espagne. C'est du moins ce qu'il a expliqué à Clara. Mais traqué par les services secrets soviétiques ou pour quelque autre raison inconnue d'elle, il fait défection au dernier moment. Clara perd sa trace. Elle apprendra, deux ans plus tard, sa mort dans une clinique parisienne, des suites d'une opération chirurgicale, pour une appendicite, que certains verront comme un très probable assassinat.

Clara a donc, au départ de l'expédition, œuvré sérieusement pour la cause espagnole, puisqu'elle a contribué à la mise en place et à l'organisation de ce qui va rester dans la légende, sous le nom d'« escadrille España ». Elle a servi en amont tout à la fois d'intermédiaire, de recruteuse et de collecteuse de fonds. Ce rôle peu spectaculaire, des plus modestes – il faut le reconnaître –, elle s'en est bien acquittée. Elle a apporté sa pierre à l'édifice. Ce dont ni Malraux ni la plupart des commentateurs de la guerre d'Espagne vue du côté malrucien ne lui rendront hommage. Son nom n'apparaît même pas – outrage cuisant – dans l'ouvrage de Robert S. Thornberry, *André Malraux et l'Espagne* (Droz 1977), qui reste une référence sur le sujet. Sans doute parce qu'une fois sur place, son rôle – disons-le – n'est plus que de la figuration.

A peine débarquée à l'aéroport de Barajas, elle peine à trouver ses marques. Elle s'est aménagé un coin dans le bureau de Malraux, qui lui confie, pour l'occuper, la rédaction du journal de l'escadrille. Mais les journées sont longues sous l'écrasant soleil de Madrid, à scruter tantôt la piste et tantôt le ciel. L'escadrille, opérationnelle dès la fin du mois d'août 1936, exécute ses premières missions de repérage et de bombardement. Les équipages doivent aller reconnaître l'emplacement des troupes ennemies et en fournir l'information à l'état-major républicain. Ils vont avoir à bombarder les tanks des franquistes. Quant aux Junkers allemands, aux Fiat et aux Savoia-Marchetti de Mussolini, qui viennent de plus en plus nombreux appuyer l'infanterie et la cavalerie fascistes, ils ont à leur livrer bataille à forces inégales, les avions de Malraux étant de loin les moins performants. Un témoin dira que certains sortaient tout droit d'un marché aux puces[1] !

De son poste d'observatrice, Clara apprend à reconnaître le style, plus ou moins abrupt ou artiste, dira-t-elle, des pilotes qu'elle a engagés et parmi eux tous l'avion où se trouve son mari. Car le chef de l'escadrille España ne se contente pas de donner ses ordres à terre, de gérer et de conduire la compagnie ; il navigue lui aussi, participe dès les premiers jours avec ses mercenaires aux missions de bombardement ou de reconnaissance. Il ne pilote évidemment pas. Il occupe le poste de navigateur, particulièrement exposé et dangereux dans le nez de l'avion. Un mitrailleur, le troisième homme de l'équipage, est chargé de larguer les bombes, mais comme les avions n'ont pas tous été préparés à cet effet, il faut souvent les larguer par les fenêtres ou par le trou des WC ! Malraux reprendra ce détail, parmi d'autres, aussi réalistes, dans *L'Espoir*. Il est donc soldat, physiquement engagé dans la guerre, sans du tout se ménager un rôle de chef, en sécurité sur la base. Les avions ne reviennent pas toujours. Ou ils reviennent souvent en piteux état. Parmi les équi-

---

1. Janet Flanner, *Men and Monuments*.

pages, beaucoup d'hommes sont blessés ou tués. Quoi qu'on en ait dit par la suite, Malraux a bel et bien risqué sa vie. Son courage est attesté par de nombreux témoignages : il n'a pas triché en Espagne. Il s'est battu. Et quand les Espagnols lui ont offert le titre de « coronel » qu'il est si fier d'arborer avec ses galons, c'est autant en reconnaissance de ses vertus d'organisation – il a l'art du commandement et de la stratégie militaire – que pour ce courage, qui le porte à l'action, sans mesurer ses efforts. Respecté par les hommes de l'escadrille, par les pilotes et par les mécanos, mais aussi par les autres combattants ou journalistes espagnols et internationaux qui se pressent à Madrid, il a la trempe des héros qu'il décrit dans ses livres – en particulier celle d'un Magnin, comme lui chef d'escadrille dans *L'Espoir*.

Tandis que Malraux apparaît à l'aise, dans un rôle taillé à sa mesure qui lui permet de s'affronter à l'action, Clara se sent décalée. A Barajas, elle n'a pas grand-chose à faire qu'à attendre et à guetter le mouvement des avions. L'inséparable compagne du chef n'est guère utile dans ce pays en guerre. Ni journaliste ou grand reporter comme Lee Miller à la même époque en Allemagne, ni combattante puisqu'elle ne manie pas les armes et ne porte aucune munition, ni cantinière, ni infirmière, incapable de soigner les blessés ou de cuisiner pour la troupe, elle n'a rien d'une pasionaria dont l'Espagne va fournir tant d'exemples et rien non plus d'une de ces femmes du peuple, armées de fourches ou de coutelas, qui défendent leurs villages. Sans fonction, sans but, elle tourne en rond dans la fournaise de l'été espagnol. Parfois un ordre de son mari l'expédie sur les routes : on l'embarque dans une Jeep ou dans un camion, elle ne sait jamais trop où l'on va ni pour quoi faire. Elle voit des paysans armés, des femmes en colère, des enfants aux regards perdus. Ici des villages en flammes, là des champs d'oliviers couverts de cendres et tout à coup la merveille d'une église ou d'un fort intacts dans un paysage intact. Elle entend des gens hurler de souffrance et des bombes éclater tout près. Elle ira jusqu'à Tolède, l'un des bastions des milices, qui détiennent des enfants et des femmes en otages dans l'enceinte de l'Alcázar, sans vraiment comprendre l'enjeu de cette bataille, destructrice et sanglante, à laquelle elle assiste de loin, par l'écho des bombes et des coups de fusil. Dans la même Jeep que Jean Lurçat, le peintre des tapisseries, et que Georges Soria, le correspondant de *L'Humanité* à Madrid, elle ne pose même plus de questions. De tout ce qui se dit autour d'elle, elle ne comprend à peu près que ce seul mot d'espagnol, qui l'obsède comme un refrain : « la mort, la muerte » – un des mots les plus récurrents de l'œuvre de son mari. Mais si May, la militante, qu'elle a inspirée dans *La Condition humaine*, prenait une part active à la révolution chinoise, elle-même n'est plus rien ici, dans ce pays embrasé, qu'une passagère de trop et pour tout dire encombrante.

Elle a su imposer sa présence, que nul d'ailleurs ne lui reproche, mais cette présence pèse à Malraux, dont elle entrave la liberté d'action. Un dialogue de *L'Espoir* le révèle en clair quand Malraux fait dire à Guernico, l'écrivain chrétien, à propos de son épouse, une camarade allemande que Clara peut avoir une nouvelle fois inspirée, qu'« il ne peut pas se battre quand elle est là ».

« Il a sûrement raison, dit Garcia.

— Mais moi, dit la femme, je ne peux pas vivre si je sais qu'il se bat ici, si je ne sais même pas ce qui se passe.

— Toutes les mêmes, pensa Garcia. Si elle part, elle le supportera avec beaucoup d'agitation mais elle le supportera ; et si elle reste, il sera tué[1]. »

Clara s'inquiète des missions aériennes de son mari. Elle guette ses retours, impuissante, en imaginant le pire. Elle l'aime alors plus que jamais ; mais dès qu'il touche à terre, dès qu'elle le voit sortir de la carlingue, avec ses galons de colonel, son ironie reprend le dessus, aggravée par le marasme de l'attente et la frustration de ne pouvoir réellement participer à l'action des hommes. Elle laisse libre cours à des sarcasmes, se moque de ce titre de colonel attribué à un homme qui a trouvé le moyen d'échapper en France au service militaire, et vient sans cesse lui rappeler qu'il n'a aucune compétence militaire, ni mécanique – il ne sait même pas conduire une auto ! Elle l'accuse de frimer, de parader. Pour Malraux, pris dans la violence réelle et fraternelle d'un engagement, ces critiques font l'effet d'une douche froide. Clara l'exaspère. Il la rappelle alors à ses devoirs de mère, lui suggère de retourner à Paris voir Florence – elle y serait plus utile qu'ici à le harceler de reproches.

Rien ne pourrait empêcher Clara d'être désagréable, quand le démon de la rancune s'empare d'elle. Elle en veut à Malraux de ne lui accorder aucune importance ; elle lui en veut de ne plus rien partager avec elle que la portion congrue des ménages, le matériel, le banal

---

1. André Malraux, *Romans*, Gallimard, « Bibliothèque de la Pléiade », p. 825.

quotidien. Elle voudrait qu'il lui rende pleinement l'esprit d'aventure dans lequel elle a construit sa vie avec lui. Mais Malraux a changé. Comment reconnaître le jeune dandy bohème, dans ce chef d'escadrille qu'elle admire pourtant et qu'elle continue d'aimer mais dont l'aura de chef, le prestige romanesque autant que militaire se sont faits lui semble-t-il à ses dépens ? Plus son soleil brille en ces années politiques et littéraires où il se distingue avec un incontestable éclat, plus son ombre grandit, l'éloignant de sa chaleur, de sa lumière. C'est une situation pathétique : l'agacement vient gâcher l'amour et l'amour n'existe plus une seule seconde sans cet agacement qui le ternit.

A l'hôtel Florida, à Madrid, où les Malraux ont leur chambre, loge une délégation internationale venue apporter son aide aux républicains espagnols. Dans cette tour de Babel, des journalistes, des écrivains, des aventuriers accourus des quatre coins du monde, se retrouvent chaque soir. Il y a là le poète Pablo Neruda, qui a été consul du Chili en Chine et en Annam, et l'est alors à Madrid, l'auteur torrentiel de *Residencia en la tierra* (*Résidence sur la terre*) et du futur *España en el corazón* (*Espagne au cœur*) ; l'Américain John Dos Passos, qui vient tout juste d'achever sa fresque romanesque de l'Amérique en crise, *USA* ; Nicolas Chiaromonte, le Sicilien ; le Russe Mikhaïl Koltzov, correspondant de la *Pravda*, qui ne quitte pas l'ami Ilya Ehrenbourg, à ses divers passages ; et Ernest Hemingway – Ernie –, qui écoute sans dire un mot, le regard fixé sur le fond de son verre, les palabres sans fin d'André Malraux. Il rêve déjà aux beaux personnages de Pilar et de Maria, dont Clara pourrait envier la force et la douceur, dans *For Whom the Bell Tolls* (*Pour qui sonne le glas*).

La communauté espagnole n'en est pas moins intense dans cette pépinière cosmopolite d'écrivains du monde entier. A l'hôtel Florida, les Malraux retrouvent pour dîner le poète et essayiste madrilène José Bergamin – *Variación y fuga de una sombra* (*Variation et fugue sur une ombre*) –, qu'ils ont connu à Paris. Ils se lient avec Rafael Alberti, l'auteur de *Mar y Tierra* (*Mer et terre*) et de *El Hombre deshabitado* (*L'Homme déshabité*), sa pièce de théâtre la plus politique, un Auto-sacramental tragique et révolté ; avec Antonio Machado, le poète sévillan, auteur de chansons mélancoliques dédiées au deuil et à l'amour ; ou encore avec León Felipe – *Versos y oraciones de caminante* (*Vers et prières de voyageur*) – qui arrive de Panama et va bientôt partir pour le Mexique. Dans une auberge, un soir, Malraux récite par cœur dans un silence religieux de longs passages du *Soulier de satin*, la prière de doña Prouhèze et le chant d'amour de Rodrigue, pour ses amis espagnols.

Clara, pour la première fois, se sent exclue : non par l'esprit – elle communie de toute son âme dans la poésie –, mais par la langue. Une langue qui lui est cette fois étrangère. Elle, la polyglotte, la traductrice simultanée des conversations de Malraux avec des Allemands, des Anglais, des Russes, des Italiens, ne peut plus du tout communiquer. Il lui faut se résoudre à écouter le chant – ce chant rauque et velouté de l'Espagne, qui tient du flamenco autant que du *cante jondo*. Malraux, indifférent, poursuit un dialogue à sa manière, disons un soliloque fraternel, avec ces écrivains espagnols dont il partage les élans du cœur. Il semble pouvoir se passer d'interprète. Reléguée dans son coin, avec le sentiment d'être inutile, Clara souffre de ne pas pouvoir participer plus activement à ces réunions, à ces discussions d'écrivains, unis par-delà les frontières. Il y a bien là quelques femmes, comme Liouba Ehrenbourg, qu'elle connaît bien, ou comme Teresa Alberti, poète comme son mari, mais leurs couples lui semblent plus passionnés, plus soudés que le sien. Elle en éprouve le regret de ce qu'elle n'a pas – ce bel amour que chantent tous les poètes du monde.

Il lui faut s'éloigner quelques jours. Prendre l'air loin de Malraux et du chaos espagnol, tenter de se reposer, de se calmer. Elle va à Paris, retrouve Florence avec un vrai bonheur. Puis elle revient, via Toulouse, en train, en avion, comme elle peut, au cours de déplacements harassants, dont elle espère chaque fois le meilleur : de tendres retrouvailles ou des bras grands ouverts. Il n'en est rien. Malraux se ferme. Malraux est sombre. Il fait la guerre ; l'amour n'est plus. Pour Clara, les retours à Madrid sont des déconvenues que sa propre attitude envenime. Elle y reprend immédiatement ses sourires narquois, ses propos acerbes. Et elle ne trouve rien de mieux pour tenter un rapprochement que de provoquer Malraux dans ses opinions politiques.

D'abord, elle n'en finit pas de lui rabâcher que la cause qu'il défend est perdue d'avance, que les républicains n'ont aucune chance de s'en sortir, d'autant que les puissances internationales les plus favorables à leur cause, comme la France ou la Grande-Bretagne, ont voté le principe de non-intervention, tandis que l'URSS hésite encore à se porter en renfort.

Des dissensions politiques surviennent dans le couple, qui ne s'accorde plus. En Espagne, Malraux approfondit ses liens avec les communistes, qui lui paraissent constituer la seule organisation efficace sur le terrain, la seule capable d'affronter et de vaincre le fascisme. C'est au nom de l'efficacité – un des leitmotiv de *L'Espoir* – qu'il se rapproche d'eux. Clara, au contraire, éprouve la plus vive sympathie pour les anarcho-syndicalistes. Elle a lu la toute première traduction de Bakounine, en est restée marquée. L'anarchisme rejoint sa nature profonde, à la fois rebelle et indisciplinée, contestataire et bohème. Elle l'écrira : « Le chemin dont les humains pensent qu'il mène au bonheur n'est pas le même pour tous. Celui que veulent prendre les anarchistes est tentant, branchu, feuillu, ombreux, absurde peut-être mais merveilleux. Celui qu'ont pris les communistes semble logique, d'une logique née de constants reniements[1]. »

Ce qu'elle a vu à Moscou lui a laissé un sentiment mitigé : elle a avoué à André, qui a tenté de nuancer son jugement, ses doutes sur le régime soviétique. Lui défend en Espagne une union et une discipline des forces de gauche, sous l'égide communiste ; elle préfère la compagnie des compagnons anars de la FAI (Federación anarquista ibérica) ou de la CNT (Confederación nacional de trabajadores), au nom du libre-engagement et du non moins libre embrigadement. Malraux mettra en scène dans *L'Espoir* ces anarchistes inspirés de Durruti, le chef de la CNT, dont il donnera les traits au personnage du Négus dans son roman, et qu'il admire sans nul doute autant que Clara. Mais pour lors sa stratégie est arrêtée : il faut gagner la guerre et pour la gagner s'appuyer sur la force communiste, la seule qui permettra d'enrayer le désordre et d'empêcher la défaite.

Que sa femme se mêle d'avoir des idées politiques

---

1. Clara Malraux, *Le Bruit de nos pas*, *op. cit.*, tome V, p. 51-52.

et les lui expose en privé gêne moins Malraux que son attitude exhibitionniste à vouloir à tout prix contredire les siennes, en public. Elle conteste ses positions, avec un acharnement où la conviction politique se mêle à un perfide règlement de comptes personnel. Pour l'agacer encore plus, elle couche avec un jeune pilote de l'escadrille, puis se montre debout, le poing levé, sur un camion du POUM, aux couleurs d'Andreu Nin. Le Parti ouvrier d'unification marxiste, avec son étendard trotskiste, est le mieux capable de mettre en fureur les amis communistes de Malraux.

Comment rester plus longtemps dans ce climat hostile et déchiré ? Clara finit par repartir, à la fin du mois d'août. Elle revient une dernière fois en septembre, avec une délégation de femmes communistes, chargées de remettre un drapeau au cinquième régiment. Mais c'en est fini pour elle de l'aventure espagnole. Elle laisse André à ses avions, à ses mercenaires et à ses espoirs de victoire. Pour elle, la guerre d'Espagne est une défaite sur tous les plans : défaite politique devant Hitler, devant Mussolini. Mais défaite personnelle qui marque la fin définitive d'un amour.

L'escadrille poursuit son combat trois mois durant, jusqu'à l'arrivée des Junkers de la chasse allemande, en novembre, sur Madrid. L'escadrille España se transporte alors à Albacete, où Malraux poursuit son action. Le bilan est positif. Selon les meilleurs observateurs des opérations, l'escadrille a contribué à rassembler des informations importantes sur l'avancée des troupes nationalistes ; elle a permis de ralentir leur avance, détruit des tanks ainsi que quelques Fiat et Savoia-Marchetti. L'un de ses coups d'éclat fut, à la mi-août, le bombardement de la colonne fasciste qui remontait d'Estrémadure pour assiéger Madrid, et qu'ils ont interceptée à Medellín.

Commandée par le colonel Ascencio. Malraux le décrira dans *L'Espoir*, avec une précision lyrique mais exacte, en faisant une des scènes majeures du roman. Il y remplacera toutefois Ascencio, pour plus d'éclat sans doute, par Franco qui sera devenu le général en chef des forces nationalistes, le 21 septembre.

L'URSS entre peu après dans l'effort de guerre en envoyant à Alicante un premier noyau de volontaires appelés à former les Brigades internationales. « Nous aurons au moins permis aux Brigades internationales d'arriver », dira Malraux à Roger Stéphane[1] – l'escadrille España a bien rempli sa mission. Malraux n'adhère pas aux BI, mais il va peu à peu remplacer ses mercenaires par des pilotes qui eux en sont issus et qu'il juge plus professionnels ou plus « efficaces », resserrant ainsi ses liens de facto avec le communisme. Un communisme « seul capable de préparer l'Apocalypse », selon sa propre expression.

Le 6 décembre 1936, l'avion où se trouve Malraux, en mission pour attaquer Teruel et la route de Saragosse, s'écrase au décollage. Le « patron » en sort avec quelques contusions, pour redécoller aussitôt et rejoindre ses camarades, partis en même temps et abattus dans le deuxième avion, au-dessus de la Sierra de Teruel. Il organise les soins aux blessés, sauve la vie d'un pilote qu'on allait amputer faute de médicaments en le faisant rapatrier en France, et s'occupe d'enterrer dignement ses morts. Jean Lacouture, dans sa biographie, consacre des pages convaincantes à la sincérité du combat de Malraux en Espagne, à son incontestable héroïsme – un héroïsme qui agaçait tellement Clara à

---

1. En octobre 1967.

la fin qu'elle n'y voyait plus qu'une pose à la Byron, ce flambeur romantique.

Stratégiquement, novembre 1936 marque en Espagne la fin de la guérilla et le début de la phase militaire. L'aventure de l'escadrille s'achève peu après Teruel. Malraux rentre définitivement à Paris où il a fait entre-temps quelques allers et retours rapides, en février 1937, après sept mois de combat. Mais il ne reprend pas la vie commune avec Clara. Comme si la guerre d'Espagne avait sonné le glas de leur amour, leur rupture est consommée. Le repos du guerrier, c'est une autre femme qui l'assure désormais. Malraux ne rentre pas rue du Bac, sinon de loin en loin pour rendre visite à Florence. Il s'installe à l'Elysée Park Hôtel, avec Josette Clotis.

Rupture

Clara, d'abord, ne sait rien de cette liaison qu'elle prend pour une amourette sans importance – « André s'amuse avec la petite Clotis », dit-elle à ses amis. Elle ignore que Malraux a retrouvé « la petite Clotis » à Gênes et à Toulouse. Et qu'il lui a adressé régulièrement, pendant les sept mois de son séjour espagnol, de courts messages ou des télégrammes pour lui dire qu'il pense sans cesse à elle. Josette les conserve avec amour ; elle les léguera un jour, avec ses cahiers, ses journaux intimes et la liasse de ses propres lettres à Malraux, beaucoup plus longues et enflammées que les siennes, à sa meilleure amie qui les publiera en extraits[1]. Alors que Clara est aux côtés d'André, à

---

1. Suzanne Chantal, *op. cit.*

Madrid, le 16 août 1936, il griffonne à la va-vite, sur une simple feuille arrachée à un calepin à spirale, ces quelques phrases qui disent beaucoup, entre les lignes : « Je suis parti comme Fantômas dans des conditions farfelues que je vous raconterai. En somme, pour les avions, j'ai réussi. Reste maintenant la suite. Je dors trois heures par nuit, vis dans un mélange d'héroïsme et d'imbécillité et vous envoie mille choses pour en faire des rêves. A bientôt[1]. » L'enveloppe porte le cachet du camp d'aviation de Barajas.

Josette, en vacances en Italie, dans un paysage qui doit lui paraître bien décalé par contraste avec ce qu'il est en train de vivre, lui envoie ces mots limpides : « André, mon amour, la vie se passe en monologue vers vous. » Elle lui avoue qu'elle rêve pour eux à « un bel endroit avec rivière, avec autour, beaucoup de petites villes à cathédrale ou à musée un peu ridicule, où pour vous délasser, nous irions boire de l'alcool dans l'endroit le plus mal fréquenté. On irait chez le pâtissier et le libraire, on achèterait des pots en faïence pour mettre les premiers lilas[2]. »

Elle n'est jamais à court de projets aux couleurs naïves, qui imaginent la vie commune dans un décor frais et tranquille, loin du bruit et de la fureur de la guerre mais aussi des villes, qui accaparent l'homme qu'elle aime, dévorent son temps, son énergie, son amour. Elle le voudrait tout à elle, prisonnier d'un univers doux et voluptueux, qu'elle arrangerait exprès pour lui, avec des fleurs, des parfums et de bons petits plats qui mijoteraient sur le feu. La seule activité de

---

1. *Ibid.*, p. 83.
2. *Ibid.*, p. 86.

Malraux, s'il vivait avec elle, serait d'écrire ces livres magnifiques, ces livres qu'elle admire. Avec une conviction ou une intuition qui lui viennent peut-être de ce qu'elle sait l'importance d'écrire, cette femme qu'on dit frivole lui assure que ses romans valent bien qu'il leur sacrifie tout le reste – les voyages, la guerre, la politique. « Vous devez écrire, André, c'est indispensable, ou vous mourrez fou de ne pas écrire, et je sais que vous en avez un tel désir. (...). Rien n'est plus important que les livres. Le reste en dépend et vient après. »

Elle est assez fine pour avoir compris que les livres étaient aussi sa plus grande chance d'attirer Malraux près d'elle, en lui promettant la paix dont un écrivain a besoin pour écrire son œuvre. Cette paix, que Clara n'a jamais pu lui garantir, c'est la spécialité de Josette. Personne n'aime plus qu'elle les jolies maisons de province et les jardins de roses, les bains moussants et le champagne en toutes occasions – le bien-être et la volupté. Mais aussi le silence, ce silence délicieux des siestes.

Lui : « Bonsoir, et chats. » Ou, très pudique : « Pense à vous affectueusement. » Mais Corniglion-Molinier l'a vu un jour, au cours de leur expédition au-dessus du Yémen, rayer une page de carnet de ce seul mot : « Josette[1] ».

« Il faudrait quand même le temps de votre livre, entre l'Espagne et leur guerre, le temps aussi d'être un peu calmes et heureux. » Sa maîtresse a l'art de lui faire miroiter un bonheur popote, propice à ce qu'il préfère dans la vie : écrire, et dont il est privé par la faute des

---

1. *Ibid.*, p. 84.

circonstances – l'agitation politique et la fébrilité de l'action.

Clara, au contraire, a depuis le début associé leur vie conjugale à l'aventure. Elle ne va pas mettre des fleurs dans les vases ni mitonner des petits plats à Malraux pour qu'il écrive. Elle pense qu'elle a d'autres atouts : sa complicité intellectuelle avec lui, son goût des mots et des phrases qui s'exprime dans son minutieux travail de traductrice, enfin sa capacité à pouvoir réunir sous son toit, autour de son mari, les écrivains qui sont « leurs » amis. Elle sait qu'il goûte ces réunions au cours desquelles il laisse libre cours à son verbe et y puise une grande force d'émulation. Clara qui pourtant aime écrire et voir écrire elle aussi, ne conçoit pas la création comme un isolement, mais comme une communication, mieux encore comme une véritable communion. Elle n'a jamais pensé à garder Malraux « tout à elle », quand c'est l'idéal de Josette. Laquelle ne conçoit le bonheur que dans la solitude à deux.

Un peu de calme après la tempête. De la douceur après les batailles au-dessus de la Sierra de Teruel. Comment Malraux ne serait-il pas attiré et enclin à rêver ? Une femme qui l'attend patiemment et prétend n'aimer absolument que lui. Qui lui écrit : « Donnez-moi encore cette chance d'être grande et belle en vous aimant et en ne laissant venir jusqu'à moi rien de moins beau que cet amour[1]. » Une femme tout don, tout abandon.

Pour lui, bien que l'escadrille España soit dissoute, le combat n'est pas terminé. Il veut continuer à se

---

1. *Ibid.*, p. 86.

battre pour l'Espagne, quoique sur un autre terrain, celui de la propagande et de la collecte de fonds. Invité par diverses universités américaines (Berkeley, Princeton, Harvard...), mais aussi par divers syndicats d'acteurs et de producteurs de cinéma d'Hollywood, à prononcer une série de conférences, il décide d'entreprendre une tournée aux Etats-Unis. Fidèle à sa conception de l'efficacité, qui reste pour lui la clef de toute révolution, il a la ferme intention d'en rapporter beaucoup de dollars, qu'il reversera au profit de la République, peut-être aussi obtiendra-t-il une aide en matériels, en vivres ou en médicaments – tout ce dont manquent tragiquement ses amis et alliés de l'autre côté des Pyrénées. Son départ est prévu pour le 17 février – moins de quinze jours après son retour à Paris. Clara croit qu'il part seul et n'a pas insisté, cette fois, pour l'accompagner : sa réponse lui était connue d'avance. C'est tout juste si elle peut espérer que ce voyage lui fera oublier leurs discordes et le lui rendra au retour plus disposé à reprendre une vie commune.

Mais Malraux ne part pas seul. Il emmène Josette, ce qu'il s'est bien gardé d'avouer. Le 17 février, Josette est arrivée la première au Havre, à l'aube, accompagnée de son inséparable amie, la journaliste Suzanne Chantal. Les deux femmes ont déjà embarqué sur le *Paris*, le somptueux paquebot qui va les transporter outre-Atlantique, et Josette a commencé de défaire dans sa cabine les malles contenant les robes de Lanvin achetées en prévision des somptueuses soirées de la croisière et des non moins somptueuses soirées qui l'attendent, en Amérique. De la passerelle, avec Suzanne Chantal, elle assiste à la scène des adieux : quand Clara, qui a accompagné son mari jusqu'au Havre, embrasse André et qu'il l'abandonne sur le quai parmi la foule anonyme. Clara apprendra la présence de Clotis en Amérique par les articles de journaux qui relatent le voyage de Malraux, citent ses conférences et photographient à ses côtés la belle compagne qui l'escorte. Le charme et la beauté de Josette sont partout célébrés. Clara découvre, navrée, non seulement qu'elle a une rivale – une rivale officielle – mais que Malraux avec lequel elle a passé un pacte de loyauté et promis de tout se dire, le pire et le meilleur, lui a caché sa liaison. Le mensonge, la dissimulation lui font autant de mal que la trahison.

Pendant qu'elle souffre, le couple vit ses plus beaux jours : de New York à Los Angeles, jusqu'à Montréal, l'Amérique déploie le tapis rouge pour recevoir « l'écrivain à la mitraillette », le seul à pouvoir concurrencer Hemingway sur le terrain de l'aventure et des médias. La presse, unanime, applaudit son style mystérieux et étincelant, que la traduction simultanée ne parvient pas même à affadir. Deux mois en Amérique permettent à Malraux d'améliorer son anglais : c'est en direct, sans passer par l'interprète, qu'il répond du tac au tac à un journaliste venu lui poser la question des raisons profondes de sa participation à la guerre d'Espagne : « I do not like myself[1] » – Je ne m'aime pas. Une phrase qui est sans nul doute la plus intime, pour lui la plus impudique, de toutes celles qu'il a écrites ou prononcées au cours de sa vie.

I do not like myself.

Il semble au contraire aimer beaucoup Josette, qui s'épanouit à ses côtés en croyant vivre le bonheur. Non qu'elle savoure particulièrement l'Amérique ou les

---

1. Jean Lacouture, *op. cit.*, p. 251.

Américains. Pendant ces deux mois, les conférences l'ennuient, elle ne goûte pas plus les débats politico-littéraires que les discours qui sont pour elle toujours trop abstraits. Et Hollywood, malgré la présence de Marlène Dietrich et d'Edward G. Robinson, la déçoit. Mais elle est fière d'être la compagne officielle du héros. En Amérique, elle sort enfin de la clandestinité. Elle n'a plus à se cacher. Elle peut briller de tous ses feux aux dîners et aux bals organisés en l'honneur de Malraux mais aussi au sien. Elle est à l'aise dans son vrai rôle, celui de la femme aimée et reconnue comme telle – la femme qu'on n'a pas honte d'avouer, tout au contraire. La femme qu'on est heureux et fier de présenter à ses côtés. Josette, que le bonheur exalte autant qu'il l'embellit, écrit dans son journal intime, rédigé tout entier à la troisième personne comme si elle se regardait exister, qu'« elle ne supportera plus l'absence, ne vivra plus un jour sans lui, ne le lâchera plus d'une semelle sans mourir[1] ».

En Amérique, elle a vécu un conte de fées. Elle a confondu l'illusion et la réalité, le rêve et ce qui n'était que des vacances. Dès le retour à Paris, Malraux, au lieu de rester avec elle, retourne rue du Bac ! Josette retrouve sa vie backstage, entre l'hôtel, les bistros et les cinémas où son amant lui fixe des rendez-vous. Des rendez-vous qu'elle ne manquerait pour rien au monde et qu'elle passe ses jours, ses nuits à espérer. Elle veut se garder entièrement disponible pour Malraux. Sa vie n'est qu'une attente.

Clara, elle, n'a pas récupéré un mari, mais un homme renfermé et sombre qui s'absente de plus en

---

1. Suzanne Chantal, *op. cit.*, p. 90.

plus souvent. Il passe ses soirées, souvent ses nuits ailleurs et, quand il est là, oppose à ses questions et à ses reproches haussements d'épaules ou silences hostiles. Elle n'a rien gagné à son retour. Il repart d'ailleurs presque aussitôt pour Madrid afin de remettre au président Azaña le montant des dons qu'il a reçus en Amérique ; ils vont permettre d'acheter des ambulances et d'améliorer les hôpitaux. Puis il se rend à Valence où, cet été 1937, se tient le IIe Congrès international des écrivains – après celui de juin 1935 à la Mutualité. Le président Azaña et Alvarez del Vayo, ministre des Affaires étrangères du cabinet Negrín, récemment en fonction, reçoivent les écrivains, parmi lesquels Hemingway, Tzara, Ehrenbourg et bien d'autres. La ligne soviétique s'impose de plus en plus parmi tous ces intellectuels, venus du monde entier débattre du fascisme et de l'antifascisme. Il y est beaucoup question de la « trahison » de Gide, qui vient de publier son *Retour d'URSS*, où l'auteur du *Voyage en URSS*, précédemment laudateur, prend ses distances avec le régime. Le Congrès qui, à cause des combats, va devoir se replier sur Madrid puis sur Barcelone et s'achèvera à Paris, au théâtre de la Mutualité, au point qu'Ehrenbourg le baptise « cirque ambulant », est alors, plus que jamais, d'obédience communiste. A la tribune, José Bergamin prononce un discours virulent contre Gide, pour rappeler la nécessité d'union et de discipline autour du Parti, et, brandissant l'ouvrage, lance à l'assemblée : « Ce livre n'est pas une critique, c'est une calomnie. » Applaudissements. Malraux, remarqué comme à son habitude pour ses discours enflammés et lyriques, s'abstient cette fois de se prononcer et garde le silence. Trop ami avec Gide pour le combattre, trop lucide pour ne pas percevoir des vérités dans ce *Retour* d'*URSS* désenchanté, il est encore trop fidèle compagnon de route, trop persuadé que le communisme est la seule réponse capable de vaincre le fascisme, pour se lancer dans une controverse. Heureusement, Clara n'est pas là pour lui en faire le reproche.

Depuis son retour d'Amérique, Malraux a commencé d'écrire *L'Espoir*. Le roman de la guerre civile espagnole, roman de la fraternité et du déchirement, est son nouveau combat pour l'Espagne. Il le mène au jour le jour, de mai à octobre, au cours d'une existence chaotique, dans les avions, dans les meetings et, la nuit, dans les hôtels où le mène sa fièvre itinérante, imaginant et construisant tour à tour les personnages de Magnin et de Manuel, de Scali et du Négus, de Guernico, de Puig, de Garcia, de Heinrich et de Hernandez... Beaucoup de communistes, dans *L'Espoir*, mais pas mal d'anars aussi – Puig ou le Négus – et des socialistes déchirés entre la ferveur et la discipline – tels Magnin ou Scali – parmi les portraits les plus forts. Et puis, il y a Manuel, celui de tous les personnages qui ressemble le plus à l'auteur, même si l'on retrouve ses traits ou ses opinions dans la plupart d'entre eux, parce qu'il a accompli un long et douloureux chemin vers l'efficacité : « Il n'est pas un des échelons que j'ai gravis dans le sens d'une efficacité plus grande... qui ne m'écarte davantage des hommes. Je suis chaque jour un peu moins humain. » Voilà ce que Malraux écrit, ou ce à quoi il pense, pendant les palabres du « cirque ambulant ».

Entre Valence et Madrid, il manque se tuer avec Ilya Ehrenbourg, quand la voiture qui les conduit heurte un camion de munitions ; il en sort indemne, de même qu'Ehrenbourg, sa mallette contenant le précieux manuscrit sous le bras.

L'Espoir, c'est le premier livre qu'il écrit loin de Clara.

Livre multiple, foisonnant, généreux, qui doit son « épaisseur » – un mot que Malraux aime bien – à l'expérience vivante de son auteur sur le terrain, à la fraternité partagée, aux souffrances endurées. Livre orageux, ambitieux, au rythme syncopé, tout en dialogues et en stridences, presque jamais descriptif. Des phrases y éclatent comme des fulgurances, dont celle qui contient son titre : « La plus grande force de la révolution, dit Garcia, c'est l'espoir. » Mais il y en a d'autres, et elles sont pléthore, sur la révolution, sur le communisme, sur l'amitié, sur l'amour, sur la vie et la mort. Comment en citer une plutôt qu'une autre, quand elles défilent d'un chapitre à l'autre, de manière brutale et saisissante ?

« On ne découvre qu'une fois la guerre, mais on découvre plusieurs fois la vie[1]. »

Tous les dialogues sont d'une rapidité et d'une force qui frappent le lecteur, l'emportent dans un débit violent et saccadé. Un seul exemple, au hasard, vers la fin du livre, quand Scali, l'écrivain catholique et socialiste, tente de sauver le père de son ami Jaime Alvear, un vieux professeur d'art, qui refuse de fuir l'arrivée des franquistes dans la capitale :

« Vous vous laissez tuer par indifférence ?

— Pas par indifférence... »

Alvear se leva à demi, ne quittant pas des mains les bras du fauteuil, et regardant Scali un peu théâtralement, comme pour souligner ce qu'il disait :

« Par dédain. »

---

1. André Malraux, *L'Espoir*, in *Romans*, Gallimard, « Bibliothèque de la Pléiade ».

Est-il bien utile de rappeler qu'il n'y a dans ce livre aucun personnage de femme : rien que des silhouettes, qui ont des airs de fantômes meurtris. Ici ou là, au fil des pages, des paysannes armées et endeuillées, des infirmières comme Mercédès – les autres n'ont pas de nom –, qui n'a pourtant aucune « épaisseur » romanesque, ou la compagne de Guernico, enceinte, plus effrayée de quitter son homme que de rester avec lui sous les bombes. Toutes ces femmes, à peine esquissées, ne font que passer au milieu des combattants, qui ne leur portent guère d'attention. Aucune Pilar, aucune Maria, comme chez Hemingway, dans ce roman d'hommes, où l'héroïsme est exclusivement viril. Dans ses peintures de la guerre, que ce soit dans *Pour qui sonne le glas* ou dans *L'Adieu aux armes*, Ernie aimera donner la parole aux femmes, un sens à la bataille qu'elles ont menée elles aussi, y compris en Espagne, souvent avec des armes d'hommes, avec des grenades et avec des fusils. Pour Malraux, la guerre est une affaire trop sérieuse pour qu'elle puisse être partagée ni même vécue avec le sexe faible. Clara lui reprochera cette vision manichéenne du monde, les hommes d'un côté et les femmes de l'autre : les hommes pour l'action, le courage et la guerre. Les femmes pour la douceur et l'amour. Elle relève bientôt, avec ironie, que l'un des mots les plus fréquents de l'œuvre de son mari, tout particulièrement dans *L'Espoir*, mais c'était déjà le cas dans *La Condition humaine*, est le mot « viril ». Fraternité virile, communion virile, action virile, combat viril, vision virile du monde et de la vie... Elle prend l'adjectif en horreur. Obsédant, tonitruant dans les discours de Malraux, dans ses livres et dans ses articles, il lui apparaît non seulement comme une simplification excessive, une caricature, mais dirigé contre elle l'excluant mieux encore qu'une lettre de rupture. Elle l'écrira : « Je me sentais devenir antihéroïque[1]. » Le mot la blesse personnellement, comme si sa part, dévolue depuis la nuit des temps, ne pouvait être que la portion congrue – tout ce dont ne veulent pas les hommes –, un destin silencieux et sacrifié.

L'Espoir va l'exaspérer.

C'est pourtant sur le mot « cœur » que s'achève le livre ou, plus précisément, sur « battement de cœur » : « Manuel entendait pour la première fois la voix de ce qui est plus grave que le sang des hommes, plus inquiétant que leur présence sur la terre – la possibilité infinie de leur destin ; et il sentait en lui cette présence mêlée au bruit des ruisseaux et au pas des prisonniers, permanente et profonde comme le battement de son cœur. »

Ce livre où Montherlant verra, admiratif, « le comble de l'art d'écrire », et qu'il compare pour son ampleur, sa profondeur, au génie de Tolstoï, Malraux l'a terminé dans le paysage idyllique que Josette avait rêvé pour lui : une maison isolée de Vernet-les-Bains, en pays catalan, au pied de l'abbaye de Saint-Martin-du-Canigou qu'il est allé visiter avec elle, entre deux chapitres de batailles. Le calme et la douceur ont été propices à son travail, comme elle le lui avait promis, et c'est près de Josette qu'il a donc mis le point final à *L'Espoir*.

Malraux s'est résolu à quitter définitivement la rue du Bac. Il a même abordé le sujet du divorce devant Clara, qui refuse toutefois d'en discuter. Sur les conseils d'un avocat qu'il est allé consulter et qui l'a mis en garde contre les risques d'un constat d'adultère,

---

1. Clara Malraux, *Le Bruit de nos pas*, op. cit., tome V, p. 161.

il ne s'est pas encore installé avec Josette dans un appartement commun. Il loge à l'hôtel Madison, boulevard Saint-Germain, tandis qu'elle se partage entre l'appartement de Suzanne Chantal, porte de Saint-Cloud, son refuge quand Malraux n'est pas à Paris, et une chambre modeste au Royal Condé où il peut venir la rejoindre, quand il le souhaite. Josette se rend plus souvent que de coutume à Beaune-la-Rolande, chez ses parents, pour redevenir une petite fille et se faire consoler. Mais à Vernet-les-Bains, comme aux Etats-Unis, elle a été parfaitement heureuse, isolée avec son amour dans ces montagnes sauvages, si paisibles et pures. Après Vernet, Malraux l'a emmenée sur la Côte d'Azur, du côté de Toulon.

Clara est abandonnée. Elle ne participe plus à ce qui est le cœur de la vie de son mari : la création.

Pourtant, il se tourne une dernière fois vers elle. Le manuscrit achevé, il a besoin de son avis. Il a toujours consulté Clara sur son travail, toujours tenu compte de ses opinions. Il estime son coup d'œil de lectrice. Aussi lui demande-t-il de venir le rejoindre à Toulon, justement, où il fait une courte halte, tandis que Josette a rejoint ses parents, en villégiature à Carry-le-Rouet. Et Clara, bien sûr, s'empresse d'accourir. Elle le rejoint dans son hôtel, lit le manuscrit de *L'Espoir* en un jour et une nuit – un record ! – dans la chambre qu'ils partagent, avec vue sur la rade. Et finalement, elle lui assène ce verdict :

« Ce n'est pas du André Malraux ! »

Psychanalyse. Comme si loin d'elle, Malraux n'était plus Malraux.

Elle a été désarçonnée par le ton neuf de l'écriture – ce mélange de reportage ou de photo-réalité, qui à ses yeux ne sont pas de la littérature. Aragon lui l'a mieux compris. Il écrit dans *Ce soir*, quand le livre paraît en novembre, que « Malraux est réaliste en ce qu'il transcende la réalité ». Il va juger le livre « fondamental » – « nos idéaux les plus élevés y sont confrontés aux réalités les plus pressantes (...) ce livre exprime notre temps ».

Ce qui gêne Clara dans *L'Espoir*, ce sont les opinions politiques d'André : ses sympathies trop clairement affichées, selon elle, à travers ses personnages, pour le régime soviétique. Elle voudrait qu'il développe ses figures d'anarchistes, plaide en faveur de Durutti, d'Andreu Nin, qui vient d'ailleurs d'être assassiné par les communistes et pour tous leurs amis de la FAI, du POUM ou de la CNT. Les discussions s'enveniment. Clara affirme qu'elle aurait obtenu gain de cause, que Malraux, sur ses conseils, aurait corrigé certains visages, certains dialogues, dans un sens d'ouverture aux anarcho-syndicalistes. Mais Malraux a mal supporté, une fois de trop, qu'elle vitupère, qu'elle le tance, qu'elle lui fasse la leçon. Au bout de quatre jours de joutes politico-conjugales, la coupe est pleine, Clara revient à Paris et Malraux, soulagé de son départ, retrouve une Josette dorée par le soleil du Midi.

Le livre, publié d'abord en fragments dans *Ce soir* – le journal nouvellement fondé par Aragon et le PC –, puis publié en novembre par Gallimard, ne rencontre pas le succès phénoménal de *La Condition humaine*. La critique de droite, en particulier André Rousseaux dans *Le Figaro*, l'éreinte, ce dont s'indigne Montherlant dans ses *Carnets*[1] – « On entend dire sur ce livre des

---

1. Henry de Montherlant, *Carnets*, Editions de la Table ronde, 1947.

choses monstrueuses ! » Les lecteurs boudent ce roman, qu'on dit difficile, d'action et de combat, roman idéologique où manquent les histoires d'amour. « Pour aimer ce livre, dira l'auteur lui-même, il faut être de gauche, je ne dis pas communiste. »

L'Espoir est un échec de librairie. Mais Malraux travaille déjà à un autre projet, qui le tient tout entier : l'adaptation cinématographique du livre, dont les Américains lui ont soufflé l'idée à Hollywood, en lui assurant qu'il remplirait facilement des salles entières de mille huit cents places avec un pareil sujet. Il y a vu un moyen de susciter outre-Atlantique un engouement pour la cause républicaine espagnole et ainsi de tirer les Etats-Unis de leur neutralité. Corniglion-Molinier, qui s'est reconverti dans le cinéma, assurera la production de *L'Espoir*, associé à son ami Roland Tual. On tournera à Barcelone, en extérieur et dans les studios de Monjuich, mis gracieusement à la disposition de l'écrivain par le gouvernement espagnol. Lequel se charge de fournir à Malraux, le temps de la production, un appartement, deux secrétaires, ainsi que les nombreux figurants requis pour les scènes de bataille, près de deux mille hommes !, levés parmi les militaires et les populations civiles des petits villages catalans, autour de Prat de Llobregat. Malraux, qui nourrit la plus grande ambition pour son film, fait appel à des collaborateurs exceptionnels : Boris Pesquine pour le montage, Thomas à la caméra, Louis Page à la photographie ; il choisit Denis Marion comme assistant. Tous sont volontaires pour courir le risque d'un tournage dans les conditions réelles du roman. La ville de Barcelone est en effet bombardée nuit et jour par les avions fascistes, basés sur l'île voisine de Majorque.

Si Clara est totalement hors du champ, c'est Josette qui désormais suit l'équipe en tournage. Elle va vivre dans un contexte beaucoup moins agréable et confortable qu'à Vernet-les-Bains : pas question pour elle de prendre de longs bains chauds – l'électricité, souvent coupée, interrompt sans cesse le tournage du film –, de se promener dans la campagne sous le soleil brûlant de l'été, ni de dîner en amoureux. A Barcelone, c'est la guerre, mais aussi une vie en communauté, avec les opérateurs et les preneurs de son, les assistants et les accessoiristes – la foule habituelle du cinéma. On manque à peu près de tout dans ce pays en guerre : de nourriture et de bas de soie, de maquillage (qu'on fait venir de Paris, pour les acteurs), de décors, d'essence pour les autos du film, de lampes et de pellicule. Elle va passer près de six mois avec Malraux, de juillet 1938 à janvier 1939, dans cette atmosphère fiévreuse et dangereuse, où la fiction se confond avec la réalité. On tourne des séquences à Tarragone et à Cervera, dans le village de Collbato et dans la sierra de Montserrat, tout près de la célèbre abbaye et de sa Vierge noire miraculeuse. Mais quand les forces franquistes investissent Barcelone, on se replie de l'autre côté de la frontière, on s'en va tourner à Villefranche-de-Rouergue, pour finir le film aux studios de Joinville, dans la région parisienne.

Film sur la guerre, tourné dans un pays en guerre, *L'Espoir*, ou plutôt *Espoir* – c'est son titre final – aurait dû s'appeler *Sang de Gauche* ou *Sierra de Teruel*. Conçu sur le modèle des chefs-d'œuvre d'Eisenstein, symboliste et ardent, avec ses images poétiques et sa trempe révolutionnaire, selon des plans syncopés qui évoquent l'écriture si originale du roman, il est présenté pour la première fois, en août 1939, au *Paris*, une salle des Champs-Elysées, en présence du président Juan Negrín, réfugié en France. Mais le film n'a pas le temps de faire carrière.

Avec le pacte germano-soviétique, le 23 août 1939, s'effondrent les illusions de bien des compagnons de route. Malraux se trouve pour quelques jours en vacances en Corrèze, à Beaulieu-sur-Dordogne, avec Josette. Il décide de rentrer immédiatement à Paris – en un jour, le monde a basculé. N'ayant jamais appartenu au parti communiste, contrairement à son ami Paul Nizan, il n'a pas comme lui le dilemme de rompre. Il dira seulement, le soir même : « La révolution à ce prix-là, non[1]. » Il sait que la stratégie politique va devoir changer : l'union, si imprévisible, d'Hitler et de Staline, met fin à ses belles théories sur l'efficacité. Le nazisme s'est trouvé un allié dans celui qui incarnait jusqu'alors l'espoir des antifascistes. Les perspectives ont radicalement changé.

En France, le parti communiste est aussitôt interdit – il se rebaptise Parti ouvrier. Tous les journaux communistes, dont celui d'Aragon, *Ce soir*, le sont également. Et *Espoir*, film engagé, film révolutionnaire, se voit à son tour frappé par la censure : quinze jours à peine après sa sortie en salle, il est interdit par le gouvernement d'Edouard Daladier, aux côtés duquel Malraux a défilé naguère pour soutenir le Front populaire.

Clara ne dit rien du film dans ses Mémoires. Aucun témoignage ne peut confirmer ni infirmer sa présence dans cette salle des Champs-Elysées où il a été projeté

---

1. Max Aub, *Sierra de Teruel* (préface), Editions ERA, Mexico, 1968.

en soirée de première (il ne sera montré au public qu'à la Libération).

Florence passe l'été en Savoie. Clara qui s'apprête à la rejoindre se trouve le 23 août, à la gare de Lyon, dans un train à destination de Dijon. C'est en ouvrant le journal qu'elle apprend la nouvelle du pacte germano-soviétique. Elle éprouve un tel choc qu'elle s'évanouit. Il faut la ranimer. Cette femme fragile, très seule désormais, ne peut plus compter que sur sa propre force pour affronter la vie.

Seule

« Si vous me privez de vous, je mourrai. » Cette phrase qu'elle a si souvent dite à Malraux pendant leurs disputes les plus déchirantes, cette phrase qu'elle reprendra dans un roman qu'elle va bientôt écrire[1], Clara en ressent la cruelle vérité, à l'heure où justement elle est privée de cette présence, « privée de vous ».

La souffrance devient son lot quotidien, sans lui laisser de répit. Comme tous les grands malades, Clara vit dans son obsession et sous sa tyrannie. Les symptômes du mal d'amour se révèlent être physiques ; ils frappent le corps autant que le cœur. « Combien est grande la responsabilité d'un homme qui développe en une femme des besoins que lui seul peut satisfaire[2]. »

Un sentiment de vide la vrille, tel un drogué en manque, ses battements de cœur s'accélèrent parfois

---

1. Clara Malraux, *Portrait de Grisélidis*, Editions Colbert, 1945.
2. *Ibid.*, p. 70.

jusqu'à la tachycardie et le monde autour d'elle se met à tourner comme une toupie déréglée. Elle se sent absurde et inutile, autant qu'abandonnée. « Je suis intoxiquée de vous. Vous n'avez pas le droit de m'abandonner puisque vous êtes irremplaçable[1]. »

Depuis quinze ans, elle a eu tellement l'habitude de vivre aux côtés d'André qu'elle continue de le chercher près d'elle et pense sans cesse à lui. Elle voudrait lui parler, le consulter, lui demander son avis, échanger avec lui comme elle l'a toujours fait, parfois jusqu'à l'exaspérer, ses impressions sur les gens, sur la vie. Elle ne peut plus rire avec lui, ni le faire rire, avec son humour qui savait si bien se manifester à tout propos mais qui la fuit depuis qu'il n'est plus là, la privant de gaieté, de joie.

« Peut-être, plus jeune, aurais-je pu m'habituer à un certain silence, l'aimer même, mais après des années d'envahissement par un autre j'errais comme à sa recherche[2]. »

La jalousie la torture évidemment ; elle apprend qu'André vit maintenant avec Josette, dans un meublé de la rue Berlioz. Elle n'est pas du genre à envoyer un huissier, mais elle imagine le couple dans son intimité – cette intimité qu'elle a perdue – et elle en est malheureuse à devenir folle. Ni sa mère, ni sa fille, ni les amis qui pour la plupart lui restent fidèles ne peuvent lui changer les idées.

Un soir, elle tente de se suicider : alcool et barbituriques. On la ramasse sur le trottoir, car elle est hantée par des idées de fuite. On appelle Malraux, qui la

---

1. *Ibid.*
2. Clara Malraux, *Le Bruit de nos pas*, *op. cit.*, tome V, p. 169.

ramène rue du Bac, mais s'en va aussitôt, peu désireux d'affronter les reproches au réveil ou les tentatives désespérées de chantage.

« Je ne savais pas marcher à travers des pièces inhabitées, je ne savais pas rentrer dans une maison vide d'échanges[1]. »

La séparation, définitive en 1939, la laisse amputée d'une partie d'elle-même et la plonge dans un très grave désarroi.

Elle peut se sentir d'autant plus seule dans cette épreuve que depuis 1938 – Malraux est alors en Espagne, en train de tourner son film –, sa mère qui a jusqu'alors partagé la vie de sa fille et tenté plus d'une fois de la consoler, n'est plus à ses côtés. Affectée par de nombreux soucis familiaux et par la ruine des siens, désespérée de voir ses frères quitter l'un après l'autre leur patrie allemande pour s'en aller vers des destins incertains et voyant bien qu'elle ne peut pas grand-chose pour Clara, fermée sur son drame personnel, elle avait accompli un dernier pèlerinage à Magdebourg. Sans doute espérait-elle y trouver quelque réconfort ou se recueillir sur la tombe de ses parents. Mais elle n'avait rien pu reconnaître, tant la ville s'était transformée depuis la prise du pouvoir par les nazis. Un soir d'été, elle se donne la mort, en absorbant une dose fatale de somnifères. Clara, habituée à sa visite matinale, s'inquiète de ne pas la voir apparaître et descend chez elle, au rez-de-chaussée, pour la découvrir inanimée sur son lit. Le scénario de la mort de son beau-père lui revient alors en mémoire et se reproduit à travers ses larmes : appel au secours des pompiers, trans-

---

1. *Ibid.*

fert à l'hôpital où Grete Goldschmidt décède peu après. « Mais si le visage de mon beau-père émanait la sérénité, celui de ma mère disait un désespoir que je n'ai revu sur nul autre[1]. »

La mort de sa mère provoque chez Clara un sentiment profond de culpabilité. Clara a toujours aimé sa mère, elle a été très proche d'elle durant son adolescence et les dernières années les avaient encore rapprochées. Mme Goldschmidt prenait grand soin de sa petite-fille, sur laquelle elle avait peut-être transféré l'amour qu'elle avait à donner. Clara se reproche d'avoir été trop peu à l'écoute du cœur maternel. Par égoïsme, par fermeture sur sa propre souffrance, elle a sous-estimé la détresse, fermé les yeux sur le désespoir. Comme si seul importait ce terrible mal de vivre qui la ronge depuis sa rupture avec André.

Malraux auquel elle a écrit ne vient pas la rejoindre. Alors qu'elle l'avait accompagné jusqu'au cimetière de Dunkerque où fut enterré son père, il n'assiste pas à l'enterrement de sa mère. Trop de travail sur son film sans doute, trop de responsabilité vis-à-vis de l'équipe concentrée sur un tournage difficile, ou est-ce de sa part de l'indifférence ? Il y a peut-être aussi chez lui une rancune inavouée – Malraux en a toujours voulu à la famille Goldschmidt d'avoir pris contre lui le parti de Clara. Il dépêche Marcel Arland, qu'il a chargé de le remplacer, tel un ambassadeur. Clara dira qu'Arland serait venu de toute façon... Cette absence a pour elle valeur de symbole : Malraux lui manque, au pire moment.

---

1. *Ibid.*, p. 180.

« Je ne suis plus qu'une immense attente dont je sais qu'elle ne sera pas satisfaite[1]. »

La seule consolation lui vient de ses activités militantes au Neu Beginn, le groupe révolutionnaire allemand, d'inspiration trotskiste, auquel elle apporte depuis 1935 sa contribution, assistant aux réunions et s'acquittant des tâches qu'on lui confie, comme de porter des faux papiers à un concitoyen allemand en exil. De nouvelles responsabilités dans une revue, où elle a trouvé à s'employer dès sa création, en 1938, lui permettent de s'occuper et de ne pas rester toute la journée oisive, à pleurer dans un appartement où tout lui rappelle André. Par tous les moyens, pour ne pas sombrer, elle tâche de maintenir une activité intellectuelle, la seule capable de la distraire de son chagrin. *Le Voltigeur* est une revue de gauche, non communiste, que dirige Pierre-Aimé Touchard. Une revue chrétienne, proche de celle qu'a fondée Emmanuel Mounier – *Esprit*. *Le Voltigeur* a bien choisi son épigraphe, qui figure sur sa une : « Voltigeurs : soldats de petite taille formant une compagnie d'élite à la gauche du bataillon et destinée à se porter rapidement de côté et d'autres. » Pour Clara, on ne saurait mieux dire. De gauche et de petite taille, vive et agile, prête à courir là où une belle cause l'appelle, son énergie est encore intacte malgré les apparences ; dans l'équipe du *Voltigeur*, elle se sent à nouveau exister, impliquée dans les combats du siècle. Elle prend part aux comités de rédaction, participe aux réflexions communes sur la politique du moment. Très antimunichois, *Le Voltigeur* souligne la « nécessité fatale » d'entrer en guerre contre Hitler – « Chaque

---

1. Clara Malraux, *Par de longs chemins*, Stock, 1953.

démission en aggrave l'issue. » Clara, qui a pourtant horreur de la guerre depuis qu'elle en a observé les effets en 1914-1918, partage ce point de vue. La paix à tout prix est un idéal perdu.

Le monde est pris dans un engrenage fatal, tandis qu'elle se débat dans des problèmes de conscience. Comme si la rupture et le deuil appelaient sur elle d'autres malheurs, comme si le ciel n'était qu'un reflet noir de ses propres abîmes, à la fin de l'été le désastre attendu s'accomplit. Le 1er septembre 1939, après un été torride, Hitler envahit la Pologne et la France, son alliée, déclare aussitôt la guerre à l'Allemagne. Clara, une nouvelle fois, est frappée au cœur.

Un livre pour pleurer

Un an auparavant, en 1938, Elsa Triolet publie son premier livre en français, *Bonsoir Thérèse*. Il lui est largement inspiré par son histoire d'amour avec Aragon. Elle raconte à Clara qu'elle a fini par montrer le manuscrit à ce compagnon écrivain, qui vient de remporter le prix Renaudot pour *Les Cloches de Bâle*. Elle craignait à tort de l'irriter. Au contraire, elle n'a reçu de lui que des éloges ; il l'a fortement encouragée à publier. Qu'elle écrive ne gêne pas Aragon, ni qu'elle soit reconnue publiquement comme un écrivain. Alors, pourquoi Clara a-t-elle si peur de révéler son secret à son mari ?

Sous l'effet de l'émulation, Clara, qui doute toujours autant d'elle-même, sort *Le Livre de comptes* de son tiroir et, sans prévenir Malraux, le fait lire à Jean Paulhan, l'auteur de *Jacob Cow le pirate* et du *Pont traversé*, qui a succédé à Jacques Rivière à la tête de la prestigieuse *Nouvelle Revue Française*. Paulhan accepte de publier le texte sans juger bon d'en parler à Malraux. Tout en sachant qu'il ne va pas lui faire plaisir, c'est évident, puisque ce règlement de comptes que Clara présente comme une lettre d'amour contient beaucoup de revendications et de critiques. Faut-il donc voir dans cette publication subreptice une perfidie de Paulhan ? Voire une vacherie de sa part, à l'égard d'un écrivain que Gaston Gallimard prise peut-être un peu trop, un dangereux concurrent ? Ou bien fait-il montre d'une probité d'éditeur, soucieux de ne pas laisser une querelle de ménage empêcher la publication d'un texte excellent ? C'est toute l'ambiguïté du personnage de Paulhan qui devait être à la fois admiratif de Malraux et agacé par lui. Et qui éprouvait pour Clara une affection sincère.

Toujours est-il que *Le Livre de comptes* est publié, à quelques mois d'intervalle, la même année que *Bonsoir Thérèse*. C'est une nouvelle d'une vingtaine de pages à peine, si clairement autobiographique que leurs amis et même leurs relations n'auront aucune peine à identifier André sous les traits de Marc (comme le roi Marc, auquel Iseult fut infidèle ?).

Malraux n'aime guère Aragon, pas plus qu'il n'apprécie Breton, ni aucun des surréalistes. Les opinions politiques n'arrangent rien. Le communisme militant d'Aragon, qui a pourtant écrit des articles élogieux sur ses livres, l'agace. Il préfère afficher vis-à-vis du couple fusionnel que forment Aragon et Elsa une distance ironique. « Vous choisissez toujours vos amis parmi mes ennemis » : il a adressé ce reproche à Clara à leur propos. L'exemple d'Elsa ne pouvait que l'indisposer et lui paraître de mauvais augure.

Quand Clara, avec un mélange de crainte et de fierté, lui remet *Le Livre de comptes*, Malraux ne dit rien, d'abord. Il a dû être étonné. Mais quand il a eu fini de le lire, Clara raconte qu'il a jeté la revue avec rage à l'autre bout de la pièce, en lui disant, furieux :

« Voilà ce que vous avez fait de tant d'années d'amour. »

V

« Nous ne marchions
plus du même pas »

Chacun pour soi

En 1940, deux tableaux s'opposent.

D'un côté, Malraux. Il va avoir quarante ans. La déclaration de guerre qui l'a surpris en vacances en Corrèze, où il a commencé d'écrire une *Psychologie de l'art*, l'a aussitôt ramené à l'action. « Quand on a écrit ce que j'ai écrit et qu'il y a une guerre en France, on la fait[1] ». Jadis antimilitariste, réformé en 1922, il s'est cette fois porté volontaire. Suite logique à son engagement dans la guerre d'Espagne, il tient à poursuivre le combat antifasciste, armes au poing.

Le voici donc, de novembre 1939 à mai 1940, en uniforme de soldat, et même de simple soldat : au garde-à-vous devant un sous-officier de quartier. Capote kaki, képi et bandes molletières. L'aviation où il a cherché à se faire enrôler n'a tenu aucun compte de son titre de « coronel » ni de son rôle à la tête de l'escadrille España, et n'a pas voulu de lui. Comme son père avant lui et comme le colonel Lawrence qu'il admire tant, il a l'honneur de servir dans une unité de chars : la DC 41-E : 1, basée à Provins. Il est désormais

---

1. Roger Stéphane, *Fin d'une jeunesse*, carnets 1944-1947, Editions de la Table ronde.

— c'est lui-même qui l'écrit avec humour — « apprenti-tankeur ».

Détail savoureux : il s'est fait faire une vareuse chez Lanvin, si élégante qu'elle lui vaut d'abord quelques quolibets. Mais il s'est vite imposé au milieu de ses camarades de chambrée : Pradé, le paysan lorrain, Léonard, le pompier de Paris, et Bonneau, maquereau de son métier. Exercices, entraînement, graissage des chenilles, pendant ses sept mois de caserne, il s'acquitte si impeccablement des tâches militaires que même le sous-off, qui l'avait d'abord dans le nez, cède à la sympathie. Albert Beuret — le sous-off — deviendra un des plus fidèles amis de Malraux. On est loin de la *NRF*, des bistros parisiens et des studios de cinéma. Loin de la petite communauté intellectuelle où Clara et André ont eu jusque-là leurs repères.

Assez loin aussi de la guerre, qui semble se dérouler ailleurs. L'écrivain enrôlé volontaire ne se plaint de rien dans ses lettres, ni de la nourriture, ni des innombrables corvées, ni même de cet étrange sentiment de ne servir à rien et d'attendre l'ennemi comme dans le *Désert des Tartares*. Il ne se plaint que de l'impossibilité d'écrire — l'écrivain n'est plus qu'un soldat.

Quand le 10 mai, von Manstein lance ses blindés à travers les Ardennes et que Gamelin riposte en dirigeant ses propres divisions vers la Belgique, Malraux, qui rêve d'emprunter la route des Flandres, se voit pourtant confiné à Provins avec son unité. Les chars de la DC 41-E : 1 ne sont pas en assez bon état pour transporter les combattants hors du polygone d'entraînement. On envoie les hommes tirailler à pied — déshonneur suprême —, derrière des antichars, à quelques kilomètres de la ville. Blessé légèrement le 15 juin,

Malraux est fait prisonnier le 16, à mi-distance de Provins et de Sens – l'unité n'ayant guère avancé.

Toujours en uniforme, la vareuse de Lanvin fripée et maculée, le voici maintenant interné dans un camp de prisonniers, au pied de la cathédrale de Sens. Un, parmi dix mille hommes affamés et en proie à la dysenterie, sous la surveillance d'un lieutenant autrichien dénommé Metternich. La débâcle militaire française est totale. Avec une dizaine de prisonniers, dont Albert Beuret et un certain abbé Magnet qui ne cesse de répéter, comme une vérité absolue, que « le fond de tout, c'est qu'il n'y a pas de grandes personnes »... – une phrase que Malraux reprendra au début des *Antimémoires* –, on l'envoie travailler dans une ferme à Collemiers, à sept kilomètres de Sens. C'est l'époque de la moisson. Il couche dans la paille et apprend à faucher le blé.

Son frère Roland, en permission, lui rend visite. Il lui apporte de faux papiers et des vêtements civils qu'il est allé réclamer auprès de Clara, sachant que sa générosité ne fait jamais défaut. Si démunie soit-elle, elle a même donné un peu d'argent. Les Allemands vont rapatrier leurs prisonniers en Allemagne. Il faut qu'André s'évade. Ce qu'il réussit à faire, assez facilement, à la fin de l'été, en même temps que l'abbé, qui lui offre pour quelque temps l'hospitalité chez lui, dans la Drôme. Après quoi, en civil désormais, il gagne Hyères, sur la Côte d'Azur, où vivent les parents de Josette – Joseph Clotis y a été muté récemment par son administration.

Josette est toujours à Paris. Elle attend un enfant, qui naît le 5 novembre 1940, dans une clinique de Neuilly. Il s'appelle Pierre-Gauthier. Pour qu'il ne soit pas déclaré « de père inconnu » et puisse porter le nom de son père, c'est Roland Malraux, le frère d'André, qui va le reconnaître. Josette et l'enfant rejoignent Malraux à Hyères, début décembre, puis ils s'installent tous les trois dans une villa de Roquebrune-Cap-Martin, que Malraux a louée à un ami de Gide — le peintre Simon Bussy. « La Souco » est une maison rose, entourée d'un petit bois d'orangers. Il y a un magnolia, un chat et même un maître d'hôtel italien, prénommé Luigi, qui appelle Pierre-Gauthier « Bimbo » et n'a pas son pareil pour préparer avec peu de chose des repas délicieux. Au printemps 1941 et jusqu'à l'automne, ils habiteront provisoirement « Les Camélias », une maison toute semblable, également calme et parfumée de fleurs, au Cap d'Ail, près de Saint-Jean-Cap-Ferrat. Puis, ils reviendront à La Souco, ce havre de paix et presque de bonheur.

Malraux et Josette vivent modestement : chez Gallimard, pendant l'Occupation, les droits d'auteur de Malraux sont en effet gelés. Mais grâce à son éditeur américain, Random House, il touche une somme mensuelle en à-valoir sur de futurs droits d'auteur aux Etats-Unis, de sorte que les revenus du couple sont assurés.

Des amis viennent animer de loin en loin les deux refuges où Malraux a pu enfin reprendre son travail d'écrivain. L'atmosphère en est si propice que trois manuscrits se chevauchent sur sa table à écrire : celui de la *Psychologie de l'art*, interrompu par la déclaration de guerre, et deux nouveaux ouvrages, la première partie de *La Lutte avec l'Ange*, qui sera publiée sous le titre des *Noyers de l'Altenburg* et *Le Démon de l'absolu*, une étude consacrée à T.E. Lawrence. La littérature a repris ses droits. Parmi les visiteurs de La Souco et des Camélias, comme pour mieux resserrer les liens que la guerre a distendus avec le milieu littéraire, des écrivains amis de longue date – André Gide d'abord, puis Pierre Drieu La Rochelle – apportent des nouvelles de Paris. Gaston Gallimard parti, c'est Drieu qui dirige désormais la *NRF*.

Josette, avec l'aide de Luigi, se met en quatre pour recevoir honorablement ces hôtes intimidants. Bien que la nourriture soit sévèrement rationnée, elle réalise des prodiges : elle a conscience d'être en rivalité avec Clara dans le rôle difficile de compagne officielle, sinon encore d'épouse d'écrivain. Elle sait user de ses talents de maîtresse de maison et de son charme, tout en se gardant de trop s'immiscer dans la conversation.

Une photographie montre André Malraux, le regard tendrement posé sur l'enfant qu'il porte sur son épaule : une attitude paternelle assez rare chez lui pour qu'on la remarque. Ce fils, premier-né de son union avec Josette Clotis, Clara en ignore l'existence. Comme elle ignore la douceur d'une vie de famille dans les belles villas de la Côte d'Azur.

De son côté, le décor est également chaotique et campagnard mais beaucoup plus austère.

Dès la déclaration de guerre, Clara a tenu à mettre Florence à l'abri, loin de Paris sur lequel planent encore les mauvais souvenirs de la Première Guerre et de la Grosse Bertha. Avec Madeleine Lagrange, elles ont d'abord pensé à se réfugier avec leurs enfants en Gironde, chez les parents de Léo, mais à Bourg-sur-Gironde, au milieu des vignobles alignés en surplomb au-dessus de l'estuaire, la guerre ressemblait encore trop à la paix. Madeleine, saisie d'angoisse à l'idée de ne plus revoir son mari, qui s'est lui aussi porté volontaire et a été envoyé sur le front, préfère attendre son retour dans la capitale. Léo est-il prisonnier ou blessé ? Clara ne peut qu'envier cet amour légitime, toujours si fort et partagé. D'autant que pour elle qui ne cesse de penser à Malraux, « cette guerre, davantage encore que celle d'Espagne, me semblait être la nôtre ».

Grâce à un ami professeur, auteur d'ouvrages sur l'art, Georges Duveau, originaire de Lauzès dans le Lot, elle trouve une famille d'accueil dans un village voisin, à une trentaine de kilomètres de Cahors. Ce sont les instituteurs qui prennent Florence en pension chez eux, au-dessus de l'école de Sabadel. Florence les appelle « Tonton » et « Tatie » de sorte que les villageois la prennent pour leur nièce parisienne. Bien nourrie et affectueusement accueillie, elle a les joues roses d'une petite campagnarde – Clara le constate à chacun de ses passages. Demeurée à Paris chez Madeleine Lagrange qui lui a offert l'hospitalité, Clara s'arrange pour venir voir sa fille le plus souvent possible. Le loyer de la rue du Bac se révélant trop cher pour elle seule, elle pense à donner congé à son propriétaire, mais elle doit pour cela consulter Malraux Elle tarde à le faire. Par relations, elle a trouvé un travail à la radio : elle anime une émission littéraire sur « les grands sentiments dans la littérature ».

Mais un soir du mois de mai 1940, la nuit tombée, un coup de téléphone en provenance du ministère de l'Intérieur alerte Madeleine Lagrange : les Allemands approchent, il faut quitter Paris. Son nom de jeune fille – Weiller – la met en péril au même titre que Clara, née Goldschmidt. Les deux femmes plient bagage en catastrophe et empilent ce qu'elles peuvent emporter chacune dans leur voiture. Celle de Clara, déjà à bout de souffle, rend l'âme au milieu du voyage. Elle doit la laisser sur le bord de la route. Par chance, Madeleine et Clara ont précédé l'exode de quelques jours. Elles peuvent rouler sans encombre jusqu'à Cahors. Là Madeleine Lagrange, tourmentée au sujet de Léo, fait demi-tour et remonte une nouvelle fois à Paris.

Voici Clara, en exil forcé dans le Lot : une intellectuelle à la campagne – un nouveau rôle pour cette Parisienne qui connaît mieux l'Asie que la province. Grâce à Duveau encore, en permission à Lauzès, elle trouve rapidement une maison à louer, ou plutôt une chaumière, construite sur la butte du *Puech del Luch* (le Pic de la Lumière), à la sortie du village. Isolée en pleine nature, à la lisière d'une châtaigneraie, elle n'offre ni eau, ni électricité, ni commodités – les toilettes sont un trou dans le jardin. Dans la jungle cambodgienne, il y avait au moins les boys... Ici, elle est seule pour affronter les moindres corvées de la vie quotidienne. Elle n'en a pas l'habitude. Il lui faut nettoyer la chaumière, arranger deux petits lits sur les paillasses et tâcher de cuisiner quelque chose avec les moyens du bord – pâtes, pâtes et pâtes. Elle qui se déteste en femme au foyer recule jusqu'au Moyen Age : elle a les mains rougies à force de laver le linge et les reins fourbus d'aller chercher du bois pour faire mijoter la vieille marmite de fonte sur les braises. Dehors, le paysage est magnifique, l'air parfumé des senteurs du Midi, le ciel idéalement pur ; un vent léger caresse les frondaisons des châtaigniers et des platanes ; les oiseaux chantent. Dedans, dans cet abri rustique, il y a l'amour vivant et chaud d'une mère et d'une fille. Mais il y a aussi le cœur lourd d'une femme qui croit avoir tout perdu avec l'homme de sa vie.

Clara fait des confitures, dont je me demande si elles étaient si bonnes que ça, Clara n'ayant jamais su cuisiner. Elle tricote des chaussettes et des pulls avec de la laine du pays – mais c'est la première fois de sa vie qu'elle tricote, sans personne pour lui apprendre à faire et à défaire des points ! Elle répond, amusée, aux questions de Florence qui porte sur toutes choses un regard plus mûr que son âge – un regard qui rappelle sans cesse à Clara celui de son père. La nuit, elle pleure en cachette sur son oreiller, redevenant dans la solitude pourtant si belle de la campagne quercinoise la petite cruche à larmes, la *Traënen Krügche* de son enfance.

C'est à Lauzès, chez les Duveau où il lui arrive assez souvent d'aller passer des soirées avec Florence, qu'elle entend à la radio l'Appel du 18 juin : les larmes jaillissent, d'émotion et d'espoir cette fois.

L'hiver approche, Clara fait griller les premières châtaignes. La maison n'étant pas chauffée, elle doit absolument trouver un abri plus confortable pour Florence. Le mieux lui semble de se rendre à Toulouse, où des amis parisiens ont déjà trouvé refuge, comme la famille de Madeleine Lagrange. Dans la rue, alors qu'elle déambule à la recherche d'un logement, elle croise le docteur Jean-Marie Sotty, qu'elle a connu à Pontigny et qui est un proche ami des Duveau. Il lui vient en aide aussitôt, en l'aiguillant vers le centre d'accueil, où Florence qui n'a jamais rien vu de semblable croit se trouver devant un immense hôtel : une espèce de hall de gare avec des centaines de lits accolés les uns aux autres. Il lui trouve ensuite une chambre meublée chez une dame lorraine, exilée à Toulouse, mais les deux femmes s'entendent si mal que Clara doit une nouvelle fois plier bagage – c'est beaucoup dire, elle ne transporte qu'une maigre valise avec quelques vêtements et, dans un sac séparé, les précieuses bouteilles d'huile de foie de morue dont elle a fait provision pour assurer une bonne (ou moins mauvaise) santé à Flo. Brève escale à la caserne des pompiers, transformée en gîte pour accueillir les nombreux réfugiés qui ont afflué du Nord et de l'Est : elle fait connaissance avec les hordes de punaises, qui viennent les attaquer la nuit. C'est finalement Jean Weiller, le frère de Madeleine Lagrange, qui va la tirer d'affaire en lui offrant de l'héberger dans sa propre maison : il occupe avec sa femme Gilberte et leurs enfants une villa assez vaste pour qu'elle y ait une chambre. C'est encore une solution provisoire, car les Weiller cherchent à embarquer pour l'Amérique, ils n'ont loué la maison que pour une brève période. Clara va passer avec eux quelques semaines de répit, dans la chaleur d'un foyer retrouvé. Mais l'illusion ne dure pas.

A leur départ pour les Etats-Unis, elle déniche dans la rue des Pyrénées, à l'angle de l'allée des Demoiselles, une pension qui ressemble plutôt à une maison de retraite : les occupants n'ont plus d'âge et errent de pièce en pièce tels des fantômes squelettiques et furtifs. La propriétaire loue des chambres dans des maisons mitoyennes. Les repas sont servis dans la pension. Clara échoue dans une espèce de serre dont les murs et le toit sont en verre ; des palmiers de forêt vierge poussent à même le sol en terre battue où sont posés une table, quelques chaises et un lit. Une bizarre odeur de fumier, une nuée jaunâtre due sans doute à l'humidité : si Clara pouvait seulement imaginer le confort de La Souco et des Camélias... Il fait un froid glacial, la nuit, dans la serre. Clara serre la petite fille dans ses bras.

A Toulouse, elle donne des cours particuliers d'allemand à des élèves, que ne rebute pas la langue de l'ennemi. Ce travail lui permet de subsister. Avec les tickets d'alimentation, elle apprend la débrouillardise ou comment faire la queue deux fois de suite devant l'épicerie ou la boulangerie pour obtenir une double ration de lait ou de pain. Florence, très maigre, souffre de graves engelures aux mains et aux pieds. Sa santé, qui a toujours été fragile, se détériore et inquiète Clara, capable de prodiges pour nourrir son enfant.

La pauvreté est son nouveau statut. Elle porte des vêtements élimés, des chaussures déglinguées et ne mange pas souvent à sa faim. Ne parlons pas du logement, sordide. Ni de la compagnie des vieillards qui l'est encore plus. Elle doit bientôt quitter la serre pour déménager dans une cave, que la propriétaire met à sa disposition au sous-sol de la pension. Un vasistas, par où elle aperçoit les semelles usées des passants, apporte une lumière falote à son gourbi.

Pas de nouvelles de Malraux, sauf par son frère Roland, venu lui rendre visite et qui s'est contenté de lui dire que l'évasion s'était bien déroulée, qu'André était dans le Midi. Sans préciser qu'il était avec Josette Clotis et leur nouveau-né.

En janvier 1941, à la grande surprise de Clara, une lettre de Malraux lui fixe un rendez-vous au café Lafayette, place Wilson. Elle s'y rend presque en courant, dans elle ne sait quel vague espoir de retrouver l'amoureux de jadis, qui est toujours son mari. La mine sombre de Malraux la dégrise. Après de succinctes prémices, il lui annonce tout à trac qu'il vient d'avoir un fils avec Josette et souhaite le légitimer. Il voudrait aussi épouser sa compagne. En bref, il lui demande le divorce. Clara, sous le choc, comprend que toute réconciliation est désormais impossible et que le mot fin vient de s'écrire au bas de leur histoire d'amour.

Ravagée par le chagrin, Clara lui répond qu'elle ne veut pas divorcer. Cette décision lui est dictée par un réflexe de bon sens, qu'elle doit sans doute à l'amour de sa fille. Elle vient en effet de prendre conscience que si André lui reprend son nom, elle perd sa seule protection : s'appeler Goldschmidt est devenu une malédiction. Cela mettrait aussi en danger l'enfant qui vit avec elle. Clara n'accepterait, peut-être, de divorcer qu'à une condition : qu'il lui signe une autorisation pour lui permettre de sortir du territoire français avec Florence, afin qu'elles puissent se mettre à l'abri aux Etats-Unis, le temps de la guerre. Là-bas, elle divorcera. Mais pas ici : il y a trop de risques. Malraux, contrarié, refuse de signer l'autorisation au prétexte qu'une fois là-bas, rien n'inciterait Clara à accepter ce qu'il lui propose. Ils se quittent sur un malentendu. Ni l'un ni l'autre n'est prêt à une conciliation. Clara revient à la pension en pleurant tout au long de la rue Alsace-Lorraine, qui porte un nom prédestiné. Sa vie est en miettes.

Le nouveau cercle des amis de Clara

Mais Clara n'est pas une femme qu'on abat. Elle sèche ses larmes et décide de vivre, malgré tout. Pas question de refermer la porte de la maison sur son chagrin ni de se couper du monde. A Toulouse, elle a reconstitué autour d'elle une microsociété qui fédère, comme à Paris, tous ses amis : des intellectuels, de gauche cela va de soi, qui aiment se retrouver pour discuter des nuits entières de politique et de littérature.

Dans la pièce qu'elle occupe, transformée pour l'occasion en salon politico-littéraire, elle leur sert des infusions à la menthe, agrémentées d'un morceau de sucre quand il en reste.

Il y a là un jeune homme qui n'a pas encore vingt ans, Edgar Nahoum ; étudiant en histoire et en droit, il deviendra sociologue et philosophe sous le nom d'Edgar Morin. D'origine juive séfarade, inscrit au parti communiste, le futur concepteur de la « pensée complexe », futur défenseur de la « conscience planétaire » et de la « politique de civilisation » a déjà une forte personnalité. Pas du genre à subir les événements, cet esprit libre, confronté aux médiocrités et aux lâchetés de l'Occupation, cherche sa voie.

Il y a François Fetjö, un journaliste hongrois d'une trentaine d'années. Fils d'un libraire-imprimeur, ce Juif magyar, converti dès l'adolescence au catholicisme, a écrit des articles subversifs qui lui ont valu la prison en Hongrie puis l'exil. Réfugié en France avec sa femme, Rose, le futur auteur de la célèbre *Histoire des démocraties* essaie de survivre à Toulouse, où il a retrouvé d'autres réfugiés hongrois, qui se joindront bientôt au cercle des amis de Clara, tels Andor Nehmet, le grand spécialiste de Kafka. On peut le constater : Clara se plaît toujours autant dans la compagnie d'intellectuels, parmi les plus brillants de leur génération, avec lesquels elle se lie bien avant qu'ils ne publient leurs œuvres capitales – comme si elle possédait une sorte de sixième sens pour détecter non seulement l'intelligence mais la valeur d'une personnalité.

Clara indiquera aux Fetjö l'existence de la chaumière du *Puech del Luch* où ils iront bientôt se réfugier et où ils vivront trois années entières.

A la pension de la rue des Pyrénées, Nahoum, Fetjö, Nehmet côtoient Léo Goldenberg, un fils d'exilés russes, diplômé de la Sorbonne et professeur, du même âge que Fetjö. Il se fait appeler Hamon et sera un jour député de l'Essonne puis secrétaire d'Etat sous le gouvernement de Chaban-Delmas, enfin l'auteur de *La Stratégie contre la guerre*, un livre de référence de plus à caser dans la bibliothèque des « amis de Clara ». Il est à Toulouse avec sa femme, Suzanne.

Il y a cet ami sicilien, connu pendant la guerre d'Espagne, Nicolas Chiaromonte – il vient de perdre son épouse, Anna. Il y a Jean Cassou, l'exact contemporain de Clara, le romancier de *La Clef des songes*, le militant antifasciste que Malraux a côtoyé pendant la guerre d'Espagne, le critique d'art passionné, déjà auteur d'un ouvrage important sur Le Greco. Il y a encore Georges Friedmann, agrégé de philosophie, spécialiste de sociologie du travail, qui parle parfaitement le russe, a effectué plusieurs longs séjours en URSS et vient de publier *La Crise du progrès*, où il étudie les rapports sociaux à la lumière du marxisme. Clara le connaît depuis l'enfance : sa famille habitait l'avenue des Chalets et sa sœur fut longtemps sa meilleure amie.

Il y a enfin dans son cercle la jeune Catherine Lairy, que Clara appelle Gaby dans ses Mémoires, une étudiante en médecine de dix-sept ans, qui se destine à la psychiatrie et restera toute sa vie très proche de Clara. Venue d'Albi, elle prépare alors son PCB (la première année de médecine). La conversation des amis de Clara lui paraît étrange et passionnante. Elle dira que Clara fut son « Pygmalion ». Ses parents, viticulteurs à Gaillac, lui font parvenir des provisions qui sont une aubaine pour tous les hôtes de la rue des Pyrénées.

Ces amis, rassemblés par une femme qui n'aime rien tant que l'amitié, sont unis par la commune expérience du danger, de l'exclusion et de la pauvreté. Ils partagent une même volonté de résister à l'occupant, de ne pas plier l'échine ; ce sont des révoltés du destin, que la passivité rebute et qui ont choisi de ne pas accepter la collaboration.

Le soir, dans la Serre puis dans la Cave qu'on nomme avec des majuscules comme si c'étaient des noms de villégiatures, les conversations vont bon train : la petite fille écoute les grandes personnes sans les interrompre, s'endormant par intervalles dans son lit. Il fait froid et humide dans la pièce, il n'y a le plus souvent rien à manger, presque rien à boire, mais la chaude et belle amitié de ces cœurs qui battent à l'unisson apporte à Clara, si seule s'il n'y avait sa fille, sa dose vitale de joie et d'échange.

Etoile jaune

Au mois d'octobre 1940, le gouvernement de Vichy promulgue un « statut des Juifs » : seront considérés comme tels tous les individus issus de trois grands-parents « de race juive » ou de deux grands-parents de la même « race » si le conjoint est lui-même juif.

Dès mars 1941, tous les Juifs habitant en France doivent se déclarer officiellement aux autorités. La création d'un Commissariat aux questions juives (CGQJ) va entraîner une série de mesures coercitives qui les exclut de toute fonction élective et publique, de la magistrature, de l'armée, de l'enseignement supérieur et de la presse. Dépossédés de leurs biens mobiliers et immobiliers, leurs comptes bancaires bloqués, les Juifs sont déchus de leurs droits de citoyens. Leurs entreprises sont liquidées : plus de cinquante mille d'entre elles, confiées à des administrateurs provisoires, obligatoirement non-juifs, changent de mains. S'ajoutent à ces mesures l'interdiction de sortir entre huit heures du soir et six heures du matin, celle de posséder une TSF, une bicyclette ou un téléphone, celle d'entrer dans un lieu public ou de changer de résidence.

Clara subit sans s'étonner l'édiction de ces lois et décrets odieux, dont elle a observé les effets en Allemagne dès avant la guerre, sur sa propre famille. La haine raciale fait partie de son héritage, même si Clara avoue que de la voir arriver en France aggrave son désespoir. Sur les conseils de ses amis, en particulier de Léo Hamon qui la retient in extremis au seuil de commettre une folie, en lui disant qu'« on ne doit pas la vérité à ses ennemis », elle renonce à aller se déclarer comme juive. Elle aurait voulu le faire par orgueil, par défi : pour ne pas être, selon une image qui l'obsède, « un lapin qu'on pourchasse ». Pour une fois dans sa vie, la prudence l'emporte : Clara fait acte de désobéissance et entre dans l'illégalité.

Elle tient cependant à protéger sa fille qui, avec deux grands-parents juifs, devrait elle aussi être déclarée. Elle décide de la faire baptiser dans l'urgence. Il lui faut trouver un prêtre conciliant. Cela lui sera facile, grâce à monseigneur de Saliège, alors recteur de l'université catholique de Toulouse et ami personnel de Georges Duveau. Après un catéchisme express, Flo est donc baptisée, au mois de mai 1941 – « un jour de demi-soleil », dira Clara. La cérémonie se déroule aux Allymes, un village du Jura à quelque huit cents mètres au-dessus d'Ambérieu : à cause de la résidence de famille de la marraine, Suzanne Ulmann, une amie de Clara. Le parrain, Jacques Madaule, grand ami de Clara lui aussi, catholique fervent et collaborateur d'*Esprit*, a été choisi pour ses convictions militantes en faveur de l'amitié judéo-chrétienne. C'est presque un Toulousain – né à Castelnaudary, dont il a gardé une pointe d'accent, Madaule a fait ses études dans la ville rose. Clara aime entendre ce fou de littérature réciter par cœur du Claudel ou évoquer les personnages de Dostoïevski comme s'ils faisaient partie de sa famille. Elle se sent proche de ses idées généreuses, ouvertes sur le monde sans sectarisme.

Quelle n'est pas la surprise de Clara, de retour à Toulouse, de découvrir dans une enveloppe un certificat de baptême que Malraux lui a fait parvenir entre temps, pour Flo : antidaté, pour plus de crédibilité. Clara préférera sans doute le détruire pour qu'on ne puisse pas trouver chez elle deux certificats différents – le document a en tout cas disparu. Il aura au moins prouvé à la mère et à l'enfant la volonté qu'a Malraux de venir en aide à Florence – dans son exil doré, ou qu'elles peuvent croire tel, il n'oublie cependant pas sa fille.

Dès octobre 1940, tous les Juifs étrangers résidant en France ont été placés par ordre préfectoral dans des camps spéciaux. Le camp des Mille est le plus tristement célèbre. L'oncle Harry Heynemann, réfugié en France depuis la nuit de Cristal, vit dans l'espoir que son épouse, une Aryenne nommée Isé comme l'héroïne de *Partage de Midi*, pourrait l'y rejoindre. Mais il a été contraint de quitter Paris et d'intégrer le camp du Récébédou, non loin de Toulouse. Son frère Richard, qui dirigeait l'entreprise familiale, est envoyé lui au camp d'Audierne en Bretagne. Les Heynemann sont non seulement ruinés, mais destitués de leurs droits, et les patriarches incarcérés.

Clara va rendre visite à plusieurs reprises à son oncle Harry, qu'elle trouve chaque fois plus affaibli et plus désespéré. Le camp du Récébédou, dont le nom roucoulant évoque l'univers pastoral de Daudet, regroupe en fait des centaines de vieillards derrière des fils de fer barbelé. Sous-alimentés en raison de rations insuffisantes, ils couchent entassés sur des grabats, ne peuvent pas se laver et sont contraints de défiler devant l'unique toilette du camp... A l'une de ses visites, son oncle lui remet en cachette son dentier, à charge pour sa nièce de le vendre et de lui en rapporter le bénéfice. Clara, horrifiée, renonce à emmener Florence avec elle, le jour où le camp se remplit d'un nombre supplémentaire de prisonniers en provenance des hôpitaux et des asiles d'Allemagne, plus hagards et misérables encore que ceux qu'elle connaissait. Les conditions de vie des « pensionnaires » s'en trouvent encore empirées.

C'est en mai 1942 que les Allemands imposent aux Juifs de plus de six ans de porter l'étoile jaune. L'ordonnance n'est pas appliquée en zone libre.

En juillet, peu après la rafle du Vél d'Hiv, les premiers convois partent pour Auschwitz : l'oncle Harry Heynemann, avec de nombreux vieillards du Récébédou, en fait partie.

En novembre 1942, en réponse au débarquement allié en Afrique du Nord, les Allemands entrent en zone libre – la France entière est occupée.

En décembre, tous les Juifs de France doivent faire apposer le tampon « Juif » sur leurs pièces d'identité.

Clara ne portera jamais l'étoile jaune. Elle est entrée dans la clandestinité, avec le sentiment d'être rejetée : par son pays mais aussi par l'homme de sa vie.

Si Malraux lui a demandé de divorcer, en 1941, il n'a pas récidivé, trop conscient du danger qu'impliquerait pour Clara une pareille initiative. Un énième décret du gouvernement de Vichy à l'encontre des Juifs permet en effet à tout citoyen désirant se séparer de son conjoint juif de le faire en apposant une simple signature au bas d'un formulaire : divorce brutal, obtenu sans discussion ni recours.

Malgré les pressions de Josette qui l'accuse de ne pas vouloir divorcer et revient obsessionnellement sur le sujet, usant et abusant des lamentations, il n'a jamais cédé au chantage ni profité de la situation. Hormis la rencontre à Toulouse avec Clara pour tenter d'obtenir le divorce, début 1941. Pendant la guerre, il n'est jamais allé au-delà.

Résistance

Le professeur Camille Soula, de la faculté de médecine de Toulouse, spécialiste de physiologie et grand amateur d'art, soigne Florence pour son anémie. Lors d'une de ses visites, il révèle à Clara ses activités dans la « Résistance ». Le mot est encore neuf en 1940. Clara l'entend prononcer pour la première fois. Soula assure avec un groupe de volontaires le passage de la frontière vers l'Espagne. Clara, trop heureuse de se montrer utile, propose son aide : elle va reproduire des plans et des itinéraires pour ceux qui veulent passer les Pyrénées et rejoindre les Forces françaises libres. C'est ainsi qu'elle entre en résistance. Sa mission consistera à fabriquer de faux papiers, à copier des documents ou à les transporter et les déposer en mains sûres, selon les consignes.

Clara l'écrira : « Je ne voulais pas être un lapin sur lequel on tire. Si les Allemands me tuent, il faut qu'ils aient une raison. »

Vers la fin de l'année 1941, elle rejoint un réseau à l'état naissant qui, après des noms divers, prendra celui du Mouvement de résistance des prisonniers de guerre déportés (MRPGD). Il s'occupe d'établir des contacts avec des prisonniers libérés d'Allemagne, de leur fabriquer de fausses identités et de les engager dans une vaste organisation de propagande et de renseignement. Le premier contact de Clara avec le futur MRPGD a lieu à Lyon, place Bellecour, où un ami d'André Ulmann – en qui elle a toute confiance – lui a donné rendez-vous. Elle s'y rend avec sa fille, qui lui a fourni l'alibi de ce déplacement long et compliqué à l'époque : une consultation médicale auprès d'un éminent pédiatre lyonnais. A sa grande surprise, c'est un neveu du général de Gaulle qui vient vers elle : il s'appelle Michel Cailliau, mais il a pris le nom de « Charrette », le chef vendéen, dans la clandestinité. Il est lié à Ulmann depuis leur internement dans le même camp de prisonniers, près de Hanovre, le Stalag 11 B. Il deviendra bientôt le rival et l'adversaire de François Mitterrand, lui aussi chargé des réseaux de résistance des prisonniers de guerre. Il explique à Clara la spécificité du réseau et son rôle dans celui-ci. Son « travail », car c'est ainsi qu'on parle dans la Résistance, consistera à rédiger des documents, à en falsifier d'autres, et à établir les contacts qu'on lui indiquera. Elle n'aura qu'à suivre les consignes qu'elle recevra. On compte également sur elle pour rallier à l'organisation,

encore débutante, nombre de ses amis « de gauche »
– Ulmann a indiqué à Cailliau les sympathies politiques
de Clara. L'entrée en guerre de l'URSS, en août 1941,
après la violation par l'Allemagne du pacte de non-
agression, a entraîné l'engagement des communistes.

A Toulouse, elle présente Charrette aux Martin-
Chauffier, père et fils : Louis et Jean intégreront le
MRPGD, de même que l'ami de vieille date des
Malraux, éditeur d'érotiques du temps de leur jeunesse
en marge, Pascal Pia. Ils recrutent aussi Edgar Morin,
qui part pour Lyon en 1942. Le réseau a en effet établi
ses quartiers entre Toulouse, Lyon et Cahors, ce qui
implique pour Clara nombre de déplacements en train
et une vie itinérante – laquelle n'a jamais été pour lui
déplaire, mais qui est devenue soudain dangereuse,
même dans une zone aussi réduite pour une voyageuse
qui a surtout fréquenté jusque-là les pays les plus lointains et les plus exotiques. Elle le reconnaît dans un
sourire : c'est grâce à la Résistance qu'elle a découvert
la France, ses provinces secrètes et ses paysages
contrastés, qu'il lui arrive maintenant de comparer à
ceux du Cambodge ou de la Perse.

Son bilinguisme apparaît évidemment précieux aux
chefs du réseau. Le MRPGD a établi des liens avec un
autre mouvement indépendant, le Front intérieur allemand (FIA), lui-même en liaison avec le *Frei Deutsch-
land*, un mouvement de résistance composé d'Allemands
qui ont fui le régime nazi et dont un groupe important
est établi dans la région de Toulouse. A partir de l'été
1942, Clara va être affectée au service de propagande.
Elle va aider à rédiger en allemand des tracts destinés
aux camps de prisonniers. On va aussi lui demander de
se débrouiller pour entrer en contact avec les soldats
ennemis ! La voilà à jouer les Mata Hari. Il s'agit de

démobiliser les jeunes recrues allemandes en poste dans la région, non plus seulement par des messages de propagande, mais par l'action directe : en essayant de repérer ceux que guette le découragement puis de leur proposer une aide, pour qu'ils puissent vivre dans la clandestinité, parmi les civils ! Cette tâche des plus ardues et des plus incertaines incombe à Clara. Dans les rues, les cafés, les magasins, elle part en chasse de ces jeunes gens en uniforme qu'elle espère déprimés ou révoltés par les méthodes nazies, et qu'elle est chargée de convertir à la désertion ! Le taux de probabilité de ses succès lui paraissant devoir être infime, elle s'est posé la question de l'efficacité de son rôle au sein de l'organisation, mais c'est une besogne de fourmi, après tout, qu'on lui a confiée. Chaque membre du réseau est chargé d'apporter sa minuscule brindille, qui doit contribuer à l'élaboration finale de la victoire. Elle ne cherche donc pas à mettre en cause les ordres qu'elle reçoit. Elle accomplit du mieux qu'elle peut ce qu'on lui demande.

Résolument impliquée, elle accepte toutes les tâches sans discuter, y compris les plus périlleuses, comme de transporter des valises chargées d'armes ou de documents. Toutes, sauf une qui est l'apanage du PC : elle refuse de participer aux attentats, expliquant que ce sont à ses yeux des gestes payés trop cher, les Allemands détenant des otages.

« Cette Résistance, ajoute-t-elle, je n'en ai pas été une héroïne, je me suis contentée d'accomplir un petit boulot d'allure quotidienne. J'ai souvent attendu et j'ai souvent eu peur[1]. »

---

1. Clara Malraux, *Le Bruit de nos pas, op. cit.*, tome VI, *Et pourtant j'étais libre*, p. 81.

Son « travail », si modeste soit-il, contient une grande part de danger. Juive et résistante, Clara cumulait deux bons motifs pour être arrêtée et déportée. Mais elle n'a pas hésité. Pas un instant, elle n'a douté de la voie à suivre. « Peut-être parce que le danger aurait été presque aussi grand pour moi si je n'avais participé à rien, peut-être parce que mon indignation se transforme très vite, parfois trop vite, en besoin d'agir. » Au lieu de se terrer dans sa cave et d'y vivre comme une souris, ou même selon une image qu'elle préfère, au lieu d'être un lapin de garenne qu'on pourchasse, elle préfère prendre des risques et s'exposer. C'est une prise d'armes, au figuré. Une manière de s'affirmer. C'est même pour elle une manière d'exister. Dans la Résistance, cette femme quittée et abandonnée a l'impression de retrouver sa dignité.

La Résistance, c'est aussi pour Clara une communauté qu'elle a choisie et une famille de substitution.

Elle n'en assume pas moins ses responsabilités à l'égard de sa fille, qu'elle entraîne avec elle dans une aventure à hauts risques. Flo, qui ne fréquente alors que les adultes, amis de sa mère, et qui assiste dans la cave aux réunions et aux complots, qui écoute Radio Londres chaque soir avec Clara et Gaby – l'unique pièce à vivre devant mesurer trois mètres sur trois –, est parfaitement au courant des activités maternelles ou les subodore, même si elle n'en est pas informée. Entre ses sept et dix ans, elle écoute et apprend la vie à son insu. Sa maturité étonne Clara qui y voit l'influence des gènes paternels. C'est une enfant concentrée et sérieuse, qui aura appris le courage dès son âge le plus tendre. Clara n'a jamais eu le sentiment de lui nuire en l'exposant au danger. Elle a tout partagé avec sa fille, dans une complicité intuitive et une confiance de chaque instant.

Autant que la menace nazie, c'est la santé de Florence qui aura été pendant la guerre le souci principal de Clara. La petite fille ne se nourrit pas à sa faim. Clara a beau lui donner une part de ses rations, elle dépérit à vue d'œil. Malgré l'huile de foie de morue, trop vite consommée, et les suppléments de nourriture que Clara s'ingénie à trouver, Florence est constamment malade. Elle doit souvent rester allongée. Elle manque de forces et de couleurs. Lors des hivers rudes de 41 et de 42, son état a encore empiré. Pour Clara qui n'a rien de plus précieux au monde que cette enfant, la terreur de la perdre a largement dépassé celle de se faire prendre en flagrant délit de résistance, dans une rue ou un train.

Roland Malraux vient d'arriver à Toulouse où, « chargé de mission » à la préfecture par un inspecteur des finances, intendant des Affaires économiques pour tout le Sud-Ouest, il a pris des premiers contacts avec la Résistance. Les Affaires économiques servent en fait de couverture pour mettre en place des réseaux dans onze départements. Son travail dans l'administration cache une activité secrète qui lui vaudra à titre posthume la médaille de la Résistance. Clara, ayant appris que Roland est à Toulouse, lui rend aussitôt visite avec Flo qui se relève d'une rubéole. Elle est ravie de le retrouver et compte naturellement sur son appui. Bien que Roland aime beaucoup Clara, le portrait qu'il donne d'elle dans une lettre à son frère André, le 12 mai 1942[1], est empreint d'ironie. Il souligne son

---

1. Lettre citée par Alain Malraux dans *Les Marronniers de Boulogne*, Bartillat, 2001, p. 138.

ancrage à gauche et son militantisme : « Elle est plus Rosa Luxemburg que jamais et la petite-fille de Jaurès et j'en passe, et tout. Elle te reproche avec véhémence de ne pas te trouver actuellement du côté de Diégo-Suarez. »

Il remarque aussi son agitation et sa fébrilité. « Si content que je sois de voir Flo et de pouvoir lui envoyer quelquefois des pralines, sa mère me terrifie parce que je la vois surgir à tout instant des coins les plus imprévisibles, de l'escalier d'honneur, du bureau du courrier, de l'antichambre des huissiers, de partout enfin, et poursuivant l'innocent chef de cabinet du préfet délégué, ou moi-même, de placets en faveur d'obscurs copains hongrois, croates ou burgondes, généralement trotskistes, invariablement juifs, qu'il s'agit toujours de faire autoriser à résider ici, ou à se rendre autre part, obsédés qu'ils semblent tous être par leur besoin d'ubiquité. »

Et d'ajouter : « Le tout sans répit ni raison ni fatigue apparente. Elle me donne le vertige. »

La nature généreuse de Clara la porte à l'imprudence et aux débordements. Pendant ces années troubles, le courage ne lui manquera jamais. Peut-être cette agitation qui agace Roland Malraux n'est-elle qu'une conséquence de son souci d'être efficace, utile à ses amis. A moins qu'elle ne soit un signe de nervosité, quand l'attendent chaque soir après les dures épreuves du jour le chagrin et la solitude, quand la nuit tombe.

Pendant ce temps, sur la Côte d'Azur, Malraux écrit. Ayant en chantier *La Lutte avec l'Ange*, *Le Démon de l'Absolu* et *Le Musée imaginaire*, le bonheur familial, à en croire Roger Stéphane, le retient d'entrer dans l'action. Vaincu en 1936 en Espagne, vaincu en 1940, il se voit doublement déçu dans ses espoirs politiques : la littérature au moins ne l'a jamais trahi. Pour celui qui a toujours cru à la nécessité de la victoire, qui a fait dire à ses héros, à Garine, à Garcia, leur volonté d'être du parti des vainqueurs, à Hernandez devant le peloton d'exécution de Tolède « la générosité, c'est d'être vainqueur » et fait sien le mot de Durruti, « Nous renoncerons à tout, sauf à la victoire », la défaite a un goût d'autant plus amer. Aussi s'est-il détourné du spectacle d'une France exsangue, sous la botte.

A Roquebrune-Cap-Martin et au Cap d'Ail, il reçoit la visite de plusieurs personnalités, écrivains ou journalistes, venus de la part de divers mouvements de résistance en train de se créer et qui souhaitent bénéficier de son crédit de combattant antifasciste et de révolutionnaire. L'écrivain de *L'Espoir* apporterait une inestimable autorité à ces jeunes organisations, en quête d'expérience et de lumière autant que d'armes et de fonds. Aucun de ces visiteurs ne s'est montré assez convaincant ; chacun est reparti débouté, après s'être heurté à un Malraux fort différent de ce qu'ils pensaient, à la fois désabusé et catégorique dans le scepticisme.

En septembre 1941, à Roger Stéphane qui vient d'adhérer à *Combat*, il déclare que « la défaite allemande sera une victoire des Anglo-Saxons qui coloniseront le monde et probablement la France ».

A quelques jours de là, Jean-Paul Sartre venu de Paris (à bicyclette) avec Simone de Beauvoir déjeune à La Souco. Il cherche à recruter des volontaires pour le mouvement de résistance « Socialisme et Liberté » qu'il songe à fonder. C'est du moins ce que soutient

Simone de Beauvoir dans *La Force de l'âge*. Devant le poulet grillé servi par le maître d'hôtel italien, qui éveillent l'un et l'autre l'ironie du Castor – le petit nom que Sartre a donné à sa compagne –, Malraux, écrit Beauvoir, « écoute Sartre avec politesse mais, pour l'instant, aucune action ne lui paraissait efficace : il comptait sur les tanks russes, sur les avions américains pour gagner la guerre ». Ce peu probable prophète résistant, Malraux de toute façon ne l'aimait pas : si la version de Beauvoir est fidèle à la vérité, Sartre aura ce jour-là prêché dans le désert.

Sollicité par Emmanuel d'Astier, sur le point d'embarquer pour Londres, qui fait équipe avec leur ami commun, Edouard Corniglion-Molinier, puis, à l'opposé de l'échiquier politique, par Francis Crémieux, l'écrivain communiste, venu lui offrir le commandement de l'armée secrète de R4, basée à Toulouse, et plus particulièrement des groupes espagnols de cette région, il éconduit l'un et l'autre. Il se méfie des positions « Action française » du premier, dit-il. Au second, il aurait affirmé que « le peuple français ne lui inspirait aucune confiance » et que « cette résistance intérieure ne valait pas un pet de lapin en regard d'un S.R. bien organisé ».

Enfin, Claude Bourdet, fils du célèbre dramaturge Edouard Bourdet et de la poétesse Catherine Pozzi, lui-même jeune journaliste et cofondateur du mouvement *Combat*, raconte avec humour leur entretien à Jean-Marie Rouart[1] :

« Avez-vous des armes ? demande Malraux.

— Non, pas encore, dit Bourdet.

---

1. Emission télévisée, déjà citée.

— Avez-vous de l'argent ? s'enquiert Malraux.
— Non, dit Bourdet.
— Ni armes, ni argent ? Alors, ce n'est pas sérieux. Revenez me voir quand vous aurez de l'argent et des armes », conclut l'auteur de *L'Espoir*.

Entre 1940 et 1943, désengagé pour la seule fois de sa vie, Malraux privilégie son œuvre, qui lui paraît un but autrement plus solide que cette Résistance où veulent l'entraîner de jeunes fous qu'il prend – c'est Crémieux qui le dit – pour des « boy-scouts ». Il n'attend de solution que venant des Etats-Unis et d'URSS, les seules puissances qui lui semblent pouvoir combattre le monstre allemand avec quelque chance de victoire. Il est dégrisé de l'idéalisme de sa jeunesse.

Quand les Allemands envahissent la zone Sud, en novembre 1942, il préfère quitter la Côte d'Azur, où il est trop exposé. Connu pour ses positions procommunistes en faveur de Dimitrov et de Thälmann notamment, et pour ses hauts faits en Espagne, il aurait sûrement été inquiété. Il va passer quelques semaines dans l'Allier, aux abords de la ligne de démarcation, chez son ami Louis Chevasson qui s'y est installé avec sa femme, Germaine, et y dirige provisoirement l'entreprise d'un ami juif, pour lui éviter la spoliation. Puis, avec Josette et Gauthier qui l'accompagnent depuis Nice, il se rend aux confins de la Corrèze, du Lot et du Périgord, une région sauvage où les maquis sont déjà nombreux. Il est facile de se cacher dans les vastes forêts de châtaigniers et de bouleaux. Des amis proches se sont déjà réfugiés dans le coin : Emmanuel Berl habite la jolie ville d'Argentat, aux gorges de la Dordogne, avec son épouse, la chanteuse Mireille, de même que Bertrand de Jouvenel. Malraux décide de se fixer tout près de là, à Saint-Chamant, dans un château que lui loue le maire et notaire du village, Franck Delclaux. Une espèce de château fort, comme on en voit dessinés dans les contes de fées, en surplomb d'une minuscule rivière, la Souvigne.

Il y aménage un bureau dans une des deux tours de guet. Une véritable tour d'ivoire où il reprend, imperturbable, son travail d'écrivain. Il ne s'accorde que de rares récréations : les conversations avec Berl qui lui rend souvent visite ou les promenades sur la colline qui fait face à sa tour, curieusement ombragée de noyers comme dans l'Altenburg. Il tient son fils par la main. Josette les regarde s'éloigner, émue.

Elle est heureuse à Saint-Chamant. Elle a toujours aimé la campagne, les bois, les champs, le lait qu'on va chercher à la ferme et, plus encore, le fait d'avoir André tout à elle, loin de Paris et de Clara. Seul nuage à ce bonheur idéal : Malraux refuse maintenant d'aborder le sujet du divorce. Il veut attendre la fin de la guerre pour en parler. Josette se lie d'amitié avec la femme du notaire, Jeanne Delclaux qu'elle surnomme Rosine, et reçoit son inséparable amie Suzanne Chantal, qui a eu elle aussi un enfant. Elle s'épanche auprès d'elles de son chagrin et de son humiliation à devoir vivre en concubinage et de mettre au monde des enfants adultérins. L'amertume de sa situation lui gâche le bonheur. Des disputes, qui ont toutes la même origine – le « refus » de Malraux de divorcer –, éclatent de plus en plus souvent dans le couple.

C'est à Saint-Chamant que naît leur second fils, Vincent, le 11 mars 1943. André, attendri, lui trouve « la tête de Sainte-Beuve[1] ». Josette, cette fois, refuse que

---

1. Alain Malraux, *op. cit.*

Roland Malraux aille le déclarer à la place d'André pour qu'il puisse porter le nom de son père. Il sera déclaré sous celui de son grand-père.

Tout au long de 1943, les échos de la guerre mondiale, de la bataille de Stalingrad aux sursauts des armées du IIIe Reich en Tunisie, parviennent à Malraux dans sa paisible retraite sans qu'il change de stratégie, tandis que les maquis de Corrèze se montrent chaque jour plus offensifs. Parfaitement au fait des actes de résistance intérieure et de leurs liens avec les réseaux britanniques, ce n'est pas par ignorance qu'il se tient en retrait de tout engagement. Il suit au contraire de très près la politique de la clandestinité et même il y participe grâce à un visiteur qui est non seulement très assidu au château, mais sans doute très influent par les liens quasi filiaux qu'il entretient avec son frère : Roland Malraux.

Engagé dès les premières heures dans la Résistance, celui-ci est devenu l'adjoint du major Harry Peulevé, qui commande à Brive l'antenne du SOE (Special Operations Executive) du général Gubbins. Lorsque Roland vient voir André Malraux, il emmène souvent avec lui l'un ou l'autre de ses compagnons de lutte. Les hommes s'entretiennent longuement dans la tour de guet des projets ou des difficultés du réseau, de la tactique locale comme de la situation internationale – Malraux aimant toujours, comme on sait, élargir les débats. Mais sa participation n'est encore que passive, sans véritable engagement.

C'est après l'arrestation de son frère et de trois partisans (dont Peulevé), à Brive, le 21 mars 1944, qu'il entre dans la Résistance. D'emblée il s'y impose. Jusque-là, il aura réfléchi, écrit et attendu son heure.

Clara : « Désormais, je me savais une initiée, capable d'affronter de mon propre chef les dragons, sinon de les vaincre. C'est affreux à dire – ou à écrire – dans la détresse de tant d'êtres, il me semblait que je naissais de mes propres initiatives, plus exactement que je renaissais enfin[1]. »

Grisélidis

La rupture avec Malraux plonge Clara dans le désespoir mais a sur elle un pouvoir libérateur : dès qu'elle se retrouve seule dans le Sud-Ouest, avec sa fille, elle se met à écrire. Non plus pour les autres, mais pour elle-même. Renonçant au travail de traductrice qui a été le sien jusque-là – travail de substitution et d'abnégation –, elle s'en remet à ses propres chimères et à son imagination.

Son premier roman, Clara le commence à Puech del Luch, l'été 1940, et l'achève en 1942, à Toulouse, dans les cafés de la ville rose. Elle l'écrit tout du long tenaillée par la sensation de la faim, autant que par le désir urgent de raconter une histoire. La sienne, enfin.

Grisélidis... Le nom lui vient d'un conte familier de son enfance, tiré d'une légende de Chaucer. Un prince a épousé une bergère ; ils vivent heureux avec leurs enfants, jusqu'au jour où le prince, torturé par le doute, se demande si la bergère ne l'a pas épousé par intérêt. Il la met à l'épreuve en la dépouillant de tous

---

[1]. Clara Malraux, *Le Bruit de nos pas*, *op. cit.*, tome VI, p. 109.

ses biens, y compris de ses enfants, et en l'abandonnant dans une forêt, au milieu des loups. Mais Grisélidis continue de l'aimer et accepte de la main aimée les pires châtiments. Le prince, enfin satisfait après des années, lève la disgrâce et lui rend tout ce qu'il lui a pris, y compris ses enfants ! La soumission et la tyrannie dans l'amour, tels sont les grands thèmes de ce conte merveilleux, qui fournit le titre et donne son sens au roman.

Ecrit à la première personne, par une héroïne nommée Bella Clément, copie conforme de Clara et souvent sa porte-parole, c'est un récit vif et énergique, aux dialogues acérés – tout à fait dans le ton primesautier et allègre de Clara.

La première phrase ? Celle par laquelle Clara naît comme romancière : « Tout à l'heure, tandis que mon pousse roulait le long de l'arroyo, j'ai pensé : voilà, tu es la maîtresse de Roger Perrouin. »

L'action se déroule principalement en Indochine, puis un peu en France, en 1925. Bella, jeune fille de bonne famille, élevée à Saigon, déprimée par une récente rupture de fiançailles, tombe amoureuse d'un médecin colonial, Roger Perrouin, dont elle vient tout juste de devenir la maîtresse, quand s'ouvre la première page. Une forte personnalité, d'allure anticonformiste, en rupture de ban avec la société bourgeoise blanche de Saigon, parce qu'il soigne les métis et les Chinois. « Papa a la Légion d'honneur, écrit Bella, il sursaute quand, dans un canard local, on attaque l'administration. » Aussi essaie-t-il de contrôler les mauvaises fréquentations de sa fille, attirée, comme si elle le faisait exprès pour le provoquer, par des hommes scandaleux ou marginaux.

Perrouin lit *Action* et la *NRF* au lieu de *L'Impartial*, s'intéresse au dadaïsme et à la peinture de Braque ou de Picasso ; il veut combattre les abus du colonialisme et fonder un journal franco-annamite. Inutile de chercher très loin les clefs de ce portrait : Malraux transparaît presque sans masque, dans la figure virile et sûre d'elle de Roger Perrouin. La conversation des banquiers n'est pas son fort. Avec Bella, quand il ne fait pas l'amour – et ils font souvent l'amour –, le héros parle plutôt de Nietzsche et de la mort de Dieu, ce qui éblouit la jeune fille, comme Malraux a ébloui Clara. « Quand nous nous sommes rencontrés, écrit Bella, je n'étais qu'une petite fille à la révolte informe et qui sentait confusément qu'elle différait de ceux qui l'entouraient. Cette différence d'avec les autres, vous l'avez accentuée, vous l'avez précisée. Jamais plus je ne pourrai me contenter de vivre avec ceux de mon milieu[1]. »

Clara écrit son roman sur un scénario très romanesque, plutôt hardi pour l'époque, quand on pense à la condition de la femme et, en particulier, à celle de la jeune fille dans les années quarante : c'est bien avant les audaces de Beauvoir, de Sagan. Il y est déjà question de coucher sans être mariée, de faire l'amour librement avec un homme qui, lui, est marié, de le tromper par jeu, juste « pour le plaisir », dit Bella, au cours d'une croisière et, finalement, de revendiquer la sincérité de l'amour au cœur même de l'adultère. *Bonjour tristesse* a une ancêtre dans ce *Portrait de Grisélidis*, insolent et acide : tous ses thèmes y sont déjà, avec cette espèce de jus de citron sur les phrases qui font déjà grincer des dents les défenseurs de la morale bourgeoise.

---

1. Clara Malraux, *Portrait de Grisélidis, op. cit.*, p. 69.

Perrouin est arrêté pour trafic de drogue (l'opium) qu'il présente comme « un mince incident de contrebande coloniale », comme André avait estimé anodin, voire utile au ministère des Colonies, le pillage du temple de Banteay Srei. Bella s'adresse à un avocat, qui s'appelle Pierre Morin (Clara n'a changé qu'une lettre au nom de Pierre Monin) puis, après rupture avec les siens – son père lui remet l'héritage maternel et la renie –, part pour la France afin d'organiser la défense de son amant. Juste avant d'embarquer, elle apprend dans la presse que Perrouin est marié et a deux enfants.

Sur le bateau, elle a une aventure avec un passager. Quand elle avouera son infidélité à Perrouin, celui-ci prononcera exactement les phrases de Malraux à son égard, qu'il a reprises au mot près dans *La Condition humaine* : « Je sais ce qu'un homme pense d'une femme qu'il a eue » et « penser qu'un type comme ça imagine à présent qu'il a le droit de te mépriser ! ». Bella offrira à Perrouin son héritage pour qu'il puisse rembourser la dot de sa femme et divorcer. Comme Clara, elle finit ruinée mais à l'inverse d'elle heureuse, puisqu'elle garde Perrouin.

« L'amour d'une femme est un immense crédit ouvert à celui qu'elle aime. »

On l'aura compris : ce premier roman est largement autobiographique. Il offre un jeu de correspondances facilement décryptables par tout lecteur initié à la vie de l'auteur. On ne se contente pas de se promener à Saigon, rue Catinat, rue Pellerin ou dans les quartiers excentrés de Cholon, de lire *L'Impartial* et de fréquenter l'« Européen », qui remplace dans le livre l'hôtel Continental où ont vécu les Malraux, avec sa terrasse interdite aux Annamites et aux métis. Il y a les nuits d'opium, les lits à moustiquaire et les seins nus de Bella quand elle s'enroule dans le tissu du *kai-ao*, le vêtement indigène. Il y a maître Morin ; le métis Maurice de Sainte-Lise, si fidèle au compagnon rencontré sur le paquebot, Sainte-Rose, l'ami de Clara. Il y a les boys et les congaïs ; les parents bourgeois, la belle-mère aussi douce et faible que la mère de Clara ; il y a l'atmosphère étouffante des préjugés et des conventions que Bella déteste autant que Clara. Il y a enfin les *ma-kouis*, ces démons qui portent malheur.

Perrouin campe un héros loyal dans ses combats et ses idées, un peu moins dans la vie quotidienne, à cause de ses mensonges et de ses secrets. Ses gestes et ses propos sont authentiquement signés. Ainsi quand il coiffe lui-même Bella, maladroitement, avec un peigne de poche, parce qu'il veut arranger les mèches folâtres de sa coiffure – un geste que Clara a toujours aimé, ou bien quand Clara lui fait redire, pour les entendre encore, ces mots tendres qu'elle a perdus : « Ma petite compagne inséparable. »

Il y a enfin Bella Clément, avec son tempérament sensuel et fantasque, son courage, sa révolte et son entêtement. Bella qui lance au hasard d'une page les phrases essentielles de ce livre à la fois confession et libération :

« Qu'il est difficile d'être la femme d'un homme et de rester soi[1] ! »

Ou encore celle-ci, qui renvoie en écho non seulement à sa vie avec Malraux mais à sa vie tout entière, y compris ce jour de 1942 où elle a mis un point final à son histoire :

---

1. *Ibid.*, p. 232.

« Faire confiance est ma seule arme[1]. »

Le grand bonheur d'avoir réussi à écrire *Portrait de Grisélidis* contre le sort qui s'acharne et contre les forces mystérieuses qui jusque-là la retenaient d'écrire, sauve Clara du chagrin d'amour. La Résistance et la littérature associées lui apportent une nouvelle énergie, un équilibre durable et ce qui lui manquait encore : non la confiance dans les autres – elle y est naturellement portée –, mais la confiance en soi.

Le premier lecteur de son manuscrit inachevé est l'écrivain hongrois Andor Nehmet – un ami de Fetjö –, qui l'encourage à poursuivre son récit, alors figé vers le milieu, et à l'auréoler d'un peu de bonheur. Il lui promet aussi de traduire le texte dans sa langue natale, ce qu'il fera – le roman sera publié par ses soins après la guerre aux Editions du Panthéon à Budapest.

La dernière phrase ? C'est Perrouin qui parle et s'adresse à Bella. Seule grande différence avec Malraux, qui vouvoie Clara : il la tutoie. « Il faudra bien que s'apaise en toi ce qui demande aux autres – et à toi – d'être excessifs, jusqu'en leur ressemblance avec eux-mêmes. »

L'exactitude autobiographique du roman lui donne un parfum de vérité, sensible de page en page, qui soutient l'intérêt. Outre la peinture des mœurs bourgeoises et le portrait d'une jeune fille libérée, les positions féministes de l'auteur sont ce que l'on remarque le plus. La femme ne peut naître à elle-même que débarrassée de ce complexe de Grisélidis qui entrave sa liberté, en la rendant esclave de celui qu'elle aime. L'amour, vu sous cet angle, serait en somme l'ennemi

---

1. *Ibid.*, p. 231.

de la liberté : la femme « intoxiquée » (c'est le mot qui vient sous la plume de Clara) ne peut plus vivre sans l'homme qui est tout pour elle, qui est même sa raison de vivre. Bella pas plus que Clara ne réussit à établir une harmonie entre l'amour et la part d'autonomie. Elles sont dépendantes et fragiles, inférieures par là à l'homme qui garde l'avantage de l'autorité et de la liberté d'action. Ni Perrouin ni Malraux ne seront jamais esclaves de l'amour – c'est du moins ce que suggère ce roman qui présente le point de vue féminin.

Quant à l'écriture, elle jaillit de la nature même de Clara : claire en effet, sans aucune ombre, elle est la voix même de cette romancière de quarante ans, intelligente, sensible, et qui parle et écrit avec la fraîcheur de la jeune fille qu'elle restera toute sa vie, malgré les épreuves et jusqu'au grand âge.

Une fois achevé, *Portrait de Grisélidis* est envoyé à Jean Blanzat, éditeur et résistant, qui le publiera en 1945 aux Editions Colbert – 28, rue La Boétie, Paris 8ᵉ –, dans la collection du « Point du Jour » qu'orne la vignette d'un petit voilier voguant sur les flots.

En attendant ce jour, Clara garde la main en écrivant des articles pour une revue éditée à Lyon par un autre grand résistant, l'écrivain René Tavernier, père du cinéaste. A *Confluences*, de décembre 1942 à avril 1944, Tavernier permet à celle qui est encore une débutante inconnue et juive de surcroît de s'exprimer en toute liberté, sur les sujets qui lui tiennent à cœur : Mme de La Fayette et Dostoïevski, Stendhal et Conrad, Virginia Woolf et Benjamin Constant. Dans ses analyses littéraires, il lui arrive souvent de développer le grand thème de Grisélidis – l'amour, la soumission –, ainsi lorsqu'elle traite « les grandes sœurs de Mathilde de la Môle », parmi lesquelles évidemment elle se range. Elle préfère prendre pour modèle cette héroïne indomptable, libre et sauvage sous la mondanité, plutôt que la douce et sage Mme de Rênal, avec ses airs de victime consentante, qui restera le grand amour de Julien Sorel dans *Le Rouge et le Noir*. Dans les romans comme dans la vie, Clara choisit le camp des insoumises.

La guerre ni la Résistance ne font oublier à Clara ce qui reste l'une des grandes passions de sa vie – les livres. L'action et la lecture, l'engagement et l'écriture continuent de faire bon ménage dans sa vie clandestine, bringuebalée par l'Histoire mais aussi par l'amour, alors qu'elle ne l'attendait plus.

L'amour, toujours

Dans la communauté des résistants, on l'appelle Jean l'Allemand – de son vrai nom, Gerhard Krazat. Un Hambourgeois, fils de pasteur, dont la famille est originaire du Schleswig. Il parle français couramment, avec une pointe d'accent qu'il prétend être flamand : Clara, dont l'oreille est si fine, s'y laisse d'abord prendre. « Jean » – elle ne le nommera jamais autrement – a vécu quelques mois en Belgique pour y récolter des fonds et organiser des envois d'armes vers les combattants républicains espagnols.

Grand, élancé, blond, « l'air nordique » d'après Clara[1], seuls son maintien rigide, sa manière de se tenir

---

1. Clara Malraux, *Le Bruit de nos pas*, *op. cit.*, tome VI, p. 69.

impeccablement droit signalent en lui un trait caricatural allemand. Est-ce utile de préciser que ce personnage de rebelle, qui lutte contre son propre pays, est un antihitlérien de la première heure, un antifasciste déclaré ? Il n'est pas arrivé en France avec les armées du Reich mais en franchissant les Pyrénées depuis l'Espagne, où en 1936 il s'est porté volontaire pour secourir les forces républicaines. Ancien marin, il a travaillé durement dans les ports d'Allemagne et des Flandres, avant de se dévouer corps et âme à la défense des libertés.

Un de ses frères a été fusillé par les nazis, un autre mourra sur le front russe. Il n'a pas encore trente ans mais c'est déjà une sorte de héros qui aurait pu facilement prendre place dans un roman de Malraux et n'aurait pas détonné dans *L'Espoir*. De religion communiste, il a une longue habitude de la clandestinité. Fait prisonnier en Allemagne pour ses activités illégales, il s'est évadé une première fois, puis il a participé à la guerre d'Espagne. Quand l'armée républicaine a été mise en déroute, il s'est retrouvé en France. On l'a interné au camp du Récébédou, dans le secteur des prisonniers espagnols, dont il s'est à nouveau évadé, muni d'un faux laissez-passer, en compagnie d'un ami allemand, de mêmes convictions et de même courage, nommé Heinz Preis. Les deux hommes habitent Pechbonnieu, dans les environs de Toulouse, et militent au FIA (Front intérieur allemand) avec lequel Clara est entrée en contact.

Clara rencontre Jean, probablement vers la fin de l'année 1941 ou au début de la suivante, dans la librairie de Sylvio Trentin, qui est à Toulouse un des hauts lieux de la Résistance. Là, rue Ozenne, au milieu des rayons de livres, dans le coin des classiques moins fréquenté que celui des parutions contemporaines, s'échangent à voix basse des rendez-vous, des noms de code, des adresses de planques. Elle le croise ensuite par hasard, à la pension qu'elle habite, rue des Pyrénées. Jean y rend visite à l'un des pensionnaires, vieil ami de Chiaromonte qui l'a recommandé à Clara : un dénommé Caffi. Clara s'est attachée à ce vieil homme, malade et pauvre comme Job, qu'elle a surnommé son « vieillard adoptif ». Cet érudit italien, révolutionnaire antifasciste et communiste – le profil exact des amis de Clara –, a passé son enfance en URSS où son père était directeur de l'Opéra impérial. De Saint-Pétersbourg à Paris où il s'est exilé, en passant par les escales les plus improbables d'une vie de chaos et de fuites, il n'a jamais cessé de rédiger des fiches sur les sujets qui l'intéressent, de la grammaire à l'Histoire sans oublier la médecine ou les Beaux-Arts, sujets qui auraient certainement passionné Malraux. Pour Clara, il aura été une sorte de grand-père, original et amusant, un conteur d'histoires inouïes. Comment ne pas d'emblée éprouver de la sympathie pour l'ami d'un pareil homme ? Ayant ainsi fait connaissance, Jean et Clara prennent l'habitude de se voir souvent, est-ce dans la serre ou dans la cave ? Clara ne se souvient plus exactement. Mais Jean fait bientôt partie du cercle des fidèles.

« Nous devînmes des amis, puis nous devînmes des amants[1]. »

Militant rompu aux méthodes clandestines, Jean guide et conseille Clara. Il leur arrive de mener des opérations communes ou de suivre les mêmes trajets

---

1. *Ibid.*, p. 69.

entre Toulouse, Cahors et Lyon. Elle sait que Jean participe à des attentats, que la violence n'est pas exclue de son programme. Il sait manier une arme, revolver ou fusil, grenade ou coutelas. C'est un guerrier de l'ombre, un homme rude et fort, aux convictions et aux amitiés solides comme le roc. Avec Clara, il se montre d'une étonnante douceur. Il la protège et la rassure. Ainsi, quand il lui promet de l'aider à passer les Pyrénées pour qu'elle soit enfin à l'abri avec son enfant. Clara proteste car Florence est trop faible, trop fragile, pour tenter une pareille aventure.

« Je la porterai », lui dit Jean.

Cette réponse la bouleverse, comme une déclaration d'amour.

Pour la première fois depuis la rupture avec Malraux, elle est capable d'être émue par un autre homme – capable aussi d'admirer et de faire confiance.

Dans la cave, désertée par les amis quand la nuit tombe, Jean s'attarde auprès de Clara. La petite fille dort ou fait semblant : elle ferme les yeux sur cet homme dont elle comprend bien que la relation avec sa mère va au-delà de l'amitié. Dans son demi-sommeil, elle les entend réciter des poèmes en allemand. Des vers de Ringelnatz, de Tucholsky, de Morgenstern, rien que des poètes maudits depuis 1933. La chanson des berceuses de son enfance revient à Clara par la voix de son amant.

« Grâce à l'art, grâce à Jean, écrit-elle, j'ai pu ne pas haïr l'Allemagne. »

Errance

La victoire des Russes à Stalingrad oriente le sort de la guerre. L'espoir revient chez les Alliés. Mais l'Occupation se durcit en France, où il devient de plus en plus difficile d'échapper à la surveillance et à la répression policières.

En mai 1943, deux mois après Stalingrad, Jean Moulin unit les mouvements des deux zones, Nord et Sud, en créant le Conseil national de la Résistance. Les réseaux se regroupent ou tentent de s'accorder pour amplifier leurs efforts.

La survie de Clara et celle de Florence se jouent dans ces années 1943 et 1944, plus dangereuses encore que les deux précédentes. Ce sont celles où elles ont pris le plus de risques et ont plus d'une fois frôlé la catastrophe. Fin 1942, la Gestapo et la Milice ayant renforcé leurs patrouilles à Toulouse, elles ont quitté la ville rose pour aller vivre à Montauban, à une demi-heure de train : une petite ville avenante, construite sur le Tarn et ombragée de vieux platanes, patrie d'Ingres et de Bourdelle. Elles rêvent d'y mener une existence paisible et d'y jouir des facilités de ravitaillement qu'on leur a vantées – on souffre moins alors de pénurie alimentaire à Montauban qu'à Toulouse.

Leur amie Madeleine Lagrange les attend avec son fils Serge à la villa « Les Pâquerettes » – un nom bucolique qui leur paraît d'aussi bon augure que la ronde et bonne figure des Montalbanais, croisés en chemin. Toutes deux sont maigres, surtout Florence, hâves et vêtues de bric et de broc – Clara, qui craint toujours d'être repérée, se cache sous des chapeaux trop grands, qui lui mangent la moitié du visage.

Madeleine est veuve – Léo Lagrange a été tué sur le front de l'Aisne en 1940, ce qu'elle n'a appris qu'un an plus tard. Elle accueille Clara avec effusion. Ensemble, entourées par les enfants mais aussi par les amis qui viennent nombreux partager l'hospitalité légendaire des deux femmes, elles reconstituent une famille. Il ferait bon vivre aux Pâquerettes de pair avec les écrivains et les artistes qui y ont rebâti un cénacle, s'il n'y avait tout autour la guerre qui fait rage et les menaces persistantes sur les résistants et sur les Juifs.

En décembre 1943, Clara, accompagnée de Flo et de Jean, assiste à la messe de Noël, dans la cathédrale de Montauban. C'est une idée de Jean qui trouve qu'« il est toujours bon d'avoir l'air conformiste » et, en ces temps de délation, de passer pour catholique aux yeux des habitants du quartier. Elle a surtout voulu faire plaisir à Florence qui, depuis son baptême, a suivi le cursus d'un enfant catholique, fait sa première communion et été confirmée (par Monseigneur Théas, l'évêque de Montauban, « mon évêque en somme », dira drôlement Clara). Flo prie avec ferveur.

Les chants, les prières et le parfum d'encens, les cierges allumés dans la cathédrale, l'orgue et le silence au moment de l'Eucharistie : Clara ne regrette pas d'être venue. Elle aimerait que la paix puisse durer, cette paix que promet l'Eglise à tous ceux qui croient. A ses côtés, Jean semble lui aussi recueilli. Ce fils de pasteur protestant est-il venu prier ou bien cherche-t-il comme elle un répit ? Florence, très observatrice, fait remarquer à sa mère, un peu à l'écart, un soldat allemand agenouillé devant une statue de la Vierge. Il pleure à chaudes larmes sans lever la tête ni participer à la messe, autrement que par son chagrin. Une jeune fille, venue quêter dans les rangs, refuse la sébile à un autre soldat allemand qui avait déjà préparé son aumône – le commandant de la place, lui dit Jean. Clara aimerait communier dans le mystère et la foi ; elle se contente de savourer la quiétude et de se sentir apaisée, presque heureuse, en écoutant les chants et en éprouvant près d'elle, de part et d'autre, la présence des deux êtres qui lui sont chers.

Au retour à la villa, les bougies sont allumées sur le sapin et un repas les attend. Avec Madeleine, elles ont réussi des prodiges pour composer une table de fête : il y a une oie rôtie, du vin et même un gâteau. Ruben Lipchitz, le frère du sculpteur, et sa femme se sont joints à leur « famille ». Il y a aussi là un réfugié espagnol, dont Clara ne donne pas l'identité, et qui se cache avec Jean à Pechbonnieu. Bientôt Jean entonne *Mon beau sapin*, en allemand bien sûr. Clara chante avec lui. Puis l'Espagnol donne sa version de chez lui et les voix se mêlent, en français aussi. Un chant de la guerre d'Espagne puis d'autres encore montent, qui célèbrent la nuit de la résistance, la fraternité et l'aube qui un jour naîtra.

C'est le dernier Noël de guerre de Clara et de Flo. Un dernier moment avant les grands malheurs.

Le lendemain, elle reprend ses activités, qu'elle n'a jamais interrompues, ses courses illégales et dangereuses, pour déposer ici un colis, là un message, établir un contact, passer une information, tantôt à Toulouse ou à Cahors, tantôt remontant sur Lyon ou même, juste pour une brève mission, sur Paris. Elle y rencontre Jean Paulhan, lui aussi entré en résistance et qui va de peu échapper à l'ennemi en s'enfuyant de chez lui, par les toits, quelques jours après son passage.

En 1944, le réseau auquel elle appartient vole en éclats. Jean et son compagnon Le Moigne qui effectuaient une mission à Paris, sont arrêtés à leur hôtel, rue Toullier. Tout près de la rue Soufflot et du Luxembourg. Edgar Morin qui devait les retrouver au cimetière Montparnasse, ne les voyant pas venir, commet l'imprudence de se rendre à leur hôtel. Trouvant que quelque chose cloche, il ne monte pas dans leurs chambres et s'enfuit juste avant d'être pris, avec sa compagne Violette, qui fait elle aussi partie du réseau. Catherine Lairy – Gaby – n'aura pas cette chance : quand elle se présente à la réception, car elle a loué une chambre au même hôtel que Jean et Le Moigne, la police l'attend.

On l'embarque et on la conduit au siège de la milice, dans une cellule qu'elle partage au sous-sol avec une autre prisonnière, Cécile Letais. Au sol, de la poussière de charbon. Un matin, on la sort de là pour la conduire dans une pièce réservée aux interrogatoires, où on veut la confronter à celui qui prétend s'appeler Jean Muller – l'ami de Clara, un homme sanglant et souffrant, rendu presque aveugle par la torture. Ni l'un ni l'autre ne fournit de renseignement. Gaby est renvoyée dans sa cellule : elle en sortira grâce à une habile intervention de son père. Jean, lui, est à nouveau livré à ses bourreaux. La torture lui arrache des cris en allemand, qui le trahissent.

Transféré à Lyon, il sera fusillé par les Allemands dans la cour du fort de Montluc, le 20 août 1944. Clara, qui le sait prisonnier, n'apprendra sa mort que plusieurs mois plus tard.

Au printemps, tous les membres du réseau ont disparu : Jean et Le Moigne, mais aussi André Ulmann, arrêté avec deux compagnons, dans un square à Lyon et déporté à Mauthausen. Michel Cailliau s'enfuit à temps à Alger, Gaby est arrêtée, Clara perd tout contact avec Morin. Elle se retrouve seule, obligée de quitter la villa de Montauban dont les prisonniers ont pu donner l'adresse, sous la torture. Elle devra en fait la vie sauve à leur silence.

Sa maigre valise bouclée, la voilà sur les routes, comme une vagabonde, avec Florence. Deux mendiantes à la recherche d'un asile qui se dérobe sans cesse, puisqu'il leur faut en changer pour déjouer les poursuites : deux ou trois jours au plus au même endroit, telle est la consigne.

De retour à Toulouse, puisque Montauban n'est plus sûr, elles habitent chez Suzanne Hamon – Léo est lui aussi en cavale –, puis chez Charles et Marcelle Strickler (Charles est le chef régional du MRPGD). Ce dernier leur procure des papiers de fausse identité, mais si mal imités qu'en cas de contrôle elles seraient repérées sur-le-champ. Il leur promet de leur en fournir d'autres, de meilleure facture, si elles peuvent se rendre dans les Landes, à Grenade-sur-l'Adour, dont le maire est un ami et un as de la falsification des cartes d'identité. Il les rejoindra là-bas pour organiser le contact. Elles doivent l'y attendre.

A nouveau sur les routes du Sud-Ouest. Elles marchent sur les bas-côtés, affolées à l'idée de croiser la moindre patrouille, de ferme en ferme et de village en village. Des gens acceptent de les loger une nuit ou deux, mais ces deux personnes en fuite, la femme et l'enfant, n'inspirent pas la pitié à tous. Plus d'un, plus d'une préfèrent fermer leur porte et les inviter à s'en aller plus loin. Ils craignent pour leur sécurité – les Allemands punissent par la prison et la déportation, parfois par la mort, toute personne qui apporte une aide à un Juif ou à un résistant. Un verre de lait ici, une tranche de pain ou de pâté ailleurs leur permettent de ne pas mourir de faim. Clara se débrouille pour que l'enfant et elle puissent avoir chaque nuit un gîte et ne pas dormir dehors.

Saint-Gaudens, Lannemezan, Tarbes, Pau. Les belles cités du Sud cathare marquent la longue errance de Clara et de Florence, plus que jamais unies pour affronter le sort. « Telles deux sœurs siamoises[1] », dira Clara, elles dorment dans les bras l'une de l'autre et ne se quittent pas un seul instant.

La petite est si fatiguée de marcher que parfois Clara ose prendre le train, avec le risque que cela comporte d'un contrôle d'identité. A peine quittée la gare de Lannemezan, le scénario redouté se produit : la Gestapo surgit. Assises entre une religieuse et un vieillard, Clara et Flo blêmissent – elles savent que leurs papiers si mal imités vont les trahir. Clara les tend à l'officier, qui doit avoir vingt ans. Il y jette un œil, à l'évidence comprend.

« Où allez-vous ? » interroge-t-il.

Clara répond qu'elle conduit sa fille, malportante, à Salies-du-Salat pour une cure. Les eaux de Salies sont bénéfiques aux enfants anémiés.

L'homme leur rend les papiers en haussant les épaules, et en disant pour lui-même ces mots en allemand que Clara comprend : « *Ein anderer mag es machen* » – un autre n'a qu'à s'en charger.

La chance ne les a pas complètement abandonnées.

---

1. *Ibid.*, p. 156.

Cet homme de la Gestapo, dira Clara, c'était aussi « l'homme de la pitié ».

A Pau, elle retrouve son frère Georges qui depuis quelque temps participe au réseau.

A Aire-sur-l'Adour, elle loge chez un ami de Strickler, qui se montre accueillant et même rassurant. Elle y attend désespérément ce correspondant qui ne vient pas : ni à la date prévue ni les jours suivants. Pour la première fois, elle doute de l'avenir, elle pense que c'est la fin. « L'errance ne pouvait plus continuer. Alors a commencé la longue nuit, la seule longue nuit que j'aie connue, celle où je me suis battue contre l'Ange[1]. »

Mais Strickler finit par arriver un beau matin. Il emmène Clara et Flo avec lui à Grenade-sur-l'Adour où, comme espéré, comme promis, Clara obtient en bonne et due forme une magnifique carte d'identité.

Son nouveau nom ? Marie-Claire Lamy.

Obligée d'abandonner le nom de Malraux, sous lequel elle figurait dans la liste du réseau, elle choisit d'exister sous celui de la mère d'André. Elle s'appellera Lamy, comme la femme qui lui a donné le jour... Marie, comme sa tante, la sœur de sa mère. Marie-Claire, en y ajoutant son propre prénom.

De profession, elle sera commerçante – c'était également le métier des trois femmes qui ont élevé Malraux. Sur le papier, ce n'est pas précisé, mais elle pourra se dire épicière, pourquoi pas ?

Quant à son domicile, il est indiqué à Bascons – quand même pas Bondy. Ce Bascons est une idée du maire : un nom typique des Landes, tout près de Mont-de-Marsan.

---

1. *Ibid.*, p. 155.

La lettre cachée

Pour son dixième anniversaire, Malraux écrit à sa fille qu'il n'a pas vue depuis la guerre une lettre très tendre, commençant par « mon petit chat » et s'achevant sur le dessin de l'animal fétiche, devenu le sceau de l'écrivain.

Alain Malraux la cite dans son livre de souvenirs d'enfance[1] ; il la tient de Florence qui la lui a donnée à lire.

Elle se passe de tout commentaire. Sinon pour souligner que Malraux, loin de Clara, père de deux fils d'une autre femme, n'oublie pas sa fille.

> « Mon petit chat,
>
> (...) Je te souhaite toutes les choses magnifiques que tu voudrais qu'on te souhaite, et que je ne connais pas, mais que toi tu connais. Je voudrais t'envoyer un cadeau, mais je viens de revenir dans un petit village où il n'y a rien : alors je t'envoie un mandat ; ce n'est pas si joli qu'une surprise, mais tu le transformeras toi-même en surprise, comme les magiciennes.
>
> (...) Je sais que tu es sage : assez, pas trop, ce qui est bien. (...) Tout le monde dit que tu es intelligente, que tu regardes comme ton papa, et j'ai vu sur les photos que tu es une jolie petite-grande fille. Tu n'as donc qu'à continuer à être la petite Flo que tu es pour me faire plaisir. Tu es bien gentille et je t'embrasse.
>
> Ton Papa. »

Cette lettre, datée du 6 avril 1943, Clara l'a cachée

---

1. Alain Malraux, *op. cit.*, p. 333.

à sa destinataire. Florence Malraux ne la lira qu'après la mort de sa mère, quarante-six ans après son envoi.

Que dit ce secret, de la part de Clara ? La rancune, toujours tenace ? Le rapport possessif, exclusif de mère à fille ? Ou la rage, si douloureuse, qu'il n'y ait pas un seul mot pour elle, dans cette lettre à « leur » enfant dont André Malraux semble ne pas vouloir se rappeler qu'elle est le lien, de lui à elle.

« Je ne suis pas une héroïne »

Non loin de l'Adour, dans un Sud qui tient sa singularité des vallées de la Dordogne et de la Vézère, André Malraux est enfin entré en résistance. Quelques jours après l'arrestation de son frère Roland, à Brive en mars 1944, il quitte discrètement Saint-Chamant et gagne le Périgord Noir, une région hautement touristique, riche de sites splendides et de châteaux aussi vieux que l'histoire de France, qu'il fera un jour classer monuments historiques. Les maquis y sont nombreux et déjà organisés depuis la fin de l'année 1941.

Comment cet écrivain, engagé de la dernière heure dans une Résistance qui tient l'ancienneté pour le plus haut grade, s'est-il imposé d'emblée – en moins de trois mois – à des chefs de maquis, qui sont pour la plupart de fortes têtes, peu faciles à amadouer et peu enclins à partager leur autorité ? Explication de Lacouture : « En histoire, la volonté d'être compte pour beaucoup et aussi ce don du "chaman", du sorcier meneur d'hommes, doté de "pouvoirs" qui mènent au pouvoir[1]. » Il vient d'en

---

1. Jean Lacouture, *op. cit.*, p. 284.

écrire le portrait dans *Les Noyers de l'Altenburg*, à propos du personnage central, Vincent Berger.

Son nom de guerre sera celui de son héros – Malraux dans la clandestinité s'appellera Berger, ou plus précisément « le colonel Berger », car s'il arrive vierge de tout passé de résistant, il tient à souligner ce grade gagné sur le terrain, dans une guerre qui lui a non seulement valu des galons, mais une légende de combattant valeureux et de chef estimé par ses hommes.

Rattaché d'abord au réseau dont dépendait son frère (bien que le chef du SOE, le major Buckmaster, ait démenti qu'il ait jamais figuré sur leurs listes), il découvre vite la complexité et l'ampleur des réseaux dans la zone dite R5, qui couvre la Corrèze, le Périgord, le Lot et le Bas Limousin. « Pays du châtaignier, de la truffe et du seigle », résume Lacouture. Au total, au printemps 1944, une quinzaine de milliers d'hommes, armés, équipés, mais dont les chefs sont souvent en désaccord. Ils agissent séparément, selon leur couleur politique, leurs alliances locales, nationales ou internationales. Dans les maquis, règne hélas une grande confusion.

Malraux navigue, très à l'aise, d'un groupe communiste à un groupe gaulliste, entretient des relations avec les Anglais autant qu'avec les Français et ne se prive pas de signaler sa présence, hors normes, par quelques coups d'éclat, comme de lever le poing en guise de salut militaire, en mai 1944, devant un groupe de l'Armée secrète (AS), d'obédience gaulliste, alors qu'on hisse le drapeau tricolore et qu'on entonne *La Marseillaise*.

Son sens de la mise en scène que Clara taxait de mythomanie et qui l'agaçait, le sert en ces heures difficiles où il cherche à se forger un rôle et à imposer son ego : il imagine ce qu'il appelle un « PC interallié » – une sorte de commandement suprême pour cette zone, dont ni de Gaulle ni les Anglais ni les Américains ni les communistes n'ont jamais entendu parler et pour cause, il vient de l'inventer. De même qu'il a inventé les « corps francs de libération », preuve que son esprit fertile n'est jamais en repos et peut fournir aux camarades de combat des idées capitales, auxquelles personne n'avait encore pensé et qu'il fait surgir du néant. Les corps francs et le PC interallié seront assez vite adoptés par les divers réseaux.

D'abord logé non loin de Domme, au château de Castelnaud-Fayrac qui domine l'une des courbes de la Dordogne, il y rejoint Josette et leurs fils qui y ont pris leurs quartiers. Mais il est souvent absent, retenu dans les maquis alentour. Le béret vissé sur la tête, allumant l'une après l'autre ses cigarettes anglaises (« signe extérieur d'importance dans la clandestinité » selon Pierre Viansson-Ponté[1]), Berger en impose aux hommes et même aux chefs. Il va participer aux combats et réussir à organiser et à réaliser, en juillet 1944, un formidable parachutage au-dessus des plateaux du Causse de Loubressac. Une opération qui, d'après les historiens, a transformé les données militaires dans la région. A peine entré en résistance, Malraux exerce immédiatement son charisme et prend le pas sur nombre de chefs militaires, plus expérimentés, en faisant valoir cette idée fulgurante, née de son esprit inventif et stratégique : celle de fédérer réseaux et maquis, affaiblis par la dispersion et la rivalité. Ce dont

---

1. *Le Monde*, 27 octobre 1967.

porte témoignage, en 1981, René Andrieu, directeur de *L'Humanité*, dans l'émission télévisée de Jean-Marie Rouart sur la jeunesse de Malraux. Il l'avait connu dans les maquis de Corrèze.

Pour Clara, résistante de la première heure, l'attentisme et le fatalisme de Malraux l'ont longtemps déçue : elle a dit ne pas reconnaître celui qu'elle aimait dans cet homme prudent et sage, qui a trop longtemps gardé ses distances avec l'engagement, avec l'action. En 1944, Malraux renoue avec la légende qu'elle aimait : celle de l'aventurier, plein d'audace et de courage, dont les chimères peuvent prendre corps. Il reprend une stature devant elle, au moment où elle ne croyait plus en lui, quand le pays soudain se libère et s'affranchit des chaînes.

Le 7 juin 1944, quand elle apprend la nouvelle du débarquement, elle est à Dieulefit, près de Montélimar, dans la Drôme où elle a rejoint Suzanne Ulmann. Le réseau constitué autour d'André Ulmann s'est reconstitué après son arrestation et rassemble à Dieulefit des personnalités que Clara connaît déjà, comme Emmanuel Mounier, le fondateur d'*Esprit*, ou le poète Pierre Emmanuel. Aragon et Elsa en font plus ou moins partie, sur la marge. Clara y exerce ses activités, jusqu'à ce que la Libération la rende à une vie normale, qui lorsqu'elle devient possible, lui paraît tout à coup extraordinaire.

A Dieulefit, elle écrit pour sa fille les *Contes de la Perse*, dont celui de la princesse qui s'ennuie dans sa tour d'ivoire et fait défiler dans une larme les aventures dont elle rêve. Publiées après la guerre aux Editions de l'Enfant Poète, avec des illustrations de G. Jouve, l'histoire de Mirza-Han et de Fatimeh, celle des Trois Platanes qui voulaient voir le monde et celle des Lampes fleuries révèlent une Clara apaisée, poétique et nostalgique d'un temps de féerie.

L'héroïsme, valeur qui a prévalu pendant ces quatre années de guerre, elle a toujours voulu s'en garder. Trop de sang a été versé en son nom. Elle ne veut pas le confondre avec le courage, qui peut s'exercer au quotidien et ne demande ni tant de bruit ni tant d'éclat.

« Je hais le courage de forfanterie, j'en ai trop souffert[1] », dira-t-elle.

Elle dira aussi qu'elle n'avait jamais rêvé d'être une héroïne dans la vie : son rôle de femme lui suffisait.

Sa vraie victoire, c'est d'avoir sauvé la vie de Florence et d'être restée forte à ses côtés – un combat au jour le jour pour la nourrir, la soigner et la cacher. C'est aussi d'avoir « travaillé » dans l'ombre, servi modestement mais efficacement une cause en laquelle elle a cru. Sa victoire, c'est enfin la reconquête d'elle-même : « une victoire de l'effort quotidien sur l'héroïsme vain ».

Le courage qui ne fait pas étalage de sa force, le courage amenant à avancer tout en sachant que cet effort pourrait être une fausse route, tel est son véritable idéal. « Susciter le péril pour l'affronter me paraît une dérision, peut-être un blasphème... Reste le courage qui consiste à assumer la difficulté de notre condi-

---

1. Clara Malraux, *Le Bruit de nos pas*, *op. cit.*, tome VI, p. 173.

tion... courage de femme... patience de femme qui tente de défendre sans vaine forfanterie l'enfant qu'elle aime, l'homme qu'elle aime. »

Ces propos sont de l'anti-Malraux. Au sortir de la guerre, une Clara plus sûre d'elle, mûrie par les épreuves et par la souffrance, ose enfin exprimer ce qu'elle pense. Son point de vue se révèle en total désaccord avec la vision « héroïque » de l'écrivain de *La Condition humaine* et de *L'Espoir*. On sent chez elle une irritation, presque une rancune, quand elle revendique un courage que les hommes, c'est-à-dire Malraux, prétendent trop souvent « viril » et dont ils voudraient garder l'exclusivité. La Résistance a prouvé que beaucoup de femmes étaient capables de dépasser leurs limites et de servir une cause jusqu'au sacrifice. Il y a en elle, dans son désir de s'affirmer, une part de revanche – il lui semble que Malraux l'a sous-estimée. C'est cependant toujours par rapport à lui qu'elle se définit, même en s'opposant elle continue d'être reliée à lui, de réfléchir et de réagir par rapport à lui.

Sans doute ne peut-elle pas deviner l'héroïsme quotidien dont il a dû lui aussi faire preuve – le courage qu'il lui a fallu pour surmonter les épreuves qui n'ont pas manqué et parmi elles, la pire, la mort de la femme aimée.

La mort de « Mme Malraux »

En juillet 1944, près de Gramat, dans le Lot, la voiture où Malraux se trouve, assis à l'arrière, avec cinq autres résistants – une vieille traction avant –, croise sur la route nationale 677 une colonne motorisée allemande. Le drapeau bleu blanc rouge au vent ! Au cours de la fusillade, les trois hommes placés à l'avant, dont le chauffeur, sont gravement atteints ; un major anglais est touché au ventre. L'auto bascule dans le fossé. Malraux et les deux autres officiers sautent dans le champ qu'on est en train de moissonner. Blessé d'une balle à la jambe, Malraux est capturé par les Allemands et emmené sur une civière à l'Hôtel de France de Gramat où il subit un premier interrogatoire. Il livre sa véritable identité, mais aucun autre renseignement. On le transfère alors à Toulouse, à la prison Saint-Michel. A nouveau interrogé, il n'est pas soumis à la torture. Début août, alors que les Allemands évacuent la ville, les partisans prennent d'assaut le bâtiment et ouvrent les portes des cellules. Malraux, ou plutôt Berger – puisque c'est ainsi qu'il continue d'exister dans la Résistance –, prend naturellement le commandement des prisonniers libérés.

Clara a déjà regagné Paris, derrière les chars américains. Elle entend à la radio l'annonce de la mort d'André Malraux. Elle éclate en sanglots. Pendant plusieurs jours, elle va le croire mort. Cette annonce a suffi pour ressusciter « l'adolescent que j'avais connu, soudain il me sembla qu'il n'avait pas reçu de la vie tout ce qu'elle lui devait – en l'occurrence la victoire – à lui qui savait enrichir de sens le moindre fait[1] ». Elle prend conscience qu'elle l'aime toujours.

Fin août 1944, elle ne le revoit pas quand il vient passer quelques jours avec Josette dans un Paris libéré. Elle n'est pas au courant de ce séjour.

Requis par des combattants alsaciens, à la recherche d'un chef fédérateur pour commander leur brigade,

---

1. *Ibid.*, p. 173.

dans le but de reprendre l'Alsace, puis leur tâche accomplie, de contribuer à libérer le territoire national, Malraux s'étonne de voir une fois de plus ses fables devenir réalité : dans *Les Noyers de l'Altenburg*, Vincent Berger est alsacien !

Avec le commandant Jacquot, un Vosgien bientôt promu lieutenant-colonel, et le romancier d'origine provençale, André Chamson, qui a joint aux deux autres son propre bataillon, ils vont réussir à constituer dès fin septembre, à Besançon, une brigade qui prendra le nom « d'Alsace-Lorraine ». Malgré l'agacement de certains membres de l'état-major, elle sera autorisée à suivre les troupes de la 1re Armée commandée par le général de Lattre. La brigade comprend environ deux mille hommes, répartis en trois bataillons formés de volontaires venus du Périgord, de la Garonne et de la Savoie : « Strasbourg », « Metz » et « Mulhouse », commandés chacun par un Alsacien. Peu armés, mal équipés, mais animés par une flamme patriotique qui leur donne une exceptionnelle ardeur, ils livrent leurs premiers combats fin septembre, du côté de Bois-le-Prince, contre des bataillons commandés par de jeunes sous-officiers, « hitlériens fanatisés ». La brigade Alsace-Lorraine perd une centaine de combattants ; le lieutenant-colonel Jacquot est blessé trois fois en deux mois. Quant à Malraux, il se comporte en véritable héros, restant debout sous les rafales de mitrailleuses, ce qui galvanise ses hommes.

Là, Clara ne peut le nier, il ne triche pas. Même s'il prend la pose et soigne sa tenue, en particulier ses galons, il ne mystifie pas. Tout au contraire, de plain-pied dans la guerre, il se bat, il s'expose.

C'est à Altkirch, où la brigade a été envoyée en

repos et d'où elle doit bientôt repartir pour marcher sur Dannemarie, que Malraux apprend par un télégramme, daté du jour même – 11 novembre 1944 –, la mort tragique de Josette Clotis.

Elle avait regagné Saint-Chamant, après son arrestation. Elle y vivait paisible avec leurs deux fils, en y attendant son retour et la fin de la guerre. Sa mère était venue de Hyères passer quelques jours avec elle. Les deux femmes s'étaient disputées au sujet du divorce. Mme Clotis ne supportait pas de voir sa fille vivre avec un homme marié, dans l'adultère. Vers la fin de la matinée, le 11 novembre, Josette l'a raccompagnée à la gare – cette petite gare de Saint-Chamant, si semblable à une carte postale et qui ne suggère que des idées de campagne et de tranquillité. Elle est montée dans le wagon, pour aider sa mère à hisser sa valise sur le filet. A en croire Rosine Delclaux, la femme du maire, mère et fille continuaient à se chamailler. Au coup de sifflet du chef de gare, Rosine a sauté du train qui s'ébranlait déjà. Josette l'a suivie, quelques secondes trop tard. Les hautes semelles compensées de ses sandales, que les femmes portaient alors, l'ont gênée. Et puis, elle a sauté dans le sens du train, qui l'a happée. Elle a eu les deux jambes broyées, le reste du corps déchiré par les pierres du ballast.

Quand Malraux a reçu le télégramme, elle était toujours vivante, et même consciente. Transportée à l'hôpital de Tulle, elle est morte dix heures après l'accident. Son amie Rosine a livré ses derniers mots murmurés : « Je ne croyais pas que c'était si facile de mourir[1]. »

---

1. Suzanne Chantal, *op. cit.*

Arrivé le lendemain à Tulle, Malraux ne revoit pas Josette vivante. Elle est enterrée au cimetière de Tulle : sépulture provisoire en attendant celle que Malraux lui donnera au cimetière familial de Charonne.

A Toulouse, le frère de Clara, Georges Goldschmidt, lit dans *La Dépêche* l'annonce du « décès de Mme Malraux ». Il télégraphie aussitôt à sa fille : « Clara décédée. Reviendrai dès que possible. » Jacqueline Goldschmidt teint une de ses robes en noir.

Deux jours plus tard, un second télégramme annule le précédent : « Erreur. Homonyme[1]. »

Clara est bien vivante. Et elle est encore, du moins pour l'état civil, « Mme André Malraux ».

Josette est morte à trente-quatre ans, sans avoir pu porter ce nom dont elle rêvait. A Paris, lors de leur bref séjour fin août, Malraux lui avait acheté une bague pour sceller leur union. Et il s'était mis en colère parce qu'elle avait réussi à se procurer, grâce à Drieu La Rochelle, une fausse pièce d'identité au nom de « Josette Malraux » – « C'est ce que vous pouviez faire de pire », lui a dit son compagnon, dont le nom, depuis qu'il est entré dans la Résistance, ne peut plus être une protection.

Il y a cependant une autre « Mme Malraux », bien vivante dans ces derniers jours de guerre : Madeleine Malraux. Elle est l'épouse de Roland Malraux, le frère

---

[1]. Anecdote racontée par Jacqueline Goldschmidt à Isabelle de Courtivron dans *Clara Malraux, une femme dans le siècle*, Editions de l'Olivier, 1992, p. 205.

d'André, dont elle a eu un fils, né deux mois à peine après la déportation de son père.

« La mort de la femme aimée, c'est la foudre », écrira Malraux dans les *Antimémoires.*

Trois jours après l'enterrement de Josette, une photo prise à Paris où il a fait escale pour voir Albert Camus et Pascal Pia à *Combat,* montre son visage ravagé.

Il rejoint aussitôt sa brigade.

La suite est le récit de ses hauts faits. Impossible de les lui contester. Il ne s'est pas dérobé au feu même si, avec son génie de la communication et son sens de la mise en scène, il a su une fois de plus se distinguer et les orchestrer.

Prise de Dannemarie, le 28 novembre, après huit jours de combats acharnés. A dix kilomètres d'Altkirch, la ville construite sur le canal qui relie le Rhin au Rhône est une position stratégique. La route de Belfort est ouverte.

Occupation de Carspach.

Marche sur Ballersdorf, dans un froid terrible, sur un sol gelé, face à deux bataillons allemands intraitables qui leur infligent la perte de plus de cinquante hommes.

La bataille des Ardennes est enclenchée.

Début décembre, Malraux gagne Strasbourg que les Allemands ont reçu l'ordre de tenir quoi qu'il leur en coûte.

Très peu de temps pour admirer le fameux retable de Grünewald et pour suggérer à Pierre Bockel, le prêtre-soldat de la brigade, de dire une messe en la cathédrale, rendue à sa vocation.

Mi-février, reprise de Colmar, après une dure bataille.

« Vivre sa vie en tant que risque » : jamais la devise de Malraux, que Clara lui a tant de fois entendu déclamer, n'a été si vraie.

Le reste de l'épopée, en comparaison avec ces trois mois de combats violents, a des airs de défilé militaire : la brigade traverse le pays de Bade, entre au Wurtemberg, s'arrête enfin, en avril, à Stuttgart. La reconquête de l'Allemagne se poursuivra sans elle. A Stuttgart, le général de Lattre décore Malraux et ses compagnons de la Légion d'honneur.

En décembre, Malraux recevra, le même jour, la croix de la Libération, la médaille de la Résistance et la croix de guerre, non sans protestations de la part d'officiers de haut rang, engagés de la première heure.

« Malraux est enfin du côté des vainqueurs[1]. » Décoré, auréolé d'une légende, ce meneur d'hommes, chef courageux et charismatique, dont l'action a su s'enrober d'autant de roman que de vérité, garde cependant pour lui, selon une pudeur qui sera toujours sienne, l'empreinte du malheur.

Sa part d'ombre et de chagrin vaut bien celle, glorieuse, de la victoire.

Ses deux frères sont morts.

Le plus jeune, Claude – Cicéron ou Serge dans la clandestinité –, était depuis 1940 en liaison avec Londres et membre d'un réseau dont il avait fini par prendre

---

1. Jean Lacouture, *op. cit.*

le commandement. Avec ses compagnons, il a fait sauter un bon nombre de ponts et de hangars sur la Seine, des trains et des dépôts de munitions. Il a été arrêté par la Gestapo, le 12 mars 1944, à Rouen. On ne connaît pas la date de son exécution.

Au même moment, Roland, incarcéré à la prison de Tulle, était déporté au camp de Neuengamme. Il n'est pas mort en camp de concentration. En avril 1945, les nazis ont eu l'idée de se servir des déportés comme d'une monnaie d'échange dans leurs futures négociations avec les Alliés. Vingt mille survivants des camps ont été dirigés, en colonnes à pied, sur Lübeck et embarqués sur des cargos, qui devaient les amener en Suède. Entassé avec ses codétenus au fond de la cale du *Cap Arcona*, dans des conditions qu'il est inutile de dépeindre, il fait partie des innombrables victimes du bombardement du port de Lübeck par l'aviation américaine, en mai 1945 : quatre jours avant l'armistice.

Ces deux frères que Malraux considérait comme ses fils et que Clara aimait tant ont sacrifié leur vie.

Clara, dont la rancune est tenace, prononce ce mot cruel pour le survivant « des » Malraux : « Ce sont les autres qui se font tuer[1]. »

Ecrivaine

Bien que le féminin d'écrivain ne soit pas encore dans l'usage et que seul le masculin permette de définir l'activité ou le métier d'écrire, c'est une volonté d'exister comme femme qui pousse Clara vers les mots, vers

---

1. Olivier Todd, *op. cit.*, p. 372.

les phrases. Elle a besoin de raconter ce qu'elle a vécu et d'exprimer enfin, d'une manière toute personnelle, son point de vue sur les événements ou les circonstances dont elle a été le témoin et souvent l'acteur, pendant ces quelque cinquante années dont vingt avec Malraux. Qu'elle choisisse le roman pour dire sa vérité n'est même pas un paradoxe : il lui permet de coller si parfaitement à la réalité romanesque de sa vie qu'il lui suffit de changer les noms des personnages et, ici ou là, des détails infimes du décor ou de la narration, et le tour est joué.

Les quatre romans de Clara, issus de la guerre, racontent tous sa propre histoire. Ils sont autobiographiques. L'imagination, cette qualité majeure chez la plupart des romanciers, y est en sommeil. C'est l'aveu qui joue le plus grand rôle dans ces récits pleins d'elle-même, de ses expériences vécues et de son amour. Un amour pas encore mort, puisqu'il fait battre son cœur tout au long des pages de ces quatre livres, écrits ou conçus pendant la guerre et publiés entre 1945 et 1958.

Si le premier d'entre eux, *Portrait de Grisélidis*, l'a mise au monde comme écrivain, à quarante-huit ans, il l'a surtout libérée de ses freins et de sa peur d'écrire, il a ouvert une vanne. Désormais, elle ne s'arrêtera plus. Elle va consigner sa vie en mots, en phrases.

Son second livre, *La Maison ne fait pas crédit*, publié en 1947 par la Bibliothèque française, est un recueil de neuf nouvelles inédites – dix, avec *Le Livre de comptes,* paru avant-guerre dans la *NRF* et réédité en fin de volume. De « La Fausse Epreuve » qui devait d'abord donner son titre au recueil au « Retour », en passant par « Le Mari de Jeanne » et par « Le Danseur viennois », elles lui sont toutes inspirées par des expériences authentiquement vécues pendant l'Occupation. Une jeune veuve juive héberge chez elle des résistants, malgré le risque qu'elle fait prendre à ses enfants. Un homme est trahi par son accent – c'était un réfugié allemand antinazi, le portrait de Jean. Un danseur est dénoncé comme juif par sa maîtresse. Une femme encore jeune, tuberculeuse, se sacrifie pour sauver une jeune fille qu'elle ne connaît même pas, mais dont elle a aperçu le visage triste à travers la vitre de sa cellule d'hôpital. « Les personnages savent qu'ils jouent avec la mort, écrit Clara dans sa préface, mais aucun d'entre eux n'a la forfanterie du courage ni le goût du sang versé[1]. » Chacune des nouvelles témoigne de ce que furent la guerre, l'Occupation, la Résistance ou la malédiction d'être juif. Aucune n'est inventée. Chacune est écrite dans un souci de vérité historique et humaine.

« La vie est une maison qui ne fait pas crédit et où la seule dignité consiste à payer comptant sans essayer de tricher[2]. »

C'est un des livres les plus écrits de Clara. La nouvelle – un art difficile – renforce son talent naturel, qui est de concision et de vivacité. Pas de délayage. Pas d'effets trop littéraires. L'auteur va droit au but, dans l'efficacité narrative. Le style primesautier fait une large place à l'émotion : le récit est à la fois rapide et poignant. Mais surtout, Clara s'y est engagée, il rapporte ce qu'elle a vu et éprouvé. L'auteur ne veut pas tricher, il s'en voudrait de travestir ou de maquiller les faits.

---

1. Clara Malraux, *La maison ne fait pas crédit*, préface à l'édition de 1981, *Temps actuels*, p. 8.
2. *Ibid.*, p. 9.

Cette exigence de vérité, que Clara s'est fixée pour règle suprême, a l'avantage de coller au plus près à la réalité. On est là face à la vie vécue. On ne s'envole jamais. Au point de regretter parfois le don des poètes visionnaires ou mythomanes qui – comme Malraux – ont le pouvoir de changer le monde. En littérature, Clara s'inscrit sur la voie du vérisme ou du réalisme. La poésie qu'elle aime tant, elle semble la bannir de sa création, comme si elle risquait de la dérouter de la seule voie qu'elle se reconnaisse : celle qui dit le vrai, le juste, dans une grande fidélité aux choses et au réel. Au journaliste Pierre Démeron qui l'interroge en 1973 sur la « valeur » de ses écrits, elle répond, modeste, consciente de la valeur qui est aussi la limite de son œuvre : « Je crois que j'ai bien témoigné. »

Son troisième ouvrage, *Par de longs chemins*, publié en 1953 par Stock, reprend le thème du voyage exotique, cette fois l'Afghanistan et la Perse que Clara connaît bien pour y avoir accompagné Malraux dix ans plus tôt. Au centre du roman : la découverte des têtes gréco-bouddhiques qu'ils ont ensuite rapportées en France et exposées à Paris. Ce roman se lit comme une suite du *Portrait de Grisélidis* : l'héroïne, Bella, a eu une fille, Annette, avec Roger Perrouin, mais elle les abandonne tous les deux pour vivre une passion avec un jeune et bel archéologue, Bernard, qui l'emmène sur un chantier de fouilles en Perse.

Eblouissement de l'amour. Comme Malraux, Bernard « naissait de l'instant, de sa présence devant moi. Je n'eus pas à chercher ce qui pouvait nous rapprocher, il fut mon complice dès que nous approchâmes l'un de l'autre[1] ». Elle écrit encore, se souvenant de leur première rencontre : « Je me reconnus et je le reconnus. » Les mots font revivre son amour perdu. Ils ressuscitent le feu de sa jeunesse.

Comme celle de Clara, la vie de Bella est accompagnement, fusion dans la vie de l'autre.

Au-delà des images remontées à sa mémoire de ce long voyage en Asie, Ispahan, Chiraz, les danses des chamans ou les visages extatiques des statues avec leurs sourires indéfinissables, ce que Clara raconte avant tout dans ce troisième roman, c'est la difficulté de vivre un amour aussi passionné, aussi essentiel, dans la durée, de le confronter aux épreuves quotidiennes, à l'usure et à l'ironie du regard. A leur retour en France – on connaît bien l'histoire –, Bernard, qui a tendance à enjoliver les faits à son avantage, ramène à lui seul une expérience pourtant vécue à deux. Au cours de dîners en ville, lors de ses entretiens avec des journalistes, car Bernard devient célèbre, il parle de leur aventure comme si sa compagne n'avait tout simplement pas été là. Bella se sent gommée, puis niée. Elle en vient à éprouver de la rancune, voire un certain mépris pour cet homme qu'elle continue d'aimer mais qui la déçoit. Comment ne pas reconnaître Malraux, après tout ce que Clara en a dit, dans ce Bernard, amant sensuel et fascinant mais difficile à vivre, qui privilégie le rêve sur la réalité et n'accorde à sa compagne que l'ombre ?

« Pourquoi un homme qui sait si facilement se construire des bonheurs irréels aurait-il le goût des bonheurs réels ? Il pouvait se passer de moi. »

---

1. *Ibid.*, p. 24.

Ou encore : « Pourquoi un homme qui renouvelle aussi facilement son passé ne renouvellerait-il pas son présent ? Comment compter sur sa stabilité ! »

Les années passant, Clara n'en a pas encore fini avec son *Livre de comptes*. Elle continue à ressasser les reproches et à récriminer, à comptabiliser les défauts et les fautes de son ex-compagnon. Tout en continuant – c'est flagrant – à l'aimer.

Dans le roman comme dans la vie, Bernard et Bella finissent par se séparer, au terme de scènes violentes et trop fréquentes, qui ont eu raison de leur bonheur. Comme le fait remarquer à Bella une de ses amies : « Les hommes détestent les scènes. » Mais Bella ne pouvait pas se réprimer. C'était plus fort qu'elle : elle s'emportait, dès qu'elle entendait Bernard affabuler et, pire encore, l'effacer de sa fable.

Par de longs chemins est le récit d'une décristallisation amoureuse : comment s'est défait l'amour d'André et de Clara Malraux, dans la grisaille de la vie quotidienne, faussement pailletée de mondanités parisiennes.

« Tu n'es qu'un voleur, tu m'as dépouillée de tout », dit Bella, tandis qu'il lui répond, exaspéré : « Je suis las de vivre sous les yeux d'un témoin hostile[1]. »

Les mots ont été dits, avant d'être écrits.

Pessimisme du constat. Désespoir de la rupture, inévitable et impossible à la fois. Clara, au terme de ce livre, tire elle-même la conclusion du long chemin parcouru à deux ; elle mesure sa solitude. « Un homme et une femme qui ont profondément vécu ensemble,

---

1. *Ibid.*, p. 159.

vouloir pour toujours les séparer, c'est tuer ce qu'ils furent tous deux. »

Comment continuer à vivre, comment renaître après cela ?

En 1958 – elle a soixante et un ans –, la publication d'un quatrième roman, chez Julliard, clôt le chapitre des récits de sa vie intime et amoureuse. Son titre est là encore révélateur du grand drame de sa vie : *La Lutte inégale*. Il faut l'entendre à la fois dans le contexte des années d'Occupation – une femme seule contre l'ennemi allemand –, et du point de vue féminin – la femme, confrontée à un univers régi par les lois de l'homme, la puissance, la force, l'autorité. Une lutte inégale.

L'héroïne, Eve, que son mari a abandonnée, élève seule ses deux petites filles dans une maison perdue des Causses. Juive, d'origine allemande, elle ne peut pas quitter la France car son mari ne lui en a pas donné l'autorisation. Elle s'engage dans la Résistance et accepte d'abriter chez elle des fugitifs, dont la présence, si elle était connue, entraînerait sa perte et celle de ses enfants. Le courage ne lui fait pas défaut. Eve va prendre tous les risques et ainsi se sentir exister.

« J'ai si longtemps renoncé à être ce que je suis pour retenir un autre que, même ces quatre ans de combats n'ont pas suffi à me convaincre de mon existence. Si j'écrivais, cette existence même existerait. Au début, je ne serais personne mais, à petits bouts d'écriture, j'échapperais au néant et, à la fin, je serais celle que je ne peux pas ne pas être. »

La « lutte inégale » qu'elle définit au cours du roman comme étant le sort de chaque femme sur terre, et le sien en particulier, lui coûte toujours autant de colère et d'amertume. Mais elle la pousse à avoir du cran, non seulement à exister par toutes sortes de défis qu'elle se lance comme dans ces années de résistance, mais à être elle-même enfin. Clara Malraux et non plus une ombre.

C'est pour exister qu'elle signe de ce nom précédé de son prénom. Clara. Sa marque d'identité.

« On ne peut pas vivre en n'étant rien », écrit-elle dans *Par de longs chemins*.

Les quatre romans forment un ensemble. Chacun est la suite ou le contrepoint d'un autre. Ils se complètent et dialoguent entre eux. Ce sont des pièces de musique de chambre, à une seule voix, qui, telles des sonates mises bout à bout, finissent par composer une symphonie.

Pour le lecteur, ils deviennent vite non seulement complémentaires, mais inséparables. On ne saurait les lire sans établir spontanément entre eux les liens si évidents, si serrés, que l'auteur a fixés entre eux, sans doute inconsciemment, au fil de la plume. Ce sont à eux quatre les aveux d'une femme. Sa vision de sa vie passée, de son amour perdu et des forces nouvelles qui, presque malgré elle, lui ont permis de continuer à vivre, de vaincre le désespoir, le chagrin et la peur. Les quatre romans sont un bilan musical. Et, ainsi que l'auteur l'a souhaité, sous forme de témoignage authentique, avec l'accent de la vérité, ils décrivent une expérience vécue.

Clara a eu du mal à trouver des éditeurs. Ses livres ne tracent pas un portrait flatteur de l'homme près duquel elle a vécu. Menteur, dissimulateur, affabulateur, mythomane et misogyne... Même si elle le décrit comme un poète du rêve et de la grandeur et comme un compagnon avec lequel elle ne s'est jamais ennuyée, tant il savait exalter la vie, la peindre aux couleurs de ses rêves, il n'en apparaît pas moins telle une statue déboulonnée : tombé de son piédestal, réduit à n'être que lui-même en somme, sans son habit de lumière et sans sa légende, dans le regard de la compagne qui ne lui concède rien. Or, Malraux, revenu d'Alsace en héros, décoré, médaillé, estampillé compagnon de la Résistance, a séduit le général de Gaulle.

En 1945, le Général a fait de lui son ministre de l'Information et son porte-parole. Il n'a été ministre que deux mois, de novembre 1945 à janvier 1946, juste avant que le Général ne démissionne du pouvoir, mais le prestige est attaché à sa personne. Deux mois lui ont suffi pour camper au sein du monde politique un personnage influent. Ce jeune ministre reste un des écrivains phares de la maison Gallimard à laquelle il apporte la caution de la Résistance – une caution bienvenue au lendemain de la collaboration et de la direction de Drieu La Rochelle. On ne tient pas à lui être désagréable et on ménage sa susceptibilité. Clara doit frapper à plusieurs portes pour trouver un éditeur. Colbert, La Bibliothèque française, Stock et Julliard : ses quatre premiers livres ont tous un éditeur différent. La disparité de leur format, de leur présentation et de leur typographie leur donne de prime abord un aspect de bric et de broc. Mais à la lecture, leur unité s'impose. En grande harmonie par l'histoire et par le style, ce sont quatre livres inséparables.

Leurs dédicaces vont toutes dans le sens de la fidélité, des amitiés et de l'amour. Le premier roman est dédié à Florence. Le recueil de nouvelles, avec ses cinq lignes d'envoi, elle l'a voulu :

« pour mes frères Roland et Claude,
pour Jean,
pour mes oncles Jean et Harry,
pour maman,
morts, victimes du fascisme. »

Le troisième livre est pour Jean. Le quatrième, à nouveau pour Florence.

Nul n'est dédié à Malraux. Bien qu'il soit le héros (à peine masqué) et le principal inspirateur de ces quatre livres, Clara considère qu'elle ne lui en doit aucun.

A la mort de Josette Clotis, en novembre 1944, Clara écrit à Malraux une lettre de condoléances. Selon sa fille, elle a pu espérer que la mort de sa rivale lui rendrait André. Elle lui proposait d'élever ses fils, orphelins. En somme, de remplacer leur mère. Comment a-t-elle pu y songer ? Florence Malraux ne sait pas si son père a lu la lettre. Il n'a en tout cas pas répondu à Clara.

La dernière phrase du *Livre de comptes* est un aveu d'amertume : « Je reviendrai, Marc – mais peut-être ne vous êtes-vous même pas aperçu que j'étais partie. »

Le divorce est prononcé en 1947, aux torts de Malraux.

Clara conserve la garde de sa fille et reçoit une pension alimentaire.

Elle conserve aussi son nom. A Madeleine Lagarde, quelques jours après l'officialisation du divorce, Malraux, pourtant peu enclin à parler de Clara, déclare : « Le nom ? Elle ne l'a pas volé. »

« Eh bien, je le crois aussi, dira Clara, auquel Madeleine a rapporté le mot. Contre vents et marées, je l'ai gardé. »

VI

« Notre amour fut pourtant
un mythique amour »

Elle sans lui, lui sans elle

André sans Clara... Au lendemain de la guerre, le jeune homme qu'elle a aimé, avec ses rêves insensés, son goût du risque et de l'aventure, a pris l'étonnante stature d'un mandarin des lettres. Avec Mauriac, son illustre aîné, avec Maurois dont l'aura a cependant été un peu ternie par une guerre tout entière passée aux Etats-Unis et un antigaullisme de fait (quoique non déclaré), avec Montherlant enfin, l'auteur de *La Reine morte*, son nom brille à la lettre M. au firmament de la littérature française. Son prestige dépasse largement les frontières nationales. Le Grand Ecrivain français – personnage que notre pays a toujours adulé – ne se contente pas d'écrire les livres qui ont fait et feront encore sa réputation. Il parle d'abondance, répond à des interviews, livre des commentaires, conseille, opine, interprète. Car c'est à lui qu'on vient à tout propos demander son avis sur les événements qui surviennent. Personnage important et imposant, politique autant que littéraire, il occupe le devant de la scène dans les années cinquante et jusque dans les années soixante, en concurrence avec Camus et avec Sartre.

Son crédit de résistant est immense. Grâce à lui, Gallimard, son éditeur, a pu se refaire une vertu. Fait exceptionnel : après Gide, contemporain capital, Malraux entre de son vivant dans la prestigieuse collection de la Pléiade, qui réunit en un volume, en 1947, *Les Conquérants*, *La Condition humaine* et *L'Espoir*. Le voici au panthéon des bibliothèques.

Brièvement ministre, très proche du général de Gaulle qui le consulte volontiers et tient compte de ses analyses, il participe activement, cette même année 1947, à la fondation du RPF (Rassemblement du peuple français), le grand parti gaulliste. Promu « délégué à la propagande » – un titre qui n'a pas paru le gêner –, il se tient avec Jacques Soustelle derrière le Général, sur le balcon de l'hôtel de ville de Strasbourg, lorsque celui-ci prononce, le 7 avril, son discours pour lancer le RPF « qui, dans le cadre des lois, va promouvoir et faire triompher, par-dessus les différences d'opinions, le grand effort de salut commun et la réforme profonde de l'Etat ».

Gaulliste à cent pour cent, il a cessé d'être le compagnon de route des communistes pour devenir, fidèle entre les fidèles, celui du Général. Son anticommunisme est désormais un programme. Mauriac, perspicace, a pu dire que « Malraux se bat contre Staline beaucoup plus qu'il ne se bat pour de Gaulle ». Ses discours déclamés d'une voix de mage, au Vél d'Hiv, en 1947, en 1948, en 1952, soulignent la force d'un engagement autant métaphysique que politique. Il voit dans le gaullisme non seulement un idéal de pensée et d'action mais une foi qui vaut qu'on se batte pour elle. Il a retrouvé la France.

Il s'occupe des revues qui répandent sa bonne parole et font office d'instruments de propagande, notamment de *Liberté de l'esprit*, qui publie des écrivains comme Nimier, Aron, Ponge ou Rougemont.

En 1946, quand de Gaulle quitte le pouvoir, Malraux retrouve le loisir d'écrire. Tout en conservant un rôle officieux d'éminence grise et de conseiller occulte du gaullisme, il revient à plein temps à son œuvre. C'est lui qui invente l'expression historique, qui définit désormais dans les manuels d'histoire, les douze ans où de Gaulle à Colombey demeure loin du pouvoir : il les qualifie de « traversée du désert ». Tandis que le Général entreprend ses *Mémoires de guerre*, il prend ses distances avec la politique et s'attache à ce qui a toujours été son obsession majeure : l'art.

A vingt ans, Clara en est le témoin, il avait déjà le projet d'écrire une Histoire de l'art. Son rêve de jeunesse, qui n'a jamais été d'être romancier, est en train de s'accomplir.

Tous les livres qu'il publie maintenant sont des essais sur l'art[1]. Sa création romanesque, liée à sa vie d'aventures et d'action, aux révolutions et à la guerre, paraît s'être tarie. Les années de retraite et de calme débouchent sur des ouvrages d'une éblouissante culture, qui brassent les civilisations et ne s'imposent aucune limite. Traversés par la passion, ils sont souvent difficiles à lire, touffus, labyrinthiques. Les spécialistes, professeurs d'université, archéologues ou historiens, en ont contesté bien des thèses ou ont accusé Malraux de plagiat – il se serait inspiré d'Elie Faure. Ces livres, érudits en effet mais également lyriques, possèdent un ton qui s'apparente aux odes de Claudel. La langue y est souvent poésie pure. Une fièvre les hante. Et puis

---

1. *Le Musée imaginaire* (1947), *La Création artistique* (1948), *La Monnaie de l'absolu* (1950), *Saturne* (encore en 1950, une étude sur Goya), la première édition des *Voix du silence* (1951), enfin le *Musée imaginaire de la sculpture mondiale* (1952).

la voix s'élève, ou plutôt le chant. Un chant inimitable, aux accents puissants, qui arrache le lecteur à son monde et le transporte sur de hautes sphères.

Jeune retraité de l'action et de la politique, Malraux, à cinquante ans, est toujours aussi sombre, toujours habité de tics. Ses apparitions publiques ne manquent jamais de provoquer chez les uns le sarcasme et chez les autres cette exaltation particulière qu'on éprouve devant un tribun, un mage ou un poète.

Clara, à la même époque, peine à assumer son train de vie, si modeste soit-il, et poursuit ses divers travaux. Depuis la majorité de Florence et à la demande de celle-ci, intervenue auprès de son père, elle continue de recevoir sa pension alimentaire – qui n'a jamais suffi à la faire vivre. Les romans qu'elle publie se vendent mal et ne lui rapportent que des revenus intermittents. Elle gagne un peu d'argent avec ses traductions, qui sont pour elle un vrai bonheur car elle ne traduit que les auteurs qu'elle aime et dont l'univers lui paraît en accord avec le sien : la prose musicale de Virginia Woolf ou les descriptions lyriques d'Ernst Wiechert, ce chantre de la Prusse-Orientale, de ses forêts et de ses brumes, antinazi de la première heure. Elle aime se sentir au diapason des artistes les plus sensibles, de plein cœur avec Ernst ou avec Virginia. Leurs livres lui apportent réconfort et consolation.

Elle collabore en outre à des journaux, à des revues. *Action*, *La Tribune des Nations*, *Les Etoiles*, la *NEF*, *Evidences* : ce sont des journaux et des revues de gauche, communistes ou communisants, qui décrivent avec une certaine mauvaise foi le gaullisme comme un fascisme et prennent radicalement position contre lui. Clara n'a pas la carte du parti communiste mais elle continue de fréquenter après la guerre les militants qui furent ses amis pendant la Résistance ; elle partage nombre de leurs combats. Les choix politiques d'André Malraux ne sont pas loin de lui apparaître comme une trahison : à leur jeunesse, à leur bel idéal, si longtemps partagé, de fraternité et de justice.

Action n'a rien à voir avec la petite revue d'avant-guerre où Clara a publié ses premières traductions et où elle a rencontré Malraux. Mais ce nom doit lui rappeler sans cesse leurs débuts communs. De toutes ces parutions, c'est celle où sa collaboration est la plus régulière. Elle y publie en « bonnes feuilles » dans le jargon du métier, c'est-à-dire avant leur sortie en librairie, plusieurs des nouvelles de *La Maison ne fait pas crédit*[1], textes issus de la Résistance et qui portent la trace de sa propre expérience, des drames qu'elle a vécus. Créé en août 1941 à Lyon, organe des Mouvements unis de la Résistance puis du Mouvement de Libération nationale, *Action* accueille des collaborateurs – tous militants de gauche – de plusieurs tendances qui peuvent encore cohabiter en 1945-1946, mais qui ne vont pas tarder à se déchirer. Parmi eux, une majorité de communistes ultras, convaincus que toute vérité passe par Moscou, tels Aragon, Elsa Triolet, ou Dominique Desanti, voisine avec d'autres qui, comme Clara, entendent garder une liberté de jugement et ne sont pas entièrement inféodés au Parti. *Action*, qui va devenir avec les années un organe d'obé-

---

1. Comme *Le Danseur viennois*, en juin 1945, ou *L'Enterrement*, en août 1945.

dience strictement communiste et sera d'ailleurs financé par le Parti, ouvre encore ses pages à des intellectuels réfractaires au Kominform, l'Internationale communiste, et au jdanovisme, ce terrorisme qui veut épurer les lettres et les arts prétendument « bourgeois ». Ainsi Edgar Morin y a-t-il publié en 1944 un article dont le titre dit toute la force de l'engagement personnel : « Trois mois chez Tito : un partisan français avec les soldats de la libération yougoslave ». Tito, la grande figure de l'opposition à Staline.

C'est dans ce climat de militantisme controversé et de querelles politiques au sein d'une gauche divisée, que Clara, en novembre 1945, écrit dans *Action* la critique des *Noyers de l'Altenburg*. Elle la signe de ses initiales inversées M.C. Le roman, dont le héros – Berger – a fourni à Malraux son nom de guerre, vient tout juste de paraître en France, après une première parution en Suisse deux ans plus tôt, Malraux ne voulant rien publier en France sous le régime d'Occupation. La lecture a déconcerté Clara, comme la plupart des critiques littéraires de l'époque, qui n'y ont pas retrouvé le ton propre à Malraux dans tous ses précédents romans, ce mélange de lyrisme et d'expérience vécue, sur fond de guerre et de révolution. La révolution a même disparu totalement de ces pages, qui ne suivent aucun déroulement chronologique et mêlent à la fois dans un très curieux compactage temporel, l'avant 1914, la terrible année 1917 et ce qu'on a appelé la drôle de guerre, 1939-1940. On y voyage beaucoup, sans que les repères choisis par l'auteur paraissent pour autant orchestrés. On passe de Chartres (avec la description du camp de prisonniers, devenue morceau d'anthologie) à la Turquie, d'Altenburg aux Flandres et à l'évocation de la première utilisation des gaz asphyxiants sur le front russe en 1915, sans logique évidente. La structure du livre est complexe et puissante, centrée autour d'un personnage unique qui est la colonne vertébrale du roman – son axe et sa vigueur. On est encore en effet dans le roman – à cause du personnage et des péripéties racontées. Mais on est déjà dans autre chose : le type de livre que Malraux ne va plus cesser d'écrire et qui tient de l'essai, esthétique ou philosophique, de l'ode ou de la prosopopée, et récuse désormais la fiction. Y résonne toujours le coup de clairon de ces phrases dont il a le génie – « Car l'homme est un hasard et pour l'essentiel, l'homme est fait d'oubli. »

Dans l'œuvre de Malraux, *Les Noyers de l'Altenburg* marquent évidemment une date : la fin définitive du roman et le début d'une autre aventure littéraire, non moins vertigineuse.

Dans *Action*, M.C. note le changement pour le déplorer et sans en apercevoir l'importance : « Nous voici loin des œuvres auxquelles nous avait habitués cet auteur : il n'y a pas de conflit dans ce livre. » M.C. lui reproche de n'être plus le chantre de la révolution, l'indomptable jeune homme de l'Indochine et de la guerre d'Espagne, le fraternel héros de leur jeunesse. Elle ne le reconnaît plus dans cet écrivain qui intellectualise toutes les questions de la vie et semble préférer maintenant, dans sa vie personnelle, le bonheur domestique et les arcanes du pouvoir – en somme les considérations égoïstes plutôt que les fièvres de la révolution qui les a longtemps fait rêver ensemble, d'un avenir lumineux. A propos du héros des *Noyers*, qu'elle confond avec son auteur, Clara écrit : « Jamais dans ce vaincu, nous ne voyons apparaître l'image de l'homme lié aux autres hommes par la fatalité commune de la naissance, de la souffrance et de la mort. » Il lui semble qu'il a rayé de la liste de ses priorités l'amour, l'amitié, la fraternité, au profit de l'ambition et du confort.

Quelques gouttes de fiel, tombées de sa plume, permettent de penser sans nous en étonner que Clara mêle à son analyse une rancœur qui lui vient de la rupture et d'un conflit intime, non encore apaisé. Elle en veut à Malraux, de vivre et d'écrire loin d'elle, sans elle. *Les Noyers de l'Altenburg*, c'est aussi le premier des livres sur lequel Clara n'aura pas donné son avis, de vive voix ; le premier manuscrit dont elle n'aura pas assisté à l'écriture page après page. Sa longue critique parue dans *Action*, aigre et pathétique tentative de dialogue, restera sans réponse. Parue le 10 novembre 1945, Malraux, s'il l'a lue, ne lui aura guère prêté attention. Le lendemain, en effet, il apprenait par télégramme la mort tragique de Josette Clotis.

Admiration, nostalgie et amertume vont se partager le cœur de Clara, à compter de l'après-guerre. Pour elle, Malraux continue d'être l'un des grands écrivains contemporains, sinon le plus grand. Elle n'en finit pas de regretter le temps où ils vivaient ensemble. Et elle lui en veut non seulement d'avoir mis un terme à leur vie de couple, mais surtout de ne pas rester fidèle à l'image qu'elle veut garder de lui : le jeune homme d'*Action* – du premier *Action* –, quand seuls des poètes écrivaient dans cette petite revue ; l'aventurier, le combattant, le rebelle.

Dans cet article, qui porte la trace d'un règlement de comptes toujours en cours, elle se montre profondément injuste. Certes, l'écrivain a changé ; il a opté pour un mode d'expression qui n'est plus le roman ; la philosophie l'emporte sur la fiction. Mais de son oreille sensible aux proses les plus originales, si fine à saisir toutes les nuances d'un chant, Clara a-t-elle pu ne pas entendre dans *Les Noyers de l'Altenburg* la voix profonde et grave qui en appelle à « la force humaine en lutte contre la terre » – à cette « force humaine à l'état pur » où Malraux voit la lutte de l'Homme avec l'Ange. Est-il possible qu'elle n'ait pas observé, dans ces pages intenses, que la réflexion de l'écrivain loin de se dessécher, comme elle le lui reproche, s'élargit, qu'elle intègre la planète entière et s'est fixé pour horizon l'universalité – ce qui ne devrait pas déplaire à la grande voyageuse, curieuse elle aussi de différences et de cultures. Si la révolution a déserté le champ des idées, il est plus que jamais question dans le livre d'humanisme révolutionnaire. Agrandi aux dimensions de l'univers, celui-ci dépasse largement les limites du temps et de l'espace. C'est un concept fondamental de l'œuvre, et si Clara n'avait eu le cœur si encombré de reproches, c'est un idéal qu'elle aurait pu encore une fois partager, en lectrice éprise de grands projets. Malraux s'est fixé un nouvel enjeu, qui n'est pas sans rappeler les défis de sa jeunesse : rendre à la conscience l'hégémonie menacée de toutes parts par les prêches et les sermons des dictateurs de la pensée. Le fait que celle-ci soit de gauche n'améliorant pas du tout la perspective, à ses yeux.

La nostalgie de Clara, née de la rupture et semée d'amertume, seule lui reste désormais de son amour – un amour qui lance de-ci de-là de lancinants appels.

En face, rien que le silence. Le silence assourdissant d'un homme qui refusera pendant près de trente ans de lui adresser la parole, de répondre à ses lettres ou de lire les livres nourris de lui, qu'elle écrit parce qu'il n'est plus là.

Couple à part

A *Action*, Clara a rencontré Jean Duvignaud. Né en 1921, l'année de son mariage avec Malraux, il a vingt-quatre ans de moins qu'elle, comme, dans le roman de Colette, Chéri a vingt-quatre ans de moins que Léa, sa maîtresse. Il a en somme l'âge d'être son fils et aborde la trentaine quand il la rencontre – elle a cinquante-quatre ans.

Des yeux bleus, un front bombé d'intellectuel : ce fumeur de pipe, des gens qui l'ont bien connu trouvent qu'il ressemble à Malraux. Brun, l'air soucieux, avec une mèche qui lui tombe sur le front et une élocution saccadée, il va jusqu'à afficher quelques tics désagréables, en moins prononcé cependant que son modèle. Car il aime évidemment beaucoup Malraux.

Duvignaud, son nom de plume, est le nom de jeune fille de sa mère. Né sous celui d'Auger (Jean-Octave), à La Rochelle, ville ouverte sur l'océan, il est curieux du monde, de tous les mondes. C'est un tempérament passionné et prompt à s'enflammer. Résistant, communiste, amateur d'art et de littérature, comment n'aurait-il pas plu à Clara, dans le miroir aux nostalgies ?

Ancien khâgneux, professeur de lettres au lycée d'Abbeville, ce brillant sujet rêve d'être écrivain mais n'a encore publié qu'un recueil de six nouvelles – *Le Sommeil de juillet* – et un roman sans grande audience publié par Gallimard en 1949, *Quand le soleil se tait*. Il collabore aux mêmes revues que Clara, à *Action* mais aussi à la *NEF*, dirigée par Lucie Faure, qui a confié à Clara la rubrique artistique. Ils partagent une même amitié pour le peintre Jean-Michel Atlan, loin d'avoir acquis son immense notoriété et qui s'amuse à des farces et à des facéties, déguisé en Jeanne d'Arc ou en Raspoutine.

Atlan, de même que Nicolas de Staël, fait partie du groupe que Duvignaud fréquente assidûment à Paris, une sorte de bande de copains. Ils se retrouvent rue de la Glacière, dans ce qu'ils appellent « le grenier » – le petit appartement sous les toits que Léo Hamon a mis à sa disposition –, ou dans les cafés et les boîtes de Montparnasse. Il y a là trois futurs écrivains de la même génération (à quelques années près, ils ont tous trente ans en 1950) : Alain Robbe-Grillet, un ingénieur agronome ; Roland Barthes, de formation universitaire ; et René de Obaldia, Parisien né à Panama, sans nul doute le plus fantaisiste et le plus joyeux de la troupe avec son camarade Atlan. Ils sont tous les trois, de même que Duvignaud, en train d'écrire leur premier livre. Robbe-Grillet fera paraître *Les Gommes*, son polar inaugural, en 1953, la même année où Barthes publie *Le Degré zéro de l'écriture*. Quant à Obaldia, il entre en littérature avec *Tamerlan des cœurs*, deux ans plus tard. Un grand souffle circule dans ce roman, qui n'est pas étranger à l'influence « malrucienne », comme on dit chez Duvignaud. A l'écriture neutre et froide de Barthes et de Robbe-Grillet, Obaldia oppose un style inspiré, burlesque et même picaresque. Quant à Duvignaud, qui partage leur même passion d'écrire et leur même désir de se faire un nom dans le monde des arts et des lettres, il est à l'évidence beaucoup plus sociologue que romancier, universitaire qu'artiste, professeur que véritable écrivain. En 1951, son second roman, *Les Idoles sacrifiées*, une histoire de clandestins anarchistes d'avant la Grande Guerre, prêts à mourir pour leurs idées, ne manque pas d'un certain panache avec ses personnages

— Martine, Brentano, Milan — d'un romantisme exacerbé.

Mais la sociologie l'accapare. Et, en particulier, la sociologie de l'art. Il n'en a pas encore fait son cheval de bataille. Ses livres sur le théâtre et la sociologie de l'art — *Spectacle et société* ou *Le théâtre contemporain, culture et contre-culture* —, d'une grande finesse et d'une grande érudition, viendront plus tard. C'est près de Clara qu'il entreprendra de les écrire, pendant leurs treize années de compagnonnage.

Ce compagnonnage n'est pas une vie en commun. Clara habite seule, avec Florence. Les deux femmes — Florence fête ses vingt ans en 1953 — continuent de partager le quotidien et de vivre inséparables. Jean Duvignaud vient tous les jours, il déjeune ou dîne, passe des soirées entières, mais ne vit pas chez Clara. Il occupe un appartement de célibataire. Mais ils voyagent ensemble, avec Florence. Les vacances les réunissent, comme un couple officiel. Les prudes années cinquante tolèrent ce genre de liaison, au moins dans les milieux qu'ils fréquentent, rive gauche, à Paris.

Ainsi Clara est-elle à nouveau engagée dans une vie à deux. Son compagnon lui évoque sans cesse l'ancien. Tel un miroir un peu flou, vieilli, l'image qu'il lui renvoie n'est pas exactement fidèle : elle la soumet à la comparaison. Devant Duvignaud, Clara cite Malraux à tout propos, ne se résolvant pas à ne plus penser à lui, à vivre comme s'il n'était plus à ses côtés. Il est devenu une référence récurrente, un souvenir tarabustant, obsessionnel. Alors même qu'elle désapprouve son nouveau mode d'existence et ironise sans fin sur sa résistance tardive ou sur son engagement gaulliste qu'elle estime trop prononcé, trop exalté, il est évident qu'aucun homme n'effacera jamais pour elle l'empreinte du premier.

Duvignaud accepte avec déférence de n'être que la pâle copie d'un illustre prédécesseur. C'est qu'il admire Malraux lui aussi, comme bon nombre de jeunes gens de sa génération grandis à la lecture de ses romans et nourris de son exemple.

Duvignaud est communiste, membre du Parti quand Clara le rencontre et l'un des fondateurs du groupe Mortier, qui envisage la critique littéraire du point de vue marxiste. Il va peu à peu cependant, en même temps qu'elle, se déprendre de l'aura du PC. Désillusion progressive, tandis que « le grand système » se fissure, révèle ses limites et ses atrocités. Les crimes de Staline, les camps de concentration de Sibérie, l'extermination des opposants, des Juifs, de nombreux intellectuels, se font jour peu à peu. Certains ne veulent pas y croire. Clara a depuis longtemps pris la mesure des réalités soviétiques. Pour Duvignaud, c'est la Yougoslavie qui va amener la rupture.

Sympathisants titistes, Clara et lui ont toujours vu en Tito non seulement une figure de la résistance aux nazis, le chef des partisans yougoslaves, mais un homme qui défend son pays contre l'armée Rouge aux frontières : un opposant à Staline et par là l'incarnation de cette « Troisième Force » dont rêvent bien des communistes déçus par la politique de Moscou, un modèle de chef socialiste. En juin 1948, alors que la Yougoslavie vient d'être expulsée du Kominform, Clara et Duvignaud assistent côte à côte à une réunion de sympathisants titistes dans la salle des Sociétés savantes. Dehors, les staliniens crient « Tito assassin ! », « Tito fasciste ! » et essaient d'enfoncer les portes. Duvignaud en est fortement troublé. Mais c'est en septembre 1949 qu'il rendra sa carte du Parti, au grand soulagement de Clara : quand Rajk, le ministre des Affaires étrangères hongrois, accusé de complot antisoviétique, est exécuté après un simulacre de procès.

Les nouveaux amants, le cœur toujours à gauche, tirent une grande complicité de leur entente politique : sur l'oreiller, la politique a dû occuper beaucoup de place, d'autant que l'un et l'autre sont des bavards impénitents. Mais la littérature aussi. Car ils collaborent ensemble aux mêmes revues, notamment à *Contemporains* qui, à partir de novembre 1950, fédère nombre d'écrivains pour la plupart parmi leurs amis : Ponge, Supervielle, Cassou, Cayrol ou le jeune Obaldia qui y publiera ses *Innocentines*. Clara y donnera en exclusivité, sous le titre révélateur d'*Une femme et la pauvreté*, des extraits de sa traduction d'*Une chambre à soi* de Virginia Woolf – un des événements littéraires des années cinquante.

Le comité de rédaction a déclaré que la revue serait non politique, ce qui ne saute pas aux yeux à sa lecture, la Yougoslavie de Tito y étant sans cesse proposée comme une référence et même plus encore, un modèle de démocratie qu'elle entend promouvoir. Clara se veut engagée mais libre, de gauche passionnément mais résolument non-stalinienne, en opposition déclarée avec *Les Temps modernes*, où écrivent sous la houlette de Sartre les communistes demeurés staliniens.

Avec Duvignaud, elle forme sur le mode mineur un couple d'intellectuels du type Sartre-Beauvoir, qui se passionne pour son époque et fréquente tout ce que la rive gauche parisienne offre de penseurs et d'intellectuels : professeurs, écrivains ou philosophes. On les voit beaucoup à Royaumont, l'abbaye cistercienne devenue, près de Chantilly, un centre culturel international.

Elle a relayé Pontigny : on y retrouve les mêmes amis, avec de plus jeunes recrues, comme Robbe-Grillet qui y annoncera le projet du « Nouveau Roman », Barthes ou Butor, dans le même climat joyeux de convivialité. Leur ami René de Obaldia assure le secrétariat général. Ensemble, ils participent à des colloques, à des conférences, à des débats.

Clara, qui a toujours aimé parler, n'a plus à mettre de bémol à sa conversation.

Moins élégante qu'autrefois, du temps de Malraux qui appréciait ses jolies toilettes de Poiret ou de Lanvin, elle est maintenant fringuée, plus qu'habillée. Il est vrai qu'elle n'a plus les mêmes moyens. Elle arbore des jupons, des caracos, des gilets en maille tricotée et des bijoux ethniques rapportés de ses voyages, comme une bohémienne, bien avant que les hippies n'en lancent la mode. D'allure et d'aspect négligés, le cheveu en bataille que son nouveau compagnon ne prend pas la peine de lisser au peigne, comme le faisait Malraux avant d'entrer dans un restaurant, elle donne l'image d'une femme qui a renoncé à la coquetterie. Le brio de sa conversation, l'éclat de son regard pers, ses éclats de rire et son ironie comptent pour l'essentiel de sa séduction. Certains la trouvent volubile et par là irritante : en société comme en privé, elle parle, elle parle.

Elle sombre souvent, à intervalles réguliers, dans des crises d'angoisse ou de désespoir qui peuvent surprendre de la part d'une personne douée d'un tel sens de l'humour ; son entourage y est habitué. Ces crises cessent dès qu'un signe de tendresse lui est donné. Clara reste une femme fragile sous le masque trompeur de la maturité assumée.

Il y a autour d'elle une atmosphère chaleureuse, qui tient à son tempérament et à sa convivialité. Un cercle s'est formé autour d'elle et de Duvignaud — ce compagnon dont elle partage avec enthousiasme les convictions, les amitiés et le mode de vie. Dans un livre de Mémoires[1] postérieur à leur rupture et dédié à Françoise, la jeune étudiante qu'il aura alors épousée, celui-ci la décrit comme « une alternance de sérieux et d'ironie ». Il lui reproche ses exaltations « vite retombées » et son « flux de dilettantisme ». Ce qu'il écrit de plus gentil sur elle, la séparation lui laissant visiblement un sentiment amer, « c'est un air d'exil qu'on respire un peu partout autour d'elle, comme dans l'atelier d'Atlan, en Italie, en Yougoslavie. D'exilés dans le siècle[2] ».

Hommage rendu malgré soi à une femme généreuse qui aimait vivre à l'échelle de la planète plutôt qu'à celle de son petit jardin, et qui s'est abstenue de son côté d'évoquer le moindre souvenir de leur vie commune, tandis qu'il la quittait pour une compagne de la moitié de son âge.

Malraux va épouser sa belle-sœur, Madeleine Malraux : la veuve de son demi-frère Roland, mort en déportation. D'origine toulousaine — ses parents habitent toujours rue d'Alsace-Lorraine, dans la ville rose —, cette élégante jeune femme brune, aux yeux noirs, est une musicienne, qui a une prédilection pour Bach, pour Debussy, pour Brahms. Premier Prix du conservatoire de Toulouse avant la guerre, reçue première à Paris au concours Marguerite Long, elle a enseigné le

---

1. Jean Duvignaud, *Le Ça perché*, Paris, Stock, 1976.
2. *Ibid.*, p. 150.

piano au conservatoire de Toulouse, à l'époque de son mariage avec Roland, donné des concerts, enregistré des disques. C'est une artiste sensible, intelligente.

Née Lioux, en 1914, elle a pris pour la première fois le nom de Malraux, à Tulle, en janvier 1943, quand elle a dit oui à Roland, devant leurs deux témoins, André Malraux pour elle et Emmanuel Berl pour lui. Josette Clotis, qui l'aimait bien, n'a pas assisté alors à cette cérémonie qui, d'après un aveu à Suzanne Chantal, lui arrachait le cœur, elle-même n'y ayant pas droit. Mais elle lui a écrit qu'elle trouvait Madeleine Lioux « absolument charmante » : « Douce, timide, elle ressemble à Yvonne Printemps, en brun, en jeune et joli. Les yeux noirs enfoncés et brillants. Un sourire radieux et, surtout, une expression ravissante. J'aimerais bien devenir son amie. »

En l'absence des deux frères – le premier arrêté et déporté, le second dans le maquis, en train de constituer la brigade Alsace-Lorraine –, les deux femmes sont restées solidaires. Josette a assisté à la naissance d'Alain Malraux – le fils de Roland, en juin 1944. Le 4 juin, précisément, à quelques jours du massacre d'Oradour. Elle s'est tenue près de Madeleine, pendant l'accouchement qui a eu lieu à Domme, un village fortifié de Corrèze où les deux femmes se cachaient dans des circonstances effrayantes – Roland arrêté à quelques jours de là et André disparu dans le maquis, sans donner de nouvelles. Alain Malraux ne connaîtra pas son père. Sa mère, sauvée in extremis par le docteur Lavergne, a failli mourir à sa naissance. Et Josette devait mourir quelques mois plus tard. Cela fait beaucoup d'ombres sur son berceau, qu'il lui faudra conjurer.

En 1945, Malraux a quarante-quatre ans, Madeleine en a treize de moins. Ce sont deux veufs encore jeunes qui vont lier leurs vies. Sitôt rentré du front de l'Est, Malraux s'installe dans le petit appartement de Madeleine, avenue d'Orsay. Gauthier est encore pour plusieurs mois à Hyères, chez les Clotis, qui l'adorent comme leur « petit roi ». Et Vincent est resté en Corrèze, chez sa marraine, Rosine, la grande amie de Josette qu'elle a vue mourir.

Longtemps sans nouvelles de Roland Malraux, détenu à Neuengamme, Madeleine se rend quotidiennement à la gare d'Orsay, dans l'espoir de son retour. La nouvelle de sa mort lui est donnée par une femme en uniforme militaire, venue sonner un matin à la porte de l'appartement. Comme Malraux n'est pas là et qu'elle ignore à qui elle s'adresse, elle livre son information tout à trac, tel un simple rapport.

La tendresse, la douceur de Madeleine, sa discrétion et ses talents de musicienne charment Malraux. C'est une silencieuse, qui écoute plus qu'elle ne parle, une consolatrice, qui sait elle-même ce qu'est le plus grand chagrin. Au piano, elle exprime avec sensibilité l'amour, la joie, le deuil – tout ce que les mots si souvent sont impuissants à dire. Dans ses robes couleur lilas, avec son parfum Blue Grass qui était celui de Josette, elle lui évoque une féminité qu'il aime, soyeuse, légère et délicate. Malraux épouse cette belle musicienne, le 13 mars 1948, à Riquewihr, en présence de plusieurs combattants de la brigade Alsace-Lorraine. Leur union est bénie par le chanoine Bockel, ancien aumônier de la brigade et ami personnel de Malraux.

La famille, sitôt recomposée avec les trois enfants rassemblés, s'installe à Boulogne, dans une maison spacieuse de style Art déco, entourée d'un jardin. Au 19 bis avenue Victor Hugo, André a son bureau au rez-de-chaussée, dans une alcôve : il écrit dos à la fenêtre, de l'aube jusqu'au soir, interrompu à heures régulières par les repas qu'il prend en tête à tête avec Madeleine. Les enfants occupent le second étage, leur domaine réservé, et ne descendent que sur la pointe des pieds au rez-de-chaussée pour ne pas déranger « Papa ». Du piano de Madeleine – un piano double à deux claviers – monte parfois vers eux une mélodie poignante.

Gauthier, né en 1940, Vincent en 1943 et Alain en 1944 forment un inséparable trio, même s'ils se chamaillent à longueur de journée. Gauthier, le plus ténébreux, ne retrouve sa joie de vivre qu'à Hyères chez son grand-père, devenu entre-temps maire de la ville. Mme Clotis mère meurt peu après Josette, non sans avoir manifesté à Madeleine son acrimonie et même sa haine à la voir usurper la place de sa fille. Vincent est le plus agité, de loin le plus rebelle. Les rapports des deux fils avec leur père sont tendus ou maladroits ; Malraux prend soin d'eux, raconte des histoires le soir à Gauthier pour l'endormir ou dessine pour Vincent des oiseaux, des nuages. Capable d'écouter et même de consoler, il communique peu : toujours à sa table, en train d'écrire, il semble fermé sur lui-même, hors d'atteinte, telle la figure de pierre du Commandeur. On ne doit pas le déranger. C'est « le père introuvable », dira de lui Alain Malraux plus tard[1]. Celui-ci a longtemps rêvé que son père Roland n'était peut-être pas mort, qu'il reviendrait un jour. Et c'est son père André qui, pour mettre un terme à ses cauchemars, vient lui expliquer avec la plus grande fermeté et le plus grand amour, que Roland est mort, qu'il ne reviendra jamais, le délivrant ainsi du doute et du remords. Alain lui

---

1. Alain Malraux, *op. cit.*

sera reconnaissant de cette vérité révélée pour son bien : la simplicité de cette déclaration d'un soir fut pour lui un authentique moment vécu de chaleur paternelle. Un des rares moments de communication avec celui qu'il appelle quelquefois « André Papa ». Le benjamin des « petits Malraux » bénéficie de l'adoration de sa mère, qui partage équitablement son cœur et son temps entre les trois garçons mais dont il sait bien qu'il est le fils – le vrai, l'irremplaçable –, sinon le préféré. Gauthier et Vincent que la mort de Josette Clotis a surpris dans leur âge le plus tendre restent des inconsolés. La relation difficile et froide avec leur père ne contribue pas à les rassurer. Mais ils appellent leur belle-mère, très naturellement « Maman ».

A Boulogne, il y a une nurse anglaise pour les enfants, remplacée bientôt par une gouvernante française qu'on appelle alors une bonne d'enfants. Ce sont Juliette puis Simone.

Il y a une cuisinière, qui prépare les repas. Et un chauffeur, Robert, qui conduit successivement dans leur enfance, une Simca 9, une 11 CV Citroën, puis une Vedette noire. C'est lui qui amène les enfants à l'école, un établissement privé et laïque à Auteuil : la Petite Ecole Nouvelle. Ils suivent le cursus scolaire cahin-caha, sans que jamais Malraux n'émette aucune remontrance sur leurs notes. Les professeurs ne trouvent pas grâce à ses yeux – il les appelle « les pas drôles » et les enfants en profitent évidemment.

Lumière d'aquarium de la maison de Boulogne. Citadelle fermée, moelleuse, où chacun a ses habitudes, réglées comme du papier à musique. Silence du cercle de famille. Mystère du père, le front soucieux, plongé dans ses livres ou la main crispée sur son stylo. Nuage opaque des Camel, qui transforment le foyer en tabagie. Odeur âcre des cigarettes mêlée au Blue Grass. Douceur exquise de la mère, qui évite de trop déranger l'écrivain avec son piano mais joue pour lui les airs qu'il préfère. Madeleine devient peu à peu son assistante, lui rapporte les livres dont il a besoin de chez Galignagni ou de chez Buloz et tape sur la petite machine à écrire qui a appartenu à Josette, celle sur laquelle elle a écrit *Le Vannier* et *Le Temps vert*, les textes qu'il lui remet couverts de son écriture tourmentée. A l'écoute de sa sensibilité de femme, lui si sauvage et si misogyne aime consulter cette nouvelle compagne, profondément artiste, sur ses projets.

Pendant la « traversée du désert » de De Gaulle, il travaille aux *Voix du silence* et à *La Métamorphose des dieux*, que les enfants, par jeu, ont rebaptisée *La Méta*. Travail ardu, harassant, qui accentue sa solitude, renforce encore ses silences et occupe tout son temps. De retour de l'école, il arrive aux enfants de le surprendre en plein zèle maquettiste : avec des ciseaux et de la colle, il découpe et il met en scène les gravures qu'il veut rapprocher, dont la comparaison lui fournira de foudroyantes lumières. Quelquefois, il appelle les trois garçons, leur montre ce qu'il est en train d'organiser ou de classer et leur demande leur avis. Est-ce qu'ils aiment cette figure, ce sourire, ce masque ? Et les petits Malraux, sachant que leur père place la barre très haut, tâchent de dire quelque chose d'intelligent. Intimidés, intrigués aussi, ils sont pris entre la crainte et l'admiration.

Il y a dans la claire maison de Boulogne, où la lumière entre à flots par de larges baies vitrées, une atmosphère de famille heureuse qu'assombrissent cependant des ombres, celles de Josette, de Roland, dont le souvenir est encore déchirant. Trois petits garçons, avides de jeux et de câlins, s'y heurtent malgré les efforts et la grâce de la mère, à un père lointain, muré dans de lourds silences, qui ne les embrasse pas.

Après avoir habité chez les Arland, juste après la guerre, Clara loge avec sa fille au 17 rue Berthollet : un appartement de deux pièces que les parents de Léo Lagrange, installés à Bordeaux, ont mis à sa disposition pour un loyer dérisoire. Un cinquième étage sans ascenseur, donnant sur le Val-de-Grâce. Après un bref passage rue Tournefort, toujours avec Florence, elle emménage en 1954 dans le petit appartement qui restera le sien pendant vingt-cinq ans : square Albin-Cachot, XIIIe arrondissement. Un deux pièces d'une toute neuve HLM, construite entre la rue de la Glacière et la prison de la Santé.

Autant la villa de la famille Malraux est claire, vaste, cossue, bien décorée, autant les appartements de Clara, jusqu'au dernier, paraissent exigus, pauvrement meublés. Chez André Malraux, on respire l'opulence ; chez Clara, la gêne.

Un ordre impeccable préside à la vie des habitants de Boulogne. Chaque objet y est à sa place. Hors les papiers de l'écrivain sur sa table, rien ne vient déranger la belle disposition des lieux. Les livres, souvent consultés, reposent sur les rayons de la bibliothèque ; les tableaux de Fautrier, de Masson, de Picasso ornent les murs immaculés, d'une blancheur qui évoquerait sans eux la propreté d'un hôpital. Chez Clara, c'est la pagaille. Les livres s'étalent un peu partout, faute de place, se mélangent aux disques et à toutes sortes d'objets hétéroclites, rapportés de ses innombrables voyages ou de ses expéditions dominicales au marché aux Puces. Elle s'y habille, sachant dénicher parmi les nippes exposées le collier, le sac ou la jupe plissée qu'elle arborera tout aussi fièrement qu'une parure de grand couturier.

Si la table reste un des plaisirs d'André, si Madeleine apporte beaucoup de soin aux menus et au choix des vins, tâchant surtout de varier les desserts – le maître de maison a un faible pour le sucré –, Clara, indifférente au désordre et à la poussière mais aussi au contenu de son assiette, est encore moins bonne cuisinière que ménagère. Ses endives bouillies, ses poulets mal cuits et ses bananes au four laissent à ses invités l'impression qu'elle a confondu le sel, le sucre et la poudre à lessive. Elle ne boit pas de vin, n'est pas du tout gourmande et ne sait pas imaginer la saveur d'un plat. Ses amis le lui pardonnent volontiers, à cause de sa gentillesse, de son humour, et, malgré l'épreuve de la nourriture, ils ne manquent aucune de ses invitations.

Malraux, rasé de frais, en robe de chambre de soie dès l'aube, écrit tout le jour à sa table de travail, ne s'interrompant qu'aux heures régulières des repas ou pour recevoir, par exception, un visiteur venu l'interroger pour le compte d'une revue ou d'un journal. Ses manuscrits épais et torturés portent témoignage d'une lutte et d'une souffrance. C'est un bagnard de la plume.

Clara écrit au lit, deux heures tous les matins, sur des cahiers d'écolière, d'une écriture ronde de jeune fille. Après quoi, elle se sent légère et armée pour la vie.

A cette époque, Madeleine et André déjeunent et dînent la plupart du temps en tête à tête. Clara, qui a horreur du silence et de la solitude, reçoit, reçoit,

reçoit. Elle n'a que de maigres moyens financiers. Aucune « bonne » n'est à son service. Square Albin-Cachot, sans cuisinière, ni gouvernante, ni chauffeur, elle se débrouille toute seule.

Elle a choisi d'envoyer Flo dans les bonnes écoles : avant la guerre à l'Ecole Montessori, où beaucoup de liberté est accordée aux enfants, puis à l'Ecole alsacienne jusqu'au premier baccalauréat, et au Cours Hattemer. A seize ans (1949), Florence y rencontre sa future meilleure amie : Françoise Sagan. Elle passe son second baccalauréat au lycée Fénelon puis s'inscrit en classe de philosophie à l'université.

Tous les jeudis ou presque de son adolescence, Florence se rend à Boulogne, à l'invitation de son père. De son propre aveu, comme il l'intimide, elle évite de l'appeler « Papa ». Elle ne l'appelle pas. Mais elle le tutoie. Leurs retrouvailles, dans un taxi après la guerre, se sont soldées par cette abrupte question de Malraux : « Que lis-tu en ce moment ? » Il a été charmé de l'entendre lui répondre que c'était *Guerre et Paix*. Ce qui ne pouvait pas le surprendre, venant de la fille de Clara.

Plus âgée que ses frères d'une dizaine d'années, accueillie par les trois garçons avec beaucoup de chaleur – ils regrettent de ne pas mieux la connaître[1] –, elle ne déjeune pas avec eux dans la salle à manger mitoyenne du grand salon. Elle rejoint à leur table, à l'heure militaire, son père et sa belle-mère. La voix douce de Madeleine insuffle un peu de chaleur et de féminité dans une atmosphère plutôt tendue, où rien d'intime, rien de personnel n'est jamais évoqué. La

---

1. Alain Malraux, *op. cit.*, p. 43.

complicité père-fille se noue autour des livres, des pièces de théâtre ou des films qui sont le cœur de la conversation. Pas de confidences. Des sujets généraux, historiques ou culturels. La barre est évidemment assez haut. Mais Florence aime que son père la considère comme « une grande personne ». Elle parvient même à l'amuser avec des histoires drôles. Quand elle s'en va, pas plus que quand elle arrive, elle n'embrasse son père. Jamais aucune effusion.

A son retour, Clara lui pose invariablement la même question : « Est-ce que ton père t'a parlé de moi ? » Invariablement, le cœur serré à l'idée de livrer à sa mère la même vérité insupportable, l'adolescente est bien obligée de répondre que « non ».

Autant Clara prononce sans cesse le nom d'André Malraux, en bien, en mal, qu'importe pourvu qu'elle le dise et le redise encore, autant celui-ci évite le sien. Ses amis, sa famille ne l'ont jamais entendu commenter le moindre ouvrage de son ex-femme, qui publie pourtant régulièrement, évoquer d'elle le moindre souvenir ni ébaucher la moindre allusion à sa personne. « Clara » : le nom même ne lui vient jamais aux lèvres. Il l'a effacé de son vocabulaire. Sauf à de très rares exceptions, précédé dans ce cas du substantif « Madame » qui marque à la fois sa distance et son ironie. Alain Malraux en fut le témoin étonné : « Madame Clara a écrit tous mes livres, je lui laisse les siens. » Une vacherie très inhabituelle. Chez André Malraux, la rancune est tenace. Tout le monde sait, autour de lui que le nom de Clara est tabou. Personne

– ni femme, ni enfant, ni ami – n'ose le prononcer en sa présence.

Clara s'obstine à lui écrire des lettres qu'il n'ouvre pas. Alain Malraux raconte que lorsqu'il en voyait arriver une, au courrier du matin, Malraux ricanait : « Madame Clara et ses problèmes. Panier. » Il la jetait dans sa corbeille à papier, sans l'ouvrir. Ou s'il la gardait, il ne la lisait pas. C'est ainsi que Florence Malraux eut entre les mains, après la mort de son père, des lettres à lui adressées par sa mère, restées dans des enveloppes non décachetées.

Chats

Pas de chat à Boulogne. Il y en a eu avant chez Malraux, il y en aura après. Le chat est un compagnon dont il aime la présence discrète et silencieuse quand il écrit. Indépendant, peu porté aux épanchements, néanmoins affectueux pour ceux qui savent déceler sous ses airs lointains et aristocratiques un sentiment, une fidélité, il est devenu l'animal fétiche de Malraux : son emblème et son sceau. Il le dessine souvent au bas de ses lettres, de profil, à quelques traits d'encre noire, à côté de sa signature.

Le chat et Malraux se ressemblent. Ce sont de grands pudiques, qui ne laissent guère percevoir ce qu'ils éprouvent, au point de paraître autistes aux professionnels de l'effusion. Ils ont de mêmes airs taciturnes, avec de soudaines fulgurances. Le chat cherche rarement la caresse, Malraux n'embrasse pas ses enfants. Ce sont l'un et l'autre des êtres obscurs : ils ont partie liée avec la nuit. Leurs yeux clairs, brillants, semblent voir au-delà des simples apparences. L'invisible est leur univers. Et puis, ils ont plusieurs vies, celles qu'on leur prête et toutes les autres qu'ils rêvent au long des jours, enfermés chez eux, près d'une source de chaleur et de lumière.

Lustrée. Fourrure. Essuie-Plume, qui deviendra un personnage des *Antimémoires*. Ce sont les noms des chats de Malraux – pour la plupart des chats de gouttière. Ils se tiennent volontiers sur son bureau, au milieu de ses papiers, même quand il écrit.

Clara aime aussi les chats, de préférence les chattes. Elle aime leur compagnie légère, parce qu'ils peuplent sa solitude sans l'obliger à sortir à heures régulières pour l'hygiène ou la promenade. Ils se plaisent dans sa bohème et sont plus faciles à nourrir que les humains.

Elle ne parle pas d'eux dans ses livres, alors qu'ils hantent l'œuvre de Malraux.

Ce sont des chartreux, pour la plupart, à fourrure grise et chaude, comme les chats de Colette. Même élégance dédaigneuse. Clara les appelle tous « minou, minou, minou ».

Le musée, la mémoire

Alors qu'ils sont séparés et mènent l'un et l'autre des existences qui ne se croisent jamais, Clara et André Malraux poursuivent chacun de son côté un travail d'exploration et de mise en abyme.

Pour Clara, l'heure a sonné de raconter sa vie. A soixante ans, elle entreprend d'écrire des Mémoires dont l'écriture va l'occuper pendant près de vingt ans. Ce seront six volumes de souvenirs sur son enfance, son adolescence, sa rencontre avec Malraux et leurs années conjugales jusqu'à la rupture, au divorce, à la vie sans lui. Six volumes d'une écriture fluide et énergique.

Malraux lui-même, qui se méfiait de toute introspection comme de tout retour sur soi, aurait certainement désapprouvé cet exercice à ses yeux dérisoire de sonder le « misérable petit tas de secrets » à quoi se résume pour lui toute vie humaine. Mais Clara a besoin de ce voyage, qui la ramène à son passé, à sa famille, à ceux qu'elle a aimés et perdus en route, sans mesurer à quel point parfois elle leur devait. Elle va appeler « Apprendre à vivre » le premier livre consacré à la petite fille heureuse qu'elle a été, à la fois gâtée et habitée par le sentiment douloureux de n'être pas conforme à son destin. « Du plus loin que je me souvienne, j'ai toujours été une révoltée[1] » : cet aveu prend sa source dans le berceau de l'avenue des Chats-laids. Avec « Apprendre à vivre », elle remonte aux racines allemandes et juives de sa famille et convoque dans le premier tome les fantômes de Magdebourg comme de la Halle aux cuirs. Elle retrouve des images, des parfums, des sons qu'elle croyait avoir oubliés : celui du papier peint de sa chambre, de sa cachette à trésors dans la nursery, des jeux avec ses frères dans le jardin de leur villa, des discours tonitruants de Jaurès. Elle évoque la tutelle des Fräulein, austères protestantes qui lui ont révélé sans douceur sa judaïté et enseigné des prières chrétiennes dans

---

1. Christian de Bartillat, *op. cit.*, p. 184.

leur langue natale. Elle revoit ses grands-parents dans le bel immeuble bourgeois que la guerre a détruit et surtout sa grand-mère, chaleureuse et bavarde comme elle, à laquelle elle doit une part de sa vitalité. Elle retrouve enfin ses parents, unis dans un amour indestructible. Son père, qui avait foi dans ses dons poétiques. Sa mère, l'image d'une féminité qu'elle a voulu récuser, avec laquelle s'affichent très tôt des incompréhensions, sinon des dissonances qui auront des suites tragiques. La mort soudaine du père, le deuil puis la guerre mettent fin à l'adolescence. Ce premier volet de souvenirs, paru en librairie en 1963, s'achève sur le récit de sa rencontre avec Malraux et l'épisode du bal musette.

Cinq tomes suivront, qui contiennent tous des morceaux de la vraie Clara : drôle, provocante, fragile, indépendante et cependant dépendante de l'amour des siens, mais toujours lucide, attachée à dire le juste, le vrai. *Nos vingt ans* (1922-1924) raconte les premières années conjugales puis le voyage au Cambodge sur le site de Banteay Srei, la grève de la faim, la pétition des intellectuels français. L'amour y est vivant à chaque page. C'est le livre dans lequel Malraux, très jeune, est le plus étonnant, le moins conforme à sa légende statufiée par le gaullisme.

Les Combats et les Jeux (1925-1926) mettent en scène leur jeunesse de journalistes militants, *L'Indochine enchaînée* le retour difficile du couple à Paris.

Voici que vient l'été (1927-1935), plus politique, inclut les séjours en URSS et les voyages autour du monde : les idéologies, les déchirements entre trotskistes et communistes trouvent un écho dans les querelles d'André et de Clara qui ne sont déjà plus sur la même longueur d'onde.

La Fin et le Commencement (1936-1940), c'est la fin de l'amour, la rupture du couple que Clara a cru indissociable, la tentation du désespoir jusqu'à celle du suicide. Et le poids du malheur. Mais c'est aussi la volonté et le désir de survivre à son chagrin.

Clara ne s'épargne pas, ne tâche pas de se donner le meilleur rôle dans ces Mémoires où son amour pour Malraux occupe une si grande place. Elle évite les clichés de l'autobiographie : aucun apitoiement. Il y a en elle plus de colère que d'amertume, et un constant désir d'être vraie, de ne surtout pas tricher.

Et pourtant j'étais libre, le dernier tome, raconte la Deuxième Guerre, la Résistance, le divorce puis la naissance d'une autre Clara : la Clara sans André, frustrée de son amour mais libre de marcher enfin sans son ombre portée. Le livre s'achève sur les événements de Mai 68. Une dernière image de jeunesse et de liberté ferme ces Mémoires au long cours, vaste autobiographie, œuvre centrée sur le moi – l'exécrable moi, aurait dit Malraux.

L'héroïne de cette aventure toute au féminin ose faire entendre sa petite musique sur un terrain exploité par des maîtres du genre, inégalés et hors d'atteinte – les Rousseau, les Chateaubriand, les Gide. Sans autre prétention que celle de s'exprimer enfin, en toute liberté et en toute franchise, elle ne se laisse pas absorber par son moi, bien qu'elle raconte sa vie avec un maximum de détails personnels et d'anecdotes : il y a autour d'elle beaucoup de personnages, sa famille, ses amis, toutes sortes de gens qu'elle a rencontrés au fil des années et qu'elle n'a pas oubliés. L'*ego* de ces Mémoires n'est pas un colossal ego, mais plutôt un ego timide, hésitant, qui peine à distinguer les couleurs de son monde et s'affirme peu à peu, dans le doute et l'inquiétude. C'est un ego joyeux, amoureux de la vie. Un ego sensible, qui aime tout partager. Un ego moqueur, narquois d'abord à son propre égard. Un ego qui prend de l'étoffe et du caractère, sans abdiquer cette vertu d'enfance, qui est un des traits de l'auteur : la spontanéité.

Clara a choisi de donner à l'ensemble des six volumes un titre sonore qui les relie et les rassemble : *Le Bruit de nos pas*. C'est que dans toute la saga, on entend passer les fantômes ; on les entend marcher et se mouvoir, les uns d'un pas pressé, les autres nonchalants ou plus hésitants, chacun à son rythme ou selon sa personnalité. Clara n'a pas choisi « Le Bruit de *mes* pas » mais celui de « *nos* pas ». Un pluriel fondamental, qui peut s'entendre à deux – elle et lui, évidemment –, mais aussi à plusieurs, s'étendre à une collectivité amicale et fraternelle : Clara ne comprend son « Moi » que confronté aux autres, ses plus proches amis comme ses plus lointains. Au point, enfant, de s'inventer une sœur jumelle et noire, quelque part dans le cosmos.

Le *nous*, c'est l'originalité et le caractère même de ces Mémoires, tout autant consacrés aux autres qu'à soi-même. Le *je* y est finalement moins important que ce mystérieux *nous* auquel Clara est tellement attachée : la mémorialiste préfère le pluriel au singulier et à la solitude ou au face-à-face avec soi-même tous les types de relations humaines.

Le passé l'enracine.

Clara lui est redevable et reconnaissante. Dans *Le Bruit de nos pas*, elle rend hommage aux siens – ces hommes, ces femmes qui l'ont faite au jour le jour, il lui semble qu'elle doit leur rendre leur écot. Ses Mémoires sont une dette dont elle s'acquitte, entre le rire et les larmes. L'émotion souvent la submerge. Une cadence en anime les pages comme les battements d'un cœur. Evocation d'un temps perdu et retrouvé, petite madeleine à l'heure vespérale, ce livre vif, sincère, d'une écriture simple et serrée, débride la part d'émotions secrètes de l'auteur.

Clara Malraux a trouvé son véritable style dans ses Mémoires. A travers sa vie, c'est la vie d'une époque qu'elle raconte comme si elle n'était elle-même qu'un exemple ou une illustration. Outre le plaisir de la lecture, ses Mémoires sont une manne pour tous ceux qu'intéresse l'histoire de la France : de 1900 à 1945 et même un peu au-delà. Elle retrace un pan de notre histoire commune, dont elle a été le témoin privilégié. Histoire et destin se confondent, s'emmêlent, se heurtent et se répondent, dans ce roman vrai d'une vie.

Beaucoup de femmes d'aujourd'hui y liront comme dans un miroir le sort douloureux de leurs grands-mères ou arrière-grands-mères, avides de liberté et avides de vivre ; la saga des premières conquérantes, timides encore, souvent maladroites, qui ont payé cher leur émancipation.

Vibrant portrait de la petite fille dominée par les adultes qui l'entourent mais pourtant déjà rebelle et volontaire, puis de la femme amoureuse, déçue et malheureuse, mais toujours animée d'un grand appétit de vivre, *Le Bruit de nos pas* ne signe pas seulement un style, il révèle une personnalité. On sent bien que Clara, avec le recul, mesure tout ce qu'elle a reçu : beaucoup d'amour, une éducation à la fois stricte et généreuse, une culture au sens le plus large, quelques principes essentiels comme le courage et la fidélité aux siens. Mais elle fait aussi ses comptes avec ce passé trop riche. Elle sait qu'il lui a fallu s'en éloigner et, pour devenir elle-même, s'en affranchir, vivre sa vie dans la joie et les épreuves, avant de revenir à sa source et d'y plonger avec nostalgie.

Sur six livres, deux seulement, le premier (du moins pour les trois quarts du récit) et le dernier, décrivent respectivement l'avant et l'après-Malraux. Quatre lui sont entièrement consacrés – le mot n'est pas trop fort. Personnage central sur lequel convergent tous les feux, il est à la fois « lui » et « nous », ce « nous » qui structure le récit à la manière d'une colonne vertébrale. Rêve d'une fusion avec l'autre, ce pourrait être le résumé des Mémoires. « Si je n'ai jamais cru qu'il était le seul homme qui pût me donner du plaisir, dira Clara, j'ai cru longtemps qu'il était le seul auprès de qui je ne me lasserais jamais de marcher. Longtemps j'ai cru qu'il était le seul homme dont les rêves recoupaient les miens[1]. »

Dans quatre volumes sur six, *nous* est plus fort que *je*. Ce *nous* amoureux, sensible, joyeux, fusionnel, puis déchiré, peinant à se reconnaître, souffrant, amer, a été pendant vingt ans la véritable identité de Clara. Avant qu'elle ne s'en libère, sous la contrainte, avec la rupture puis le divorce consenti, et ne reprenne son véritable moi, qui n'est en somme que la partie amputée du couple. Chez Clara, le *je* est une perte, il est bien moins

---

1. A Christian de Bartillat, *op. cit.*, p. 19.

riche et moins fort que le *nous*, qui la laisse dissociée malgré elle de sa force et de son aura.

Par une étrange coïncidence, à la même époque où Clara écrit ses Mémoires, Malraux écrit ses *Antimémoires* : sa manière de contourner l'obstacle de l'autobiographie et d'approcher de lui-même tout en s'en gardant bien, avec la grâce lointaine, insaisissable des chats. Commencés en 1965 à bord d'un paquebot, le *Cambodge*, qui file vers Singapour comme s'il remontait le cours de sa vie, la première page porte en exergue « au large de la Crète » – Malraux a toujours aimé écrire en mer. De son tout premier livre, *La Tentation de l'Occident*, écrit près de Clara à bord d'un paquebot semblable à celui-là, lors de leur retour vers la France après l'échec de *L'Indochine enchaînée*, à ces *Antimémoires* entrepris loin d'elle mais si curieusement au diapason de la mémoire, il y a une sorte de mystérieux fil rouge – un fil qui se survit.

Le titre est pourtant clair : dans ses *Antimémoires*, Malraux n'a nullement l'intention de relater son existence au jour le jour, ni de fouiller sa mémoire à la recherche d'une vérité perdue. Il ne va pas revisiter son passé pour offrir à la postérité ses *Mémoires d'outre-tombe*, encore moins ses *Confessions*, ses *Mots*. Sur cette bizarre entreprise des mémoires à rebours – mémoires qui n'en sont pas –, il s'est largement expliqué : « Les *Antimémoires* refusent la biographie, avec préméditation. Ils ne se fondent pas sur un journal ou sur des notes. En partant des éléments décisifs de mon expérience, je retrouve un personnage et des fragments d'histoire. Je raconte les faits et décris le personnage comme s'il ne s'agissait pas de moi. De temps à autre des épisodes me reviennent en mémoire : je les rajoute simplement[1]. »

Contrairement à Clara, Malraux tient son passé à distance – il s'en garde ou il s'en méfie. « Malraux rejetait son enfance, il ne voulait rien en savoir, dira Clara. André avec lequel j'ai vécu si longtemps refusait qu'on en parle. Il n'y faisait jamais la moindre allusion[2]. »

Malraux est un écrivain qui évite de se regarder dans les miroirs. Un anti-Narcisse déclaré, qui ricane à la moindre évocation d'une psychanalyse et ne croit pas du tout aux thèses de Freud. Partant de cette conviction que toute vie humaine est dérisoire et petite, plutôt que d'explorer les tréfonds de sa mémoire ou de sa conscience, il préfère camper sur le champ de l'universel. « Que m'importe ce qui n'importe qu'à moi ! » n'a-t-il cessé de répéter à Clara durant leurs années communes.

Les *Antimémoires*, qui vont paraître en librairie en 1967, sont annoncés comme le premier volume d'un ensemble de quatre – les trois suivants, « différés » pour des raisons mystérieuses, ne devant être publiés qu'après la mort de l'auteur. C'est du moins ce que précise l'éditeur, en petits caractères, sur la deuxième page du recueil. Ces trois autres volumes ne seront en fait jamais écrits. Les *Antimémoires*, volume I et six cents pages drues, apportent bien quelques éléments biographiques originaux, comme l'évocation du père, héros de la Grande Guerre, ou du grand-père de Dun-

---

1. A Emmanuel d'Astier de La Vigerie, *L'Evénement*, septembre 1967.
2. A Christian de Bartillat, *op. cit.*, p. 40.

kerque, les conversations avec de Gaulle ou la rencontre avec Mao, mais les distillent au fil des pages avec une rigoureuse parcimonie. Ces pépites d'autobiographie sont noyées dans la masse qu'on pourrait appeler « culturelle » du livre – le récit magnifiquement distancié des civilisations qui l'ont ébloui et nourri spirituellement tout au long des années, depuis le Mexique jusqu'aux Indes en passant par tous les siècles et tous les continents. Il est possible que dans sa mémoire, vaste et profonde, les *apsaras* de l'art khmer, avec leurs seins menus et leurs sourires qui lui évoquent l'ange de Reims, les dieux mexicains ou grecs, les Çivas du Cashemire ou du Bengale occupent une place aussi grande que sa famille ou ses amis.

Rien de personnel dans les *Antimémoires*. Chaque détail apporté vise le général et l'universel.

Malraux n'en est pas moins, ces années-là, obsédé par le passé. Non pas le sien, mais celui des civilisations mortes, des Ming ou des Sassanides, des Incas ou des Espagnols du siècle d'or. Il étudie des masques, des bas-reliefs, des poupées hopis, des totems du monde entier en comparant inlassablement les influences des arts entre eux. La peinture, l'architecture, la sculpture l'occupent sans frontières géographiques ou temporelles : Malraux est tout entier chez lui dans cet univers artistique, qui ne doit rien à son enfance et l'éloigne d'un quotidien toujours trop mesquin à ses yeux. Rien ne vaut en somme de franchir ses limites toujours trop humaines pour s'élancer au-delà – c'est le message des *Antimémoires*, à recommander aux voyageurs et aux rêveurs au long cours.

« Il faut qu'à tous les jeunes hommes de cette ville soit apporté un contact direct avec ce qui compte autant que le sexe et le sang, car il y a peut-être une immortalité de la nuit, mais il y a sûrement une immortalité des hommes[1]. »

Seul l'art lui permet d'échapper à lui-même. Des bisons des Eyzies aux belles *apsaras*, de Goya à Vermeer en passant par Toutankhamon, il navigue à son aise dans le monde comme dans un gigantesque musée.

Non seulement dans le souvenir ou dans l'imaginaire. Avec Madeleine, il a repris sa canne de pèlerin et poursuit ses chimères d'un continent à l'autre. Abusant des invitations à des conférences ou à des congrès, animé d'un mouvement incessant, il ne tient plus en place. La villa de Boulogne abandonnée aux enfants, il entreprend dès les années cinquante une sorte de tour de la planète par étapes, vers les destinations qui lui sont chères et qui toutes lui inspireront des pages passionnées. Leur hétéroclisme n'en est pas le moindre charme. Inoubliables séquences sur les machines à sous de New York dans *Les Voix du silence*, sur l'ange de Reims ou les suppliciés de Goya dans *Le Musée imaginaire*.

On est loin de la petite musique de Clara, de sa nostalgie comme de son espérance et des valeurs qui l'aident à vivre – l'amitié, l'amour. Malraux, distant de ses semblables sinon de ses interlocuteurs héroïques ou géniaux (de Gaulle, Mao, Nehru...), communique avec le passé le plus vaste et le plus obscur, celui qui, détaché des siens, remonte aux origines et à la grande nuit de la mémoire.

---

1. Allocution à la Maison de la Culture de Bourges, avril 1964.

« *Vous me voyez en femme de ministre ?* »

En 1958, de Gaulle revient au pouvoir. Malraux est aussitôt nommé ministre délégué à la Présidence du Conseil. Dès l'année suivante, il est ministre d'Etat, chargé six mois plus tard des Affaires culturelles dont il s'occupera pendant dix ans. Ses biographes affirment qu'il fut déçu : il aurait préféré l'Intérieur. Il va cependant assumer ce rôle officiel, prestigieux, avec une fidélité sans faille, engagé sans réserve dans la politique gaullienne, quels qu'en soient les choix. Pour lui une autre vie commence, tout entière sur le devant de la scène : avec chauffeur et DS, tapis rouges, huissiers et lourdes portes rehaussées d'or qui se referment sur sa solitude et ses responsabilités.

Le Général a défini lui-même, dans ses Mémoires – décidément ! –, la place qu'a remplie Malraux à ses côtés pendant toutes ces années. « A ma droite, j'ai et j'aurai toujours André Malraux. La présence à mes côtés de cet ami génial, fervent des hautes destinées, me donne l'impression que, par là, je suis couvert du terre à terre. L'idée que se fait de moi cet incomparable témoin contribue à m'affermir. Je sais que dans le débat, quand le sujet est grave, son fulgurant jugement m'aidera à dissiper les ombres[1]. »

Par ses voyages, par ses discours du haut des tribunes, par ses déclarations à la presse, il se montre d'un dévouement exemplaire sans du tout ménager son image, l'employant au contraire au service de l'homme dont il est le féal. On lui reprochera – et Clara la pre-

---

1. Charles de Gaulle, *Mémoires d'Espoir*, tome I, p. 285.

mière – sa ferveur aveugle que certains taxeront de servilité. Et de soutenir la position de De Gaulle sur l'Algérie – « Le problème le plus grave pour tous les Français et en particulier pour moi[1] » – jusque dans ses avatars.

Alors qu'en avril 1958, il a cosigné avec trois autres écrivains illustres, Roger Martin du Gard, François Mauriac et Jean-Paul Sartre, une adresse solennelle au président de la République pour le sommer « au nom de la Déclaration des Droits de l'homme et du citoyen de condamner sans équivoque l'usage de la torture qui déshonore la cause qu'elle prétend servir », il refuse désormais de s'exprimer sur le sujet ou même d'intervenir, comme le lui demandent de nombreux intellectuels, auprès des pouvoirs publics. Il est vrai qu'en avril 1958, le président de la République était encore René Coty. S'il a essayé d'user de son influence auprès du Général – thèse que Jean Lacouture soutient, s'appuyant sur des témoignages d'Albert Camus et de Jean Daniel –, il l'a fait dans le cercle privé, voire en tête à tête mais rien n'en a jamais filtré. Officiellement, il reste en retrait et par son silence a évidemment l'air d'approuver sans restrictions les bavures d'une politique, dont il se montre jusqu'au bout solidaire. Même si la torture en Algérie n'est pas le fait du gaullisme : c'est un legs de la IVe République où les gouvernements de la gauche n'ont pas hésité à la faire pratiquer. Ainsi ne répond-il pas aux sollicitations pressantes de Maurice Nadeau, directeur des *Lettres nouvelles*, qui lui adresse une « Lettre ouverte » dans sa revue, ni à celles de Graham Greene qui lui parviennent sous la

---

1. Discours d'avril 1960 à Mexico.

même forme par l'intermédiaire du journal *Le Monde*, le 23 juin 1960. Les amis d'autrefois le supplient en vain, en employant les mots justes, d'intercéder auprès du général de Gaulle pour que cesse la torture en Algérie. Maurice Nadeau : « Ce n'est plus en Allemagne, en Espagne, en Chine qu'on torture mais à votre porte, chez vous, et vous n'auriez pas un mot contre ceux que vous avez autrefois voués à la vindicte ? Nous avons été trop nourris de votre œuvre pour penser que son auteur pourrait aujourd'hui la renier. » Et Graham Greene, que Malraux connaît bien, avec lequel il s'est rendu à plusieurs reprises au camp de Mauthausen pour des commémorations : « Il est difficile de croire que pareil tribunal puisse exister alors que le chef de la France libre est à la tête du gouvernement et que l'auteur de *La Condition humaine* est l'un de ses ministres... »

Malraux demeure silencieux. Il ne fera même aucun commentaire, au mois de septembre 1960, quand, à l'appel de Marguerite Duras et de Dionys Mascolo, un important groupe d'artistes, d'écrivains et de comédiens rédige et signe un texte, qu'on appellera le Manifeste des 121[1], à cause de ses 121 signatures, dénonçant la poursuite de la guerre en Algérie, les méthodes qui y ont cours et défendant le droit à l'insoumission pour les jeunes appelés.

« *Nous respectons et jugeons justifié le refus de prendre les armes contre le peuple algérien.*

« *Nous respectons et jugeons justifiée la conduite des Français qui estiment de leur devoir d'apporter aide et*

---

1. Publié dans le numéro 4 de la revue *Liberté* qui sera saisie sur ordre du gouvernement Debré.

protection aux Algériens opprimés au nom du peuple français.

« *La cause du peuple algérien, qui contribue de façon décisive à ruiner le système colonial, est la cause de tous les hommes libres.* »

Parmi ces 121 signatures, il en est une qui blesse Malraux plus qu'aucune autre : c'est celle de sa fille Florence.

Florence Malraux a travaillé plusieurs années à *L'Express*, près de Françoise Giroud, dont les opinions antigaullistes ne s'accordent guère à celles de son père. Elle est ensuite devenue assistante de réalisation pour le cinéma. Elle a notamment travaillé sur le premier long métrage de Peter Brook, *Moderato Cantabile*, adapté du roman de Marguerite Duras. Au moment du Manifeste, elle travaille aux côtés d'Alain Resnais, sur le tournage de *L'Année dernière à Marienbad*. C'est une jeune femme très douce mais ardente, animée de véritables convictions. Ce que Malraux ignore, c'est que Florence a elle-même tapé le Manifeste des 121 sur une vieille machine à écrire, chez sa mère, et qu'elle a depuis longtemps pris fait et cause pour la liberté de l'Algérie et des Algériens. Comme sa mère, peut-être plus encore qu'elle sur ce sujet, elle est politiquement engagée.

« J'ai signé cette pétition, me dira-t-elle, pour défendre un idéal de justice. Je ne voulais pas choquer ou heurter mon père. Il y avait sans doute en moi à l'époque une certaine inconscience. Je ne pensais pas que mon nom, parmi tant d'autres, soulèverait un tel scandale. »

Alain Malraux est présent à la table de salle à manger de Boulogne, au moment du petit déjeuner, quand son père ouvre le journal, ce matin de septembre. Il le voit blêmir, jeter le journal et se lever brusquement : « Cette fois je l'ai assez vue », lance-t-il à Alain et à Madeleine, consternés. La signature de Florence au cœur du Manifeste lui apparaît comme une provocation personnelle. Voire comme une offense.

Il ne verra plus sa fille et ne lui adressera plus la parole pendant sept ans.

Clara – on peut s'en étonner – n'a pas d'abord signé le Manifeste des 121, où figurent avec le nom de Florence ceux de nombreux amis, comme Edgar Morin ou Claude Lanzmann. En général, elle n'est pas avare de sa signature et compte même parmi les personnalités féminines les plus souvent mises à contribution par les organisateurs de ce genre de protestations[1].

Mais elle n'est « pas complètement d'accord avec l'esprit du manifeste ni avec sa rédaction » – elle l'écrira dans ses Mémoires –, et il est probable que l'Algérie ne fait pas partie de ses priorités. Elle va cependant rejoindre les signataires, à la seconde pétition, qui regroupera quelques jours plus tard les personnalités solidaires des 121. Clara veut assumer à son tour leur combat, leur idéal de justice, mais aussi les risques qu'ils ont pris et les punitions qu'ils encourent.

« Comment aurais-je accepté que ma fille allât sans moi en prison ? » Ce sera son seul commentaire.

Les mesures prises par le gouvernement de Michel Debré pour censurer les signataires du Manifeste, tant à la radio qu'à la télévision, sont extrêmement sévères. Poursuites judiciaires, licenciements, pressions... Malraux ne fera rien pour tenter de les modérer. Il est

---

1. Jean-François Sirinelli, *Intellectuels et passions françaises*, Fayard, 1999, p. 266.

désormais tout entier du côté du pouvoir. Associé à l'injustice, à la répression, à la censure.

Clara en est meurtrie.

Elle est aussi très en colère. Où est l'André qu'elle a aimé, l'André de sa jeunesse, l'ami des révolutionnaires chinois, le combattant de la guerre d'Espagne ? Est-il possible de se renier à ce point ? pense-t-elle. Elle s'insurge à le voir ministre du général de Gaulle et, ce qui est encore pire à ses yeux, membre du gouvernement de Michel Debré, ce conservateur, de 1959 à 1961.

De cœur, elle campe à l'opposé. A gauche toute, sans concessions. Toujours pas communiste, elle ne s'est pas pour autant embourgeoisée. Sa ligne de vie comme ses opinions politiques restent fidèles à ce qu'elle a toujours été.

Par principe et par choix, elle est contre l'establishment, quel qu'il soit, contre la pompe et les honneurs. Elle veut vivre et lutter du côté de ceux qui souffrent, les humbles, les pauvres, les humiliés, les prisonniers, tous les parias de la vie. Du côté des enfants contre les adultes. Du côté des femmes aussi contre les hommes qui voudraient les asservir. Du côté des torturés et non des tortionnaires. Tout la révolte dans le Malraux des années soixante. Elle souffre de le voir figé dans le costume sombre du ministre et se porter garant, du fait de sa seule présence au gouvernement, d'une politique de droite, qu'elle réprouve de toutes ses fibres. Il lui semble qu'il trahit le bel idéal qu'ils ont partagé dans leur jeunesse, cet idéal qui l'a porté à écrire près d'elle ces œuvres de révolte et de liberté, que sont *Les Conquérants* ou *La Condition humaine*. C'est comme s'il la trahissait elle, une deuxième fois, en même temps qu'il renie sa fille.

Quinze ans plus tard, à Jean-Marie Rouart venu l'interroger sur Malraux, elle fera cette déclaration inattendue : « Avec moi, il n'aurait jamais été ministre. »
Pourquoi ? interroge Jean-Marie Rouart, surpris.
Clara émet son petit ricanement familier, une sorte de rire trempé dans de l'acide : « Non, mais vous me voyez en femme de ministre ? »
On peine en effet à l'imaginer dans les ors de la République, encore que son insolence, son irrespect et ses éclats de rire auraient peut-être ranimé certaines tristes figures de l'Elysée.

Clara a eu beaucoup de mal à trouver un éditeur pour ses Mémoires. Malraux ministre, nul ne voulait prendre le risque de déplaire à un personnage aussi influent de la République, mal traité par une irrespectueuse ex-épouse toujours visiblement amoureuse, mais qui avait décidé de le considérer comme un être humain parmi d'autres, avec ses qualités innombrables, son incontestable génie, mais aussi son lot de (gros) défauts. C'est François Nourissier, directeur littéraire chez Grasset et ami de Florence Malraux, qui ouvre à Clara les portes de la maison d'édition qui osera publier ses Mémoires.
Le Malraux de Clara Malraux intéresse la presse qui souligne la liberté de ton de Clara vis-à-vis du person-

nage, dont on lève le masque pour la première fois. Dès la parution du deuxième tome, où il entre en scène pour ne plus la quitter jusqu'au cinquième tome, le ministre gaulliste descend de son piédestal : le voici en jeune aventurier sans foi ni loi au Cambodge, en sympathisant trotskiste, en combattant révolutionnaire, flirtant avec les compagnons de Mao Tsé-toung ou armé d'une mitraillette pendant la guerre d'Espagne. On découvre son incorrigible penchant de romancier à vouloir s'inventer une vie, un personnage. Sa mythomanie – le mot est employé – y est largement soulignée. Alors que tant de livres paraissent dans les années soixante pour célébrer la gloire lisse et brillante de l'écrivain et qu'ils omettent tous, sans exception, de citer sa propre présence à ses côtés pendant tant d'années, alors qu'André Vandegans, Pierre Galante, Robert Payne[1] chantent ses louanges – sans jamais citer son nom à elle, ce qui la rend furieuse –, elle livre son témoignage : il a l'avantage de l'authenticité, aucun autre biographe n'ayant connu Malraux d'aussi près. C'est Clara qui, pour la première fois, rétablit la vérité, notamment sur l'affaire des statues du Cambodge en révélant qu'ils étaient bien partis tous les deux pour en faire commerce, ou sur les relations de son ex-mari avec la Chine où il ne s'est rendu qu'en 1931, quand tout le monde à Paris et dans le monde est persuadé que l'auteur de *La Condition humaine* a participé à la révolution, à Canton.

Elle explique les rapports compliqués de Malraux avec son passé, surtout avec son enfance qu'il a tou-

---

1. André Vandegans, *La Jeunesse littéraire d'André Malraux* ; Pierre Galante, *Malraux* ; Robert Payne, *André Malraux*.

jours préféré passer sous silence ou enrober de pieux mensonges (son grand-père viking ou son père banquier).

Un parfum de scandale entoure les Mémoires de Clara à leur parution, chacun y cherchant des révélations sulfureuses sur la vie privée du ministre préféré du Général.

Ainsi Madeleine Chapsal, tout de suite après la parution du premier tome, en 1963, n'hésite-t-elle pas, pour *L'Express*[1], à mettre le doigt sur les failles ou les blessures :

« Je vais vous poser une question brutale. Etant donné la célébrité d'André Malraux, ne craignez-vous pas que vos révélations ne dépassent votre propos de sincérité et ne deviennent tout à fait scandaleuses ?

CLARA : Il n'y a pas eu un geste de notre vie commune, à lui et à moi, dont je n'aie pris ma part totale. Si quelque chose peut apparaître comme blâmable, j'en prends toute ma responsabilité.

M. C. : Vous ne craignez pas que ce livre apparaisse comme une vengeance ?

CLARA : Je n'ai rien à lui reprocher.

M. C. : Mais avez-vous le droit de l'écrire ?

CLARA : Cette vie, je l'ai chèrement payée. Elle m'appartient. »

Interrogée enfin sur ce qu'elle compte écrire par la suite, Clara répond avec un tranquille aplomb : « J'irai jusqu'au bout. »

Elle tient parole. A intervalles réguliers, de trois ans en trois ans, jusqu'à la parution du dernier volume en

---

1. 24 octobre 1963.

1979, elle garde le rythme. Les Mémoires resteront le récit d'un amour mythique, d'un désenchantement amoureux et du choix courageux de la solitude.

« Ce n'est rien que de ne n'avoir rien, dira-t-elle, plus tard. Ce qui est atroce, c'est de posséder puis d'être dépouillée[1]. »

La polémique ne va pas cesser de sitôt entre partisans de Malraux, soucieux de continuer à aduler sa légende, et lecteurs de Clara, séduits par la petite musique de vérité ou amusés par l'ironie. Quelques maladresses de sa part vont contribuer à l'alimenter. Ainsi quand, dans une interview au *Monde*, en octobre 1969, Clara, évoquant la jeunesse de Malraux, lance un peu vite à Thérèse de Saint-Phalle : « La politique, c'est moi ! », pour bien montrer qu'il y avait entre elle et lui des échanges, des influences, dans les deux sens.

« Les problèmes d'André étaient alors d'ordre intérieur. Il était uniquement occupé d'esthétique, de métaphysique. Moi, j'étais un animal politique et je lui ai apporté le désordre. Dans sa vie, j'ai été son compagnon de lutte, et non son compagnon de la bonne époque » – on remarquera l'emploi qu'elle fait du masculin, qui la place de plain-pied avec lui. Elle évite soigneusement de dire qu'elle a été sa compagne de lutte.

Elle préfère alors écrire au journal pour protester de sa bonne foi et relever le raccourci du titre, brutalement coupé de son contexte, qualifiant de « malentendu » l'interprétation de la journaliste : « J'ai été désagréablement surprise et un peu scandalisée en voyant la façon dont a été utilisée, en la détachant de

---

1. Clara Malraux, *Le Vieux Cheval*, pièce de théâtre inédite.

son contexte et en la mettant en vedette, une phrase de mon interview. »

Le héros des Mémoires, qui met la presse en appétit, ce jeune Malraux rêveur et révolutionnaire, un peu bandit, un peu voyou, qui fréquente les bals musettes et les amis du Komintern international, réveille la vision plutôt compassée et très officielle que chacun peut avoir du ministre des Affaires culturelles, dans son costume sombre, sortant d'une limousine conduite par un chauffeur.

Malraux – est-ce bien utile de le préciser ? – ne s'exprimera jamais en public sur les Mémoires de Clara. Il ne fera aucune déclaration à la presse, aucun commentaire en privé, devant sa famille ou devant des amis, à en croire Alain Malraux et Florence Malraux. Silence radio. Il est fort probable qu'il ne les a pas même lus.

Première grande biographie de Malraux, le livre de Jean Lacouture, en 1973, rend hommage à Clara, en soulignant son rôle historique auprès de Malraux pendant leur jeunesse commune à Paris puis en Indochine. Ce sera pour elle une immense satisfaction.

Mais un autre livre, trois ans plus tard, réveille les blessures à vif, comme si Clara devait toujours continuer à payer très cher son crédit : *Le Cœur battant* de Suzanne Chantal, en livrant au grand public l'histoire de Josette Clotis, l'efface du premier rang pour mettre à sa place l'autre grand amour de Malraux, la mère de ses deux fils. Josette y est évidemment décrite comme le grand et seul amour d'André. Clara, qui lit le livre de bout en bout, en tombe malade de chagrin, de jalousie rétrospective, envers cette morte trop tendrement célébrée. Suzanne Chantal l'égratigne au passage, en soulignant sa laideur, son mauvais caractère et ses exigences de première épouse qui refuse obstinément d'abandonner son nom à une autre femme.

Le camouflet vient en plus de son éditeur, Grasset, qui a publié le récit sous ses couleurs. Clara, indignée, fera une scène mémorable à Françoise Verny ; elle finira de publier ses Mémoires chez Grasset mais donnera ses livres suivants à d'autres éditeurs.

Comble du pire, André Malraux a offert à Suzanne Chantal le plus beau des cadeaux : une préface, courte mais élogieuse. La rumeur se répand que Malraux n'a pas lu le livre sur Josette, mais il en loue les qualités. Il apporte en somme à son auteur ce soutien dont Clara a tant rêvé pour elle-même et qu'il lui a toujours refusé, accréditant la thèse de cet amour tragique, qui aurait été plus grand que le sien.

Le lourd fatum des Malraux

Le 23 mai 1961, les fils de Malraux et de Josette Clotis, Gauthier, vingt et un ans, et Vincent, dix-huit ans, se tuent dans un accident de voiture, sur une route de Bourgogne, non loin de Beaune, au retour de leurs vacances à Port-Cros. Partis réviser leurs examens sur cette île enchanteresse, dans la maison d'une amie, Gauthier, étudiant à Sciences-Po, et Vincent qui devait passer le baccalauréat quelques jours plus tard, voyageaient ensemble, côte à côte, dans l'Alfa Giulietta bleue de Vincent.

Clara écrit aussitôt à Malraux une lettre de condoléances à laquelle, fidèle à son habitude, il ne répond pas. Selon Florence Malraux, aussitôt revenue d'Alsace où elle participait au tournage de *Jules et Jim*, elle lui faisait valoir qu'il avait encore une fille et que ce serait peut-être là sa consolation. La rupture avec Florence devait intervenir après l'été.

Les deux jeunes gens sont enterrés près de leur mère au cimetière de Charonne, après un service religieux célébré à la demande de Malraux par son ami le père Bockel, en l'église de Saint-Germain-de-Charonne. Comme Alain Malraux s'étonnait de ce service religieux, peu conforme à l'agnosticisme de son « père », il lui fut vertement répondu qu'il n'allait tout de même pas enterrer ses fils « comme des sacs de pommes de terre ».

Le lendemain des obsèques, Malraux accompagné de Madeleine assiste à une grande réception à l'Elysée, en l'honneur des souverains belges. Un long silence poignant accueille le couple à son arrivée. Clara en aura les détails, le lendemain, dans la presse. Madeleine Malraux, interrogée par une amie, qui s'étonnait que Malraux ait eu la force de revêtir un habit et de marquer par sa présence que rien n'avait officiellement changé malgré son deuil, répond simplement par cette exclamation : « Mais il a toujours vécu avec la mort[1] ! »

Clara le sait mieux que quiconque. La poursuite incessante de toutes les formes d'art est la seule échappatoire que Malraux connaisse à sa vision tragique, désespérante, de la vie. Une vision que viennent confirmer tant de morts violentes parmi les siens – son

---

1. Alain Malraux, *op. cit.*, p. 211.

père, ses deux frères, Josette, maintenant ses fils. Après *Le Musée imaginaire* et *Les Voix du silence*, les *Antimémoires* sont aussi une réponse au chagrin, à l'horreur. Bien sûr, pas un seul commentaire sous sa plume sur ses drames personnels – « Que m'importe ce qui n'importe qu'à moi ! » –, mais des analyses foudroyantes sur ces chefs-d'œuvre de l'humanité qui seuls sont immortels. « La culture, c'est l'ensemble des formes qui ont été plus fortes que la mort[1] ».

Quelques mois après la mort de ses fils, le 7 février 1962, une bombe au plastic, déposée par l'OAS, explose au rez-de-chaussée de la maison de Boulogne. Alors que six semaines plus tard les accords d'Evian seront signés, les ultimes défenseurs de l'Algérie française ont choisi pour cible ce symbole de la Ve République qu'est André Malraux, ministre et ami personnel du général de Gaulle.

Ce soir-là, Malraux et son épouse sont en voyage. Alain Malraux vient tout juste de quitter le piano où, musicien lui aussi, comme sa mère, il travaillait une sonate, et de monter à l'étage – ce qui lui sauve la vie. Malheureusement, les propriétaires de la maison, qui occupent la partie du rez-de-chaussée où a explosé la bombe, sont bel et bien chez eux. Une enfant de cinq ans, la petite Delphine, est blessée au visage et perd un œil.

Malraux quitte alors la maison de l'avenue Victor Hugo, où il a passé tant d'années heureuses et où la

---

1. Allocution à la Maison de la Culture de Bourges, avril 1964.

mort de ses deux fils laisse, selon Alain Malraux, un silence étourdissant.

Clara a toujours partagé, quoique avec plus d'émotion, le point de vue philosophique de Malraux sur l'art, barrière contre le temps et la mort. Elle éprouve la plus vive admiration elle aussi pour la littérature et les beaux-arts, mais elle préfère les humains aux pierres et aux livres, et le peuple vivant de ses contemporains aux peuples des civilisations disparues, même s'ils sont réincarnés dans les ouvrages qui défient le temps, les cathédrales, les tipis, les palais.

C'est leur plus grande différence.

Malraux cherche l'au-delà des apparences et des contingences, l'inatteignable clef du sens de la vie.

Clara reste près des gens, près des choses, émue aux larmes devant un regard d'enfant, un sourire de petite fille inconnue que l'Histoire, avec son panthéon de Grands Hommes, ne retiendra pas.

C'est ainsi qu'elle voyage désormais, moins passionnée de paysages et de vieilles pierres que de témoignages authentiques et, surtout, vivants. En Tunisie, en Grèce, en Perse à deux reprises, sans Malraux, elle voyage autrement. D'abord à un autre rythme, moins tendu, peut-être moins efficace. Elle prend le temps d'observer les gens autour d'elle, dans les trains, dans les villages, dans les bazars. Elle peut changer d'itinéraire, à cause d'une rencontre impromptue, d'une invitation de hasard. Elle est insatiable de contacts humains.

Sa vraie nourriture n'est pas tant la culture, telle que la conçoit Malraux, mais la vie même, dans son quotidien le plus banal : ses gestes, ses rites, ses menues activités de tous les jours. Une femme à un puits, un mendiant sur le bord d'une route, un marchand d'épices, un pêcheur à la ligne... Voilà ce qui l'enchante et lui ouvre des horizons.

Ses livres vont prendre une couleur fraternelle. Ce seront, de diverses manières, des « A la rencontre de... » Clara s'y confronte avec ferveur aux autres, de préférence son plus lointain prochain.

Elle apparaît extraordinairement sympathique alors, animée par la flamme de l'amour universel. Un amour laïque, désintéressé, qui réclame le partage et la réciprocité. Rien ne peut la réjouir davantage qu'un sourire pour rien, un geste de bienvenue, un simple mot d'échange. Elle en est revenue à cette recherche de ce qui est pour elle l'essentiel : l'expression non pas d'une éternité – comme Malraux – mais d'une fraternité, à travers ou malgré les frontières, les différences ou les hostilités. Il y a en elle un côté Petite Sœur des pauvres, lancée sur les routes à la poursuite de ses semblables, plus lésés qu'elle encore et plus démunis : sa famille universelle.

C'est une grande voyageuse, jamais rassasiée de nouveaux visages ni de nouveaux amis, qui aborde hardiment son troisième âge. Il la laisse indifférente : à trop aimer la vie, elle n'a pas vu passer sa jeunesse. Elle ne peut se résoudre à vivre autrement.

« Je compte aller bientôt au Sénégal, dira-t-elle à Christian de Bartillat à la veille de sa mort. Je me dis que je suis très vieille, mais je suis encore dans la vie, le présent se déroule encore avec moi[1]. »

---

1. Christian de Bartillat, *op. cit.*, p. 183.

Après leur départ de Boulogne, la recherche d'un nouveau logis prend pour le couple Malraux une dimension dramatique en aggravant des tensions, qui reposent sur des reproches tacites, de plus en plus pesants. Pris entre les feux hostiles de ses parents, Alain Malraux s'éloigne d'un foyer familial, meurtri et déchiré. Les Malraux vont habiter quelque temps avenue Montaigne, dans un appartement que Malraux, prenant prétexte de tout pour exprimer son malaise, juge trop petit et trop peu à son goût. Le Premier ministre, Georges Pompidou, lui propose alors de s'installer à « La Lanterne », une résidence à l'ouest de Paris, dont les Premiers ministres ont l'usage par décret mais où lui-même ne se rend que très rarement, préférant Paris ou Cajarc.

C'est une ravissante bâtisse, presque un château, en plein cœur du parc de Versailles. Dotée d'un vaste jardin clos de murs, elle est construite « en lanterne », d'où son nom, toute en transparence entre cour et jardin. Malraux, écartant Madeleine de la plupart des choix de tissus ou de meubles, va se jeter dans des travaux de rénovation et de décoration qui vont l'occuper pendant de longs mois et lui tenir lieu, au moins pour quelque temps, de thérapie mentale. En 1966, il finit par se séparer de Madeleine sans pour autant divorcer. Non qu'il n'y ait songé mais son avocat, Robert Badinter, lui a fait valoir les lourdes conséquences financières d'un divorce alors qu'il est marié sous le régime de la communauté. Madeleine retrouve son piano, sa musique et un peu de douceur de vivre, tandis qu'il plonge alors dans une solitude que masquent à peine ses sorties officielles – les seules qu'il accepte désormais. Après les journées passées au bureau de la rue de Valois, son chauffeur le raccompagne à Versailles où, le long des allées majestueuses bordées d'arbres plus que centenaires, la nuit tombe déjà. A La Lanterne, une gouvernante lui a préparé un dîner ; le silence se referme sur sa silhouette alourdie, aux épaules tombantes.

L'alcool lui tient compagnie. Au fur et à mesure que le jour passe et que monte l'angoisse, il en accroît les doses. Il boit surtout du whisky, du vin de Champagne et du chablis. Ce sont ses drogues. Il n'en a jamais connu d'autres, à part le tabac blond.

Ses démons l'assaillent. Sans doute ses responsabilités politiques et morales, au sein d'une Ve République qui connaît dans les années soixante ses plus graves tourments, au premier rang desquels l'Algérie. Ses difficultés quotidiennes au ministère des Affaires culturelles, prestigieux certes mais dont le trop maigre budget de fonctionnement – 0, 4 % du budget national – ne lui permet pas de conduire une œuvre d'envergure. Il y a les souvenirs douloureux, sa famille déchirée, ses amours perdues ou lassées. Mais il y a peut-être pire encore : l'écrivain, devenu la proie d'une terrible impuissance, n'écrit plus. Pendant dix ans, de *La Métamorphose des dieux* (1957), jusqu'aux *Antimémoires* (1967), aucun livre – ni roman, ni essai. Plus rien. Dans ce désert, une exception : d'éblouissants discours qui resteront comme des parts non négligeables de son œuvre, des phares de sa vie d'écrivain. Celui prononcé pour les funérailles de Georges Braque, devant la colonnade du Louvre, le 3 septembre 1963 – « Hier quand il était devant le palais des rois et le premier musée du monde, il y avait dans la nuit pluvieuse une voix indistincte qui disait merci... » Celui pour les funérailles de Le Corbusier, dans cette même

Cour carrée, le 1ᵉʳ septembre 1965 – « Voici donc l'éternelle revanche... Il est beau que soient présents les mandataires des temples géants et des grottes sacrées... » Ou, le plus célèbre, celui pour le transfert des cendres de Jean Moulin au Panthéon, en présence du général de Gaulle, en décembre 1964. Le passage fameux se retient par cœur comme un poème : « Entre ici Jean Moulin avec ton terrible cortège... Entre ici avec le peuple né de l'ombre et disparu avec elle, nos frères dans l'ordre de la Nuit. » Ces discours, où étincelle le Verbe, viennent rappeler de loin en loin que la plume n'est pas tarie et se souvient encore des élans lyriques du créateur. Il devient sans le vouloir comme Valéry qu'on appelait le Bossuet de la IIIᵉ République, le grand orateur des commémorations funèbres gaullistes.

Selon Alain Malraux, témoin de la souffrance de son « père » à écrire, il n'en reste pas moins que l'écrivain Malraux, en ces années soixante, connaît un très long passage à vide. Une crise d'écriture accompagne le profond malaise général et témoigne de son incapacité à vivre.

Tandis que Clara suit un chemin lumineux, semé d'amitiés et de rencontres chaleureuses, Malraux s'enfonce dans une nuit hantée de fantômes douloureux, tourmentée par les miasmes de l'alcool et de la politique.

Retour aux racines juives

En 1958, Clara se rend pour la première fois en Israël. Le magazine *Femina* lui a demandé une enquête sur ce jeune pays qui vient de fêter les dix ans de son indépendance[1]. Elle va passer trois semaines dans un kibboutz, Ein Hahoresh, à une dizaine de kilomètres de Natanya. Une Belge d'origine polonaise, Lola Porat, va lui servir de guide : émigrée en Palestine depuis 1929, elle a fait partie des premiers pionniers de kibboutzniks et transformé le misérable campement de leurs débuts en un coin de terre prospère et fertile : Clara y découvre, étonnée, de belles maisons entourées de pelouses, des usines, des vergers, des champs. Lola Porat, qui est mariée et mère de deux fils, devient une amie de Clara. Elle lui présente les gens du kibboutz et l'emmène visiter, pour mieux les comprendre, d'autres sites semblables, comme Hanita et Ein Hahoresh.

Israël apparaît à cette époque comme une jeune démocratie auréolée du martyre des six millions de Juifs de l'holocauste. Il offre une patrie à un peuple longtemps apatride qui retrouve la terre de ses origines, la ville de Jérusalem et les ruines du temple de Salomon. Ce pays est nimbé de tous les espoirs. C'est la nouvelle Terre promise dont David Ben Gourion, nouveau Moïse, a ouvert les portes à tant d'hommes et de femmes qui ont souffert et erré à travers le monde, victimes des pogroms en Russie et en Europe centrale, des massacres et des vexations en pays musulmans. Sans parler de la France où le statut des Juifs promulgué par Vichy en 1940 a été une rupture honteuse avec une longue tradition des Droits de l'homme. Le nouvel Etat se construit avec la foi religieuse et laïque de ses nouveaux citoyens. Ce pays n'est pas un Etat comme les autres. Il est un mythe de renouveau construit par

---

1. 14 mai 1948.

la désespérance et l'espoir d'une vie nouvelle. Il a eu du mal à se créer. Ses partisans ont souvent dû employer la force et certaines méthodes terroristes pour faire entendre leur voix. Il est en effet un élément de déstabilisation du monde arabe qui voit dans l'Etat d'Israël une menace pour les habitants de la Palestine et une pomme de discorde pour le monde arabe dans son ensemble.

En 1956, quand l'Egypte décide de fermer le canal de Suez aux navires israéliens, Clara vit avec une intensité fraternelle, comme beaucoup de ses amis et tous ceux que préoccupe le sort d'Israël, la guerre qui s'ensuit. En 1967, elle vivra la guerre des Six Jours, comme s'il s'agissait de son propre pays. « De tout cœur avec vous » : tel est à cette époque le contenu de son télégramme à Lola Porat.

Ces événements réveillent puis ancrent chez Clara une appartenance à une communauté avec laquelle elle avait pris beaucoup de distance dans sa jeunesse, sa famille ne songeant qu'à l'intégration. « Si ma culture française et ma culture allemande sont de première main, ma culture juive est de seconde main. Elle est constituée en grande partie de rêve et de romanesque », dira-t-elle à Christian de Bartillat, avant d'ajouter : « Juive sans savoir pourquoi, je veux l'être aujourd'hui en en sachant les raisons profondes[1]. » La prise de conscience de sa judaïté a commencé chez elle avec l'époque de la Collaboration où, par la force des choses, sa communauté et elle-même se trouvant rejetées, elle a compris qu'elle était différente. Le lien très fort qui l'unissait à la France, à ses traditions huma-

---

1. Christian de Bartillat, *op. cit.*, p. 166.

nistes, à son patrimoine des Droits de l'homme et à son universalisme en a été ébranlé. Elle fait partie de ces êtres qui, comme Stefan Zweig, ont su qu'ils étaient juifs en face de l'adversité. « Moi, dira-t-elle encore à Christian de Bartillat, j'accepte pleinement d'être juive puisque cette acceptation implique tant de difficultés. Si être juif signifiait que je suis une princesse, j'hésiterais à le dire. Mais puisque j'appartiens à cette communauté qui pour une grande part n'est pas triomphante, je n'ai pas l'ombre d'une hésitation. » A sa prise de conscience s'ajoute certainement dans des proportions qu'on ne peut pas évaluer cet intérêt pour les racines qui frappe les hommes et les femmes dans leur maturité. Des racines qui, comme elle l'explique, « sont restées accrochées aux pierres du chemin ».

D'une certaine façon, Clara cherche à reconstituer les éléments juifs de sa personnalité. Le voyage en Israël a un caractère double : il lui permet non seulement d'aller vers un pays que cette femme toujours éprise de modernité et de formes sociales et politiques nouvelles peut admirer, mais d'effectuer un pèlerinage aux sources. Aux sources d'une culture qu'elle a négligée et qu'elle se sent peut-être coupable d'avoir négligée.

Enfin, Clara qui a toujours vécu en éprouvant le besoin de s'engager et de se dévouer, voit dans l'Etat d'Israël, objet de tant de passions contraires, un prétexte à nourrir une flamme, alors même qu'elle en éprouve l'absence. Depuis Malraux, il manque à sa vie un sens qui l'aide à se dépasser, tout en se dévouant.

Evidemment, on peut aussi se poser la question, sans tomber dans la psychologie à la petite semaine : cet engagement pour Israël ne serait-il pas la continuation de son bras de fer avec Malraux et la poursuite de cette querelle passionnée qu'elle cherche plus ou moins consciemment à entretenir pour qu'il continue d'exister ? Malraux, en effet, est ministre du général de Gaulle qui, vis-à-vis d'Israël, a une position que les dirigeants israéliens et la communauté juive n'apprécieront pas toujours. Le Général poursuit une politique traditionnelle de soutien aux pays arabes. Même si, en sous-main, il reste globalement favorable à Israël – « Israël, notre ami, notre allié », a-t-il déclaré à Ben Gourion en 1960 puis à Levi Eshkol en 1964. Néanmoins de Gaulle n'apparaît pas, à l'évidence, aussi favorable à la politique d'Israël que les dirigeants de la IVe République avant lui. Dans une phrase devenue fameuse, prononcée lors d'une conférence de presse le 27 novembre 1967, il décrira « ce peuple d'élite, sûr de lui, et dominateur », soulevant l'indignation de la communauté juive et celle de Clara en particulier.

« Je ne lui pardonnerai jamais[1] », écrit-elle dans ses Mémoires.

On peut imaginer que cette grande affective n'était cependant pas mécontente de s'opposer une fois de plus à Malraux sur le plan des idées – ce qu'elle a fait toute sa vie –, même s'il a disparu en apparence de son paysage sentimental. Il est intéressant de noter que Clara ne perdra aucune occasion d'envoyer des flèches sur le gouvernement gaulliste et par voie de conséquence sur Malraux qui en est une des figures emblématiques, que ce soit au moment du Manifeste des 121, en faveur de l'indépendance de l'Algérie, ou pendant les événements de Mai 68 qui lui permettront d'exprimer à fond son antigaullisme.

---

1. Clara Malraux, *Le Bruit de nos pas*, *op. cit.*, tome VI, p. 209.

Ce qui réunit encore le couple, c'est finalement cette opposition menée par une seule combattante qui se perpétue en filigrane, alors même que leur amour est mort.

Sans retirer à Clara la sincérité de son engagement, il est intéressant de le regarder à la lumière de cet amour sans doute inconscient mais toujours blessé. Clara sait à quel point Malraux, qui n'a pas un caractère souple, se montre intransigeant et même intolérant, peut être ulcéré qu'une femme qui porte son nom désavoue publiquement la politique du Grand Homme auquel lui-même consacre sa vie. De cette entreprise qu'on peut soupçonner un peu perverse de dénigrement du gaullisme, on ne peut pas séparer le fait qu'elle publie à la même époque ses Mémoires – une autre pierre dans le jardin de Malraux. Elle sait mieux que personne que son ancien mari a toujours détesté qu'on évoque sa vie. Et soudain elle livre à des milliers de lecteurs les secrets de leur couple, de leurs aventures manquées et de leurs trahisons réciproques – tout ce Moi haïssable que Malraux abhorrait.

Clara écrit deux livres sur Israël. Le premier, *Civilisation du kibboutz*, paru chez Gonthier en 1964, dans la collection « Femmes » de Colette Audry, est le résultat de son enquête pour *Femina* ; il réunit ses articles inspirés par son séjour dans le kibboutz d'Ein Hahoresh et résume son premier contact avec l'Etat d'Israël. Elle y raconte l'histoire des premiers pionniers, venus s'enraciner dans la terre juive, celle de ces premiers paysans juifs dont l'implantation date du début du XIXe siècle. Elle y explique, en considérant ses aspects divers – l'économie, l'éducation, l'agriculture, les femmes –, le fonctionnement du kibboutz et décrit l'existence laborieuse des kibboutzim, dont elle admire l'énergie et la force d'espérance. Le kibboutz, « mode de vie fraternel et égalitaire, lequel est certainement un des rêves de l'humanité », trouve en Clara une spectatrice émue, une participante enthousiaste – elle donne des conférences et propose son aide pour toutes les tâches qu'on voudra bien lui confier –, enfin un avocat fervent, pleinement acquis à sa cause. Certes, elle ne fera pas son *alyah*, comme Lola Porat et comme ses amis d'Ein Hahoresh ; elle ne se transplantera pas à son tour avec sa petite valise, ses têtes gréco-bouddhiques et les livres qu'elle aime dans la terre d'Israël. Mais elle restera très proche, sa vie durant, quels que soient les aléas de la politique, de ce petit pays en lequel elle voit « la seule réalisation du socialisme volontaire dans le monde ».

Son second livre sur Israël, huit ans après le premier, révèle combien Clara demeure fidèle à cet attachement : le sentiment qu'elle éprouve, après y avoir effectué de nombreux séjours et noué des liens profonds, est celui d'une grande complicité de cœur. Si elle ne vit pas en Israël, elle y est spirituellement enracinée. Les gens qu'elle y a rencontrés forment sa seconde famille. Son cercle s'élargit et se trouve d'autres frontières, dans ce qui est désormais pour elle une seconde patrie. Elle reste française et attachée à la France, à sa culture, à ses valeurs, mais elle se sent tout autant portée à aimer ce « nouvel-ancien pays », ainsi qu'elle le nomme, et à le donner en exemple.

Venus des quatre coins de la terre, paru chez Julliard en 1972, est un livre d'entretiens que Clara a rassemblés au hasard de ses rencontres en Israël. C'est un livre où, pour une fois, elle garde le silence, offrant la parole aux autres. Elle n'a écrit à proprement parler que la préface. Dans les douze entretiens, ce sont ses amis qui s'expriment, d'ailleurs à la première personne – elle leur laisse le micro. Elle ne pose pas de questions, n'interrompt jamais celui ou celle qui raconte, n'intervient à aucun moment dans le récit et ne commente pas les propos. Elle les livre tels qu'elle les a reçus. Matière brute et brûlante. On la devine, curieuse et passionnée, écoutant les uns ou les autres, mais on ne l'entend pas. On ne saurait résumer ce livre à un simple ouvrage d'entretiens – d'interviews – ni à un reportage sur le vif. Cette forme nue des douze récits successifs à la première personne, la plus sobre qu'on puisse concevoir, fait sa force. Alors même que Clara ne s'y exprime pas, sinon dans la courte préface et dans les quelques lignes de présentation pour chacun des intervenants, c'est un livre d'union et de communion. Un livre où elle est à la fois chacun des douze personnages qui prennent la parole tour à tour. En somme, un livre d'amour pour ce pays d'Israël qui rassemble tant de gens passionnants et concentre tant d'expériences humaines, également tragiques et porteuses d'espoir.

« Je suis sûre qu'Israël, écrit Clara dans sa préface, est un pays comme les autres, à cela près que le nombre de ses ressortissants – d'origine orientale ou occidentale – ayant connu un dur destin est l'un des plus élevés qui soient au monde. »

« Venus des quatre coins de la terre » : Clara a eu à cœur de rassembler des témoignages disparates, comme les pièces éparpillées d'un puzzle. Une Française, un Yéménite, un Algérien puis une Algérienne, une Russe, un Egyptien, un Estonien... Les nationalités sont aussi diverses que les origines sociales des douze intervenants : paysan, journaliste, ménagère, fonctionnaire, ingénieur, employée de maison, serveur dans un hôtel, manœuvre ou médecin... De cette extrême diversité, Israël a fait un ciment. Chacun, chacune expriment les raisons de son *alyah* et ce qu'il doit à sa terre d'accueil. Déclarations très fortes pour la plupart. Ainsi Rosine, la ménagère de quarante-huit ans : « Mourir pour mourir, je préfère mourir en tant que Juive israélienne. »

Léa, la journaliste d'origine russe, élevée à Paris : « C'est un pays où les mères apprennent leur langue maternelle de la bouche de leurs enfants et où les moins croyants ne peuvent vivre que s'ils ont une étincelle de foi. Tout de même, ajoute-t-elle, il faut que nous méritions ce pays et que nous en soyons dignes. »

L'ingénieur architecte estonien, quarante-cinq ans : « Avant la création d'Israël, les Russes disaient que le peuple juif n'est pas un peuple parce qu'il n'a pas de pays... On a toujours dit que les Juifs ne savaient qu'acheter et vendre... Aujourd'hui ils montrent qu'ils n'avaient pas seulement une tête solide mais une main solide. »

Ou encore, le kibboutzim d'origine yéménite, trente-huit ans, « sous-sujet du Sultan de Sanaa » : « Au Yémen, j'étais un chien. Ici je suis un homme. »

Pour Clara, ce livre marque une fidélité : à ses racines et à sa terre lointaine, aux gens qui l'ont faite et qui la font encore au jour le jour. On y vit dans l'espoir mais aussi sous la menace d'une guerre toujours latente, tandis que le monde, indifférent ou complice, évalue ses chances de survie.

En 1967, au Proche-Orient, le climat de tension atteint son point culminant. Les pays arabes manifestent leur hostilité à Israël qui mène une politique d'expansion tandis que l'Europe peine à choisir sa voie dans un paysage manichéen. En mai, quand l'Egypte interdit aux navires israéliens l'entrée dans le golfe d'Akaba et s'apprête à signer des accords avec la Jordanie, menaçant Israël d'encerclement, le conflit devient imminent. C'est le moment que choisit de Gaulle pour déclarer un embargo sur les envois d'armes en Israël, soulevant un tollé dans la communauté juive et la classe politique. Clara manifeste dans les rues de Paris. Elle signe le 1er juin, dans le journal *Le Monde*, l'appel lancé en faveur de la paix par un bon nombre d'intellectuels : « Les intellectuels français soussignés, qui croient avoir montré qu'ils étaient des amis des peuples arabes et des adversaires de l'impérialisme américain, et sans faire leurs toutes les positions des dirigeants israéliens, constatent que l'Etat d'Israël fait actuellement preuve d'une évidente volonté de paix et de sang-froid. (...) Israël est le seul pays dont l'existence même est mise en cause ; des proclamations menaçantes viennent chaque jour des dirigeants arabes. » Son nom figure parmi ceux de Beauvoir et de Sartre, de Claude Lanzmann, de Vladimir Jankélévitch et de Léon Poliakov, de Marguerite Duras et de Madeleine Lagrange, entre ceux d'Edgar Morin et de Pablo Picasso. C'est alors qu'elle envoie à Lola Porat son télégramme de solidarité – « De tout cœur avec vous. » Lorsque le conflit éclate, le gouvernement français refuse de s'engager « à aucun titre ni à aucun sujet avec aucun Etat en cause ». Clara connaît les tourments de l'angoisse. Lui reviennent en mémoire trop de souvenirs d'injustices et de cruautés.

Selon Elie Barnavi, ancien ambassadeur d'Israël en France, dans son livre d'entretiens avec Luc Rosenzweig, Israël devra sa survie en partie au soutien des Américains et aux Mirages français : « On ne le dira jamais assez, c'est avec une aviation équipée à 90 % d'appareils français que Tsahal arrachera sa victoire la plus éclatante. Inutile de dire que le général de Gaulle le savait mieux que personne[1]. »

Israël gagne la guerre en six jours. Ce sera pour Clara l'occasion d'une fête mémorable, avec tous ses amis.

Peu de temps après, un jeune artiste – peintre et écrivain futur, Marek Halter – lui demande de rejoindre le Comité international de la gauche pour une paix négociée au Moyen-Orient qu'il est en train de former et qui compte déjà soixante-dix membres. Parmi eux, Arrabal, Ionesco, Jean Cassou, Jankélévitch et beaucoup d'amis. Elle accepte évidemment, trop heureuse de se retrouver solidaire d'un groupe organisé, animé de la même fièvre à défendre une même cause. La militante d'*Action* et de *L'Indochine enchaînée*, de *Neu Beginnen*, de la Résistance en France et de la politique titiste dans la revue *Contemporains*, n'a rien perdu de son enthousiasme ni de sa foi dans les combats intellectuels. A soixante-dix ans, avec ses nouveaux jeunes compagnons d'armes, armés seulement d'une voix et d'un stylo – Marek Halter, sa femme Clara, Guy Sitbon ou Morvan Lebesque –, elle va

---

1. Elie Barnavi et Luc Rosenzweig, *La France et Israël. Une affaire personnelle*, Perrin, 2002, p. 169.

s'employer à combattre là où diplomates et militaires semblent avoir échoué : la sécurité d'Israël et la paix au Moyen-Orient. Combat idéaliste là encore. Combat généreux et fervent.

Marek Halter lui confie la Direction de la publication de la toute neuve revue qui doit soutenir ce combat, *Eléments*, dont le premier numéro paraît en décembre 1968. Clara a été choisie pour son nom et pour sa « respectabilité » – le mot l'a fait éclater de rire, raconte Marek Halter. Mais elle y sera beaucoup plus qu'un prête-nom. Pendant près de cinq ans, elle participera à presque toutes les réunions du comité et de la rédaction.

Eléments, présenté comme « un terrain de rencontre, un lieu de ralliement pour un certain nombre de gens de gauche », entend tenter de réconcilier dans ses pages les Arabes et les Juifs, en instaurant un dialogue qui ne serait pas seulement politique ou stratégique, mais culturel, et laisserait la place à des débats sur la littérature, l'art ou l'histoire. Cette définition aurait pu plaire à Malraux, lui qui n'aime que les mondes ouverts et les influences inattendues. Mais Malraux, depuis des années déjà, campe à l'opposé, dans ce cercle gaulliste que Clara déteste, parmi les plus proches amis du Général. Elle lui reproche une fois de plus de n'être pas intervenu pour assouplir la politique française au Moyen-Orient, la rendre plus favorable à Israël. Elle souffre de leurs divergences, si anciennes et qui vont à ses yeux en s'aggravant. Mais elle est fière en même temps – elle l'a écrit – d'assumer ses choix en toute liberté et en toute conscience. Ce qu'elle ne pouvait se permettre du temps de Malraux, qui l'infantilisait et la gardait dans l'ombre, lui donnant le sentiment d'être écrasée sous sa lumière.

« J'ai vu s'ouvrir vers moi les bras des Juifs persans, ceux que les larmes d'Esther parvinrent à sauver. Ce qui me fait me sentir juive aujourd'hui est l'immense cercle de tendresse qui fut un peu partout la seule affirmation de cette appartenance[1]. »

Exotisme, métissage et toujours des statues

Au-delà d'Israël, Clara garde de l'affection pour les pays lointains, étrangers à sa culture. Elle les aime pour leurs différences mêmes. Sa curiosité, son besoin d'être étonnée sont toujours insatiables, à soixante-dix ans passés.

Fière de ses dix voyages en Israël, elle peut ajouter à son palmarès une île exotique, à l'autre bout du monde. Elle ne la connaissait pas encore mais en avait largement entendu parler par son ami (et ami de Malraux, qui lui a dédié *La Condition humaine*) Eddy du Perron. Il s'agit de Bali et d'ailleurs aussi de Java dont Eddy du Perron était originaire et qu'il décrivait à l'époque comme un paradis. Il lui en avait donné le goût en lui offrant en partage avec André une petite île de l'archipel indonésien dont il se disait propriétaire, en plein cœur de l'océan Indien. Ile réelle ou théorique, elle n'aurait pas su la situer sur une carte, ignorait son nom mais la voyait parfaitement dans ses rêves.

A Java, où Clara se rend en 1962, ce sont moins les paysages volcaniques qu'elle admire, la grande forêt équatoriale, les plantations de riz, de thé ou de café,

---

1. Christian de Bartillat, *op. cit.*, p. 152.

ou encore l'immensité grouillante de ses villes, le fouillis pittoresque de Jakarta, que les gens eux-mêmes. But passionné de chacun de ses voyages, les rencontres sont devenues le sel de sa vie. Tout entière tournée vers les autres, choisis de préférence aux quatre points cardinaux, Clara croit à la nécessité de sortir de son petit monde pour aller découvrir et rencontrer les habitants de la planète. Non seulement elle ne craint pas le dépaysement mais elle recherche la diversité, qui permet la confrontation, le dialogue et la comparaison. Elle aime se remettre en question devant le spectacle de la différence. Elle ne se contente cependant pas de l'observation. Ce qui lui plaît dans la vie, c'est l'échange, source à ses yeux d'ouverture et de renouvellement personnels.

« Je suis de la nature des pierres de silex. Je produis une étincelle quand on me frotte contre un autre silex[1]. »

Les cultures l'intéressent pour leurs apports et leurs influences. Clara, par son histoire et son éducation, est le produit mêlé de plusieurs cultures : française, allemande, juive et même italienne. Rien ne l'intéresse plus que le mélange – une philosophie que partage Malraux, persuadé que l'art universel est le résultat d'influences occultes entre les civilisations. Convaincue que « le mélange des races et des cultures représente l'avenir de l'humanité[2] », elle est éblouie par l'Indonésie qui connut la civilisation hindoue, l'islam, l'influence européenne des Portugais et des Hollandais aux XVe et XVIe siècles, la colonisation anglaise, et offre

---

1. *Ibid.*, p. 134.
2. *Ibid.*, p. 178.

aujourd'hui l'exemple de ce métissage dont elle fait un de ses credo.

Bali l'enchante. Ses temples auraient retenu Malraux, excité son érudition et sa faculté d'élaborer des théories devant des ruines ou des bas-reliefs. Clara ne voit que les gens. Elle retient leur sourire, leur grâce dans chacun de leurs gestes et éprouve la nostalgie poignante de ce que pourrait être, à l'image de Java-Bali, « le pays de la douceur ».

Elle publie en 1964, aux Editions Rencontre – tout un programme ! –, un livre illustré de documents et de photographies sur ce qui restera pour elle une sorte de paradis de l'harmonie et de la grâce. Frappée par le syncrétisme des religions – brahmanes, bouddhistes, musulmans cohabitent avec chrétiens et animistes –, elle se met à rêver d'un monde où chacun pourrait tolérer l'autre, avec sa disparité, dans une possibilité d'échanges. Elle va nouer de nombreux dialogues, en anglais, avec les Indonésiens qu'elle n'hésite pas à interroger en direct, à la manière d'un grand reporter, avide de témoignages. De Jakarta à Borobudur qui lui apparaît comme « un artichaut géant », elle se sent parfaitement à l'aise dans ces îles « où tout est rite, mais d'accueil à la vie, où les temples envahissent tout, où la mort est joyeuse dans le foisonnement religieux jusqu'à la joie du bûcher ».

Le cocktail indonésien, mélange de races, de religions et de cultures, va demeurer pour elle – comme le Brésil pour Stefan Zweig – la terre du métissage. Un modèle qui, loin de l'inquiéter, stimule sa confiance dans l'avenir. Pour Clara, seul le métissage peut représenter un espoir pour l'humanité. Un métissage consenti et toléré, à l'image de Java-Bali dont elle est revenue enthousiaste et confiante, allant jusqu'à oublier d'aller chercher dans l'océan, telle l'Atlantide, la petite île qu'Eddy du Perron lui avait autrefois donnée.

« Que serait ma vie sans les rencontres ? dira-t-elle à Christian de Bartillat. Ces rencontres sont les cailloux blancs laissés sur une route dont elles ont précisé les traces. »

Malraux choisit l'ordre, Clara la contestation

A La Lanterne, dans l'ombre des fastes royaux, Malraux n'est plus vraiment seul. Il a renoué des liens amoureux avec la femme la mieux préparée à vivre dans des palais, dans des châteaux, qu'ils soient réels ou imaginaires, et la mieux disposée à partager ses rêves : une fleur d'Ancien Régime, incarnation subtile de l'élégance et de l'esprit Grand Siècle, Louise de Vilmorin.

Toujours séduisante à soixante-cinq ans, devenue célèbre avec des romans à succès comme *Julietta* (1951), *Madame de...* (1951), *Les Belles Amours* (1954) – dédié à Orson Welles –, *La Lettre dans un taxi* (1958) ou *Migraine* (1959), celle que Malraux a contribué à lancer en l'encourageant à écrire, s'est elle aussi forgé un personnage. Sa haute silhouette déhanchée, sa minceur, son chic inimitable, son salon bleu, son papier à lettres bleu, assortis à ses yeux de violette, mais surtout son style – ce mélange étonnant de gouaille et d'aristocratie, de tristesse et de drôlerie, de frivolité et de profondeur –, tout cela fait d'elle une étoile de la vie mondaine parisienne et internationale. Elle fait partie de la jet-set et connaît tous les grands de ce monde. Ce qui ne l'empêche pas d'avoir gardé sa fraîcheur de jeune fille, prête à s'étonner de tout et à s'enchanter d'un rien : « Merveille ! Merveille ! », est une de ses exclamations favorites. Car elle voit le monde sous des couleurs merveilleuses. Louise de Vilmorin a le pouvoir des fées qui changent le quotidien grisâtre en spectacle enchanté.

Trente-quatre ans ont passé depuis que Malraux l'a connue, aimée et quittée pour cause d'infidélité. C'était avant la guerre d'Espagne, l'année même de la naissance de Florence ; il vivait encore avec Clara et venait de rencontrer Josette, à la *NRF*, dans le bureau d'Emmanuel Berl. Elle a exactement son âge à un an près, mais paraît plus jeune. Elle a acquis beaucoup d'assurance avec le temps. Sa beauté loin d'être altérée s'est concentrée dans son regard, toujours éclatant, dans ses gestes d'une grâce qui frappera même Brigitte Bardot quand elle la rencontrera, enfin dans le brio de sa conversation. Une conversation qui pare sa personnalité autant que ses jolies robes et lui tient lieu de baguette magique. Les mots de Louise de Vilmorin circulent à Paris, on se les répète pour mieux les retenir, on se les passe, on se les offre. Ils jaillissent de sa bouche comme dans le conte les roses les plus exquises de la bouche de la plus belle des princesses. Ils possèdent une vérité, une poésie, qui sont sa signature : « Moi, quand j'aime, j'aime ! » dit-elle souvent.

« Il n'y a souvent personne dans quelqu'un mais il y a toujours quelqu'un dans un objet ! » est une de ses trouvailles.

Et quand la vie se montre triste et la rend vulnérable, quand son cœur chavire, elle lance à tous ses amis : « Je suis un navire en détresse ! », qu'ils connaissent bien – un appel au secours.

C'est une sentimentale qui expose volontiers ses sentiments, une fragile qui a besoin de la cohorte de sa famille et de ses amis pour survivre. Cette femme en apparence extravertie, ultramondaine, est aussi une femme seule qui se retrouve, le soir, en tête à tête avec elle-même, ce dont elle a horreur. Elle éprouve alors un angoissant sentiment d'abandon, qu'elle exprime sous des formes diverses dans ses romans et dans ses poésies. Car elle écrit aussi des poèmes, en particulier des calligrammes, en forme de cœur ou d'animaux, d'arbres ou de fleurs – le trèfle à quatre feuilles est son emblème. Elle l'a fait broder sur son linge par la maison Porthault. Les poèmes, elle en écrit tous les jours, parfois plusieurs par jour ; ils lui viennent aussi naturellement qu'elle respire, elle en envoie à tous ses frères, à ses amis. Elle va en composer quotidiennement pour Malraux, redessinant exprès pour lui, avec ses mots à elle, des personnages de sa mythologie : les chats, les ours, les fées.

Ce sont deux solitaires qui se retrouvent, trente-quatre ans après une première liaison aussi fugitive que foudroyante : elle avec un désir de vivre et de rêver toujours intact, lui avec sa tristesse insondable, qu'il refuse de confier. Louise – « Loulou » et « André ministre », ainsi qu'elle le surnomme dans l'intimité pour le différencier de son frère préféré, « André frère », Louise la Magnifique et André le Taciturne prennent l'habitude de se revoir. De 1967 – date qui figure sur l'impertinent petit mot de vœux trouvé par le biographe de Louise [1] : « Je vous embrasse mille neuf cent soixante-sept fois ! » – à 1969 – la mort de

---

1. Françoise Wagener, *op. cit.*, p. 438.

Louise –, dans une sorte de clandestinité qui ne trompe personne, à Paris, ils se fréquentent, comme on dit. Tous les jours en fin d'après-midi, à cinq heures trente, Malraux rend visite à Louise : c'est un rite sacré que seuls les sorties et les voyages officiels peuvent interrompre. Il reste jusqu'au dîner, puis il rentre à La Lanterne. Chacun chez soi.

Louise de Vilmorin vit à quelques kilomètres de Paris, non loin de Versailles mais plutôt près d'Antony, au château de Verrières, à Verrières-le-Buisson. Un château que sa famille préfère, par simplicité, appeler « maison ». Mais c'est quand même un château, qui n'a rien à envier à La Lanterne. Fief de la famille Vilmorin depuis 1815, cette belle construction de pierre blanche à un étage, sous un toit d'ardoise, s'élève au milieu d'un parc aux majestueuses frondaisons – que la famille, par pudeur ou par style, préfère appeler « jardin ». Louise en occupe la partie centrale, la plus belle et la plus ancienne, datant du XVIIe siècle et baptisée « le Pavillon ». Avec l'aide de son ami le décorateur Franck Gérard, elle y a déployé son goût et installé notamment, au rez-de-chaussée, dans la lumière traversante entre cour et jardin, le fameux salon bleu où tout est bleu même les porcelaines : un chef-d'œuvre de douceur, d'élégance et d'harmonie. « Un peu vieillot... », aurait dit Brigitte Bardot à sa première visite[1]. Mais un endroit délicieux à vivre, un endroit de rêve pour la plupart de ceux qui ont eu la chance d'y être invités.

Intimité et mondanité : elle réussit à créer autour de Malraux un équilibre parfait, au détriment de son œuvre et peut-être même de sa vie personnelle. Cette

---

1. Brigitte Bardot, *Initiales B.B.*, Grasset, 1996, p. 477-478.

grande figure de la séduction accepte de s'effacer pour laisser toute la place à son compagnon, qui brille à sa table, en face d'elle, tandis qu'elle ravale ses reparties, prêtes à fuser, et met un frein à son humour. Elle ne redevient elle-même que lorsqu'elle est seule avec ses amis, tel l'écrivain Jean Chalon, l'un de ses plus proches, l'un de ceux qui a entendu battre son cœur dans des confidences inimitables : « Je suis Marilyn Malraux ! » lui dit-elle un jour en soupirant, comme au regret de sa liberté perdue et de son ascèse d'effacement. Compagne décorative et célèbre, sans les pulpeux attraits de Marilyn mais douée d'un charme que d'aucuns s'accordent à trouver exceptionnel et qui est dû en grande partie à son esprit et à sa grâce, elle a su enchanter Malraux et lui rendre un peu de sa joie de vivre – un bien grand mot.

Elle lui écrit chaque jour, parfois deux ou trois fois par jour, des lettres, des billets, des poèmes. Elle invente pour lui des histoires. A chaque instant, elle lui répète son amour. Elle a beau avoir passé soixante-cinq ans, elle s'exprime avec la fraîcheur d'une jeune fille amoureuse. Qu'importe l'âge, quand on aime.

« Votre absence me désunit. »

« Mon amour est mon bien et ce bien est à vous[1]. »

Une photographie montre André et Louise dans le jardin de Verrières, se tenant par la main comme de jeunes amants.

Est-ce le miracle de l'amour ? Ou, cette même année 1967 où il retrouve Louise de Vilmorin, la parution du livre qu'il a enfin réussi à écrire et à achever, ce livre des *Antimémoires* auquel il travaille depuis tant

---

1. Françoise Wagener, *op. cit.*, p. 469.

d'années, l'a-t-il réconcilié avec lui-même ? Malraux va beaucoup mieux. Les *Antimémoires* connaissent un immense succès en librairie, ce qui selon Alain Malraux qui en a arraché l'aveu à son père lui apporte de la satisfaction – un plaisir personnel en tout cas, comme s'il mettait fin à des années d'impuissance et de malheur.

Le couple est désormais officiel – même Mme de Gaulle, si pudique et conventionnelle, ne paraît plus s'en offusquer.

Grâce aux *Antimémoires*, Malraux peut acheter un appartement à son « fils » Alain. Et un autre, pour lui-même et pour Louise, rue Montpensier, ouvrant sur les jardins du Palais-Royal. Juste en face de son bureau. Une adresse aristocratique et pratique à la fois. Louise s'occupe de le restaurer et de le décorer dans leur goût à tous les deux, sans se douter qu'elle n'y habitera jamais.

Pour Clara, qui connaît comme chacun la vie publique et privée de son mari et « compagnon de lutte », toutes ces péripéties sont dérisoires. Elle n'a rien à reprocher à Louise de Vilmorin. Une seule chose l'intéresse désormais dans la vie de Malraux : il s'est réconcilié avec sa fille.

A la parution des *Antimémoires*, il lui en a fait remettre un exemplaire dédicacé, par Alain Malraux, qui lui n'a jamais rompu les ponts avec Florence, bien au contraire. Et ils se sont revus : c'est Alain qui a amené sa sœur au ministère. La conversation a repris tout naturellement, dit-il, entre le père et la fille, comme s'ils s'étaient quittés la veille.

Les liens avec Florence iront s'approfondissant, désormais sereins et intenses jusqu'à la fin. Une véritable relation père-fille s'établit entre eux, pour ne plus se défaire.

En Mai 68, en plein cœur de ces années Vilmorin, années presque heureuses, trop chichement comptées pour Malraux, éclate la révolte étudiante.

Malraux, est-ce utile de le préciser, se range immédiatement du côté de l'ordre et du pouvoir. Il défilera sur les Champs-Elysées, au premier rang des personnalités fidèles au Général.

Clara, faute de pouvoir monter sur les barricades, fait partie du commando de gens de lettres qui décident d'occuper la SGL (Société des gens de lettres) et d'y hisser le drapeau rouge. Avec Bernard Pingaud, Roger Bordier et Jean-Pierre Faye, d'autres encore, elle forme le petit Soviet d'occupation (son expression !). L'administration bouclée au premier étage, les pourparlers ont lieu dans l'agréable jardin de l'hôtel de Massa qui fut, dans un autre temps non moins tumultueux, la propriété du comte de Flahaut, fils adultérin de Morny.

Culot de cette vieille dame, qui n'a peur ni de la foule, ni du bruit, ni de la fureur des CRS casqués et armés de gaz lacrymogènes. Elle crie à tue-tête des slogans et il s'en est fallu de peu qu'elle n'aille jeter des pavés pour soutenir les étudiants.

Elle ne manque pas un défilé – on s'y amuse trop. « Journées de Mai, joyeuses, confuses, porteuses de changements », dira-t-elle, aimant retrouver sa fille, elle aussi au rang des contestataires, au hasard des rues ou des rassemblements. La voici à la Sorbonne, à discuter inlassablement avec les garçons et les filles dont elle pourrait être la grand-mère mais qui la voient comme une des leurs – une rebelle, une insoumise. « Nous avons passé des heures ensemble à essayer de nous comprendre[1]. » La voici dans les défilés, avec Ida et Jean Cassou, échappant de peu à une charge de CRS sur le pont Saint-Michel. Et de là, sus au lion de Belfort !

En Mai 68, Clara est du côté de la jeunesse, contre la police et contre le gouvernement. Du côté des gauchistes contre les gaullistes, qui représentent tout ce qu'elle n'aime pas – l'autorité, l'ordre, la répression. Comme chaque fois qu'elle est solidaire d'un groupe, unie à une communauté par le danger et par les risques mais aussi par la contestation, elle se sent pousser des ailes. C'est son troisième combat : la Résistance, Israël, Mai 68. Elle n'a pas encore rendu les armes, à soixante-dix-neuf ans.

Toujours combative et enthousiaste. Toujours sur le pont.

Sa fibre anarchiste et trotskiste d'autrefois, du temps de l'URSS et de la guerre d'Espagne, se réveille au contact de ces jeunes tribuns en colère qui, comme Cohn Bendit – un Allemand comme elle, reprennent en chœur les slogans de sa jeunesse : À bas l'ordre bourgeois !

Il en est un pourtant qu'elle rejette. Elle refusera toujours de crier : « Nous sommes tous des Juifs allemands ! » Pas plus d'ailleurs que « CRS = SS ». Elle trouve que la jeune génération ne sait pas, là, de quoi elle parle.

Tandis que Malraux, fantôme rigide de lui-même,

---

1. Clara Malraux, *Le Bruit de nos pas*, *op. cit.*, tome VI, p. 211.

bras dessus bras dessous avec Michel Debré, soutient une idole vieillie et un régime qui lui paraît cacochyme, Clara n'a encore renoncé à aucun idéal de sa jeunesse. Elle a toujours vingt ans en Mai 68.

Peu importent les rides, les cheveux blancs, la fatigue. Peu importe de vieillir, si le cœur tient bon, plein d'espérance et de joie de vivre.

En 1969, désavoué par l'échec du non au référendum, le général de Gaulle met fin à son mandat de président et se retire à Colombey-les-deux-Eglises. Malraux démissionne dès le lendemain. Il ne restera pas ministre sans de Gaulle.

Devant quitter La Lanterne – résidence officielle dont Pompidou lui avait généreusement laissé la jouissance –, il s'installe à demeure à Verrières, chez Louise de Vilmorin, qui lui aménage aussitôt au premier étage une sorte de suite à son usage exclusif : chambre, bureau, salle de bains, dressing.

Le couple peut désormais mener une vie conjugale classique en habitant sous le même toit. Louise est plus Marilyn Malraux que jamais. L'emploi du temps reste à peu près le même, avec des dîners, des déjeuners du dimanche et presque autant de mondanités que d'intimité. Louise de Vilmorin continue d'écrire ses merveilleuses lettres d'amour, qui se teintent, d'après sa biographe, d'une pointe de mélancolie. « Toute la journée, je n'ai pensé qu'à vous. En vous cherchant je me suis trouvée sans pour autant vous atteindre[1]. » Est-ce

---

1. Françoise Wagener, *op. cit.*, p. 478.

la routine de la vie à deux, mais Malraux, écrit Louise, la désire moins qu'autrefois.

« Ne vous éloignez pas de ma pauvre âme. Ecoutez ma prière. Tenez-moi dans vos bras. Je suis votre mendiante. Un baiser de vos lèvres est l'étoile qui me fait croire aux jours et domine mon destin. »

Cette même année 1969, qui voit le départ brutal du général de Gaulle, le bonheur fugitivement entrevu se dérobe à son tour. Louise meurt soudainement d'un arrêt cardiaque, le 26 décembre 1969, laissant son compagnon choqué et désemparé. « On n'aime jamais assez ceux qu'on aime », dira-t-il[1] à une nièce de Louise.

Elle est enterrée dans le jardin de Verrières, sous cette inscription qui était sa devise portée sur sa tombe : « Au secours ». Malraux est rendu à ses démons et à sa solitude.

Quelques mois plus tard, la nièce de Louise, Sophie de Vilmorin, divorcée et mère de trois filles (comme Louise), prendra la relève de sa tante, qu'elle aidait depuis quelque temps à son secrétariat. Elle sera la dernière compagne de Malraux, qu'elle entourera de soins et de tendresse, dans ce même château de Verrières dont Malraux, au-dessus du salon bleu, est devenu par une faveur de la famille Vilmorin, le locataire. Elle écrira un livre de souvenirs dont le titre est explicite, *Aimer encore*[2].

---

1. *Ibid.*, p. 488, témoignage de Victoire de Montesquiou.
2. Sophie de Vilmorin, *Aimer encore*, Gallimard, 1999.

En 1970, le général de Gaulle meurt à Colombey. Malraux très malade, soigné par le docteur Bertagna, psychiatre réputé qui soigne aussi Romain Gary, poursuit cependant son œuvre. Il écrit *Les Chênes qu'on abat*, publié en 1971, où il livre, à sa manière poétique habituelle, le contenu de sa dernière entrevue avec le Général à Colombey : à travers le dialogue avec le grand homme de sa vie, c'est déjà un face-à-face avec la mort. Son spectre ne le lâche plus. Seul, il ne trouve de refuge que dans son œuvre : *Lazare*, où son agnosticisme se pare d'une lumière mystique, *La Tête d'obsidienne* et *Hôtes de passage*. Ces livres ont en commun une même poésie inquiète et toujours la même obsédante interrogation sur le sens de la vie, la mort.

Rahel, ma sœur en contradictions

Enfant, l'un des rêves de Clara était d'avoir une sœur. Assez lointaine pour s'enchanter de sa différence et assez proche pour partager avec elle chaque instant de la vie. Elle s'était inventé une jumelle à la peau noire, qui n'existait que dans son imagination. Celle-ci avait fini par devenir aussi réelle que ses amies de Sainte-Clotilde ou les autres fillettes de l'avenue des Chalets. Entourée de deux frères, dont les jeux lui restaient étrangers, pourvue d'oncles et de cousins, Clara a souffert d'être le seul enfant de sexe féminin dans une famille où l'homme exerce une domination de fait.

La sœur africaine, c'était un rêve de communion de cœur. Jamais réalisé dans l'âge adulte, malgré les amitiés nombreuses et solides, Clara en a gardé un désir éperdu : rencontrer un jour l'âme sœur. Cette rencontre se produit à quatre-vingts ans passés : Clara trouve sur sa route Rahel Varnhagen. Elle va écrire une biographie de ce personnage, méconnu en France, et l'intituler de manière personnelle et sentimentale *Rahel, ma grande sœur*. Ce qui la montre fidèle à sa vocation d'être pour le public français une découvreuse de la littérature allemande.

Paru aux éditions Ramsay en 1980, ce livre se veut une peinture de l'âme complémentaire : un portrait en creux de ce qu'elle a elle-même été, dans le reflet de ce double si parfaitement assorti à son image et au diapason de son histoire. La fusion est telle qu'on en arrive à confondre, dans des pages souvent lyriques, l'auteur et le modèle : Clara et Rahel.

« Ce n'est pas un livre d'érudition mais un livre de complicité que je veux écrire », annonce-t-elle dans sa préface. Elle a trouvé un personnage qui va lui permettre d'éclairer l'ambiguïté de ses origines juives. Comme Hanna Arendt l'avait fait avant elle.

En 1933, la philosophe allemande, d'origine juive elle aussi, écrivit en effet la première biographie importante de Rahel Varnhagen, illustrée de nombreuses lettres inédites. Publiée en 1958, elle ne révélait pas seulement un personnage, qui pouvait apparaître insolite, de la vie culturelle et intellectuelle prussienne. C'était, à travers Rahel, une étude de la judaïté, vécue à la fois comme obstacle et comme fondement, détestée, rejetée, niée, avant d'être pleinement consentie puis assumée. Hannah Arendt citait ces derniers mots de Rahel sur son lit de mort : « Ce qui si longtemps m'est apparu comme le plus grand opprobre, la plus dure souffrance, le plus dur malheur, être née juive, à aucun prix, je voudrais ne pas l'avoir connu. »

Mots que Clara reprend dans son livre et auquel elle donne un écho personnel, en songeant à son tour à sa propre destinée : née dans une famille « assimilée » et qui toujours rêva de l'être, elle ne devait prendre conscience de sa judaïté qu'à l'âge mûr avant de pouvoir l'assumer, comme Rahel, et à son tour la revendiquer.

Clara reproche à Hannah Arendt d'avoir axé sa biographie sur le seul problème juif et, prenant prétexte de Rahel Varnhagen, d'avoir écrit un livre de philosophie ou d'érudition sur ce sujet controversé par son héroïne même. Elle n'aime visiblement pas Hannah Arendt dont elle récuse les thèses – celle, en particulier, de l'enfermement dans l'histoire juive. Clara fait au contraire le portrait d'une femme de dialogue et d'ouverture. Préoccupée de se réconcilier avec ses racines, Rahel préférait le monde à l'image de sa Mansarde éclectique, qui rassemblait les gens les plus divers, par leurs nationalités, leurs origines sociales ou religieuses, leurs formations intellectuelles. Son rêve était de fondre ces différences dans une harmonie supérieure, qui reste pour Clara la communion des cœurs.

Née à Berlin en 1771 dans une famille d'artisans, Rahel Levin va vivre son enfance et sa jeunesse, dans cette ville encore provinciale, capitale du royaume de Prusse, sous le règne de Frédéric II. Monarque épris des Lumières, il accueillit Voltaire qui selon l'expression de l'écrivain se sentit « pressé comme un citron ». Frédéric II offrit aux Juifs quelques avantages au point de passer pour philosémite, sans pour autant mettre fin aux inégalités, aux violences ni aux humiliations. Rahel Levin habite une maison modeste dans la Jaegerstrasse, avec ses parents – le père était orfèvre – et ses cinq frères et sœurs. Son père lui permet d'aménager dans le grenier une pièce à son seul usage, où elle reçoit dès l'âge de vingt-trois ans des amis des deux sexes – une liberté qui, selon Clara, ne lui aurait pas été donnée un siècle plus tard. Des personnalités brillantes rejoignent les premiers intimes. Rahel anime bientôt un véritable « salon ». Connu comme « la Mansarde », il restera dans les annales de la vie littéraire et mondaine en Prusse comme l'équivalent des salons de Julie de Lespinasse ou de Mme du Deffand en France. Un lieu de rencontres et d'éblouissants débats, dont l'hôtesse est l'incontestable étoile.

A peu près inculte – « d'une ignorance crasse », de son propre aveu –, Rahel est cependant intelligente et fine et surtout passionnée par toutes les questions intellectuelles de son temps. Très vite, son esprit se montre à la hauteur de celui des écrivains, des philosophes, des savants, des gens du monde qu'elle fréquente. Cette femme petite et grosse, au visage et à la silhouette sans attraits, possédait un charme particulier. Elle séduisit des hommes très beaux et très cultivés, fascinés par sa personnalité chaleureuse, son esprit, sa conversation ou ses lettres qui sont des feux d'artifice malgré les innombrables fautes d'orthographe.

Parmi les familiers de la Mansarde, située sous le toit d'une maison juive dans la Prusse antisémite de ce début du XIXe siècle : le prince Louis Ferdinand de Prusse, neveu du grand Frédéric et héros de Mayence, le diplomate Frédéric Gentz, futur bras droit de Metternich, Karl Gustav von Brinckelmann, l'ambassadeur de Suède, qui furent tous trois des piliers du salon, le baron Alexandre de Humboldt, savant et explorateur, son frère, Guillaume, diplomate et directeur de l'université de Berlin, ainsi que des écrivains ou des philosophes réputés, comme Johann Gottlieb Fichte, auteur des *Discours à la nation allemande*, Ludwig Tieck, auteur de contes populaires et des *Pérégrinations de Franz Sternblad*, ou encore les deux frères Schlegel : August Wilhem, traducteur de Shakespeare, grand ami de Mme de Staël, et Friedrich, l'auteur scandaleux de *La Lucinde* – roman d'amour brûlant. Il faut ajouter Hölderlin et Novalis, les deux plus grands poètes du romantisme allemand, à ce palmarès où ne manque que Goethe – l'écrivain le plus cher au cœur de Rahel. Il ne vint qu'une fois à la Jaegerstrasse.

Rahel eut de nombreux amants. Elle vécut successivement deux histoires d'amours malheureuses avec des aristocrates qu'elle aurait rêvé d'épouser : l'une avec un hobereau prussien, le baron de Finckenstein, l'autre avec un diplomate castillan en poste à Berlin, don Raphaël d'Urquijo. Elle fut officiellement fiancée deux ans avec chacun. Mais les fiançailles furent chaque fois rompues, à son désespoir et au grand dépit de ses frères, qui l'entretenaient. Elle vivait chichement de leurs rentes – presque dans la misère – dans cette Mansarde dont le seul éclat était celui des conversations. Elle finit par épouser sur le tard August Varnhagen : de quatorze ans son cadet. Dévoué à son épouse – il publiera ses lettres après sa mort –, il lui permit d'ouvrir un deuxième salon, toujours aussi brillant mais aussi peu huppé que le précédent car Varnhagen n'était pas riche. Situé dans la Französische Strasse, Rahel y accueillit de nouveaux hôtes prestigieux : Franz Grillparzer, le dramaturge autrichien qui déclarait n'avoir jamais, de sa vie, « entendu si bien parler et de façon plus intéressante », ou Heinrich Heine, d'origine juive lui-même, qui proclamait : « J'appartiens à Rahel Varnhagen. »

La veille de son mariage avec le catholique Varnhagen, Rahel s'était fait baptiser, renonçant ainsi à la religion de ses parents. Ses frères avaient déjà changé de nom et ne s'appelaient plus Levin mais Robert – un patronyme que Rahel avait un temps tenté d'arborer elle aussi, pour effacer ce qui lui a longtemps paru comme « une tache d'opprobre » : ses origines juives.

Clara, avec Rahel, part à la recherche de ses similitudes.

Allemande et juive de Prusse-Orientale comme elle, d'une famille « tolérée » et qui, si elle avait vécu en France aurait rêvé d'être assimilée, Rahel a eu « horreur » et « honte » d'être juive, avant de renouer à la veille de mourir avec ses racines et de les intégrer dans son histoire individuelle. « L'ouverture créée par la Révolution, le contact avec la France napoléonienne agirent comme un ferment » : Clara n'oubliera jamais les Goldschmidt de Basse-Saxe ni les Heynemann de Magdebourg-sur-l'Elbe.

Rahel et Clara ont eu la même volonté de se distinguer et de se hisser au plus haut niveau. Plus cultivée que Rahel, ayant été élevée dans une famille qui a le culte du savoir et des livres, Clara est une femme brillante, dont l'esprit fuse. Elle aurait certainement dans d'autres circonstances pu tenir un salon. Ce n'est plus dans l'air du temps au XXe siècle. Mais elle a comme elle le goût des rencontres, des échanges fructueux, des débats passionnés.

Ces deux personnalités de leur temps expriment une nette préférence pour la modernité et n'ont jamais eu la nostalgie de vivre dans une autre époque que la leur. L'Europe des Lumières est pour elles deux un modèle. Pour Clara, cosmopolite dans l'âme, c'est même un idéal qu'elle aurait voulu étendre à la terre entière.

Douées l'une et l'autre pour écrire – Rahel des lettres et Clara des livres –, elles ont la même conscience d'avoir à transmettre un témoignage de leur existence, sinon un véritable message.

Féministes convaincues, elles parlent l'une et l'autre au nom des femmes. Clara rappelle avec délectation quelques formules de Rahel, qu'elle aurait bien faites siennes au passage. Ainsi, « je ne sais rien de plus terrible que de voir une femme renoncer à son indépendance au profit d'un homme, celui-ci fût-il le plus passionné des adorateurs ». Ou, « c'est une injure à la nature humaine que de dire que notre esprit, à nous autres femmes, est autrement fait que celui des hommes, que nous pouvons vivre en parasite de la vie d'un mari ou d'un fils ».

Les similitudes s'enchaînent : même peur de la solitude chez les deux femmes. Même sensibilité à fleur de peau. Amoureuses blessées et humiliées, la rupture avec l'homme aimé les a marquées pour la vie. Elles gardent le même orgueil d'être elles-mêmes.

La grande différence entre elles, au moins en apparence, c'est que Rahel n'a pas eu d'enfant alors que Clara est une mère. Elle considère Florence comme sa propre moitié. Mais la différence s'estompe presque aussi vite qu'on l'a soulignée. Car Rahel éprouve un amour maternel pour ses neveu et nièce. « Je suis une mère sans enfant », écrit-elle à son mari.

Ce qui rapproche enfin les deux femmes, ce qui est peut-être plus profond en elles que les origines juives, le souvenir de l'amour blessé ou la conscience d'être soi, c'est leur amour de la vie. La vieillesse, avec son lot de maladies et de faiblesses, n'entame pas leur enthousiasme. « Notre vie est si courte, me voici toute vieille. Et j'aimerais tant être encore de la fête » : c'est Rahel qui, à la veille de sa mort, en 1833, écrit ceci.

Mais Clara reprend les mots à son compte. Parvenue au terme de son existence, toujours pleine d'allant, elle nourrit des projets et fait des plans d'avenir. Elle envisage un voyage au Canada, un autre au Sénégal pour un congrès de femmes. Elle commence à écrire un conte pour les enfants sur la peinture contemporaine avant de se lancer dans un livre de dialogues avec un jeune éditeur, Christian de Bartillat, qui vient recueillir ses souvenirs et ses confidences.

« Vous avez donc une vieillesse plutôt agréable ? » interroge Christian de Bartillat, auquel elle vient de dire qu'elle est très vieille mais se sent « encore dans la vie » : « Le présent se déroule encore avec moi. »

— Il y a une vraie raison pour que je ne trouve pas la vieillesse affreuse : pendant toute la partie de ma vie où j'ai vécu avec Malraux, je n'étais rien. Et c'était d'autant plus dur pour moi que j'avais été quelque chose. Puis j'ai été la femme répudiée du grand homme. Peu à peu, j'ai repris forme et cessé d'être transparente. J'ai redécouvert mon existence personnelle, en tant qu'écrivain. »

Elle fait alors remarquer à son interlocuteur que ce qu'elle préfère dans la vie ce sont « les rapports vivants avec les autres », qui créent autour d'elle « une sorte de chaleur » – ce climat d'amitié, d'échange et de complicité, qu'aimait tellement sa sœur Rahel.

Le moulin d'Andé

Le 23 novembre 1976, âgé de soixante-quinze ans, André Malraux s'éteint au CHU Henri-Mondor de

Créteil, des suites d'un cancer. Il est inhumé au cimetière de Verrières dans la plus stricte intimité. Rue de Valois, Françoise Giroud, secrétaire d'Etat à la Culture, fait mettre les drapeaux en berne. Le 27 novembre, dans la Cour carrée du Louvre où Malraux a prononcé tant de discours fameux, une cérémonie officielle rend hommage à l'écrivain. C'est une grande messe laïque avec éloges funèbres, musique de la garde républicaine et immense drapeau bleu blanc rouge malmené par le vent, sous la pluie. Au centre de la Cour, on a dressé sur un socle de plexiglas – matériau fétiche des années soixante-dix – la sculpture en bronze d'un chat égyptien de la XXVIe dynastie.

Clara n'assiste ni à l'enterrement à Verrières ni à la cérémonie au Louvre. « Cela aurait été impensable », me dit simplement Florence Malraux avec un sourire triste, plus de trente ans après. A l'annonce de la mort, Clara a longtemps pleuré, à gros sanglots. Le soir même, elle participe en invitée d'honneur à l'émission télévisée dédiée à son ancien mari. Avec Jean Lacouture dont la biographie a paru en 1973, avec Pierre Bockel, l'aumônier résistant de la brigade Alsace-Lorraine et Roberto Rosselini, grand admirateur de *L'Espoir*, c'est une autre messe qui se célèbre ce soir-là sur le plateau de l'ORTF. Clara, sereine et comme rajeunie, vient témoigner pour ce que fut « leur » vie. Elle répond aux questions avec calme et intensité. L'émotion est au-delà des mots, dans le regard qui brûle encore à l'évocation des souvenirs, dans ce qui est pour elle à l'évidence toujours si vivant : son amour. C'est de l'homme de sa vie qu'elle parle, comme s'il n'y avait eu entre eux nulle rupture, nul silence. Elle apparaît sous l'œil de la caméra comme Mme André Malraux – l'éternelle sinon l'officielle – et semble puiser une nouvelle énergie dans ce rôle qu'au fond elle n'a jamais cessé d'assumer.

Cette émission spéciale ne rend pas seulement hommage à André Malraux. Il la met elle aussi à l'honneur et la présente à son avantage, comme le témoin capital d'un destin et l'indissociable compagne du grand homme dont elle continue d'arborer fièrement le nom. A la mort d'André, sa propre vie prend tout son sens.

Contre toute attente, après des années de mise à distance et de refus de communiquer, Malraux lui exprime une forme de reconnaissance, en guise d'adieu. Un dernier signe, au moins. Il lui lègue par testament la moitié des droits d'auteur sur tous les livres qu'il a écrits durant leur vie commune : de *La Tentation de l'Occident* à *L'Espoir* en passant par *La Condition humaine*. Il lui laisse aussi les têtes gréco-bouddhiques et d'autres objets de valeur rapportés de leurs communes pérégrinations.

Clara en est bouleversée.

Elle est fière de montrer une copie du testament à ses amis. C'est comme si la mort de Malraux la libérait enfin de la souffrance à le savoir vivre et écrire loin d'elle, sans elle, près d'autres femmes qu'elle. Le testament lui apporte le baume d'une tardive consolation.

Clara n'ignore pas que le legs de Malraux n'est cependant pas tout à fait un cadeau personnel. Fidèle à ses ambiguïtés et à ses rancunes, il est fort probable qu'il a pu tout aussi bien vouloir désavantager Madeleine, qui est toujours son épouse et avec laquelle il est en froid. Grâce à maître Kiejman, il a su faire valoir son ancienne communauté de biens avec Clara, qui n'a pas été dissoute au moment de leur divorce, mais cette mesure juridique fort subtile désavantage évidemment Madeleine. Perfidie du legs : peut-être. Mais celui-ci répond tout autant, par ailleurs, à une volonté de protéger Florence, qui devient par testament la légataire universelle de son père. Malraux a tenu à la soulager de la charge matérielle et financière d'une mère qui reste démunie et vulnérable dans son grand âge, même si elle a depuis longtemps l'habitude de se contenter de peu. Les biens légués à Clara reviendront un jour à leur fille.

Clara, qui n'est pas naïve et peut mesurer la complexité des raisons qui ont conduit Malraux à ces dernières volontés, est toutefois rassérénée par son geste. Malraux qui, pendant trente ans, a refusé de prononcer son nom, l'aura au moins prononcé et écrit une dernière fois avant de mourir. Il ne l'avait donc pas oubliée.

Elle se replie alors sur le cercle fidèle de ses amis parmi lesquels figurent des jeunes gens, des jeunes femmes de la génération de sa fille ou plus jeunes encore. La vieille dame reste très alerte. Elle voyage. En 1981, elle se rend en Israël, où elle noue des liens d'amitié avec André Chouraqui et David Shahar. La nostalgie l'amène l'année suivante à Magdebourg, où une équipe de télévision a souhaité qu'elle raconte son enfance. L'enregistrement ne sera hélas jamais diffusé. Clara ne reconnaît à peu près rien de la ville où elle a passé tant de vacances heureuses. Elle ne retrouve pas la maison de ses grands-parents, le marché où sa grand-mère aimait palabrer avec des commerçants a disparu. Il ne reste que le cimetière où les siens sont enterrés. Elle se recueillera un long moment devant la tombe où sont inscrits leurs noms.

A Paris, elle a déménagé pour s'installer tout près de chez Florence, rue de l'Université. L'héritage de Malraux lui a permis d'acquérir ce logement clair, donnant sur une cour ensoleillée et paisible, plantée d'arbres. Elle y a transporté son cadre habituel : ses meubles d'Orient, ses livres, ses innombrables revues, ses objets fétiches et son incommensurable désordre. Elle continue à recevoir, à échanger paroles et idées, à rire. Elle a des projets de livres et de voyages.

Quelques années auparavant, en 1970, elle a acheté près de Mantes, en bordure de rivière, une maison, dans le village de Vers. Très modeste, sans commodités, elle la partage avec ses amis François Fetjö et son épouse qui en occupent une aile. Elle s'y rend en voiture avec les amis qui veulent bien l'y conduire et qu'elle invite. Karin et André Brincourt y viennent souvent. Avec Karin qui est allemande, elle aime parler sa langue natale et renouer ainsi avec la musique des mots qui la berçaient enfant. André Brincourt, journaliste au *Figaro* et écrivain, admire profondément Malraux mais celui-ci lui a longtemps battu froid après la publication du *Temps du silence*, un livre-pamphlet où il critiquait la politique ou plutôt l'absence de politique de Malraux à l'égard de la télévision. Les deux hommes se sont réconciliés quand Brincourt a lancé *Le Figaro littéraire* : Malraux, devenu collaborateur régulier des pages littéraires, lui donne fréquemment des articles. Brincourt est l'un des rares amis de Clara qui soit aussi l'ami d'André. Un jour, ayant consulté Malraux au sujet d'une illustration qu'il pensait donner à l'un de ses articles, Brincourt, venu à Verrières pour lui montrer des photos, lui en tend une déjà ancienne prise lors d'un des débats de Pontigny. Malraux l'écarte résolument : « Non, pas celle-là. »

Et Brincourt de m'en donner la raison : « Il y avait Clara sur la photo ! »

Délaissant quelquefois sa maison inconfortable de Vers, Clara a pris ses habitudes au Moulin d'Andé : une vieille demeure normande dans l'Eure, dont les plus anciennes pierres datent du XIIe siècle. C'est un moulin dit « pendant », construit sur un bras de la Seine dont les eaux silencieuses et grises s'animent du mouvement des grosses péniches remontant sur Paris. Une délicieuse mélancolie habite cet endroit secret, planté de saules pleureurs, à l'écart du village et comme en retrait de la vie. Des canards sauvages, des araignées et des scarabées, des chats y trouvent refuge, dans une nature paisible et que nul encore n'a vraiment cherché à domestiquer. Les plantes, les arbres poussent en liberté dans l'immense parc aux allées sinueuses. A l'époque, on peut se rendre facilement à Andé, en prenant le train : c'est pour Clara un immense avantage, quand elle est seule, dépourvue d'amis disponibles pour la conduire à Mantes.

Suzanne Lipinska – Suzon –, la propriétaire du Moulin qui en a hérité – c'était, dit-elle, une folie de son père –, est une grande et belle femme blonde, comme dans les légendes des Niebelungen. Elle y a élevé ses trois filles, aussi blondes que leur mère. C'est Suzanne Lipinska qui, avec quelques amis bénévoles, a restauré la haute maison à colombages où elle accueille écrivains, artistes, peintres ou musiciens, venus partager son îlot de silence et de convivialité. Des chambres comme des cellules de moines. Des repas préparés ensemble et pris en commun autour de la grande table de réfectoire. Des conversations, le soir, qui n'en finissent pas autour de la cheminée où brûlent de grosses bûches l'hiver, ou bien dehors, l'été, sous l'auvent des grands arbres. Il y a à l'étage une pièce unique au monde, d'une hauteur de cathédrale, avec sa charpente d'origine et son extravagante meule en pierre. L'hôtesse l'a transformée en immense canapé circulaire en y jetant des tapis. La roue du vieux moulin, avec ses pales et ses essieux, est visible sous les pieds, à travers une vitre aménagée dans le sol. On croit la voir et l'entendre tourner, dans le murmure de l'eau. Ce n'est évidemment qu'un mirage, rendu possible par l'étrange possession du lieu, son air de mystère et d'éternité.

Clara occupe le plus souvent la chambre dite du meunier, contiguë à la pièce de la meule. Le soir, elle entend à travers la mince cloison la conversation des joueurs de bridge ou le son lointain d'un violon sorti d'une des chambres voisines. Elle lit, elle écrit.

Elle parle avec Maurice Pons, le romancier des *Virginales*, des *Saisons*, de *Rosa*[1]. Il lui raconte le tournage des *Mistons* à Nîmes : le premier court métrage de François Truffaut a été tiré de son recueil de *Virginales*. Le cinéaste est devenu un hôte assidu du Moulin, où il a tourné plusieurs scènes des *400 Coups* et de *Jules et Jim*. Mais bientôt Maurice Pons laisse la parole à Clara. Celle-ci n'a plus, depuis quelques années, qu'un seul monologue à livrer à son public fidèle et dévoué : elle parle obsessionnellement d'André, de « leur » vie qui fut un roman.

L'après-midi du mercredi 15 décembre 1982, elle prend le thé comme à son habitude avec Suzon et Maurice. Elle se sent fatiguée et se retire dans sa chambre

---

1. Maurice Pons, *Les Virginales*, Julliard, 1955 ; *Les Saisons*, Julliard, 1965 ; *Rosa*, Denoël, 1967.

pour s'y reposer. Avant de s'allonger, elle appelle Karin et André Brincourt à Paris pour leur dire qu'elle pense à eux. C'est son dernier coup de téléphone.

A l'heure du dîner qui réunit tous les hôtes à vingt heures, Suzon s'étonne du retard de Clara. Elle envoie une amie taper à la porte de sa chambre. N'obtenant pas de réponse, Cathy Trigodi entre et redescend aussitôt pour dire à la maîtresse de maison : « Je crois que Clara est morte. »

Allongée sur son lit, elle s'est endormie pour toujours, les lunettes dans une main et l'autre tenant le livre qui repose sur son cœur : *Les Confessions* de Jean-Jacques Rousseau. Sa fille lui en avait conseillé la lecture, juste avant de s'envoler pour New York.

Il faut prévenir Florence, devenue Mme Alain Resnais, dont personne ne sait dans quel hôtel elle est descendue, ainsi que les amis proches. La chambre du meunier, transformée pendant huit jours en chambre funéraire, restera au moulin « la chambre de Clara ».

L'enterrement a lieu le mardi suivant, 21 décembre, au cimetière Montparnasse – le second plus grand cimetière de Paris après le Père-Lachaise. Clara rejoint ses parents, sa grand-mère paternelle, son oncle Frantz et son épouse, son frère André (mort en 1969), dans le caveau de famille. Une simple pierre grise, déjà patinée par le temps, porte leurs noms gravés. Clara Malraux née Goldschmidt.

La tombe se trouve dans ce qu'on appelle « le petit site » du cimetière, entre les rues Victor Schoelcher et Emile Bernard. Joseph Kessel gît à quelques pas, de même que la psychanalyste Marthe Robert. Beaucoup de tombes juives peuplent cette vingt-neuvième division, orientée vers le sud. Clara avait un jour exprimé à sa fille son désir qu'il y ait « quelque chose de religieux » à son enterrement. Florence pria le rabbin Kaplan de présider la cérémonie. C'est ainsi que retentit sur sa tombe le kaddish, la prière des morts. Puis un long silence se fit, inhabituel dans le cercle des amis de Clara qui aimait tant faire entendre sa voix en écho à celle des autres.

Aux intimes se sont jointes des figures célèbres de l'intelligentsia de gauche : Régis Debray, dont Malraux a jadis pris la défense en signant une demande de libération – il était alors interné en Bolivie. Et François Mitterrand, dont Clara a assisté à la victoire aux élections présidentielles, l'année précédente. Il a appartenu au même réseau de résistance que Clara, à Toulouse, sans qu'elle l'y ait cependant rencontré. Une photographie a saisi Florence Malraux, entre Mitterrand et Debray. Elle tient étrangement par la main un petit garçon africain, qui se trouvait ce jour-là au cimetière et qu'elle ne connaît pas – allusion involontaire et très forte à l'amour de sa mère pour tous les enfants du monde.

Puis l'assistance se disperse. Les voix et les silhouettes s'éloignent. Le silence reprend possession du petit site où repose Clara. Toutes les passions se sont éteintes.

Ainsi s'achevait la vie d'une grande vivante.

REMERCIEMENTS ET BIBLIOGRAPHIE

Je tiens à exprimer mes remerciements à Florence Malraux pour toute l'aide qu'elle m'a apportée dans mes recherches.

Je remercie également pour leur contribution : Madeleine Malraux, Alain Malraux, Laurent Heynemann, Catherine Lairy, André et Karin Brincourt, René de Obaldia, Michel Le Bris, Marek Halter, Olivier Germain-Thomas, Suzanne Lipinska et Maurice Pons.

Je dois une reconnaissance particulière à Richard Ducousset.

Parmi les ouvrages consultés, voici ceux qui m'ont éclairée :

Marcel Arland, *Ce fut ainsi*, Gallimard, 1978.
Elie Barnavi et Luc Rosenzweig, *La France et Israël, une affaire personnelle*, Perrin, 2002.
Christian de Bartillat, *Clara Malraux, biographie-témoignage*, Perrin, 1985.
Jean-Jacques Bedu, *Maurice Magre, le lotus perdu*, Dire Editions, 1999.
André Brincourt, *Le Temps du silence*, Editions de la Table ronde, 1966.
Jean Chalon, *Florence et Louise les magnifiques*, Editions du Rocher, 1987.

Suzanne Chantal, *Le Cœur battant, Josette Clotis et André Malraux*, Grasset, 1976.

Isabelle de Courtivron, *Clara Malraux, une femme dans le siècle*, Editions de l'Olivier, 1992.

Jean Duvignaud, *Le Ça perché*, Stock, 1976.

Ilya Ehrenbourg, *Vus par un écrivain d'URSS : Gide, Malraux, Mauriac*, Gallimard, 1934.

François Fetjö, *Mémoires de Budapest à Paris*, Calmann-Lévy, 1986.

Janet Flanner, *Men and monuments*, New York, Harper and Row, 1957.

Nino Frank, Mémoire brisée, Calmann-Lévy, 1967.

Georges Gabory, *Souvenirs inédits* dans *Mélanges Malraux Miscellany II*, Université du Kentucky, 1970.

Pierre Galante, *Malraux*, Presses de la Cité, 1971.

André Gide, *Journal*, Gallimard, « Bibliothèque de la Pléiade ».

Claire Goll, *La Poursuite du vent*, Olivier Orban, 1976.

Marek Halter, *Le Fou et les rois*, Albin Michel, 1976.

Max Jacob, *Correspondance*, Editions de Paris, 1953.

Claude-Catherine Kiejman, *Clara Malraux l'aventureuse*, Arléa, 2008.

Jean Lacouture, *André Malraux, une vie dans le siècle*, Éditions du Seuil, 1973.

Walter G. Langlois, *André Malraux, l'aventure indochinoise*, Mercure de France, 1966.

Arnould de Liedekerke, *La Belle Epoque de l'opium*, La Différence, 1984.

Axel Madsen, *Silk Roads, the asian adventure of Clara and André Malraux*, Pharos Books, 1989.

Alain Malraux, *Les Marronniers de Boulogne, Malraux père introuvable*, Bartillat, 2001.

François Mauriac, *Mémoires politiques*, Grasset, 1967.

Lucie Mazauric, *Ah Dieu ! Que la Paix est jolie*, Plon, 1972.

Henry de Montherlant, *Carnets*, Editions de la Table ronde, 1947.

Henriette Nizan, *Libres Mémoires*, avec Marie-José Jaubert, Robert Laffont, 1989.

Robert Payne, *André Malraux*, Buchet-Chastel, 1973.

Eddy du Perron, *Le Pays d'origine*, traduit du néerlandais par Philippe Noble, Gallimard, 1980.

Maurice Pons, *Souvenirs littéraires et quelques autres*, Editions du Rocher, 2000.

Maria Van Rysselberghe, *Les Cahiers de la petite dame*, Gallimard, 1973-1977.

Jean-François Sirinelli, *Intellectuels et passions françaises*, Fayard, 1999.

Philippe Sollers, *Un vrai roman*, mémoires, Plon, 2007.

Manès Sperber, *Dialogue between past and present*, New York Times book review, 20 octobre 1968, et *Au-delà de l'oubli*, Calmann-Lévy, 1977.

Roger Stéphane, *Fin d'une jeunesse*, Editions de la Table ronde, 1954.

Olivier Todd, *André Malraux, une vie*, Gallimard, 2001.

André Vandegans, *La Jeunesse littéraire d'André Malraux*, Pauvert, 1964.

Sophie de Vilmorin, *Aimer encore*, Gallimard, 1999.

Françoise Wagener, *Louise de Vilmorin, « Je suis née inconsolable »*, Albin Michel, 2008.

ŒUVRES DE CLARA MALRAUX

Portrait de Grisélidis, Editions Colbert, 1945.
Contes de la Perse, 1947, et éditions G.P. Rouge et Or, 1972.
La Maison ne fait pas crédit, La Bibliothèque française, 1947.
Par de longs chemins, Stock, 1953.
La Lutte inégale, Julliard, 1958.
Le Bruit de nos pas, mémoires, Grasset, 1963-1979.
    I. *Apprendre à vivre*
    II. *Nos vingt ans*
    III. *Les Combats et les Jeux*
    IV. *Voici que vient l'été*
    V. *La Fin et le Commencement*
    VI. *Et pourtant j'étais libre*

Java-Bali, Rencontre, 1964.
Civilisation du kibboutz, Gonthier, 1964.
Venus des quatre coins de la terre, Julliard, 1972.
Rahel, ma grande sœur, Ramsay, 1980.

Parmi les traductions :

Journal psychanalytique d'une petite fille (préface de Freud), Gallimard, 1928.

Les Anneaux transparents de Louise Rinser, Éditions du Seuil, 1956.

L'Enfant élu d'Ernst Wiechert, Calmann-Lévy, 1960.

Une chambre à soi de Virginia Woolf, Gonthier, 1951 ; Denoël, 1977 ; 10-18 (n° 2801), 2008.

Table

Rencontre du soir 9

I. « J'ai existé avant de vous connaître » 15
   Avenue des « Chats laids » 17
   Née Goldschmidt 21
   Magdebourg-sur-l'Elbe 28
   Sainte-Clotilde 32
   Portrait de la petite fille en pied 37
   La mort du père 40
   Tics 45
   La Première Guerre 47
   Années folles, premières amours 55
   André : retour sur une autre enfance 59

II. « J'ai été éblouie par vous » 69
   Le chemin de la bohème 71
   La rencontre : juin 1921 77
   Le bal musette 84
   Le voyage en Italie 88
   Les fiançailles et le mariage 94
   Portrait de couple 96
   La belle vie 102
   Le musée Guimet 114

III. « Nous avons été deux » 121

Réminiscences 123
Vogue la galère 127
Le gain ou l'aventure ? 130
Superstitions 133
La fièvre des aventuriers 134
Le petit « Trianon de la forêt » 138
L'hôtel et l'hôpital 142
La croisade solitaire 146
Blessures 156
Prises de conscience 159
Indochine : le retour 168
Rédacteur en chef, rédactrice 176
Les Malraux : un couple de bolcheviques ? 187
L'adieu 195

IV. « Mon amour ne sera jamais un repos, une certitude » 199

Entre deux rêves 201
Opium 206
Le succès, écueil du couple 210
Malaise conjugal 217
Tours du monde 221
Louise, l'ensorceleuse 231
Maternité 243
Epouse de prix Goncourt 247
Josette, la rivale fatale 254
Politique et chagrin mêlés 264
Une moitié de… 282
Clara : « ma » guerre d'Espagne 285
Rupture 303
Seule 320
Un livre pour pleurer 325

V. « Nous ne marchions plus du même pas » 329

Chacun pour soi 331
Le nouveau cercle des amis de Clara 341
Etoile jaune 344
Résistance 348
Grisélidis 360
L'amour, toujours 367
Errance 371
La lettre cachée 378
« Je ne suis pas une héroïne » 379
La mort de « Mme Malraux » 384
Ecrivaine 391

VI. « Notre amour fut pourtant un mythique amour » 403

Elle sans lui, lui sans elle 405
Couple à part 414
Chats 430
Le musée, la mémoire 431
« Vous me voyez en femme de ministre ? » 442
Le lourd fatum des Malraux 453
Retour aux racines juives 460
Exotisme, métissage et toujours des statues 472
Malraux choisit l'ordre, Clara la contestation 475
Rahel, ma sœur en contradictions 485
Le moulin d'Andé 492

Remerciements et bibliographie 501
Œuvres de Clara Malraux 505

Du même auteur :

LES HEURES VOLÉES, roman, Mercure de France, 1981.
ARGENTINA, roman, Mercure de France, 1984.
ROMAIN GARY, biographie, Mercure de France, 1987. (Grand Prix de la biographie de l'Académie française.)
LES YEUX NOIRS OU LES VIES EXTRAORDINAIRES DES SŒURS HEREDIA, biographie, J.-Cl. Lattès, 1990.
MALIKA, roman, Mercure de France, 1992. (Prix Interallié.)
GALA, biographie, Flammarion, 1995.
STEFAN ZWEIG, L'AMI BLESSÉ, biographie, Plon, 1996.
LE MANUSCRIT DE PORT-ÉBÈNE, roman, Grasset, 1998. (Prix Renaudot.)
BERTHE MORISOT. LE SECRET DE LA FEMME EN NOIR, biographie, Grasset, 2000. (Bourse Goncourt de la biographie.)
IL N'Y A QU'UN AMOUR, biographie, Grasset, 2003.
LA VILLE D'HIVER, roman, Grasset, 2005.
CAMILLE ET PAUL. LA PASSION CLAUDEL, biographie, Grasset, 2005.

Composition réalisée par NORD COMPO

Achevé d'imprimer en Espagne en septembre 2011 par
BLACK PRINT CPI IBERICA, S.L.
Sant Andreu de la Barca (Barcelona)
Dépôt légal 1re publication : octobre 2011
LIBRAIRIE GÉNÉRALE FRANÇAISE – 31, rue de Fleurus – 75278 Paris Cedex 06

31/5696/5